पृथिवी-पुत्र

पृथिवी-पुत्र

(भूमि, जन और संस्कृति के घनिष्ठ
सम्बन्ध की व्याख्या करनेवाले लेखों का संग्रह)

डॉ. वासुदेवशरण अग्रवाल

प्रभात प्रकाशन, दिल्ली
ISO 9001:2008 प्रकाशक

प्रकाशक • **प्रभात प्रकाशन**
4/19 आसफ अली रोड,
नई दिल्ली–110002

संस्करण • 2018
मूल्य • छह सौ रुपए
मुद्रक • आर–टेक ऑफसेट प्रिंटर्स, दिल्ली

PRITHVI-PUTRA *by* Dr. Vasudeva Sharan Agrawala ₹ 600.00
Published by Prabhat Prakashan, 4/19 Asaf Ali Road, New Delhi-2
e-mail: prabhatbooks@gmail.com ISBN 978-93-5266-445-0

भूमिका

'पृथिवी-पुत्र' समय-समय पर लिखे हुए मेरे उन लेखों और पत्रों का संग्रह है, जिनमें जनपदीय दृष्टिकोण से साहित्य और जीवन के सम्बन्ध में कुछ विचार प्रकट किए गए थे। इस दृष्टिकोण की मूल प्रेरणा पृथिवी या मातृभूमि के साथ जीवन के सभी सूत्रों को मिला देने से उत्पन्न होती है। 'पृथिवी-पुत्र' का मार्ग साहित्यिक कुतूहल नहीं है, यह जीवन का धर्म है। जीवन की आवश्यकताओं के भीतर से 'पृथिवी-पुत्र' भावना का जन्म होता है। 'पृथिवी-पुत्र' धर्म में इसी कारण प्रबल आध्यात्मिक स्फूर्ति छिपी हुई है। 'पृथिवी-पुत्र' दृष्टिकोण हमारे राष्ट्रीय अस्तित्व और विकास की आध्यात्मिक पृष्ठभूमि के साथ हमारा परिचय कराता है। नये मानव का सबसे महान् देवता पृथिवी है, जिसके चरणों में यह जीवन के फूल को श्रद्धा के साथ चढ़ाता है।

पृथिवी को मातृभूमि और अपने आपको उसका पुत्र समझने का अर्थ बहुत गहरा है। यह एक दीक्षा है, जिससे नया मन प्राप्त होता है। पृथिवी-पुत्र का मन मानव के लिए ही नहीं, पृथिवी से सम्बन्धित छोटे-से तृण के लिए भी प्रेम से खुल जाता है। पृथिवी-पुत्र की भावना मन को उदार बनाती है। जो अपनी माता के प्रति सच्चे अर्थों में श्रद्धावान् है, वही दूसरे के मातृप्रेम से द्रवित हो सकता है। मातृभूमि को जो प्रेम करता है, वह कभी हृदय की संकीर्णता को सहन नहीं कर सकता।

पृथिवी-पुत्र की भावना सांस्कृतिक या आध्यात्मिक है, राजनीतिक क्षेत्र उसका एक अंशमात्र है। 'यावती पृथिवी तावती वेदि:'—इस परिभाषा के अनुसार जितना पृथिवी का विस्तार है, उतना ही उस वेदि का है, जो हवि को ग्रहण करती है। मनुष्य के हृदय की वेदी उसके विचारों की हवि से तृप्त और परिपूर्ण होती है। पृथिवी-पुत्र मनुष्य की विचार-हवि से जो धूमगन्ध उठती है, वह सबके लिए समान रूप से चारों ओर फैलती है।

पृथिवी-पुत्र धर्म इस समय भारतीय जीवन की सबसे बड़ी आवश्यकता है। शिक्षा, विचार और सांस्कृतिक जीवन की अनेक पद्धतियों में भारतवर्ष ने अब तक विदेश से जो कुछ लिया है, और जो अभी लेना है, उसे अपना बनाकर जीवन में ढालने की

आवश्यकता है। इस काम का सफल निर्वाह तभी होगा, जब देश को आत्म-संस्कृति का पता हो। 'पृथिवी-पुत्र' धर्म का उद्देश्य सबसे पहले अपने आपको जानना है। सारा राष्ट्र जब 'पृथिवी-पुत्र' की दीक्षा लेगा, तभी विचार और जीवन के तन्तु निज संस्कृति की भूमि से रसग्रहण करने लगेंगे। तभी समन्वय-प्रधान संस्कृति के प्रतिनिधि उस भारतीय मानव का जन्म होगा, जिसके विषय में विश्व को रुचि होगी एवं जिसके अपने लोचनों में विश्व के डोरे खिंचे होंगे।

पृथिवी-पुत्र धर्म का ही दूसरा नाम जनपदीय दृष्टिकोण है। जनपद-कल्याणकारी भावना का इन लेखों में बार-बार उल्लेख हुआ है। जनपद-कल्याण के बिना हमारा सांस्कृतिक मंगल कभी सिद्ध नहीं होगा। अपने राष्ट्रीय जीवन में आज हम सर्वोदय का मन्त्र लेकर जीवित रहना चाहते हैं। जनपद-कल्याण को हम कृषीबल-संस्कृति कह सकते हैं। कृषीबल-मंगल की रथ-नाभि से हमारे जीवन के सब सूत्र जुड़े हुए हैं—

राज्ञां सत्तवे असत्त्वे वा विशेषो नोपलक्ष्यते।
कृषीबल विनाशे तु जायते जागतो विषत्॥

क्या हुआ, जो राजसत्ता यह हुई या वह ? कृषीबल पृथिवी-पुत्र को जीवन के वरदान नहीं मिले तो जग की विपत्ति बनी ही रही। अतएव जनपदीय दृष्टिकोण का पर्यवसान वहाँ है, जहाँ पृथिवी की कोख से जन्म लेनेवाली भौतिक सामग्री पर बसनेवाले का तथा उस जन की संस्कृति का नया ज्ञान और नया उदय हो। भूमि-जन-संस्कृति के इस त्रिकोण में जीवन का सारा रस समाया हुआ है। उसके साथ घनिष्ठ परिचय की आँख हमें अपनानी चाहिए। राष्ट्रीय उन्नति का जो महा हिमवन्त है, उस तक पहुँचने का तीन पैंड़ (मार्ग)-भूमि, जन और संस्कृति का सूक्ष्म परिचय है। इस परिचय के लिए प्रत्येक साहित्यिक को फेंटा बाँधना है। जनता के पास नेत्र है, लेकिन देखने की शक्ति उनमें साहित्यसेवी को भरनी है। भारतीय साहित्यसेवी का कर्तव्य इस समय कम नहीं है। उसे अपने पैरों के नीचे की दशांगुल भूमि से पृथिवी-पुत्र धर्म का सच्चा नाता जोड़कर उसी भावना और रस से सींच देना है। हमारा इतिहास, शास्त्रीय ज्ञान, वैज्ञानिक प्रयोग सभी कुछ आकाशबेल की तरह हवा में तैर रहा है। विदेशी भाषा और ज्ञान-कलेवर के विष में संस्कृति का अपना स्वरूप और रस झुलसा पड़ा है। पृथिवी-पुत्र धर्मरूपी गरुड़ यदि हमारे ज्ञानाकाश में ऊँचे उठकर अपने पंख झाड़ेगा, तभी उस अमृत की वर्षा हो सकती है, जिससे जीवन का पौधा नये रस से लहलहाने लगेगा।

—वासुदेवशरण

गयी दिल्ली
१०-५-१९४१

द्वितीय संस्करण

'पृथिवी-पुत्र' निबन्ध संग्रह का पहला संस्करण सस्ता साहित्य मण्डल, गयी दिल्ली से १९४९ में प्रकाशित हुआ था। वह कई वर्ष हुए समाप्त हो गया। तब से पुस्तक की माँग बराबर बनी रही। मुझे यह देखकर प्रसन्नता है कि पुस्तक का दूसरा संस्करण रामप्रसाद एण्ड सन्स, आगरा ने और भी उपबृंहित रूप में प्रकाशित किया है।

पहले संस्करण में लेख और परिशिष्ट में जनपद आन्दोलन सम्बन्धी पत्रों का संकलन किया गया था। वे निबन्ध सन् ४० से ४९ के बीच में लिखे गए थे और उनमें 'पृथिवी-पुत्र' सम्बन्धी दृष्टिकोण की व्याख्या के अतिरिक्त जनपदीय साहित्य के संकलन की आवश्यकता, उपादेयता तथा क्षेत्र का भी निर्देश किया गया था। इस दूसरे संस्करण में सन् ६० तक लिखे गए १४ निबन्धों का संग्रह और किया गया है। इस बीच हिन्दी जगत् में लोकसाहित्य के संकलन की ओर विद्वानों का विशेष रूप से ध्यान गया है और मेरे ये निबन्ध अधिकांश लोकसाहित्य सम्बन्धी ग्रन्थों की भूमिका के सम्बन्ध में लिखे गए हैं। प्रत्येक शीर्षक की पाद-टिप्पणी में यथास्थान इसका निर्देश कर दिया गया है। लोकसाहित्य का विषय बहुत ही विस्तृत है। मुझे यह देखकर हार्दिक प्रसन्नता है कि सन् १९४० से आरम्भ करके १९६० के अन्त तक लोकसाहित्य, लोकवार्त्ता, लोक-गीत, लोककहानी, लोकोक्ति, जनपदीय शब्दावली आदि के संग्रह, व्याख्या और प्रकाशन का कार्य हिन्दी जगत् में दृढ़ता से आगे बढ़ा है। अब इस आन्दोलन का प्रथम युग मानो पूरा हुआ है। मुझे आशा है कि अपनी आयु के यौवन काल में पदार्पण करते हुए यह आन्दोलन और भी व्यापक एवं सशक्त बनेगा। हिन्दी के साथ ही अन्य भाषाओं के क्षेत्र में भी जनपदीय साहित्य का संकलन का कार्य संपन्न हो रहा है, जैसे—गुजरात, महाराष्ट्र, उड़ीसा आदि प्रदेशों में कितने ही कार्यकर्ताओं का ध्यान इस ओर गया है। किन्तु कार्य अनन्त है और अभी बहुत कुछ करना शेष है। वस्तुतः हमें ऐसी वैज्ञानिक पद्धति का विकास करना है, जिसके द्वारा यह कार्य केवल साहित्यिक कुतूहल न रहकर एक नियमित प्रणाली से किया जा सके, जिससे इस सामग्री के उचित सांस्कृतिक मूल्य

और ऐतिहासिक महत्त्व का निर्धारण किया जा सके। हमारा अनुमान है कि विविध क्षेत्रों में बिखरी हुई सामग्री किसी एक मूल स्रोत की ओर संकेत कर रही है और वह मूल स्रोत उस वैदिक युग तक जाता है, जब भारतीय लोक विधान और संस्कृति के बीजांकुर पहली बार प्रस्फुटित हुए एवं शनैः-शनैः उन्होंने भारतीय मानव की चेतना को सब क्षेत्रों में व्याप्त कर लिया। इसके लिए 'लोके वेदे च' यह सूत्र स्मरण रखना चाहिए। भारतीय साहित्य और भारतीय श्रुति दोनों धाराओं से लोकसाहित्य से सामग्री का अधिकाधिक मंथन उचित है। यह मार्ग विशेष फलसिद्धि तक ले जानेवाला है, जिसका लक्ष्य समन्वय, संप्रीति और समवाय के रूप में प्राप्त होगा।

—वासुदेवशरण

अनुक्रम

१

पृथिवी-पुत्र

हिन्दी के साहित्य-सेवियों को पृथिवी-पुत्र बनना चाहिए। वे सच्चे हृदय से यह कह और अनुभव कर सकें—

माता भूमिः पुत्रो अहं पृथिव्याः (अथर्ववेद, १२/१/१२)

"यह भूमि माता है, मैं पृथिवी का पुत्र हूँ।" लेखकों में यह ज्ञान न होगा तो उनके साहित्य की जड़ें मजबूत नहीं होंगी, आकाशबेल की तरह वे हवा में तैरती रहेंगी। विदेशी विचारों को मस्तिष्क में भरकर उन्हें अधपके ही बाहर उँडेल देने से किसी साहित्य का लेखक लोक में चिर-जीवन नहीं पा सकता। हिन्दी-साहित्यकारों को अपनी खुराक भारत की सांस्कृतिक और प्राकृतिक भूमि से प्राप्त करनी चाहिए। लेखक जिस प्रकार के जीवन-रस को चूसकर बढ़ता है, उसी प्रकार की हरियाली उसके साहित्य में भी देखने को मिलेगी। आज लोक और लेखक के बीच में गहरी खाई बन गई है, उसको किस तरह पाटना चाहिए, इसपर सब साहित्यकारों को पृथक्-पृथक् और संघ में बैठकर विचार करना आवश्यक है।

हिन्दी-लेखक को सबसे पहले भारत-भूमि के भौतिक रूप की शरण में जाना चाहिए। राष्ट्र का भौतिक रूप आँख के सामने है। राष्ट्र की भूमि के साथ साक्षात् परिचय बढ़ाना आवश्यक है। एक-एक प्रदेश को लेकर वहाँ की पृथिवी के भौतिक रूप का सांगोपांग अध्ययन हिन्दी-लेखकों में बढ़ना चाहिए। यह देश बहुत विशाल है; यहाँ देखने और प्रशंसा करने के लिए अतुल सामग्री है। उसका ज्ञान करते हुए हमें एक शताब्दी लग जाएगी। पुराणों के महामना लेखकों ने भारत के एक-एक सरोवर, कुंड, नदी और झरने से साक्षात् परिचय प्राप्त किया तथा उसका नामकरण किया एवं उसको देवत्व प्रदान कर उसकी प्रशंसा में माहात्म्य बनाया। हिमवन्त और विंध्य जैसे पर्वतों के रम्य प्रदेश हमारे अर्वाचीन लेखकों के सुसंस्कृत माहात्म्य-गान की प्रतीक्षा कर रहे हैं। देश के पर्वत, उनकी ऊँची चोटियाँ, पठार और घाटियाँ सब हिन्दी के लेखकों

की लेखनी का वरदान पाने की बाट देख रही हैं। देश की नदियाँ, वृक्ष और वनस्पति, औषधि व पुष्प, फल एवं मूल, तृण तथा लताएँ सब पृथिवी के पुत्र हैं। लेखक उनका सहोदर है। लेखक को इस विशाल जगत् में प्रवेश करके अपने परिचय का क्षेत्र बढ़ाना चाहिए। चरक और सुश्रुत ने औषधियों के नामकरण का जो मनोरम अध्याय शुरू किया था, उसका सच्चा उत्तराधिकार प्राप्त करने के लिए हिन्दी के लेखक को बहुत परिश्रम करने की जरूरत है। और सबसे अधिक आवश्यक है एक नया दृष्टिकोण, जिसके बिना साहित्य में नवीन प्रेरणा की गंगा का अवतरण नहीं हुआ करता। हिन्दी के लेखकों को वनों में जाकर देश के वनचरों के साथ सम्बन्ध बढ़ाना है। वन्य पशु-पक्षी सभी उसके सगोती हैं, वे भी तो पृथिवी-पुत्र हैं। अथर्ववेद के पृथिवीसूक्त के ऋषि की दृष्टि, जो कुछ पृथिवी से जनमा है, सबको पूजा के भाव से देखती है—

'हे पृथिवी, जो तेरे वृक्ष, वनस्पति, शेर, बाघ आदि हिंसक जन्तु, यहाँ तक कि साँप और बिच्छू भी हैं, वे भी हमारे लिए कल्याण करनेवाले हों।'

पश्चिमी जगत् में पृथिवी के साथ यह सौहार्द का भाव कितना आगे बढ़ा हुआ है! भूमध्यसागर या प्रशान्त महासागर की तलहटी में पड़े हुए सीप और घोंघों तक की सुध-बुध वहाँ के निवासी पूछते हैं। भारतीय तितलियों पर पुस्तक चाहें तो अंग्रेजी में मिल जाएगी। हमारे जंगलों में कुलाँचें मारनेवाले हिरनों और चीतलों के सींगा की क्या सुन्दरता है, हमारे देश की असील मृगों की बढ़िया नस्ल ने ब्राजील देश में किस प्रकार कुश्ती मारी है, इसका वर्णन भी अंग्रेजी में ही मिलेगा। ये सब विषय एक जीवित जाति के लेखकों को अपनी ओर खींचते हैं। क्या हिन्दी-साहित्य के कलाकार इनसे उदासीन रहकर भी कुशल मना सकते हैं? आज नहीं तो कल हमें अवश्य ही इस सामग्री को अपने उदार अंक में अपनाना पड़ेगा। यह कार्य जीवन की उमंग के साथ होना चाहिए। यही साहित्य और जीवन का सम्बन्ध है।

देश के गाय और बैल, भेड़ और बकरी, घोड़े और हाथी की नस्लों का ज्ञान कितने लेखकों को होगा? पालकाप्य मुनि का 'हस्त्यायुर्वेद' अथवा शालिहोत्र का 'अश्व-शास्त्र' आज भी मौजूद है, पर उनका उत्तराधिकार चाहनेवाले मनुष्य नहीं रहे। मल्लिनाथ के माघ की टीका में 'हय लीलावती' नामक ग्रन्थ के उद्धरण दिए हैं, जिनसे मालूम होता है कि घोड़ों की चाल और कुदान के बारे में भी कितना बारीक विचार यहाँ किया गया था। पश्चिमी एशिया के अलअमर्ना गाँव में ईसा से १४०० वर्ष पूर्व की एक पुस्तक मिली है, जिसमें अश्वविद्या का पूरा वर्णन है। उसमें संस्कृत के अनेक शब्द, जैसे—एकावर्तन, द्वयावर्तन, त्र्यावर्तन आदि घोड़ों की चाल के बारे में पाए गए हैं। उस साहित्य के दाय में हिस्सा माँगनेवाले भारतवासियों की आज कमी दिखायी पड़ती है।

हमने अपने चारों ओर बसनेवाले मनुष्यों का भी तो अध्ययन नहीं शुरू किया। देशी

नृत्य, लोक-गीत, लोक का संगीत सबका उद्धार साहित्यसेवा का अंग है। एक देवेन्द्र सत्यार्थी क्या, सैकड़ों सत्यार्थी गाँव-गाँव घूमें, तब कहीं इस सामग्री को समेट पावेंगे। इस देश में मानो अपरिमित साहित्य-सामग्री की प्रतिक्षण वृष्टि हो रही है, उसके एकत्र करनेवाले पात्रों की कमी है। लोक की रहन-सहन, वेश और आभूषण, भोजन और वस्त्र सबका अध्ययन करना है। जनपदों की भाषाएँ तो साहित्य की साक्षात् कामधेनुएँ हैं। उनके शब्दों से हमारा निरुक्तशास्त्र भरा-पूरा बनेगा। हिन्दी-शब्द-निरुक्ति जनपदों की बोलियों का सहारा लिये बिना चल ही नहीं सकती। जनपदों की बोलियाँ कहावतों और मुहावरों की खान हैं। हम चुस्त राष्ट्रभाषा बनाने के लिए तरस रहे हैं, पर उसकी जो खानें हैं, उनको खोजकर सामग्री प्राप्त करने की ओर हमने अभी तक ध्यान नहीं दिया। हिन्दी-भाषा की तीन हजार धातुओं को यदि ठीक तरह ढूँढ़ा जाए, तो उनकी सेवा में हमें भाषा के लिए क्या-क्या शब्द नहीं मिल सकते? पर हमारा धातु-पाठ कहाँ है? वह हिन्दी के पाणिनि की बाट देख रहा है। खेल और क्रीड़ाएँ क्या राष्ट्रीय-जीवन के अंग नहीं हैं? मेले, पर्व और उत्सव सभी हमारी पैनी दृष्टि के अन्तर्गत आ जाने चाहिए। इन आँखों को लेकर जब हम अपने लोक के आकाश में ऊँचे उठेंगे, तब सैकड़ों-हजारों गयी चीजों को देखने की योग्यता हमारे पास स्वयं आ जाएगी।

भारत के साहित्यकार, विशेषतः हिन्दी के साहित्य-मनीषियों, को चाहिए कि नवीन दृष्टिकोण को अपनाकर साहित्य के उज्ज्वल भविष्य का साक्षात् दर्शन करें। दर्शन ही ऋषित्व है। ऋषियों की साधना के बिना राष्ट्र या उसके साहित्य का जन्म नहीं होता।

❑

२

पृथिवी-सूक्त : एक अध्ययन

माता भूमिः पुत्रोऽहं पृथिव्याः

अथर्ववेदीय पृथिवी-सूक्त (१२/१/१-६३) में मातृभूमि के प्रति भारतीय भावना का सुन्दर वर्णन पाया जाता है। मातृभूमि के स्वरूप और उसके साथ राष्ट्रीय जन की एकता का जैसा वर्णन इस सूक्त में है, वैसा अन्यत्र दुर्लभ है। इन मन्त्रों में पृथिवी की प्रशस्त वंदना है, और संस्कृति के विकास तथा स्थिति के जो नियम हैं, उनका अनुपम विवेचन भी है। वेश पहने हुए शब्दों को कवि ने श्रद्धापूर्वक मातृभूमि के चरणों में अर्पित किया है। कवि को भूमि सब प्रकार से महती प्रतीत होती है; 'सुमनस्यमाना' कहकर वह अपने प्रति भूमि की अनुकूलता को प्रकट करता है। जिस प्रकार माता अपने पुत्र के लिए मन के वात्सल्य भाव से दुग्ध का विसर्जन करती है, उसी प्रकार दूध और अमृत से परिपूर्ण मातृभूमि अनेक पयस्वती धाराओं से राष्ट्र के जन का कल्याण करती है। कल्याण-परम्परा की विधात्री मातृभूमि के स्तोत्र-गान और वंदना में भावों के वेग से कवि का हृदय उमग पड़ता है। उसकी दृष्टि में यह भूमि कामदुधा है। हमारी समस्त कामनाओं का दोहन भूमि से इस प्रकार होता है, जैसे अडिग भाव से खड़ी हुई धेनु दूध की धाराओं से पन्हाती है। कवि की दृष्टि में पृथिवीरूपी सुरभि के स्तनों में अमृत भरा हुआ है। इस अमृत को पृथिवी की आराधना से जो पी सकते हैं, वे अमर हो जाते हैं। मातृभूमि की पोषण-शक्ति अनन्त है। वह विश्वम्भरा है। उसके विश्वधायस् (२७)[१] रूप को प्रणाम है।

मातृभूमि का हृदय—स्थूल नेत्रों से देखनेवालों के लिए यह पृथिवी शिलाभूमि और पत्थर-धूलि का केवल एक जमघट है, किन्तु जो मनीषी हैं, जिनके पास ध्यान का बल है, वे ही भूमि के हृदय को देख पाते हैं। उन्हीं के लिए मातृभूमि का अमर

१. कोष्ठक के अंक सूक्तांतर्गत मन्त्रों के अंक हैं।

रूप प्रकट होता है। किसी देवयुग में यह भूमि सलिलार्णव के नीचे छिपी हुई थी। जब मनीषियों ने ध्यानपूर्वक इसका चिन्तन किया, तब उनके ऊपर कृपावती होकर यह प्रकट हुई। केवल मन के द्वारा ही पृथिवी का सान्निध्य प्राप्त किया जा सकता है। ऋषि के शब्दों में मातृभूमि का हृदय परम व्योम में स्थित है। विश्व में ज्ञान का जो सर्वोच्च स्रोत है, वही यह हृदय है। यह हृदय सत्य से घिरा हुआ अमर है (यस्याः हृदयं परमे व्योमन् सत्येनावृतममृतं पृथिव्याः, ८)। हमारी संस्कृति में सत्य का जो प्रकाश है, उसका उद्‌गम मातृभूमि के हृदय से ही हुआ है। सत्य अपने प्रकट होने के लिए धर्म का रूप ग्रहण करता है। सत्य और धर्म एक है। पृथिवी धर्म के बल से टिकी हुई है (धर्मणा धृता)। महासागर से बाहर प्रकट होने पर जिस तत्त्व के आधार पर यह पृथिवी आश्रित हुई, कवि की दृष्टि में वह धारणात्मक तत्त्व धर्म है। इस प्रकार के धारणात्मक महान् धर्म को पृथिवी के पुत्रों ने देखा और उसे प्रणाम किया—नमो धर्माय महते धर्मो धारयति प्रजाः (महाभारत, उद्योगपर्व)। सत्य और धर्म की ऐतिहासिक युगों में मूर्तिमान् होकर राष्ट्रीय संस्कृति का रूप ग्रहण करती है। संस्कृति का इतिहास सत्य से भरे हुए मातृभूमि के हृदय की ही व्याख्या है। जिस युग में सत्य का रूप विक्रम से संयुक्त होकर सुनहले तेज से चमकता है, वही संस्कृति का स्वर्ण-युग होता है। कवि की अभिलाषा है—'हे मातृभूमि, तुम हिरण्य के संदर्शन से हमारे सामने प्रकट हो। तुम्हारी सुनहली प्ररोचनाओं को हम देखना चाहते हैं (सा नो भूमि प्ररोचय हिरण्यस्येव संदृशि, १८)'। युगविशेष में राष्ट्रीय महिमा की नाप यही है कि उस युग की संस्कृति में सुवर्ण की चमक है या चाँदी या लोहे की। हिरण्य-संदर्शन या स्वर्णयुग ही संस्कृति की स्थायी विजय का युग है।

पुराकाल में मनीषी ऋषियों ने अपने ध्यान की शक्ति से मातृभूमि के जिस रूप को प्रत्यक्ष किया था, वह प्रत्यक्ष करने का अध्याय अभी तक जारी है। आज भी चिन्तन से युक्त मनीषी लोग नये-नये क्षेत्रों में मातृभूमि के हृदय के नूतन सौन्दर्य, नवीन आदर्श और अछूते रस का आविष्कार किया करते हैं। जिस प्रकार सागर के जल से बाहर पृथिवी का स्थूल रूप प्रकाश में आया, उसी प्रकार विश्व में व्याप्त जो ऋत है, उसके अमूर्त भावों को मूर्तरूप में प्रकट करने की प्रक्रिया आज भी जारी है। दिलीप के गोचारण की तरह मातृभूमि के ध्यानी पुत्र उसके हृदय के पीछे चलते हैं (यां मायाभिरन्वचरन्मनीषिणः १८) और उसकी आराधना से अनेक नये वरदान प्राप्त करते हैं। यह विश्व ऊर्ध्वमूल अश्वत्थ कहा गया है। ऊर्ध्व के साथ ही पृथिवी के हृदय का सम्बन्ध है। इसी कारण मातृभूमि के साथ तादात्म्य भाव की प्राप्ति ऊर्ध्वस्थिति या अध्यात्म-साधना का रूप है। भारतीय दृष्टि से मातृभूमि का प्रेम और अध्यात्म—इन दोनों का यही समन्वय है।

मातृभूमि का स्थूल विश्वरूप—पृथिवी का जो स्थूल रूप है, वह भी कुछ कम

आकर्षण की वस्तु नहीं है। भौतिक रूप में श्री या सौन्दर्य का दर्शन नेत्रों का परम लाभ है और उसका प्रकाश एक दिव्य विभूति है। इस दृष्टि से जब कवि विचार करता है, तब उसे पृथिवी पर प्रत्येक दिशा में रमणीयता दिखायी पड़ती है (आशामाशां रण्याम्, ५३)। वह पृथिवी को विश्वरूपा कहकर संबोधित करता है। पर्वतों के उष्णीष से सज्जित और सागरों की मेखला से अलंकृत मातृभूमि के पुष्कल स्वरूप में कितना सौन्दर्य है ? विभिन्न प्रदेशों में पृथक्-पृथक् शोभा की कितनी मात्रा है ?—इसको पूरी तरह पहचानकर प्रसिद्ध करना राष्ट्रीय कर्तव्य का आवश्यक अंग है। प्राकृतिक शोभा के स्थलों से जितना ही हम अधिक परिचित होते हैं, मातृभूमि के प्रति उतना ही हमारा आकर्षण बढ़ता है। भूमि के स्थूल रूप को, श्री को देखने के लिए हमारे नेत्रों का तेज सौ वर्ष तक बढ़ता रहे, और उसके लिए हमें सूर्य की मित्रता प्राप्त हो (३३)।

चारों दिशाओं में प्रकाशित मातृभूमि के चतुस्रशोभी शरीर को जाकर देखने के लिए हमारे पैरों में संचरणशीलता होनी चाहिए। चलने से ही हम दिशाओं के कल्याणों तक पहुँचते है (स्योनास्ता मह्यं चरते भवन्तु, ३१)। जिस प्रदेश में जनता की पदपंक्ति पहुँचती है, वही तीर्थ बन जाता है। पद-पंक्तियों के द्वारा ही मातृभूमि के विशाल जनायन पंथों का निर्माण होता है और यात्रा के बल से ही रथों के वर्त्म एवं शकटों के मार्ग भूमि पर बिछते हैं (ये ते पंथा बहवो जनायना रथस्य वर्त्मानसश्च यातवे, ४७)। चंक्रमण के प्रताप से पूर्व और पश्चिम में तथा उत्तर एवं दक्षिण में पथों का नाड़ी-जाल फैल जाता है। पर्वतों और महाकांतारों की भूमियाँ युवकों के पद-संचार से परिचित होकर सुशोभित होती हैं। 'चारिकं चारित्वा' का व्रत धारण करनेवाले चरक-स्नातक पुरों और जनपदों में ज्ञान-मंगल करते हैं तथा मातृभूमि की समग्र शोभा का आविष्कार करते हैं।

आरम्भि भू-प्रतिष्ठा के दिन हमारे पूर्वजों ने मातृभूमि के स्वरूप का घनिष्ठ परिचय प्राप्त किया था। उसके उन्नत प्रदेश, निरंतर बहनेवाली जलधाराएँ और हरे-भरे समतल मैदान, उन्होंने अपनी रूप-संपदा से उनको आकृष्ट किया (यस्या उद्वतः प्रवतः समं बहु, २)। छोटे गिरिजाल और हिमराशि का श्वेतमुकुट बाँधे हुए महान् पर्वत पृथिवी को टेके खड़े हैं। उनके ऊँचे शृंगों पर शिलीभूत हिम, अधित्यकाओं में सरकते हुए हिमश्रथ या बर्फानी जल, उनके मुख या बाँक से निकलनेवाली नदियाँ और तटांत में बहनेवाली सहस्रों धाराएँ, पर्वत-स्थली एवं द्रोणी, निर्झर तथा झूलती हुई नदी की तलहटियाँ, शैलों के दारण से बनी हुई दरी व कंदराएँ, पर्वतों के पार जानेवाले जोत या घाटे—इन सबका अध्ययन भौमिक चैतन्य का एक आवश्यक अंग है। सौभाग्य से विश्वकर्मा ने जिस दिन अपनी हवि से हमारी भूमि की आराधना की, उस दिन ही उसमें पर्वतीय अंश पर्याप्त मात्रा में रख दिया था। भूमि का तिलक करने के लिए मानो विधाता ने सबसे ऊँचे पर्वत-शिखर को स्वयं उसके मुकुट के समीप रखना उचित समझा। इतिहास साक्षी है कि इन पर्वतों

पर चढ़कर हमारी संस्कृति का यश हिमालय के उस पार के प्रदेशों में फैला। पर्वतों की सूक्ष्म छानबीन भारतीय संस्कृति की एक बड़ी विशेषता रही है, जिसका प्रमाण प्राचीन साहित्य में उपलब्ध होता है।

वैज्ञानिक कहते हैं कि देवयुगों में पर्वत सागर के अन्तस्तल में सोते थे। तृतीयक युग (Tertiary Era) के आरम्भ में लगभग चार करोड़ वर्ष पूर्व भारतीय भूगोल में बड़ी चकनाचूर करनेवाली घटनाएँ घटीं। बड़े-बड़े भू-भाग बिलट गए, पर्वतों की जगह समुद्र और समुद्रों की जगह पर्वत प्रकट हो गये। उसी समय हिमालय और कैलास भू-गर्भ से बाहर आए। उससे पूर्व हिमालय में एक समुद्र या पाथोधि था, जिसे वैज्ञानिक 'टेथिस्' का नाम देते हैं। जो हिमालय इस अर्णव के नीचे छिपा था, उसे हम अपनी भाषा में पाथोधि हिमालय (=टेथिस् हिमालय) कह सकते हैं। जब से पाथोधि हिमालय का जन्म हुआ, तभी से भारत का वर्तमान रूप या ठाट स्थिर हुआ। पाथोधि हिमालय और कैलास के जन्म की कथा के लिए चट्टानों के ऊपर-नीचे जमे हुए परतों को खोलकर इन शैल-सम्राटों के दीर्घ आयुष्य एवं इतिहास का अध्ययन जिस प्रकार पश्चिमी विज्ञान में हुआ है, उसी प्रकार इस शिलीभूत पुरातत्त्व के रहस्य का उद्घाटन हमारे देशवासियों को भी करना आवश्यक है। हिमालय के दुर्धर्ष गंडशैलों को चीरकर यमुना, जाह्नवी, भागीरथी, मंदाकिनी और अलकनन्दा ने केदार-खण्ड में, तथा सरयू-काली-कर्णाली ने मानसखण्ड में करोड़ों वर्षों के परिश्रम से पर्वतों के दले हुए गंगलोढ़ों को पीस-पीसकर महीन किया है। उन नदियों के विक्रम के वार्षिक ताने-बाने से यह हमारा विस्तृत समतल प्रदेश अस्तित्व में आया है। विक्रम के द्वारा ही मातृभूमि के हृदय-स्थानीय मध्यप्रदेश को पराक्रमशालिनी गंगा ने जन्म दिया है। इसके लिए गंगा को जितना भी पवित्र और मंगल्य कहा जाए, कम है। कवि कहता है कि पत्थर और धूलि के पारस्परिक संग्रथन से यह भूमि संधृत हुई है (भूमिः संधृता धृता, २६)। चित्र-विचित्र शिलाओं से निर्मित भूरी, काली और लाल रंग की मिट्टी पृथिवी के विश्वरूप की परिचायक है (बंभ्रु, कृष्णां रोहिणी विश्वरूपां ध्रुवां भूमिम्, ११)। यही मिट्टी वृक्ष-वनस्पति औषधियों को उत्पन्न करती है, इसी से पशुओं और मनुष्यों के लिए अन्न उत्पन्न होता है। मातृभूमि की इस मिट्टी में अद्भुत रसायन है। पृथिवी से उत्पन्न जो गन्ध है, वही राष्ट्र की विशेषता है और पृथिवी से जन्म लेनेवाले समस्त चराचर में पाई जाती है। मिट्टी और जल से बनी हुई पृथिवी में प्राण की अपरिमित शक्ति है। इसीलिए जिस वस्तु और विचार का सम्बन्ध भूमि से हो जाता है, वही नवजीवन प्राप्त करता है।

हमारे देश में ऊँचे पर्वत और उन पर जमी हुई हिमराशि है, यहाँ प्रचण्ड वेग से चलती हुई वायु उन्मुक्त वृष्टि लाती है। कवि को यह देखकर प्रसन्नता होती है कि अपने

उपयुक्त समय पर धूल को उड़ाती हुई और पेड़ों को उखाड़ती हुई मातरिश्वा नामक आँधी एक ओर से दूसरी ओर बहती है। इस दुर्धर्ष बात के बवंडर जब ऊपर-नीचे चलते हैं, तब बिजली कड़कती है और आकाश कौंध से भर जाता है—

यस्यां वातो मातरिश्वा ईयते रजांसि कृण्वन् च्यावयंश्च वृक्षान्। वातस्य प्रवामुपवामनुवाति अचिर्चः, ५१।

जिस देश का आकाश तड़ित्वंत मेघों से भरता है, वहाँ भूमि वृष्टि से ढक जाती है—

वर्षेण भूमिः पृथिवी वृतावृता, ५२।

प्रतिवर्ष संचित होनेवाले मेघजालों के उपकार का स्मरण करते हुए कवि ने पर्जन्य को पिता (१२) और भूमि को पर्जन्यपत्नी (४२) कहा है—

भूम्यै पर्जन्यपत्न्यै नमोऽस्तु वर्षमेदसे।

'पर्जन्य की पत्नी भूमि को प्रणाम है, जिसमें वृष्टि मेद की तरह भरी है।' मेघों की यह वार्षिक विभूति जहाँ से प्राप्त होती है, उन समुद्रों और सिन्धुओं का भी कवि को स्मरण है। अन्न से लहलहाते हुए खेत, बहनेवाले जल और महासागर—इन तीनों का घनिष्ठ सम्बन्ध है (यस्यां समुद्रं उत सिन्धुरापो यस्यामन्नम् कृष्टयः संबभूवुः, ३)। दक्षिण के गर्जनशील महासागरों के साथ हमारी भूमि का उतना ही अभिन्न सम्बन्ध समझना चाहिए जितना कि उत्तर के पर्वतों के साथ। ये दोनों एक ही धनुष की दो कोटियाँ हैं। इसीलिए रमणीय पौराणिक कल्पना में एक सिरे पर शिव और दूसरे पर पार्वती हैं। धनुष्कोटि के समीप की महोदधि और रत्नाकर के संगम की अधिष्ठात्री देवी पार्वती कन्याकुमारी के रूप में आज भी तप करती हुई विद्यमान हैं।

कुमारिका से हिमालय तक फैले हुए महाद्वीप में निरंतर परिश्रम करती हुई देश की नदियों और महानदियों की ओर सबसे पहले हमारा ध्यान जाता है। इस सूक्त में कवि ने नदियों के संतत विक्रम का अत्यन्त उत्साह से वर्णन किया है—

यस्यामापः परिचराः समानीरहोसत्रे अप्रमादं क्षरन्ति।
सा नो भूमिर्भूरिधारा पयो दुहामथो उक्षतु वर्चसा॥९॥

'जिसमें गतिशील व्यापक जल रात-दिन बिना प्रमाद और आलस्य के बह रहे हैं, वह भूमि उन अनेक धाराओं को हमारे लिए दूध में परिणम करे तथा हमको वर्चस् से सींचे।' कवि की वाणी सत्य है। मेघों से और नदियों से प्राप्त होनेवाले जल खेतों में खड़े हुए धान्य के शरीर या पौधों में पहुँचकर दूध में बदल जाते हैं तथा वह दधिमंड ही गाढ़ा होकर जौ, गेहूँ एवं चावल के दानों के रूप में जम जाता है। खेतों में जाकर यदि हम अपने नेत्रों से इस क्षीरसागर को प्रत्यक्ष देखें तो हमें विश्वास होगा कि हमारे धनधान्य की अधिष्ठात्री देवी लक्ष्मी इसी क्षीरसागर में बसती हैं। यही दूध अन्नरूप से मनुष्यों में प्रविष्ट होकर वर्चस् और तेज को उत्पन्न करता है। कवि की दृष्टि में पृथिवी

के जल विश्वव्यापी (समानी, ९) हैं। आकाश-स्थित जल से ही पार्थिव जल जन्म लेते हैं। हिमालय की चोटियों पर और गंगा में उतरने से पूर्व गंगा के दिव्य जल आकाश में विचरते हैं। वहाँ पार्थिव सीमाभाव की लकीरें उनमें नहीं होतीं। कौन कह सकता है कि किस प्रकार पृथिवी पर आने से पूर्व आकाश में स्थित जल हिमालय के और कैलाश के शृंगों की कहाँ-कहाँ परिक्रमा करते हैं? भारतीय कवि गंगा के स्रोत को ढूँढ़ते हुए चतुगङ्गम् और सप्तगङ्गम् धाराओं से कहीं ऊपर उठकर उन दिव्य जलों[1] तक पहुँचकर द्युलोक में गंगा का प्रभवस्थान मानते हैं। उनके व्यापक दृष्टिकोण के सम्मुख स्थूल पार्थक्य के भाव नहीं ठहरते।

भूमि के पार्थिव रूप में उसके प्रशंसनीय अरण्य भी हैं। कृषि-संपत्ति और वन-संपत्ति, वनस्पति-जगत् के ये दो बड़े विभाग हैं। यह पृथिवी दोनों की माता है। एक ओर इसके खेतों में अथक परिश्रम करनेवाले (क्षेत्र यस्या विकुवंते, ४३) इसके बलिष्ठ पुत्र भाँति-भाँति के व्रीहियवादिक अन्नों को उत्पन्न करते हैं (यस्यामन्नं व्रीहियवौ, ४२) और लहलहाती हुई खेती (कृष्टय:, ३) को देखकर हर्षित होते हैं तथा दूसरी ओर वे जंगल, कान्तार हैं, जिनमें अनेक प्रकार की वीर्यवती ओषधियाँ उत्पन्न होती हैं (नानावीर्या ओषधोर्या बिभर्ति, २)। यह पृथिवी साक्षात् ओषधियों की माता है (विश्वस्वम् मातरमोषधीनाम्, २७)। वर्षा ऋतु में जब जल से भरे हुए मेघ आकाश में गरजते हैं, तब ओषधियों की बाढ़ से पृथिवी का शरीर ढक जाता है। उस विचित्र वर्ण के कारण पृथिवी की एक संज्ञा पृश्नि कही गई है। वे ओषधियाँ षड्ऋतुओं के चक्र में परिपक्व होकर जब मुरझा जाती हैं, तब उनके बीज फिर पृथिवी में ही समा जाते हैं। पृथिवी उन बीजों को सँभालकर रखनेवाली धात्री है (गृभि: ओषधीनाम्, ५७)। समतल मैदान और हिमालय आदि पर्वतों के उत्संग में स्वच्छंद हवा और खुले आकाश के नीचे वातातपिक जीवन बितानेवाली इस असंख्य ओषधियों की इयत्ता कौन कह सकता है? इन्द्रधनुष के समान सात रंग के पुष्प खिलकर जब सूर्य की धूप में हँसते हैं, तब इन्हें देखकर हमारा हृदय आनन्द से भर जाता है। शंखपुष्पी का छोटा-सा हरित तृण श्वेत पुष्प का मुकुट धारण किए हुए जहाँ विकसित होता है, वहाँ धूप में एक मंगल-सा जान पड़ता है। ब्राह्मी, रुद्रवंती, स्वर्णक्षीरी, सौपर्णी, शंखपुष्पी इनके नामकरण का जो मनोहर अध्याय हमारे देश के निघण्टु वेत्ताओं ने आरम्भ किया था, उसकी कला अद्वितीय है। एक-एक ओषधि के पास जाकर उसके मूल और कांड से, पत्र और पुष्प से, केसर व पराग से उसके जीवन का परिचय एवं कुशल पूछकर उसके लिए भाषा के भण्डार में से एक-एक भव्य-सा नाम चुना गया। इन ओषधियों में जो गुण भरे हुए हैं, उनके साथ हमारे राष्ट्र को फिर से परिचित होने की आवश्यकता है।

१. ऐरियल वाटर्स।

वृक्ष और वनस्पति पृथिवी पर ध्रुव भाव से खड़े हैं (यस्यां वृक्षा वानस्पत्या ध्रुवास्तिष्ठन्ति विश्वहा, २७)। यों देखने में प्रत्येक की आयु काल से परिमित है, किन्तु उनका बीज और उनकी नस्ल हमेशा जीवित रहती है। यही उनका पृथिवी के साथ स्थायी सम्बन्ध है। करोड़ों वर्षों से विकसित होते हुए वनस्पति-जगत् के ये प्राणी वर्तमान जीवन तक पहुँचते हैं, और इसके आगे भी ये इसी प्रकार बढ़ते एवं फलते-फूलते रहेंगे। इसी भूमि से उन्नत भाव से खड़े हुए जो महावृक्ष हैं, उनको यथार्थतः वन के अधिपति या वानस्पत्य नाम दिया जा सकता है। देवदारु और न्यग्रोध, आम्र एवं अश्वत्थ, उदुंबर व शाल—ये अपने यहाँ के कुछ महाविटप हैं। जहाँ महावृक्षों को आदर नहीं मिलता, वहाँ के अरण्य क्षीण हो जाते हैं। सौ फीट ऊँचे और तीस फीट घेरेवाले अत्यन्त प्रांशु केदार और देवदारुओं को हिमालय के उत्संग में देखकर जिन लोगों ने श्रद्धा के भाव से उन वनस्पतियों को शिव के पुत्र के रूप में देखा, वे सचमुच जानते थे कि वनस्पति-संसार कितने उच्च सम्मान का अधिकारी है। केदार वृक्षों के निकट बसने के कारण स्वयं शिव ने केदारनाथ नाम स्वीकार किया। आज अनवधान के कारण हम अपने इन वानस्पत्यों को देखना भूल गए हैं। तभी हम उस मालझन लता की शक्ति से अनभिज्ञ हैं, जो सौ-सौ फीट ऊँचे उठकर हिमालय के बड़े-बड़े वृक्षों को अपने बाहुपाश में बाँध लेती है। आज वनस्पति जगत् के प्रति 'असुं पुरः पश्यसि देवदारुम्' के प्रश्नों द्वारा हमें अपने चैतन्य को फिर से झकझोरने की आवश्यकता है। जहाँ फूले हुए शालवृक्षों के नीचे शालभंजिका क्रीड़ाओं का प्रचार किया गया, जहाँ उदीयमान नारी-जीवन के सरस मन से वनस्पति-जगत् को तरंगित करने के लिए अशोक-दोहद जैसे विनोद कल्पित किए गए, वहाँ मनुष्य और वनस्पति-जगत् के सख्य-भाव को फिर से हरा-भरा बनाने की आवश्यकता है। पुष्पों की शोभा से वन-श्री का विलक्षण शृंगार होता है। देश में पुष्पों के संभार से भरे हुए अनेक वन-खण्ड और वाटिकाएँ हैं। कमल हमारे सब पुष्पों में एक निराली शोभा रखता है। वह मातृभूमि का प्रतीक ही बन गया है। इसीलिए पुष्पों में कवि ने कमल का स्मरण किया है। वह कहता है—'हे भूमि, तुम्हारी जो गन्ध कमल में बसी हुई है (यस्ते गन्धः पुष्करमाविवेश, २४), उस सुगन्ध से मुझे सुरभित करो।'

इस पृथिवी पर द्विपद और चतुष्पद (पशु-पक्षी) दोनों ही निवास करते हैं। आकाश की गोद में भरे हुए हंस और सुपर्ण व्योम को प्राणमय बनाते हैं (यां द्विपादः पक्षिणः संपतन्ति हंसाः सुपर्णाः शकुना वयांसि, ५१)। प्रतिवर्ष मानसरोवर की यात्रा करनेवाले हमारे हंसों के पंख कितने सशक्त हैं? आकाश में वज्र की तरह टूटनेवाले दृढ़ और बलिष्ठ सुपर्णों को देखकर हमें प्रसन्नता होनी चाहिए। मनुष्यों के लिए भी जो वन अगम हैं, उनमें पशु और पक्षी चहल-पहल रखते हैं। उनके सुरीले कंठ और सुन्दर रंगों को

देखकर हमें शब्द और रूप की अपूर्व समृद्धि का परिचय प्राप्त होता है।

भूमि पर रहनेवाली पशु-संपत्ति भी भूमि के लिए उतनी ही आवश्यक है, जितना की स्वयं मनुष्य। कवि की दृष्टि में यह पृथिवी गौवों और अश्वों का बहुविध स्थान है (गवामश्वानां वयसश्च विष्ठा, ५)। देश में जो गो-धन है, उसकी जो नस्लें सहस्रों वर्षों से दूध और घी से हमारे शरीरों को सींचती आई हैं, उनके अध्ययन, रक्षा एवं उन्नति में दत्तचित्त होना राष्ट्रीय कर्तव्य है। गोधन के जीर्ण होने से जनता के अपने शरीर भी क्षीण हो जाते हैं। गौओं के प्रति अनुकूलता और सौमनस्य का भाव मानुषी शरीर के प्रत्येक अणु को अन्न तथा रस से तृप्त रखता है। सिन्धु, कम्बोज और सुराष्ट्र के जो तुरंगम दीर्घ युगों तक हमारे साथी रहे हैं, उनके प्रति उपेक्षा करना हमें शोभा नहीं देता। इस देश के साहित्य में 'अश्व-सूत्र' और 'हस्ति-सूत्र' की रचना बहुत पहले हो चुकी थी। पश्चिमी एशिया के अमर्ना स्थान में आचार्य किक्कुलि का बनाया हुआ अश्व-शास्त्र सम्बन्धी एक ग्रन्थ उपलब्ध हुआ है, जो विक्रम से भी १५ शताब्दी पूर्व का है। इसमें घोड़ों की चाल और कुदान के बारे में एकावर्तन, त्र्यावर्तन, पंचावर्तन, सप्तावर्तन सदृश अनेक संस्कृत शब्दों के रूपांतर प्रयुक्त हुए हैं।

जो व्याघ्र और सिंह कांतारों की गुफाओं में निर्द्वन्द्व विचरते हैं, उनकी ओर भी कवि ने ध्यान दिया है। यह पृथिवी वनचारी शूकर के लिए भी खुली है, सिंह और व्याघ्र जैसे पुरुषाद आरण्य पशु यहाँ शौर्य-पराक्रम के उपमान बने हैं (४९)। पशु और पक्षी किस प्रकार पृथिवी के यश को बढ़ाते हैं, इसका इतिहास साक्षी है। भारतवर्ष के मयूर प्राचीन बावेरु (बेबीलन) तक जाते थे (बावेरु जातक)। प्राचीन केकय देश (आधुनिक शाहपुर, झेलम) के राजकीय अंतःपुर में कराल दाढ़ोंवाले महाकाय कुत्तों की एक नस्ल व्याघ्रों के वीर्य-बल से तैयार होती थी, जिसकी कीर्ति यूनान और रोम तक प्राचीनकाल में पहुँची थी। लैम्प्सकस (एशिया माइनर) से प्राप्त भारत-लक्ष्मी की चाँदी की तश्तरी पर इस बघेरी नस्ल के कुत्तों का चित्रण पाया गया है। कुत्तों की यह भीम जाति आज भी जीवित है और राष्ट्रीय कुशल-प्रश्न तथा दाय में भाग पाने के लिए उत्सुक है। विषैले सर्प और तीक्ष्ण डंक वाले बिच्छू हेमंत ऋतु में सर्दी से ठिठुरकर गुमसुम बिलों में सोए रहते हैं। ये भी पृथिवी के पुत्र हैं। जितनी लखचौरासी वर्षाऋतु में उत्पन्न होकर सहसा रेंगने और उड़ने लगती है, उनके जीवन में भी हमें अपने कल्याण की कामना करनी है (४६)। एक-एक मशक-दंश के कुपित होने से समाज में प्रलय मच जाता है।

ऊपर कहे हुए पार्थिव कल्याणों से संपन्न मातृभूमि का स्वरूप अत्यन्त मनोहर है। उसके अतिरिक्त स्वर्ण, मणिरत्न आदि निधियों ने उसके रूप-मुंडन को और भी

उत्तम बनाया है। रत्न-प्रसू, रत्नधात्री यह पृथिवी 'वसुधानी' है, अर्थात् सारे कोषों का रक्षा-स्थान है। उसकी छाती में अनन्त सुवर्ण भरा हुआ है। हिरण्यवक्षा भूमि के इस अपरिमित कोष का वर्णन करते हुए कवि की भाषा अपूर्व तेज से चमक उठती है—

विश्वंभरा वसुधानी प्रतिष्ठा हिरण्यवक्षा, जगतो निवेशिनी ॥२॥
निधिं बिभ्रती बहुधा गुहा वसु मणिं हिरण्यं पृथिवी ददातु मे।
वसूनि नो वसुदा रासमाना देवी दधातु सुमनस्यमाना ॥४४॥
सहस्रं धारा द्रविणस्य मे दुहां ध्रुवेव धेनुरनपस्फुरन्ती॥४५॥

विश्व का भरण करनेवाली, रत्नों की खान, हिरण्य से परिपूर्ण, हे मातृभूमि, तुम्हारे ऊपर एक संसार ही बसा हुआ है। तुम सबकी प्राण-स्थिति का कारण हो।

अपने गूढ़ प्रदेशों में तुम अनेक निधियों का भरण करती हो। तुम रत्न, मणि और सुवर्ण देनेवाली हो। रत्नों का वितरण करनेवाली वसुधे, प्रेम और प्रसन्नता से पुलकित होकर हमारे लिए कोषों को प्रदान करो।

अटल खड़ी हुई अनुकूल धेनु के समान, हे माता, तुम सहस्रों धाराओं से अपने द्रविण का हमारे लिए दोहन करो। तुम्हारी कृपा से राष्ट्र के कोष अक्षय निधियों से भरे-पूरे रहें। उनमें किसी प्रकार किसी कार्य के लिए कभी न्यूनता न हो।

हिरण्यवक्षा पृथिवी के इस आभामय सुनहले रूप को कवि अपनी श्रद्धांजलि अर्पित करता है—

तस्यै हिरण्यवक्षसे पृथिव्या अकरं नमः (२६)।

पृथिवी के साथ संवत्सर का अनुकूल सम्बन्ध भी हमारी उन्नति के लिए अत्यन्त आवश्यक है। कवि ने कहा है—

'हे पृथिवी, तुम्हारे ऊपर संवत्सर का नियमित ऋतुचक्र घूमता है। ग्रीष्म, वर्षा, शरद, हेमंत, शिशिर और वसन्त का विधान अपने-अपने कल्याणों को प्रतिवर्ष तुम्हारे चरणों में भेंट करता है। धीर गति से अग्रसर होते हुए तुम्हारे अहोरात्र नित्य नये दुग्ध का प्रस्रवण करते हैं।' पृथिवी के प्रत्येक संवत्सर की कार्य-शक्ति का वार्षिक लेखा कितना अपरिमित है। उसकी दिनचर्या और निजवार्त्ता अहोरात्र के द्वारा ऋतुओं में ऋतुओं के द्वारा संवत्सर में आगे बढ़ती है। पुन: संवत्सर उस विक्रम की कथा को महाकाल के प्रवर्तित चक्र को भेंट करता है। संवत्सर का इतिहास नित्य है। हे पृथिवी, वसन्त ऋतु के किस क्षण में किस पुष्प को तुम रंगों की तूलिका से सजाती हो, और किस औषधि में तुम्हारे अहोरात्र एवं ऋतुएँ अपना दुग्ध किस समय जमा करती हैं; पंख फैलाकर उड़ती हुई तुम्हारी तितलियाँ किस ऋतु में कहाँ-से-कहाँ जाती हैं; किस समय क्रौंच पक्षी कलरव करती हुई पंक्तियों में मानसरोवर से लौटकर तुम्हारें खेतों में मंगल करते हैं; किस समय तीन दिन तक बहनेवाला प्रचण्ड फगुनहटा वृक्षों के जीर्ण-शीर्ण पत्तों को धराशायी बना

देता है; और किस समय पुरवाई आकाश को मेघों की घटा से छा देती है? इस ऋतु-विज्ञान की तुम्हारी रोमहर्षण गृहवार्त्ता को जानने की हममें नूतन अभिरुचि हुई है।

जन

भूमि पर जन का सन्निवेश बड़ी रोमांचकारी घटना मानी जाती है। किसी पूर्व युग में जिस जन ने अपने पद इस पृथिवी पर टेके, उसी ने यहाँ भू-प्रतिष्ठा[१] प्राप्त की, उसी के भूत और भविष्य की अधिष्ठात्री यह भूमि है—

सा नो भूतस्य भव्यस्य पत्नी।(१)

पृथिवी पर सर्वप्रथम पैर टेकने का भाव जन के हृदय में गौरव उत्पन्न करता है। जन की ओर से कवि कहता है—मैंने अजित, अहत और अक्षत रूप में सबसे पूर्व इस भूमि पर पैर जमाया था—

अजीतोऽहतो अक्षतोऽध्यष्ठां पृथिवीमहम्।(११)

उस भू-अधिष्ठान के कारण भूमि और जन के बीच में एक अंतरंग सम्बन्ध उत्पन्न हुआ। यह सम्बन्ध पृथिवी-सूक्त के शब्दों में इस प्रकार है—

माता भूमिः पुत्रोऽहं पृथिव्याः।(१२)

'यह भूमि माता है, और मैं पृथिवी का पुत्र हूँ।' भूमि के साथ माता का सम्बन्ध जन या जाति के समस्त जीवन का रहस्य है। जो जन भूमि के साथ इस सम्बन्ध का अनुभव करता है, वही माता के हृदय से प्राप्त होनेवाले कल्याणों का अधिकारी है, उसी के लिए माता दूध का विसर्जन करती है।

सा नो भूमिर्विसृजतां माता पुत्राय मे पयः।(१०)

जिस प्रकार पुत्र को ही माता से पोषण प्राप्त करने का स्वत्व है, उसी प्रकार पृथिवी के ऊर्ज या बल पृथिवी-पुत्रों को ही प्राप्त होते हैं। कवि के शब्दों में—'हे पृथिवी, तुम्हारे शरीर से निकलनेवाली जो शक्ति की धाराएँ हैं, उनके साथ हमें संयुक्त करो'—

यत्ते मध्यं पृथिवी यच्च नभ्यं यास्त ऊर्जस्तन्वः संबभूवुः।
तासु नो धेहि अभि नः पवस्व माता भूमि पुत्रो अहं पृथिव्याः॥१२॥

पृथिवी या राष्ट्र का जो मध्यबिन्दु है, उसे ही वैदिक भाषा में नभ्य कहा है। उस

१. भू-प्रतिष्ठा, भू-मापन, प्रारंभिक युग में भूमि पर जन के सन्निवेश की संज्ञा है, जिसे अंग्रेजी में लैण्ड-टेकिंग कहा जाता है। आइसलैण्ड की भाषा के अनुसार 'लैण्ड-टेकिंग' के लिए 'लैण्ड-नामा' शब्द है। डॉ. कुमारस्वामी ने ऋग्वेद को 'लैण्ड-नामा बुक' कहा है, क्योंकि ऋग्वेद प्रत्येक क्षेत्र में आर्य-जाति की 'भू-प्रतिष्ठा' का ग्रन्थ है। पूर्वजनों के द्वारा भू-प्रतिष्ठा (पृथ्वी पर पैर टेकना) सब देशों में एक अत्यन्त पवित्र घटना मानी जाती है। (देखिए, कुमारस्वामी, ऋग्वेद ऐज लैण्ड-नामा बुक, पृष्ठ ३४)

केन्द्र से युग-युग में अनेक ऊर्ज या राष्ट्रीय बल निकलते हैं। जब इस प्रकार के बलों की बहिया आती है, तब राष्ट्र का कल्प-वृक्ष हरियाता है। युगों से सोए हुए भाव जाग जाते हैं और वही राष्ट्र का जागरण होता है। कवि की अभिलाषा है कि जब इस प्रकार के बल प्रवाहित हों, तब मैं भी उस चेतना के प्राणवायु से संयुक्त होऊँ। पृथिवी के ऊपर आकाश में छा जानेवाले विचार-मेघ पर्जन्य हैं, जो अपने वर्षण से समस्त जतना को सींचते हैं (पर्जन्यः पिता स उनः पिपर्त्तु, १२)। उन पर्जन्यों से प्रजाएँ गयी-गयी प्रेरणाएँ लेकर बढ़ती है। पृथिवी पर उठनेवाले ये महान् वेग मानसिक शक्तियों में प्रकंप उत्पन्न करते हैं, और शारीरिक बलों में चेतना या हलचल को जन्म देते हैं। शारीरिक और मानसिक दो प्रकार के वेगों (फ़ोर्सेस्) के लिए वेद में 'एजथु' और 'वेपथु' शब्दों का प्रयोग किया गया है—

महत्सधस्थं, महती बभूवः
महान्वेग एजथुर्वपथुष्टे। (१८)

भूमि की एक संज्ञा सधस्थ (कॉमन फादरलैण्ड) है, क्योंकि यहाँ उसके सब पुत्र मिलकर (सह+स्थ) एक साथ रहते हैं। यह महती पितृभूमि या सधस्थ विस्तार में अत्यन्त महान् है और ज्ञान की प्रतिष्ठा में भी इसका पद ऊँचा है। इसके पुत्रों के एजथु (मन के प्रेरक वेग) और वेपथु (शरीर के बल) भी महान् हैं। तीन महत्ताओं से युक्त इसकी रक्षा महान् इन्द्र प्रमादरहित होकर करते हैं (महांस्त्वेन्द्रो रक्षत्यप्रमादम्, १८)। महान् देश-विस्तार, महती सांस्कृतिक प्रतिष्ठा, जनता में शरीर और मन का महान् आन्दोलन और राष्ट्र का महान् रक्षण-बल, ये चारों जब एक साथ मिलते हैं, तब उस युग में इतिहास स्वर्ण के तेज से चमकता है। इसी को कवि ने कहा है, 'हे भूमि, हिरण्य के संदर्शन से हमारे लिए चम्को, कोई हमारा वैरी न हो (१८)।' बड़े-बड़े बवंडर व भूचाल, हउहरे तथा हड़कंप, बतास और झंझाएँ भौतिक और मानसिक जगत् में पृथिवी पर चलते रहते हैं। इतिहास में कहीं युद्धों के प्रलयंकर मेघ मँडराते हैं, कहीं क्रांति और विप्लवों के धक्के पृथिवी को डगमगाते हैं, परन्तु पृथिवी का मध्यबिन्दु कभी नहीं डोलता। जिन युगों में किलकारी मारनेवाली घटनाओं के अध्याय सपाटे के साथ दौड़ते हैं, उनमें भी पृथिवी का केन्द्र ध्रुव और अडिग रहता है। इसका कारण यह है कि यह पृथिवी इन्द्र की शक्ति से रक्षित (इन्द्रगुप्ता) है, सबसे महान् देव इन्द्र प्रमादरहित होकर स्वयं इसकी रक्षा करते रहते हैं। इस प्रकार की कितनी अग्नि-परीक्षाओं में पृथिवी उत्तीर्ण हो चुकी है।

कवि की दृष्टि में मनु की संतति इस पृथिवी पर अड़चन के बिना निवास करती है (असंबाधं बध्यतो मानवानाम्, २)। इस भूमि के पास चार दिशाएँ हैं, इसका स्मरण कराने का यह तात्पर्य है कि प्रत्येक दिशा में स्वाभाविक दिक्सीमा है, वहाँ तक पृथिवी का अप्रतिहत विस्तार हो। प्राची और उदीची, दक्षिण और पश्चिम—इन दिशाओं में सर्वत्र

हमारे लिए कल्याण हो तथा हम कहीं से उत्क्रांत न हों (३१-३२)। इस भुवन का आश्रय लेते हुए हमारे पैरों में कहीं ठोकर न लगे (मा निपप्तं भुवने शिश्रियाण:) और हमारे दाहिने और बाएँ पैर ऐसे दृढ़ प्रतिष्ठित हों कि किसी भी अवस्था में वे लड़खड़ाएँ नहीं (पद्भ्यां दक्षिणसव्याभ्यां मा व्यथिष्महि भूम्याम्)। जनता के पराक्रम की चार अवस्थाएँ होती हैं—कलि, द्वापर, त्रेता और कृत। जनता का सोया हुआ रूप कलि, अँगड़ाई लेता हुआ या बैठने की चेष्टा करता हुआ द्वापर है, खड़ा हुआ रूप त्रेता और चलता हुआ रूप कृत है **(उदीराणा उतासीनस्तिष्ठन्तः प्रक्रामन्तः, २८)**।[1]

पृथिवी पर असंबाध निवास करने के लिए एक भावना बारंबार इन मन्त्रों में प्रकट होती है, वह है—पृथिवी के विस्तार का भाव। यह भूमि हमारे लिए उरु लोक अर्थात् विस्तृत प्रदेश प्रदान करनेवाली हो (उरु लोकं पृथिवी नः कृणोतु)। द्युलोक और पृथिवी के बीच में महान् अन्तराल जनता के लिए सदा उन्मुक्त रहे। राष्ट्र के लिए केवल दो चीजें चाहिए—एक 'व्यच' या भौमिक विस्तार और दूसरी मेधा या मस्तिष्क की शक्ति (५६)। इन दो की प्राप्ति से पृथिवी की उन्नति का पूर्णरूप विकसित हो सकता है।

भूमि पर जनों का वितरण इस प्रकार स्वाभाविक रीति से होता है, जैसे अश्व अपने शरीर की धूलि को चारों ओर फैलाता है। जो जन पृथिवी पर बसे थे, वे चारों ओर फैलते गए और उनसे ही अनेक जनपद अस्तित्व में आए। यह पृथिवी अनेक जनों को अपने भीतर रखनेवाला एक पात्र है (त्वमस्यावपनी जनानाम्, ६१)। यह पात्र विस्तृत है (पप्रथाना), अखण्ड (अदिति रूप) है, और सब कामनाओं की पूर्ति करनेवाला (कामदुघा) है। किसी प्रकार की कोई न्यूनता प्रजापति के सुन्दर और सत्य नियमों के कारण इस पूर्ण घट में उत्पन्न नहीं होती। पृथिवी के ऊन भावों की पूर्त्ति का उत्तरदायित्व प्रजापति के ऋत या विश्व की संतुलन-शक्तियों पर है (यत्त ऊनं तत्त आपूरयति प्रजापतिः, प्रथमजा ऋतस्य, ६१)।

पृथिवी पर बसे हुए अनेक प्रकार के जनों की सत्ता ऋषि स्वीकार करता है। मातृभूमि को वे मिलकर शक्ति देते हैं और उसके रूप की समृद्धि करते हैं। अपने-अपने प्रदेशों के अनुसार (यथौकसम्) उनकी अनेक भाषाएँ हैं और वे नाना धर्मों के माननेवाले हैं—

जनं बिभ्रती बहुधा विवाचसं;
नानाधर्माणं पृथिवी यथौकसम्।(४५)

उनमें जो विभिन्नता की सामग्री है, उसे मातृभूमि सहर्ष स्वीकार करती है। विभिन्न होते हुए भी उन सबमें एक ही तार इस भावना का पिरोया हुआ है कि वे सब पृथिवी के

---

१. इसी की व्याख्या 'ऐतरेय ब्राह्मण' के चरैवेति गान में है—

कलिः शयानो भवति संजिहानस्तु द्वापरः।
उत्तिष्ठंस्त्रेता भवि कृतं संपद्यते चरन्॥

पुत्र हैं। कवि की दृष्टि में एक एकता दो रूपों में प्रकट होती है। एक तो उस गन्ध के रूप में है, जो पृथिवी का विशेष गुण है। यह गन्ध सबमें बसी हुई है। जिसमें पृथिवी से उत्पन्न वह गन्ध राष्ट्रीय विशेषता के रूप में स्त्रियों और पुरुषों में प्रकट होती है। उसी गन्ध को हम स्त्री-पुरुषों के भाग्य और मुख के तेज के रूप में देखते हैं। वीरों का पौंस्य भाव और कन्या का वर्चस् उसी गन्ध के कारण है। मातृभूमि की पुत्री प्रत्येक कुमारी अपने नये लावण्य में उसी गन्ध को धारण करती है। मातृभूमि की उस गन्ध से हम सब सुरभित हों, उस सौरभ का आकर्षण सर्वत्र हो। अन्य राष्ट्रों के मध्य में हमारी उस गन्ध का कोई बैरी न हो, केवल उस गन्ध के कारण अर्थात् मातृभूमि की उस छाप को अपने सिर पर धारण करने के कारण कोई हमसे द्वेष न करे (तेन मा सुरभि कृणु मा नो द्विक्षत कश्चन, २४-२५)। वह गन्ध पृथिवी के प्रत्येक परमाणु की विशेषता है। औषधियों और वनस्पतियों में, मृगों और आरण्य पशुओं में, अश्वों और हाथियों में सर्वत्र वही एक विशेषता स्पष्ट है। मातृभूमि की उस गन्ध के कारण किसी को कहीं भी निरादर प्राप्त न हो, वरन् इसी गुण के कारण राष्ट्र में वे तेजस्वी और सम्मानित हों। वही गन्ध उस पुष्कर में बसी हुई थी, जिसे सूर्या के विवाह में देवों ने सूँघा था। हे भूमि, उन अमर्त्यों को तुम्हारी 'अग्र गन्ध' उदय के प्रथम प्रभात में प्राप्त हुई थी, वही अग्र गन्ध हमें भी सुरभित करनेवाली हो। जिस समय राष्ट्र की सब प्रजाएँ परस्पर सुमनस्यमान होकर अपने सुन्दर रूप में विराजमान थीं, उस समय सूर्या के विवाह में उनका जो महोत्सव हुआ था, उस सम्मिलन में जिस गन्ध से बसे हुए कमल को देवों ने सूँघा था, उसी अमर ऐक्य गन्ध की उपासना आज हम भी करते हैं (२३-२५)। जनता का बाह्य भौतिक रूप और श्री उसी राष्ट्रीय ऐक्य से सदा प्रभावित हो।

एकता का दूसरा रूप अधिक उच्च है। वह मानस-जगत् की भावना है। वह अग्नि के रूप में सर्वत्र व्याप्त है। अग्नि ही ज्ञान की ज्योति है। 'पुरुषों और स्त्रियों में, अश्वों और गोधन में, जल और औषधियों में, भूमि और पाषाणों में, द्युलोक और अन्तरिक्ष में एक ही अग्नि बसी हुई है। मर्त्य लोग अपनी साधना से उसी अग्नि को प्रज्वलित करके अमर्त्य बनाते हैं।' मातृभूमि के जिन पुत्रों में यह अग्नि प्रकट हो जाती है, वे अमृतत्व या देवत्व के भाव को प्राप्त करते हैं। 'यह समस्त भूमि उस अग्नि के वस्त्र को ओढ़े हुए है। इसका घुटना काला है' (अग्निवासाः पृथिवी असितज्ञूः, २१)। पुत्र माता के जिस घुटने पर बैठता है, उसका भौतिक रूप काला है, किन्तु उस पर बैठकर और मातृमान् बनकर वह अपने हृदय के तेजस्वी भावों से उस घुटने को चमका देता है, तथा तीक्ष्ण बल प्राप्त करता है (२१)। मातृभूमि के साथ सम्बन्धित होने के लिए मनोभाव ही प्रधान वस्तु है। 'जो देवों की भावना रखते हैं उनके लिए यहाँ सजाए हुए यज्ञ हैं; जो मानुषी भावों से प्रेरित हैं, उन मर्त्यों के लिए केवल अन्त और पान के भोग हैं (२२)।

इस सूक्त में भूमि, भूमि पर बसनेवाले जन, जनों की विविधता, उनकी एकता और उन सबको मिलाकर एक उत्तम राष्ट्र की कल्पना—इन पाँच बातों का स्पष्ट विवेचन पाया जाता है। कवि ने निश्चित शब्दों में कहा है—

सा नो भूमिस्त्विषिं बलं राष्ट्रे दधातूत्तमे। (८)

समग्रता—राष्ट्रीय ऐक्य के लिए सूक्त में 'समग्र' शब्द का प्रयोग है। यह ऐक्य किस प्रकार प्राप्त किया जा सकता है? आपस में भिन्नता होना, अनेक भाषाओं और धर्मों का अस्तित्व कोई त्रुटि नहीं है। अभिशाप के रूप में उसकी कल्पना उचित नहीं है। ऋषि की दृष्टि में विविधता का कारण भौतिक परिस्थिति है। नाना धर्म, भिन्न भाषाएँ, बहुधा जन, ये सब यथौकस् अर्थात् अपने-अपने निवासस्थानों के कारण पृथक् हैं। इस स्वाभाविक कारण से जूझना मनुष्य की मूर्खता है। ये स्थूल भेद कभी एकाकार हो जाएँगे, यह समझना भी भूल है। 'पृथिवी पर जो प्राणी उत्पन्न हैं, उन्हें भूमि पर विचरने का अधिकार है। जितने मर्त्य 'पंच मानव' यहाँ हैं, वे तब तक अमर रहेंगे, जब तक सूर्य आकाश में है, क्योंकि सूर्य ही तो प्रात:काल सबको अपनी रश्मियों से अमर बना रहा है।'(१५)

पृथिवी के 'पंच मानव' और छोटी-मोटी और भी अनेक प्रजाएँ (पंच कृष्टय:) विधाता के विधान के अनुसार ही स्थायी रूप से यहाँ निवास करने के लिए हैं, अतएव उनको परस्पर समग्र भाव से एकता के सूत्र में बाँधकर रखना आवश्यक है—

ता न: प्रजा: सं दुह्रतां समग्रा
वाचो मधु पृथिवी धेहि मह्यम्। (१६)

बिना एकता के मातृभूमि का कल्याण असम्भव है। पृथिवी के दोहन के लिए आदिराज पृथु ने जड़-चेतन के अनेक वर्गों को एक सूत्र में बाँधा था, और भूमि का दूध पीने के लिए पृथु की अध्यक्षता में सभी को बछड़ा बनना पड़ा था। इस ऐक्य-भाव की कुञ्जी वाणी का मधु या बोली की मिठास है (वाच: मधु)। यह कुञ्जी तीन काल में भी नहीं बिगड़ती। हमें चाहिए कि जब बोलने लगें तो पहले यह सोच लें कि हम उससे किसी के हृदय पर आघात तो नहीं कर रहे हैं। 'हे सबको शुद्ध करनेवाली माता, तुम्हारे मर्म और हृदय-स्थान का वेधन मैं कभी न करूँ' (३५)। प्रियदर्शी अशोक ने सम्प्रदायों में सुमति और सद्भाव के लिए वाणी के इस शहद का उपदेश दिया था। अपने को उज्ज्वल सिद्ध करने के लिए जब हम दूसरों की निन्दा करते हैं, तब आप भी बुझ जाते हैं। राष्ट्र की वाक् में मधु की अनेक धाराओं के अनवरत प्रवाह से ही सबका कल्याण है और वही मधु समग्र प्रजाओं को एक अखण्ड भाव में गूँथता है। पृथिवी स्वयं क्षमाशील धात्री है (क्षमां भूमिम्, २१)। वह क्षमा और सहिष्णुता का सबसे बड़ा आदर्श उपस्थित करती है। 'ज्ञानी गुरु (२१) और मूर्ख-बुद्धू दोनों को वह पोषित

करती है। भद्र और पापी दोनों की मृत्यु उसी की गोद में होती है' (४८)। प्रत्येक प्राणी दायीं-बायीं पसलियों की करवट से उस पर लेटता है और वह सभी का बिछौना बनी है। (सर्वस्य प्रतिशीवरी, ३४)।

पृथिवी पर बसनेवाला जन व्यक्ति रूप में शतायु, पर समष्टि रूप से अमर है। जन का जीवन एक पीढ़ी में समाप्त नहीं हो जाता, वह युगांत तक स्थिर रहता है। सूर्य उसके अमृतत्त्व का साक्षी है। जन पृथिवी के उत्संग में रोग और ह्रास में अभय होकर रहना चाहता है (अनमीवा अयक्ष्मा ६२)। हे मातृभूमि, हम दीर्घ आयु तक जाते हुए तुम्हारे लिए भेंट चढ़ाते रहें (६२)। पृथिवी जन के भूत और भविष्य दोनों की पालनकर्त्री है (सा नो भूतस्य भव्यस्थ पत्नी, १)। उसकी रक्षा स्वयं देव प्रमाद के बिना स्वप्नरहित होकर करते हैं (७) इसलिए पृथिवी का जीवन कल्पांत तक स्थायी है। उस भूमि के साथ यज्ञीव भावों से सम्बन्धित जन भी अजर-अमर है।

भूमि के साथ जन का सम्बन्ध आज नया नहीं है। यही पृथिवी हमारे पूर्व-पुरुषों की भी जननी थी। हे पृथिवी, तुम हमारे पूर्वकालीन पूर्वजों की भी माता हो। तुम्हारी गोद में जन्म लेकर पूर्व जनों ने अनेक विक्रम के कार्य किए हैं—

यस्या पूर्वे पूर्वजना विचक्रिरे, (५)।

उन पराक्रमों की कथा ही हमारे जन का इतिहास है। हमारे पूर्व-पुरुषों ने इस भूमि को शत्रुओं से रहित (अनमित्र) और असपत्न बनाया। उन्होंने युद्धों में दुंदुभि-घोष किया (यस्यां वदति दुंदुभिः, ४१) और आनन्द से विजयगान करते हुए नृत्य एवं संगीत के प्रमोद किए (यस्यां नृत्यंति गायंति व्यैलबाः, ४९)। जनता की हर्षवाणी और किलकारियों से युक्त गति और नृत्य के दृश्य तथा अनेक प्रकार के पर्व एवं लोक की आत्मा प्रकाशित होती है। भारतीय संवत्सर के षड्ऋतुओं का चक्र इस प्रकार के पर्वों से भरा हुआ है। उसके सामयिक अभिप्राय को पहचानकर उन्हें फिर से राष्ट्रीय जीवन का अंग बनाने की आवश्यकता है। उद्यानों की क्रीड़ाएँ और कितने प्रकार के पुष्पोत्सव संवत्सर की पर्व-परम्परा में अभी तक बच गए हैं। वे फिर से सार्वजनिक जीवन में प्राण-प्रतिष्ठा के अभिलाषी हैं।

इन विश्वगर्भा पृथिवी के पुत्रों को विश्वकर्मा कहा गया है (१३)। अनेक महत्त्वपूर्ण कार्यों की योजना उन्होंने की है और नये संभारों को वे उठाते रहते हैं। पृथिवी के विशाल खेतों में उनके दिन-रात के परिश्रम से चारों ओर धान्य-सम्पत्ति लहराती है। उन्होंने अपनी बुद्धि और श्रम से अनेक बड़े नगरों का निर्माण किया है, जो देव-निर्मित-से जान पड़ते हैं—

यस्याः पुरो देवकृतः क्षेत्रे यस्या विकुर्वते।
प्रजापतिः पृथिवीं विश्वगर्भा आशामाशां रण्यां नः कृणोतु (४३)

पृथिवी की महापुरियों में देवताओं का अंश मिला है, इसीलिए तो वे अमर हैं। महापुरियों में देवत्व की भावना से स्वयं भूमि को भी देवत्व और सम्मान मिला है। जंगल और पहाड़ों से भरी हुई तथा समतल मैदान और सदा बहनेवाली नदियों से परिपूर्ण भूमि को हर एक दिशा में नगरों की शोभा में रमणीय बना देना राष्ट्र का बड़ा भारी पराक्रम का कार्य माना जाता है। संस्कृति के अनेक अध्यायों का निर्माण इन नगरों में हुआ है, जिसके कारण उनको पुनः प्रतिष्ठा मिलनी चाहिए। प्राचीन भारत में नगरों के अधिष्ठाता देवताओं की कल्पना की गई थी। उन नगर-देवताओं को फिर से पौर-पूजा का उपहार चढ़ाने के लिए सार्वजनिक महोत्सवों का विधान होना चाहिए। पृथिवी पर जो ग्राम और अरण्य हैं, उनमें भी सभ्यता के अंकुर फूले-फले हैं। ग्रामों के जनपदीय जीवन में एवं जहाँ अनेक मनुष्य एकत्र होते हैं, उन संग्रामों या मेलों में मातृभूमि की प्रशंसा के लिए उसके पुत्रों के कंठ निरंतर खुलते रहें—

ये ग्रामा यदरण्यं याः सभा अधि भूम्यां
ये संग्रामास्समितयस्तेषु चारु वदेम ते। (५६)

'पृथिवी पर जो ग्राम और अरण्य हैं, जो सभाएँ और समितियाँ हैं, जो सार्वजनिक सम्मेलन हैं, उनमें हे भूमि, हम तुम्हारे लिए सुन्दर भाषण करें।'

सुन्दर भाषण का स्मरण करते हुए कवि का हृदय गद्‌गद हो जाता है। वह चाहता है कि भूमि के प्रशंसा-गान में हमारा हृदय विकसित हो, हमारी वाणी उदार हो और हमारी भाषा की शब्द-संपत्ति का भण्डार उन्मुक्त हो। वाणी का सर्वोत्तम तेज उन सभाओं और समितियों में देखा जाता है, जो राष्ट्रीय जीवन को नियमित करती हैं। सभा और समिति को वेदों में प्रजापति की पुत्रियाँ कहा गया है। राष्ट्रीय जीवन के साथ उनका मिलकर कार्य करना अत्यन्त आवश्यक है; सभाओं और समितियों में जनता के जो प्रतिनिधि सम्मिलित होते हैं, मातृभूमि के लिए उनके द्वारा सुन्दरतम शब्दों के प्रयोग की कल्पना कितनी मार्मिक है? वेदों के अनुसार पृथिवी पर बसनेवाली जनता का सम्बन्ध राष्ट्र से है। राष्ट्र के अन्तर्गत भूमि और जन दोनों सम्मिलित हैं। इसलिए यजुर्वेद के 'आब्रह्मन्' सूक्त में एक ओर ब्रह्मवर्चस्वी ब्राह्मण, तेजस्वी राजन्य और यजमानों के वीर युवा पुत्रों का आदर्श है, दूसरी ओर उचित समय पर मेघों से जल-वृष्टि एवं फलवती औषधियों के परिपाक से पृथिवी पर धन-धान्य की समृद्धि की अभिलाषा है। इन दोनों के सम्मिलन से ही राष्ट्र का योग-क्षेम पूर्ण होता है। पृथिवी-सूक्त में राष्ट्र के आदर्श को कई प्रकार से कहा गया है। भूमि पर जन की दृढ़ स्थापना, जनता में समग्रता का भाव, जन की अनमित्र, असपत्न और असंबाध स्थिति आदि जो बातें राष्ट्र-वृद्धि के लिए आवश्यक हैं, उनका वर्णन सूक्त में यथास्थान प्राप्त होता है।

भूमि, जन और जन की संस्कृति, इन तीनों की सम्मिलित संज्ञा राष्ट्र है। पृथिवी-

सूक्त के अनुसार राष्ट्र तीन प्रकार का होता है—निकृष्ट, मध्यम और उत्तम। प्रथम कोटि के राष्ट्र में पृथिवी की सब प्रकार की भौतिक सम्पत्ति का पूर्ण रूप से विकास देखा जाता है। मध्यम कोटि के राष्ट्र में जन की वृद्धि और हलचल देखी जाती है, और उत्तम कोटि के राष्ट्र की विशेषता का लक्षण राष्ट्रीय जन की उच्च संस्कृति है। इसी को ध्यान में रखते हुए ऋषि प्रार्थना करता है कि हम उत्तम राष्ट्र में मानसिक तेज और शारीरिक बल प्राप्त करें—

सा नो भूमिस्त्विषिं बलं राष्ट्रे दधातूत्तमे, (८)।

वह भूमि जिसका हृदय अमृत और सत्य से ढँका हुआ है, उत्तम राष्ट्र में हमारे लिए तेज और बल देनेवाली हो। राष्ट्र के उपयुक्त स्वरूप को यों भी कह सकते हैं कि भूमि राष्ट्र का शरीर है, जन उसका प्राण है और जन की संस्कृति उसका मन है। शरीर, प्राण और मन इन तीनों के सम्मिलन से ही राष्ट्र की आत्मा का निर्माण होता है। राष्ट्र में जन्म लेकर प्रत्येक मनुष्य तीन ऋणों से ऋणवान् हो जाता है, अर्थात् त्रिविध कर्तव्य जीवन में उसके लिए नियत हो जाते हैं। राष्ट्र के शरीर या भौतिक रूप की उन्नति देवऋण है, क्योंकि यह भूमि इस रूप में देवों के द्वारा निर्मित हुई। जन के प्रति कर्तव्य पितृऋण है, जो सुन्दर स्वस्थ प्रजा की उत्पत्ति और उनके संवर्धन से पूर्ण किया जाता है। राष्ट्रीय-ज्ञान और धर्म के प्रति जो कर्तव्य है, वह ऋषि-ऋण है। संस्कृति के विकास के द्वारा हम उस ऋण से उऋण होते हैं। ऋषियों के प्रति उत्तरदायित्व का अर्थ है, ज्ञान और संस्कृति के आदर्शों को अपने ही जीवन में मूर्तिमान करने का प्रयत्न तथा यह विचार कि राष्ट्र में ज्ञान के संरक्षण एवं संचय की जो गुहाएँ हैं, उनमें मेरा अपना मन भी एक गुहा बने, इससे राष्ट्र के उत्तम रूप का तेज विकसित होता है। एक तपस्वी के तप से, ज्ञानी के ज्ञान से और संकल्पवान् पुरुष के संकल्प से समस्त राष्ट्र शक्ति, ज्ञान एवं संकल्प से युक्त बन जाता है। राष्ट्र के सुवर्ण के सुमेरुओं का संचय उसके स्थूल शरीर की सजावट है, परन्तु तप, ज्ञान और संकल्प की साधना राष्ट्र के मन व जन की संस्कृति का विकास है। 'सा नो भूमिस्त्विषिं बलं राष्ट्रे दधातूत्तमे'—यह वाक्य राष्ट्र की उत्तम स्थिति या सर्वश्रेष्ठ आदर्श का सूत्र है। प्रत्येक राष्ट्र दूसरे राष्ट्रों के साथ सम्बन्धित होता है। उस व्यवहार को दूसरे मन्त्र में (५८) चार प्रकार से कहा गया है—

१. 'मैं जो कहता हूँ, उसमें शहद की मिठास घोलकर बोलता हूँ।' अर्थात् सबके साथ सहिष्णुता का भाव राष्ट्र की उद्घोषित नीति है और हमारे साहित्य तथा संस्कृति का यही सन्देश है।
२. 'जिस आँख से मैं देखता हूँ, उसे सब चाहते हैं।' हमारा दृष्टिकोण विश्व का दृष्टिकोण है, अतएव उसके साथ उसका समन्वय है; किसी के साथ उसमें विरोध या अनहित का भाव नहीं है।

३. 'परन्तु मेरे भीतर तेज (त्विषि) और शक्ति (जूति) है।' हमारा व्यवहार और स्थान वैसा ही है, जैसा तेजस्वी तथा सशक्त का होता है।

४. 'जो मेरा हिंसन या आक्रमण (अवरोधन) करता है, उसका मैं हनन करता हूँ।' इस नीति में राष्ट्र के ब्रह्मबल और क्षत्रबल का समन्वय है।

ऋषि की दृष्टि में भूमि धर्म से धृत है, हमारे महान् धर्म की वह धात्री है। उसके ऊपर विष्णु ने तीन प्रकार से विक्रमण किया, अश्विनीकुमारों ने उसको फैलाया और प्रथम अग्नि उसपर प्रज्वलित की गई। वह अग्नि स्थान-स्थान पर समिद्ध होती हुई समस्त भूमि पर फैली है और उससे भूमि को धार्मिक भाव प्राप्त हुआ है। अनेक महान् यज्ञों का इस पृथिवी पर वितान हुआ। उसके विश्वकर्मा पुत्रों ने अनेक बार के यज्ञीय विधानों में नवीन अनुष्ठानों की भूमिका के रूप में पृथिवी पर वेदियों का निर्माण किया। अनेक ऋत्विजों ने ऋक्, यजु और साम के द्वारा उन यज्ञों में मन्त्रों का उच्चारण किया। भूमि पर पूर्वजों के द्वारा यज्ञों का जो अनुष्ठान किया गया, उससे भू-प्रतिष्ठा के लिए अनेक आसंदियाँ स्थापित हुईं और जन-कीर्ति के यूप-स्तम्भ खड़े किए गए। भूमि को आत्मसात् करने के प्रमाणरूप में यज्ञीय यूप आज तक आर्यावर्त्त से यवद्वीप तक स्थापित हैं। इन यूपों के सामने दी हुई आहुतियों से सम्राटों के अश्वमेध यज्ञ अलंकृत हुए हैं। कहा जा सकता है कि राष्ट्रीय विक्रम के प्रतीक चिह्नों की संज्ञा ही यूप है। पृथिवी का इन्द्र के साथ घनिष्ठ सम्बन्ध है। यह इन्द्र की पत्नी है, इन्द्र इसका स्वामी है। इसने जान-बूझकर इन्द्र का वरण किया, वृत्रासुर का नहीं (इन्द्रं वृणाना पृथिवी न वृत्रम् , ३७)। इस प्रकार पृथिवी न केवल हमारी मातृभूमि है, अपितु हमारी धर्मभूमि भी है।

जन-संस्कृति अथवा ब्रह्म-विजय

ऊपर कहा जा चुका है कि भूमि के साथ जनता का सबसे अच्छा और गहरा सम्बन्ध उसकी संस्कृति के द्वारा होता है। पृथिवी पर मनुष्य दो प्रकार से अपने आपको प्रतिष्ठित करता है—एक सैनिक बल या क्षत्र-विजय के द्वारा और दूसरा ज्ञान या ब्रह्म-विजय के द्वारा। क्षत्र-विजय (पॉलिटिक मिलिटरी एंपायर) भी एक महान् पराक्रम का कार्य है, किन्तु ब्रह्म-विजय (आइडियॉलॉजिकल कल्चर एंपायर)उससे भी महान् है। इन दोनों दिग्विजयों के मार्ग एक-दूसरे से स्वतन्त्र हैं। हमारी पृथिवी का इतिहास दोनों प्रकार से गौरवशील है। क्षत्र-बल के द्वारा देश में अनेक छोटे और बड़े राज्यों की स्थापना हमारे इतिहास में होती रही। किसी पूर्व युग में इस भूमि पर देवों ने असुरों को पछाड़ा था और दुंदुभि-घोष के द्वारा पृथिवी को दस्युओं एवं शत्रुओं से रहित किया था; उसके फलस्वरूप पृथिवी-पुत्रों ने अजित, अक्षत या अहत होकर भूमि पर अधिकार प्राप्त किया। इस प्रकार की क्षत्र-विजय इतिहास में पर्याप्त महत्त्वपूर्ण समझी जाती है,

परन्तु भूमि की सच्ची विजय उसकी संस्कृति या ज्ञान की विजय है। जैसा कहा है, यह पृथिवी ब्रह्म या ज्ञान के द्वारा संवर्द्धित होती है—

ब्रह्मणा वावृधानाम्, (२९)।

ब्रह्म-विजय के लिए एक व्यक्ति का जीवन उतना ही बड़ा है, जितनी पूरी त्रिलोकी। उस विशाल क्षेत्र में प्रत्येक व्यक्ति अपने ज्ञान और कर्म की पूरी ऊँचाई तक उठकर दिग्विजय के आदर्श को स्थापित कर सकता है। एक छोटे जनपद का शासक भी अपने पराक्रम से सच्ची ब्रह्म-विजय प्राप्त करके जब यह घोषित करता है कि मेरे राज्य में चोर, पापी और आचारहीन व्यक्ति नहीं रहते, तब वह अपने उस परिमित केन्द्र में बड़े-से-बड़े सार्वभौम शासक का ऊँचा आदर्श एवं महत्त्व प्राप्त कर लेता है। व्यक्तियों और जनपदों के द्वारा वह ब्रह्म-विजय समस्त देश में फैलती है तथा एक-एक ग्राम, पुर, नदी, पर्वत व अरण्य को व्याप्त करती हुई देशान्तर एवं द्वीपांतरों तक पहुँचती है। दर्शन, धर्म, साहित्य, कला, संस्कृति की बहुमुखी विजय भारतवर्ष की ब्रह्म-विजय के रूप में संसार के दूर-देशों में मान्य हुई, जिसके अनेक प्रमाण आज भी उपलब्ध हैं। बृहत्तर भारत का अध्ययन इसी चतुर्दिश ब्रह्म-विजय का अध्ययन है।

ब्रह्म-विजय या संस्कृति के साम्राज्य का रहस्य क्या है ? आध्यात्मिक जीवन के जो महान् तत्त्व हैं, ऋषि की दृष्टि में वे ही पृथिवी को धारण करते हैं। इस सूक्त के प्रथम मन्त्र में ही राष्ट्र की इस आधार-भूमि का वर्णन किया गया है। ऐसा प्रतीत होता है कि भूमि के स्वरूप का ध्यान करते हुए सबसे पहले यही मूल सत्य ऋषि के ध्यान में आया, जिसे उसने निम्नलिखित शब्दों में व्यक्त किया—

सत्यं बृहदृतमुग्रं दीक्षा
तपो ब्रह्म यज्ञः पृथिवीं धारयन्ति।
सा नो भूतस्य भव्यस्य पत्नी
उरुं लोकं पृथिवी नः कृणोतु ॥१॥

'सत्य, बृहत् और उग्र ऋत, दीक्षा, तप, ब्रह्म एवं यज्ञ—ये पृथिवी को धारण करते हैं। जो पृथिवी हमारे भूत और भविष्य की पत्नी है, वह हमारे लिए विस्तृत लोक प्रदान करनेवाली हो।'

यह मन्त्र भारतवर्ष के सांस्कृतिक विजय का अन्तर्यामी सूत्र है। इससे तीन बातें ज्ञात होती हैं—सत्य, ऋत आदिक शाश्वत तत्त्व जिस तरह आध्यात्मिक जीवन के आधार हैं, उसी तरह राष्ट्रीय जीवन के भी आधार हैं, उन्हीं से संस्कृति का निर्माण होता है। दूसरे भूतकाल में और भविष्य में राष्ट्र के साथ पृथिवी का जो सम्बन्ध है, वह संस्कृति के द्वारा ही सदा स्थिर रहता है। तीसरे यह कि ब्रह्म-विजय के मार्ग में पृथिवी की दिक्-सीमाएँ अनन्त हो जाती हैं। एक जनपद से जो संस्कृति की विजय आरम्भ होती है, उसकी

तरंगें देश में फैलती हैं और पुनः देश से बाहर समुद्रों व पर्वतों को लाँघती हुई देशान्तरों में और समस्त भूमण्डल में फैल जाती हैं। यही पृथिवी का 'उरुलोक' प्रदान करना है।

सत्य और ऋत जीवन के दो बड़े आधार-स्तम्भ हैं। कर्म का सत्य सत्य है और मन का सत्य ऋत है। मानव-सत्य के नियम विश्वभर में अखण्ड और दुर्धर्ष हैं। कर्म-सत्य और मानस-सत्य इन दोनों के बल से राष्ट्र बलवान् होता है। इन दो प्रकार के सत्यों को प्राप्त करने के लिए जीवन के कटिबद्ध व्रत का नाम दीक्षा है। दीक्षित व्यक्ति पहली बार सत्य की ओर आँख-से-आँख मिलाकर देखता है। अनेक विद्वान् और ज्ञानी सत्य के किसी एक पक्ष को प्रत्यक्ष करने की दीक्षा लेकर जीवन में घोर परिश्रम करते हैं, वही उनका तप है। इस तप के फल का विश्वहित के लिए विजर्सन करना यज्ञ है। इन पाँचों को जीवन में प्राप्त करने या अनुप्राणित करने की जो भावना है, वही ब्रह्म या ज्ञान है।

इन आदर्शों में श्रद्धा रखनेवाले पूर्व ऋषियों ने अपने ध्यान की शक्ति से (मायाभिः) इस पृथिवी को मूर्तरूप प्रदान किया, अन्यथा यह जल के नीचे छिपी हुई थी। वे ही ऋषि आदर्शों के संस्थापक हुए, जिन्होंने जीवन के प्रत्येक क्षेत्र में सब तरह से नया निर्माण किया। उन निर्माता पूर्वजों (भूतकृतः ऋषयः) ने यज्ञ और तप के साथ राष्ट्रीय सूत्रों में जिन वाणियों का उद्घोष किया; वही यह वैदिक सरस्वती भारतीय ब्रह्म-विजय की ऊँची शाश्वती पताका है। श्रुतिमहती सरस्वती के कारण ही हमारी पृथिवी सब भुवनों में अग्रणी हुई, इसी कारण ऋषि ने उसे 'अग्रेत्वरी'[१] (आगे जानेवाली) विशेषण दिया है। मातृभूमि के इसी अग्रणी गुण को अर्वाचीन कवि ने 'प्रथम प्रभात उदय तव गगने' कहकर प्रकट किया है। जो स्वयं सबसे आगे है, वही अपने पुत्रों को प्रथम स्थान में स्थापित कर सकती है (पूर्वपेये दधातु)[२]। अपनी दुर्धर्ष ब्रह्म-विजय के आनन्द में विश्वास के साथ मस्तक ऊँचा करके प्रत्येक पृथिवी-पुत्र इस प्रकार कह सकता है—'मैं विजयशील हूँ, भूमि के ऊपर सबसे विशिष्ट हूँ, मैं विश्व-विजयी हूँ और दिशा-विदिशाओं में पूर्णतः विजयी हूँ'—

अहमस्मि सहमान उत्तरो नाम भूम्याम्।
अभीषाडस्मि विश्वाषाडाशामाशां विषासहिः॥५४॥

'अहमस्मि सहमान' भावना अनेक क्षेत्रों में अनेक प्रकार से सहस्राब्दियों तक भारतीय संस्कृति में प्रकट होती रही। इसके कारण अनेक परिस्थितियों के बीच में पड़कर भी जनता का जीवन अक्षुण्ण बना रहा।

हे विश्वंभरा पृथिवी, तुम्हारे प्रिय गान को हम गाते हैं। तुम विश्व की धात्री

---

१. भुवनस्य अग्रेत्वरी (अग्र+इत्वरी)—लीडर ऐंड हेड ऑव ऑल दी वर्ल्ड (ग्रिफिथ, अथर्व. १२/१/५७)

२. पूर्वपेय—फोरमोस्ट रैंक ऐंड स्टेशन —ग्रिफिथ।

(विश्वधायस्) माता हो, अपने पुत्रों के लिए पयस्वती होकर सदा दूध की धाराओं का विसर्जन करती हो। ध्रुव कामधेनु की तरह प्रसन्न (सुमनस्यमान) होकर तुम सदा सब कामनाओं को पूर्ण करती हो। हे कल्याण-विधात्री, तुम क्षमाशील और विश्वगर्भा हो। तुम सदा अपने प्राणमय संस्पर्श से हमारे मनोभावों और जीवन को सब तरह के मैल से शुद्ध रखनेवाली हो। हे मार्जन करनेवाली देवि (विमृग्वरी २९, ३५, ३७), तुम जिसको माँज देती हो, वही नव तेज से प्रकाशित होने लगता है। तुम धन-धान्य से पूर्ण वसुओं का आधान हो। हिरण्य, मणि और कोष तुम्हारे वक्षःस्थल में भरे हुए हैं। हे हिरण्यवक्षा देवि, प्रसन्न होकर अपनी इन निधियों को हमें प्रदान करो। जिस समय तुम समुद्र में छिपी थीं, उस समय तुम्हें अपने जन्म से पहले ही विश्वकर्मा का वरदान प्राप्त हुआ था। तुम्हारे भुजिष्य पात्र में विश्वकर्मा ने अपनी हवि डाली थी (यामन्वैच्छद्धविषा विश्वकर्मा, ६०), इसके कारण विधाता की सृष्टि में जितने भी पदार्थ हैं और जितने प्रकार का सामर्थ्य है, वह सब तुममें विद्यमान है। विश्वकर्मा की हवि में विश्व के सब पदार्थ सम्मिलित होने ही चाहिए, अतएव उन सबको देने और उत्पन्न करने का गुण तुममें है। हे विश्वरूपा देवि, जिस दिन तुमने अपने स्वरूप का विस्तार किया था, और देवों से संबोधित होकर तुम्हारा नामकरण किया गया था, उसी दिन जितने प्रकार का सौन्दर्य था, वह सब तुम्हारे शरीर में प्रविष्ट हो गया (आ त्वा सुभूतमविशत्तदानीं, ५५)। वही सौन्दर्य तुम्हारे पर्वत और निर्झरों में, हिमराशि तथा नदियों में, चर तथा अचर सब प्रकार के प्राणियों में प्रकट हो रहा है। हे मातृभूमि, तुम प्राण और आयु की अधिष्ठात्री हो, हमें सौ वर्ष तक सूर्य की मित्रता प्रदान करो, जिससे हम तुम्हारे सौन्दर्य को देखते हुए अपने नेत्रों को सफल कर सकें। तुम अपनी विजय के साथ वृद्धि को प्राप्त होती हुई हमारा भी संवर्धन करो (सा नो भूमिवर्धयद् वर्धमाना, १३)। जीवन के कल्याणों के साथ हम सुप्रतिष्ठित हों। पृथिवी पर रहते हुए केवल भौतिक और पार्थिव विभूति ही जीवन में पर्याप्त नहीं है। कवि की क्रांतदर्शिनी प्रज्ञा द्युलोक के उच्च अध्यात्म भावों की ओर देखती है और उस व्योम में उसे मातृभूमि के हृदय का दर्शन होता है। इसलिए वह प्रार्थना करता है, 'हे भूमि माता, हमें पार्थिव कल्याणों के मध्य में रखकर द्युलोक के भी उच्च भावों के साथ युक्त करो। भूति और श्री दोनों की जीवन के लिए आवश्यकता है।' द्युलोक के साथ संमनस्क होकर श्री और भूति की एक साथ प्राप्ति ही आदर्श स्थिति है—

भूमे मातर्निधेहि मा भद्रया सुप्रतिष्ठितम्।
संविदाना दिवा कवे श्रियां मा धेहि भूत्याम्॥६३॥

पार्थिव सम्पत्ति की संज्ञा भूमि है और अध्यात्म भावों की प्राप्ति श्री का लक्षण है। भूति और श्री का एकत्र सम्मिलन ही गीता को इष्ट है। यही भारतवर्ष का ऊँचा ध्येय रहा है। ❑

३

भूमि को देवत्व प्रदान

माता भूमिः पुत्रोऽहं पृथिव्याः।

—अथर्ववेद, १२/१/१२

हमारे विशाल देश में हिमालय की अनन्त हिमराशि ने जिन वारिधाराओं को जन्म दिया है, उनमें उत्तरापथ को सींचनेवाली गंगा और यमुना नाम की नदियाँ जीवन की धमनियों की तरह हमारे ऐतिहासिक चैतन्य की साक्षी रही हैं। उनकी गोद में हमारे पूर्व-पुरुषों ने सभ्यता के प्रांगण में अनेक नये खेल खेले। उनके तटों पर जीवन का जो प्रवाह प्रचलित हुआ, वह आज तक हमारे भूत और भावी जीवन को सींच रहा है। भारत माता है और हम उसके पुत्र हैं, यह एक सच्चाई हमारे रोम-रोम में बिंधी हुई है। नदियों को अन्तर्वेदि में पनपनेवाले आदि-युग के जीवन पर अब हम जितना अधिक विचार करते हैं, हमको अपने विकास और वृद्धि की सनातन जड़ों का पृथिवी के साथ सम्बन्ध उतना ही अधिक घनिष्ठ जान पड़ता है। जब तक भारतीय जाति का जीवन पृथिवी के साथ बद्धमूल है, जब तक हमारे धार्मिक पर्वों पर लाखों मनुष्य नदियों और जलाशयों के तटों पर एकत्र होते हैं, तब तक हमारे आन्तरिक गठन में दैवी स्वास्थ्य के अमर चिह्न का अस्तित्व सकुशल समझना चाहिए। पृथिवी के एक-एक जलाशय और सरोवर को भारतीय भावना ने ठीक प्रकार समझने का प्रयत्न किया तथा उनके साथ सनातन सौहार्द का भाव उत्पन्न किया, जो हर एक पीढ़ी के साथ नये रस से उमड़ता चला जाता है। न हमारे तीर्थ एवं जलाशय पुराने होते हैं और न हमारा उनके साथ सख्य ही कुण्ठित होता है। यह जीवन की अमरबेल है, जिसकी जड़ें पाताल में हैं। यह इस बात की निशानी है कि हम देश की विशाल प्रकृति के साथ अपना शुद्ध सम्बन्ध अभी तक बनाए हुए हैं.। प्रकृति के साथ सम्पर्क में आने की लालसा जिस हृदय से लुप्त हो

जाती है, वहाँ अवश्य ही मृत्यु की छाया पड़ी हुई समझनी चाहिए। नदी के स्वच्छ जल में अपने शरीर को आप्लुप्त कर देने की भावना के मूल में मातृवत्सल बालक की वही प्रवृत्ति काम करती है, जिसकी प्रेरणा से वह अपने आपको मातृ-हृदय में भरे हुए सरस प्रेम में असीम आनन्द और शांति के लिए छिपा देना चाहता है।

जिस देवयुग में यहाँ नदियों की वारिधाराएँ अखण्ड प्रवाह से बह रही थीं, उस समय मनीषियों ने ध्यान की शक्ति से सारे भू-भाग को मानो देवत्व प्रदान करने के लिए नदियों के तटों और संगमों पर तीर्थों का निर्माण किया। जन-सन्निवेश के वे आदि-केन्द्र तीर्थविशेषों के रूप में हमारे सामने आज भी जीवित हैं। किसी नये भू-प्रदेश को अपनाकर जातीय जीवन के साथ उसका तार पिरो देना भी एक बड़ी कला है। गंगा की अंतर्वेदी में खड़े होकर आद्य ऋषियों ने विचार किया कि किस प्रकार अपने भू-भाग के साथ अपनेपन—स्व—का सम्बन्ध को चिरजीवी बनाया जा सकता है ? इसकी जो युक्ति उन्होंने निश्चित की, वह भूमि को देवत्व प्रदान करने की प्रणाली थी। प्रत्येक सलिलाशय, वारिधारा, नदी, कुंड, पर्वत-पाद के मूल में देवत्व का अधिष्ठान है। कवि के शब्दों में हिमालय—पत्थर-मिट्टी का ढेर नहीं, केवल लता, वनस्पति और रत्नराशि के उद्भव का स्थान नहीं, वह 'देवतात्मा' है—

अस्त्युत्तरस्यां दिशि देवतात्मा हिमालयो नाम नगाधिराजः।
पूर्वापरौ तोयनिधि वगाह्य स्थितः पृथिव्या इव मानदण्डः॥

—कालिदास, कुमारसम्भव, १/१

अर्थात् उत्तर दिशा में हिमालय नाम का जो पर्वतराज है, वह देवतात्मा हैं, देवस्वरूप हैं; वह पूर्व और पश्चिम के समुद्रों के बीच में पृथिवी के मानदण्ड की तरह व्याप्त है। हिमालय देवता है, देवता अमर होते हैं, इसलिए हिमालय भी अमर है। यही भावना इस प्रत्येक भू-खण्ड के साथ ओत-प्रोत है, जिसको हमारे सूतों के माहात्म्य गान ने देवत्व की पदवी प्रदान की थी तीर्थों का माहात्म्य कल्पित करके उसको स्वर्ग और मोक्ष का धाम बताना, यह एक साहित्यिक परिपाटी का देश-सम्मत अंश था। जिस काल में भूमि के साथ हमारा सम्बन्ध स्थिर नहीं बना था, उस समय उसको आत्मीय बनाने के लिए, उसके कण-कण को मानव-हृदय के प्रीति-भाव से सिंचित करने के लिए जिस युक्ति का आश्रय यहाँ के साहित्य-मनीषियों ने लिया, उस भूमि को देवत्व प्रदान करने की युक्ति का स्पष्ट प्रमाण हम इन बहुसंख्यक माहात्म्यों के रूप में पाते हैं। जब हमारे रथ का पहिया किसी सरोवर या नदी के तट पर रुका, हमने श्रद्धा के भाव से उसको प्रणाम किया; उस एक प्रणाम में युग-युग की श्रद्धा का वीर्यवान् अंकुर मानो हमने उसके तट पर रोप दिया। हमने उसके साथ अपने किसी देवता का सम्बन्ध स्थापित किया, किसी

ऋषि या प्रख्यात पुरुष के अवदात चरित्र को लीलास्थली वहाँ बनाई, किसी साधन-निरत तपस्वी के तप के क्षेत्ररूप में उसको देखा और उस भू-बिन्दु की प्रशंसा में एक माहात्म्य-गान रचा। उस समय वह बिन्दु ही हमारी दृष्टि में सर्वोपरि था, अतएव मातृभूमि के विशाल हृदय के केन्द्र को वहीं प्रतिष्ठित मानकर हमने उसकी स्तुति के गीत गाए। यमुना के तट की परिक्रमा कीजिए, यामुन पर्वत से जहाँ यह जलधारा प्रकट हुई है, प्रयागराज के संगम तक जो सुरम्य स्थल इसके दोनों किनारों पर विद्यमान हैं और जिन्हें आज हम अपनी अर्वाचीन आँख से भी पहचान सकते हैं, उन सबको पहले से ही हमारे भौगोलिक पंडितों ने हमारा आत्मीय बनाकर हमारे सामने रख दिया है। गंगा के तट पर कौन सा रमणीक स्थल है, जो पूर्वजों की पैनी दृष्टि से बचकर रह गया हो? जिस युग में भूमि को देवत्व के भाव से तरंगित करने के सफल प्रयास का आयोजन चल रहा था, उस काल में देश का जितना अच्छा पर्यवेक्षण किया गया, आज निष्पक्षता से उसकी प्रशंसा करनी पड़ती है। भारत के अर्वाचीन बच्चों के लिए उस दृष्टिकोण को ठीक तरह पहचानना अभी शेष है। उस दृष्टिकोण को अभी तक हम पूर्वजों की बक-झक समझकर उसकी अवहेलना करते रहे! आज मातृभूमि का हृदय हमको अपनी ओर अनिवार्य वेग से खींच रहा है; हम अपने दैवी मनोभावों की परम विजय इसी में समझते हैं कि अपने आपको सच्चे अर्थों में मातृभूमि का पुत्र समझ सकें। प्रत्येक वनस्पति और वृक्ष हमारा सहोदर बनकर हमको अपना सन्देश सुनने के लिए विवश कर रहा है। हम शहरों की कृत्रिम साधना से ऊबकर—जहाँ आकाशबेल की तरह मनुष्य ने अपने पैरों के नीचे की जड़ों को, जिनसे वह अपना जीवन-रस चूसा करता था, अपने ही हाथों से काट डाला था—फिर गाँवों की ओर आकृष्ट हुए हैं। हमको जनपदों की बोलियों में काव्य-रस का अमृत-स्वाद मिलने लगा है, लोक-गीत और लोकनृत्य को पाकर हमारा मानस-मयूर आनन्द-विभोर हो उठता है। यह महान् परिवर्तन राष्ट्रीय मनोभूमि में बड़े वेग से बढ़ रहा है। पूर्व से पश्चिम तक और कैलास से कुमारी तक इस विराट् परिवर्तन के चिह्न हमें दृष्टिगोचर हो रहे हैं, मानो हमारे राष्ट्र के कल्पवृक्ष को किसी स्वर्गीय देवदूत ने अपने प्रसाद से छू दिया है, जिससे उसमें भावों और विचारों के नये-नये अनगिनत कोंपल फूट रहे हैं। किसी अभूतपूर्व वायु ने सबके कानों में एक ही मन्त्र फूँक दिया है, सबके हृदय में एक ही उछाह और अभिलाषा है, अर्थात् फिर से एक बार मातृभूमि के हृदय के साथ सान्निध्य प्राप्त करना। इसलिए हम उसका सर्वांगीण परिचय पाने के लिए व्याकुल और प्रयत्नशील हैं। हमारे नवयुवकों के यात्री-दल गहन कांतारों को पार करके और दुर्गम पर्वतों की उपत्यकाओं पर चढ़कर सर्वत्र मातृभूमि की खोज करेंगे। हमारे विद्यालयों में ज्ञान का साधन करनेवाले व्यक्ति प्रत्येक तृण और लता के पास जाकर उसका परिचय

पूछेंगे और प्रत्येक पुष्प के अभिराम रूप की प्रशंसा का नया माहात्म्य बनाएँगे। बहुत शीघ्र इस परिवर्तन के लक्षण हमारे दृष्टि-पथ में आ रहे हैं। हमारे वन-पर्वतों की गोष्पद और अगोष्पद भूमियाँ फिर इस वैदिक महानाद से गूँज उठेंगी—

माता भूमिः पुत्रोऽहं पृथिव्याः।
नमो मात्रे पृथिव्यै नमो मात्रे पृथिव्यै ॥

—अथर्ववेद।

□

४

जनपदीय अध्ययन की आँख

भारत जनपदों का देश है। ग्रामों के समूह जनपद हैं। गाँवों और जनपदों का ताँता हमारे चारों ओर फैला हुआ है और इस भूमि के अधिकांश जन गाँवों तथा जनपदों में ही बसे हुए हैं। गाँव-बस्तियाँ हमारी संस्कृति की धात्री है। गाँवों में जन के जीवन को टिकाऊ आधार मिलता है। शहरों का जीवन उखड़ा हुआ जान पड़ता है। जनपदों का जीवन हजारों वर्षों की अटूट परंपरा को लिये हुए है। गाँवों में जन की सत्ता है, नगर राजाओं की क्रीड़ा-भूमि रहे हैं। जन की सत्ता और महिमा एवं जन-जीवन की स्वाभाविक सरल निजरूपता जनपदों में सुरक्षित है, जहाँ बाहरी अंकुशों से जीवन की प्राणदायिनी शक्ति पर कम प्रहार हुआ है। जनपदीय जीवन-स्थिति शांति और अपनी ही मानसभूमि की अविचल टेक ढूँढ़ती है। इसके विपरीत पुर का जीवन धूमधाम के नये ठाट रचता है। दोनों के दो पथ हैं। इतिहास के उतार-चढ़ाव में वे कभी एक-दूसरे से टकराते हैं, कभी मेल ढूँढ़ते हैं और फिर कभी एक-दूसरे से परे हट जाते हैं। वैदिक काल से आज तक यही लहरिया गति चलती रही है। वैदिक युग प्राथमिक भू-सन्निवेश का समय था, जब गाँवों और जनपदों में फैलकर जीवन के बीज बोए गए। वन और जंगल, नदियों के तट और संगम जीवन की किलकारी से लहलहा उठे। फिर साम्राज्यों का उदय हुआ और नन्द-मौर्य युग में नगरों के केन्द्र प्रभावशाली बन बैठे, गुप्त-युग में नगर तथा जनपदों ने एक-दूसरे के प्रति मैत्री का हाथ बढ़ाया, वह समन्वय का युग था, जनपदों ने अपने जीवन का मथा हुआ मक्खन पुरों की भेंट चढ़ाया एवं पुरों ने उपकृत होकर संस्कृति के वरदान से जनपदों को सँवारा। मध्यकालीन संस्कृति में पौरजानपद जीवन की धाराएँ फिर एक-दूसरे से हट गईं और जनपदों की अपभ्रंश भाषा एवं जीवनशैली प्रधान रूप से आगे बढ़ी। नगरों में गुप्तकालीन संस्कृति की जो थाती बची थी, वह अपने आपमें ही घुलती रही, जनपदों से उसे नया प्राण मिलना बन्द हो गया। अतएव मध्यकाल की काव्य-कला और संस्कृति नगरों के मूर्च्छित जीवन के बोझ से निष्प्राण दिखायी देती है।

पौरजानपद समन्वय के युग में लिखे गए रघुवंश के पहले-दूसरे सर्गों में जितना जीवन है, उसकी तुलना हम नैषध-चरित और विक्रमाकदेव-चरित काव्यों के वर्णनों से करते हैं, तब हमें यह भेद स्पष्ट दिखायी पड़ता है। मुसलमानों के आगमन से जनपदों ने फिर अपने अंगों को कछुए की तरह अपने आपमें सिकोड़ लिया और वे उस सुरक्षित कोष के भीतर समय काटते रहे। शहरों में परदेशी सत्ता जमी और उसने जीवन के ढाँचे को बदला। उससे आगे अंग्रेजों की संस्कृति का प्रभाव भी शहरों पर ही सबसे अधिक हुआ। गाँव अपने वैभव की भेंट शहरों को चढ़ाते रहे, गाँवों को निचोड़कर शहरों का भस्मासुर आगे बढ़ता गया। यह नियम है कि जब जन की सत्ता जागती है, तब जनपद समृद्ध बनते हैं; जब जन सो जाता है, तब पुर विलास करते हैं। अतएव हमारे जीवन के पिछले दो सौ वर्षों में जनपदीय जीवन पर चारों ओर से लाचारी के बादल छा गए तथा उनके जीवन के सब स्रोत रुँध गए। अब फिर जनपदों के उत्थान का युग आया है। देश के महान् कंठ आज जनपदों की महिमा का गान करने के लिए खुले हैं। देश के राजनीतिक संघर्ष ने ग्रामों और जनपदों को आत्मसम्मान, आत्मप्रतिष्ठा एवं आत्ममहिमा के भाव से भर दिया है। पिछली भूचाली उथल-पुथल और महान् आन्दोलन का सर्वव्यापी सूत्र एक ही पकड़ में आता है, अर्थात्—

जानपद जन की प्रतिष्ठा

आज तेईस सौ वर्षों के बाद हमने प्रियदर्शी अशोक के शब्दों को कान खोलकर सुना है, और राष्ट्रीय उत्थान के लिए मूलमन्त्र की भाँति उन्हें स्वीकार किया है। राजाओं की विहार-यात्राओं का अन्त करके उसने एक नये प्रकार की धर्म-यात्राओं का आन्दोलन चलाया था, जिनका उद्देश्य था—

जानपदसा च जनसा दसने धमनुसथि च धमपलिपुछा च।

अर्थात्, जानपद जन का दर्शन, जानपद जन के लिए धर्म का सिखावन और जानपद जन के साथ मिलकर धर्म-विषयक पूछताछ।

इन तीन प्रमुख उद्देश्यों के द्वारा सम्राट् ने जनता के नैतिक और धार्मिक जीवन एवं आचार-विचारों में परिवर्तन लाने का भारी प्रयत्न आरम्भ किया था। अशोक की परिभाषा के अनुसार सारा मानवी जीवन जिन सामाजिक और नीति-नियमों से बँधा है, वे धर्म हैं। अतएव धर्म-विषयक और आचार व विचारों को सुधारकर समस्त जन-समुदाय के जीवन को ऊपर उठाने की योजना अशोक ने की थी। उसके मन में जब यह विचार आया होगा, तब निश्चय ही उसका ध्यान देश की उस कोट्यनुकोटि जनता की ओर गया होगा, जो सच्चा भारतवर्ष था। वह जनता गाँवों में बसती थी। आज तेईस शताब्दियों का

चक्र घूम जाने पर भी भारतमाता ग्रामवासिनी ही बनी हुई है। इसी ग्रामवासिनी गर्वीली जनता का दर्शन, सिखावन और परिपृच्छा (पूछताछ) जनपदीय अध्ययन का निचोड़ है। अपना ध्येय व उद्देश्य निश्चित करके अशोक ने एक पैर और आगे बढ़ाया—

हेवं ममा लजूका कटा जानपदस हितसुखाये येन एते अभीता
अस्वथ सन्तं अविमना कम्मानि पवतये वूति।

अर्थात् मैंने राजकर्मचारी नियुक्त किए जिनका कर्तव्य है कि जानपद जन का हित करें और उनके सुख को बढ़ती करें, जिससे गाँवों की जनता निडर एवं स्वस्थ होकर मन लगाती हुई अपने-अपने कामों को कर सके।

अपने राष्ट्रीय जीवन में अशोक की नीति को आज भरपूर अपनाने की आवश्यकता है। जनपद और ग्रामों का पुनः निर्माण, वहाँ जीवन का अध्ययन एवं सच्चा ज्ञान हमें अपने पुनः निर्माण के लिए ही करना अनिवार्य है। ग्रामवासिनी जनता के कल्याण में ही हम सबका कल्याण छिपा हुआ है। उसके हित-सुख के बिना हम सबका हित-सुख अपूर्ण है। जनपदीय अध्ययन देश की अपनी आवश्यकता की पूर्ति है। वह साहित्यिकों का विनोद नहीं। अब तक हमने विदेशियों से प्रीति या कुरुख करना सीखा था, हमने अपने आपसे प्यार करना अभी तक नहीं सीखा। हमारी वर्तमान शिक्षा-दीक्षा, विचार और आचार की सबसे बड़ी आवश्यकता यह है कि हम अपने भूले हुए जीवन से फिर से नाता जोड़ें, अपनी ही वस्तुओं और संस्थाओं से अनुराग का नया पाठ पढ़ें। अपने आपको जानने से जिस आनन्द का जन्म होता है, वह ही हमें अब जीवन के पथ में आगे बढ़ा सकता है। जनपदीय अध्ययन राष्ट्रीय कार्यक्रम का हरावल दस्ता है। सब कार्यों से यह कार्य अपने महत्त्व और आवश्यकता में गुरुतर है। हमारी जनता के जीवन का जितना भी विस्तार है, उस सबको जानने, पहचानने और फिर से जीवित करने का सशक्त व्यापार जनपदीय अध्ययन का उद्देश्य है। लोगों के बिछड़े हुए ध्यान को हम बार-बार इस आन्दोलन द्वारा जनता के जीवन पर केंद्रित करना चाहते हैं। जनता ही हमारे उदीयमान राष्ट्र की महती देवता है। हमारे सब आयोजनों के मूल में और सब विचारों के केन्द्र में जनता प्रतिष्ठित है। यह सत्य जनपदीय अध्ययन का मेरुदण्ड है। जनता के जीवन के साथ हमारी सहानुभूति और आत्मा जितनी दृढ़ होगी, उतना ही अधिक हम जनपदीय अध्ययन की आवश्यकता को समझ पावेंगे।

जनपद जीवन के अनन्त पहलुओं की लीलाभूमि है। खुली हुई पुस्तक के समान जनपदों का जीवन हमारे चारों ओर फैला हुआ है। पास गाँव और दूर देहातों में बसनेवाला एक-एक व्यक्ति उस रहस्य-भरी पुस्तक के पृष्ठ हैं। यदि हम अपने आपको उस लिपि से परिचित करा लें, जिस लिपि में गाँवों और जनपदों की अकथ कहानी पृथिवी व आकाश के बीच में लिखी हुई है, तो हम सहज ही जनपदीय जीवन की मार्मिक कथा

को पढ़ सकते हैं। प्रत्येक जानपद जन एक पृथिवीपुत्र है। उसके लिए हमारे मन में श्रद्धा होनी चाहिए। हम उसे अपढ़, गँवार और अज्ञान रूप में जब देखने की धृष्टता करते हैं तो हम गाँव के जीवन में भरे हुए अर्थ को खो देते हैं। जिस आँख से हमारे पूर्वजों ने ग्रामों और जनपदों को देखा था, उसी श्रद्धा की आँख से हमें फिर देखना है तथा उनके नेत्रों में जो दर्शन की शक्ति थी, उसको फिर से प्राप्त करना है। हम जब गाँवों को देखते हैं तो वे हमें नितांत अर्थशून्य और रुचिहीन दिखायी पड़ते हैं। परन्तु हमारे पूर्वजों की चक्षुष्मत्ता जनपदों के विषय में बहुत बढ़ी-चढ़ी थी, उनकी आँखों में अपरिमित अर्थ भरा पड़ा था। इस अर्थवत्ता को हमें फिर से प्राप्त करना है, न केवल अध्ययन के क्षेत्र में, वरन् वास्तविक जीवन के क्षेत्र में भी। यदि हम अपनी देखने की शक्ति को परिमार्जित कर सकें तो जनपद के जीवन का अनन्त विस्तार हमारे सम्मुख प्रकट हो उठेगा। गेहूँ के एक पौधे के पास खड़े होकर जिस दिन हम पहली बार उसके साथ मित्रता का हाथ बढ़ाएँगे, उसी दिन हम उसकी निजवार्त्ता से परिचित होकर नया आनन्द प्राप्त करेंगे।

किस प्रकार 'खोइद' रूप में गेहूँ का दाना जुड़ी हुई पत्तियों के साथ प्रथम जन्म लेता है, किस प्रकार 'नरई' पड़ने से वह बड़ा होता है, किस प्रकार 'गमौदे' के भीतर बाल के साथ 'घरिआएँ' रहती हैं, जो बढ़ने पर बाहर आ जाती हैं, और फिर किस प्रकार उन घरिआओं के भीतर मक्खन फूल बैठता है, जब उसके भीतर का रस श्वेत दूध के रूप में बदलकर हमारे खेतों और जीवन को एक साथ लक्ष्मी के वरदान से भर देता है, मानो क्षीरसागर की पुत्री साक्षात् प्रकट होकर जनपदों में दर्शन देने आई हो, यही गेहूँ की निज वार्त्ता है। यदि बर्फीली हवा न बहे, बढ़िया समा हो, मोटी धरती हो और पानी लगा हो तो एक-एक गमौदा राष्ट्र के जीवन का बीमा लेकर अपने स्थान पर खड़ा हुआ स्वयं हँसता है तथा अन्य सबको प्रसन्न करता है। गेहूँ के पौधे का यह स्वरूप जनपदीय आँख की बढ़ी हुई शक्ति का एक छोटा-सा उदाहरण है। सुतिया हँसली पहने हुए धान के पौधे जिनकी निगरती हुई बालें हवा के साथ झूलती हैं उसी प्रकार का दूसरा दृश्य उपस्थित करते हैं। और इस प्रकार के न जाने कितने आनन्दकारी प्रसंग जनपदीय जीवन में हमें प्रतिदिन देखने को मिल सकते हैं।

जनपदीय अध्ययन का विद्यार्थी तीर्थयात्री की तरह देहात में चला जाता है, उसके लिए चारों ओर शब्द और अर्थ के भण्डार खुले मिलते हैं। नये-नये शब्दों से यह अपनी झोली भरकर लौटता है। जनपदीय जीवन का एक पक्का नियम यह है कि वहाँ हर वस्तु के लिए शब्द है। उस क्षेत्र में जो भी वस्तु है, उसका नाम अवश्य है। कार्यकर्ता को इस ब्रात का दृढ़ विश्वास होना चाहिए। ठोस नाम को प्राप्त कर लेना उसकी अपनी योग्यता की कसौटी है। यदि हम इस सरल और स्वाभाविक ढंग से किसी देहाती व्यक्ति को बातों में ला सकेंगे तो उसकी शब्दावली का भण्डार हमारे सामने आने लगेगा। उस समय हमें

धैर्य के साथ अपने मन की चलनी से उन शब्दों को छान लेना चाहिए और बीच-बीच में हलके प्रश्नों के व्याज से चर्चा को आगे बढ़ाने में सहायता करनी चाहिए। जनपदीय व्यक्ति उस गौ के समान है, जिसके थनों में मीठा दूध भरा रहता हो, किन्तु उस दूध को पाने के लिए युक्तिपूर्वक दुहने की आवश्यकता है। गाँव का आदमी भारी प्रश्नों से उलझन में पड़ जाता है। उसके साथ बातचीत का ढंग नितांत सरल होना चाहिए, और प्रश्नकर्ता को बराबर उसी के धरातल पर रहकर बातचीत चलानी चाहिए। यदि हम उस धरातल से ऊपर उठ जाएँगे तो बातचीत का प्रवाह टूट जाएगा। जनपदीय कार्यकर्ता को उचित है कि अपनी जानकारी को पीछे रखे और अपने संवाददाता की जानकारी का उचित समादर करे तथा आस्था के साथ उसके विषय में प्रश्न पूछे। प्रश्न करते समय यदि बीच में कहीं भूल या अटकाव हो तो उस भूले हुए प्रसंग को पीछे छोड़कर प्रश्नों का ताँता आगे बढ़ने देना चाहिए। सम्भव है कि अगली बातचीत के प्रसंग में पिछली भूल हाथ आ जाए और प्रश्नों की कड़ी पूरी हो जाए।

अहिछत्रा के चिम्मन कुम्हार की कृपा से बरतन और खिलौने बनाने के लगभग सौ से ऊपर शब्द हमें प्राप्त हुए, जिनकी पुरातत्त्व-शास्त्र की दृष्टि से हमारे लिए बड़ी उपयोगिता और आवश्यकता थी। उससे हमने उस डोरे का नाम पूछा, जिससे कुम्हार चाक पर से बरतन को अलग करते हैं। उसने कहा कि उसे डोरा ही कहते हैं और कुछ नहीं। मन में हमें विश्वास न हुआ किन्तु प्रकट रूप से बातों का क्रम चलाए रखा। थोड़ी देर में उसे स्वयं याद आया कि उस डोरे के लिए 'छैन' शब्द है। यह संस्कृत 'छेदन' प्रा. 'छेअन' का हिन्दी रूप है और कुम्हारों की पुरानी परिभाषा को सामने लाता है। इसी प्रकार चाल के पास में पानी रखने की हाँड़ी के लिए भी 'चकैड़ी' शब्द प्राप्त हुआ, जो मूल 'चक्र-भाण्डिका' से प्राकृत और अपभ्रंश से विकसित होकर अपने वर्तमान रूप तक पहुँचा है। इसी प्रकार अंग्रेजी (Lug-handle) के लिए चुंदी शब्द प्राप्त हुआ। उसने अपनी परिभाषा में बताया कि चाक पर रखी हुई मिट्टी के 'गुल्ले' से तीन फेरे में बरतन बन जाता है, अर्थात्, पहले 'अँगूठा गड़ाकर फैलाना' फिर 'ऊपर को सूत का सतर करना' और तब एक पोरा अंदर एवं एक पोरा बाहर रखकर पिटार बनाना और अन्त में छैन से काट लेना। इस प्रकार की पारिभाषिक शब्दावली भाषा की वर्णन-शक्ति को विकसित करने के लिए अत्यन्त आवश्यक है। जनपदीय जीवन से इसके सहस्रों उदाहरण प्राप्त किए जा सकते हैं। जब हमारी भाषा का सम्बन्ध जनपदों से जोड़ा जाएगा, तभी उसे नया प्राण और गयी शक्ति प्राप्त होगी। गाँवों की बोलियाँ हिन्दी भाषा का वह सुरक्षित कोष है, जिनके धन से वह अपने समस्त अभाव और दलिद्दर को मिटा सकती है।

जनपदों की परिभाषा लेकर गाँव के जीवन का वर्णन हमारे अध्ययन की बहुत बड़ी आवश्यकता है और इस काम को प्रत्येक कार्यकर्ता तुरन्त हाथ में ले सकता है।

जनपदीय अध्ययन को विकसित करने के तीन मुख्य द्वार हैं—

पहला—भूमि और भूमि से सम्बन्धित वस्तुओं का अध्ययन।

दूसरा—भूमि पर बसनेवाले जन का अध्ययन।

तीसरा—जन की संस्कृति या जीवन का अध्ययन।

भूमि, जन और संस्कृतिरूपी त्रिकोण के भीतर सारा जीवन समाया हुआ है। इस वर्गीकरण का आश्रय लेकर हम अपने अध्ययन की पगडंडियों को बिना पारस्परिक संकर के निर्दिष्ट स्थान तक ले जा सकते हैं।

भूमि सम्बन्धी अध्ययन के अन्तर्गत समस्त प्राकृतिक जगत् है, जिसके विषय में कई सहस्र वर्षों से देश की जनता ने लगातार निरीक्षण और अनुभव के आधार पर बहुमूल्य ज्ञान एकत्र किया है। उसकी थाती देहाती जीवन में बहुत कुछ सुरक्षित है। अनेक प्रकार की मिट्टियों और चट्टानों का वर्णन और उनके नाम देश के कोने-कोने से एकत्र करने चाहिए। प्राकृतिक भूगोल का वर्णन करने के लिए भी शब्दावली जनपदों से प्राप्त करनी होगी। एक बार बंबई की रेलयात्रा में चंबल नदी के बाएँ किनारे पर दूर तक फैली हुई ऊँची-नीची धरती और कटावदार कगार देखने को मिले। विचार हुआ कि इनका नाम अवश्य होना चाहिए। किन्तु उस बार यह नाम प्राप्त न हुआ। दूसरी बार की यात्रा में सौभाग्य से एक जनपदीय सज्जन से, जो साथ यात्रा कर रहे थे, उस भौगोलिक विशेषता के लिए उपयुक्त शब्द प्राप्त हुआ। वहाँ की बोली में उन्हें चंबल के 'बेहड़' कहते हैं। सहस्रों वर्षों से हमारी आँखें जिन वस्तुओं को देखती रही हैं, उनका नामकरण न किया होता तो हमारे लिए यह लज्जा की बात होती। जहाँ कहीं भी कोई प्राकृतिक विशेषता भूमि, पर्वत अथवा नदी के विषय में है, वहाँ की स्थानीय बोली में उसके लिए शब्द होना ही चाहिए। इस साधारण नियम की सत्यता देशव्यापी है। दो शब्दों की सहायता के बिना पाठ्य-पुस्तकों में हमारे प्राकृतिक भूगोल का वर्णन अधूरा रहता है। पहाड़ों में नदी के बर्फीले उद्‌गम-स्थान (अँग्रेजी ग्लेशियर) के लिए आज भी 'बांक' शब्द प्रचलित है, जो संस्कृत 'वक्त्र' से निकला है। साहित्य में नदी-वक्त्र पारिभाषित शब्द है। इसी प्रकार बर्फीली नदी के साथ आने वाले कंकड़-पत्थर के ढेर के लिए जो बर्फ के गलकर बह आने पर नदी-प्रवाह में पड़ा रह जाता है (Morain) पर्वतीय भाषा में 'दालो-गालो' शब्द चालू है। मिट्टी, पानी और हवाओं का अध्ययन भूमि सम्बन्धी अध्ययन का विशेष अंग है। जलाशय, मेघ और वृष्टि सम्बन्धी कितना अधिक ज्ञान जनपदीय अध्ययन से प्राप्त किया जा सकता है। हमारे आकाश में समय-समय पर जो मेघ छा जाते हैं, उनके बिजोने, घोरने और बरसने का जो अनन्त सौन्दर्य है एवं बहुविध प्रकार हैं, उनके सम्बन्ध में उपयुक्त शब्दावली का संग्रह तथा प्रकाशन हमारे कंठ को वाणी देने के लिए आवश्यक है। 'ऋतु-संहार' लिखनेवाले कवि के देश

में आज ऋतुओं का वर्णन करने के लिए शब्दों का टोटा हो, यह तो विडंबना ही है। ऋतु-ऋतु में बहनेवाली हवाओं के नाम और उनके प्रशान्त एवं प्रचण्ड रूपों की व्याख्या जनपदीय जीवन का एक अत्यन्त मनोहर पक्ष है। फागुन मास में चलनेवाला फगुनहटा अपने हडकंपी शीत से मनुष्यों में कँपकँपी उत्पन्न करता हुआ पेड़ों को झोर डालता है और सारे पत्तों का ढेर पृथ्वी पर आ पड़ता है। दक्षिण से चलनेवाली दखिनिहा वायु न बहुत गरम न बहुत ठंडी भारतीय ऋतु-चक्र की एक निजी विशेषता है। वैशाख से आधे जेठ तक चलनेवाली पच्छिवाँ या पछुआ अपने समय से आती है और फूहड़ स्त्रियों के आँगन का कूड़ा-कर्कट बटोर ले जाती है। आधे जेठ से पुरवइया हमारे आकाश को छा लेती है, जिसके विषय में कहा जाता है—

भुइयाँ लोट चलै पुरवाई,
तव जानहु बरखा ऋतु आई।

भूमि में लोटती हुई, धूल उड़ाती हुई यह तेज वायु सबको हिला डालती है। किन्तु यही पुरवाई यदि चैत के महीने में चलती है तो आम 'लसिया' जाता है और बौर नष्ट हो जाता है, लेकिन चैत की पुरवाई महुए के लिए वरदान है। महुए और आम के अभिन्न सखा जानपद जन के जीवन में पुरवइया का सबसे महत्त्वपूर्ण स्थान है। जनपद-वधुएँ इसके स्वागत में गाती हैं—तनिक चलो रे पुरवा बहिन, हमें मेह की चाह लग रही है,

चय नेक चलो परवा माण
मेहरी म्हारे लग रही चाय।

इसी प्रकार पानी को लाने वाली शूकरी हवा है, जो उत्तर की ओर से चलती है और जिसके लिए राजस्थानी लोक-गीतों में स्वागत का गान गाया गया है—

सूरया, उड़ी बादली ल्यायी रे
हे सूरया उड़ना और बादली लाना, अथवा...
रीति मति आये, माणो भर लाए
तो सूरया के संग आवे बदली।

अर्थात् हे बदली! रीती मत आइयो, पानी भर लाइयो, सूरया के संग आइयो।

हमारे आकाश की सबसे प्रचण्ड वायु हउहरा (सं. हविधारक) है, जो ठेठ गरमी में दक्खिन-पच्छिम के नैऋत्य कोण से जेठ मास में चलती है। यह रेगिस्तानी हवा प्रचण्ड लू के रूप में तीन दिन तक बहती रहती है, जिसकी लपटों में चिड़िया चील तक झुलसकर गिर पड़ती है। यह वायु रेगिस्तानी समूम की तरह है, जो अरबों के देश में काफी बदनाम है। मेघ और वायु के घनिष्ठ सम्बन्ध पर जनपदीय अध्ययन में अच्छा प्रकाश पड़ सकता है। देहाती उक्तियों में इस विषय की अच्छी सामग्री मिलती है।

पशु-पक्षियों और वनस्पतियों का अध्ययन भी जनपदीय अध्ययन का एक विशेष

अंग है। अनेक प्रकार के तृण, लता और वनस्पतियों से हमारे जंगल भरे हुए हैं। एक-एक घास, बूटी या रूखड़ी के पास जाकर हमारे पूर्वजों ने उसका विशेष अध्ययन किया और उसका नामकरण किया। आज भी भारतीय आयुर्वेद के वनस्पति सम्बन्धी नामों में एक अपूर्व कविता पाई जाती है। शंखपुष्पी, स्वर्णक्षीरी, काकजंघा, सर्पाश्री, हंसपदी आदि नाम कविता के चरण हैं। प्रत्येक जनपद का सांगोपांग अध्ययन वनस्पति-शास्त्र की दृष्टि से पूरा होना आवश्यक है। इस विषय में गाँवों और जंगलों में रहनेवाले व्यक्ति सबसे अधिक सहायता कर सकते हैं। देशी नामों को प्राप्त करके उनके संस्कृत और अंग्रेजी पर्याय भी ढूँढ़ने चाहिए। यह काम कुछ सुलझे हुए ढंग से जनपदीय मण्डल की केन्द्रवर्ती संस्था में किया जा सकता है। वृक्ष-वनस्पति के जीवन से, उनके फूलने-फलने के क्रम से हम चाहें तो वर्षभर का तिथिक्रम बना सकते हैं। हमारी पाठ्य-पुस्तकें इस विषय में प्रचार का सबसे अच्छा साधन बनाई जा सकती हैं। आठ वर्ष की आयु से छोटे बच्चों को आस-पास उगनेवाले फूलों और पेड़ों का परिचय कराना आवश्यक है तथा चौथी कक्षा से दसवीं कक्षा तक तो यह परिचय क्रमिक ढंग से अवश्य पढ़ाया जाना चाहिए। इससे देहात की प्रारंभिक शालाओं में अपने जीवन के प्रति एक गयी रुचि और नया आनन्द पैदा होगा। किन्तु यह ध्यान रखना होगा कि ज्ञान की यह गयी सामग्री परीक्षा का बोझ लेकर कहीं हमारे भीतर प्रवेश न करने पावे। खिली धूप में गानेवाले स्वतन्त्र पक्षी की तरह इसे हमारे ज्ञान के क्षेत्र में प्रवेश करना चाहिए। अध्ययन का यही दृष्टिकोण पक्षियों के विषय में भी सत्य है। देहात के जीवन में रंग-बिरंगे पक्षियों का विशेष स्थान है। वहाँ कहते हैं कि भगवान् की रचना में साढ़े तीन दल होते हैं—

१. चींटी दल,
२. टीढ़ी दल,
३. चिड़ी दल।

शेष आधे दल में पोह और मानस हैं। पक्षियों के आने-जाने और ठहरने के कार्यक्रम से भी हम वर्ष का पंचांग निश्चित कर सकते हैं। छोटा-सा सफेद ममोला पक्षी, जो देखने में बहुत सुंदर लगता है, जाड़े का अन्त होते-होते चल देता है। उसके जाने पर कोयल वसन्त की उष्णता लेकर आती है और स्वयं कोयल उस समय हमसे विदा लेती है, जब तुरई में फूल फूलता है। ऋतु-ऋतु और प्रत्येक मास में हमारे घरों में, वाटिकाओं और जंगलों में जो पक्षी उतरते हैं, उनकी निजवार्त्ता एवं घरवार्त्ता अत्यन्त रोचक है, जिससे परिचित होना हमारा जन्मसिद्ध अधिकार है। हमारे निर्मल जलाशयों में क्रीड़ा करनेवाले हंस और क्रौंच पक्षी किस समय यहाँ से चले जाते हैं, कहाँ जाते हैं और कब लौटते हैं, इसकी पहचान हमारी आँख में होनी चाहिए। इस प्रकार के सूक्ष्म निरीक्षण के द्वारा डलगस डेवर ने एक उपयोगी पुस्तक तैयार की थी, जिसका नाम है 'बर्ड-कैलेंडर

ऑव नॉर्थ इंडिया'। पक्षियों का अध्ययन हमारे देश में बहुत पुराना है। वैदिक साहित्य में पक्षियों का ज्ञान रखनेवाले विद्वान् को वायोविद्यिक कहा गया है, जिसका रूपांतर पतंजलि के महाभाष्य में वायसविद्यिक पाया जाता है। राजसूय यज्ञ के अन्त में अनेक विद्याओं के जाननेवाले विद्वानों की एक सभा लगती थी, जिसमें वे लोग अपने-अपने शास्त्र का परिचय राजा को देते थे। व्यापक रूप से पक्षी भी राजा की प्रजा हैं और उनकी रक्षा का भार भी उसपर है। इस सभा में पक्षि-विशेषज्ञ देश के पक्षियों का परिचय राजा को देते थे। इस देश में पक्षियों के प्रति जो एक हार्दिक अनुराग की भावना छोटे-बड़े सबमें पाई जाती है, वह संसार में अन्य किसी देश में नहीं मिलती, जहाँ आकाश के इन वरद पुत्रों को हर समय तमंचे का खटका बना रहा है। पक्षियों के प्रति इस जन्मसिद्ध सौहार्द का संवर्द्धन हमें आगे भी करना चाहिए। इस देश की विशाल भूमि में देखने और प्रशंसा करने की जो अतुलित सामग्री है, उस सबके प्रति मन में स्वागत का भाव रखना जनपदीय अध्ययन की विशेषता है। भूमि माता है और मैं उसका पुत्र हूँ (माता भूमिः पुत्रोऽहम् पृथिव्याः) यह जनपदीय भवना का मूल सूत्र है।

जिस वस्तु का अपनी भूमि के साथ सम्बन्ध है, उसे ही भली प्रकार जानना और प्यार करना यह हमारा कर्तव्य है तथा अपने राष्ट्र के नवाभ्युत्थान में उसके उद्धार एवं उन्नति का उपाय करना उस कर्तव्य का आवश्यक परिणाम है। उत्तर से दक्षिण तक देश में फैली हुई गायों की नस्लें, घोड़े, हाथी, भेड़-बकरी सम्बन्धी वंश-वृद्धि और मंगल-योजना के विषय में हमें रुचि होनी चाहिए। जब हम सुनते हैं कि इटावा प्रदेश की जमनापारी बकरी दूध देने में संसार भर में सबसे बढ़कर है एवं जब हमें ज्ञात होता है कि लखनऊ के असील मुरगों ने, जिनकी देह की नसें तारकशी की तरह जान पड़ती हैं, ब्राजील में जाकर कुश्ती मारी है तो हमें सच्चा गर्व होता है। इसका कारण मातृभूमि का वह अखण्ड सम्बन्ध है, जो हमें दूसरे पृथिवी-पुत्रों के साथ मिलाता है।

जनपदीय अध्ययन का अत्यन्त रोचक विषय मनुष्य स्वयं है। मनुष्य के विषय में यहाँ हम जितनी जानकारी प्राप्त कर सकें, करनी चाहिए। ज्ञान-साधना का प्रत्येक नया दृष्टिकोण, जिसे हम विकसित कर सकें, मनुष्य-विषयक हमारी रुचि को अधिक गम्भीर और रसमय बनाता है। इस देश में सैकड़ों प्रकार के मनुष्य बसते हैं, उनके रहन-सहन, उनके रीति-रिवाज और वृद्धि, उनके संस्कार व धर्म, उनके नृत्य और गीत, उनके पर्व और उत्सव एवं भाँति-भाँति के आमोद-प्रमोद, उनके बीच के विशेष गुण एवं स्वभाव, उनके वेश और आभूषण, उनके निजी नाम एवं स्थान-नामों के विषय में जानने और खोज करने की रुचि तथा शक्ति हमें उत्पन्न करनी चाहिए, यही जनपदीय अध्ययन की सच्ची आँख है। इस आँख में जितना तेज आता जाएगा, उतने ही अधिक अर्थ को

हम देखने लगेंगे। भगवान् वेदव्यास की बताई परिभाषा के अनुसार यहाँ मनुष्य से श्रेष्ठ और कुछ नहीं है—

गुह्यं व्रह्म तदिदं ब्रवीमि
नहि मानुषात् श्रेष्ठतरं हि किंचित्।

मनुष्य हमारे जनपदीय मण्डल के केन्द्र में है। उसका आसन ऊँचा है। स्वयं मनुष्य होने के नाते सम्पूर्ण मानवीय जीवन में हमें गहरी रुचि होनी चाहिए। बीते हुए अनेक युगों की परम्परा वर्तमान पीढ़ी के मनुष्य में साक्षात् प्रकट होती है। हमारे पूर्वजों ने कर्म, वाणी और मन से जो कुछ भी सिद्धि प्राप्त की, उस सबकी थाती वर्तमान मानव-जीवन को प्राप्त हुई है। इतने गम्भीर उत्तराधिकार को लिये हुए जो मनुष्य हमारे सम्मुख है, उसकी विचित्रता कहने की नहीं, अनुभव करने की वस्तु है। मानव-जीवन के वर्तमान ताने-बाने के भीतर शताब्दियों और सहस्राब्दियों के सूत्र ओत-प्रोत हैं। विचारों और संस्थाओं की तहें क्रमानुसार एक-दूसरे के ऊपर जमी हुई मिलेंगी तथा इन तहों को यदि हम सावधानी के साथ अलग कर सकेंगे तो हमें अनेक युगों का, संस्कृतियों का विचित्र आदान-प्रदान एवं समन्वय दिखायी देगा।

इसमें तनिक भी संदेह नहीं कि भारतवर्ष समन्वय-प्रधान देश है। समन्वय-धर्म ही यहाँ की सार्वभौम संस्कृति की सबसे बड़ी विशेषता है। विभिन्न संस्कृतियों के अनमिल और अनगढ़ विचार एवं व्यवहार यहाँ एक-दूसरे से टकराते रहे हैं तथा अन्त में सहिष्णुता व समन्वय के मार्ग से सहानुभूतिपूर्वक एक साथ रहना सीखे हैं। परस्पर आदान-प्रदान के द्वारा जीवन को ढालने की विलक्षण कला इस देश में पाई जाती है। जिस प्रकार हिमालय के शिलाखण्डों को चूर्ण करके गंगा की शाश्वत धारा ने उत्तरापथ की भूमि का निर्माण किया है, जिसके रजकण एक-दूसरे से सटकर अभिन्न बन गए हैं, जिनमें भेद की अपेक्षा साम्य अधिक है, कुछ उसी प्रकार का एकीकरण भारतीय संस्कृति के प्रवाह में पली हुई जातियों में हुआ है। किसी समय इस देश के विस्तृत भूभाग में निषाद जाति का बसेरा था, उसी जाति के एक विशेष व्यक्ति गुह निषाद की कथा हमारे रामचरित से सम्बन्धित है। गुह निषाद के वंशज आज भी अवध के उत्तर-पूर्वी भाग में बसे हुए हैं, किन्तु आज उनकी संस्कृति हिन्दू धर्म की विशाल संस्कृति के साथ घुल-मिलकर एक बन चुकी है। जितना कुछ उनका अपना व्यक्तित्व था, वे उसे छोड़ने के लिए बाधित नहीं हुए, उसकी रक्षा करके भी वे एक अपने से ऊँची संस्कृति के अंक में प्रतिपालित होकर उसके साथ एक हो गए। समन्वय की उसी प्रक्रिया (acculturation) का नाम हिन्दूकरण पद्धति है। क्या जनपद और क्या नगर, इस प्रकार के समन्वय का जाल सर्वत्र बुना हुआ है, किन्तु जनपदों की प्रशान्त गोद में इस प्रकार के प्रीति-संपन्न समन्वय का अध्ययन विशेष रूप से किया जा सकता है, जहाँ आर्थिक और सामाजिक दृष्टि से विषमताएँ एक मर्यादा के भीतर रहती हैं।

अध्ययन के जिन दृष्टिकोणों का उल्लेख ऊपर किया गया है, उनमें से जिस किसी को भी हम लें, हमारे सामने रोचक सामग्री का भण्डार खुल जाता है। उदाहरण के लिए, किसी गाँव में भिन्न-भिन्न श्रेणियों के मनुष्यों के व्यक्तिवाची नामों को ही हम लें, तो उन नामों में संस्कृत, प्राकृत, अपभ्रंश और देशी शब्द-रूपों का रोचक सम्मिश्रण दिखायी पड़ेगा। गाँव का सिब्बा नाम वही है, जिसका संस्कृत रूपांतर शिवदत्त का शिव के साथ अन्य कोई पद जोड़ने से बनता है। व्याकरण के ठोस नियमों के अनुसार उत्तर पद का लोप कर नाम को छोटा बनाने की प्रथा लगभग ढाई सहस्र वर्ष पूर्व अस्तित्व में आ चुकी थी। उत्तर पद के लोप का सूचक 'क' प्रत्यय जोड़ने की बात वैयाकरण बताते हैं। इसके अनुसार शिवदत्त का रूप शिवक बनता है। शिवक का प्राकृत में सिबअ और उसी का अपभ्रंश में सिब्बा रूए हुआ। गाँवों का कल्लू और कलुआ संस्कृत कल्याणचन्द्र या कल्याणदत्त का ही रूपांतर है। कल्य का कल्ल और कल्ल से उक्त प्रत्यय जोड़कर कल्लुक रूप बनता था, जिसका प्राकृत एवं अपभ्रंश में कल्लुव या कलुआ होता है, अथवा इससे ही कल्लू एवं कालू रूप बनते हैं। अपभ्रंश भाषा के युग में इस प्रकार के नामों की बाढ़-सी आ गई थी और प्रायः सभी नामों को अपभ्रंश का चोला पहनना पड़ा था। नानक जैसा सरल नाम प्राकृत और अपभ्रंश के माध्यम से मूल संस्कृत ज्ञानदत्त से बना है। सं. ज्ञान, प्रा. णाण, हिन्दी नान+क ये इस विकास के तीन चरण हैं। इसी प्रकार मुग्ध से मूधा, स्निग्ध से नीधा, विपुलचन्द्र से बूलचन्द्र आदि नाम हैं। ठेठ गँवारू नामों का भी अपना इतिहास होता है। छीतर, फिक्कू, पवारू नामों के पीछे भी पुराने विश्वासों का रहस्य छिपा है, जो भाषा-शास्त्र और जनविश्वासों की सहायता से समझा जा सकता है। मनुष्य-नामों की तरह जनपदीय जीवन का दूसरा विस्तृत विषय स्थान-नाम है। प्रत्येक गाँव, खेड़े, नगले के नाम के पीछे भाषा-शास्त्र से मिश्रित सामाजिक इतिहास का कोई-न-कोई हेतु है। न्यग्रोध ग्राम से निगोहा, प्लक्ष गाँव से पिलखुवा, गन्धकुलिका से गन्धौली, सिद्धकुलिका या सिद्धपल्ली से सिधौली, मिहिरकुलिका या मिहिरपल्ली से मेहरौली आदि नाम बनते हैं। गाँवों में तो प्रत्येक खेत तक के नाम मिलते हैं, जिनके साथ स्थानीय इतिहास पिरोया रहता है। शीघ्र ही समय आएगा जब हम स्थान-नाम-परिषदों का संगठन करके इन नामों की जाँच-पड़ताल करने लगेंगे। दूसरे देशों में इस प्रकार की छानबीन करनेवाली परिषदों के बड़े-बड़े संगठन हैं और उन्होंने अध्ययन एवं प्रकाशन का बहुत कुछ काम किया भी है।

जनपदीय अध्ययन की जो आँख है, उसकी ज्योति भाषा-शास्त्र की सहायता से कई गुना बढ़ जाती है। भाषा-शास्त्र में रुचि रखनेवाले व्यक्ति के लिए तो जनपदीय अध्ययन कल्पवृक्ष के समान समझना चाहिए। किसान के जीवन की जो विस्तृत शब्दावली है, उसमें वैदिक काल से लेकर अनेक शताब्दियों के शब्द संचित हैं। हम यदि चाहें तो

प्राचीन काल की बहुत-सी ऐसी शब्दावली का उद्धार कर सकते हैं, जिसका साहित्य में उल्लेख नहीं हुआ है। मानव-श्रौतसूत्र में हसिया के लिए असिद शब्द प्रयुक्त हुआ है। उसी से लोक में हसिया शब्द बना है, किन्तु उसका साहित्यिक प्रयोग वैदिक काल के उपरान्त फिर देखने में नहीं आया। केवल हेमचन्द्र ने एक बार उसे देशी शब्द मानकर अपनी 'देशीनाममाला' में उद्धृत किया है। इसी प्रकार श्रौतसूत्रों में प्रयुक्त इण्ड्र शब्द का रूप लोग में इंडरी या इंडुरी आज भी चालू है, यद्यपि उसका साहित्यिक स्वरूप फिर देखने में नहीं आया। गेहूँ की नाली, मूँज या घास आदि से बटी हुई रस्सी के लिए पुराना वैदिक शब्द यून था, जिसका रूपांतर जून किसानों की भाषा में जीवित है। उससे निकला हुआ बरतन माँजने का जूना शब्द बहुत-सी जगह प्रचलित है।

इस प्रकार के न जाने कितने शब्द भरे हुए हैं। भाषा-शास्त्री के लिए जनपदीय बोलियाँ साक्षात् कामधेनु के समान है। दो हजार-डेढ़ हजार वर्षों के बिछड़े हुए शब्द तो इन बोलियों में चलते-जाते हाथ लगते हैं। प्राकृत और अपभ्रंश भाषा के अनेक धात्वादेशों की धात्री जनपदों की बोलियाँ हैं। हिन्दी भाषा की शब्द-निरुक्ति के लिए हमें जनपदीय बोलियों के कोषों का सर्वप्रथम निर्माण करना होगा। बोलियों में शब्दों के उच्चारण और रूप जाने बिना शब्द की व्युत्पत्ति का पूरा पेटा नहीं भरा जा सकता। बोलियों की छानबीन होने के उपरान्त कई लाभ होने की सम्भावना है। प्रथम तो इन कोषों में हमारे प्रादेशिक जीवन का पूरा ब्योरा आ जाएगा। दूसरे, शब्द नामक ज्योति जीवन के अँधेरे कोठों को प्रकाश से भर देगी। तीसरे, जनपदों के बहुमुखी जीवन के शब्दों को पाकर हमारी साहित्यिक वर्णना-शक्ति विस्तार को प्राप्त होगी।

हिन्दी भाषा में जनपदों के भण्डार से लगभग ५० सहस्र नये शब्द आ जाएँगे, और भौतिक वस्तुओं एवं मनोभावों को व्यक्त करने के लिए जोगाजोग शब्दावली पाने का हमारा टोटा मिट जाएगा। जनपदों के साथ मिलकर हमारी भाषा को अनेक धातुएँ, मुहावरे और कहावतों का अद्भुत भण्डार प्राप्त होगा। कहावतें हमारी जातीय बुद्धिमत्ता के समुचित सूत्र हैं। शताब्दियों के निरीक्षण और अनुभव के बाद जीवन के विविध व्यवहारों में हम जिस संतुलित स्थिति तक पहुँचते हैं, लोकोक्ति उसका संक्षिप्त सत्यात्मक परिचय हमें देती है। साहित्य के अन्य क्षेत्र में सूत्रों की शैली को हमने पीछे छोड़ दिया, किन्तु लोकोक्तियों के सूत्र हमारे चिरसाथी रहे हैं और आगे भी रहेंगे। लोकोक्तियों के रूप में समस्त जाति की आत्मा एक बिन्दु या कूट पर संचित होकर प्रकट हो जाती है। उदाहरण के लिए माँ के प्रति जो हमारी सर्वमान्य पुरानी श्रद्धा है, वह इस उक्ति में जो हमें बैसवाड़ा के एक गाँव में प्राप्त हुई, कितने काव्यमय ढंग से अभिव्यक्त मिलती है—

स्वाति के बरसे, माँ के परसे तृप्ति होती है

बुन्देलखण्डी एक उक्ति है—

अक्कल बिन पूत कठैंगर से
बुद्धि बिन बिटिया डैंगुर सी।

प्रत्येक व्यक्ति में बूझ और समझ के लिए जो हमारा प्राचीन आदर का भाव है, पंचतन्त्र-हितोपदेश आदि नीति उपदेशों के द्वारा जिस नीति-निपुणता की प्रशंसा की गई है, जिस बुद्धिमत्ता का होना ही सच्ची शिक्षा है, स्त्री और पुरुष दोनों के लिए जिसकी आवश्यकता है, इस बुद्धि अथवा अक्ल की प्रशंसा में सारे जनपद की आत्मा इस लोकोक्ति में बोल पड़ी है। भाषा-शास्त्र की दृष्टि से कठैंगर संस्कृत का 'काष्ठार्गल' (वह डंडा जो किवाड़ों के पीछे अटकाव के लिए लगाया जाता है) और डैंगुर 'दण्डार्गल' (वह डंडा जो पशुओं को रोकने के लिए उनके गले में लटका दिया जाता है) के रूप हैं। प्रत्येक जनपदीय क्षेत्र में कई-कई सहस्र कहावतें मिलने की सम्भावना है। उनका उचित प्रकाशन और सम्पादन हिन्दी साहित्य की अनमोल वस्तु होगी। यह भी नियम होना चाहिए कि जनपदीय शालाओं में पढ़ाई जानेवाली पोथियों में सैकड़ों स्थानीय कहावतों का प्रयोग किया जाए। दशम श्रेणी तक पहुँचते-पहुँचते विद्यार्थी को अपनी एक सहस्र लोकोक्तियों का अर्थ-सहित अच्छा ज्ञान करा देना चाहिए।

भारतवर्ष का जो कृषिप्रधान जीवन है, उसकी शब्दावली प्राचीन समय में क्या थी, साहित्य में इसका लेखा नहीं बचा; किन्तु जनपदीय बोलियों के तुलनात्मक अध्ययन से हम उसे फिर प्राप्त कर सकते हैं। इससे प्राचीन भारतीय जीवन पर नया प्रकाश पड़ेगा। खेतों की जुताई, बुआई, कटाई और मँड़नी से सम्बन्ध रखनेवाले शब्दों को पंजाब से बंगाल तक और युक्तप्रान्त से गुजरात-महाराष्ट्र तक के जनपदों से यदि हम एकत्र करें तो संस्कृतमूलक समान शब्दों का एक व्यापक ताना-बाना बुना हुआ मिलेगा। कुछ शब्द अपनी-अपनी बोलियों में भिन्न भी होंगे, किन्तु समान शब्दों के आधार से हम प्राचीन शब्दावली तक पहुँच सकेंगे। खेत काटनेवाले के लिए लावा (सं. लावक), गन्ना काटनेवाले के लिए कपटा (संस्कृत क्लृप्ता) ऐसे शब्द हैं, जो हमें तुरन्त पुरानी परम्परा तक पहुँचा देते हैं। आज भी मेरठ के गाँव-गाँव में वे चालू हैं। कुएँ की आन्हर (सं. अंध्रि=चरण), छींटकर बीज बोने के लिए पबेड़ना धातु (सं. प्रवेरिता), जवान बछिया के लिए ओसर, सं. उपसर्या (गर्भधारण के योग्य) आदि अनेक शब्द प्राचीन परम्परा के सूचक हैं। मध्यकाल के आरम्भ में जब मुसलमान यहाँ आए तो हमारे नागरिक जीवन में बहुत-से परदेशी शब्दों का चलन हो गया और अपने शब्द मर गए। किन्तु कृषि शब्दावली में अपना स्वराज्य बना रहा और कचहरी के शब्दों को छोड़कर जिनका केन्द्र शहरों में था, शेष शब्दावली पुरानी ही चालू रही। इस सत्य को पहचानकर हम भाषा-शास्त्र की सहायता से अनेक जनपदीय शब्दों के साथ नया परिचय पा सकते हैं। आवश्यक शोध और व्याख्याओं के द्वारा इस कार्य को आगे बढ़ाना होगा। कृषि के साथ ही भिन्न-भिन्न

पेशेवर लोगों के शब्द हैं, जिनका संग्रह और उद्धार करना चाहिए। दिल्ली के अंजुमन तरक्किए उर्दू की ओर से इस प्रकार का कुछ कार्य किया गया था और उस संस्था की ओर से पेशेवर लोगों की शब्दावली आठ भागों में फरहँगे इस्तलाहात ए पेशेवरान छप चुकी है, किन्तु यह काम उससे बहुत बड़ा है और इसमें सीखे हुए भाषा-शास्त्र से परिचित कार्यकर्ताओं की सहायता की आवश्यकता है। अकेले रंगरेज की शब्दावली से विविध रंग और हलकी चटकीली रंगतों के लिए लगभग दो सौ शब्द हम प्राप्त कर सकते हैं।

किन्तु जनपदीय अध्ययन के लिए शब्दों से भी अधिक महत्त्वपूर्ण जनपदीय मनोभावों से परिचय प्राप्त करना है। जनपदीय मानव के हृदय में सुख-दुख, प्रेम और घृणा, आनन्द और विरक्ति, उल्लास तथा सुस्ती, लोभ एवं उदारता आदि मन के अनेक गुण-अवगुणों से प्रेरित होकर विचारने या कर्म करने की जो प्रवृत्ति है, उसका स्पष्ट दर्शन किस साहित्य में हमें मिलता है? जनपदीय मनोभावों का दर्पण साहित्य तो अभी बनने के लिए शेष है। ग्रामवासियों और भारतमाता का पुष्कल परिचय प्राप्त करना हमारे राष्ट्रीय जीवन की बड़ी आवश्यकता है। राष्ट्रीय चरित्र और प्रकृति या स्वभाव के ज्ञान के लिए हमें इस प्रकार के जनपदीय साहित्य की नितांत आवश्यकता है। इस दृष्टि से जनपदीय जीवन का चित्र उतारनेवाले जितने भी परिचय ग्रन्थ या उपन्यास लिखे जाएँ, स्वागत के योग्य हैं। बड़े विषयों पर लिखना अपेक्षाकृत सरल है, किन्तु उस लेखक का कार्य कठिन है, जो अपने आपको जनपदीय सीमा के भीतर रखकर लिखता है और जो बाहरी छाया से जनपदीय जीवन के चित्र को विकृत या लुप्त नहीं होने देता। इस प्रकार का साहित्य अन्ततोगत्वा पृथिवी के साथ हमारे सम्बन्ध और आस्था का परिचायक साहित्य होगा।

जनपदीय अध्ययन का क्षेत्र अत्यन्त विस्तृत और गहरा है, उसमें अपरिमित रस और नवीन प्रकाश भी है। जीवन के लिए उसकी उपयोगिता भी कम नहीं है। उस अध्ययन के सफल होने के लिए सधे हुए ज्ञान और समझदारी की भी आवश्यकता है। मानसिक सहानुभूमि और शारीरिक श्रम के बिना यह कार्य पनप नहीं सकता। जनपदीय अध्ययन की आँख लोक का वह खुला हुआ नेत्र है, जिसमें सारे अर्थ दिखायी पड़ते हैं। ज्यों-ज्यों इस नेत्र में देखने की शक्ति बढ़ती है, त्यों-त्यों भूतत्त्व में छिपे हुए रत्न और कोषों की भाँति जनपदीय जीवन के नये-नये भण्डार हमारे दृष्टिपथ में आते-जाते हैं। जनपदीय चक्षुष्मत्ता साहित्यिक का ही नहीं, प्रत्येक मनुष्य का भूषण है। उसकी वृद्धि जीवन की आवश्यकता के साथ जुड़ी है। अशोक के शब्दों में जानपद जन का दर्शन हमारी जनपदीय आँख की सच्ची सफलता है।

❑

५

जानपद जन

प्रियदर्शी महाराज अशोक ने गाँवों की भारतीय जनता के लिए जिस शब्द का प्रयोग किया था, वह सम्मानित शब्द है—'जानपद जन'। अशोक के लेखों का पारायण करते हुए हमें इस बहुमूल्य शब्द का परिचय मिलता है। सात लाख गाँवों में बसनेवाली जनता को हम इस पवित्र नाम से संबोधित कर सकते हैं। इस समय इस प्रकार के उच्चाशय से भरे हुए एक सरल नाम की सर्वत्र आवश्यकता है। एक ओर साहित्यिक जीवन में साहित्यसेवी विद्वान् जनपद-कल्याणी योजनाओं पर विचार करने में लगे हैं एवं सामाजिक जीवन में नगर की परिधि से घिरे हुए नागरिक जनसमुदाय की ओर सबका ध्यान आकृष्ट हुआ है। चिरकाल से भूले हुए जानपद जन की स्मृति सबको पुनः प्राप्त हो रही है और जानपद जन को पुनः अपने उच्च आसन पर प्रतिष्ठित करने की अभिलाषा सब जगह एक-सी दिखायी पड़ती है। प्रत्येक क्षेत्र में उठनेवाले नवीन आन्दोलनों की यह एक सर्वव्यापी विशेषता है।

ऐसे समय भारत के प्रिय सम्राट् महाराज अशोक के हृदय से निकले हुए जनता के इस प्रिय नाम 'जानपद जन' का हमें हार्दिक स्वागत करना चाहिए। अशोक के हृदय में देश की प्राणभूत शतसहस्र जनता के लिए अगाध प्रीति थी। उसके साथ साक्षात् सम्पर्क प्राप्त करने के लिए उन्होंने कई नये उपायों का अवलंबन किया। अभी उनको सिंहासन पर बैठे दस ही वर्ष हुए थे कि पहले राजाओं की विहार-यात्राओं को रद्द करके लोकजीवन से स्वयं परिचित होने के लिए उन्होंने एक नये प्रकार के दौरे का विधान किया, जिसका नाम 'धर्मयात्रा' रखा गया। इसका उद्देश्य स्पष्ट और निश्चित था।

'जानपदसा च जनसा दसने धर्मनुसथि च धम पलिपुछा च।'

(अष्टम शिलालेख)

आज की चकराता तहसील में यमुना और तमसा के संगम पर स्थित कालसी गाँव

में हिमालय के एक शिलाखण्ड पर ये शब्द खुदे हुए हैं। धर्म के लिए होनेवाले इन दौरों का उद्देश्य था—

१—जानपद जन का दर्शन,

२—उनको धर्म की शिक्षा, और

३—उनके साथ धर्म-विषयक वार्त्तालाप करना।

पृथ्वी को अलंकृत करनेवाले वैभवशाली सम्राट् के ये सरलता से भरे हुए उद्गार हैं। जहाँ पहले राजाओं को देखने के लिए प्रजा को आना पड़ता था, वहाँ अब स्वयं सम्राट् उनके बीच जाकर उनसे मेल-जोल बढ़ाना चाहते हैं। जानपद जन का दर्शन सम्राट् प्राप्त करे, यह भावना कितनी उदार, शुद्ध और उच्च है? इसीलिए एच.जी. वेल्स सरीखे ऐतिहासिकों का कहना है कि अशोक के हृदय से तुलना करने के लिए संसार का और कोई सम्राट् सामने नहीं आता। जानपद जन के सम्पर्क में आकर सम्राट् उनके नैतिक और आध्यात्मिक जीवन को ऊँचा उठाना चाहते हैं, यही उस समय की वास्तविक लोकशिक्षा थी। धार्मिक पक्ष की ओर ध्यान देते हुए भी जनता के लौकिक कल्याण की बात को अशोक ने नहीं भुलाया। प्रथम तो उन्होंने जनता का सान्निध्य प्राप्त करने के लिए जनता की सीधी-सादी ठेठ भाषा का सहारा लिया। राजकाज में भाषा सम्बन्धी यह परिवर्तन अशोक का अपनी विलक्षण सूझ और साहस का प्रतीक था। उस समय कौन सोच सकता था कि सम्राट् के धर्म-स्तभों पर जनता की ठेठ भाषा स्थान पाने के योग्य समझी जाएगी। तुष्ट की जगह 'तूठ', ब्राह्मण की जगह 'बंभन' और पौत्र के लिए 'पोता'—ये इस ठेठ बोली के उदाहरण हैं। जानपद जन का परिचय पाने के लिए जानपदी भाषा का उचित आदर अत्यन्त आवश्यक है। जानपद जन के प्रति श्रद्धा होने के लिए जानपदी बोली के प्रति श्रद्धा पहले होनी चाहिए।

अशोक ने लोकस्थिति सुधारने का दूसरा उपाय यह किया था कि एक विशेष पद के राजकीय पुरुष नियुक्त किए, जिनका कार्य केवल जानपद जन के हित-सुख की चिंता करना था। उनको लेख में राजुक् कहा गया है। ये लोग इतने विश्वसनीय, नीति-धर्म के पक्के, आचार में सुपरीक्षित और धर्मनिष्ठ थे कि अशोक ने स्वयं लिखा है, "जैसे कोई व्यक्ति सुपरिचित धात्री के साथ में अपनी सन्तान को सौंपकर निश्चिंत हुआ है।"—"हेवं मम लाजूक कट जानपद हित सुखाए।" "जानपद जन के हित-सुख के लिए"—सम्राट् के ये शब्द ध्यान देने योग्य हैं।

"ये लोग बिना किसी भय के, उत्साह के साथ मन लगाकर अपना कर्तव्य करें, इसलिए मैंने इनके हाथ में न्याय के साथ व्यवहार करने और दण्ड देने के अधिकार सौंप दिए हैं।" जानपद जन के लिए न्याय की प्राप्ति उनके अपने क्षेत्र में ही सुलभ कर देना सम्राट् का एक बड़ा वरदान था।

इस प्रकार प्रियदर्शी अशोक ने जानपद जन को शासन के केन्द्र में प्रतिष्ठित करके एक नवीन आदर्श की स्थापना की। जानपद जन के प्रति उनकी जो कल्याणमयी भावना थी, उसी से जनता को पुकारनेवाले इस सरल, सुन्दर और प्रिय नाम का जन्म हुआ।

प्राचीन भारत में जानपद जन का जो सरल और सुखमय जीवन था, उसका प्रदर्शन करनेवाले तीन चित्र यहाँ प्रकाशित किए जा रहे हैं—

चित्र १—बवनी का यह दृश्य आन्ध्र देश के कृष्णा जिले के शिंगवरं स्थान से प्राप्त विक्रम की चौथी शताब्दी पूर्व की आहत मुद्रा से लिया गया है। चाँदी के कार्षापण पर आहत इस रूप (सिंबल) से खेत की बोवाई का दृश्य है। पोढ़े और बड़े हल की सहायता से दो बैल खेत जोतते हुए दिखाए गए हैं।

चित्र २—यह चित्र भी शिंगवरं के एक चाँदी के कार्षापण से लिया गया है। इसमें खलिहान में अनाज की मँड़नी का दृश्य है। बीच में एक छायादार वृक्ष है। दोनों ओर चार-चार बैल पयर (संस्कृत प्रकर) या चकही के ऊपर घूमते हुए दाँय चला रहे हैं। इसी के बाद भूसा और अन्न अलग हो जाते हैं। अन्न का ढेर रास (सं. राशि) कहलाने लगता है। राशि किसान के परिश्रम का मूर्त्तिमान रूप है, मानो क्षेत्र-लक्ष्मी का जगमग दर्शन रास के रूप में किसान को मिलता है।

चित्र ३—यह चित्र गोरखपुर से १४ मील दक्षिण में स्थित सोहगौरा स्थान से प्राप्त ताम्रपट से लिया गया है। इसमें दो कोष्ठागार या अन्न के बृहत् भण्डार दिखाए गए हैं। अन्न की राशि खेत से उठाकर कोठारों में भरी जाती थी। ये दो राजकीय कोठार हैं। ताम्रपट में लिखा है कि दुर्भिक्ष निवारण के लिए राज्य की ओर से ये कोठार सदा अन्न से भरपूर रखे जाते थे। लेख मौर्यकालीन (विक्रम से लगभग चौथी शताब्दी पूर्व) का माना गया है। इसमें श्रावस्ती के महामात्यों को आज्ञा दी गई है कि अकाल के समय इन अन्न-भण्डारों को प्रजा में वितरण के लिए खोल दिया जाए। राज्य की ओर से प्रजाओं के भरण-पोषण के लिए जो दूरदर्शिता बरती जाती थी, श्रावस्ती के कोष्ठागार उसके चिरजीवी दृष्टांत हैं।

महास्थान (बोगरा जिला, पूर्वी बंगाल) में मिले एक दूसरे अभिलेख में, जो विक्रम पूर्व लगभग चौथी शताब्दी का है, दुर्भिक्ष के समय ऐसे ही कोष्ठागारों के खोले जाने का उल्लेख है। लिखा है—पुंड्र नगर के महामात्य इस आज्ञा का पालन कराएँगे। संबंगीयों के उपभोग के लिए धान दिया गया है। इस दैवी विपत्ति (दैवात्ययिक) के समय नगर पर जो घोर अन्न-संकट आया है, उससे पार उतरना चाहिए। जब सुभिक्ष होगा तब कोष्ठागार फिर धान से और कोष गंडक मुद्राओं से भर दिए जाएँगे।' (एपिग्राफिया इंडिका २१/८५)।

❑

६

जनपदों का साहित्यिक अध्ययन

जनपदी बोलियों का कार्य हिन्दी-भाषा का ही कार्य है, वह व्यापक साहित्य अभ्युत्थान का एक अभिन्न अंग है। हिन्दी की पूर्ण अभिवृद्धि के लिए जनपदों की भाषाओं से प्रचुर सामग्री प्राप्त करने का कार्य साहित्य-सेवा का एक आवश्यक अंग समझा जाना चाहिए। इसी भाव से कार्यकर्ता इस काम में लगें तो भाषा और राष्ट्र दोनों का हित हो सकता है।

मुझे तो जनपदों की भाषाओं का कार्य एकदम देवकार्य-जैसा पवित्र और उच्चाशय से भरा हुआ प्रतीत होता है। वह उठते हुए राष्ट्र की आत्मा को पहचानने जैसा उदार कार्य है, क्योंकि इसके द्वारा हम कोटि-कोटि जनसमुदाय की मूल साहित्यिक प्रेरणाओं के साथ सान्निध्य प्राप्त करने चलते हैं। साहित्य का जो नगरों में पाला-पोसा गया रूप है, जिसे हम भगवान् चरक की भाषा में 'कुटीप्रावेशिक' कह सकते हैं, उसके दायरे से बाहर निकल कर जनपदों के स्वच्छन्द वायु और सूर्य की धूप में पनपनेवाले साहित्य के 'वातातपिक' स्वरूप की परख करने में जितने अग्रसर होंगे, उतने ही जनता और साहित्यकारों के तथा लोक-जीवन और साहित्य के बीच पड़ी हुई गहरी खाई को पाटकर उस पर एक सर्वजन सुलभ सेतु बाँधने में हम सफल हो सकेंगे।

भारतीय जनता का अधिकांश भाग देहातों में है। उसकी भावना की क्रीड़ास्थली देहात ही है। इन्हीं का साहित्यिक नाम जनपद है। मैं तो यहाँ तक कहूँगा कि जनपदों की संस्कृति का अध्ययन हमारे राष्ट्र की मूल आध्यात्मिक परम्पराओं का अध्ययन है, जिनके द्वारा हमारे जीवन की गंगा का प्रवाह बाहरी कल्मषों से अपनी रक्षा करता हुआ आगे बढ़ता रहा है।

व्यास और वाल्मीकि, कालिदास एवं तुलसी, चरक व पाणिनि इन सबका अध्ययन जनपदीय दृष्टिकोण से हमें फिर से प्रारम्भ करना है। किसी समय इन महासाहित्यकारों की कृतियाँ जनपदों के जीवन में बद्धमूल थीं। जिस समय वेदव्यास ने द्रौपदी की छवि

का वर्णन करते हुए तीन वर्ष की श्वेत रंगवाली गौ को (सर्वश्वेतेव माहेयी वने जाता त्रिहायनी—विराट् १७-११) उपमान रूप से कल्पित किया, जिस समय वाल्मीकि ने अराजक जनपद का गीत गाया, जिस समय कालिदास ने मक्खन लेकर उपस्थित हुए ग्रामवृद्धों से राजा का स्वागत कराया (हैयंगवीनमादाय घोषवृद्धानुपस्थितान्) और जब पाणिनि ने अष्टाध्यायी में सैकड़ों छोटे-छोटे गाँवों एवं बस्तियों के नाम लिखे तथा उनके बहुमुखी व्यवहारों की चर्चा की, उस समय हमारे देश में जनपद-जीवन के बीच एक पारस्परिक सहानुभूमि का समझौता था। दुर्भाग्य के रस-प्रवाह के वे तन्तु टूट गए। हमारे साहित्य का क्षेत्र भी संकुचित हो गया और हम अपनी जनता के अधिकांश भाग के सामने परदेशी की भाँति अजनबी बन बैठे। आज नवचेतना के फगुनहटे ने राष्ट्रीय कल्पवृक्ष को झकझोरकर पुराने विचाररूपी पत्तों को धराशायी कर दिया है। सर्वत्र नये विचार, नये मनोभाव और गयी सहानुभूति के पल्लव फूट रहे हैं। गाँव और नगर दोनों एक ही साधार जीवन की परिधि में सहज तन्तुओं से एक-दूसरे के साथ गुँथकर फिर एक ज्ञान की भूमि से अपना पोषण प्राप्त करने के लिए एक-दूसरे की ओर बढ़ रहे हैं, यही वर्तमान साहित्यिक प्रगति की सबसे अधिक स्पृहणीय विशेषता और आशा है। हम गाँवों के गीतों में काव्य-सुधा का पान करने लगे हैं, जनपदों की बोलियाँ हमारे लिए वैज्ञानिक अध्ययन की सामग्री का उपहार लिये खड़ी हैं। कहीं लुधियानी के उच्चारणों का अध्ययन हो रहा है, कहीं हरमुकुट पर्वत पर बैठकर भाषा-विज्ञान के वेत्ता सिन्धु नद की उपत्यका के एक छोटे गाँव की बोली का अध्ययन कर रहे हैं, कहीं दरद देश की प्राचीन पिशाचवर्गीय भाषा की छानबीन हो रही है, कहीं प्राचीन उपरिश्येन (हिन्दूकुश) पर्वत की तलहटी में बसनेवाले छोटे-छोटे कबीलों की मुंजानी और इश्काश्मी बोलियों का व्याकरण बन रहा है। और यह सब कार्य कौन कर रहा है ? वही राष्ट्रीय कल्पवृक्ष के रोम-रोम में नवीन चेतना की अनुभूति इस कार्य-जाल की मूलप्रेरक शक्ति है। इस कार्य का अधिकांश सूत्रपात और मार्ग-दर्शन तो विदेशी विद्वानों के द्वारा हुआ है और हो रहा है। हम हिन्दी के अनुचर तो अभी बड़े सतर्क होकर फूँक-फूँककर पैर रख रहे हैं।

प्रचण्ड शक्तिशालिनी हिन्दी-भाषा की विभूति का विशाल मन्दिर जनपदी भाषाओं को उजाड़कर नहीं बन सकता, वरन् इस पंचायतनी प्रासाद की दृढ़ जगती में सभी भाषाओं और बोलियों के सुगढ़ प्रस्तरों का स्वागत करना होगा। हम सोए पड़े थे, मगर अध्यवसायी टर्नर महोदय नेपाली बोली का निरुक्त कोष संपन्न कर चुके। हम अभी जँभाई लेकर आँखें मल रहे थे, उधर वे ही मनीषी जागरूक बनकर हिन्दी-भाषा का उसकी बोलियों के आधार से एक विराट् निरुक्त कोष रचने में अहर्निश दत्त हैं।

कार्य अनन्त है। हमारे कार्यकर्ता गिनती के हैं। उनके साधन भी परिमित हैं। वैज्ञानिक पद्धति से कार्य करने की कला भी हममें से बहुतों को सीखनी है। फिर पारस्परिक स्पर्धा

का अवसर ही कहाँ रहता है ? जानपदी बोलियों का कार्य हिन्दी का अपना ही कार्य है। उनके विकास और वृद्धि के मुहूर्त्त में हिन्दी के ऋत्विजों को स्वस्त्ययन-मन्त्रों का ही पाठ करना चाहिए। जो लोग जनपदों को अपना कार्य-क्षेत्र बना रहे हैं, वे भी हिन्दी के वैसे ही अनन्य भक्त हैं और हमारा विश्वास है कि उनका यह कार्य हिन्दी के विशाल कोष को और भी अधिक समृद्ध बनाने के लिए ही है। जनपदों के कार्यकर्ताओं के लिए कार्यक्रम की रूपरेखा अन्यत्र दी जा रही है। तदनुसार प्रत्येक क्षेत्र में कार्यपद्धति का ढाँचा बनाया जाना चाहिए।

❑

७

जनपदीय कार्यक्रम

हिन्दी-साहित्य के सम्पूर्ण विकास के लिए ग्राम और जनपदों की भाषा एवं संस्कृति का अध्ययन अत्यन्त आवश्यक है। खड़ी बोली इस समय हम सबकी साहित्यिक भाषा और राष्ट्र-भाषा है। हमारी वर्तमान और भावी संस्कृति का प्रकाशन इसी भाषा के द्वारा हो सकता है। विश्व का जितना ज्ञान-विज्ञान है, उसको खड़ी बोली के माध्यम से ही हिन्दी-साहित्य-सेवी अपनी जनता के लिए सुलभ रूप से प्रस्तुत कर सकता है। संसार के अन्य साहित्यों से जो ग्रन्थ हमें अनुवाद-रूप में अपनी भाषा में लाने हैं, उन्हें भी खड़ी बोली के द्वारा ही हम प्राप्त करेंगे। एक ओर साहित्य के विकास और विस्तार का अन्तर्राष्ट्रीय पक्ष है, जिसमें बाहर से ज्ञान-विज्ञान की धाराओं का अपने साहित्य-क्षेत्र में हमें अवतार कराना है। दूसरी ओर हमारा अपना समाज या विशाल लोक है। इस लोक का सर्वांगीण अध्ययन हमारे साहित्यिक अभ्युत्थान के लिए उतना ही आवश्यक है।

देश की जनता का नब्बे प्रतिशत भाग ग्राम और जनपदों में बसता है। उनकी संस्कृति देश की प्रधान संस्कृति है। हमारे राष्ट्र की समस्त परम्पराओं को लेकर ग्राम-संस्कृति का निर्माण हुआ है। ग्रामों के समुदाय को ही प्राचीन परिभाषा में जनपद कहा गया है। वह भौमिक इकाई, जिसमें बोली और जन-संस्कृति की दृष्टि से जनता में पारंपरिक साम्य अधिक है, जनपद कही गई है। महाभारत के भीष्म पर्व (अध्याय ९), मार्कंडेय पुराण और अन्य पुराणों में जनपदों की कई सूचियाँ पाई जाती हैं। उनमें से कितने ही छोटे-छोटे जनपद आधुनिक जिले और कमिश्नरी के समान ही हैं। उनकी संख्या केवल भूगोल की एक सुविधा है। उसमें आपसी विग्रह या विभेद को स्थान नहीं है। जिस प्रकार विविध प्रान्तीय भेद होते हुए भी राष्ट्रीय दृष्टि से हमारा देश और उस देश में बसने वाला जन-समुदाय अखण्ड है, उसी प्रकार प्रान्तों के अन्तर्गत विविध जनपदों में बसनेवाली जनता भी एक ही संस्कृति एवं राष्ट्रीय चेतना का अभिन्न अंग है।

देश की यह मौलिक एकता जनपदीय अध्ययन के द्वारा और भी पुष्ट होती है।

किस प्रकार एक ही महान् विस्तार के अन्तर्गत हमारा समाज युग-युगों से अपना शांतिमय जीवन व्यतीत करता रहा है, किस प्रकार उसकी आध्यात्मिक और मानसिक प्रेरणाओं में सर्वत्र एक जैसी मौलिक पद्धति है, किस प्रकार एक ही संस्कृत भाषा के आधार से दरदिस्तान की दरद् और उत्तर-पश्चिमी प्रान्त या प्राचीन गांधार की पश्तो भाषा से लेकर बंगाली, गुजराती और महाराष्ट्री तक अनेक प्रादेशिक भाषाओं का निर्माण हुआ है, और किस प्रकार इन भाषाओं के क्षेत्र में अगणित बोलियाँ परस्पर एक-दूसरे से तथा संस्कृत से गहरा सम्बन्ध रखती हैं। यह समस्त विषय अनुसंधान के द्वारा जब हमारे सम्मुख आता है, तब अपनी राष्ट्रीय एकता के प्रति हमारी श्रद्धा परिपक्व हो जाती है। अतएव राष्ट्रव्यापी ऐक्य का उद्घाटन करने के लिए जनपदों में बसनेवाली जनता का अध्ययन अत्यन्त आवश्यक है। राष्ट्र-भाषा हिन्दी की जो सेवा करना चाहते हैं, उनके कन्धों पर जनपदीय अध्ययन का भार अनिवार्यतः आ जाता है।

जनपदीय अध्ययन की आवश्यकता का एक दूसरा प्रधान कारण और है। वही साहित्य लोक में चिरजीवन पा सकता है, जिसकी जड़ें दूर तक पृथिवी में गई हों। जो साहित्य लोक की भूमि के साथ नहीं जुड़ा, वह मुरझा कर सूख जाता है। भूमि, भूमि पर रहनेवाले मनुष्य या जन, और उन मनुष्यों की या जन की संस्कृति—ये ही अध्ययन के तीन प्रधान विषय होते हैं। एक प्रकार से जितना भी साहित्य का विस्तार है, वह इन तीन बड़े विभागों में समा जाता है। जनपदीय कार्यक्रम में ये तीन दृष्टिकोण ही प्रधान हैं। हम सबसे पहले अपनी भूमि का सर्वांगपूर्ण अध्ययन करना चाहते हैं। भूमि का जो स्थूल भौतिक रूप है, उसका पूरा ब्यौरा प्राप्त करना पहली आवश्यकता है। भूमि की मिट्टी, उसकी चट्टानें, भूगर्भ की दृष्टि से भूमि का निर्माण, उसपर बहनेवाली बड़ी जलधाराएँ, उसको अपनी जगह स्थिर रखने वाले बड़े-बड़े भूधर पहाड़, अनेक प्रकार के वृक्ष-वनस्पति, नाना प्रकार की औषधियाँ, पशु-पक्षी—इस प्रकार के अनगिनत विषय हैं, जिसमें हमारे साहित्यिकों को रुचि होनी चाहिए। अर्वाचीन विज्ञान की आँख लेकर पश्चिमी भाषाओं के दक्ष विद्वान् इन शास्त्रों के अध्ययन में कहाँ-से-कहाँ निकल गए हैं। हिन्दी में भी वह युग आ गया है जब हम अपनी भूमि के साथ घनिष्ठ परिचय प्राप्त करें और उसने माता की भाँति जितने पदार्थों को पाला-पोसा है, उन सबका कुशल प्रश्न उछाह और उमंग से पूछें। भारतीय पक्षियों को प्रकृति ने जो रूप और सौन्दर्य दिया है, उनके पंखों पर जो वर्णों की समृद्धि या विविध रंगों की छटा है, उसको प्रकाश में लाने के लिए हमारे मुद्रण के समस्त साधन भी क्या पर्याप्त समझे जाएँगे ? हमारे जिन पुष्पों से पर्वतों की द्रोणियाँ भरी हुई हैं, उनकी प्रशंसा के माहात्म्य-ज्ञान का भार हिन्दी-साहित्य-सेवी के कन्धों पर नहीं तो और किस पर होगा ? अनेक वीर्यवती औषधियों और महान् हिमालय की वनस्पतियों तथा मैदानों के दुधार महावृक्षों

का नवीन परिचय साहित्य का अभिन्न अंग समझा जाना चाहिए। चट्टानों की परतों को खोल-खोलकर भूमि के साथ अपने परिचय को बढ़ाना, यह भी नवीन दृष्टिकोण का अंग है। इस प्रकार एक बार जो नवीन चक्षुष्मत्ता प्राप्त होगी, उससे साहित्य में नव-सृष्टि की बाढ़ आ जाएगी।

भूमि के भौतिक रूप से ऊँचे उठ कर उस भूमि पर बसने वाले जन को हम देखते हैं। जो मानव यहाँ अनन्त काल से रहते आए हैं, उनकी जातियों का परिचय, उनके रहन-सहन, धर्म, रीति-रिवाज, नृत्य-गीत, उत्सव और मेलों का बारीकी से अध्ययन होना चाहिए। इस आँख को लेकर जब हम अपने महादेश के सम्बन्ध में विचारेंगे, तब हमारा कितनी अपरिमित सामग्री से पाला पड़ेगा? उसे साहित्यिक रूप में समेटकर प्रस्तुत करना एक बड़ा कार्य है। जीवन का एक-एक पक्ष कितना विस्तृत है और कितनी रोचक सामग्री से भरा हुआ है? भारतीय नृत्य और गीत की जो पद्धति हिमालय से समुद्र तक फैली है, उसी के विषय में हम छानबीन करने लगें तो साहित्य तथा भाषा का भण्डार कितना अधिक भरा जा सकेगा? उत्सव और जातीय पर्व, मेले और विनोद—ये भी जातीय जीवन के साथ परिचय प्राप्त करने के साधन हैं। इनके विषय में भी हमारा ज्ञान बढ़ना चाहिए और उस ज्ञान का उपयोग आधुनिक जागरण के लिए सुलभ होना चाहिए।

जन की सभ्यता और संस्कृति का अध्ययन तीसरा सबसे प्रधान कार्य है। जनता का इतिहास, उसका दर्शन, साहित्य और भाषा इनका सूक्ष्म अध्ययन हिन्दी-साहित्य का अभिन्न अंग होना चाहिए। जनपदों में जो बोलियाँ हैं, उन्होंने निरंतर खड़ी बोली को पोषित किया है। उनके शब्द-भण्डार में से अनन्त रत्न हिन्दी-भाषा के कोष को धनी बना सकते हैं। अनेक अद्‌भुत प्रत्यय और धातुएँ प्रत्येक बोली में हैं। हर एक बोली का अपना-अपना धातुपाठ है। उसका संग्रह और भाषा-विज्ञान की दृष्टि से अध्ययन होना आवश्यक है। प्राचीन कुरु-जनपद के अन्तर्गत मेरठ के आसपास बोली जानेवाली बोली में ही डेढ़ सहस्र धातुएँ हैं। उनमें से कितनी ही ऐसी हैं, जो फिर से हिन्दी-भाषा के लिए उपयोगी हो सकती हैं। बहुत-सी धातुओं का सम्बन्ध प्राकृत और अपभ्रंश की धातुओं से पाया जायगा। कितनी ही धातुएँ ऐसी हैं, जो जनपद-विशेषों में ही सुरक्षित रह गई हैं। पश्चिमी हिन्दी में पवासना (सं. पयस्यति) और पूर्वी में पन्हाना (प्रस्नुते) धातुएँ हैं, जबकि दोनों ही संस्कृत के धातुपाठ से सम्बन्धित हैं। अनेक प्रकार के उच्चारणों के भेद भी स्थान-स्थान पर मिलेंगे। उनकी विशेषताओं की पहचान, उनके स्वरों की परख भाषा-शास्त्र का रोचक अंग है। एक बार जनपदीय कार्यक्रम जब हम आरम्भ करेंगे, तब भाषा-सम्बन्धी सब प्रकार का अध्ययन हमारे दृष्टिकोण के अन्तर्गत आने लगेगा। प्रत्येक बोली का अपना-अपना स्वतन्त्र कोष ही हमें रचना होगा। टर्नर ने जिस प्रकार नेपाली भाषा का महाकोष बनाकर हिन्दी शब्दों के निर्वचन का मार्ग प्रशस्त किया है, ग्रियर्सन

ने काश्मीरी का बड़ा कोष रचकर जो कार्य किया है, उसी प्रकार का कार्य ब्रजभाषा, अवधी, भोजपुरी और कौरवी भाषा के लिए हमें अवश्य ही करना चाहिए। तब हम अपनी बोलियों की महत्ता, उनकी गहराई और विचित्रता को जान सकेंगे।

जनपदीय कार्यक्रम इसी दृष्टिकोण को सामने रखकर उनकी पूर्ति के लिए एक प्रयत्न है। इसका न किसी से विरोध है, और न इसमें किसी प्रकार की आशंका है। इसका मुख्य उद्देश्य केवल हिन्दी-भाषा के भण्डार को भरना है। विविध जनपदों के साहित्य स्वतन्त्र रूप से अपने पैरों पर खड़े होकर अपनी शक्ति के अनुसार इस कार्यक्रम में भाग ले सकते हैं।

हिन्दी-जगत् की संस्थाएँ नियमित व्यवस्था के द्वारा भी इसकी पूर्ति का उद्योग कर सकती हैं और जो सामग्री इस प्रकार संचित हो, उसका प्रकाशन कर सकती हैं। श्री रामनरेश त्रिपाठी के ग्रामगीत-संग्रह का महान् सराहनीय कार्य अथवा श्री देवेन्द्र सत्यार्थी का लोक-गीतों के संग्रह का महान् देशव्यापी कार्य जनपदीय कार्यक्रम के उदाहरण हैं। निःस्वार्थ सेवा-भाव और लगन से इन तपस्वी साहित्यिकों ने भाषा के भण्डार को कितना ऊँचा किया है तथा जनता के अपने ही जीवन के छिपे हुए सौन्दर्य के प्रति लोक को किस प्रकार फिर से जगा दिया है, यह केवल अनुभव करने की बात है।

वैसे तो कार्य अनन्त है, पर सुविधा के लिए पाँच वर्ष की एक सरल योजना के रूप में उसकी कल्पना यहाँ प्रस्तुत की जाती है। इसका नाम 'जनपद कल्याणी योजना' है। प्रत्येक व्यक्ति इसमें सुविधा के अनुसार परिवर्तन-परिवर्द्धन कर सकता है। इसका उद्देश्य तो कार्य की दिशा का निर्देश कर देना है।

जनपद कल्याणी योजना

वर्ष १—साहित्य, कविता, लोक-गीत, कहानी आदि जनपदीय साहित्य के विविध अंगों की खोज और संग्रह; वैज्ञानिक पद्धति से उनका सम्पादन व प्रकाशन।

वर्ष २—भाषा-विज्ञान की दृष्टि से जनपदीय भाषा का सांगोपांग अध्ययन अर्थात् उच्चारण या ध्वनि-विज्ञान, शब्दकोष, प्रत्यय, धातु-पाठ, मुहावरे, कहावत और नाना प्रकार के पारिभाषिक शब्दों का संग्रह तथा आवश्यकतानुसार सचित्र सम्पादन।

वर्ष ३—स्थानीय भूगोल, स्थानों के नाम की व्युत्पत्ति और उनका इतिहास, स्थानीय पुरातत्त्व, इतिहास और शिल्प का अध्ययन।

वर्ष ४—पृथ्वी के भौतिक पदार्थों का समग्र परिचय प्राप्त करना अर्थात् वृक्ष, वनस्पति, मिट्टी, पत्थर, खनिज, पशु, पक्षी, धान्य, कृषि, उद्योग-धन्धों का अध्ययन।

वर्ष ५—जनपद के निवासी जनों का सम्पूर्ण परिचय, अर्थात् मनुष्यों की जातियाँ, लोक का रहन-सहन, धर्म, विश्वास, रीति-रिवाज, नृत्य-गीत, आमोद-प्रमोद, पर्व,

उत्सव, मेले, खान-पान, स्वभाव के गुण-दोष, चरित्र की विशेषताएँ—इन सबकी बारीक छानबीन और पूरी जानकारी प्राप्त करके ग्रंथरूप में प्रस्तुत करना।

यह पंचविध योजना वर्षानुक्रम से पूरी की जा सकती है अथवा एक साथ ही प्रत्येक क्षेत्र में कार्यकर्ताओं के इच्छानुसार प्रारम्भ की जा सकती है, किन्तु यह आवश्यक है कि वार्षिक कार्य का विवरण प्रकाशित होता रहे। प्रत्येक जनपद अपने क्षेत्र के साधनों को एकत्र करके 'मधुकर', 'ब्रजभारती' और 'बांधव' के ढंग का पत्र प्रकाशित करें तो अच्छा है। स्थानीय कार्यकर्ताओं की सूची तैयार होनी चाहिए और कार्य के सम्पादन के लिए विविध समितियों का संगठन करना चाहिए। उदाहरणार्थ, कुछ समितियों के नाम ये हैं—

१. **भाषा-समिति**—जनपदीय भाषा का अध्ययन, वैज्ञानिक खोज और कोष का निर्माण। धातुपाठ और पारिभाषिक शब्दों का संग्रह इसी के अन्तर्गत होगा।
२. **भूगोल या देशदर्शन समिति**—भूमि का आँखों देखा भौगोलिक वर्णन तैयार करना; स्थानों के प्राचीन नामों की पहचान, नदियों के सांगोपांग वर्णन तैयार करना।
३. **पशु-पक्षी समिति**—अपने प्रदेश के सत्त्वों की पूरी जाँच-पड़ताल करना इस समिति का कार्य होना चाहिए। इस विषय में लोगों की जानकारी से लाभ उठाना, नामों की सूची तैयार करना, अंग्रेजी में प्रकाशित पुस्तकों से नामों का मेल मिलाना आदि विषयों को इसके अन्तर्गत लाना चाहिए।
४. **वृक्ष-वनस्पति-समिति**—पेड़, पौधे, जड़ी-बूटी, फूल-फल-मूल सबका विस्तृत संग्रह तैयार करना।
५. **ग्राम-गीत-समिति**—लोक-गीत, कथा-कहानी आदि के संग्रह का कार्य करना।
६. **जन-विज्ञान-समिति**—विभिन्न जातियों और वर्णों में लोगों के आचार-विचार और रीति-रिवाजों का अध्ययन।
७. **इतिहास-पुरातत्त्व-समिति**—प्राचीन इतिहास और पुरातत्त्व की सामग्री की छानबीन, उसका अध्ययन, संग्रह तथा प्रकाशन करना एवं पुरातत्त्व सम्बन्धी खुदाई का भी प्रबंध करना।
८. **खनिज पदार्थ और कृषि-उद्योग-समिति**—जनता के कृषि-विज्ञान, उद्योग-धन्धे और खनिज पदार्थों का अध्ययन।

इस प्रकार साहित्यिक दृष्टिकोण को प्रधानता देते हुए अपने लोक का रुचि के साथ सर्वांगपूर्ण अध्ययन प्रस्तुत करना इस योजना का उद्देश्य है।

❑

८

जनपदों की कहानियाँ

'मधुकर' (टीकमगढ़) और 'ब्रजभारती' (मथुरा) के द्वारा इधर कुछ सुन्दर जनपदीय कहानियाँ प्रकाश में आई हैं। जिस प्रकार ग्रामगीतों का संग्रह और प्रकाशन क्रमशः एक वैज्ञानिक पद्धति से चल निकला है, वैसे ही लोक-कहानियों का भी संकलन और प्रकाशन ऐसे ढंग से किया जाना चाहिए कि वह भाषा-शास्त्र और कथा-साहित्य दोनों विषयों के विद्वानों के लिए उपयोगी और मान्य हो।

लोक-गीतों के उदाहरण से कहानियों के सम्बन्ध में भी कार्य की दिशा का बहुत-कुछ परिज्ञान हो सकता है। लोक-गीतों के समान ही कहानियों ने भी जनपदों की गोद में सहस्रों वर्षों का वातातपिक जीवन व्यतीत किया है। वे दोनों साथ-साथ फूले-फले हैं। एक-सी खुली हवा और धूप ने दोनों के आनन्ददायी रस को पुष्ट किया है। उनसे रस पानेवाले जनसमूह का प्रतिबिंब दोनों में विद्यमान है। कालचक्र का परिवर्तन दोनों पर अपना प्रभाव छोड़ता चलता है। अतएव लोक-गीत और कहानी इन दोनों का ही जनपदीय संस्कृति में विशिष्ट स्थान है। पुरवासियों के लिए महाकाव्य और गद्यकथाओं में जो आनन्द भरा हुआ था, उसी को जनपदों में लोक-गीत एवं कथा-कहानियों ने वितरित किया है।

जिस प्रकार हम प्रत्येक जनपद से संग्रह किए हुए ग्रामगीतों को राजस्थानी लोक-गीत, ब्रज के ग्रामगीत या अवध के ग्रामगीतों के नाम से पुकारते हैं, वैसे ही कहानियों का नामकरण भी बिना किसी हिचकिचाहट के जनपद के नाम से ही होना चाहिए। बुन्देलखण्डी कहानियाँ, ब्रज की कहानियाँ, अवध की कहानियाँ—ये नाम यथार्थ होने के साथ-साथ वैज्ञानिक भी हैं। प्रायः लोक-गीत वर्ण्य वस्तु में सादृश्य रखते हुए भी अलग-अलग जनपदों में भाषा और रस परिपाक की दृष्टि से पृथक् सत्ता रखते हैं, फिर चाहे उनकी कथावस्तु एक ही क्यों न हो। एक ही कहानी ब्रज में मिलती है और बुन्देलखण्ड में भी। इससे उसके साथ ब्रज और बुन्देलखण्ड दोनों में से किसी एक का

भी सम्बन्ध शिथिल नहीं माना जा सकता। वह तो भूमि की उपज है। पृथिवी में उसकी जड़ें पुष्ट हुई हैं और वहीं से उसने अपना जीवन-रस पाया है। इसलिए प्रत्येक जनपद को अपने-अपने यहाँ की प्रचलित ठेठ कहानियों का संग्रह सत्य-भाव से करना चाहिए। इस वैज्ञानिक कार्य में स्पर्धा का लेश भी नहीं होना चाहिए।

दूसरी बात ध्यान देने की यह है कि कहानी का संग्रह ठेठ जनपद के स्रोत से होना चाहिए, जिसमें नवीनता का संकर न होने पावे। यह सावधानी वैसी ही है, जैसी ग्रामगीतों के संग्रह में बरती जाती है। गयी मिलावट से बचने के लिए संग्रहकर्ता अपना कार्य ठेठ देहात में जाकर कर सकते हैं और फिर कई कहने वालों के मुँह से एक ही कहानी को सुनकर उसके पुरानेपन की परख बड़ी आसानी से की जा सकती है। लिखते समय सुनानेवाले का नाम-पता और जहाँ कहानी लिखी गई है, उस स्थान का पूरा पता अवश्य देना चाहिए। बड़े-बड़े जनपदों के भी भाषा की दृष्टि से कई हिस्से हो सकते हैं। इसलिए कहानी में कहाँ की बोली की रंगत है, यह बात भी गाँव का नाम व पता रहने से आसानी से जानी जा सकती है। बोलियों की दृष्टि से सम्पूर्ण जनपद के कितने अवांतर भाग हैं, इस बात का उचित अनुसंधान प्रधान कार्यकर्ताओं को करके प्रकाशित करना चाहिए। उदाहरण के लिए डॉ. ग्रियर्सन ने बिहार में काम करते समय भाषा की दृष्टि से वहाँ के तीन मोटे विभाग निर्धारित कर लिये थे, जैसे—सोन और गंडक के बीच शाहाबाद, सारण और चंपारन के जिले भोजपुरी का क्षेत्र, गंगा के दक्षिण और सोन के पूर्व में पटना व गया के जिले मागधी का क्षेत्र और गंगा के उत्तर दरभंगा, भागलपुर तथा पूर्णिया के जिले मैथिली का क्षेत्र। इस आधार को मानकर उन्होंने तीन क्षेत्रों से एक ही वस्तु के नामों के अलग-अलग रूपों का संग्रह किया था। भाषा-शास्त्र की दृष्टि से अपने-अपने जनपद का ऐसा स्पष्ट भूविभाग हर एक कार्यकर्ता को जान लेना चाहिए। तभी उनका कार्य स्थायी महत्त्व का होगा। कहानी सुनानेवाले का पूरा नाम-पता लिखना अत्यन्त आवश्यक है। कभी-कभी दूसरे कार्यकर्ताओं को इससे अपने कार्य में सहायता मिल सकती है।

जनपद की कहानी को जनपद की बोली में लिखना ही वैज्ञानिक पद्धति है। जब हम खड़ी बोली में उसका कायाकल्प कर देते हैं, तब मानो हम उस कहानी को उसके नैसर्गिक वातावरण से उखाड़कर उसे शहर की जलवायु में रोपने का असफल प्रयत्न करते हैं। लोक के गीत जैसे वहीं की भाषा में अपने पूरे रूप में सजते हैं, वैसे ही कहानी भी अपनी जन्मभूमि की बोली में पूरी तरह धजती है। वहीं उसका जीवन पनपता रहा है और आगे भी पनप सकता है। कार्यकर्ताओं को चाहिए कि कहानी को जैसा सुनें, ठीक-ठीक वैसे ही उच्चारण में उसको लिपिबद्ध करें। अपनी ओर से उसमें भाषा का कुछ भी संस्कार न करें। उच्चारण और व्याकरण दोनों की दृष्टि से जनपदीय कहानी में

स्थानीय भाषा का पूरा अवतार होना चाहिए।

इस विषय में एक आदर्श कार्य का उल्लेख करना होगा। यह श्री डॉ. अर्ल स्टाइन का काश्मीरी कहानियों का संग्रह है। पुस्तक में १२ काश्मीरी कहानियाँ हैं, जो श्री स्टाइन ने 'हातिम' नाम के एक काश्मीरी अनपढ़ ग्रामीण से सन् १८९६ में सुनकर लिखी थीं। हातिम की विलक्षण बुद्धि, स्मरण-शक्ति और उच्चारण की शुद्धता की स्टाइन साहब ने जी खोलकर प्रशंसा की है। इन्हीं कहानियों को उनके सहयोगी पं. गोविन्द कौल जी ने भी लिखा था, जिसका कुछ भाग बाद में खो गया। चौदह वर्ष बाद जब कहानियों के सम्पादन का समय आया, तब इसका पता लगा। हातिम तब भी जीवित था। सन् १९१० की शरद ऋतु में फिर उसी हर मुकुट पर्वत की चोटी पर मोहमन्मर्ग के उसी स्थान में हातिम ने उन कहानियों का पारायण किया और स्टाइन साहब को उस पारायण में एक अक्षर का भी अन्तर नहीं मिला। ऐसी अद्‌भुत हातिम की याददाश्त थी। आठ वर्ष बाद १९१८ में फिर एक बार उसी पवित्र स्थान में बुड्ढे हातिम के ६२वें वर्ष में स्टाइन साहब की उससे भेंट हुई। तब उसने इस साहित्यिक यज्ञ में फिर अपनी पवित्र आहुति अर्पित की। रोचक व्यक्तिगत वृत्तांत को अलग रखकर इस संग्रह को वैज्ञानिक लाभ के लिए हम सबको एक बार अवश्य देखना चाहिए। आरम्भ के २६ पृष्ठों में डॉ. स्टाइन का प्राक्कथन है, जिसमें उन्होंने हातिम का और अपने मित्र गोविन्द कौल का परिचय दिया है। फिर ६० पृष्ठों में सर जॉर्ज ग्रियर्सन की भूमिका है, जिसमें उन्होंने कहानियों का तुलनात्मक अध्ययन यूरोप और एशिया के कहानी-साहित्य से करते हुए समान अभिप्रायों (motifs) का विवेचन किया है। यह अंश बहुत ही काम का है और इससे मालूम होता है कि कहानियों के नाते-रिश्ते दूब के नाल की तरह विशाल झुंडों में फैले हुए पाए जाते हैं। इससे साधारण लोककहानियों का विषय एक शास्त्र के रूप में प्रतिपादित हुआ है। हातिम एक साधारण खेतिहर था; पर कहानी कहना उनका पेशेवर धन्धा था। काश्मीर में ऐसे कथक्कड़ों को 'रावी' कहते हैं। हातिम के बारे में ग्रियर्सन साहब का यह वाक्य हिन्दी-जगत् के कार्यकर्ताओं को भी देहाती कहानी कहनेवालों की मान-प्रतिष्ठा का अच्छा परिचय दे सकता है। वे लिखते हैं—

"All these material were a first hand record of a collection of foklore taken straight from the mouth of one to whom they had been handed down with verbal accuracy from generation to generation of professional Raw is or reciters, and in addition, they found an invaluable example of a little known language."

अर्थात् "इन कहानियों में लोक-साहित्य का वह ठेठ रूप विद्यमान था, जिसकी पुश्त-दर-पुश्त से पेशेवर 'रावी' लोगों ने बिना एक अक्षर के घटाए-बढ़ाए रक्षा की थी।

साथ ही एक जनपद की बोली का भी उनसे परिचय मिलता था।''

इससे यह प्रकट होता है कि सावधान कार्यकर्ताओं के किए हुए कहानी-संग्रह न केवल लोक-साहित्य वरन् लोक की भाषा की जानकारी के भी एक अमूल्य साधन बनाए जा सकते हैं। इसी ग्रन्थ में विद्वान् सम्पादकों ने इसका पर्याप्त परिचय दिया है। भूमिका के बाद ५२ पृष्ठों में मूल काश्मीरी भाषा में कहानी और उसके सामने उतने ही पृष्ठों में ग्रियर्सनकृत अंग्रेजी अनुवाद है। उसके बाद लगभग १५० पृष्ठों में पं. गोविन्द कौल लिखित इन्हीं कहानियों का मूल काश्मीरी रूप अंग्रेजी अनुवाद के साथ है। फिर १५० पृष्ठों में कहानियों की भाषा का शब्दकोष है, जिसमें सम्पादक ने अपनी प्रगाढ़ विद्वत्ता का पूर्णरूप से परिचय दिया है। अन्त के १०० पृष्ठों में वर्ण-क्रम से शब्द-सूची है। इस प्रकार केवल १०-१२ ठेठ जनपदीय कहानियों को आधार बनाकर परिश्रमी सम्पादकों ने एक अत्यन्त प्रशंसनीय ग्रन्थ प्रस्तुत किया है और इस दिशा में हमारे कार्यकर्ताओं का मार्ग-दर्शन किया है। यदि अपने-अपने जनपद की बोली के साथ हमारा प्रेम भी वैसा ही उत्कट हो, जैसा ग्रियर्सन साहब ने काश्मीर के साथ व्यक्त किया है तो उस बोली के भाग्य ही जग जायें। उन्होंने आगे चलकर अपने अध्ययन की पराकाष्ठा करते हुए काश्मीरी बोली का बृहत् कोष चार बड़ी जिल्दों में संपादित किया, जो कलकत्ते की रॉयल एशियाटिक सोसाइटी से प्रकाशित हुआ है।

लोक में प्रचलित कहानियों का वैज्ञानिक महत्त्व बहुत अधिक है। हमें शनैः-शनैः अनुभव और अध्ययन के द्वारा उसका परिचय बढ़ाना चाहिए। अभी तक जो कहानियाँ प्रकाशित हुई हैं, उसमें 'व्रज भारती' (वर्ष २, अंक १, कार्तिक १९३९) में प्रकाशित 'जैसी करनी वैसी भरनी' शीर्षक व्रज की एक ग्रामीण कहानी बहुत ही सुन्दर और महत्त्व की मालूम हुई। कहानी व्रज-भाषा की बोली में लिखी गई है। ज्ञात होता है कि लेखिका श्रीमती आदर्शकुमारी यशपाल ने जैसा देहात में सुना, वैसा ही कहानी को लिपिबद्ध कर दिया है। परंतु हमारे आश्चर्य की परम सीमा उस समय हुई, जब हमने देखा कि नेक और बद नामक दो यारों की इस सीधी-सादी छोटी-सी कहानी की मौलिक कथावस्तु वही है, जो जैन कहानी 'भविसयत्तकहा' अर्थात् 'भविष्यदत्तकथा' की है, जिसे 'पंचमी कहा' भी कहते हैं। इसके लेखक अपभ्रंश भाषा के कवि धनपाल दसवीं शताब्दी के हैं। यह कहानी सन् १९१९ में डॉ. जैकोबी ने रोमनलिपि में प्रकाशित की थी, पर पीछे सन् १९२३ में बड़ौदा से देवनागरी अक्षरों में प्रकाशित हुई। कहानी का पहला भाग इस प्रकार है—''एक सेठ ने दो विवाह किए। उसकी पहली और दूसरी पत्नी से एक-एक पुत्र हुए। बड़ा भाई साधु और छोटा दुष्ट स्वभाव का था। वे दोनों व्यापार के लिए चले। चलते-चलते एक द्वीप में पहुँचे। वहाँ छोटा भाई बड़े को छोड़ चल दिया। बड़े को ढूँढ़ते-ढूँढ़ते वहाँ एक सुन्दर नगर मिला और एक सुन्दर राजकुमारी मिली। उन्होंने परस्पर

विवाह कर लिया। कुछ समय बाद बहुत साधन प्राप्त करके वे दोनों किनारे पर आए कि कोई आता-जाता जहाज मिल जाए। संयोग से छोटा भाई अपनी यात्रा में असफल होकर वहाँ आ निकला और उसने उन्हें जहाज पर आने का निमन्त्रण दिया। राजकुमरी जहाज पर चली गई, पर उसके पति के आने से पूर्व ही छोटे भाई ने जहाज रवाना कर दिया और घर लौटकर राजकुमारी से प्रेम और विवाह का प्रस्ताव किया। तब तक बड़ा भाई भी वापस आया और उसने अपने छोटे भाई की कुटिलता की राजा से शिकायत की। राजा ने उस दुष्ट को उसके किए का दण्ड दिया और बड़े भाई को प्रसन्न होकर बहुत-कुछ पुरस्कार दिया और उसे अपना उत्तराधिकारी बनाकर उसके साथ अपनी राजकुमारी का विवाह करने का वचन दिया।'' इस मूल कथा को साहित्यिक ढंग से सँभाल कर धनपाल ने अपना ग्रन्थ लिखा है। जान पड़ता है यह मूल कथा किसी समय लोक में खूब प्रचलित थी। उसी का एक रूप ब्रज में नेक-बद की कहानी के रूप में रह गया है। सम्भव है कि अन्य जनपदों में भी इसके कथानक प्राप्त हों।

❑

१

लोकवार्त्ता शास्त्र

लोकवार्त्ता एक जीवित शास्त्र है। सहानुभूति के साथ उसका अध्ययन अपनी संस्कृति के भूले हुए पथों का उद्‌घाटन कर सकता है। लोक का जितना जीवन है उतना ही लोकवार्त्ता का विस्तार है। लोक में बसनेवाला जन, जन की भूमि और भौतिक जीवन तथा तीसरे स्थान में उस जन की संस्कृति—इन तीन क्षेत्रों में लोक के पूरे ज्ञान का अन्तर्भाव होता है, और लोकवार्त्ता का सम्बन्ध भी उन्हीं के साथ है।

लोकवार्त्ता की सामग्री का संचय करने के लिए प्रत्येक गाँव को एक खुली हुई पुस्तक समझना चाहिए। भूमि के साथ सम्बन्धित ग्राम या जनपद का प्रत्येक निवासी उस महान् पुस्तक का एक बहुमूल्य पृष्ठ है। हम जब चाहें सुविधानुसार और युक्तिपूर्वक अमृत के समान उपयोगी सामग्री दुह सकते हैं। लोक की पुस्तक के अमिट अंकों को बाँचने और विधिपूर्वक अर्थाने की जिनके पास शक्ति है, उन्हें इस ग्रन्थ से किसी काल और किसी अवस्था में भी निराशा न होगी।

जिस प्रकार पैरों के नीचे की पृथिवी का उत्पादन अनन्त है, उसी प्रकार हमारे चारों ओर विस्तृत लोक का भी ज्ञान अपरिमित है। जानपद जन के रूप में लोक के किसी एक सदस्य का जब हम दर्शन करते हैं तो हमें समझना चाहिए कि जीवन की अनेक बातें ऐसी हैं, जिनमें हम उसे अपना गुरु बना सकते हैं। देहरादून के सुदूर अभ्यंतर में स्थित लाखामण्डल गाँव के परमा बढ़ई से जो सामग्री हमें प्राप्त हुई, वह किसी भी प्रकाशित पुस्तक से न मिल सकती थी। जौंसार बावर के उस छोटे गाँव के शिव-मन्दिर के आँगन में खड़े होकर हमारे मित्र पं. माधवस्वरूपजी वत्स (सुपरिंटेंडेंट ऑफ आर्किओलॉजी, आगरा) जिस समय भोलीभाली जौंसारी स्त्रियों के मुख से दूबड़ी आठौं (भाद्रपद शुक्ल अष्टमी) के त्योहार और उस अवसर पर छामड़ा पेड़ की डालों से बनाए जानेवाले आदमकद दानव का, जिसे वहाँ 'छामड़िया दानौ' कहते हैं, हाल सुनने लगे तो उन्हें आश्चर्यचकित हो जाना पड़ा कि इस दूबड़ी की पूजा में मातृत्व-शक्ति की पूजा की वही

परम्परा पाई जाती है, जो उन्हें हरप्पा की मूर्तियों से मिली थी। इसी जौंसार प्रदेश की चिया-बिया-प्रथा (बिया=जेठे भाई के साथ स्त्री का विवाह; चिया=अन्य छोटे भाइयों का उनके साथ पत्नीवत् व्यवहार) के विषय में और अधिक जानने की किसे इच्छा या उत्सुकता न होगी? ये और इन-जैसे अनेक विषय लोकवार्त्ता के अन्तर्गत आते हैं, जिनका वैज्ञानिक पद्धति से संकलन और अध्ययन अपेक्षित है।

मानवी प्रथाएँ और मानवी संस्कार स्थान एवं काल-भेद से अद्‌भुत व विचित्र होते हैं। उनके मूल में जो मानवी भावना अन्तर्निहित रहती है, उसका सहानुभूतिपूर्ण अध्ययन लोकवार्त्ता शास्त्र का सच्चा प्राण है, जो इस शास्त्र को महिमा और पवित्रता प्रदान करता है एवं उसे निष्प्राण होने से बचाता है। हमारा देश सभी दृष्टियों से विशाल है। भौमिक-विस्तार और जन-विस्तार का इसमें कोई अन्त नहीं। आर्यों की उदात्त संस्कृति से लेकर कोल, भील, संथाल आदिक वन्य जातियों का यहाँ अपरिमित क्षेत्र है। यदि हमारे हृदय में सहानुभूति है और नेत्रों में प्रेम का दीपक है तो हम मानव की अग्रिम व आदिम इन दोनों अवस्थाओं से बहुत-कुछ कल्याण कर ज्ञान प्राप्त कर सकते हैं। यही लोकवार्त्ता शास्त्र की उपयोगिता है।

❑

१०

राष्ट्रीय कल्पवृक्ष

कल्पवृक्ष भारतीय-गाथा-शास्त्र की सुन्दर कल्पना है। उसके नीचे खड़े होकर हम जो कुछ चाहते हैं, पा लेते हैं। कल्पवृक्ष के नीचे कल्पना का साम्राज्य रहता है। मनुष्य मननशील प्राणी है। सोचना-विचारना ही मनुष्य की विशेषता है। मनुष्य जैसा सोचता है, वैसा बन जाता है। उसने जो कुछ सोचा है, आज उसका जीवन उसी का फल है। यदि मनुष्य का सोचना या चिन्तन शक्तिशाली है तो उसका जीवन भी सबल और सक्रिय होगा। प्रत्येक मनुष्य के भीतर जो उसका मन है, वही उसके विचारों का, उसके संकल्पों का उत्पत्ति-स्थान है। मन विचारों की जन्म-भूमि है। मन ही हमारा कल्पवृक्ष है। मन के द्वारा ही हमारी कल्पनाओं का विकास होता है। सुन्दर, श्रेष्ठ, वीर्य-संपन्न कल्पना का नाम संकल्प है। दुर्बल और बिना रीढ़ के विचारों का नाम विकल्प है।

राष्ट्र का मन ही राष्ट्रीय कल्पवृक्ष है। इस कल्पवृक्ष के द्वारा ही राष्ट्र के भूत, वर्तमान और भविष्य में एकता का सूत्र पिरोया रहता है। यह कल्पवृक्ष अमर है। इसीलिए इसे देवों का वृक्ष कहते हैं। अमरपन ही देवत्व है। राष्ट्र का मन ही उसका अमर स्वरूप है। राष्ट्र का भौतिक रूप इस अमर कल्पवृक्ष के नीचे फूलता-फलता हुआ अपनी एकता बनाए रखता है। गंगा की अंतर्वेदी में खड़े होकर जिस महमाना ने सबसे पहले राष्ट्र-निर्माण के बीज बोये, उसमें और उसके वंशजों में एकता करानेवाला यही कल्पवृक्ष है। हम दोनों एक ही मनोमय राज्य की प्रजा हैं।

राष्ट्रीय मानस का कल्पवृक्ष न केवल अमर है, बल्कि अनन्त भी है—उसकी इयत्ता की कोई सीमा नहीं है। कवि ने ठीक ही कहा है—

मनोरथानामगतिर्न विद्यते।

(कुमारसम्भव)

अर्थात्—"मन का रथ कहाँ नहीं जा सकता? उसकी गति सब ओर है। उसका क्षेत्र अनन्त है।" भारत राष्ट्र का कल्पवृक्ष कितना विस्तृत और गम्भीर है, यह अनुभव

करने की बात है। वसिष्ठ, वाल्मीकि, व्यास, मनु, याज्ञवल्क्य, चाणक्य, एक-एक नाम राष्ट्रीय शक्ति का प्रतीक है। इन प्रज्ञावान् ऋषियों ने अपने चिन्तन से राष्ट्रीय कल्पवृक्ष का पोषण और संवर्द्धन किया। उनके विचारों के अमृत-जल से राष्ट्र का मन नया ओज और नया बल पाकर खूब फूला-फला। उसकी जड़ें पाताल तक गहरी चली गईं। राष्ट्र के चिन्तन में सहस्रों गयी शाखा-प्रशाखाएँ फूटीं। विचार और कर्म के अनेक झरनों ने अपने रसों से राष्ट्रीय कल्पवृक्ष को शताब्दियों और सहस्राब्दियों तक निरन्तर सींचा। जिस प्रकार गंगा और सिन्धु की उपत्यकाएँ बड़ और पीपल जैसे अनगिनत महावृक्षों से भरी हुई हैं, जिनकी जड़ें गहरी हैं एवं जिनकी जटाएँ फिर पृथिवी की ओर अपने पनपने के लिए नया आधार बना लेती हैं, उसी प्रकार हमारे राष्ट्र का यह पुरातन कल्पवृक्ष पूर्व से पश्चिम तक सर्वत्र फैला हुआ है। इसने अपनी छत्र-छाया में समस्त देश को अपना लिया है। इसके रस से पुष्ट होनेवाले अगणित अंकुर हमारी भूमि के विशाल इतिहास में सदा पनपते रहे हैं। आज भी हम इस महावृक्ष के नीचे खड़े हुए हैं। हमारा जातीय-जीवन इसकी छाया में विकसित हो रहा है।

राष्ट्र के जिस व्यक्ति का सम्बन्ध इस कल्पवृक्ष से टूट जाता है, उसके लिए शोक है। राष्ट्र के विचार-क्षेत्र का जो अंग अपने कल्पवृक्ष से रस नहीं पाता, वह मुरझा जाता है। राष्ट्रीय कल्पवृक्ष की जड़ें जब कमजोर पड़ जाती हैं, तब राष्ट्र मरने लगता है। राष्ट्र की भाषा, राष्ट्र का साहित्य, राष्ट्र की प्रजा, यहाँ तक कि राष्ट्र के पशु-पक्षियों की नस्लों में भी जीवन का प्रवाह ढीला पड़ जाता है।

राष्ट्रीय कल्पवृक्ष जब इस प्रकार जीवन के लिए व्याकुल हो, तब महापुरुष वसन्त की तरह आकर उसे नया जीवन देता है। यही सब देशों और सब युगों का नियम है। फागुन के महीने में शिशिर का मन्त्र पाकर जब तेज फगुनहटा बहता है तो चारों ओर पतझड़ दिखायी देता है। पर इसके बाद ही वसन्त एक मंगल-सन्देश लेकर आता है। वसन्त का आगमन जीवन का प्रवाह है। वृक्ष-वनस्पति तो पहले से ही थे। वसन्त आकर पृथिवी के साथ उनके सम्बन्ध को हरा-भरा बना देता है। वन-प्रकृति अपने पोषण के रसों को फिर उसी पृथिवी में से ग्रहण करने लगती है। महापुरुष भी राष्ट्रीय कल्पवृक्ष के लिए इसी प्रकार का कार्य करता है। उसके मन्त्र से राष्ट्र की कल्पना-शक्ति जाग उठती है, राष्ट्र का चिन्तन सशक्त बनने लगता है। सदियों से सोए हुए भाव उठकर खड़े हो जाते हैं। महापुरुष अपनी शक्ति से इस वृक्ष को झकझोरता है, जिससे उसके रोम-प्रतिरोम में चेतना का अनुभव होता है, उसमें सर्वत्र जीवन-रस की माँग होने लगती है और उस रस के प्रवाह के जो मुरझाए हुए स्रोत हैं, वे फिर से हरे-भरे हो जाते हैं और इस सबका फल क्या होता है?

राष्ट्र का जन्म

ततो राष्ट्रं बलमोजश्च जातम्। (अथर्व)

उससे राष्ट्र का जन्म होता है। राष्ट्र के जन्म से बल प्राप्त होता है। शरीर, मन, आत्मा, सर्वत्र नये बल का अनुभव होता है; नये आत्मविश्वास का उदय होता है। बल के संचार से ओज उत्पन्न होता है। औरों को अपने समुदित बल का अनुभव हो सके, यही ओज है।

राष्ट्र क्या है? केवल भूमि राष्ट्र नहीं। मिट्टी का ढेर तो सदा बना ही है। भूमि और उसपर बसने वाले जन के सहयोग से राष्ट्र बनता है। राष्ट्र के लिए इस भावना का जीते-जागते रूप से रहना आवश्यक है—

माता भूमिः पुत्रोऽहं पृथिव्याः।

(अथर्व. पृथिवीसूक्त)

भूमि माता है और मैं उसका पुत्र हूँ। जिनके हृदय में माता की श्रद्धा नहीं, वे राष्ट्र के अंग नहीं बन सकते। 'पृथिवी-सूक्त' में कहा गया है कि यह भूमि पहले सागर के नीचे छिपी हुई थी। यह उनके लिए प्रकट हुई, जो मातृमान् हैं, जिनको माता और पुत्र के सम्बन्ध का ज्ञान है। यदि वह सम्बन्ध हृदय में नहीं है तो पृथिवी केवल मिट्टी का ढेला है। अतएव राष्ट्र की कल्पना पृथिवी और पृथिवी-पुत्र के पारस्परिक सम्बन्ध पर निर्भर है। मातृभूमि और उसके पुत्र, इन दोनों का समवाय राष्ट्र है। इनका जो मानसिक सम्बन्ध है, उसी से राष्ट्र का बहुमुखी विकास होता है। जिस समय जीवन में कर्म के उत्कर्षशाली स्वर गूँजने लगते हैं, उस समय सब प्रजाएँ उसका अनुमोदन करती हुई पुकार उठती हैं—

''एवा ह्येव। एवा ह्येव। एवा ह्यग्ने।
एवा हि इन्द्र। एवा हि पूषन्। एवा हि देवाः।''

ऐसा ही होगा, अवश्य ऐसा ही होगा। हे अग्नि! ऐसा ही होगा। हे इन्द्र! ऐसा ही होगा। हे पूषा! ऐसा ही होगा और हे अन्य सब देवो! ऐसा ही होगा। हमारे कर्म की शक्ति से राष्ट्र के जीवन की परिधि उत्तरोत्तर विस्तार को प्राप्त होगी और हमारे दृढ़ संकल्पों से सिंचित यह महावृक्ष युग-युगान्तर तक जीवन-लाभ करता रहेगा।

❑

११

राष्ट्र का स्वरूप

भूमि, भूमि पर बसने वाला जन और जन की संस्कृति—इन तीनों के सम्मिलन से राष्ट्र का स्वरूप बनता है।

भूमि का निर्माण देवों ने किया है, वह अनन्त काल से है। उसके भौतिक रूप, सौन्दर्य और समृद्धि के प्रति सचेत होना हमारा आवश्यक कर्तव्य है। भूमि के पार्थिव स्वरूप के प्रति हम जितने अधिक जाग्रत् होंगे, उतनी ही हमारी राष्ट्रीयता बलवती हो सकेगी। यह पृथिवी सच्चे अर्थों में समस्त राष्ट्रीय विचार-धाराओं की जननी है। जो राष्ट्रीयता पृथिवी के साथ नहीं जुड़ी, वह निर्मूल होती है। राष्ट्रीयता की जड़ें पृथिवी में जितनी गहरी होंगी, उतना ही राष्ट्रीय-भावों का अंकुर पल्लवित होगा। इसलिए पृथिवी के भौतिक स्वरूप की आद्योपांत जानकारी प्राप्त करना, उसकी सुन्दरता, उपयोगिता और महिमा को पहचानना आवश्यक धर्म है।

इस कर्तव्य की पूर्ति सैकड़ों-हजारों प्रकार से होनी चाहिए। पृथिवी से जिस वस्तु का सम्बन्ध है, चाहे वह छोटी हो या बड़ी, उसका कुशल-प्रश्न पूछने के लिए हमें कमर कसनी चाहिए। पृथिवी का सांगोपांग अध्ययन जागरणशील राष्ट्र के लिए बहुत ही आनन्दप्रद कर्तव्य माना जाता है। गाँवों और नगरों में सैकड़ों केन्द्रों से इस प्रकार के अध्ययन का सूत्रपात होना आवश्यक है।

उदाहरण के लिए, पृथिवी की उपजाऊ शक्ति को बढ़ानेवाले मेघ, जो प्रतिवर्ष समय पर आकर अपने अमृत जल से इसे सींचते हैं, हमारे अध्ययन की परिधि के अन्तर्गत आने चाहिए। उन मेघजलों से परिवर्धित प्रत्येक तृण-लता और वनस्पति का सूक्ष्म परिचय प्राप्त करना भी हमारा कर्तव्य है।

इस प्रकार जब चारों ओर से हमारे ज्ञान के कपाट खुलेंगे, तब सैकड़ों वर्षों से शून्य और अन्धकार से भरे हुए जीवन के क्षेत्रों में नया उजाला दिखायी देगा।

धरती माता की कोख में जो अमूल्य निधियाँ भरी हैं, जिनके कारण वह वसुन्धरा कहलाती है, उससे कौन परिचित न होना चाहेगा? लाखों-करोड़ों वर्षों से अनेक प्रकार

की धातुओं को पृथिवी के गर्भ में पोषण मिला है। दिन-रात बहनेवाली नदियों ने पहाड़ों को पीस-पीसकर अगणित प्रकार की मिट्टियों से पृथिवी की देह को सजाया है। हमारे भावी आर्थिक अभ्युदय के लिए इन सबकी जाँच-पड़ताल अत्यन्त आवश्यक है। पृथिवी की गोद में जन्म लेनेवाले जड़-पत्थर कुशल शिल्पियों से सँवारे जाने पर अत्यन्त सौन्दर्य का प्रतीक बन जाते हैं। नाना भाँति के अनगढ़ नग विंध्य की नदियों के प्रवाह में सूर्य की धूप से चिलकते रहते हैं, उन चीलबटों को जब चतुर कारीगर पहलदार कटाव पर लाते हैं, तब उनके प्रत्येक घाट से गयी शोभा और सुन्दरता फूट पड़ती है, वे अनमोल हो जाते हैं। देश के नर-नारियों के रूप-मण्डन और सौन्दर्य-प्रसाधन में इन छोटे पत्थरों का भी सदा से कुछ भाग रहा है, अतएव हमें उनका ज्ञान होना भी आवश्यक है।

पृथिवी और आकाश के अन्तराल में जो कुछ सामग्री भरी है, पृथिवी के चारों ओर फैले हुए गम्भीर सागर में जो जलचर एवं रत्नों की राशियाँ हैं, उन सबके प्रति चेतना और स्वागत के नये भाव राष्ट्र में फैलने चाहिए। राष्ट्र के नवयुवक के हृदय में उन सबके प्रति जिज्ञासा की गयी किरणें जब तक नहीं फूटतीं, तब तक हम सोये हुए के समान हैं।

विज्ञान और उद्यम दोनों को मिलाकर राष्ट्र के भौतिक स्वरूप का एक नया ठाट खड़ा करना है। यह कार्य प्रसन्नता, उत्साह और अथक परिश्रम के द्वारा नित्य आगे बढ़ाना चाहिए। हमारा यह ध्येय हो कि राष्ट्र में जितने हाथ हैं, उनमें से कोई भी इस कार्य में भाग लिये बिना रीता न रहे। तभी मातृभूमि की पुष्कल समृद्धि और समग्र रूप-मण्डन प्राप्त किया जा सकता है।

जन

मातृभूमि पर निवास करनेवाले मनुष्य राष्ट्र का दूसरा अंग हैं। पृथिवी हो और मनुष्य न हों, तो राष्ट्र की कल्पना असम्भव है। पृथिवी और जन दोनों के सम्मिलन से ही राष्ट्र का स्वरूप संपादित होता है। जन के कारण ही पृथिवी मातृभूमि की संज्ञा प्राप्त करती है। पृथिवी माता है और जन सच्चे अर्थों में पृथिवी का पुत्र है—

माता भूमिः पुत्रोऽहं पृथिव्याः।

भूमि माता है, मैं उसका पुत्र हूँ।

जन के हृदय में इस सूत्र का अनुभव ही राष्ट्रीयता की कुञ्जी है। इसी भावना से राष्ट्र-निर्माण के अंकुर उत्पन्न होते हैं।

यह भाव जब सशक्त रूप में जागता है, तब राष्ट्र निर्माण के स्वर वायुमण्डल में भरने लगते हैं। इस भाव के द्वारा ही मनुष्य पृथिवी के साथ अपने सच्चे सम्बन्ध को प्राप्त करते हैं। जहाँ यह भाव नहीं है, वहाँ जन और भूमि का सम्बन्ध अचेतन और जड़ बना रहता है। जिस समय भी जन का हृदय भूमि के साथ माता और पुत्र के सम्बन्ध को

पहिचानता है, उसी क्षण आनन्द और श्रद्धा से भरा हुआ उसका प्रणाम-भाव मातृभूमि के लिए इस प्रकार प्रकट होता है—

"नमो मात्रे पृथिव्यै। नमो मात्रे पृथिव्यै।
माता पृथिवी को प्रणाम है। माता पृथिवी को प्रणाम है।"

यह प्रणाम-भाव ही भूमि और जन का दृढ़ बन्धन है। इसी दृढ़ भित्ति पर राष्ट्र का भवन तैयार किया जता है। इसी दृढ़ चट्टान पर राष्ट्र का चिर जीवन आश्रित रहता है। इसी मर्यादा को मानकर राष्ट्र के प्रति मनुष्यों के कर्तव्य और अधिकारों का उदय होता है। जो जन पृथिवी के साथ माता और पुत्र के सम्बन्ध को स्वीकार करता है, उसे ही पृथिवी के वरदानों में भाग पाने का अधिकार है। माता के प्रति अनुराग और सेवाभाव पुत्र का स्वाभाविक कर्तव्य है। वह एक निष्कारण धर्म है। स्वार्थ के लिए पुत्र का माता के प्रति सेवाभाव पुत्र के अध:पतन को सूचित करता है। जो जन मातृभूमि के साथ अपना सम्बन्ध जोड़ना चाहता है, उसे अपने कर्तव्यों के प्रति पहले ध्यान देना चाहिए।

माता अपने सब पुत्रों को समान भाव से चाहती है। इसी प्रकार पृथिवी पर बसनेवाले जन बराबर हैं। उनमें ऊँच और नीच का भाव नहीं है। जो मातृभूमि के हृदय के साथ जुड़ा हुआ है, वह समान अधिकार का भागी है। पृथिवी पर निवास करनेवाले जनों का विस्तार अनन्त है। नगर और जनपद, पुर और गाँव, जंगल और पर्वत नाना प्रकार के जनों से भरे हुए हैं। ये जन अनेक प्रकार की भाषाएँ बोलने वाले और अनेक धर्मों के मानने वाले हैं, फिर भी वे मातृभूमि के पुत्र हैं और इस कारण उनका सौहार्द भाव अखण्ड है। सभ्यता और रहन-सहन की दृष्टि से जन एक-दूसरे से आगे-पीछे हो सकते हैं, किन्तु इस कारण से मातृभूमि के साथ उनका जो सम्बन्ध है, उसमें कोई भेद-भाव उत्पन्न नहीं हो सकता। पृथिवी के विशाल प्रांगण में सब जातियों के लिए समान क्षेत्र है। समन्वय के मार्ग से भरपूर प्रगति और उन्नति करने का सबको एक जैसा अधिकार है। किसी जन को पीछे छोड़कर राष्ट्र आगे नहीं बढ़ सकता। अतएव राष्ट्र के प्रत्येक अंग की सुध हमें लेनी होगी। राष्ट्र के शरीर के एक भाग में यदि अन्धकार और निर्बलता का निवास है तो समग्र राष्ट्र का स्वास्थ्य उतने अंश में असमर्थ रहेगा। इस प्रकार समग्र राष्ट्र जागरण और प्रगति की एक जैसी उदार भावना से संचालित होना चाहिए।

जन का प्रवाह अनन्त होता है। सहस्रों वर्षों से भूमि के साथ राष्ट्रीय-जन ने तादात्म्य प्राप्त किया है। जब तक सूर्य की रश्मियाँ नित्य प्रात:काल भुवन को अमृत से भर देती हैं, तब तक राष्ट्रीय जन का जीवन भी अमर है। इतिहास के अनेक उतार-चढ़ाव पार करने के बाद भी राष्ट्र-निवासी जन गयी उठती लहरों से आगे बढ़ने के लिए आज भी अजर-अमर हैं। जन का संततवाही जीवन नदी के प्रवाह की तरह है, जिसमें कर्म और श्रम के द्वारा उत्थान के अनेक घाटों का निर्माण करना होता है।

संस्कृति

राष्ट्र का तीसरा अंग जन की संस्कृति है। मनुष्यों ने युग-युगों में जिस सभ्यता का निर्माण किया है, वही उसके जीवन की श्वास-प्रश्वास है। बिना संस्कृति के जन की कल्पना कबन्धमात्र है तथा संस्कृति ही जन का मस्तिष्क है। संस्कृति के विकास और अभ्युदय के द्वारा ही राष्ट्र की वृद्धि सम्भव है। राष्ट्र के समग्र रूप में भूमि और जन के साथ-साथ जन की संस्कृति का महत्त्वपूर्ण स्थान है। यदि भूमि और जन अपनी संस्कृति से विरहित कर दिए जाएँ तो राष्ट्र का लोप समझना चाहिए। जीवन के विटप का पुष्प संस्कृति है। संस्कृति के सौन्दर्य और सौरभ में ही राष्ट्रीय जन के जीवन का सौन्दर्य व यश अन्तर्निहित है। ज्ञान और कर्म दोनों के पारस्परिक प्रकाश की संज्ञा संस्कृति है। भूमि पर बसने वाले जन ने ज्ञान के क्षेत्र में जो सोचा है और कर्म के क्षेत्र में जो रचा है, दोनों के रूप में हमें राष्ट्रीय संस्कृति के दर्शन मिलते हैं। जीवन के विकास की युक्ति ही संस्कृति के रूप में प्रकट होती है। प्रत्येक जाति अपनी-अपनी विशेषताओं के साथ इस युक्ति को निश्चित करती है और उससे प्रेरित संस्कृति का विकास करती है। इस दृष्टि से प्रत्येक जन की अपनी-अपनी भावना के अनुसार पृथक्-पृथक् संस्कृतियाँ राष्ट्र में विकसित होती हैं, परन्तु उन सबका मूल आधार पारस्परिक सहिष्णुता और समन्वय पर निर्भर है।

जंगल में जिस प्रकार अनेक लता, वृक्ष और वनस्पति अपने अदम्य भाव से उठते हुए पारस्परिक सम्मिलन से अविरोधी स्थिति प्राप्त करते हैं, उसी प्रकार राष्ट्रीय जन अपनी संस्कृतियों के द्वारा एक-दूसरे के साथ मिलकर राष्ट्र में रहते हैं। जिस प्रकार जल के अनेक प्रवाह नदियों के रूप में मिलकर समुद्र में एकरूपता प्राप्त करते हैं, उसी प्रकार राष्ट्रीय जीवन की अनेक विधियाँ राष्ट्रीय संस्कृति में समन्वय प्राप्त करती हैं। समन्वययुक्त जीवन ही राष्ट्र का सुखदायी रूप है।

साहित्य, कला, नृत्य, गीत, आमोद-प्रमोद अनेक रूपों में राष्ट्रीय जन अपने-अपने मानसिक भावों को प्रकट करते हैं। आत्मा का जो विश्व-व्यापी आनन्द-भाव है, वह इन विविध रूपों में साकार होता है। यद्यपि बाह्य रूप की दृष्टि से संस्कृति के ये बाहरी लक्षण अनेक दिखायी पड़ते हैं, किन्तु आन्तरिक आनन्द की दृष्टि से उनमें एकसूत्रता है। जो व्यक्ति सहृदय है, वह प्रत्येक संस्कृति के आनन्द-पक्ष को स्वीकार करता है और उससे आनंदित होता है। इस प्रकार की उदार भावना ही विविध जनों से बने हुए राष्ट्र के लिए स्वास्थ्यकर है।

गाँवों और जंगलों में स्वच्छन्द जन्म लेनेवाले लोक-गीतों में, तारों के नीचे विकसित लोककथाओं में संस्कृति का अमित भण्डार भरा हुआ है, जहाँ से आनन्द की भरपूर मात्रा प्राप्त हो सकती है। राष्ट्रीय संस्कृति के परिचय-काल में उन सबका स्वागत करने की आवश्यकता है।

पूर्वजों ने चरित्र और धर्म-विज्ञान, साहित्य, कला और संस्कृति के क्षेत्र में जो कुछ भी पराक्रम किया है, उस सारे विस्तार को हम गौरव के साथ धारण करते हैं और उसके तेज को अपने भावी जीवन में साक्षात् देखना चाहते हैं। यही राष्ट्र-संवर्धन का स्वाभाविक प्रकार है। जहाँ अतीत वर्तमान के लिए भाररूप नहीं है, जहाँ भूत वर्तमान को जकड़े रखना नहीं चाहता, वरन् अपने वरदान से पुष्ट करके उसे आगे बढ़ाना चाहता है, उस राष्ट्र का हम स्वागत करते हैं।

❑

१२

हिन्दी साहित्य का 'समग्र' रूप

साहित्यिक क्षेत्र में कार्य-विभाजन की योजना सोच-विचारकर निश्चित करनी चाहिए। बीस करोड़ भाषा-भाषियों के साहित्य का क्षेत्र कुछ संकुचित तो है नहीं, जो हम एक-दूसरे के कार्य के प्रति सशंक हों और विवाद में पड़ें। जैसे मातृभूमि के लिए अथर्ववेद के ऋषि ने पृथिवी-सूक्त में लिखा है कि यह पृथिवी नाना धर्मों के अनुयायी, अनेक भाषाओं के बोलनेवाले, बहुत से मनुष्यों को धारण करती है—

''जनं बिभ्रती बहुधा विवाचसं
नानाधर्माणं पृथिवी यथौकसम्।''

वैसे ही हमारे साहित्यिक जगत् में भी 'विविधवाक् वाले' बहुत से जनों के लिए पर्याप्त क्षेत्र है। सारांश यह है कि इस पवित्र क्षेत्र में स्पर्धा के स्थान पर कार्य-विभाजनजनित सहकारिता और सहानुभूति का राज्य होना चाहिए।

जनपद कल्याणीय कार्य को हम ऊँचे और पवित्र धरातल से करना चाहते हैं। हमारे इतिहास की जो धारा है, उसका एक स्वाभाविक परिणाम जनपदों के साथ सुपरिचित होना है। आनेवाले युग की यह विशेषता होगी। लोकोद्धार के बहुमुखी कार्यों की हम इसे दार्शनिक विचार-भूमि कह सकते हैं।

जनपदों की संस्कृति और साहित्य के कार्य को हम राष्ट्र के 'समग्र' या 'गीता' के 'कृत्स्न' रूप को पहचानने का कार्य कहते हैं। जनपद राष्ट्र का एक अंग है। उसके साथ सूक्ष्म परिचय हुए बिना हमारी राष्ट्रीयता की जड़ें आकाश-बेल की तरह हवा में तैरती रहेंगी। जनपदों की सांस्कृतिक, साहित्यिक भूमि सारे राष्ट्रीय साहित्य के लिए परम दुधार धेनु सिद्ध होगी। यह प्रश्न पूछा जा सकता है कि जब राष्ट्र जनपदों के समूह से बना है, तब जनपद की अवहेलना करके राष्ट्रीय कोष में भरने के लिए हम उपहार-सामग्री लाएँगे कहाँ से?

कृष्ण ने 'कृत्स्न' ज्ञान की जो परिभाषा बाँधी है, वह अक्षरशः हमारे कार्य पर लागू

है। समग्र-राष्ट्र-सम्बन्धी साहित्य, भाषा और संस्कृति की उन्नति, उसके स्वरूप की विकसित अवाप्ति, यह ज्ञान है। एकता की ओर प्रगति ज्ञान है और विभिन्नता को समझने का प्रयत्न विज्ञान है। 'एकोऽहं बहुस्याम्' यह बाह्यमुखी प्रवृत्ति विज्ञान से सम्बन्धित है। विविधता का निराकरण करते हुए 'एकमेवाद्वितीयम्' के द्वारा मौलिक अद्वितीय तत्त्व की खोज, यह 'ज्ञान' पक्ष है। बहुतों में से एक और एक में बहुत को पहचान सकना ही पूरा पक्का अनुभव कहा जाता है। जिस प्रकार यह महासत्य मानवी जीवन में सच्चा और खरा है, उसी प्रकार साहित्य-जगत् में भी इसकी सत्यता को अनुभव में लाना चाहिए।

राष्ट्रभाषा हिन्दी और खड़ी बोली का पक्ष

इस पक्ष में साहित्य का समग्र राष्ट्र के साथ सम्बन्ध है। उस भगीरथ कार्य का स्वरूप निम्नलिखित समझना चाहिए—

१. समस्त संस्कृत साहित्य की पूरी छानबीन करके हिन्दी की खड़ी बोली में उसका अनुवाद और प्रकाशन।

२. निखिल पाली साहित्य, अर्द्ध मागधी और महाराष्ट्री प्राकृत जैन साहित्य, अपभ्रंश साहित्य, संस्कृत बौद्ध साहित्य का सं. १ की तरह हिन्दी में समीक्षा-सम्पन्न अनुवाद और प्रकाशन।

३. तिब्बती, कंजुर, तंजुर और चीनी त्रिपिटक, जिसमें लगभग ५००० ग्रन्थ भारतीय धर्म और संस्कृति सम्बन्धी हैं और मूल सर्वास्तिवादी, महासंघिक एवं सम्मितीय सम्प्रदायों के ग्रन्थ पृथक्-पृथक् सुरक्षित हैं।

४. प्राचीन अवस्ता और पहलवी के ग्रन्थों का हिन्दी में अनुवाद और प्रकाशन। मैं अपने अनुभव से कह सकता हूँ कि इन ग्रन्थों में प्राचीन भारतवर्ष के भूगोल, इतिहास और जीवन की अपरिमित सामग्री विद्यमान है।

५. अरबी यात्रियों के भारत-सम्बन्धी यात्रा-ग्रन्थ, फारसी में लिखे हुए सुलतानी और मुगलकालीन इतिहास और भूगोल ग्रन्थों का हिन्दी खड़ी बोली में अनुवाद एवं प्रकाशन। इब्न हौकल, अब्दुल फिदा, सुलेमान आदि यात्रियों ने भारतवर्ष का जैसा वर्णन किया है, उसके साथ परिचित होने का जो हमारा जन्मसिद्ध अधिकार है, उसके उपयोग के लिए हम खड़ी बोली की ही शरण में जाएँगे। अंग्रेजी और फ्रेंच भाषाओं में इनके संस्करण हो चुके हैं, हिन्दी में भी निकालना आवश्यक है।

६. पुर्तगाली, ओलंदाजी, फ्रांसीसी और अंग्रेजी यात्रियों के सैकड़ों यात्रा-विवरण १६ से १८वीं सदी तक जिन्हें हक्लुयत सोसायटी ने छापा है और जिनमें हमारे

राष्ट्रीय जीवन के एक बहुत ही गाढ़े समय का चित्रण है, खड़ी बोली के ही द्वारा हिन्दी जनता को मिलने चाहिए।

७. विश्व में जो इस समय विज्ञान का महिमाशाली साहित्य दिन दूना-रात चौगुना बढ़ रहा है, उसको पूरी तरह व्यक्त करने और अपने राष्ट्रकोष में समेटने का माध्यम खड़ी बोली ही हो सकती है। इस कार्य में एक सहस्र कार्यकर्ता भी हों तो थोड़े हैं। ग्रीक और लैटिन की सहायता से जैसे यूरोप ने अपने पारिभाषिक शब्दों की समस्या को हल कर लिया है, उसी प्रकार हम भी संस्कृत की शक्ति से, जो ग्रीक और लैटिन से धातु-प्रत्ययों में कहीं अधिक समृद्ध है, हल कर सकते हैं। धातुओं से अनेक कृदन्त बनाने की जैसी सामर्थ्य संस्कृत में है, वैसी किसी दूसरी भारतीय या यूरोपीय वर्ग की भाषा में नहीं है। बुद्धिपूर्वक उसका उपयोग करने से पारिभाषिक वैज्ञानिक शब्दों के निर्माण की समस्या बहुत आसान हो सकती है।

८. हिन्दी में जो नवीन साहित्य-सृष्टि होगी, उसका माध्यम भी खड़ी बोली ही होगी। प्रान्तीय भाषाओं के बढ़ते हुए साहित्य का हिन्दी-भाषा में अनुवाद करने का कार्य भी खड़ी बोली के साहित्यसेवियों को करना होगा। संसार की अन्य भाषाओं में जो उच्चकोटि के साहित्य या काव्य अब तक बने हैं या आगे बनेंगे, उन्हें भी हिन्दी-भाषा में लाने का कार्य शेष है।

ये सब कार्य खड़ी बोली के माध्यम से पूरे करने होंगे। इन्हें हम उस कोटि में रखते हैं, जो एक केन्द्र से किए जा सकते हैं। इन कार्यों के करने में न बहुत से केन्द्रों में बहकने की आवश्यकता है और न जनपदों की पगडंडियों में रास्ता भूल जाने की। यहाँ हमारे मित्र सब प्रकार की आशंकाओं से एकदम सुरक्षित रहकर हिन्दी के गौरव की वृद्धि कर सकते हैं।

जनपदीय कार्यरूपी दूसरा पक्ष

ऊपर निर्दिष्ट केन्द्रीय एकता के अतिरिक्त साहित्य-निर्माण का दूसरा पक्ष भी है जिसमें बहुत से केन्द्रों में फैलकर हमें साहित्यिक और सांस्कृतिक कार्य को उठाना है। इनका क्षेत्र जनपदों की छोटी-सी प्रशान्त भूमियाँ हैं। यहाँ चारों ओर विभिन्नता का साम्राज्य है। आकाश के तरैयों की छोटी-सी झिलमिल की तरह साहित्य यहाँ चमक रहे हैं। वर्षा की बूँदों की तरह लोक-गीत, कहानी, मुहावरे, शब्दों की प्रतिक्षण यहाँ वृष्टि हो रही है। वृक्ष और वनस्पति अपना सन्देश सुनाने को आकुल हैं। गाती हुई कोयल का स्वर साहित्यिक को अपनी ओर खींच रहा है। एक छोटा-सा हरा तृण शंखपुष्पी के जैसे श्वेत फूल की पगड़ी बाँधे अपनी चौपाल पर चौधरी बना बैठा है। उनकी बात सुनने का

निमन्त्रण हिन्दी–साहित्य के कानों में अभी हाल में आकर पहुँचा है। उसका नाम, धाम, ग्राम, पता पूछने के लिए यदि आपके अपने साहित्यिक जाना चाहते हैं तो कृपया रोकिए मत, आशीर्वाद दीजिए। इसमें आप दोनों का सौभाग्य छिपा हुआ है। जनपदों में जीवन की धारा अब तक जो बहती आई है, उसके यशोगान की पुण्यश्लोका सरस्वती जब हमारे साहित्यकारों के कंठ से गूँजेगी, तब उसके घोष से हमारे कान युगों की बधिरता को परित्याग करके जी उठेंगे। जनपदों में एक बार मातृभूमि का दर्शन अपने साहित्यिकों को करने तो दीजिए, आप सूर्य से प्रार्थना करेंगे कि पूरे सौ वर्ष तक हमारी आँखों के साथ उसका सख्यभाव बना रहे, जिसमें मातृभूमि के पूरे सौन्दर्य और 'समग्र' स्वरूप को देखने की हमारी लालसा आयुपर्यंत पूरी होती रहे।

❑

१३

साहित्य-सदन की यात्रा

चिरगाँव का साहित्य-सदन मेरे जैसे गयी पीढ़ी के हिन्दी पाठकों के लिए एक तीर्थ है। स्कूल के शिक्षाभ्यास के समय ही जब काव्य से आनन्द ग्रहण करने का नया उन्मेष हो रहा था, मेरे साहित्यिक मानस को श्री मैथिलीशरण गुप्तजी के 'जयद्रथवध' और 'भारत-भारती' से रस का अपूर्व अनुभव प्राप्त हुआ था। कालांतर में परिस्थिति ने उस आकर्षण को एक गाढ़ा रूप दे डाला और मुझे गुप्तजी को अपने अति-सन्निकट बन्धु और घनिष्ठ मित्र के रूप में प्राप्त करने का सौभाग्य प्राप्त हुआ। साहित्य-सदन देखने की इच्छा बनी हुई थी। अक्तूबर १९४३ के अन्त में गुप्तजी के भतीजे श्री वैदेहीशरणजी के आमन्त्रण पर कुछ शिलालेख देखने के लिए चिरगाँव की यात्रा का सुयोग मिला।

३० अक्तूबर कार्तिक शुल्क द्वितीया को मैंने चिरगाँव के लिए प्रस्थान किया। साहित्य-सदन की यात्रा के उद्दिष्ट पथ पर जाते हुए न जाने किस अदृष्ट संयोग से लखनऊ स्टेशन पर ही मुझे रस के चमत्कार का एक साक्षात् अनुभव प्राप्त हुआ। एक संभ्रांत युवती अपने पति को, जो सम्भवत: किसी विकट यात्रा पर जा रहा था, बिदा देने आयी थी। बिदा करके आँसुओं से छलकते हुए नेत्रों को जब पोंछने लगी, तब उस दृश्य को चलती हुई गाड़ी में से देखकर मेरा हृदय भी द्रवित हो गया, किसी रस के स्पर्श में आकर नेत्र सजल हो गए। किस कारण से ऐसा हुआ? इस प्रश्न पर कुछ देर के लिए ध्यान ठहर गया। करुण-रस का उद्रेक उस स्त्री में हुआ था। उसको देखकर दर्शक का सहृदय मन रस-सिन्धु के साथ जुड़ गया। सहृदय मन में ही रस उमड़ता है। सहृदयता जितनी अधिक मात्रा में होगी, रस का अनुभव भी उतना ही तीव्र होगा। सहृदयता ही रस-ग्रहण के लिए व्यक्ति की सच्ची योग्यता है।

किसी व्यक्ति-विशेष में रस का उद्रेक हुआ। सहृदय ने उसको देखा, उसका अनुभव किया। फलस्वरूप उसका परिमित मन, जो स्थूल भावों में निबद्ध था, उन स्थूल भावों से

छूटकर सर्व-व्यापक रस के साथ जुड़ गया। रस सब काल में सर्वत्र व्याप्त है। भारतीय आचार्यों की दृष्टि में सब जगह प्राप्य वस्तु यदि रस है और आनन्दानुभूति उसका लक्षण है तो रस व ब्रह्म एक ही होंगे। इसीलिए 'रसो वै सः' की परिभाषा बनी होगी। रस एक प्रकार से अनिर्वचनीय वस्तु है। वह स्वसंवेद्य है, शब्दों में रस अपरिभाष्य है। सर्वत्र भरा हुआ रस-समुद्र एक है, पर उसकी तरंगों में भेद है, उसके रूप या स्वाद भिन्न-भिन्न हैं। ये ही भेद काव्यों के आठ या नौ रस हैं। एक रसाप्लुत रस-सिन्धु के पारस्परिक भेदों की आलंकारिकों ने बारीक छान-बीन की है।

काव्य में रस के आलंबन जो यक्ष-यक्षिणी हैं, वे भूतकाल की वस्तु बन जाते हैं, अर्थात् उनका भौतिक रूप काल से परिमित होता है। परन्तु उनकी कथा के काव्यमय वर्णन से रसिक सहृदय के मन में भी रस का सोता फूट पड़ता है। रस के पारखी कवि और सहृदय आलोचक होते हैं। कवि रस-सिन्धु के साथ तन्मय होकर उसे दूसरों के लिए सुलभ करता है। अमूर्त रस को मूर्त रूप में प्रस्तुत करना कवि का कौशल है। रस की क्रिया-प्रतिक्रिया को कवि की सूक्ष्म दृष्टि ताड़ लेती है। वह द्रावक और मार्मिक स्थलों को सामान्य वर्णनों से अलग जान लेता है और उनके वर्णन में रस-पोष के लिए अपनी काव्य-शक्ति का उपयोग करता है। रस का जन्म, उद्‌बोधन, परिपाक, पोष और उससे प्राप्त होनेवाली फल-निष्पत्ति की पहचान और परख ही सच्ची काव्य-आलोचना कही जा सकती है।

इस प्रकार साहित्य-सदन की यात्रा के लिए प्रस्थान करते ही रसात्मक अनुभव की एक प्रतीति सामने आ गयी। इन्हीं विचारों से तरंगित मन को लिये हुए सायंकाल के समय साहित्य-सदन के उदार प्रांगण में पहुँच गया। गुप्तजी की बैठक का विस्तृत आँगन दर्शक के मन को सबसे पहले प्रभावित करता है। प्रातःकाल की शीतकालीन धूप से भरा हुआ यह प्रांगण देवों के लिए भी स्पृहा की वस्तु है। किसी सारस्वत लोक से कितने रमणीय विचारों के विमान इस पुष्प-भूमि में उतरे हैं। यहाँ ही गुप्तजी और उनके छोटे भाई सियाराम शरणजी ने अनवरत काव्य-साधना के द्वारा अपने जीवन को कृतार्थ किया है। पूर्वाभिमुखी आस्थान मण्डप में खिलखिलाते हुए गुप्त-बन्धुओं की कल्पना दर्शक की प्रिय वस्तु है। गुप्तजी की सबसे बड़ी विशेषता उनकी मानवता है। वे अन्तर-बाहर से मानवी प्रतिष्ठा और मानवी सरलता के पुजारी हैं। स्वयं उनका स्वभाव नितांत सरल है, पर दूसरों को प्रतिष्ठा देने में वे सबसे आगे रहेंगे। वे अत्यन्त कुशाग्र-बुद्धि हैं और क्षणभर में बात की गूढ़ता को ताड़ जाते हैं। उनकी स्मृति-शक्ति भी अच्छी है। इतनी अधिक काव्य-साधना करने पर भी जान पड़ता है कि उनके पास समय का अटूट भण्डार है। साहित्य-गोष्ठी और साहित्यिकों के साथ ठहाके की हँसी से गुप्तजी के थके हुए मानस को जैसे विश्राम मिलता है।

हिन्दी-साहित्य की प्रगति और साहित्यिक जगत् की प्रवृत्तियों के विषय में गुप्तजी को मैंने बहुत सचेत पाया। अपने काम को करने के बाद भी उनमें इतनी शक्ति बची रहती है कि वे इस प्रकार की गतिविधियों से अपने आपको परिचित रख सकते हैं। साहित्य-सदन की चार दिन की गोष्ठी में बुन्देलखण्ड के लोक-साहित्य और जनपदीय-जीवन की काफी चर्चा रही। उन दिनों गुप्तजी के बड़े भाई रामकिशोरजी साहित्य-सम्मेलन से प्रकाशित जातकों का हिन्दी अनुवाद पढ़ रहे थे। उन्होंने कहा कि जातकों की कितनी ही कहानियाँ अपने जनपदीय रूपांतर में वहाँ प्रचलित हैं। उदाहरण के लिए पाली नाम-सिद्धि जातक (संख्या ९७) से मिलती हुई यह कहानी उन्होंने सुनाई—

"एक जनी के घरवाले को नाव हतो ठनठन राय। बाकों जौ नाव बुरौ लगत तौ। नाव बदलबे के लाने बाने कौनउ अच्छौ नाव ढूँढै चाओ। तब वा ढूँढन कौ निकरी।

एक जनो लकरियन को बोझ लए जा रऔ तौ। बाको नाव हतौ धनधनराय। एक जनों मर गऔ तौ और बाकी अरथी जा रई ती, बाको नाव हतो अमर।

लुगाई ने जो सब देख-सुनकै मन में सोची कै नाव सौ कऊँ आवत जात नईंआ और जा कई—

(यह गाथा मैथिलीशरणजी ने स्वयं सुनाई थी)

लकरी बेचत लाखन देखे,
घास खोदतन धनधनराय।
अमर हते ते मरतन देखे,
तुमई भले मेरे ठनठनराय॥"

पाली में यह गाथा इस प्रकार है—

जीवकञ्च मतं दिस्वा,
धन पालिञ्च दुग्गतं।
पन्थकञ्ज वने मूढं,
पापको पुनरागतो॥

अर्थात् पापक नाम का एक व्यक्ति अच्छे नाम की खोज में घर से निकला। पर मार्ग में जीवक नामधारी व्यक्ति को उसने मरा हुआ देखा। धनपाली नाम की दरिद्र दासी को कमाकर न लाने के कारण पिटते देखा। पन्थक नाम के व्यक्ति को वन में रास्ता भूलकर

---

1. बंबई संग्रहालय के अध्यक्ष श्री रणछोड़लाल ज्ञानी से लोक में प्रचलित गाथा का यह रूप मुझे सुनने को मिला—

लक्ष्मी तो कंडै चुने, भीख मंगै धनपाला।
अमरसिंह तो मर गए, भले बिचारे ठनठनपाला॥

भटकते हुए देखा, यह देखकर पापक फिर घर लौट आया।[1]

इसी प्रकार रोहिणी जातक (सं. ४५) का यह रूप श्री रामकिशोरजी ने उद्धृत किया—

"एक लुहार हतो। बाने एक मजूर घन घालबे कौ राखै औ बाने बासैं कई कै जितै हम हाथ से बताउत जाँय उतइ घन-घालत जाय। बाने ऐसो ई करौ। एक बेर लुहार के मूँड़ में कुकौरू लगी। कुकाबे कों जैसईं बाने मूड़ी पै हाथ धरौ, तैसई बाने उतईं धमाक सैं धन दै मारो। लुहार बिचारो होई को होई ढेर होगौ।"

मैंने श्री रामकिशोरजी से प्रार्थना की कि इस प्रकार की जातक कहानियों का, जो बुन्देलखण्ड में अब भी प्रचलित हैं, वे एक संग्रह तैयार कर लें। कहाँ ढाई सहस्र वर्ष पहले का जातककालीन भारतवर्ष और कहाँ बीसवीं शती का लोक-जीवन—दोनों में कितना व्यवधान है, पर फिर भी लोक में सुरक्षित साहित्यिक परम्परा कितनी बलवती है कि उसकी अटूट परम्परा आज तक बनी हुई है। अनन्त ज्ञान का संरक्षण करनेवाले लोक को शतशः प्रणाम करना उचित है।

इस साहित्यिक गोष्ठी में मुझे बुन्देलखण्ड के कुछ ठेठ शब्दों को निकट से जानने का अवसर मिला। गुप्तजी ने 'साकेत' में सीता के वेश का वर्णन करते हुए, जब वे बुन्देलखण्ड की सीमा में पधारीं उन्हें खड़ा कछौटा लगाए हुए चित्रित किया है। उन्होंने बताया कि यह शब्द केवल स्त्रियों के पहराव के लिए प्रयुक्त होता है। घाघर या लहँगे को उंस कर घुटने तक ऊँचा करने को खड़ा कछौटा कहते हैं। जँघा तक ऊँचा उंसने का नाम पूरा कछौटा है। पुरुषों की घुटने तक की धोती के लिए घुटन्ना शब्द है। कुँवारी कन्या और विवाहिता वधूओं के वेष में भी अन्तर है। कन्याएँ आँचल को कँधेला रूप में कन्धे पर डाले रहती हैं। बहुएँ आँचल को बगल के नीचे से ले जाकर खोंस लेती हैं।

बुन्देलखण्ड में सती स्मारक-स्तम्भ अनेक हैं। इन्हें गाँव की भाषा में सती-सत्तन के चीरा कहते हैं। इन सती पत्थरों पर नीचे 'दो पुतरियाँ' (स्त्री-पुरुष की आकृति) और ऊपर 'चन्दा-सूरज' बने रहते हैं। इसी यात्रा में मोठ से कुमराढ और कुमराढ से निमोनिया गाँव तक हमने कई सती स्मारक देखे। उनके लेखों में स्थानीय इतिहास की सामग्री मिल सकती है। गुप्तजी ने बुन्देलखण्ड का परिचय देते हुए टपरियों और डाँगों का वर्णन किया। पहाड़ी डाँग (वे जंगल जिनमें शिकार आदि मिलता है और धरती ऊबड़-खाबड़ होती है) इस प्रान्त की विशेषता हैं। वीर क्षत्रियों की युद्ध-नीति को निर्धारित करने में डाँगों का प्रमुख भाग था। उन रक्षित जंगलों के लिए जिनमें घास रखवाई जाती है, बुन्देलखण्ड में 'रूँद' शब्द प्रयुक्त होता है, जो संस्कृत 'रुद्ध' का प्राकृतिक रूप है। डाँगों में झुरझुरू घास बहुतायत से देख पड़ी, जिसे पशु भी नहीं खाते।

वैश्य होते हुए भी जिस प्रकार गांधीजी की उपजाति मोढ है, उसी प्रकार गुप्तजी

गहोई उपजाति में है। गहोई प्राकृत गहवई और संस्कृत गृहपति का रूप है। गहवई या गृहपति वैश्यों का उल्लेख ईसवी सन् के आस-पास के ब्राह्मी लेखों में आया है (ल्यूडर्स लेख-सूची सं. १२४८; इसी सूची के लेख-संस्था ११५१ में मुधकिय या मोढ जाति का भी उल्लेख है)। मध्यकालीन शिलालेखों में गहवई वैश्यों का बहुत प्रभावशाली वर्णन मिलता है। गहोइयों के लिए कहा जाता है—

बारह गोत बहत्तर आँकने

अर्थात् इनमें बारह गोत्र और बहत्तर आँकने या उपनाम होते हैं। हमारे गुप्तजी का आँकना या जातीय उपभेद 'कनकना' है। चिरगाँव के समीप ही वेत्रवती नदी पर एक सुन्दर बाँध बाँधा गया है, जिसे पारीछा बंधा कहते हैं, गुप्तजी के साथ इस बाँध की भी यात्रा की। इसमें तीन सौ अठारह फाटक हैं। नदी के बीच में एक निर्जन टापू भी पड़ गया है, जिसके लिए यहाँ 'गोदा' शब्द प्रचलित है। यह स्थान प्राकृतिक दृष्टि से बहुत रमणीय है। पारीछा से उजियान गाँव तक कई मील में अपार जलराशि से भरा हुआ ताल फैला हुआ है।

बातचीत के सिलसिले में हमने अहिच्छत्रा की खुदाई में प्राप्त गुप्तकालीन मिट्टी के सुन्दर बासनों की चर्चा की। प्राचीन भाण्डों के वर्णन के लिए हिन्दी में उपयुक्त नामों की बड़ी आवश्यकता है। कई स्थानों से नाम सहित बरतनों की आकृतियों का संग्रह करना पड़ेगा। साहित्य-सदन से भी हमें कुछ शब्द प्राप्त हुए। पारा (सरैयाँ), कुपरा (परात सं. कर्पर), गौरैया (गौरा नामक मुलायम पत्थर की बनी छोटी कूँडी), घेंडा-घेंडी (घी का बरतन, घृतभाण्ड), मटेलनी, बरौसी (आग रखने की तौली), दियट, मोना (बड़ा घड़ा), चरुआ, मटका, अधमुआ, डहर, कुठला-कुठिया—ये कुछ नाम हैं, जिनकी वैज्ञानिक स्थिति सचित्र और तुलनात्मक अध्ययन के बाद निश्चित करनी पड़ेगी। इसी प्रकार के नाम और भी कई स्थानों से हमें प्राप्त हुए हैं। मलिया के विषय में जब मैंने बताया कि यह संस्कृत मल्लक का रूप है, जिसका उल्लेख कुषाण-कालीन मथुरा के पुण्यशाला स्तम्भ-लेख में आया है तो गुप्तजी आश्चर्य से कहने लगे—"सच कहते हैं, डॉक्टर, बड़ा कौतूहल होता है" और सियारामजी ने उनकी बात का समर्थन करते हुए कहा—"आप तो हमको बहुत पुराना बनाए देते हैं।" मैंने कहा, "हाँ, यह बात ठीक है, हमारी भाषा का एक-एक शब्द मार्कण्डेय की आयु लिए बैठा है, यही भाषा का अमरपन है।"

इस गोष्ठी में एक ऐसा शब्द हमारे हाथ लगा, जिसने अकेले ही हमारी यात्रा को सफल बना दिया। खेत में इकट्ठा किए हुए पैर (सं. प्रकर, प्रा. पयर) और पैर की दँवनी से तैयार होनेवाली रास (=राशि) की चर्चा करते हुए श्री रामकिशोरजी कह गए

कि रास किसान के लिए पवित्र वस्तु है। उसकी गुदनैटे (गोधन का कंडा) और अकौव्वे के फूल से पूजा होती है और तब रास को किसान 'प्यन' से नापते हैं। रास तौली नहीं जाती थी। आज भी जब तकरी-पसेरी का रिवाज बढ़ गया है, रास पर 'प्या' रखकर उसका पूजन करके कम-से-कम पाँच 'प्या' पहले नाप देंगे, तब तराजू का प्रयोग करेंगे। पहले घर-घर में प्या होते थे।

इस प्या शब्द को सुनते ही कान खड़े हो गए। मेरा ध्यान ठहर गया। जैसे कोई पुरानी गुत्थी सुलझ गई हो और आज तक अनजाना अर्थ ज्ञात हो गया हो। वास्तविक बात यह थी कि मेरे मन में 'प्या' का संस्कृत रूप भास गया। पाणिनि की अष्टाध्यायी के दो सूत्रों में 'पाय्य' नामक एक मान या नाप का उल्लेख हुआ है।[१] किसी कोष से मुझे उसका अर्थ समझने में सहायता न मिल सकी थी। बुन्देलखण्डी 'प्या' संस्कृत 'पाय्य' का ही अपभ्रंश रूप है। पीछे से मुझे ज्ञात हुआ कि राजपूताने या झालरापाटन में इस नाप को 'पाई' कहते हैं। तौलने के रिवाज से पहले प्राय: पाई से नापकर देने-लेने की प्रथा थी। अब तो एक पंजाबी लोकोक्ति में भी इसका प्रयोग मिला है—

'पाई पासी चंगी। कुडी खड़ाई मंदी।'

अर्थात् किसी का पाई भर अन्न पीसना अच्छा, पर लड़की खिलाना अच्छा नहीं। प्या पीतल का बना हुआ भिगौने की तरह का एक बरतन होता है। भिगौने में कनौठे होते हैं, प्या में नहीं होते। रास और अन्न के नापने के लिए प्या का प्रयोग अब भी देहातों में मिलता है। एक प्या देकर सवा प्या लेने के नियम को 'सवाई' कहते हैं। इसी प्या नाप से किसानों को ऋण देने के सम्बन्ध में रामकिशोरजी से एक बड़ी चुभती कहानी भी सुनने को मिली।

''जी बख्ते राम जी लौट के आए लंका से जीत कै, सो उनने प्रजाजन से पूछी कि तुम सुखी तौ रए। सो उनने कई कि महाराज सुखी रए, पर भरत के तिरछान ने माड्डारे। सो उनने पूछी, कैसे? का बात भई? सो उनने कई, महाराज, आपके जाबै पै अवर्षण भौ सो काल परि गौ। सो सरकारी बंडा[२] खुले। फिर प्यन से रैयत को अनाज दयो गौ।

---

१. पाय्य—सानाय्य-निकाय्य-धाय्य मान हविर्निवास समिधेनीषु (सूत्र ३/१/१२९) तथा कंस मन्थ शूर्प पाय्य कांडं द्विगौ (सूत्र ६/२/१२२)। द्विगु समास में 'द्विपाय्य' 'त्रिपाय्य' प्रयोग बनते हैं।

२. बंडा—सरकारी बड़े मकान या ठुकार जिनमें अनाज भरकर चिन देते थे। उनमें कई हजार मन अन्न आता था। प्रजा में बाँटने के लिए वे बंडे खोल दिए जाते थे। गोरखपुर जिले के सोहगौरा स्थान तथा बंगाल के बोगरा जिले के महास्थान गाँव से प्राप्त मौर्यकालीन ताम्रपट्ट लेखों में इस प्रकार के सरकारी कोठारों से अन्न के वितरण का वर्णन है।

जब सुकाल भौ और हम सरकारी नाज भरिवें कौं आए, तब तिरछा सैं नाज लओ गौ। बाके मारे हम मरिगे।''

इसका अभिप्राय यह है कि प्रजा को अन्न देते समय तो प्या बरतन को सीधा रखकर भरकर दिया गया। पर लेते समय भरत ने इतनी दया की कि प्या को तिरछा करके रक्खा गया और उस पर जितने दाने ठहर गए उतने दाने एक भरे हुए प्या के बदले में चुकता ले लिये गए। फिर भी प्रजा को भारी पड़ा। मुफ्त लेकर वापिस करना बहुत खलता है। इसी मनोवृत्ति के कारण प्रजा ने भरत की उदारता की भी शिकायत ही की।

इसी यात्रा में गुप्तजी के प्रसादरूप में बुन्देलखण्डी 'चम्मू' से हमारा परिचय हुआ। यह चम्मू शब्द भी विलक्षण है। प्राचीन वैदिक 'चमू' का वंशज चम्मू है। 'चम्मू' फूल का बना चौड़े मुँह का लोटा है, जो देखने में अत्यन्त सुडौल और सुन्दर होता है। यह ठेठ हिन्दू परम्परा का नमूना है, जो अब भी कहीं-कहीं बच गया है। वैसे तो विदेशी प्रभाव ने हमारे लोटों तक की आकृति को अछूता नहीं छोड़ा है। जनपद की प्रशान्त गोद में कला के पूर्णतम नमूने अब भी कुछ बच गए हैं, उन्हीं में बुन्देलखण्ड का चम्मू है। इसका पेटा चीमरी की भाँति का होता है। अंग्रेजी fluted design के लिए अत्यन्त उपयुक्त यह शब्द हमारे हाथ लगा—चीमरी की भाँति। खरबुजिया फाँकों की तरह के डौल को चीमरी कहते हैं, जो कि संस्कृत 'चिर्भटिका' का तद्‌भव रूप है। यह नाम भी भारतीय शिल्प के अलंकरणों की प्राचीन परिभाषाओं की याद दिलाता है। ये परिभाषाएँ अब किसी एक ग्रन्थ या कोष में सुरक्षित नहीं रह गई हैं। जनपद-साहित्य और लोक-ज्ञान की परम्परा ही उनकी धात्री है। जौंसार प्रदेश और अहिच्छत्रा में भी हमें इस प्रकार के कई शब्द मिल सके थे। जनपदों की जीती-जागती परम्परा में से सम्भव है, इस अमूल्य निधि का कुछ अंश पुनः प्राप्त किया जा सके।

❑

१४

लोकोक्ति-साहित्य का महत्त्व

लोकोक्तियाँ मानवी ज्ञान के चोखे और चुभते हुए सूत्र हैं। अनन्त काल तक धातुओं को तपाकर सूर्य-रश्मियाँ नाना प्रकार के रत्न-उपरत्नों का निर्माण करती हैं। जिनका आलोक सदा छिटकता रहता है। उसी प्रकार लोकोक्तियाँ मानवी ज्ञान के घनीभूत रत्न हैं, जिन्हें बुद्धि और अनुभव की किरणों से फूटनेवाली ज्योति प्राप्त होती है। लोकोक्तियाँ प्रकृति के स्फुलिंगी (रेडियो-एक्टिव) तत्त्वों की भाँति अपनी प्रखर किरणें चारों ओर फैलाती रहती हैं। उनसे मनुष्य को व्यावहारिक जीवन की गुत्थियों या उलझनों को सुलझाने में बहुत बड़ी सहायता मिलती है। लोकोक्ति का आश्रय पाकर मनुष्य की तर्क-बुद्धि शताब्दियों के संचित ज्ञान से आश्वस्त-सी बन जाती है और उसे अँधेरे में उजाला दिखायी पड़ने लगता है, वह अपना कर्तव्य निश्चित करने में तुरन्त समर्थ बन जाती है।

लोकोक्ति-साहित्य प्रकृति के ज्ञान की भाँति सार्वभौम है। न उसका कोई कर्ता है, न उसका देश-काल से उतना घनिष्ठ सम्बन्ध है, जितना अन्य साधारण साहित्य का होता है। सदा बहनेवाले वायु और सूर्य के प्रकाश के समान लोकोक्तियाँ मानवमात्र की संपत्ति हैं और उनके रस का स्रोत सबके लिए खुला रहता है। लोकोक्तियों का रस-भण्डार अक्षय है। हजारों बार कही-सुनी जाने पर लोकोक्ति का जब अवसर पर व्यवहार किया जाता है, तब उसमें से सदा एक-सा साहित्यिक ओज और आनन्द उत्पन्न होता है।

लोकोक्ति-साहित्य संसार के नीति-साहित्य (विज़्डम लिटरेचर) का प्रमुख अंग है। मिस्र आदि प्राचीन संस्कृतियों में भी इस प्रकार के बुद्धिमूलक साहित्य का अच्छा विकास हुआ था। विद्वानों का विचार है कि बाइबिल में जो Proverbs नामक प्रकरण है, जिसमें व्यवहार-साधक ज्ञान के अत्यन्त प्रदीप्त और परिमार्जित सूत्र पाए जाते हैं, उस पर मिश्र, बेबिलन आदि के बुद्धिमूलक नीति-साहित्य (Wisdom Literature)

का पर्याप्त प्रभाव पड़ा है। बाइबिल के इस अंश का जो महत्त्व पहले कभी नहीं प्रकट हुआ था, वह अब तुलनात्मक दृष्टि से अध्ययन करने पर ज्ञात हो रहा है।

भारतवर्ष में भी इस प्रकार के नीतिमूलक साहित्य की परम्परा बहुत प्राचीन काल से पाई जाती है। उपनिषद्-युग के अन्त में बुद्धिपूर्वक सोचने की प्रवृत्ति का बहुत विकास हुआ, जिसकी झलक बौद्ध-साहित्य में भरपूर मात्रा में विद्यमान है। वही समय सूत्र-शैली के विकास का भी युग था। लोकोक्तियाँ और नीति-साहित्य का अत्यधिक मंथन इसी काल में सबसे पहले प्राप्त होता है। कामंदक ने लिखा कि आचार्य विष्णुगुप्त ने अपनी प्रखर बुद्धि के प्रताप से अर्थशास्त्र के महासमुद्र से नीतिशास्त्ररूपी अमृत का मंथन किया। आर्य चाणक्य बुद्धि के पुजारी थे। उन्होंने स्वयं मुद्राराक्षस नाटक के आरम्भ में बुद्धि की प्रशंसा करते हुए कहा है कि कार्य साधने के लिए अकेली बुद्धि ही सैकड़ों सेनाओं से बढ़कर है। उस बुद्धि की महिमा नन्दों को उखाड़ फेंकने में सिद्ध हो चुकी है।

एका केवलमर्थसाधनविधौ सेनाशतेभ्योऽधिका।
नन्दोन्मूलनदृष्टिवीर्यमहिमा बुद्धिस्तु मा गान्मम॥

वस्तुत: चाणक्य द्वारा प्रदर्शित नीति का मार्ग, बुद्धि का मार्ग है। चाणक्य की श्लोकात्मक नीति के अतिरिक्त उनका रचा हुआ 'चाणक्य सूत्र' नामक एक प्राचीन ग्रन्थ आज भी उपलब्ध है, जिसे कौटिल्य के व्यावहारिक नीति-ज्ञान का मथा हुआ मक्खन ही कहना चाहिए। इसके ५७१ सूत्रों में अनेक सूत्र लोकोक्ति-शैली के हैं, जैसे—

१. बिना तपाए हुए लोहे से लोहा नहीं जुड़ता (**नातप्तलोहं लोहेन संधत्ते**)।

२. बाघ भूखा होने पर भी घास नहीं खाता (**न क्षुधार्तोऽपि सिंहस्तृणञ्चरति**)।

३. कलार के हाथ में दूध का भी मान नहीं (**शौण्डहस्तग पयोऽप्यवमन्येत**)।

४. लोहे से लोहा कटता है (**आयसैरायसं छेद्यम्**)।

५. उधार के हजार से नकद की कौड़ी भली (**श्व: सहस्राद‌द्य काणिकी श्रेयसी ४/५८**)। इसी कहावत का चाणक्य-सूत्र में एक रूपांतर यह है—'**श्वो मयूराद‌द्य कपोतो वर: ४/५९**') कल के मोर से आज का कबूतर अच्छा है। ये दो सूत्र उस युग के प्रतिनिधि हैं, जब परोक्ष की अपेक्षा प्रत्यक्ष जीवन के प्रति जनता को अधिक सचेत किया जा रहा था। ये दो सूत्र नगद धर्म की आधारशिला बताते हैं। वात्स्यायन के 'कामसूत्र' में ठीक ही इन्हें लोकायत दर्शन से सम्बन्धित कहा गया है और वहाँ 'श्व: सहस्राद‌द्य काणिकी श्रेयसी' का रूप इस प्रकार है—

वरं सांशयिकान्निष्कात् असांशयिक:
कार्षापण इति लोकायतिका:।

निष्क सोने का सिक्का था और कार्षापण चाँदी का। सूत्र का भाव यह है कि

खटके वाले निष्क से बिना खटके का कार्षापण अच्छा है। निष्क और कार्षापण ईस्वी पाँचवी शताब्दी पूर्व में प्रचलित थे। अतएव इस कहावत की आयु लगभग उतनी प्राचीन तो अवश्य होनी चाहिए। उधार के मोर से नगद का कबूतर अच्छा है, इसी भाव का कायाकल्प हिन्दी की **'नौ नगद न तेरह उधार'** कहावत में आज भी मौजूद है।

प्राचीन पाली, प्राकृत और संस्कृत-ग्रन्थों में भारतवर्ष के बुद्धि-परायण साहित्य की बहुमूल्य सामग्री पाई जाती है। उसका व्यवस्थित अध्ययन और उसके क्रमिक विकास का अनुशीलन बहुत ही रोचक हो सकता है। सर मानियर विलियम्स ने अपने संस्कृत कोष की भूमिका में ठीक ही लिखा है कि अपने नीति-शास्त्र की चतुरता में भारतवासी संसार में अद्वितीय रहे हैं।[१] महाभारतादि ग्रन्थों में व्यावहारिक बुद्धि से सम्बन्धित नीति-शास्त्र की सामग्री का अतुल भंडार है। उसकी परम्परा संस्कृत से प्रान्तीय भाषाओं में होती हुई हमारे समय तक अटूट चली आई है।

इस नीति-शास्त्र का बहुत ही महत्त्वपूर्ण अंश संस्कृत न्यायों के रूप में प्रचलित था। काकतालीय, अजाकृपाणीय, अरण्यरोदन, अंधदर्पण आदि सैकड़ों न्यायों के रूप में संस्कृत की चुस्त कहावतें ही पाई जाती हैं। 'लौकिकन्यायांजलि' ग्रन्थ के तीन भागों के जैकब नामक विद्वान् ने अपने पचास वर्षों के अध्ययन के फलस्वरूप इन प्राचीन न्यायों पर बहुत ही सुन्दर सामग्री का संकलन किया था। परन्तु वैज्ञानिक दृष्टि से संस्कृत और प्राकृत लोकोक्तियों का काल-क्रमानुसार संकलन और सम्पादन अभी होना बाकी है। हिन्दी एवं अन्य प्रान्तीय भाषाओं में प्राचीन न्याय और लोकोक्तियों का उत्तराधिकार बहुत अंशों में यथावत् चला आया है। राजशेखर का **'हत्थकंकणं किं दप्पणेण पेक्खीआदि'** (कपूरमंजरी १/१८) हिन्दी में 'हाथ कंगन को आरसी क्या', इस सुन्दर और चुस्त रूप में जीवित है। इसी प्रकार और भी न जाने कितना लोकोक्ति-साहित्य प्राचीनकाल की विचार-पटुता को लिये हुए अर्वाचीन कहावतों में घुल-मिलकर बचा हुआ है।

परंतु साहित्य के अन्य अंगों की भाँति लोकोक्ति-साहित्य का भी विस्तार और विकास होता है। हिन्दी-भाषा में समय और परिस्थितियों के फेर से हजारों गयी लोकोक्तियाँ बन गई हैं। विशेषकर जानपदी भाषा में तो कहावतों का अभी तक बहुत महत्त्वपूर्ण स्थान बना है। यद्यपि हिन्दी-भाषा की कहावतों के कुछ संग्रह और कोष

---

१. In some subjects too especially in poetical descriptions of nature and domestic affection, Indian works do not suffer by a comparison with the best specimens of Greece and Rome, while in the wisdom, depth and shrewdness of their moral apothegms they are unrivalled.

इधर प्रकाशित हुए हैं, विशेषकर फैलन ने हिन्दी कहावतों का एक बहुत ही परिश्रम-साध्य संग्रह तैयार किया था[१] फिर भी इस दिशा में अभी कुछ कार्य बाकी है। मराठी, काश्मीरी,[२] पंजाबी, पश्तो, बँगला, उड़िया, तामिल आदि भाषाओं में भी लोकोक्तियों के अपने-अपने संग्रह प्रकाशित हुए हैं, परन्तु वैज्ञानिक रीति से इस विषय पर अभी तक किसी भाषा में किसी बृहत् अध्ययन का आयोजन नहीं किया गया। कम-से-कम हिन्दी के लिए तो यह बात सच है कि लोकोक्तियों के एक सर्वांगपूर्ण अध्ययन तक पहुँचने से पहले प्रादेशिक एवं जनपदीय बोलियों में प्रचलित कहावतों के सुन्दर संग्रह तैयार हो जाने चाहिए। जानपदी बोलियों के अध्ययन में जिन साहित्य-सेवियों को रुचि है, वे अपने एकाकी प्रयत्न से भी इस दिशा में बहुत-कुछ सफल कार्य कर सकते हैं। दो वर्ष हुए, हमने अपनी चिरगाँव की यात्रा में वहीं के उत्साही कार्यकर्ता श्री हरगोविन्दजी के पास बुन्देलखण्डी कहावतों का एक हस्तलिखित संग्रह देखा था, जिसमें लगभग दो हजार कहावतें थीं। इसकी निम्नलिखित कहावत पर बुन्देलखण्डी भाषा की कितनी सुन्दर छाप है—

अक्कल बिन पूत कठैंगर से।
बुद्धि बिन बिटिया डैंगुर सी।।

कठैंगर—किवाड़ों के पीछे का अर्गल या बेड़ा।

डैंगुर—उजरऊ या ईतरी गाय के गले में डाला जानेवाला डंडा।

कठैंगर या डैंगुर की उपमाएँ जनपदीय वातावरण के अत्यन्त सन्निकट हैं और ठेठ साहित्य की दृष्टि से उनमें कितना अधिक रस भरा है। बुन्देली की तरह अवधी, भोजपुरी, बाँगड़ू, मेरठ की कौरवी और पहाड़ी आदि बोलियों की कहावतों पर भी कार्य होने की आवश्यकता है। इनकी सम्मिलित सामग्री के आधार पर हिन्दी लोकोक्तियों का विशद तुलनात्मक संग्रह किसी समय तैयार किया जा सकेगा। यह बात भी जानने योग्य है कि कहावतों का जितना गहरा सम्बन्ध बोलियों से रहता है उतना साहित्य की भाषा से नहीं। कहावतों को लोक में बोलचाल की ठेठ भाषा की सच्ची पुत्रियाँ कहा जा सकता है। उनके सर्वांगपूर्ण संग्रह के लिए घरों और गाँवों में फैली हुई अपनी भाषा की बोलियों को निरन्तर छानने की आवश्यकता पड़ेगी। विशेषत: स्त्रियों की घरेलू बोलचाल की

---

१. Fallon's Dictionary of Hindustani Proverbs : Including many Marwari, Punjabi, Magahi, Bhojpuri and Trihuti proverbs, sayings, emblems, aphorisms, maxims, and similes (1886).

२. A Dictionary of Kashmiri Proverbs and Sayings by Rev. J.H. Knowles (1885) explained and illustrated from the rich and interesting folk-lore of the valley.

कहावतों में निजी परिमित जगत् में पनपनेवाली भावनाओं की सच्ची झाँकी मिल सकती है। मथुरा में एक पंजाबी वृद्धा की बोली को कुछ समय तक छानने पर मैं निम्नलिखित सुन्दर कहावतें प्राप्त कर सका था—

१. सरौं गंजी ते कंघियाँ दा जोड़ा।

(इसी भाव की बनारसी कहावत उन्हीं बहिन ने सुनाई थी—
आँखी एकौ नाई कजरौटा नौठे)।

२. पाई पीसी चंगी। कुड़ी खड़ाई मंदी।

(किसी की पायली भर अनाज पीस देना सुगम है, पर लड़की खिलाना ठेढ़ा काम है।)

३. घर पतली बाहर संगनी ते मेलो मेरा नाम।

(घरवालों को पतली छाछ और बाहरवालों को गाढ़ी देकर अपने मेल-जोल की शेखी बघारनेवाली स्त्री के प्रति कूटोक्ति है।)

४. सुथनी दिया साका तैनूँ हलवा माड़ा।
घघरी दिया साका तैनूं दुआ दिनाँ दा फाका॥

(सुथने के सगे-संबंधियों अर्थात् पीहर वालों को हलवा खिलाया जाए तो भी तुम उसे बुरा बताती हो, और घघरी के सगे अर्थात् ससुरालवालों को दो दिन का फाका कराना भी अच्छा समझती हो)*

५. खसम न पूछे बातड़ी ते फिट्ट सुहागिन नाम।

६. जिन्ना न्हाती उन्नाई पुन्न रै वे नाईया होर न मुन्न।

(जितना नहा चुकी उतना ही पुन्न हो गया। रह भई नाई और न मूँड़)

७. अग्गे नी सामान, नी जड़ाऊ छल्ला।
टप चढ़ी समान की करै मुहल्ला॥

(पहले से ही चीज-बस्त नहीं है, अब कूदकर आसमान पर चढ़ गई, मुहल्लेवाले क्या कर लेंगे, अर्थात् पूरी निर्लज्जता धारण कर ली)

८. उज्जड़ियां भरजाइयां वाली जिनां दे जेठ।

(जिनके जेठ रखवाले हों उन भौजाइयों को उजड़ी जानिये)

९. सुत्ते पुत्तर दा मुँह चुम्मियाँ।
ना मांदे सर हसान न प्यौ दे सर हसान॥

(सोते लड़के के चूमने (प्यार प्रकट करने) से न माँ पर अहसान, न बाप पर)

१०. सेली पाई पिन्ननी, ना मँगनी ना घिन्ननी।

(भिखमंगिन (पिन्ननी) को सहेली बनाने से न कुछ लेना, न देना, (घिन्नना—ग्रहण करना) अर्थात् भाजी-बायने का व्यवहार न चल सकेगा, यह उक्ति धन्नी पोठो-हार की है)

---

* इस पंजाबी लोकोक्ति के ठीक अर्थ के लिए मैं श्री इन्द्रचन्द्र नारंग, प्रयाग का आभारी हूँ।

११. बाज तेल ना बलन मसालां। बाज प्रेम ना हाँई।

(बिना (बाज) तेल के मशाल नहीं जलती, बिना प्रेम के आह नहीं निकलती।)

१२. मरगे सांई दे लोक। ना हिरख ना मसोस।

(उनके मरने का किसी को सुख-दुःख नहीं।)

१३. जून फिट्ट के बांदर अर मनुष्य फिट्ट के जांजी।

(आदमी अपनी जून खोकर बन्दर के रूप में जन्म लेता है, मनुष्य बिगड़कर बराती बन जाता है।) बरातियों को तीन दिन जो मस्ती चढ़ती है, उसपर करारी चुटकी ली है।

१४. गुरु जिना दे टप्पने, ते चेले जान शड़प्प।

(जो गुरु कूदना जानते हैं, उनके चेले मुंडक मारना जानते हैं।) हिन्दी में, गुरु गुड़ की रहे चेला शक्कर हो गए।

१५. ओच्छे जट्ट कटोरी लब्भी पानी पी-पी आफरियां।

(ओछे जाट को कटोरी मिल गई तो पानी पी-पीकर अफर गया।)

इसी प्रकार अपनी स्त्री के मुख से ठेठ मेरठ की बोली की करीब साठ कहावतें दो-तीन वर्ष के भीतर मैं लिख सका था, जो अन्य किसी प्रकार प्राप्त न हो सकती थी। ये उक्तियाँ नागरिक जीवन से दूर गाँव के मनोभावों तक हमें पहुँचाती हैं—

१. पैरी ओढ़ो धन दिपै। लीपा पोता घर खिलै।

२. धियों की मां रानी। बुढ्यांत भरेगी पानी।

(बेटियों की माँ रानी होती है, क्योंकि जवानी में बेटियाँ उसका काम कर ही जाएँगी, उन बुढ़ापे में उसे अपने हाथ से काम करना पड़ेगा।)

३. खाले खाले बउअल ना। पहरले-पहरले धीयल ना।

(सास के प्रति उक्ति—जब तक बहुएँ नहीं आतीं खा ले; जब तक बेटियाँ नहीं होतीं, पहनने का शौक पूरा कर ले।)

४. काम काज कू थर-थर काँपे खाने कू मरदानी।

५. लगी हल्द हुई बल्द।

(पतली भी कुँवारी लड़की ब्याह होने पर पनप जाती है।)

६. कदीना कदी तो भैंस पसर कू चली। सो सूखाई पड़ गई।

(पसर = फलने या गर्भ-धारण के लिए; संस्कृत उपसर।)

७. पूड़ी ना पापड़ी। पटाक बहू आ पड़ी।

(चटपट ब्याह हो जाना)।

८. आग पै कू वारी। खसभ निगोड़े के माथे से मारी।

९. सुसरे कू पड़ी भाजर की। बहू कू बिन्दी काजर की।

१०. हाथ चूरी न सिर लटूरी। आई मेरी सुहाग भाग की पूरी।

(शृंगारविहीन फूहड़ बहू पर व्यंग्य उक्ति)

११. पूत लड़ाया ज्वारी। धी लड़ाई क्वारी।

(अधिक प्यार से दोनों बिगड़ते हैं)

१२. जिसके सास ना ऊ करा बड़ी।
जिसके ननद ना ऊ दितार बड़ी॥

(करा=सेवा करने वाली, दितार=देने-लेनेवाली)

१३. घायल कराहवे ना, सेका कराहवे।

१४. कै इजरियाई बढ़ले।
कै घधरियाई बढ़ले।

(इजरिया=इजार पहननेवाली अर्थात् कुँवारी, घघरिया=घाघर पहननेवाली ब्याही हुई। यह उक्ति छोटी उम्र और बड़ी उम्र की शादी पर है। या तो छोटे का ब्याह करके लड़की को बढ़ने दो फिर पति से मिले, या बड़ी उम्र में शादी करके उसे शीघ्र पति से मिलने दो)।

१५. कमाऊ आवें डरते। निखट्टू आवें लड़ते।

१६. गूदड़िया मरकोले मारे हुरमत मरै जड़ाई॥

(गरीब आदमी मरकोला (बहुत मोटी किस्म का कपड़ा) पहनकर चैन करता है, पर रईस शान में पतला कपड़ा पहनकर जाड़ा खाता है।) मरकोली=एक प्रकार का कपड़ा पहिले बनता था, जिसका नाम १७-१८वीं शती के भारतीय वस्त्र-व्यवसाय में आया है। [देखिए डॉ. राधाकमल मुकुर्जी कृत 'इकॉनॉमिक हिस्टरी ऑफ इंडिया', (१६००-१८००)] यह शब्द साहित्य में न बचकर एक कहावत में पड़ा रह गया है।

१७. मरे बाबा की पस्सों की आँख

(जो मर गया हो उसकी बड़ाई के पुल बाँधना।) **पस्सों की आँख**, यह उपमा बहुत पुरानी है। एक सहस्र वर्ष पूर्व के भारतीय साहित्य में यह आ चुकी थी। राजशेखर ने कर्पूर मंजरी से 'णअणाईं पसइ सरिआईं=नयने प्रसृतिसदशे, २/३६' उपमान का प्रयोग किया है।

इस प्रकार की न जाने कितनी सामग्री जनपदीय अध्ययन की शैली से एकत्र की जा सकेगी। इसका रूप शिष्ट साहित्य के अनुकूल न भी हो तो भी अपने विशाल जीवन के कुछ अन्तरंग पहलुओं को समझने में इससे आवश्यक सहायता मिल सकती है। लोकजीवन का सर्वांगपूर्ण अध्ययन ही अर्वाचीन वैज्ञानिक दृष्टिकोण के अन्तर्गत आता है।

राजस्थान हिन्दी-क्षेत्र के अन्तर्गत एक विस्तृत भू-प्रदेश है, जिसमें मेवाड़ी, मारवाड़ी, हाड़ौती और ढूढारी बोलियों के अन्तर्गत विपुल जनपदीय साहित्य विद्यमान है। क्रमशः इस साहित्य की कहावतें, मुहावरे, धातुपाठ, पेशेवर शब्द, कहानी, लोक-गीत आदि का

संकलन करना राजस्थानी भाषा के प्रेमियों का कर्तव्य है। यह हर्ष की बात है कि हिन्दी विद्यापीठ उदयपुर ने इस ओर पग बढ़ाया है। श्री लक्ष्मीलालजी जोशी ने प्रस्तुत संग्रह[१] में मेवाड़ की लगभग १००० कहावतों का संग्रह करके एक आवश्यक अंग की पूर्ति की है। कहावतों का विभाग इस प्रकार है—

अ	नीतिपरक	५८३
आ	मानव-प्रकृति सम्बन्धी	१९३
इ	अन्योक्तियाँ	११९
ई	जाति-सम्बन्धी	८७
उ	इतिहास-सम्बन्धी	८
ऊ	ऋतु-सम्बन्धी	८
ए	विविध	४१
		१०३९

कहावतों के इस प्रकार के विषय-विभाग के सम्बन्ध में मतभेद भी हो सकता है। ज्यों-ज्यों वैज्ञानिक दृष्टिकोण से उपलब्ध सामग्री की परीक्षा की जाएगी, विषय-विभाजन की प्रणाली भी स्पष्टतर होती जाएगी। परन्तु प्रथम उद्देश्य तो एक बार सामग्री का संगृहीत हो जाना है। भाषा-शास्त्र की दृष्टि से प्रत्येक कहावत का अध्ययन भी आवश्यक है। कहावत संख्या १३५/१६६, १७५/४२ और १८३/७८[२] में जान शब्द बरात के लिए प्रयुक्त है। यह राजस्थानी भाषा का चालू शब्द जान पड़ता है। मूल में यह शब्द संस्कृत यज्ञ के अपभ्रंश जण्ण से निकला है—

इसी प्रकार, पोठ्यो—प्रोष्ठ, बैल (१५७/८०); धेह (१४२/२)=दह, ह्रद; भोई (१८०/६२)=भोगिक, हाथी की सेवा के लिए नियुक्त परिचारक ('आईने अकबरी' में अबुल फ़जल ने इसका वर्णन किया है); भागे=टूटना, सं. भग्न (१७३/११, १५९/९१); फिया (१२२/९६)=तिल्ली, सं. प्लीहा। नंग जण्याँ ए नानकी, तरे-तरे की बानगी (१२३/१००) कहावत की नानकी (=माँ) शब्द बड़ा विलक्षण है। ऋग्वेद में सिर्फ एक बार इस शब्द का प्रयोग हुआ है—'उपल प्रक्षिणी नना' (ऋ. ९/११२/३)। नना

१. मेवाड़ की कहावतें, भाग १, हिन्दी विद्यापीठ, उदयपुर, जिसकी भूमिका रूप में यह लेख लिखा गया था।

२. पहला अंक पृष्ठ और दूसरा कहावत की संख्या बताता है।

यज्ञ—जण्ण—जन्न—जान।

पंजाबी में भी जन्न बरात को कहते हैं। हिन्दी का जनवासा शब्द भी 'जण्ण वासक' से बना है। *विवाह एक यज्ञ समझा जाता था, इसी से यज्ञ शब्द बरात के अर्थ में भी प्रचलित हो गया।*

अर्थात् माँ चक्की पीसनेवाली है। उसके बाद कुषाण काल की शक मुद्राओं पर नना देवी का नाम आया है। हिन्दी के नाना-नानी शब्दों में भी नाना का ही सम्बन्ध ज्ञान् होता है। मेवाड़ी बोली में माँ के लिए 'नानकी' शब्द प्राचीन ऋग्वेदीय अर्थ का स्मरण दिलाता है। इसमें कोई संदेह नहीं कि बोलियों में सुरक्षित अनेक शब्दों की परम्परा वैदिक भाषा तक पहुँचेगी। इसी प्रकार के इण्ड्र (ईंडरी) और यून—जून (मूँज की मोटी रस्सी) ये दो शब्द मेरठ की देहाती बोली में जीवित मिले, जो श्रौत-सूत्रों में प्रयुक्त हैं, अर्थ दोनों जगह वही है, पर संस्कृत साहित्य में उनके प्रयुक्त होने का अवसर नहीं आया। हो सकता है हिन्दी की दूसरी बोलियों में भी उनकी परम्परा बच गई हो। बैल के लिए पोठ्यो शब्द भी सं. प्रोष्ठ का सूचक है और राजस्थानी भाषा में बच गया है। हिन्दी की अन्य बोलियों में वह नहीं पाया जाता। यह भी वैदिक युग का शब्द है। प्रोष्ठपद प्रोष्ठ के पैर के आकारवाला—यह एक नक्षत्र का मशहूर नाम था। **'थारे भावे, नागलो मारे भावे कतीर'** (१५४/६७) का कतीर शब्द प्राचीन ग्रीक Kassiteros और संस्कृत कस्तीर से सम्बन्धित है। 'तुम्हें सीसा अच्छा लगता है, हमें राँगा—अपनी-अपनी रुचि है।'

इस प्रकार के अन्य अनेक शब्दों की, जो कहावतों में नगीनों की तरह जड़े रह गए हैं, धात्री जनपदी बोलियाँ हैं। उनके स्वरूप का उद्धार करना साहित्यिकों का कर्तव्य है। इस संग्रह की कहावतों में अनेक शब्द ठेठ राजस्थानी भाषा के भी हैं, जैसे—लाँटी, पगरखी (१९८/३४), कसरों (१९१/७), टेटा (१८८/3), माँटी (१३४/१५९) आदि। हमारी सम्मति में ऐसे शब्दों का एक कोश इसी प्रकार की पुस्तकों के अन्त में होना आवश्यक है। इससे पुस्तक की वैज्ञानिक उपादेयता बढ़ती है।

लोकोक्तियों का अर्थ निर्देश करने के विषय में इस बात का सदा स्मरण रखना चाहिए कि भावार्थ से पहले शब्दार्थ अवश्य स्पष्ट करके लिखा जाए। प्राय: ऐसा देखा जाता है कि भावार्थ शीघ्र ध्यान में आने से शब्दार्थ का स्पष्टीकरण छूट जाता है। यथा, **'रोटी खावे मक्की की अर बड़ाई मारे काँसा की'** (१२१/९०) उक्ति में काँसे की बड़ाई मारने का भावार्थ है, लम्बी-चौड़ी तारीफ करना, पर शब्दार्थ है काँसे के बरतनों में परोसे हुए श्रेष्ठ-सुन्दर (या राजकीय) भोजन की प्रशंसा करना। लोकोक्ति १४५/२२ का शब्दार्थ स्पष्ट है। लोकोक्ति १३२/१४९ में भींजा पाहुना क्यों भंगी बराबर है, यह स्पष्ट होना चाहिए। अथवा १९१/६ में कवि और चित्रकार को भी पाँच नरक के द्वारों में गिनने का क्या हेतु है, यह जानने की इच्छा रहती है। सुन्दर स्त्रियों के प्रति चित्र और कविता द्वारा राजाओं को उकसाने के कारण शायद वे निन्दा के पात्र समझे गए। लोकोक्ति १८६/२ में नगर-सेठ की ऐतिहासिक घटना की अपेक्षा व्यंग्य अधिक प्रबल जान पड़ता है और यह ऋण लेकर मौज करनेवाले किसी नादिहन्द की उक्ति जैसी

लगती है। अर्थ की दृष्टि से निम्न लोकोक्ति विशेष ध्यान देने योग्य है—

आसोजां का तावड़ा में जोगी वेग्या जाट।
बामण वेग्या सेवड़ा, ज्यों बाण्या वेग्या भाट॥

(१८८/२)

पुस्तक का अर्थ 'आश्विन मास में धूप तेज पड़ती है। उसमें फिरन से जाट जोगी, ब्राह्मण, सेवक और महाजन भाट जैसे हो जाते हैं।' ठीक नहीं है।

यह उक्ति बहुत ही चोखी है और हमारे जीवन की तीन विशेष घटनाओं पर इसमें चुटीली मार है। इसका पूरा अर्थ इस प्रकार खुलता है—

आश्विन मास की धूप में जाट जोगी हो जाता है, ब्राह्मण जैनी बन जाता है, और महाजन भाट बन जाता है।

१. कुआर की करारी धूप में कहा जाता है कि कस्तूरिया हिरन भी काले पड़ जाते हैं। उस घाम में भी जाट खेत में हल चलाता है और कातिक की बुआई के लिए खेत तैयार करता है। उसका वह परिश्रम योगी के पंचाग्नि तापने से कम नहीं कहा जा सकता।

२. ब्राह्मण सेवड़ा बन जाता है। 'सेवड़ा' शब्द का अर्थ सेवक नहीं है। सेवड़ा संस्कृत में 'श्वेतपट' अर्थात् श्वेतांबर का अपभ्रंश रूप है। जायसी के 'पद्मावत' में भी यह शब्द प्रयुक्त हुआ है—

सेवरा, खेवरा, बानपर, सिध, साधक, अवधूत।
आसन मारे बैठ सब जारि आतमा भूत॥

(हिन्दी शब्दसागर, पृष्ठ ३६६८)

कुआर महीने के पितृपक्ष में निमन्त्रणभोजी ब्राह्मण प्राय: एक ही बार दिन में भोजन कर लेता है, रात में नहीं खाता। श्राद्ध में जीमनेवाले भोजनभट्टों पर किसी ने कहावत का क्या अच्छा कूट किया है। इसी संग्रह की लोकोक्ति सं. १६६/३ **'बामण स्वामी सेवड़ा जात-जात ने मारे'** में भी 'सेवड़ा' का यही अर्थ है, 'सेवक' नहीं।

३. कुआर में बनिया भाट बन जाता है। इसका तात्पर्य यह है कि असौजी फसल की पैदावार से अपने देन-लेन की उघाई करते हुए महाजन को भाट की तरह किसान असामियों के लिए मीठे शब्दों का प्रयोग पड़ता है।

प्रस्तुत संग्रह में एकत्र सामग्री बहुत रोचक है। कुछ कहावतों में पूरा साहित्य का रस आता है, जैसे—**'सोड़ोजी बाला सिणगार करे'** (१८७/६) अथवा **'लखारा की लोड़ी अर डूँगर जाए पोढ़ी'** (१६३/१०७)। कितनी की उक्तियाँ भाषा की दृष्टि से अत्यन्त सुन्दर और गठे हुए (प्रतिष्णात) सूत्रों की तरह हैं, जैसे **'बीज के झपके मोती पोयले तो पोयले'** (१६३/१०८), **'चरणामृत का गटका, मटे चौरासी का भटका'** (१९३/१५); **बामण को धन सबोड़ा में, धाकड़ को धन लपोड़ा में** (११७/५१)

आदि। कुछ कहावतें ऐसी हैं, जिनमें ठेठ राजस्थानी जीवन या मनोभावों की छाप है, जैसे **सरदारों की जान में''' अन्न आसमान में** (१८३/७८); **रजपूत का दूता अर छाली का तीजा ने जगानी** (१८३/७६); **भोली माँ का डावा बेटा अर डावी माँ का भोला बेटा** (१८१/६७); **घोड़ा की जात परात अर रजपूत की जात जमीं** (१७०/१८), आदि। प्राय: सब बोली और भाषाओं की कहावतों में इस प्रकार के स्थानीय और प्रादेशिक प्रभाव अवश्य पाए जाएँगे। उनके अस्तित्व से लोकोक्तियों के साथ भूमि का निकट सम्बन्ध सिद्ध होता है। जो भूमि सर्वभूतों की धात्री है, जहाँ भाषा के नाना रूप जन्म लेते और पनपते रहते हैं, वही भूमि युग-युगान्तरों में लोकोक्तियों को जन्म देकर उनका पालन व संवर्धन करती है। मनुष्य की अन्य सब वस्तुओं की भाँति लोकोक्तियाँ भी भूत और भविष्य के साथ अटूट सम्बन्ध रखती हैं और विकास के अविचाली नियमों के अनुसार लोक की मानसभूमि में जन्म, वृद्धि और ह्रास को प्राप्त होती रहती हैं। उनके विकास का अध्ययन बहुत ही रोचक और ज्ञानवर्धक हो सकता है।

□

१५

हिन्दी पत्रकार और भारतीय संस्कृति

बहुविध अभिराम पुष्पों की रमणीयता को पहचानने की आँख और उनके मधुमय अंश को संगृहीत करने की शक्ति—ये दो ही पत्रकार की सफलता की कुञ्जी हैं। पत्रकार 'गीता' के 'यद्यद्विभूतिमत्सत्वं' श्लोक को जीवन में प्रत्यक्ष करता है। जहाँ-जहाँ तेज उसे दिखायी पड़ता है वहीं-वहीं से वह उसका संचय करता है। जहाँ विभूति—श्री—ऊर्ज का निवास है, वहीं पत्रकार की पहुँच है। 'विभूति' क्षात्र वैभव राजनीति है। 'श्री' ब्राह्मण-धर्म या संस्कृति है, और 'ऊर्ज' वैश्य-धर्म या भौतिक समृद्धि है। इन्हीं तीनों की उपासना पत्रकार का ध्येय होना चाहिए। ये ही तीन पदार्थ हमारी जनता या राष्ट्र में बसनेवाले जन चाहते हैं।

विभूति श्री ऊर्ज

प्राण मन शरीर

इनको पुनः तेजस्वी बनाना पत्रकार का कर्तव्य है। राष्ट्र या समाज में इनको प्रदीप्त करने की जहाँ से सामग्री मिल सकती है, उसी दीप्ति-पट को उठाकर प्रकाश का स्वागत करना पत्रकार को इष्ट होना चाहिए। इसी से राष्ट्र का प्राण, मन, शरीर पुष्ट बनाया जा सकता है।

हिन्दी-पत्रकार-कला तो भारत के भावी पत्रकारों की नींव या प्रतिष्ठा हो सकती है, अगर ढंग से इस कला का संचालन किया जाए तो भारतभूमि को देखने, जानने और समझने की जो शुद्ध भारतीय पद्धति है, इस समय उसकी आवश्यकता है। राष्ट्र-निर्माण में उसकी पदे-पदे आवश्यकता है, जनता भी उसको जानना चाहती है। यदि हिन्दी पत्रकार उससे परिचित है तो अंगरेजी पत्रकारों को भी वह सिखा सकता है और उसका ज्ञान उन पत्रकारों की ईर्ष्या का विषय बन सकता है। प्राचीन साहित्य में से कितना राष्ट्र के नवप्राण में पुनः ढाला जा सकता है—इसकी कुञ्जी हिन्दी पत्रकारों के हाथ में ही है। हिन्दू संस्कृति से भारत के भावी निर्माण में कितनी अधिक सहायता मिल सकती

है—इसको पहचानकर लेखनी उठानेवाले पत्रकार जिस उत्साह से कार्य करेंगे, वह बहुत ही श्लाघनीय होगा। राजनीति, भाषा-निर्माण, पारिभाषिक शब्दावली, साहित्य, संस्कृति, राष्ट्रीय रंगमंच, कला, संगीत अनेक विषयों की भारतीय पद्धति का ज्ञान भारतीय पत्रकार के लिए आवश्यक है और हिन्दी का पत्रकार उसका प्रतिनिधि समझा जायगा। मनु ने गंगा-यमुना से सींचे जानेवाले मध्य देश के लिए माना है कि यह देश मातृभूमि का हृदय है और यहीं से पृथ्वी में चरित्र की शिक्षा फैली है। यही ऊँचा लक्ष्य हिन्दी पत्रकार का होगा। वह भारतीय पत्रकार-कला का मानदण्ड होगा। उससे ही अन्य पत्रकार अपना जीवन-रस ग्रहण करेंगे। यह आदर्श मेरे मन में हिन्दी-भाषा की पत्रकार-कला के लिए है। मनु का **'स्वं-स्वं चरित्रं शिक्षेरन् पृथिव्यां सर्वमानवाः'** वाक्य हिन्दी पत्रकार के लिए अक्षरशः सत्य है, अर्थात् भारतीय भाषाओं के अन्य पत्रकार हिन्दी के अग्रजन्मा 'अग्रेत्वर' (यह शब्द अथर्ववेद के पृथिवी-सूक्त का है) सम्पादकों से अपने लिए शैली, आदर्श, चरित्र (Code of Conduct) की शिक्षा ग्रहण करें। इसके लिए सम्पादकों को साधना और तप की आवश्यकता है। राष्ट्र का जन्म तप से ही होता है। कहा है—

भद्रमिच्छन्त ऋषयः स्वर्विदः
तपो दीक्षामुपनिषेदुरग्रे।
ततो राष्ट्रं बलमोजश्च जातं
तदस्मै देवा उपसंनमन्तु॥

'ऋषियों ने कल्याण की कामना से पहले तप और दीक्षा की उपासना की। तब राष्ट्र और बल का जन्म हुआ; तब देवों ने उस राष्ट्र को प्रणाम किया।' यह तप किस प्रकार किया जा सकता है? यह तप ज्ञानमय होगा। ज्ञानमय तप ही हिन्दी-पत्रकार या सम्पादक के लिए है। अध्ययन—निरन्तर अध्ययन—अपनी बुद्धि के उत्कर्ष से प्राचीन संस्कृति का अनुशीलन और फिर अर्वाचीन जगत् के लिए उसका प्रकाशन और प्रकटीकरण—यही ज्ञानमय तप हिन्दी-पत्रकार के लिए है। राष्ट्र क्या है? धर्म क्या है? राष्ट्र और धर्म का क्या सम्बन्ध है? व्यास के राष्ट्रीय धर्म एवं मनु के और कौटिल्य के धर्म का ऐहलौकिक अभ्युदय से क्या सम्बन्ध है? राष्ट्र में बसने वाले जन का क्या स्वरूप है? मातृभूमि का स्वरूप, उसके भूगोल का परिचय, उसके साथ जन की घनिष्ठ एकता, **'माता भूमिः पुत्रोऽहं पृथिव्याः'** का अर्थ, इस प्रकार अनेक विषयों पर हिन्दी-पत्रकार का ज्ञान होना चाहिए। यह पृथिवी भूत और भविष्य दोनों को अधिष्ठात्री है। अतएव जो कुछ भूतकाल का वरदान है, वह भविष्य के काम का कहाँ तक हो सकता है—इस दृष्टि से हमें सन्तत विचार करने की आवश्यकता है। भूतकाल की शक्तियों को भविष्य में विकसित करके राष्ट्र-निर्माण के लिए उन्हें कितना शक्तिशाली बनाया जा सकता है—इसका अनुभव या विचार हिन्दी-सम्पादकों को होना चाहिए। मेरी दृष्टि में व्यास, वाल्मीकि, कालिदास

आदि राष्ट्र के उत्तमोत्तम मस्तिष्कों का सुन्दर ज्ञान हमारे पत्रकारों को होना चाहिए। जितना सशक्त चिन्तन देश में पहले हुआ है, उससे परिचित हुए बिना हमारी लेखनी में तेज नहीं आ सकता। हिन्दी का क्षेत्र विशाल हो रहा है। हिन्दी को अपने ही देश में अन्य भाषाओं और प्रान्तों के साथ अपना सम्बन्ध विकसित करना है और विदेशों के साथ भी अन्तरंग परिचय प्राप्त करना है। मैं इस दृष्टिकोण को प्राचीन अथर्ववेदीय सांस्कृतिक परिभाषा में 'चातुर्दिश' दृष्टिकोण कहूँगा। नालंदा महाविहार के भिक्षु इस 'चातुर्दिक्' दृष्टिकोण की उपासना करते थे। सुवर्ण-द्वीप, सुमात्रा और यवद्वीप तक उनकी चक्षुष्मत्ता का विस्तार था। आज हिन्दी के चक्षुष्मान् सम्पादकों को पुनः 'चातुर्दिश' दृष्टिकोण को अपनाने की आवश्यकता है। तभी हिन्दी अपनी ऊँची आसन्दी पर प्रतिष्ठित होकर कह सकेगी—

वर्ष्मोऽस्मि समानानामुद्यतोमिव सूर्यः 'मैं बराबरीवालों में इस प्रकार बढ़कर हूँ, जैसे उगनेवालों में सूर्य।'

अहमस्मि सहमान उत्तर नाम भूम्याम्। 'मैं भूमि पर सबसे उत्तर हूँ।' इस आदर्श के लिए हिन्दी-पत्रकारों को उद्योग करना आवश्यक है। हिन्दी-पत्रकार शिक्षा-प्रतिष्ठान की स्थापना एक अच्छा कार्य है। उसके द्वारा बहुत-कुछ प्रगति सही दिशा में हो सकती है।

कुछ काल तक अंग्रेजी पत्रकारों से हमें अपना मार्ग सीखना भी पड़ेगा। पर वह शिक्षा प्राणवन्त व्यक्तियों के अपने विकास के लिए रस ग्रहण करने के समान होगी। उससे हमारी चेतना और कर्मण्यता की वृद्धि ही होगी। अतएव उसमें मुझे कोई हानि नहीं दिखायी पड़ती। हाँ, उस रस-पोषण में वास्तविक मूल हमारी अपनी ही आत्मा है, जिसे हम एक क्षण के लिए भी नहीं भूल सकते।

❑

१६

हमारी उपेक्षा का एक नमूना

हिन्दी पत्रों के मानस किसी बोझ से कातर जान पड़ते हैं। उन्हें हिमालय की तरह भारी-भरकम विषयों की चिंता रहती है। विदेशों के समाचार भारतीय जनता को परोसने के लिए, वहाँ के नट-नटी तक की बात छापने के लिए वे छटपटाते रहते हैं। पर गरिष्ठ पारस को ढूँढ़ते-ढूँढ़ते अपनी ही जनता के लिए आवश्यक हलके स्वास्थ्यकारी समाचारों की ओर उनका ध्यान नहीं जाता। पैरों के नीचे हरियाली दूब जीवनरस से लहलहा रही है, उसकी भी तो कुशल-वार्त्ता पूछनी चाहिए, किसान के नंगे पैरों को स्पर्श करने का सौभाग्य तो उसी को मिला है। क्यों नहीं हमारे पत्र किसान-जीवन के भीतर पैठ कर उसकी चर्चा उठाते? क्यों नहीं उनके स्तम्भों में हमारे देहाती आमोद-प्रमोद की बातें छापी जातीं? क्यों नहीं वे अपने घरों में ही रात-दिन बीतनेवाले जीवन को सँवारने के लिए आतुर होते? 'लखनऊ से⋯' पत्र निकल रहा है। उसके कन्धों पर सारे विश्व के समाचार देने का ऐसा भारी बोझ लद गया है कि उसे अभी तक अपने नगर के जीवन पर एक विशेषांक प्रकाशित करने या साप्ताहिक संस्करण के रूप में केवल अपने नगर की ही चर्चा उठाने का अवकाश नहीं मिला। यहाँ कितने उद्यान, उपवन, आराम-वाटिकाएँ हैं? पहले उनके प्रति नागरिकों का क्या भाव था? अब क्या भाव है? कौन उनके प्रबंध का उत्तरदायी है? उनकी हरी दूब के प्रति इतना उपेक्षा-भाव क्यों है? वहाँ के पुष्प किसके दोष से अपना श्वेत हास खो बैठे हैं? वहाँ के फव्वारों में कब से जल का स्पर्श नहीं हुआ है? इन प्रश्नों के प्रति और नागरिक जीवन से सम्बन्धित इनके एक सौ एक बांधव प्रश्नों की ओर हमें सचेत करनेवाला कौन है? '⋯ ⋯' पत्र का नाम आ गया है, इसलिए लिख देता हूँ। उसके सुविशाल कार्यालय से पचास गज पर ही सामने एक सुन्दर फौव्वारा किसी कला-भावुक नगर-प्रतिनिधि ने केसर-बाग के चौक की शोभा के लिए कभी बनवा दिया था। दिनभर में चालीस-पचास हजार व्यक्ति उसकी परिक्रमा के पथ को छूते हुए निकल जाते हैं। पर हाय! आज कई वर्षों से उस फौव्वारे ने जल की बूँद

के भी दर्शन नहीं किए! वह खड़ा है जीवन के शुष्क दुर्भिक्ष का अभिशाप लिये। किस अपराधी को वह इसके लिए दंडित करे? यह मूक है, पर उसकी मौन भाषा का तीक्ष्ण स्वर हमारी सार्वजनिक जड़ता को पुकारकर कह रहा है। चाहिए तो यह था कि सूरज की धूप में हँसनेवाले कुछ लाल-पीले-सफेद कमल उसमें खिलते होते और नागरिकों के खिलखिलाते हुए बच्चों के समान उन कमलों को फव्वारे के उछलते हुए जल के निर्मल छींटे स्नान कराते। पर ज्ञात होता है कि कलहंसों से मुखरित और नील-पीत कल्हारों से सुशोभित वापियों की कल्पना करनेवाले भारतीय मानवों का युग चला गया और उनके नये वंशजों ने अभी तक जन्म नहीं लिया। जीवन में चारों ओर कला का अभाव है। भय है कि कलामय जीवन की सुधि यदि समय रहते न ली गई तो हम सबको जीवन की कुरूपता ग्रस लेगी। सुरूप जीवन ही तो मानव का सबसे बड़ा लाभ है। हिन्दी पत्रों की यही बड़ी राष्ट्रीय सेवा समझी जाएगी कि वे समय पर अपने जनसमूह को सुरूप जीवन के प्रति सचेत कर दें और प्रति सप्ताह के संस्करणों में इसकी अलख जगाते रहें। यदि हमारे मतिमान सम्पादकों ने अपने इस कर्तव्य को भली-भाँति समझकर इसके लिए उद्योग की गाँठ बाँध ली तो न केवल '... ...' पत्र के पड़ोसी फव्वारे को ही सहानुभूति के चार अक्षर मिल जाएँगे, वरन् उसके सैकड़ों सकुटुम्बियों का दुखड़ा भी लखनऊ के नागरिकों के ध्यान में आ जाएगा और एक लखनऊ क्या, भारत के सारे गाँव और शहरों के नगरोद्यानों में फूलनेवाले पुष्प नये जीवन का आशीर्वाद पाकर खिलने लगेंगे एवं उनकी भूमि दूब व दूधी की हरी बानात से सज उठेगी। उस सजीवता और खिलखिलाहट में अपनी ही स्वस्थ संस्कृति और सुरूप जीवन की झाँकी हम देखेंगे। ईश्वर करे, हिन्दी-पत्रों के नागरिक कर्तव्यों की यह डोंडी शीघ्र बजे।

❑

१७

सम्पादक की आसन्दी

प्राचीन व्यासगद्दियों का नवावतार सम्पादकों की आसन्दी में हुआ है। ज्ञान के गूढ़ अर्थों का लोकहित के लिए जनसमुदाय में वितरण करनेवाले प्राचीन व्यासों का उत्तराधिकार अर्वाचीन सम्पादकों के हिस्से में आया है। व्यासों ने वेदों की समाधिभाषा का विस्तार और व्याख्यान करके उस सरस्वती को लोक के कंठ तक पहुँचाया। आज विवेकशील सम्पादकों को भी नये भारतवर्ष में ज्ञान-विज्ञान के लिए कार्य संपन्न करना है। लोक-जीवन के बहुमुखी पक्षों का अध्ययन करके उसके लिए जो कुछ भी मूल्यवान्, सर्वभूत-हितकारी और कल्याणप्रद हो सकता है, उसे लोक के दृष्टिपथ में लाने का कार्य सम्पादकों का ही है। सम्पादक की दृष्टि अपनी मातृभूमि के भौतिक रूप को गरुड़ की चक्षुष्मत्ता से देखती है। भूमि पर जो भी जन्म लेकर बढ़ता है, उस सबके प्रति सम्पादक को प्रेम और रुचि होनी चाहिए। पृथिवी के हिमगिरि और नदियाँ, सस्यसम्पत्ति और वृक्षवनस्पति, मणि, हिरण्य और खनिज द्रव्य, पशु-पक्षी एवं जलचर, आकाश में संचित होनेवाले मेध और अन्तरिक्ष में बहनेवाले वायु, समुद्र के अगाध जल में संचार करनेवाले मुक्ता, शुक्ति तथा तिमिंगिल मत्स्य सब राष्ट्र के जीवन का अभिन्न अंग हैं और सबके विषय में ही सम्पादक को लोक-शिक्षण का कार्य करना चाहिए। समुद्र की तलहटी में सोई हुई सीपियाँ अपनी मुक्ताराशि से राष्ट्र की नवयुवतियों के शरीर को सजाती हैं, अतएव उनके हित के साथ भी हमारे मंगल का घनिष्ठ सम्बन्ध है। जागरूक राष्ट्र के सम्पादक को उनके विषय में भी सावधान और दत्तरुचि होने की आवश्यकता है। प्रवाल और मुक्ताओं का कुशल-प्रश्न पूछे बिना राष्ट्र समृद्ध कैसे कहा जा सकता है? जिन समाचार-पत्रों के स्तम्भों में पृथिवी से सम्बन्धित सब पदार्थों के लिए स्वागत का भाव है, वे ही लोक की सच्ची शिक्षा का कार्य कर सकते हैं।

सच्चे सम्पादक को अपने पैरों के नीचे की भूमि के प्रति सबसे पहले सचेत होना चाहिए। अपने घर, गाँव, नगर, प्रान्त और देश के जीवन के रोम-प्रतिरोम को झकझोरना

हमारा पहला कर्तव्य हो। 'घर खीर तो बाहर भी खीर', 'घर में एकादशी तो बाहर भी सूना'। अतएव विदेशों के समाचार और जीवन के प्रति सतर्क रहते हुए भी हमें निज घर के प्रति उदासीन नहीं होना चाहिए। आज मातृभाषाओं के अनेक पत्रों को घरेलू समाचार और जीवन की व्यवस्था के लिए एक नये प्रकार की कर्मठ दीक्षा ग्रहण करनी है।

सम्पादक की आसन्दी शंकर के कैलास की तरह ऊँची प्रतिष्ठा का बिन्दु है। वहाँ से सत्य और ज्ञान की धाराओं का निरन्तर लोक में प्रवाह होना चाहिए। जागा हुआ सम्पादक लोक में नये अलख जगाने का सूत्रपात करता रहता है, कारण कि और लोग जहाँ सोते रहते हैं, उन विषयों में भी सम्पादक जागता रहता है और अपने जागरण के द्वारा लोक के मस्तिष्क को भूली हुई बातों के प्रति जाग्रत् करता है। व्याख्या, सतत व्याख्या सम्पादक का स्वभावसिद्ध धर्म है। घनीभूत ज्ञान को ताकर और विस्तृत बनाकर लोक में फैला देना सम्पादक का कर्तव्य है।

सम्पादक की आसन्दी अभय, सत्य, ज्ञान और कर्म के चार पायों पर खड़ी है। व्यक्ति और समाज, देश और विदेश उस आसन्दी के आड़े-तिरछे डंडे हैं। लोक की सेवा उसके बैठने का ताना-बाना है। नया उन्मेष, गयी कल्पना, स्फूर्ति और उत्साह—ये उस आसन पर आराम से बैठने के लिए गुदगुदे वस्त्र हैं। जन-संवेदना या सहानुभूमि और न्याय-बुद्धि, ये सम्पादक की भव्य आसन्दी के अलंकार हैं। इस आसन्दी पर राष्ट्र या भौम ब्रह्म की सेवा के लिए सम्पादक का अभिषेक किया जाता है। राजा और प्रजा दोनों की भावनाएँ सम्पादक की आसन्दी में मिली हैं। जब कुशल सम्पादक इस प्रकार की आसन्दी पर बैठता है, तब राष्ट्र का जन्म होता है। राष्ट्र के विस्तार और रूप-सम्पादन के नये अंकुर खिलते एवं नये फूल-फल फूलते-फलते हैं। राष्ट्र की रूप-समृद्धि के साथ-साथ सम्पादक का तेज भी लोक में मंडित होता है और चन्द्र-सूर्य की भाँति दिग्दिगंत में व्याप जाता है। जिस सम्पादक के तप व श्रम से राष्ट्र का जन्म और संवर्धन हुआ, वही सच्चा सफल सम्पादक है। उसे ही प्रजाएँ चाहती हैं और श्रुतियों का यह आशीर्वाद उसी में चरितार्थ होता है—

विशस्त्वा सर्व वाञ्छन्तु।

❑

१८

ग्रामीण लेखक

(पं. बनारसीदास चतुर्वेदी के नाम एक पत्र)

प्रिय श्री चतुर्वेदीजी,

लखनऊ
६-११-४३
(रेल-यात्रा में, बालामऊ)

दिनांक २२-१०-४३ के पत्र के साथ आपने जो 'ग्रामीण लेखकों की समस्या' शीर्षक लेख भेजा है, उसे मैंने पढ़ा। श्री चन्द्रभानुजी ने एक आवश्यक विषय की ओर ध्यान दिलाया है। गाँव के साहित्य-सेवियों को ग्रामीण न कहकर प्रारम्भ ही में मैं उन्हें जनपदीय लेखक या जानपद लेखक कहना पसन्द करूँगा। अशोक ने अपने शिलालेख में गाँव की जनता को ग्रामीण न कहकर 'जानपद जन' का प्रतिष्ठित नाम दिया है। इस पर आपको एक लेख भेज चुका हूँ। जनपदों में रहनेवाले, जो लेखक साहित्य में रुचि रखते हैं, उनके विषय में हमें उदारता से सोचना चाहिए। लेखक गाँव में बैठकर लिखे या शहर में, दोनों में बन्धुत्व का नाता है। इस सख्य-भाव से कभी-कभी एक लेखक दूसरे की सहायता से बहुत उन्नति कर सकता है। जैसे हम व्यावहारिक जीवन में अपने काम साधने के लिए समान रुचिवाले मित्रों को ढूँढ़ लेते हैं, वैसे ही ज्ञान के क्षेत्र में समानशील-सखाओं को प्राप्त करना और भी आवश्यक है। इस प्रकार के सम्पर्क के लिए हर एक लेखक को सचाई के साथ प्रयत्न करना चाहिए। सचाई का बरताव बहुत आवश्यक है। यदि लेखक इस विषय में अनधिकारपूर्वक क्षेत्र में प्रवेश करता है तो उसे इस प्रकार के सख्यभाव या सम्पर्क प्राप्त करने में न केवल असफलता होगी बल्कि निराश भी होना पड़ेगा। आप यदि स्वयं कुछ मेहनत नहीं करते तो केवल ऊँचे सम्पर्क

से भी कुछ न होगा। इसलिए हर एक लेखक को स्वयं साधना करने की जरूरत है, चाहे वह गाँव में हो, चाहे शहर में। आप अपने प्रति सच्चे हैं तो अपनी रुचि के विषय में ज्ञान प्राप्त करने के लिए कुछ परिश्रम करिये। श्रमशील लेखक ही कुछ प्राप्त कर सकता है। अपने जनपदीय साहित्यसेवी-बन्धुओं से कहिए कि वे अपने प्रति सम्मान का भाव रखकर अपने कार्य में श्रद्धालु होकर खूब परिश्रम करें। एक दिन में किसी को सिद्धि नहीं मिलती, अतएव निरंतर माँजने से ही ज्ञान की मणि चमक सकती है।

जिस मानसिक स्थिति में गाँव या शहर का भी कोई लेखक हो, उसमें उन्नति करने के लिए किसी ऊँचे मस्तिष्क के साथ टक्कर की आवश्यकता को मैं मानता हूँ। जब दो मस्तिष्क टकराते हैं तो उनसे स्फूर्ति और चिनगारी पैदा होती है। जब दो जातियों में ऐतिहासिक परिस्थितियों के कारण टक्कर लगती है, तब संस्कृति की गयी धारा वेग से फूट पड़ती है। जाति में नये विचार, गयी प्रेरणा ऐसे वेग से दौड़ती है, जैसे इन्द्र के वज्र ने पर्वतों के कपाटों को फोड़कर रुके हुए जलों की नदियाँ छोड़ दी हों। अतएव हर उदयशील लेखक को यह इच्छा रखनी चाहिए कि वह अपने लिए अवसरों की तलाश में रहे और उनसे लाभ उठावे।

जनपदीय बन्धुओं के लिए एक उपयोगी सुझाव यह भी है कि वे अपने-अपने जनपद में अपने श्रेष्ठ लेखक या साहित्यसेवी को ढूँढ़कर और आपस में मिलकर विचार करने की प्रथा को प्रचलित करें। हर एक जिले में भी तो सब लेखक एक-से नहीं होते। उनमें भी छोटे-बड़े की बहुत-सी कोटियाँ हैं। जनपदों में रहने से ही कोई लेखक हीन नहीं हो जाता और न इसी कारण उसे शहरी लेखक की शरण के लिए अधीर होना चाहिए। खूब देख-भालकर अपने क्षेत्र के लेखकों से परिचय बढ़ाइए, जो आपको अपने से अच्छे जान पड़ें, उनसे साहित्यिक मित्रता का नाता जोड़िए और उस नाते को प्रेम और उमंग के साथ सींचते रहिए। महीने में एक बार, ६ महीने में एक बार या साल में एक बार परस्पर मिलने के लिए सम्मेलन, गोष्ठी, समाज या मेले करने की प्रथा का आरम्भ हो जाना चाहिए। इन मेलों में सादगी हो, दिखावा या आडम्बर न किया जाए। कुछ-न-कुछ काम की बात हर एक लेखक लेकर आवे और आपस में विचार करके लाभ उठावे। इसी साहित्यिक मिलन या यात्रा को जब सुविधा या अवसर हो, आप अपने क्षेत्र से बाहर जाकर भी पूरा कर सकते हैं।

जनपदीय लेखक को काम करने की निश्चित दिशा तय कर लेनी चाहिए। जनपद-साहित्य का काम बहुत बड़ा है। उत्साहवश हम सारे क्षेत्र पर अधिकार कर लेना चाहते हैं और जो काम अपने वश का नहीं है उसमें भी हाथ डाल देते हैं। अपनी शक्ति को तौलकर, मित्रों से सलाह लेकर काम करने की ठीक दिशा का निर्णय कर लीजिए और धीरे-धीरे उस रास्ते पर चलिए। एक काम को हाथ में लेकर जब उसमें कुछ सफलता

आप पा लेते हैं तो आपको मानो अपने परिश्रम का फल मिल जाता है और उससे आपको प्रसन्नता होती है, स्वयं अपने ऊपर विश्वास जम जाता है। इसी तरह गाँव के लेखक आगे बढ़ सकते हैं।

जैसे-जैसे आप काम करते जाते हैं, उसको परीक्षित करा लेना भी आवश्यक है। जिन लेखकों से आपने सम्पर्क प्राप्त किया है, उनसे कभी मिलकर यह जान लेना चाहिए कि किए हुए काम में फीसदी कितना सही है, कितनी कमी है, किस तरह उसका सुधार किया जाए। यदि सच्ची नीयत से ऐसा किया जाएगा तो अवश्य ही सच्ची सलाह मिल सकेगी। परन्तु यह आवश्यक है कि केवल मन-बहलाव के लिए किसी का या अपना समय आप नष्ट न करें। कैसा भी सहृदय कोई साहित्यसेवी हो उसकी शक्ति और समय तथा साधन परिमित हैं। इसका ध्यान हर लेखक को रखना आवश्यक है।

यदि गाँव के लेखक स्वयं परिश्रम करने में मन लगाएँगे, यदि वे आसपास के विद्वानों को ढूँढ़कर उनसे मिलेंगे, यदि वे अपनी भूमि के साथ सम्बन्ध बढ़ाएँगे, तो उनके मानसिक भोजन का पचास प्रतिशत तो अवश्य मिलने लगेगा। भूमि के साथ सम्बन्ध, यह एक अर्थगर्भित सूत्र है। भगवान् ने ही पृथिवी में उत्पादन की अनन्त शक्ति भर दी है। हर साल कितने वृक्ष, वनस्पति, लताओं को इस मही माता से जन्म मिलता है। कितने अनन्त सदस्यों की यह धात्री है। इसकी उर्वरा शक्ति का उस साहित्यिक पर भी प्रभाव पड़ेगा, जो इसके सम्पर्क से अपने मनोभावों को अनुप्राणित करना चाहेगा।

कालसी

१८-११-४३

गाँव के लेखकों को अपने चारों ओर की प्रकृति से, पृथिवी से, जनता से और उसकी संस्कृति से विषयों को चुनना चाहिए। नये-नये विषयों को सोचने और उन पर सामग्री का संकलन करने की आँख उत्पन्न करनी चाहिए। लेखों का मसाला कहाँ से और कैसे इकट्ठा किया जाय? इस प्रश्न का उत्तर यही है कि जनपद-लेखक के लिए अपना जनपदीय क्षेत्र ही बड़ी भारी खान है। उसी में से उसे उन रत्नों को लेना चाहिए, जो आजकल आँख से बचे हुए पड़े हैं। मेरठ के एक गाँव में बैठकर वहाँ की गाय और भैंसों के विषय में पचास से अधिक शब्द मैं प्राप्त कर सका। उनमें कुछ ऐसे थे, जिनकी परम्परा भाषा-शास्त्र की दृष्टि से निरुक्तकार यास्क के समय तक जाती है।

अभी जौंसार इलाके की यात्रा में लाखामण्डल गाँव के एक अनपढ़ परमा नामक बढ़ई से लकड़ी पर नक्काशी के पचास शब्द इकट्ठे किए जा सके, जिनमें काफी मसाला पुराना है। किवाड़ों में लगे हुए पीतल के छल्ले के लिए कंकण और उसके बीच की गोल पतरी के लिए 'चन्दक' शब्द मुझे परमा की कृपा से ही प्राप्त हुए। किसी कोष

में भी ढूँढ़कर इन्हें प्राप्त नहीं किया जा सकता था। इनकी प्रयोगशाला तो जनपद की जीती-जागती परम्परा ही है। यदि आप श्रद्धावान् हैं तो अवश्य ही दिन-प्रतिदिन आपकी झोली भरती जाएगी।

यों तो साहित्य का क्षेत्र बहुत विशाल है, पर किसी भी भाषा के निखिल वाङ्मय के तीन विभाग किए जा सकते हैं। प्रत्येक लेखक इन्हें ध्यान में रखकर अपने-अपने विषयों और कार्यक्षेत्र का वर्गीकरण कर सकता है। ये तीन विभाग मौलिक हैं और प्रत्येक जाति की सभ्यता में पाए जाते हैं। संक्षेप में उनका सूत्र यह है—पृथिवी, जन, ज्ञान; अर्थात्—

१. पृथिवी और उसका भौतिक रूप।

२. पृथिवी पर बसनेवाला जनसमुदाय, मनुष्यों की नस्ल।

३. उस जन का मानसिक चिन्तन अथवा ज्ञान सृष्टि।

साहित्यरूपी विष्णु के इन्हीं तीनों चरणों में समस्त वाङ्मय-विस्तार समाया हुआ होता है। हम भी इनमें से कहीं-न-कहीं काम करते हुए होंगे।

पहले पृथिवी का भौतिक रूप हमारे सामने फैला है। मिट्टी, जल, वायु, लता, वृक्ष, वनस्पति, पशु, खनिज आदि सैकड़ों विषयों का अध्ययन पृथिवी का अध्ययन है। आपके यहाँ वर्ष भर में कितनी तरह की हवाएँ चलती हैं, किस महीने में कौन-सी हवा आती है, मौसम और खेती-बाड़ी पर उसका क्या असर होता है महुए के चूने और आम के पकने के लिए कौन-सी हवा चाहिए, कौन-सी हवा गेहूँ के दूधभरे दानों को पिच्ची कर डालती है, इत्यादि विषयों का मंथन आप गाँव में ही आँख खोलकर कर सकते हैं। ये उदाहरण मात्र हैं। एक बार मंगल द्वार से जब आप जनपद के संसार में प्रवेश करेंगे, आपके लिए धनपति कुबेर का अमित भण्डार खुला हुआ मिलेगा।

पृथिवी पर बसनेवाले जो मनुष्य हैं, उनका अध्ययन साहित्य का दूसरा विभाग है। उन्हें हम वैज्ञानिक भाषा में 'जन' कह सकते हैं। जन की संस्कृति, रहन-सहन, वस्त्र-भूषा, नृत्य-गीत, काम करने के औजार, पेशे, उद्योग-धन्धे, एक-एक अंग साहित्यरूपी अन्न का कोठार ही समझना चाहिए। भाषा में पेशेवर लोगों के सूचक कितने शब्द हैं, इसी की सूची बड़ी रोचक बन सकती है। मैं इस समय इसका विस्तार नहीं करूँगा।

हमारे जन ने जो मानसी सृष्टि की है, ज्ञान के क्षेत्र में, नीति, धर्म, साहित्य और आचार के जगत् में जो अपना विकास किया है, वह साहित्य का तीसरा विभाग है। हमारी रुचि हो तो हम उसके किसी अंग का अध्ययन कर सकते हैं।

प्राचीन परिभाषा में कहें तो पृथिवी के भौतिक रूप के अध्ययन को देवऋण, पृथिवी पर बसनेवाले अध्ययन को पितृऋण और जन की ज्ञान-साधना के अध्ययन को ऋषिऋण कह सकते हैं। इन तीनों ऋणों का उद्धार ही साहित्यिक का उद्देश्य होना चाहिए।

❑

११

कैलास मानस-यात्रा

कैलास और मानसरोवर के पुण्य प्रदेश जगतीतल में अपनी रमणीयता के लिए अद्वितीय हैं। उनके अनुपम सौन्दर्य के साथ घनिष्ठ परिचय प्राप्त करना, हमारे ऊपर मानो एक राष्ट्रीय ऋण है। हमारे पूर्वजों ने अपने इस कर्तव्य को ठीक प्रकार समझा था। उन्होंने अपने चरणों के तप से इन स्थानों की यात्रा की, अपनी वाणी की विभूति को इनके माहात्म्य-गान से सफल किया और अपने उदार भावों से सोने और चाँदी के रंग-बिरंगे रूप भरकर इन हिममंडित प्रदेशों को अमर सौन्दर्य के दिव्य प्रतीकों की भाँति हमारे साहित्य में चिर प्रतिष्ठित किया। कैलास-मानसरोवर के साथ हमारा सौहार्द भाव आज का नहीं, बहुत पुराना है। किसी देवयुग में जब गंगा-यमुना ने अपने कर्मठ ताने-बाने से मिट्टी के सुन्दर-सुन्दर पट उत्तरापथ की भूमि में फैलाने शुरू किए और जब प्रथम बार अंतर्वेदी के राजहंस अपनी वार्षिक यात्रा के सिलसिले में आकाश में पंख फैलाए हुए मानसरोवर के तट पर जाकर उतरे, तभी से मानो कैलास के साथ हमारा सख्यभाव शुरू हुआ, और वह सम्बन्ध आज उसी प्रकार अविचल है। हमारे शरत्कालीन निर्मल आकाश की गोद को प्रतिवर्ष क्रौञ्च पक्षियों की कलरव करती हुई पंक्तियाँ आज भी भरती रहती हैं। उस समय वे कैलास और मानसरोवर का कुशल सन्देश लेकर लौटती हैं। हमने अपने बचपन से उनको देखा है और बालपन के तरंगित स्वरों से उनका सहर्ष स्वागत भी किया है। व्योम के उन यात्रियों का हमें उपकार मानना चाहिए, जो कैलास-मानस की स्मृति को हमारे लिए हरी-भरी रखते हैं।

इसी प्रकार की कृतज्ञता प्रस्तुत यात्राग्रन्थ[१] के लेखक के प्रति हमारे मन में आती है। प्राचीन ग्रन्थों के अनुसार यात्रा के दो प्रकार होते हैं, एक शुक-मार्ग और दूसरा पिपीलिका-मार्ग। शुकादि पक्षी एक स्थान से दूसरे स्थान तक उड़कर पहुँच जाते हैं, पर

१. स्वामी प्रणवानन्दकृत कैलास-मानसरोवर की यात्रा। इस पुस्तक की भूमिका के रूप में यह लेख लिखा गया था।

अपने पीछे वे कोई पद-चिह्न नहीं छोड़ते। परन्तु चींटी एक-एक पैर उठाती हुई श्रमपूर्वक मार्ग को तय करती है, और उसकी पूरी पगडंडी स्पष्ट हमारे सामने दिखायी पड़ती है। यों तो अनेक भारवासी हर साल हिमालय के दुर्गम पथों को पार करके कैलास-मानसरोवर के दर्शनों को जाते हैं, परन्तु स्वामी प्रणवानन्द का कैलास-दर्शन एक स्तुत्य घटना है। उसका कारण यह है कि उन्होंने अपनी कैलास-यात्रा की पिपीलिका-गति हमारे सामने स्पष्ट मूर्तिमती करने का एक सुन्दर और सराहनीय प्रयत्न किया है। कैलास-मानसरोवर के दर्शन से उनको जो स्फूर्ति प्राप्त हुई और उनके मन तथा नेत्रों को जो स्वर्गीय सुख पहुँचा, उसमें उन्होंने सबको हिस्सा दिया है। वे अपने प्रसाद में सबको सम्मिलित करने के उत्साह से प्रेरित हुए हैं। कैलास-यात्रा पर इतनी पूर्ण और प्रशस्त पथ-प्रदर्शक पुस्तक शायद ही किसी भाषा में अब तक लिखी गई हो। पुस्तक की तीसरी और चौथी तरंगों को पढ़ने के बाद कैलास के दुरूह मार्ग की अनेक कठिनाइयाँ पिघलती हुई जान पड़ेंगी। पुस्तक पढ़ते-पढ़ते भावी यात्रा के लिए हमारे मन में नया उत्साह और संकल्प उत्पन्न होने लगता है।

पुस्तक की दूसरी विशेषता यह है कि उससे कैलास और मानसरोवर के जीवन का एक जीता-जागता चित्र हमारे सम्मुख उपस्थित होता है। पहली तरंग में मानसरोवर की जो काव्यमय प्रशस्ति है, उसे पढ़कर बाणभट्ट के अच्छोद सरोवर के वर्णन का ध्यान हो जाता है। स्वामीजी ने कैलास-मानसरोवर में १९३६-३७ में एक वर्ष तक रहकर स्वयं यहाँ के प्राकृतिक परिवर्तनों का, कैलास के कुंद के समान श्वेतवर्ण महाकूटों का, विपुलोदका मानस की हिमराशि का सूक्ष्म निरीक्षक किया और वैज्ञानिक पद्धति से उसका वर्णन किया है। दूसरी तरंग में उन्होंने देश के मानवों के जीवन का परिचय दिया है। हमारे प्राचीन साहित्य में पहले हृष्ट-पुष्ट नर-नारियों से आकुल शैलराज की कुक्षियों का कई बार वर्णन आया है। इस परिचय को गयी आँख से देखने का एक प्रयत्न इस पुस्तक में किया गया है।

स्वामी प्रणवानन्द ने १९२८ में प्रथम बार कैलास-मानस की यात्रा की थी। अब तक आपने पुनीत कैलास की पन्द्रह और मानसरोवर की सत्रह परिक्रमाएँ की हैं। इन परिक्रमाओं में हमारा कुतूहल इस विशेष कारण से है कि हर बार स्वामीजी ने कैलास और मानस के भूखण्ड को वैज्ञानिक आँख से समझने का मार्ग हमारे लिए प्रशस्त किया। कैलास और मानस का जो ऊँचा कूट है, उसके चार तटांतों से चार महानदियों का उद्‌गम हुआ है। उत्तर में सिन्धु, पूर्व में ब्रह्मपुत्र, दक्षिण में कर्णाली और पश्चिम में शतद्रु या सतलज। इन चार महानदों की जीवन-गाथा का उद्‌घाटन संसार के भूगोलवेत्ताओं का एक अत्यन्त प्रिय विषय रहा है। इनके उद्‌गम-स्रोत का निर्णय करने का प्रयत्न सर्वप्रथम स्वीडन के प्रसिद्ध यात्री स्वेन हेडिन ने किया था और अब तक उन्हीं की खोज मान्य

समझी जाती रही है। स्वामीजी ने अपने अन्वेषण से इन नदी-मुखों के असली उद्गमों का निर्णय करके अत्यन्त प्रशंसनीय कार्य किया है। आपकी खोज को 'सर्वे ऑफ इंडिया', कलकत्ता तथा लंदन की 'राजकीय भूगोल-परिषद्' ने भी आदर के योग्य ठहराकर तत्सम्बन्धी प्रकाशन की सुविधाएँ प्रदान कीं। उनका संकेत-रूप से उल्लेख इस पुस्तक (पृष्ठ ५०-५४) में भी हुआ है, पर विस्तृत वर्णन कलकत्ता विश्वविद्यालय से प्रकाशित 'एक्सप्लोरेशन इन टिबेट' नामक ग्रन्थ में हुआ है। उसके साथ जो 'सर्वे ऑफ इंडिया' द्वारा प्रकाशित केदार-खण्ड और मानस-खण्ड का एक सुन्दर मानचित्र है, वह किसी भी भाषा-ग्रन्थ के लिए एक गौरव की वस्तु हो सकती है। स्वामीजी ने उसको बनाकर हिमालय के साथ हमारे परिचय को कई कदम आगे बढ़ाया है।

लेखक ने एक स्थान पर लिखा है—'आज से सहस्रों वर्ष पहले हमारे पूर्वजों ने सारे हिमालय का अन्वेषण कर डाला था। वे उसके कोने-कोने पर पहुँच चुके थे।' (पृष्ठ-५६) इस वाक्य में जो बात पहले अतिशयोक्ति जान पड़ती है, वही संस्कृति-साहित्य की छानबीन करने पर बदल जाती है। हिमालय की त्रैकालिक सत्ता हमारी आँख से कभी ओझल न होने पावे, इसलिए मानो कवि ने 'कुमारसम्भव' के दिव्य संगीत का प्रारम्भ इस प्रतिज्ञा के साथ किया है—

अस्त्युत्तरस्यां दिशि देवतात्मा हिमालयो नाम नगाधिराजः।
पूर्वापरौ तोयनिधी वगाह्य स्थितः पृथिव्या इव मानदण्डः॥

अर्थात्, हमारी उत्तर दिशा में पर्वतराज हिमालय विद्यमान है, वह मिट्टी, पानी और पत्थरों का ऊँचा ढेर नहीं, वरन् देवतात्मा है, अर्थात् देवत्व के अमर भावों से संयुक्त है। यह हिमालय पूर्व और पश्चिम के समुद्रों के बीच के भू-भाग को व्याप्त करके पृथिवी के मानदण्ड की तरह स्थित है।

इसी के साथ कवि ने हिमालय की एक काव्यमयी प्रशस्ति दी है, जिसमें भारतवर्ष का हिमालय के प्रति जो सात्त्विक भाव है, उसको सुदंरतम शब्दों में कहा गया है। अनन्त रत्नों के प्रभव-स्थान हिमालय पर सुन्दरता और शोभा की विविध सामग्री है। कहीं शिखरों पर रंग-बिरंगी धातुओं का प्रवाह है, कहीं सनातनी हिमराशि है, कहीं चोटियों के ऊपर धूप और नीचे मेघों की छाया है, कहीं तुषार-स्रुति या बर्फानी गल हैं, कहीं भूर्जपत्रों की शोभा है, कहीं देवदारु के वृक्षों की सुगंधि वायु के द्वारा पर्वतों में फैलती है, कहीं चमकनेवाली औषधियाँ और कहीं दरी-गृह या कंदराओं के प्राकृतिक भूमि-गृह (भुँइहरे) बने हुए हैं, कहीं मार्ग शिलीभूत हिम से अवरुद्ध हैं, कहीं अन्धकार से भरी हुई गुफाएँ हैं, कहीं पर सुरभि या चमरी गायें अपनी पूँछ का चमर डुलाकर गिरिराज के ऐश्वर्य की वृद्धि करती हैं और कहीं पर्वत की चोटियों के निर्झरों से शीतल-मंद-सुगन्ध वायु बहती है तथा कहीं पर्वत की चोटियों के पास

खिले हुए कमलों से भरे हुए सरोवर हैं। यह हिमालय बड़ा सारयुक्त है। यह सचमुच धरणीधर है, पृथिवी को दृढ़ता से अपने स्थान में टिकी हुई रखने की इसकी क्षमता को देखते हुए कहना पड़ता है कि ब्रह्मा ने उपयुक्त ही इसको शैलाधिपति की पदवी से विभूषित किया है। (कुमारसम्भव १/१-१६)

हिमालय का फैला हुआ गिरिजाल, सहस्रों शैलों को दारण करके बहनेवाली महानदियाँ, चित्र-प्रपात, पुण्पोदक सरोवर, निकुंज और कन्दरदरी, पुष्पश्री से भरे हुए क्रीड़ावन और लता-द्रुमों से शोभित विहार-भूमि—इन सबका सूक्ष्म वर्णन 'मत्स्य पुराण' (अ. ११७), 'वायु पुराण' (अ. ४१-४२), 'महाभारत' (वनपर्व १०८-१०९), तथा पुराणों के भुवन-कोषों में आया है। इस साहित्य का आलोचनात्मक अध्ययन होना चाहिए। यदि हिमालय पर एक पूरा ग्रन्थ लिखा जाए, तो इन वर्णनों से बहुत-से परिभाषित शब्दों का उद्धार किया जा सकता है। परन्तु इस साहित्य की सबसे बड़ी विशेषता उसका सूक्ष्म भूगोल है। इस भौगोलिक ज्ञान का युक्तियुक्त सचित्र सम्पादन एक अत्यन्त आवश्यक कार्य है। हिमालय की नदियों के नामकरण का श्रेय भारतवासियों को है। यह बात हमारे लिए कुछ कम गौरव की नहीं है कि हर एक शैल से निकलनेवाली क्षुद्र नदियों के, जिन्हें कुमाउँनी भाषा में गधेरे कहते हैं, और उन नदी सहस्रों से अनुगत महानदियों के, जिन्होंने करोड़ों वर्षों के पराक्रम से अपने वेग को रोकनेवाले गंडशैलों को चीरकर अपने प्रवाह के लिए मार्ग बनाया है, सुन्दर-सुन्दर नामों का चुनाव सर्वप्रथम हमारे पूर्वजों ने संस्कृत भाषा के द्वारा किया। मालूम होता है कि किसी नियमित संघ के अधिवेशनों में उन्होंने इस कार्य को संपादित किया होगा। उदाहरण के लिए, गंगा के नामों को ही हम देखें। बन्दरपूँछ से लेकर नन्दादेवी तक गंगा का प्रस्रवण-क्षेत्र फैला है। उसके पूर्व और पश्चिम दो भाग हैं। पूर्व के क्षेत्र में बदरीनाथ की ओर से अवतीर्ण विष्णुगंगा (जिसे सरस्वती भी कहते हैं) और द्रोणगिरि के पश्चिम से धौलीगंगा की धारायें जोशीमठ के पास मिली हैं, उस संगम का नाम विष्णु-प्रयाग है। इससे कुछ ही पहले नन्दादेवी से आने वाली ऋषिगंगा धौलीगंगा में मिली है। विष्णु-प्रयाग के बाद संयुक्तभार अलकनन्दा कहलाती है। कुछ दूर आगे चलकर उसमें नन्दाकना पर्वत से आई हुई नन्दाकिनी मिलती है। उस स्थान का नाम नन्दप्रयाग है। फिर कुछ आगे नन्दाकोट और त्रिशूल शिखरों के जलों को लाकर पिंडरगंगा कर्णप्रयाग के संगम पर अलकनन्दा से मिलती है। इसके आगे केदारनाथ की ओर से आकर मंदाकिनी रुद्रप्रयाग के संगम पर अलकनन्दा से मिली है। और उसके आगे भागीरथी व अलकनन्दा का संगम देवप्रयाग में होता है। अब अपने पूर्ण विकसित रूप में अलकनन्दा गंगा बनकर हृषीकेश से होती हुई हरिद्वार में उतरी है, जिसे गंगाद्वार कहा गया है। इस द्वार में प्रवेश करने पर गंगा अपनी हिमालययात्रा का मनोरम अध्याय समाप्त करती है, इसीलिए कवि ने मेघ को मार्ग बताते हुए कहा है—

तस्माद्गच्छेरनुकनखलं शैलराजातीर्णम्,
जह्नोः कन्यां सगरतनयां स्वर्गसोपानपंक्तिम्।

(मेघ. १/५०)

जह्नु की कन्या जाह्नवी गंगा का एक पर्याय होते हुए भी गंगा की एक उपरली धारा का नाम है। महान् हिमालय की ऊँची चोटियों के उस पार गंगोत्तरी से भागीरथी का उद्‌गम है। यह जाह्नवी की धारा गंगोत्तरी से कुछ ही मील नीचे भागीरथी में मिली है। पर वह हिमालय के उस पार जंस्कर पर्वत-शृंखला से निकली है, जो सतलज और गंगा के बीच में जल-विभाजक है। जाह्नवी का उद्‌गम टिहरी रियासत का सबसे ऊपरी छोर है। इस प्रकार अक्षांश के हिसाब से जाह्नवी सबसे उत्तरी धारा है, जिसका जल गंगा में मिलता है। अलकनन्दा, मंदाकिनी, भागीरथी, जाह्नवी, यद्यपि ये सब गंगा के ही नाम हैं, पर हिमालय में पृथक्-पृथक् धाराओं के द्योतक हैं। यह नामकरण का अध्याय किस युग में रचा गया और किन कारणों से इसकी प्रेरणा हुई, इन प्रश्नों का अनुसंधान अत्यन्त रुचिकर होगा, जो किसी भावी स्थान-नाम-परिषद् के लिए सुरक्षित है। परंतु इतना अवश्य कहना पड़ता है कि गंगा की धाराओं के संगम के लिए विष्णुप्रयाग-कर्णप्रयाग-देवप्रयाग सदृश प्रयागों का नामकरण, जिसका पर्यवसान गंगा-यमुना के संगम प्रयागराज में होता है, अवश्य ही एक अत्यन्त रहस्यपूर्ण और रोचक घटना है, जिसमें क्रमिक व्यवस्था की छाप स्पष्ट है। यह तो हम स्पष्ट देख सकते हैं कि इस प्रकार नदियों और पर्वत-शिखरों की खोज, उनका नामकरण और उन नामों का देशव्यापी प्रचार—इन महान् कार्यों के सम्पादन में हमारे पूर्वजों को जब इस भूमि के साथ उन्होंने अपने सम्बन्धों को दृढ़ किया था, भरपूर प्रयत्न करना पड़ा होगा। इस नामकरण के विषय का पूरा अनुसंधान होना चाहिए और हिमालय की सम्पूर्ण नदियों का इस दृष्टि से विवेचन करना चाहिए। हिमालय की नदियों का एक दूसरा गुच्छा कूर्माचल (कुमायूँ) और पच्छिमी नेपाल में है। जिस प्रकार गंगा हिमालय के केदारखण्ड को व्याप्त करके बही है उसी प्रकार सरयू-काली-कर्णाली का यह संस्थान-चक्र हिमालय के मानसखण्ड में है, और नन्दाकोट व गुरला-मांधाता के प्रस्रवण-क्षेत्र के जलों को लेकर खीरी और गोरखपुर के बीच के मैदानों को सींचता है। मैदान में इसे शारदा, चौका, घाघरा कई नामों से पुकारते हैं। सरयू-काली-गोरीगंगा और धौली गंगा कूर्माचल की प्रधान नदियाँ हैं। जिस प्रकार विशाला-बदरी के मार्ग की धमनी अलकनन्दा नदी है, उसी प्रकार कैलास-मानसरोवर का अल्मोड़े से जानेवाला मुख्य रास्ता काली नदी के किनारे-किनारे गया है। यही नदी नेपाल और अल्मोड़ा के बीच की सीमा है। इसके पूर्व में करनाली नदी है, जिसे कौड़ियाला भी कहते हैं। इस कर्णाली का स्रोत राक्षस-ताल (पुराणों के बिन्दुसरोवर) के दक्षिण में है, जिसकी यात्रा स्वामी प्रणवानन्द ने उसका उद्‌गम-स्थान जानने के लिए की थी। मध्य नेपाल और पूर्वी

नेपाल में दो नदी-गुच्छक और हैं, जिन्हें नेपाली अपनी भाषा में बहुत समय से सप्तगंडकी और सप्तकोसी (सप्तकौशिकी) के नाम से पुकारते रहे हैं। इन नामों के साथ उसी से मिलते-जुलते नाम 'सप्तगंग' और 'सप्तगोदावरं' याद आते हैं। जान पड़ता है कि वैदिक सप्त-सिन्धु के ढंग पर इस सब नामों का विकास हुआ था। सप्तगंडकी और सप्तकोसी के बीच की पतली पटरी वाग्मती और उसकी शाखा विष्णुमती की घाटी है, जिसमें नेपाल की राजधानी काठमाण्डू है। कर्णाली, गंडकी, वाग्मती और कोशी या कौशिकी की सम्मिलित चार द्रोणियों का नाम ही नेपाल है, जो हिमालय का एक विशिष्ट खण्ड है। इसी के साथ उसके सबसे ऊँचे भूधर शृंग, गोसाँईथान, गौरीशंकर और कांचनजंगा सटे हुए हैं। गौरीशंकर के भूगोल का उल्लेख वनपर्व के तीर्थ यात्रा पर्व में आया है। उसमें महादेवी गौरी के शिखर को त्रैलोक्य-विश्रुत कहा गया है और उस वर्णन से ज्ञात होता है कि प्राचीनकाल में भारतवासी इस ऊँचे शिखर की चढ़ाई करते थे—

शिखरं वै महादेव्या गौर्यास्त्रैलोक्यविश्रुतम्।
समारुह्य नरः श्राद्धः स्तनकुण्डेषु संविशेत्॥

(पूना संस्करण, वनपर्व, ८२/१३१)

पुराने मानचित्रों के अनुसार यह गौरीशंकर ही एवरेस्ट शिखर था, पर अब उन दोनों का निर्देश पृथक् किया जाता है। इसी प्रसंग में महाभारतकार ने ताम्रारुण-संगम और कौशिकी-अरुण-संगम का भी उल्लेख किया है (वन. ८२/१३३-१३५)। ताम्रनदी आधुनिक तामड़ है और अरुण अब भी इसी नाम से विख्यात है। ताम्र कांचनजंगा से और अरुण गौरीशंकर से उतरकर सुनकोसी के साथ मिल जाती है। यह अरुण नदी संसार की सब नदियों में विलक्षण है। स्वीजरलैण्ड के दो पर्वतरोही हाइम और गंसेर सन् १९३६ में कैलास-मानसरोवर गए थे। उन्होंने अपनी पुस्तक 'सेन्ट्रल हिमालय' में लिखा है कि अरुण नदी ने पहाड़ को चीरकर अपने लिए जो द्रोणी बनाई है, वह संसार की सब नदी-घाटियों से गहराई में अधिक है (डीपेस्ट ट्रेंसबर्स गॉर्ज ऑफ अवर ग्लोब, पृ. १६)। अरुण नदी को अपने इस वीर्यशाली पराक्रम के लिए अवश्य ही हमारे समाज में अधिक ख्याति मिलनी चाहिए। एवरेस्ट चोटी के ऊँचे बिन्दु से अरुण नदी की भीमकाय दरी की तलहटी अठारह-बीस हजार फीट गहरी है (सेन्ट्रल हिमालय, पृ. २२९)। उन वैज्ञानिकों का यह भी कहना है कि इस अरुण नदी की यशोगाथा का ठीक प्रकार गान करने के लिए कोई भी भूगर्भशास्त्री अभी तक वहाँ नहीं गया है। पश्चिम में सिन्धु की गिलगित के पास गम्भीर दरी और पूर्व में अरुण की गहन द्रोणी, ये हिमालय के दो अपूर्व दृश्य हैं और नदियों ने पर्वतों पर जो विजय पाई है, उसके अमर कीर्ति-स्तम्भ हैं। हिमालय का विशाल प्रदेश इस प्रकार के आश्चर्यों की खान है, और इसीलिए उसके रहस्यमय अस्तित्व के प्रति हमें अधिक सचेत होने की आवश्यकता है। यदि हिमालय

के प्रति हमारी उदासीनता का पूर्वयुग समाप्त होकर उसके विश्वमुखी परिचय की प्रबल जिज्ञासा का हमारे हृदयों में उदय हो जाए तो यह परिवर्तन हमारे सांस्कृतिक अभ्युदय में भी सहायक होगा। जिस नदी का सम्बन्ध जितने ऊँचे गिरिशिखर से होता है, उसकी धारा का वेग भी उतना ही शक्तिशाली होता है। जैसे आध्यात्मिक अर्थों में हमको अपने ज्ञान के हिमालय से जुड़ने की आवश्यकता है, वैसे ही भौतिक अर्थों में भी हिमालय के हिममंडित उच्छ्रित शृंगों का सान्निध्य और परिचय हमारे राष्ट्र-शरीर के रुके हुए संस्कृति-स्रोतों में नवीन हरकत और चेतना उत्पन्न कर सकता है। स्वामी प्रणवानन्द का यह प्रयत्न इसी दिशा में होने के कारण विशेष अभिनन्दनीय है।

कैलास पर्वत भी हिमालय का ही एक विशेष प्रदेश है। प्राचीन हिमालय की व्यापक परिभाषा यही थी—

मध्ये हिमवतः पृष्ठे कैलासो नाम पर्वतः (मत्स्य पु., १२१/२)

उस कैलास-मानसरोवर तक पहुँचने के लिए सुमहान् मध्य हिमवान् (ग्रेट सेंट्रल हिमालय) को पार करके जाना पड़ता है। अतएव कुमायूँ में फैले हुए हिमालय से शिलाजाल के साथ अच्छा परिचय कैलास-यात्री को प्राप्त करना चाहिए। मध्य हिमवान् के दो खण्ड कहे गए हैं, पश्चिम में गंगा से परिपूत केदारखण्ड और पूर्व में सरयू से मानसरोवर तक विस्तृत मानसखण्ड। मानसखण्ड का वर्णन 'मानसखण्ड' ग्रन्थ में है जो 'स्कंद पुराण' का एक अंश माना जाता है। पर पं. बदरीदत्तजी पांडे का अनुमान है कि यह धार्मिक भूगोल का संग्रह-ग्रन्थ कूर्माचल में कूर्माचली पंडितों के द्वारा किसी समय रचा गया था (कुमायूँ का इतिहास, पृ. १७७)। इस पुराण की यह काव्यमय कल्पना कितनी मधुर है कि विष्णु हिमालय के रूप में, शिव कैलास के रूप में और ब्रह्मा विंध्याचल के रूप में प्रकट हुए। पृथिवी के विष्णु से यह पूछने पर कि 'तुम अपने रूप को छोड़कर पर्वतरूप में क्यों प्रकट होते हो?', विष्णु ने पर्वतों की महिमा में क्या ठीक कहा है—"पर्वत के रूप में जो आनन्द है, वह प्राणिरूप में नहीं है; क्योंकि पर्वतों को गरमी, जाड़ा, दुःख, क्रोध, भय, हर्ष आदि विकार तंग नहीं करते।" प्राचीन दृष्टि से कैलास और मानसखण्ड के भूगोल का स्पष्टीकरण करने के लिए 'मानसखण्ड' ग्रन्थ का समुचित सम्पादन होना चाहिए। तिब्बती कैलास पुराण का, जिसका स्वामीजी ने उल्लेख किया है, प्रकाशन होना भी आवश्यक है। इस प्रकार कैलास-मानसखण्ड एवं हिमालय के भूगोल का फिर से उद्धार किया जा सकता है।

हिमालय के अध्ययन की एक और दृष्टि भी है, जो हमें पश्चिमी वैज्ञानिकों से प्राप्त होती है। वह है—हिमालय की प्रस्तर-रचना और भूगर्भशास्त्र की दृष्टि से उसके आयुष्य का निर्धारण। हाइम और गंसेर का 'सेन्ट्रल हिमालय' नामक ग्रन्थ, जिसका ऊपर उल्लेख हो चुका है, इस विषय में अत्यन्त रोचक है। उसमें और भी सहायक

ग्रन्थों के नाम आए हैं, जिनमें बुरार्ड और हेडन कृत 'हिमालय के भूगोल और भूगर्भ की रूपरेखा'—(ए स्केच ऑफ दि जिओग्राफी ऐंड जियोलॉजी ऑफ दि हिमालयाज, दिल्ली, १९३४) नामक ग्रन्थ अत्यन्त उपयोगी है। इनसे ज्ञात होता है कि कैलास और हिमालय पर्वत का जन्म मध्य-जंतुक युग के अन्त में और तृतीयक युग (टर्शियरी) के आरम्भ में किसी समय हुआ। भूगर्भशास्त्रियों के अनुसार भू-रचना के मुख्य युग-विभाग निम्नलिखित हैं—

१	प्रत्यग्रजंतुक	केनोजोइक	४ करोड़ वर्ष	—स्तनपायी जंतु
२	मध्यजंतुक	मेसोजोइक	१४ ,, ,,	—सरीसृप, दानवसरट आदि
३	अपर पुराजंतुक	लेटर पेलीओजोइक	२६ ,, ,,	—मीन झष आदि
४	पूर्व पुराजंतुक	अर्ली पेलीओजोइक	३६ ,, ,,	—अमेरु जीव, समुद्र बिच्छू आदि
५	प्रारम्भ जंतुक	प्रोटेरोजोइक	६० ,, ,,	—काई, श्यान, मत्स्य आदि
६	अजंतुक	एजोइक	८० ,, ,,	—कोई जीव नहीं

अपर पुराजंतुक युग से बाद के काल को वैज्ञानिक आर्ययुग और उससे पूर्व को द्राविड़ युग कहते हैं। मध्यजंतुक काल में बड़े-बड़े दानवसरट (डायनासोर्स) जैसे सरीसृपों का जोर था। जब वह युग बीता तो प्रत्यग्रजंतुक नामक नया युग आरम्भ हुआ। उसका पूर्वकाल-विभाग 'टर्शियरी' या तृतीयक और पिछला 'क्वार्टरनेरी' या तुरीयक कहलाता है। इस तृतीयक युग के आरम्भ में भारतीय भूगोल में बड़ी चकनाचूर करने वाली घटनाएँ घटीं। बड़े-बड़े भूभाग बिलट गये, पर्वतों की जगह समुद्र और समुद्र की जगह पर्वत प्रकट हो गए। बंगाल की खाड़ी (महोदधि) और अरब समुद्र (रत्नाकर) की धरती डूब गई और उसका संतुलन पूरा करने के लिए मध्य हिमवान् का उत्तुंग भाग समुद्र-तल से ऊपर फेंक दिया गया। उस युग में समस्त पृथ्वी पर भारी हड़कंप मचा हुआ था। वैदिक शब्दों में धरित्री व्यथमान थी और पर्वत प्रकुपित थे—

यः पृथिवीं व्यथमानामदृंहद्,
यः पर्वतान् प्रकुपिताँ अरम्णात्। (ऋ. २/१२/२)

पृथ्वी पर हजारों मीलों की दूरी में तक्षणात्मक धक्के (टेकटोनिक अर्थात् बिल्डिंग मूवमेण्ट्स) लग रहे थे, भूधर लड़खड़ाकर अपना संतुलन सँभाल रहे थे। कुछ काल बाद पृथिवी पर स्तम्भन का युग आया, धरती अपने स्थान पर दृढ़ हुई। यह भगीरथ घटना तृतीयक काल-विभाग के उषःकाल में लगभग ४ करोड़ वर्ष पूर्व घटी। उसी समय हिमालय और कैलास भूगर्भ से बाहर आए। उससे पूर्व हिमालय में एक अर्णव

या पाथोधि था, जिसे वैज्ञानिक 'टेथिस' का नाम देते हैं। जो हिमालय इस अर्णव के नीचे छिपा था, उसे 'टेथिस हिमालय' कहा जाता है, जिसे हम अपनी भाषा में 'अर्णव हिमालय' या 'पाथोधि हिमालय' कह सकते हैं। अथर्ववेद के पृथिवी-सूक्त में भी लिखा है कि यह भूमि पहले अर्णव जल के नीचे छिपी हुई थी—

यार्णवेऽधि सलिलमग्र आसीद् (अथर्ववेद १२/१/८)

जब से इस पाथोधि—हिमालय का जन्म हुआ, तभी से भारतवर्ष का वर्तमान स्वरूप, जो कुमारी अन्तरीप से आरम्भ होकर शिवालक तक फैला है, स्थिर हुआ और जो कूर्म संस्थान (कानफिगरेशन) उस समय बना, वह प्राय: बिना परिवर्तन के अभी तक चला आता है। इस प्रकार पाथोधि हिमालय और कैलास के जन्म की कथा अत्यन्त रोचक है, और चट्टानों के ऊपर-नीचे जमी हुई परतों को खोल-खोलकर इन शैल-सम्राटों के इतिहास का अध्ययन, विज्ञान का एक आश्चर्यजनक चमत्कार है। हमारे भूगर्भवेत्ता हिन्दी-भाषा में जब इस विषय का विवेचन प्रस्तुत करेंगे, उस समय इस शिलीभूत पुरातत्त्व का सम्यक् महत्त्व हमारी समझ में आ सकेगा। हिमालय के साथ हमारे परिचय की गति में जिस प्रकार उत्तरोत्तर वृद्धि होगी, उसी प्रकार ये रहस्य भी प्रकाश में आने लगेंगे। हमारी अभिलाषा है कि जिस प्रकार स्वीडन और स्वीजरलैण्ड के उत्साही विद्वान् शास्त्रीय चक्षुष्मत्ता लेकर हिमालय के शिखरों का आरोहण करते हैं और उसके सूक्ष्मातिसूक्ष्म मानचित्र प्रस्तुत करते हैं, उसी प्रकार की भावना हमारे विद्वानों में भी जाग्रत् हो और हम भी सर्वलोक-नमस्कृता अलकनन्दा या यशोमती अरुणा और ताम्रा नदियों की जीवन-कथा एवं हिमालय के शालग्रामीय प्रस्तरों (एनोनाइट फासिल्स) की कहानी को स्वयं समझें और उसका उद्धार करें।

हिमालय की पूर्व-पश्चिम-गामिनी त्रिपुण्ड्र-रेखा से परिचित होने का हम जितना भी प्रयत्न करें, हमारे लिए श्रेयस्कर है। हमारे देशवासियों ने प्राचीनकाल में हिमालय की बाहरी शृंखला, भीतरी शृंखला और गर्भ-शृंखला की तीन समानांतर बाहियों को पास से देखा था तथा उनके भेद को पहचान लिया था। उन्हें वे उपगिरि (सिवालिक रेंज), बहिर्गिरि (लेसर हिमालयाज) और अन्तर्गिरि (ग्रेट सेन्ट्रल हिमालयाज) कहते थे। ये तीन गिरि हिमालय पर चढ़ने की निसेनी के तीन डंडे हैं या हिमालयरूपी विष्णु के चंक्रमण के तीन पैर हैं, जिन्हें हर एक यात्री बदरीनाथ या कैलास की यात्रा में तुरन्त पहचान सकता है। उपगिरि दो-ढाई हजार फीट तक ऊँचा है। उसके बाद एकदम बहिर्गिरि का सिलसिला आ जाता है, जो ६ से १० हजार फीट तक ऊँचा है। हिमालय की सुन्दरतम बस्तियाँ और घाटियाँ, जैसे—कश्मीर, कुल्लू, गढ़वाल, कूर्माचल और नेपाल, इसी बहिर्गिरि में हैं। इसके बाद सबसे ऊँची चोटियों से भरा हुआ सुमहान् हिमवंत (ग्रेट हिमालय) है, जिसमें बन्दरपूँछ, बदरीनाथ, केदारनाथ, द्रोणगिरि, नन्दा देवी, त्रिशूली,

पंचशूली, गौरीशंकर आदि ऊँचे शिखर हैं, जिस पर सनातन हिमराशि जमी रहती है और जिनके ढलानों पर अनेक हिमनदी तथा हिमश्रथों के अद्‌भुत मनोहारी दृश्य विद्यमान हैं।[१]

इस पर्वतमाला के उस पार तिब्बत की ओर कैलास-श्रेणी है, जिसे हिमालय के उत्तरी ककुद् की ही एक बाढ़ कहना चाहिए। कैलास के दक्षिण में मानो उसके दोनों चरणों को धोने के लिए निर्मल पाद्योदक से भरे हुए दो सुन्दर सरोवर हैं, जिनमें से एक राक्षसताल या रावणह्रद कहलाता है और दूसरा मानसरोवर है, जहाँ देवों का निवास कहा जाता है। राक्षसताल और मानसरोवर के जमने, दड़कने और उनके द्वीपों का अत्यन्त रोचक अध्ययन प्रस्तुत ग्रन्थ में दिया गया है, जिसमें खोज की बहुमूल्य सामग्री पहली बार ही दी गई है। इसी प्रकार दोनों सरोवरों को मिलाने वाली गंगा छू धारा के विषय में भी अधिकांश सामग्री पहली बार ही ग्रन्थ-लेखक ने प्रस्तुत की है। शीतकाल में मानसरोवर का और 'गंगा छू' का अध्ययन करने का सौभाग्य किसी यूरोपीय अन्वेषक को भी अभी तक नहीं प्राप्त हुआ। स्वामीजी का यह कार्य अत्यन्त मौलिक है। इस प्रकार यह ग्रन्थ हिन्दी-जगत् के लिए एक नवीन सन्देश लाता है। आशा है, हमारे साहित्यिक, लेखक की तरह ही, हिमालय की देव-भूमियों में स्वयं अपने पैरों से विचरण करेंगे और हिमालय का इस भारत-भूमि पर जो ऋण है, उसके मूल को और विस्तार को भली प्रकार समझने का प्रयास करेंगे।

❑

१. हिमालय के विभागों का अत्यन्त विशद वर्णन श्री जयचन्द्रजी ने अपनी 'भारत-भूमि' पुस्तक में किया है, जो अत्यन्त पठनीय है। (पृ. १०८)

२०

राष्ट्र की अमूल्य निधि

(१)

शिमला की सात हजार फीट ऊँची चोटी पर जिसका नाम 'समर हिल' या ग्रीष्म गिरि है, जब टहलने जाता तो रौस और चीड़ के वनों को देखकर आपको स्मरण करता और शिमले से नौ मील दूर आठ हजार फीट ऊँचे मशोबरे के शिखर पर जो १५०० सेब के वृक्षों से लहलहाता हुआ भारी बगीचा है, उसमें जिस दिन मैं वन-विहार करने गया उस दिन भी (५ सितम्बर) को उस प्रशान्त वन-देवी के प्रांगण में बार-बार आपको याद करता रहा। कदाचित् उस समय आप मेरे साथ होते तो मुझे विश्वास है कि बीरबहूटी के जैसे चटकीले रंगवाले सेबों को देखकर आपका आन्तरिक ज्वर अवश्य ही छूमंतर हो गया होता। जहाँ तक दृष्टि जाती थी, लाल-लाल फलों से लदे हुए वृक्ष स्वास्थ्य की लालिमा से लहलहा रहे थे। उनके दर्शन से स्नायविक स्फूर्ति प्राप्त होती थी। मनुष्य तो क्या देवता भी उसका सान्निध्य प्राप्त करना चाहेंगे। पहाड़ में प्रकृति के वरदान से सभी कुछ सुन्दर है। चोटी और घाटी सभी एकदम सीधे और लम्बे वृक्षों से भरी हुई है। उन सरल और उदार वनस्पतियों को देखकर चित्त में विशेष प्रकार का आनन्द प्राप्त होता है। रौस (फर), कैल आदि वृक्ष इन पर्वतीय प्रदेशों की विशेषता है; और ऊँचे जाकर देवदारुओं के सघन-वन कहे जाते हैं। पर इस यात्रा में हमें हिमालय के उन पुत्रों के दर्शन न मिल सके, जिन्हें लाखामण्डल की यात्रा के समय भी जी भरकर देखा था। फिर भी हिमालय सभी जगह मनोरम है। एक-से-एक विचित्र दृश्य भरे पड़े हैं। शिमला के पर्वतीय प्रदेश में देशी राज्यों की ऐसी भरमार है, जैसे कटहल में कोए। कोटी, जूँगा की रियासतें तो मिली हुई ही हैं। शिमला से ३३ मील उत्तर में सतलज नदी है। वहाँ सतलज के तट पर एक जगह गरम पानी के सोते हैं, जिन्हें यहाँ 'तत्ता पानी' कहते हैं। बहुत लोग वहाँ विहार-यात्रा के लिए जाते हैं। इस यात्रा में तो हम केवल संकल्प करके ही सन्तोष मान बैठे कि फिर कभी आकर महान् शुतुद्रु नद को अपना अर्घ्य चढ़ावेंगे—वह शुतुद्रु,

जो हिमालय का शतधा विद्रावण करके पश्चिमी तिब्बत को चीरकर बशहर-रामपुर में अपने लिए मार्ग काटता हुआ पंजाब में बहा है। शुतुद्रु का दर्शन करने की लालसा बहुत दिनों से हमारे मन में छिपी हुई है। जिस दिन उसके अमृततुल्य जल के तीन आचमन करने का हमें सौभाग्य प्राप्त होगा, उस दिन हम अपने आपको सचमुच कृतकृत्य समझेंगे!

शिमला से साठ मील पर कोटगढ़ है, जहाँ सेब के वृक्षों को धरती ने खूब माना है। बीसियों मील तक पृथ्वी सेब के बगीचों से पटी हुई है, कोटगढ़ के सेबों से शिमला के बाजार भी जगमगाते हैं। कोटगढ़ एक बार अवश्य देखना चाहिए। हमारे साथी वीरसिंह ने हमें विश्वास दिलाया कि वह कभी-कभी एक दिन में ही अपने घर कोटगढ़ तक का धावा मार लेता है। छोटी-छोटी घंटियों की माला पहने हुए जिन्हें पहाड़ी भाषा में 'कंगरियालो' कहते हैं (सम्भवत: किंकिणीजाल) और रंग-बिरंगे साजों से सिंगारे हुए तगड़े खच्चर रात-दिन बिना आयास के ऊँचे-नीचे पहाड़ों का रास्ता नापते रहते हैं। पर पहाड़ी मनुष्यों को तो ऊबड़-खाबड़ धरती तय करने में उतना भी आयास नहीं जान पड़ता। कोटगढ़ से आगे वही रास्ता रामपुर बशहर को चला गया है, जो सतलज के किनारे एक प्रसिद्ध रियासत है और जहाँ से तिब्बत को मार्ग जाता है। शिमले से लगभग ढाई सौ मील पर तिब्बत की प्रसिद्ध मंडी गरतोक है, जहाँ लगभग एक करोड़ के मूल्य की ऊन की मंडी लगती है। कार्तिकी पूर्णिमा के निकट रामपुर में भी एक बड़ा मेला लगता है, जिसमें अनेक प्रकार का ऊन का सामान बिकने आता है। ऊन की कताई-बुनाई पहाड़ियों की जन्मघुट्टी के साथ जुड़ी है। रिक्शा खींचनेवाले फटेहाल कुली भी तकली पर बढ़िया ऊन कात लेते हैं। अपने हाथ से काता हुआ ऊन बुनकरों को देकर नियत दर पर बुनवा लिया जाता है। पहाड़ों में जो बेहिसाब दरिद्रता है, उसे दूर करने का यह अमोघ नुस्खा है—ऊनी वस्त्र के उत्पादन को संगठित और उन्नत कर दें तो निस्संदेह इन ठंडे प्रदेशों से करोड़ों रुपयों का ऊनी माल तैयार होकर बाहर जा सकता है। आज जो यहाँ की जनता नितांत दुखियारी बनी हुई है, उसका वह चिरंतन अभिशाप भी बहुत शीघ्र दूर हो सकता है। शिमला, मसूरी, नैनीताल सब जगह एक-सी दु:खद गाथा अनुभव में आती है, अर्थात् इन स्थानों में और सब तो सुखी दिखलाई पड़ते हैं, पर पर्वत की गोद में जो जन्मे हैं, जो माई के लाल इसी धरती के पुत्र हैं, वे नितांत दरिद्र, हीन, दु:खी और अपढ़ हैं। उनके क्षीण भौतिक काय पर पैर रखकर ही और लोग इन प्रदेशों में गुलछर्रे उड़ा सकते हैं। अतएव नैतिक दृष्टि से पर्वतीय जनता को अज्ञान और दारिद्र्य के महादु:ख से बचाना हम सबका पहला कर्तव्य होना चाहिए। उनको सुखी बनाकर ही आगंतुक लोग सच्चे अर्थों में सुखी बन सकेंगे। बिना पृथिवी-पुत्रों को सुखी किए सुख का भोग विडम्बनामात्र है।

लखनऊ
१७-९-४५

(२)

सारनाथ, पाटलिपुत्र, नालन्दा, पावापुरी, राजगृह आदि प्राचीन स्थानों में घूमकर अब लाहौर होता हुए सिन्धु की प्राचीन सभ्यता के दर्शन-परिचय के लिए २८ अप्रैल को यहाँ मोहंजोदड़ो आया। स्टेशन पर ही ताँगेवाले के मुँह से सुना कि स्थानीय उच्चारण 'मोयाँ जो दड़ो' है, जिसका अर्थ है—'मरे हुओं की ढेरी या टीला'। नाम की इस निरुक्ति ने इस स्थान के साथ बड़ा हित किया। अपढ़ जनता ने इसे भूतों का टीला समझकर यहाँ की ईंटों और मलबे को अछूता रहने दिया। सम्भवतः इसी कारण ईंटों की लूट से जो दुर्गति हड़प्पा की हुई, मोहंजोदड़ो उससे बचा रह गया (मोहंजोदड़ो का नाम स्थानीय उच्चारण की अशुद्ध अनुकृति है। अब उसकी एक व्युत्पत्ति 'मोहन का टीला' अर्थात् मोहन का बसाया हुआ गाँव, इस प्रकार भी की जाती है, पर वस्तुतः 'मुयाँ जो' अथवा 'मोयाँ जो दड़ों' ही शुद्ध सिंधी नाम है)।

वर्तमान सिंध प्रान्त का प्राचीन नाम सौवीर था और आजकल पंजाब का जो इलाका सिंधसागर दोआब कहलाता है, उसका पुराना नाम 'सिन्धु-जनपद' था। 'सिन्धु-सौवीर' नामों का जोड़ा प्राचीन भारतीय भूगोल में प्रसिद्ध है। सौवीर की राजधानी रोरुक नगर थी, जिसे आजकल 'रोहड़ी' या 'रोड़ी' कहते हैं। रोड़ी सिन्धुनद के बाएँ या पूर्वी तट पर है। उसके ठीक सामने पश्चिमी तट पर दूसरा प्रसिद्ध नगर सक्खर है। रोड़ी से सक्खर तक सिन्धु पर पुल बना हुआ है। सक्खर भी अति प्राचीन स्थान है। इसका पुराना नाम 'शार्कर' था, जो पाणिनि की अष्टाध्यायी में आया है। वहाँ लिखा है कि पहाड़ी कंकड़-पत्थर (संस्कृत शर्करा) के पास बसा होने के कारण इसका शार्कर नाम पड़ा। आज भी सक्खर से पहाड़ी प्रदेश शुरू हो जाता है। सक्खर से रेल की लाइन लड़काना एवं सिन्धु के दाहिने किनारे होती हुई डोकरी तक आती है, जो कि मोहंजोदड़ो का स्टेशन है। सिन्धु नद इस भूमि का महान् देवता है। अब गाड़ी तैयार है और हम लोग प्रातःकाल के सुखद समीर का आनन्द लेते हुए सिन्धु को अपनी श्रद्धांजलि अर्पित करने के लिए एवं शरीर को उसके जल से प्रोक्षित करने के लिए जा रहे हैं।

× × ×

लगभग पाँच घंटे तक सिन्धु नद के तट पर जंगल और गाँवों की सैर से नया अनुभव प्राप्त हुआ। यह देश भी विचित्र है। अब से पाँच हजार वर्ष पहिले की खुदाई में जिस प्रकार की गाड़ियाँ मिट्टी के खिलौनों में प्राप्त हुई हैं, ठीक वैसी ही शक्ल की आज भी सिंध के गाँवों में चलती हैं। गाँव के मिट्टी के घड़ों और बरतनों पर काली रेखाओं के अँकान भी बहुत-कुछ मिलते-जुलते हैं। अनाज रखने के बड़े और छोटे लम्बोतरे घड़े बहुत-से घरों के बाहर रखे हुए दिखलाई पड़े। इनका आकार भी पुराने घड़ों से मिलता है। अब इन कच्चे घड़ों को 'गोंदी' कहते हैं। पग-पग पर सिंधी भाषा-भाषियों के मुँह

से पुराने संस्कृत-प्राकृत शब्द सुन पड़ते हैं। बैलगाड़ी पर बैठते ही गाड़ीवान ने बताया कि पलाल रखकर गाड़ी में बैठने की जगह को गुदगुदा बनाया गया था। यहाँ यह शब्द ठेठ संस्कृत रूप में है, जिसे अपने यहाँ 'पुआल' 'पयार' कहते हैं। सिन्धु-नद के किनारे पर 'डब्ब' का घना जंगल है। यह 'डब्ब' संस्कृत का 'दर्भ' या कुश है, जिसे सारे पंजाब सिंध में 'डब्ब' नाम से पुकारते हैं। मार्ग में झाऊ के पेड़ों का बहुत दूर तक घना जंगल चला गया था। सिन्धु का कछार गंगा-यमुना के कछारों की तरह झाऊ से भरा हुआ मिला। एक बार काशी में पढ़ते हुए गंगा के तटवर्ती झाऊ के जंगल में मैंने मार्ग भूलकर अपने आपको खो ही दिया था। कहीं-कहीं बबूल के वृक्ष भी थे। मार्ग में सर्वत्र गोभी घास अपने पीले फूलों से इतरा रही थी। इधर इसे 'भत्तर' कहते हैं।

मोहंजोदड़ो में प्राचीन असुर-प्रधान सभ्यता के अवशेषों का परिचय प्राप्त करके हड़प्पा आया। यह प्राचीन हरियूपा नगरी है। यहाँ भी सिन्धु-सभ्यता के अवशेष मिल चुके हैं। आजकल पुरातत्त्व विभाग की ओर से खुदाई हो रही है। पुराने नगर या पुर का परकोटा ढूँढ़ निकाला गया है, जिससे मालूम होता है कि इन पुरों की बनावट कोट या कोटले के ढंग पर थी। सम्भव है, ऐसे पुरों वाली सभ्यता को ध्वस्त करने के कारण ही आर्यों के प्रधान देव 'पुरंभेत्ता' या 'पुरंदर' कहलाते रहे हों। इन दो स्थानों की सभ्यता का सम्यक् अध्ययन अपने देश में होना चाहिए। प्राचीन इतिहास की गूढ़ अनुश्रुति को समझने की कुञ्जी हड़प्पा और मोहंजोदड़ो के खँडहरों में ही कहीं छिपी हुई है। देखें किस बड़-भागो के हाथ यह लगती है।

मोहंजोदड़ो १-५-४७

(३)

सुदूर मद्रास प्रान्त के गुंटूर जिले में कृष्णा नदी के तट पर पर्वतों से परिवेष्टित नागार्जुनी कोण्डा स्थान है। इसका पुराना नाम विजयपुरी था, जिसे दक्षिण के इक्ष्वाकुवंशी राजाओं ने अपनी राजधानी बनाया था। ईसवी तीसरी शताब्दी में यहाँ बीसियों स्पूत थे, जिनके चारों ओर संगमरमर के शिला-पट्ट जड़े थे। शिला-पट्ट शिल्प-लक्ष्मी के अनुपम प्रतीक हैं। हमारा सौभाग्य है कि प्राचीन भारतवासी अपनी अनन्त कला, प्रेम, सौन्दर्य और यौवन को पत्थरों के अंकों में अमर बनाकर छोड़ गए हैं। जैसी सुन्दरता इन शिला-पट्टों पर अंकित है, वैसी भारतीय कला में अन्यत्र कम देखने को मिलेगी। पत्थर में चित्र जैसा रेखा-लालित्य उत्पन्न किया गया है। शिल्प की यह सुन्दर सामग्री राष्ट्र की बहुमूल्य निधि है।

यहाँ वन-प्रान्तों में अनेक वन्य-जातियाँ बसती हैं। अभी-अभी लम्बाड़ी बालाओं का नृत्य हमने देखा। वन-देवता की चार स्वस्थ और प्रसन्न पुत्रियाँ अपने उत्साह व उमंग भरे मन को नृत्य में प्रदर्शित कर रही थीं। कितना स्वस्थ और स्वच्छ विनोद था, जो केवल

वन्य-प्रदेशों में प्रकृति के अपने प्रांगण में सुरक्षित रह गया है। रक्ताम्बर की घाघर और काँच के परेलों से सुशोभित पैरों में घुँघरू और बाँकड़ी, हाथों में हाथीदाँत की बलियाँ (वलय), कानों में कुंडल व नाक में चन्द्रिका पहने हुए वन-बालाएँ अत्यन्त सुन्दर लगती थीं। नृत्य और गीत इनके प्रसन्नता-भरे स्वास्थ्य की प्राण-वायु हैं। पैरों और हाथों के संचार में वे भीतरी प्रसन्नता को उँड़ेलकर इन एकान्त प्रदेशों को आनन्द से भर देती हैं। यहाँ रात-दिन पर्व और उत्सव का आनन्द है, जो उन्हें जीवित रखता है। यह जाति हिन्दू है और उनकी भाषा और आकृति से ज्ञात होता है कि वे किसी समय फिरन्दर रूप में पंजाब या उत्तरी भारत से आकर यहाँ बसी होंगी। उनकी निजी बोली चारों ओर की तेलगू भाषा से भिन्न है, यद्यपि यह जाति तेलगू भी बोलती और समझती है। बाहुओं में भरे हुए हाथीदाँत के कंगनों के लिए उनकी बोली में 'बलियाँ' शब्द है, जो स्पष्ट संस्कृत 'वलय' से बना है। वलय से ही निर्गत 'बला' (बहुवचन, बले) मेरठ की बोली में इसी अर्थ में आज तक व्यवहृत होता है। पैरों के घुमावदार कड़ों के लिए प्रयुक्त उनका 'बाँकड़ी' शब्द भी चालू है। पंजाब और पश्चिमी युक्तप्रान्त की कितनी ही उठाऊ-चूल्हा जातियों में काँच के गोल टुकड़े सीकर बनाए हुए वस्त्रों के पहनने की प्रथा आज तक जीवित है। बनजारों में एवं जाट-गूजरों की स्त्रियों में भी इस प्रकार के काँच के परेलों (उत्तरीय) का रिवाज है। हमारे मित्र श्री जवाहरलालजी चतुर्वेदी ने ब्रजभाषा का एक लोक-गीत सुनाया था, जिसमें एक नवेली अपने रसिया पति से काँचों का परेला मोल ले देने का आग्रह करती है। लम्बाड़ी बालाओं को भी काँच-जड़ित वस्त्र बहुत प्रिय हैं। रँगीली घाघर और अँगिया में काँच के गोल चंदों की पंक्तियाँ टाँककर वे उन्हें अनोखे रूप से सजाती हैं। यह प्रथा भी उनके उत्तरापथ से आने की सूचना देती है। नाचते समय वे कुछ गीत भी गाती हैं, जो उनकी अपनी बोली के हैं। उनके संकलन और अध्ययन से इस जाति के विकास पर बहुत प्रकाश पड़ सकता है। हमारे देश में न जाने कितनी जातियाँ अभी तक अपने रंग-भरे जीवन को पर्वत और वनों की गोद में सुरक्षित रखकर जीवित हैं। जब तक उनमें नृत्य और गीत का प्रचार है, तब तक वे अविनश्वर हैं। उनका सख्य-भाव प्राप्त करके उनका समग्र अध्ययन करने के लिए कितने ही लोकवार्त्ता-शास्त्रियों एवं नृतत्त्व-विशेषज्ञों की आवश्यकता है। ईश्वर करे प्रकृति की स्वच्छन्दचारी प्राण-वायु और कृष्णा की निर्मल जलधारा की भाँति इन जातियों का जीवन तथा उनकी लोकस्थिति भी चिरजीवी हो।[१]

नागार्जुनी कोंडा (जिला गुंटूर)

२३-५-४६

❑

१. पं. बनारसीदास चतुर्वेदी के नाम लिखे पत्र।

२१

वणिक्-सूत्र

इतिहास के ग्रन्थों से ज्ञात होता है कि प्राचीन भारतवर्ष का वाणिज्य-व्यवसाय बहुत ही उन्नत दशा में था। श्रेष्ठ लोग सार्थवाह के रूप में पाँच-पाँच सौ शकटों का सार्थ बनाकर उनपर बहुमूल्य भांड लादकर देश के एक सिरे से दूसरे सिरे तक की यात्रा करते थे। पाटलिपुत्र से पूर्व में ताम्रलिप्ति और पश्चिम में कपिशा और वाह्लीक तक तथा दक्षिण से भृगुकच्छ (भड़ौंच) एवं पांड्यकवाट तक व्यापार के मार्ग खुले थे। भारतवर्ष की सीमा से बाहर भी देश के व्यापार का फैलाव था। पश्चिम की ओर रोम साम्राज्य के साथ भारतवर्ष का खूब बढ़ा-चढ़ा व्यापार था, जिसकी बदौलत रोम के धन की सुनहली नदी भारत-भूमि में आकर अपनी भेंट चढ़ाती थी। लिखा है कि एक बार कुछ भारतीय व्यापारियों के जहाज समुद्र में रास्ता भूलकर जर्मनी के उत्तरी किनारे पर जा निकले थे। गुजरात में आज तक एक उक्ति चली आती है, जिसका अर्थ यह है कि जो जावा देश को जाता है वह फिर वापस नहीं लौटता, अर्थात् वहीं बस जाता है; कदाचित् जो कोई आ जाता है तो वह इतने मोती लाता है कि पुश्त-दर-पुश्त के लिए काफी हों।

जो जाए जावे, ते पाछे नहिं आवे।
ने जो आवे तो परिया-परिया मोती लावे॥[1]

इस बढ़े-चढ़े व्यापार की मूल भित्ति भारतवासियों की ईमानदारी, उनका परिश्रम और साहस था। उनकी सफलता के मूल कारण कुछ ऐसे व्यापारिक नियम रहे होंगे जिनके आश्रय से सभी व्यवसायी अपने व्यवसाय में उन्नति करते हैं। उनके व्यापारिक सिद्धान्त (बिजनेस मेथड्स) क्या थे, इस विषय पर प्राचीन साहित्य में कोई ग्रन्थ उपलब्ध नहीं होता। यदि कोई चतुर महाश्रेष्ठी अपने अनुभव का निचोड़ हमारे लिए लिपिबद्ध कर जाता, तो आज हम उसका कितना उपकार मानते! जहाँ हमारे यहाँ विविध विषयों के अनेक

१. यह कहावत हमें अपने मित्र श्री देवेंद्रजी सत्यार्थी (लोक-गीत-परिब्राजक) से प्राप्त हुई थी।

सूत्र-ग्रन्थों की रचना हुई थी, वहाँ वाणिज्य जैसे अति महत्त्व के विषय पर वणिक्-सूत्र जैसा कोई ग्रन्थ या तो बना नहीं या अब शेष नहीं रहा। इस विषय की जानकारी के लिए यदि समस्त संस्कृत, पाली और भाषा-साहित्य का मंथन किया जाए तो सम्भव है कि प्राचीन वाणिज्य-बुद्धि के सम्बन्ध में कुछ अच्छी सामग्री प्राप्त हो सके। उदाहरण के लिए वात्स्यायन ने 'कामसूत्र' में एक अत्यन्त चुस्त वणिक्-सूत्र का उल्लेख किया है, जिसकी सचाई को आज भी मनुष्यमात्र बिना तर्क के मानते हैं। वह सूत्र यह है—

वरं सांशयिकान्निष्कात् असांशयिकः कार्षापणः।

अर्थात्, खटके वाले निष्क से बिना खटके का कार्षापण अच्छा है। निष्क (सोने की मुद्रा) और कार्षापण (चाँदी का पुराना रुपया) भारतवर्ष के सबसे प्राचीन सिक्के थे। उनका चलन विक्रम से लगभग ६०० वर्ष पूर्व था। अतएव इस वणिक्-सूत्र की आयु भी लगभग ढाई हजार वर्ष की समझी जानी चाहिए। व्यापार में हर एक कुशल व्यापारी नगद धर्म को अच्छा समझता है और उधार से बचना चाहता है। ऊपर के सूत्र का मूल भाव यही है कि जीवन में नगद धर्म ही सबसे उत्तम है। इसी के साथ दूसरा सूत्र भी वात्स्यायन की कृपा से ही हमें प्राप्त होता है, यथा—

वरमद्य कपोतः श्वो मयूरात्।

अर्थात्, उधार के मोर से नकद का कबूतर अच्छा है।

आज वे प्राचीन व्यापारी नहीं रहे, पर उनके वे संस्कृत सूत्र युग-धर्म के अनुसार चोला बदलते हुए कुछ-कुछ हमारे बीच में बच रहे हैं। 'वरमद्य कपोतः श्वो मूयरात्' का कायाकल्प 'नौ नगद न तेरह उधार' के रूप में आज भी जीवित है, उसमें वैसी ही चुस्ती और स्वयंसिद्धता की उत्कट छाप है। ऐसे न्यायों में बुद्धिमत्ता कूट-कूटकर भरी हुई होती है। उनका सत्य, अनुभव के खरेपन के कारण बिना तर्क के स्वीकर किया जाता है। आकाश में चमकते हुए नक्षत्रों की तरह कितने ही वणिक्-सूत्र अद्यावधि हमारे ज्ञानरूपी आकाश में टँके हुए हैं।

इस प्रकार के कितने ही वणिक्-सूत्र अनुभवी व्यवसाइयों की जिह्वा पर आज भी मिलते हैं। उनका एक वृहत् संग्रह प्रकाशित होना चाहिए और अर्वाचीन अर्थशास्त्र के मान्य सिद्धान्तों के साथ मिलान करके तुलनात्मक रीति से उन सूत्रों का सम्पादन होना चाहिए। काशी के महाजनी विद्यालय में स्वदेशी पद्धति से कोठीवाल हिसाब-किताब और बहीखाते की अच्छी शिक्षा दी जाती है। इसके संयोजकों ने इस शिक्षा-पद्धति को वैज्ञानिक रूप देने में अपना मस्तिष्क और समय दोनों का व्यय किया है। यदि वहाँ के कार्यकर्ता इस आयोजन को भी हाथ में लें और अनुभवशील पुराने व्यक्तियों की सहायता से व्यापार के विविध अंगों से सम्बन्धित वणिक्-सूत्रों का संग्रह करें, तो यह बड़ा उपयोगी कार्य होगा। इस प्रकार का विचार एक बार रायकृष्णदासजी के साथ बातचीत

के सिलसिले में काशी में ही उत्पन्न हुआ था और उसी समय कुछ सूत्रों की टीप लिया गया था। उन्हें हम यहाँ केवल उदाहरणार्थ दे रहे हैं। पूरे कार्य का विस्तार तो बहुत है।

हिसाब-किताब—

१. **'पहले लिख पीछे से दे, भूल पड़े तू मुझसे ले।'**

अर्थात्, मानो स्वयं कागज या बही सेठ से सम्बोधन करके इस सुनहले नियम का उपदेश करती है। इसके और भी पाठभेद हैं, यथा—

'पहले लिख पीछे से दे। फेर घटे कागज से ले।'

अच्छा हो यदि संग्रहकर्ता सभी उपलब्ध पाठांतरों को लिख लें।

२. बही कहती है, **'मुझे रोज देखो तो सवा रत्ती सोना दूँ।'**

चतुर व्यापारी हिसाब को कभी पिछड़ने नहीं देता और पुराने हिसाब को भी देखता रहता है। उससे कभी-कभी नये-बीते तगादे वसूल होने का ढंग बैठ जाता है।

३. **'भूल-चूक लेनी-देनी।'**

हमने अंग्रेजी के बिल-फार्मों पर लैटिन भाषा से संक्षिप्त किए हुए संकेताक्षर 'ई.एण्ड ओ.ई.' छपे देखे हैं। उसका तात्पर्य वही है, जो इस गठे हुए अल्पाक्षर देशी सूत्र का है। दूर-दूर के पारस्परिक हिसाब-किताब में विश्वास जमानेवाला मूल-मन्त्र यह छोटा नियम ही है। इसके द्वारा प्रत्येक व्यापारी अपने हिसाब की त्रैकालिक सत्यता की साख भरता है।

४. **'इनाम सौ-सौ, हिसाब जौ-जौ।'**

हिसाब गणित-शास्त्र का अनुशासन मानता है और गणित ईश्वर का मूर्तिमान सत्य रूप है, इसलिए हिसाब भी बड़ी पवित्र वस्तु है। ईश्वर के सदृश वह निष्पक्ष होकर छोटे-बड़े सबके साथ एक-सा व्यवहार करता है। इसलिए हिसाब के क्षेत्र में मुरव्वत या लगी-लिपटी नहीं रखनी चाहिए। जहाँ ऐसा होता है, वहाँ जीवन का व्यवहार भी गँदला पड़ता जाता है। हिसाब के बीच में पिता-पुत्र, पति-पत्नी सबका समान स्वत्व होना चाहिए। इस भाव का अनुवाद दूसरे प्रकार से यों कहा जाता है—हिसाब में किसकी नानी मरी है? जिसकी नानी होती है, कारज का खर्च उसी के जिम्मे पड़ता है। परन्तु हिसाब-किताब में दोनों पक्ष बराबर होते हैं, वहाँ कोई किसी का दबैल नहीं होता।

ऊपर के चार सूत्र ऐसे अनुपम हैं कि उन्हें बहीख़ातों के आरम्भ में छापना चाहिए और संगमरमर के अक्षरों में लिखकर व्यापार-व्यवसाय के सार्वजनिक स्थानों में लगाना चाहिए।

दुकानदारी, अर्थात् माल का क्रय-विक्रय या व्यवहार इस सम्बन्ध में भी बहुत-से पुराने गुरु-मन्त्र हैं, जिन्हें व्यावहारिक बुद्धिमत्ता का निचोड़ कहना चाहिए। हजारों वर्षों के अनुभव के बाद वे खरे उतरे हैं। यथा—

५. 'सस्ती का पीछा पकड़े, महँगी का पीछा न पकड़े।'

६. 'तेजी में दस गाहक, मंदे में गाहक नहीं।'

७. 'कभी ऊँट एक पैसे का मँहगा, कभी सौ का सस्ता।'

८. 'सौदा बेचकर पछतावे।'

९. 'बेचै सो बंजारा, रक्खै सो हत्यारा।'

१०. 'दुश्मन और ग्राहक बार-बार नहीं आते।'

११. 'नौ नकद न तेरह उधार।'

१२. 'फँसा बनियाँ दब के बेचै।'

पूरा तोलने के सम्बन्ध में कुछ मार्के के सूत्र हैं—

१३. 'भाव में खाय, तोल में न खाय।'

१४. 'झूठ बोले मत ना, कम तौले मत ना।'

१५. 'पूरा तोल, सुखी रह।'

दुकानदार को अकड़ूँ खाँ होना ठीक नहीं, उसे चाहिए कि ग्राहकों के साथ शिष्टता और नम्रता का व्यवहार करे। कहा है—

१६. 'जमींदारी गर्मी की, दुकानदारी नर्मी की॥' या

'जमींदारी गरम की, साहूकारी नरम की॥'

व्यापार के सम्बन्ध में कई कहावतें हैं—

१७. 'स्त्री का खसम मर्द, मर्द का खसम रोजगार।'

अर्थात्, वह उसका पालनकर्ता है।

१८. 'पर कर बनिज सँदेसन खेती।
बिनु बर देखे ब्याहैं बेटी॥
पर घर राखैं आपनि थाती।
ये चारों नित कूटैं छाती॥'

१९. 'ताँबा देते चेतना मुख देखे व्यवहार।'

२०. 'सब बंजों में किसान का बंज अन्धा है।' अर्थात् ईश्वराधीन है।

साहूकारी के सम्बन्ध में निम्नलिखित सूक्तियाँ मिली हैं—

२१. 'आशनाई शरम की, साहूकारी भरम की।'

अर्थात्, रिश्तेदारी आँखों के शील पर निर्भर है और साहूकारी एक भरम है। जब तक लोगों की निगाह में भरम बना रहता है, तभी तक साहूकारी है—सभी बैंक या साहूकारों का यही हाल रहता है। रोजमर्रा कच्चा चिट्ठा कोई ग्राहक या आसामी नहीं देखता।

२२. 'बँधी मूठ लाख की, खुली मूठ खाक की।'

'नामी चोर मारा जाए, नामी साह कमा खाय।'

२३. 'लाख जाय पर साख न जाए।' या
रहे साख, जाए लाख॥'

पूँजी को सँभालने और समझकर लगाने के सम्बन्ध में भी कितने ही गुरुमन्त्र होंगे, जिनमें कई एक ये हैं—

२४. 'रत्ती-रत्ती साधे। तो द्वारे हाथी बाँधे॥
रत्ती-रत्ती खोवै। तो द्वार बैठ कर रोवै॥'

२५. 'हीरा घट जाता है, झीरा नहीं घटता।'

झीरा, अर्थात्, फुटकर खर्च कभी खतम होने में नहीं आता।

२६. 'थोड़ी पूँजी गुसैयाँ की आस।' या
'ओछी पूँजी खसमहिं खाय॥'

वाणिज्य-व्यापार में ऋण का भी एक विशेष स्थान है। उससे सम्बन्धित उक्तियों में सर्वत्र मनुष्य की चतुरता का अच्छा आभास पाया जाता है—

२७. 'औरत का खसम मर्द, मर्द का खसम कर्जा।'

२८. 'लहने का बाप तगादा।'

२९. 'बहुरे की राम-राम जम का सन्देशा।'

३०. 'रुपया आवे तो हाथ काला। जाए तो मुँह काला॥'

वैश्य-जाति को लक्ष्य करके उसके जातीय चरित्र के गुण-दोषों पर चोट करती हुई अथवा बारीकी के साथ उनकी छान-बीन करनेवाली बहुत सी उक्तियाँ मिलेंगी, जैसे—

३१. 'बनिया अपना गुड़ भी चुराकर खाता है।'

३२. 'बैठा बनिया क्या करे, इस कोठे का धान उस कोठे करे।'

३३. 'अघाई भैंस कू झिली या बनिये कू।'

अन्तिम उक्ति मेरठी बोली की है, जिसका अर्थ यह है कि अधिक धन-वृद्धि को पाने की शक्ति वैश्य में ही होती है, जो स्वभाव से मितव्ययी होते हैं। दूसरे लोग एक सीमा से आगे पैसा बढ़ने पर इतराने लगते हैं। भैंस के बारे में कहा जाता है कि वह जितना खाती है, उससे अधिक कभी अघाकर खा ले तो उसको झेल लेती है। इसी तरह धनी बनिये की जितनी समाई है, उससे अधिक धन उसे मिल जावे तो वह पचा जाता है, उसके कारण वह इतराकर नहीं चलता।

यह विषय अत्यन्त रोचक है और इसका सम्बन्ध हमारे व्यावहारिक जीवन से रहा है। यहाँ भी हमने अपने राष्ट्रीय जीवन में सूझ और कल्पना से भरपूर काम लिया था। अतएव इस विषय की पूरी छानबीन होनी चाहिए।

❑

परिशिष्ट

पत्र

(१)

लखनऊ
२४-७-४०

प्रिय चतुर्वेदीजी,

'ब्रज-साहित्य-मण्डल' नाम का आपका लेख मिला। खूब पसन्द आया।

प्रान्तीय बोलियों के सम्बन्ध में तो आपने मेरे मन की बात कह डाली। मैंने पाँच वर्ष तक ब्रज-साहित्य-सेवियों का ध्यान इस ओर खींचने की कोशिश की। सम्भव है, आपकी प्रेरणा से अब बीज-वपन हो जाय। आगरे की साहित्यिक प्रदर्शनी में जो सन्देश मैंने भेजा था, उससे मालूम होगा कि जनपदों के साहित्य की साधना के लिए मैं कितना उत्सुक हूँ। मेरा तो विश्वास है कि हिन्दी बिना जनपदों की बोलियों को साथ लिये उन्नति कर ही नहीं सकती। भाषा-शास्त्र की दृष्टि से जनपदों में, गाँवों में, बेहिसाब मसाला भरा पड़ा है। मैंने अपने 'पृथिवी-पुत्र' नामक लेख में भी इस विषय पर ध्यान दिलाया है।

जो काम ब्रज का है, वही अवध का है। महाभारत में भारतीय जनपदों की बड़ी सूची है। मेरे विचार में आज तक वे ही जनपद अपनी संस्कृति की विशेषता लिये हुए हमारी बोलियों के क्षेत्र बने हैं। ब्रज में जो कुछ साहित्य का काम हुआ, उसकी चर्चा इस प्रकार है। ब्रजभाषा-कोष का काम श्री जवाहरलालजी चतुर्वेदी ने आरम्भ किया था। उनसे मालूम कीजिए कि क्या प्रगति हुई है और क्या बाधाएँ हैं। सूरदास-शब्दकोश का कार्य श्री सत्येन्द्रजी की देखरेख में होने लगा था। मेरे आने के पीछे मालूम हुआ कि पं. क्षेत्रपालजी के पुत्र डॉ. विश्वपालजी ने इस कार्य को अपने धन से कराना स्वीकार कर लिया था। ब्रज-ग्राम-गीत, ब्रज-भाषा-धातुपाठ, लोकोक्ति और मुहावरों के संग्रह की

भी बातचीत थी। गीतों का संग्रह सत्येन्द्रजी ने हिन्दी-साहित्य परिषद् की ओर से किया भी था। मैं समझता हूँ कि इस प्रकार के कार्यों में सतत प्रेरणा की आवश्यकता रहती ही है। आगरे में साहित्यिक कार्य का जीता-जागता केन्द्र बन चुका है।

आगरा संयुक्तप्रान्तीय हिन्दी-साहित्य-सम्मेलन का केन्द्र-स्थान या राजधानी बन जाए, यह प्रस्ताव भी मुझे रुचता है। आशा है, आप इसे शीघ्र कार्यान्वित करा सकेंगे। क्या कहूँ, जब टर्नर की नैपाली डिक्शनरी अथवा ग्रियर्सन की काश्मीरी डिक्शनरी जैसे महान् ग्रन्थों को देखता हूँ, तब हिन्दी की किसी भी बोली के लिए वैसे कोष की याद करके छटपटाने लगता हूँ। ब्रजभाषा और अवधी में तो साहित्यिक धन इतना अधिक है कि उससे भी बड़े कोष को भर सकें।

(२)

लखनऊ

११-१-४१

प्रिय चतुर्वेदीजी,

मेरा विश्वास है कि भारतीय संस्कृति की जो थाती अबतक बची है, उसका निवास हमारे जनपदों में है। हमारे पुरातन आचार, धार्मिक विचार, संस्था, भाषा और बहुमुखी जीवन का अटूट प्रवाह भारतीय ग्राम तथा उनके समुदाय जनपदों में अभी तक विद्यमान है। टर्नर का नैपाली कोष, ग्रियर्सन का काश्मीरी कोष—इनके जैसे कितने ही ग्रन्थ-रत्नों की सामग्री भारतीय जनपदों में सुरक्षित है। आप टर्नर और ग्रियर्सन की पद्धति पर कार्य को हाथ में लेनेवाले नवयुवक बुन्देलखण्ड के लिए भी उत्पन्न कीजिए। प्रत्येक जनपदी बोली को ऐसे ही धुनवाले धत्तियों की चाह है। ग्रियर्सन ने बिहार में रहते हुए वहाँ के किसानों के जीवन पर एक अमूल्य ग्रन्थ 'बिहार पेजेंट लाइफ' (Bihar Peasant Life—बिहार कृषक जीवन) के नाम से लिखा था। आपने देखा होगा, यदि न देखा हो तो अवश्य देखिएगा। वह आपके कार्यकर्ताओं के लिए एक आदर्श रूपरेखा उपस्थित करता है। प्रादेशिक समस्याओं और बोलियों के लिए कार्य करने की बात अब बहुधा सुनने में आने लगी है। लोगों में उत्साह भी है, पर उसकी वैज्ञानिक पद्धति कुछ विचारशील लोगों को निर्धारित कर देनी चाहिए, जिससे सामान्य कार्यकर्ता तदनुसार कार्य में लग सकें।

यदि एक संगठित और व्यवस्थित रीति से पाँच वर्ष तक कार्य होगा तो आशा है, देश और जनता के वास्तविक जीवन के साथ हम गाढ़ा परिचय प्राप्त कर सकेंगे।

(३)

लखनऊ, वैशाख पूर्णिमा, २०००

प्रिय चतुर्वेदीजी,

...दो शब्दों के पढ़ने में शायद भूल हुई है 'फगुनहरा' नहीं, 'फगुनहटा' शब्द है।

'फगुनहटा' फागुन की विलक्षण हवा है। इसका अनुभव अबकी होली से कुछ ही पहले मार्च के पहले हफ्ते में मुझे मिला। मैं अहिच्छत्रा के प्राचीन ढूहों की खुदाई पर गया हुआ था। दो दिन तक जो प्रचण्ड हवा चली, उसने सारे जंगल को झकझोर डाला। हम लोग खुले टीलों पर खड़े थे। मालूम होता था कि हवा उठाकर फेंक देगी। मैंने एक जौनपुरी मित्र से साल भर पहले फगुनहटे का कुछ परिचय सुन रखा था। यह नाम भी मुझे उन्होंने ही बताया था और इसका एक ग्रामगीत भी सुनाया था, जो कुछ इस प्रकार खुलता था—

''फागुन मास बहा फगुनहटा
झर गए पात खड़े रहे रूखा, बड़-बड़ लोक सहा अस दूखा॥''

फिर गाँव जाकर उन्होंने वह गीत भेजा, जिसकी कड़ी इस तरह थी—

फागुन मास बहा हवहरा। तरवर पात सबहि झरि परा॥
झरि पर पात खड़ा रह रूखा। भल-भल कन्त सहाएउ दूखा॥

इसी वायु का दूसरा नाम 'हवहरा' भी जान पड़ता है। रामनरेशजी त्रिपाठी की पुस्तक 'घाघ और भड्डरी' में एक कहावत में 'हड़हवा' एक वायु का नाम आया है। आप देखिए कि उन्होंने क्या अर्थ दिया है। यही 'हवहरा' जान पड़ती है, जिसका दूसरा नाम 'फगुनहटा' है और जो फागुन में चलती है। हाँ, तो मैं इस फगुनहटे शब्द का साहित्यिक प्रयोग अपने 'राष्ट्रीय कल्पवृक्ष' नामक लेख में कर चुका था। यह लेख 'आर्यमित्र' में एक बार छपा था। मैंने लिखा था—'फागुन के महीने में शिशिर का मन्त्र पाकर जब तेज फगुनहटा बहता है, तब चारों ओर पतझड़ दिखायी देता है। पर इसके बाद ही वसन्त एक नया मंगल-सन्देश लेकर आता है।' किन्तु अहिच्छत्रा के उस दिन से पहिले शब्द और उसके अर्थ-सम्बन्ध का मुझे साक्षात् ज्ञान न हुआ था। मैं सोच रहा था कि क्या यही प्रचण्ड वायु तो फगुनहटा नहीं है। तब तक मेरे मन में एक बात आई। यदि यह हवा हमारे यहाँ की है तो इसका नामकरण भी हमारे जनपदों में ग्राम-वृद्धों द्वारा हुआ होगा। प्रकृति में दो दिन तक ऐसी बड़ी घटना हो और हमारे पृथिवी-पुत्र पूर्व पुरखाओं ने उसे न पहचाना हो, यह हो नहीं सकता। सौभाग्य से उस समय मेरे साथ एक गोंडे जिले का पुरबिया चपरासी था। मैंने उससे उस हवा का नाम पूछा तो उसने बताया, 'साहब, यह फगुनहटा है।' इस प्रकार इस महत्त्वपूर्ण शब्द और इसके अर्थ के साथ मेरा परिचय हुआ। मन कहता है कि संस्कृत साहित्य में भी कहीं इसका वर्णन मिलेगा। नाम भी संस्कृत से निकला जान पड़ता है। जब कहीं इसका वर्णन मिल जाएगा तब एक गाँव मिल जाने जैसी प्रसन्नता होगी। तो

इस वाक्य को ठीक यों छाप दीजिएगा—आज नवचेतना के फगुनहटे ने राष्ट्रीय कल्पवृक्ष को झकझोरकर पुराने विचाररूपी पत्तों को धराशायी कर दिया है।

दूसरा शब्द पंचायतनी है (इस पंचायतनी प्रासाद की दृढ़ जगती में सभी भाषाओं और बोलियों के सुगढ़ प्रस्तरों का स्वागत करना होगा)। इसे 'हिन्दुस्तान' ने पंचायती और 'स्वतन्त्र' ने पंचायनी छापा है। यह शब्द तो मैं पिछली देवगढ़-यात्रा में बुन्देलखण्ड से ही लेकर लौटा। पं. माधवस्वरूप वत्स (पुरातत्त्व विभाग, आगरा के सुपरिण्टेण्डेण्ट) ने इसका प्रयोग उन मन्दिरों के लिए किया था, जिनके चार खूँटों पर चार छोटे मन्दिर हों, जिनमें प्रधान देव के अतिरिक्त अन्य देवों की मूर्तियाँ समन्वयात्मक दृष्टि से स्थापित रहती थीं। स्वयं देवगढ़ का विष्णु-मन्दिर पंचायतनी था। इस प्रकार का देवमन्दिर समन्वय का एक सुन्दर प्रतीक था।

उसी भाव को लेकर इस शब्द का प्रयोग उपरोक्त वाक्य में मैंने किया था। विराट् पर्व के श्लोक को छापने में भी 'माहेयी' (गाय) 'महिषी' (भैंस) हो गया है। ठीक पाठ यह है—

सर्वश्वेतेव माहेयी वने जाता त्रिहायनी।

मैं यहाँ दो-एक संकेत भी स्पष्ट कर देता हूँ। लुधियानी के उच्चारणों का अध्ययन डॉ. बनारसीदास ने The Phonetics of Ludhiani में किया है। काश्मीर के हरमुकुट पर्वत पर बैठकर डॉ. सर ऑरल स्टाइन ने एक पुस्तक (Tales of Hatim—हातिम की कहानियाँ) लिखी है, जिसमें काश्मीरी कहानियों का लोकभाषा में संग्रह है। दरद् देश की बोली की पहचान और उसका अध्ययन डॉ. ग्रियर्सन के जीवन का मुख्य विषय था। मुंजानी और इश्काश्मी बोलियों का रोचक अध्ययन कुछ विदेशी भाषा-शास्त्री कर चुके हैं [देखिए, संजन-स्मृति ग्रन्थ, पृ. २२१, The Iranian Hindukush dialects called Munjani and Yudghi; तथा Grierson's Linguistic Survey. Specimen Translations of North-West Frontier] ये गल्चा भाषाएँ वंक्षु नदी के उपरले प्रदेश में हिन्दूकुश के उत्तर बोली जाती हैं। मुंजान मेरी राय में व्याकरण का मौञ्जायन है, जिसका नडादिगण (४/१/९९) में पाणिनि ने उल्लेख किया है। पाणिनि सूत्र ५/३/११६ (दामन्यादि त्रिगर्ज षष्ठाच्छः) के अनुसार यह एक प्राचीन आयुध-जीवी संघ (लड़ाकू कबीला) था, वहाँ के नागरिक मौञ्जायनी कहलाते थे और शार्ङ्गर दिगण के अनुसार वहाँ की स्त्रियाँ 'मौञ्जायनी' कहलाती थीं।

'इश्काश्मी', सम्भव है, व्याकरण-शास्त्र का 'इषुकामशमी' हो जिसका नाम कई बार उदाहरणों में आया है। इससे यह प्रतीत होता है कि इन जातियों के साथ हमारे पूर्वजों का परिचय बहुत पुराना था।

यहाँ अवध-साहित्य परिषद् बनाने की बात सोची जा रही है।

अभिन्न—

वायुदेवशरण

पुनश्च—

गुप्तजी आए और उनसे भी जनपद-आन्दोलन के सम्बन्ध में बातचीत हुई। हमारी सम्मति में विरोध इस कार्य की प्रगति में बाधक होगा। इस आन्दोलन को शुद्ध सांस्कृतिक रखना अत्यावश्यक है। पृथक् प्रान्त निर्माणरूपी राजनीतिक पहलू अभी बिल्कुल न उठाया जाना चाहिए, अन्यथा आपका उद्देश्य खटाई में पड़ जाएगा। इस विषय का सांस्कृतिक पक्ष स्थायी महत्त्व का है। इस समय सब विवाद स्थगित करके उसी को पुष्ट करना चाहिए। बुद्धिमानी यह है कि हम जितनी भूमि को जोत सकें, उतने में ही हल चलावें।

सत्येन्द्रजी के पत्र का अवतरण भी पढ़ा। मैं वस्तुतः उनकी विचारधारा के मूल को अभी तक नहीं समझ पा रहा हूँ कि हिन्दी का हितविरोध कहाँ हो रहा है। हिन्दी का क्षेत्र एक और अखण्ड है। उसमें कार्य-पद्धति के साम्राज्य, स्वराज्य, वैराज्य, द्वैराज्य, भौज्य सभी प्रकार एक साथ प्रयुक्त हो रहे हैं और होंगे। कार्य अनेक प्रकार के हैं। कार्य के अनुसार व्यवस्थाएँ भी अलग-अलग होंगी। खड़ी बोली की दृष्टि से, राष्ट्रीय भाषा के विकास और स्वरूप की दृष्टि से, वैज्ञानिक और परिभाषिक शब्दों की दृष्टि से हिन्दी का साम्राज्य एक है। जनपदी बोलियों के कार्य के लिए उसी क्षेत्र में स्थानीय स्वराज्य की आवश्यकता है, उसके बिना कार्य-विभाजन हो ही नहीं सकता और न वैज्ञानिक रीति से काम ही सम्भव है। बिना स्थानीय केन्द्रों के स्थानीय कार्यकर्ता कैसे मिलेंगे ? साहित्यिक मूल प्रवृत्तियों के स्फुरण के लिए हमारी भाषा में वैराज्य चाहिए। अनेक केन्द्रों में, अनेक मानसों में अनगिनत साहित्यिक प्रेरणाएँ वैसे ही जन्म लेंगी, जैसे अरण्य में वृक्ष-वनस्पति। उनमें जो स्थायी मूल्य के हैं, वे बचे रहेंगे, शेष काल-चक्र में विलीन होते रहेंगे। वनस्पति-जगत् में भी वर्ष-वर्ष और युग-युग पर विशरण और छँटाव चलता रहता है। हिन्दी और उर्दू का या हिन्दी और शेष प्रान्तीय-भाषाओं का द्वैराज्य भी चलता ही रहेगा, परन्तु पास्परिक हित-बुद्धि से और अन्योन्य उपकार के लिए। भिन्न-भिन्न साहित्यिक दलों और गुटों का भौज्य-शासन भी, जिसमें उनके नेता ऐश्वर्य का भोग और नियन्त्रण करने में स्वतन्त्र होंगे, रहेगा ही। इस तरह साहित्य के विशाल जगत् में भिन्न-भिन्न व्यवस्थाओं का समन्वय देखने की आँख हमें अभी से उत्पन्न करनी चाहिए। ऐसे देव-तुल्य पवित्र और उदार कार्य के विरोध का मूल कारण तो किसी प्रकार से बनता ही नहीं। हाँ, कार्य की शुद्ध सांस्कृतिक मूल भित्ति से कभी अपने आपको हटने न दीजिएगा।

अभिन्न—
वायुदेवशरण
१८-५-४३

(४)

लखनऊ
८-६-४३

प्रिय चतुर्वेदीजी,

जनपद सम्बन्धी कार्य के विषय में आपकी भक्ति देखकर मैं वास्तव में चकित हो गया हूँ। आपने अपने परिश्रम की हवि डालकर इस पुनीत कार्य को कई कदम आगे बढ़ा दिया है। सम्मेलन ने इस कार्य की महत्ता और उपयोगिता को स्वीकार कर लिया है। यह भी शुभ लक्षण है। उप-समिति के सदस्य सब बड़े योग्य और सुलझे हुए सज्जन हैं। आशा है, उनके द्वारा किसी ठोस कार्य का सूत्रपात किया जा सकेगा। सबसे बड़ी आवश्यकता कार्य को वैज्ञानिक पद्धति से संचालित करना है। जनपदीय कार्य की एक सरल पर क्रियात्मक रूपरेखा हम सबको मिलकर पहले प्रस्तुत करनी चाहिए।

संसार में जो कुछ भी विभूतिमत्, श्रीमत् और ऊर्जित है, उससे परिचय प्राप्त करने का हमारे उदीयमान राष्ट्र को अधिकार है। यह तो आन्तरिक स्वास्थ्य का लक्षण है कि हमारी भूख इतनी प्रबल हो उठी है। हमारी जिज्ञासा की परिधि दिन दूनी-रात चौगुनी बढ़ रही है। यह शुभ चिह्न है। ऐसे समय में हमें अपने केन्द्र को भी भरपूर टटोलना चाहिए। अपने केन्द्र का पर्यवेक्षण ही जनपदों का कार्य है। अपनी महिमा को हम जितना अधिक जानेंगे, उतना ही बाहिरी महिमा से परिचित होने की क्षमता हममें बढ़ेगी, अन्यथा भय है कि हम भटैती के गड्ढे में न गिर जावें। आपके पत्र का एक वाक्य मुझे बहुत प्रिय लगा, मैंने इसे कई बार पढ़ा—'The Principal aim of my life is interpretation of what is best among other people'। इसके 'other people' शब्द में विश्वभुवन समाविष्ट है। वेद के शब्दों में कहिए तो ब्रह्म के आधे हिस्से से विश्वभुवन पैदा हुआ और जो दूसरा आधा बचा, वह उसके अपने आपका प्रतीक था—

अर्धेन विश्वं भुवनं जजान। योऽस्यार्धः कतमः स केतुः॥

बस, यही समन्वय हमें इष्ट होना चाहिए। 'other people' या विश्वभुवन एक अर्धांश में और 'our people' या हमारा लोकजीवन दूसरे अर्धांश में—तभी हमारे रथ की गति निर्दिष्ट स्थान तक पहुँच सकती है। 'त्रयाणां धूर्ताणां' वाली साहित्यिक शैली में इसी महँगे तत्त्व को कहना चाहें तो यों कह लीजिए—

अर्धेन भीमो अश्नाति सर्वे पांडवाः।

सर्व पांडवों में 'विश्वभुवन' और भीम के आधे भागधेय में हमारा अपना समाज, अपना जनपद और अपना लोक। आइए इसी सुनहले समन्वय का हम इस मंगल प्रभाव में आवाहन करें।

शुभेच्छु—
वासुदेवशरण

(५)

लखनऊ
११-६-४३

प्रिय चतुर्वेदीजी,

जनपदीय कार्य और प्रान्त-निर्माण का आन्दोलन बिल्कुल पृथक् बातें हैं, उनका संकर किसी का हित नहीं कर सकता। इस समय राग-द्वेष से ऊपर उठकर प्रशान्त उदात्त भावों से लेखनी पकड़ना बहुत ही आवश्यक है, नहीं तो वर्षों की ईप्सित साधना विफल हो सकती है। सत्य स्वयं अपने तेज से चमकता है, अतएव यदि हमारे कन्धों पर शान्त और विवेकी मस्तिष्क पूर्ववत् स्थिर रहेगा तो यह भ्रम-जाल स्वयं ही शीघ्र मिट जाएगा।

आपका—
वासुदेवशरण

(६)

लखनऊ
२३-८-४३

प्रिय चतुर्वेदीजी,

जनपदकल्याणी योजना आपको पसन्द आई, इससे सन्तोष हुआ। कवि ने कहा है—"**प्रायः प्रत्ययमाधत्ते स्वगुणेषूत्तमादरः।**" जैसे योजनान्त की टिप्पणी में लिखा है, इस ओर सम्मेलन की उपसमिति को विचार करना चाहिए।

१६-८-४३ के विषय में निवेदन है कि विकेन्द्रीकरण शब्द के साथ कोई विग्रह न ठानकर मैं आपकी इस बात को मान लेता हूँ कि कोई शब्द अपने आपमें न तारक है, न मारक। हमारे मनोभावों का अमृत और विष उन्हें चाहे तो बना दे। विकेन्द्रीकरण शब्द कुछ विशेष संस्कार लेकर हमारे साहित्य में आया, इसी से उसमें मुझे आशंका थी कि कहीं विरोध की मात्रा को बढ़ा न दे। जनपदीय कार्य वैसे तो अनेक केन्द्रों में फैलकर करना ही पड़ेगा। योजना का सार भी यही है। अतएव यदि आप विचार के उपरान्त उस शब्द को निरापद मानते हों तो मुझे कुछ भी मतभेद न होगा। पर हमारा प्रधान मन्त्र तो 'जनपद' शब्द ही है। यह विधानात्मक है, नकारात्मक भावना से नितांत अछूता। यदि अपने इस पवित्र शब्द को ही हम अपनाते रहें और बराबर उसी के गौरव को बढ़ाते रहें तो देखना यह है कि हमारा पूरा कार्य चल सकता है या नहीं। जनपदीय कार्य या 'जनपदकल्याणीयं' का अर्थ अत्यन्त विचारने पर बहुत विस्तृत मालूम होता है। वेद के जैसे ऋत-सत्य हैं, वैसे ही हमारे जीवन के जानपद-क्षेत्र और पौर-क्षेत्र हैं। ऋत

सर्वव्यापक, अरूप, अमूर्त, अनिरुक्त तत्त्व की तरह है। यही जानपद जीवन का अमर एकरस रूप है। सत्य मूर्त, परिमित और प्रकट है। यही पुरवासी का जीवन होता है। पौर–जीवन समय–समय पर जानपद जीवन के साथ सम्पर्क में आने के लिए उमँगता है। गुप्तकाल की पौर–संस्कृति के बाद ऐसा ही एक युग आया था, जब अपभ्रंश भाषा का सृजन हुआ। मुसलमानी काल में जीवन नगरों की ओर केन्द्रित हुआ। आज हम पुनः अपना जीवन जनपदों के साथ मिलाने को निकले हैं। यह हमारे इतिहास की स्वाभाविक परम्परा के अनुकूल है। कला, साहित्य, उद्योग–धन्धे, यन्त्र, यावत् जीवन के विस्तार में जनपदीय रूप का आकर्षण हमारी आँखों में बस रहा है। पौर–जानपद जीवन के उचित और बुद्धिमानी से किये हुये समन्वय में ही इस देश और जाति का कल्याण छिपा हुआ जान पड़ता है। लोक–गीतों का संकलन, खादी की प्रीति, ग्रामोद्धार के कार्यक्रम देखने–कहने में भिन्न–भिन्न हैं, पर सबका जन्म एक ही दार्शनिक भूमिका से हुआ है। जनपदों की इस भक्ति में उत्तरोत्तर वृद्धि होगी, इसे वे मित्र भी देखेंगे जो आज इस काम से शंकित जान पड़ते हैं। हम सब समान शील और व्यसन वाले 'सखा' हैं। ऋग्वेद में कहा है कि ज्ञान के क्षेत्र में—अर्थात् संस्कृति के जगत् में—सत्यमय सखाओं को प्राप्त करना भी एक बड़ा सौभाग्य है। उन्हीं के पारस्परिक सहयोग, सहानुभूति, सौमनस्यता एवं समाधिपूर्ण चिन्तन से शाश्वत मूल्य के कार्य आगे बढ़ा करते हैं।

'मानव' को अपने पूज्य आसन पर प्रतिष्ठित करने के लिये ही हमारे प्रयत्न हैं। मैं तो इस विषय में वेदव्यास के मानव केन्द्रिक दर्शन का अक्षरशः भक्त हूँ। (Homo-centric view man at the centre of Universe)

'व्यास' शीर्षक लेख में इसे लिख चुका हूँ। व्यास का यह श्लोक सोने के अक्षरों में टाँकने योग्य है—

''गुह्यं ब्रह्म तदिदं ब्रवीमि, नहि मनुष्यात् श्रेष्ठतरं हि किंचित्।''

(शान्ति पर्व १८०/१२)

'यह रहस्य, ज्ञान या भेद की बात तुमको बताता हूँ कि मनुष्य से बढ़कर यहाँ अन्य कुछ नहीं है।' व्यास का यह मानव–केन्द्रिक मत हमारे अर्वाचीन ज्ञान–विज्ञान की खोज–पद्धति और सामाजिक अध्ययन में सर्वत्र फैलता जा रहा है। मनुष्य को ऊँचा उठाकर ही हमारी सारी क्रियाएँ और साधनाएँ—कला, साहित्य, ज्ञान, विज्ञान—ऊँची उठेंगी। मनुष्य यदि हमसे आदर न पा सका तो हमारे उस सम्मान–भाव का पात्र विश्व में और कौन निकलेगा ?

आपका—

वासुदेवशरण

(७)

लखनऊ
२४-१०-४३

प्रिय चतुर्वेदीजी,

काशी नागरी-प्रचारिणी सभा की पत्रिका के विशेषांक 'विक्रमांक' में मैं इतना व्यस्त रहा कि आपको जनपद-साहित्य या कार्य के सम्बन्ध में कुछ न लिख सका।

सत्येन्द्रजी जनपदों की पृथकता से सशंक हैं। परिस्थिति कितनी निष्ठुर है कि उनको हिन्दी के एक दूरस्थ जनपद के गढ़ में ही ले जाकर बन्द कर दिया—मध्यदेश की उछलती गंगा-यमुना की धाराओं से एकदम दूर![१] सहानुभूति का सरस पत्र उनको लिखना न भूलिएगा। मरुस्थल में गए व्यक्ति को मध्यदेश की इस सरसता की कितनी आवश्यकता रहती है, इसका कुछ ज्ञान जातकों के पढ़ने से है।

जम्मू के डॉ. सिद्धेश्वर जनपदीय परिवार के नये सदस्य हुए है। वे अन्तर्राष्ट्रीय ख्याति के भाषाविद् हैं। स्वभाव के प्रशान्त, आर्य-भावों से युक्त, नवयुवकों जैसी स्फूर्ति से संपन्न। मुझे दिसम्बर १९४१ में हैदराबाद (दक्षिण) में उनके दर्शन मिले थे। दोनों एक-दूसरे के प्रति आकृष्ट हुए। वस्तुतः वे गम्भीर पुरोधा हैं। उन्होंने जम्मू से ६० मील दूर अपने एकान्त साधना-स्थान 'आनन्द-आश्रम' से सरस-सहृदयता से भरा हुआ जो पत्र भेजा था, उसकी एक प्रतिलिपि आपको मैंने अभी भेजी है, मिल गई होगी। उनको भी आज ही मानो एक महीने की समाधि से जागकर जो पत्र लिखा है, उसका एक खोखा आपको भेजता हूँ। आज तो साहित्यिक मित्रों के मानस-मिलन का पर्व है। मेरा मन भी एकादशी व्रत के द्वारा आज रस-तृप्त है। वह देखिए लाहौर से श्री देवेन्द्रजी सत्यार्थी का पत्र २९ सितम्बर का आया हुआ है, उनको भी उत्तर जा रहा है। श्री मैथिलीशरणजी गुप्त के निमन्त्रण को स्वीकार करते हुए ३० अक्तूबर को साहित्य-सदन चिरगाँव में उनके दर्शन करने की सूचना अभी भेजी है। ३१ को मोठ में कुछ शिला-लेख देखने हैं।

सत्यार्थीजी जनपद-कार्य के आद्य ऋषि हैं। उन्होंने जीवन की साधना के जल से इस कार्य की जड़ों को दूर तक सींचा है। मथुरा में एक मास तक उनके साथ रहकर उनकी साधना से मैं परिचित हो चुका हूँ। उनके पैरों का रथ सारी धरती पर फिर आया है। वे हमारे जनपद-जगत् के सच्चे चक्रवर्ती हैं।

मैं विकेन्द्रीकरण शब्द के प्रयोग से आपको सजग करना चाहता था। मैं देखता हूँ, आपके अन्य हितू-मित्र भी वैसे ही विचार के हैं। जनपदीय कार्य की आवश्यकता,

---

१. सत्येन्द्रजी आगरे से नवलगढ़ (जयपुर) कॉलिज में चले गए थे।

उसका महत्त्व, उसकी उच्चता, उसकी प्राणदायकता, उसकी हित-साधकता के विषय में हम सब प्रायः एकमत ही हैं। मैं आपके अथक परिश्रम, घनीभूत उत्साह की कहाँ तक प्रशंसा करूँ? भवभूति के शब्दों में, 'हृदयस्त्वेव जानाति' का यह विषय है। आपने ही इस कार्य को आन्दोलन का रूप दिया और आप ही के बल पर उसके प्रचार की रीढ़ सधी हुई है। चन्द्रबलीजी को जो आपने लिखा है कि हमें जनता को विचार करने और अपने परामर्श उपस्थित करने का मौका देना चाहिए, यही ठीक भाव है। अभी तो हमारे समाचार-पत्रों को अपनी बहुत सी सुविधाएँ इस कार्य के लिए देनी हैं; अनेक सम्पादकों को अपनी लेखनी घिसनी पड़ेगी, कितने ही लेखकों को मस्तिष्क की उधेड़-बुन इस काम में खर्च करनी पड़ेगी, अनेक भाषाओं में इस सन्देश की व्याख्या करनी होगी—तब इस महानाद का सम्मिलित घोष सिन्धु और ब्रह्मपुत्र के बीच की अगणित प्रजाओं तक पहुँच पाएगा और इन सबसे बढ़कर आवश्यकता होगी—किसी तपस्वी दधीचि के अपनी हड्डियों को इस काम में गलाने की। बिना तप के कोई महान् कार्य आज तक पूरा नहीं उतरा। यह सृष्टि का नियम है। साहित्य के क्षेत्र में भी इसका अनुशासन है।

श्री पं. अमरनाथ झा अपनी व्यवहार-निपुणता के लिए विख्यात हैं; यह बड़ा लाभ है कि वे भी आपके जनपद-कार्य के साथ हैं। डॉ. सिद्धेश्वरजी का मूलपत्र अनुवाद के साथ 'मधुकर' में छापने-योग्य है। वह हम सबके लिए उत्साहप्रद प्रमाण-पत्र है। उससे हमें ज्ञात होता है कि हमारा मार्ग ठीक है और बाहर के टकसाली विद्वान् भी उसको आशीर्वाद देते हैं। यह बात हिन्दी के साहित्यिकों को जाननी चाहिए।

यही पर एक विषयान्तर आ गया। क्षमा कीजिए। मेरी धर्मपत्नी अपने बच्चे विष्णु को एक कहानी सामने बैठी सुना रही थी। उसमें से 'काग-उड़ावनी' मेरे कानों में पड़ा। मुँदे कान जैसे खुले। मैंने पूछा कि यह क्या कहानी है तो नाम बताया—'झनझन गुड़िया' और कहा कि भृगु (विष्णु का बड़ा भाई) कहता था कि यह कहानी मधुकर में निकल चुकी है।

मैंने कहानी का पिछला भाग अभी सुना। उसमें यह गाथा आई है, जो उसकी पूरी वस्तु (प्लॉट) की सूचक है—

'रानी ही सो बाँदी हो गई,
बाँदी ही सो रानी।'
बारह बरस तक मुरदा से कै उठाया दुःख। जब भी न पाया सुख॥

मुझे भी याद है 'ब्रज भारती' में श्रीमती यशपाल ब्रज की ठेठ बोली में इसी मूल ठाट से विकसित एक कहानी 'बाँदी की चतुराई' लिख चुकी हैं। सम्भवतः यह किसी प्राचीन जैन कहानी पर अवलम्बित है, क्योंकि इसमें राजा के देशान्तर में व्यापार करने के

लिए जाने और जहाज लादने का वर्णन आता है। अनुमान होता है कि अवदानों के युग में गुप्त-काल में जब द्वीपान्तरों से हमारा जीता-जागता सम्बन्ध कहानी-साहित्य में जुड़ा, तभी इस कहानी की मूल रचना हुई होगी, जो लोक में आज तक जीवित है—असंख्य बालकों का मनोरंजन करने के लिए। बड़ा आनन्द होगा, जब इसका मूल कहीं मिल जाएगा। 'नेक और बद' दूसरी कहानी का मूल मुझे 'भविष्यदत्ता कथा' नामक जैन ग्रन्थ में मिल गया था। उस पर एक लेख मैंने कई महीने पहले भेजा था। आशा है, मिला होगा, उसे मधुकर के किस अंक में छापियेगा।

विनीत—
वासुदेवशरण

(८)
यात्रा में

पो. कालसी (देहरादून)
२७-११-४३

प्रिय चतुर्वेदीजी,

रात के १० बजे हैं। यमुना की वेगवती धारा सामने बह रही है। उसकी कल-कल ध्वनि बरबस अपनी ओर ध्यान खींचती है। प्रकृति का कैसा सुन्दर क्रीड़ास्थल इस उपत्यका की गोद में है। यह स्थान प्रियदर्शी महाराज अशोक के परम पावन शिला-लेखों से पवित्र हुआ है। जहाँ लिख रहा हूँ, इस स्थल से १०० गज की दूरी पर सम्राट् के पवित्र शब्दों से अंकित वह शिलाखण्ड है, जिसके दर्शन से मन दो दिन से बहुत प्रफुल्लित है। कल और आज उन लेखों को मूल पाषाणीय संस्करण में पढ़ता रहा हूँ और उस उदारमना देवानां-प्रिय प्रियदर्शी सम्राट् की जनपद-कल्याणी हितबुद्धि से प्रभावित होकर मुझे बहुत ही आनन्द प्राप्त हुआ है। कालसी यमुना के दक्षिण तट पर स्थित है। यह जौंसार प्रदेश के पश्चिमी छोर पर है। कालसी से लाखामण्डल तक प्राचीन यमुना प्रदेश था, जिसके मुकुट पर यामुन पर्वत के शुभ गिरि-शिखर हैं, जिन्हें आज बन्दर-पूँछ कहते हैं और जहाँ जमनोत्री के हिमगलों से यमुना की पराक्रमशालिनी धारा बही है। अपने पितृगृह में यह यमुना कितनी छविधारिणी है! गोलमटोल गंगलोढ़ों के साथ कल्लोल करती हुई, इसकी जल-धारा कितनी निर्मल है! इसके उत्संग में भरी हुई धूप कितनी मनोरम है! इसके प्रेक्षागृह में मन को सुख देनेवाला कितना सौन्दर्य है! करोड़ों वर्षों से इस यमुना ने हिमखण्डों की द्रावक-शक्ति से हिमाद्रि को पीस-पीसकर हमारे लिए धरित्री का निर्माण किया है। सामने यमुना के तट पर पानी की चरखी से चलनेवाली एक घराट है। वह मानो यमुना की महाघराट का ही एक रूपक है। युग-युगों तक के लिए यमुना की

भगीरथ घराट में अथक विक्रम की कुञ्जी भरी हुई जान पड़ती है। जिस युग में हमारे पूर्वजों ने यमुना के तट पर आकर अपने रथ को विश्राम दिया, तब से यमुना के साथ हमारा राष्ट्रीय सख्य-भाव स्थापित हुआ और उसके अमिट अंक आज तक अशोक की ब्राह्मी-लिपि की तरह उज्ज्वल हैं। सचमुच यमुना के पराक्रम की महिमा उसके गात की निराली आभा की तरह मन को खींचती है। पर्वतों के उतार-चढ़ाव में झरनों और गधेरों की सैर करते हुए ५० मील की पैदल-यात्रा के बाद परसों रात यहाँ आया।

जनपदीय जीवन के साथ हमारे परिचय का विस्तार एक राष्ट्रीय महत्त्व की समस्या है। जनपदीय साहित्य का कार्य भी उसी का एक अंग है। मेरी समझ में हमारे भावी जीवन का पचास वर्षों का दिक्मन्त्र जनपदीय कार्य में समवेत है। जानपद-जन के दर्शन के विषय में आज प्रात:काल ही महाराज अशोक के श्रद्धाभाजन शब्द पढ़े हैं। वस्तुत: राष्ट्र के जानपद-जन का समग्र दर्शन, आत्म-दर्शन की तरह पवित्र, व्यक्तिगत रागद्वेष से अतीत, हमारे बहुमुखी जीवन के केन्द्र में प्रतिष्ठित अत्यन्त मंगलास्पद कार्य है। इस खान के सान्निध्य में जो आ सकेगा, वही इसके अनमोल कोष को पहचानेगा।

जनपदीय साहित्य का कार्य स्वयंप्रतिष्ठित, स्वयंमंडित और स्ववीर्यगुप्त है। उसको हिन्दी-जगत् की अयाचित सहायता आज प्राप्त हो अथवा दस वर्ष बाद, इससे उस कार्य के महत्त्व और गौरव में राई बराबर भी अन्तर नहीं पड़ता। सम्मेलन यदि जयपुर के अधिवेशन में अपने पिछले प्रस्ताव को वापस फेर ले तो इससे मुझे तनिक भी क्षोभ न होगा। सत्य का दर्शन स्वयं एक महाशक्ति है। जो साहित्यिक इस महाशक्ति को देख सकता है, उसे किसी बाहरी प्रेरणा की टेक नहीं चाहिए। हाँ, जो सत्य को देख सके हैं, वे यदि उसकी उपासना में कातर हों तो सत्य प्रहत होगा।

श्री सत्येन्द्रजी मेरे अभिन्न मित्र हैं। उनका सौहार्द मेरे प्रति गंगा के निर्मल जल की तरह शुद्ध है और मेरा प्रेम उनके प्रति कामधेनु के दूध की तरह निर्विकार है। 'वाक्-संयम और भाव-शुद्धि' ये दो उपदेश प्रियदर्शी अशोक ने विभिन्न संप्रदायों की सम्मनस्कता और एकता के लिए कहे हैं। साहित्यिक जगत् में भी इनकी आवश्यकता है। मैं समझता हूँ कि श्री सत्येन्द्रजी का सोचना और लिखना एक शुभ लक्षण है। सत्य का जो पक्ष हमें नहीं दिखायी देता, उसके प्रति हमें सचेत करने के लिए ईश्वरीय प्रेरणा उनके हृदय में उत्पन्न हुई है। यदि प्रारम्भ में ही जनपद-साहित्य के आन्दोलन को सब ओर से भद्रंभंद्र का स्वागत मिल जाता तो सम्भवत: उसकी आयुष्मत्ता कम होती। जितना ही आन्दोलन का विरोध होगा, उतना प्रचण्ड उसका वेग बढ़ता ज़ाएगा। विरोध से यह कार्य अवश्य आयुष्मान् होगा, ऐसी मेरी धारणा है। हमारे जीवन की अवधि अल्प और परिमित है, परन्तु गंगा और यमुना की वारि-धाराओं से प्रोक्षित ये महाप्रजाएँ अनन्त जीवन वाली हैं। इनमें अमरता है, क्योंकि हमारे आकाश में उदित होनेवाले सूर्य ने किरणों से नित्य अमृत

बरसाकर हमारी पृथिवी पर रहनेवाली प्रजाओं को अमर बना दिया है। इन अमर प्रजाओं के जीवन से सम्बन्ध रखनेवाला जो कार्य है, वह हमारे अल्प जीवन से कहीं अधिक स्थायी है। यह सम्भव है कि हमारे कंठ की क्षीण सरस्वती अभी दूर तक न सुनाई दे, पर सत्य का घोष जब एक बार सुनाई पड़ने लगता है, तब जन्म-जन्म की बधिरता दूर हो जाती है। जब जानपद-जन के जीवन-काव्य का सन्देश हमारे साहित्यिक सुनेंगे, तब साहित्यिक जलों का वेग ऐसे बह निकलेगा जैसे इन्द्र के वज्र से चूर्णित मेघों से मूसलाधार वृष्टि। सत्य महान् है। उसकी तुलना में व्यक्तिगत मत और वाद 'पिनाक पुराने' हैं। वे टूट जाएँ तो इसमें शोक की क्या बात होगी? यदि हमारा ही मत भ्रांत है तो भी सत्य को तो उद्‌घाटित होना ही चाहिए। उसके उद्‌घाटन का श्रेय तो उन्हीं मतिमानों को होगा, जो इस समय विरोध में लिखते दिखायी पड़ रहे हैं। श्री सत्येन्द्रजी को मैं अपनी समस्त सदाशाएँ भेजता हूँ। ईश्वर करे, उनकी लेखनी में और अधिक तेज और बल हो। हिन्दी-मातृभाषा का हित ही तो हम सबको इष्ट है। जिस प्रकार हिन्दी के अक्षय-भण्डार की वृद्धि हो, जिस प्रकार हिन्दी के साहित्यिकों में पारस्परिक सुमति और वरद-बुद्धि से कार्य करने की अभिलाषा उत्पन्न हो—वे ही सब मार्ग हमें भी मान्य हैं। ईश्वर न करे किसी प्रकार हमारे द्वारा जान में अथवा अनजान में हिन्दी-मातृभाषा के स्थायी हित की हानि हो। अतएव आइए, वाक्-संयम और भाव-शुद्धि की सहायता से साहित्यिक सत्य जिस प्रकार हमें दृष्टिगोचर हो, उसी प्रकार उसकी उपासना करते जाएँ। ऋजु भाव सत्य है, कुटिलता अनृत है। ऋजुता अमृत और जिह्मता मृत्यु की ओर ले जाती है। यदि हम सब एक स्वर से ऋजुता की उपासना करते रहेंगे तो अवश्य ही हमारा साहित्य अमृत-पद की ओर अग्रसर होगा। जीवन में जो सत्य है, अमृत है, उसी की प्राप्ति के लिए तो साहित्य का भी द्वार खुला हुआ समझना चाहिए।

आशा है, आप जनपद साहित्य का अलख जगाने में पूर्ववत् और अविचल बने रहेंगे।

आपका—

वासुदेवशरण

(९)

कालसी

ब्राह्ममुहूर्त, २८-११-४३

जनपदीय साहित्य के आन्दोलन की रूपरेखा को अभी और अधिक स्पष्ट करने की आवश्यकता है। उसको निश्चित वैज्ञानिक पद्धति से विकसित करके उसमें कर्तव्य-कर्म की सामग्री को भरने की आवश्यकता है।

ज्यों-ज्यों यह विषय स्पष्ट होगा, कार्यकर्ता पारस्परिक अभिप्राय को समझ

सकेंगे। यह असम्भव है कि गाँवों एवं जनपदों में बिखरी हुई साहित्य-सामग्री और अक्षय शब्द-संपत्ति को एकत्र करके हिन्दी-कोश में भरने की बाबत किसी भी सहयोगी को मतभेद हो।

नगरों के जीवन का जो उज्ज्वल पक्ष है और जनपदों में जो अकृत्रिम स्वभाव, अपनापन एवं देश की तथा जनता की पारम्पर्यक्रम से आई हुई संस्कृति का सुरक्षित अंश है—उन दोनों का मेल हो जाना चाहिए। यही सत्येन्द्र के चाय और मेवा का मणिकांचन योग है। चाय नगरों की प्रतीक और मेवा हमारे जनपदों की मीठी प्रतिनिधि है। यहाँ जौंसार के प्रकृतिगुप्त अंत:पुर में अखरोट के कितने वृक्ष हैं! दस दिन तक उनसे तोड़-तोड़कर उनकी मिश्री-सी स्वादिष्ट गिरी का हमने परिचय प्राप्त किया है और उसी तरह जौंसारी संस्कृति और भाषा की मेवा का स्वाद भी चखने को मिला है।

यहाँ पहाड़ में लकड़ी के विशाल प्रासाद-निर्माण और नक्काशी की प्राचीन कला की परम्परा अभी तक बनी हुई है। देवदारु के सरल स्कन्ध वाले महावृक्ष हिमवान् के दिग्गज-पुत्रों की तरह उसके उन्नत अधित्यका-प्रदेशों में भरे हुए हैं। मार्ग में चलते हुए बार-बार रघुवंश का कवि हमसे पूछता हुआ जान पड़ता है—

''अमुं पुरः पश्यसि देवदारूं, पुत्रीकृतोऽसौ वृषभध्वजेन।''

सामने खड़े हुए एक देवदारु के वृक्ष को देखते हो? गिरिराज के अधिष्ठातृ देव शिव को यह पुत्र की भाँति प्रिय है। ४० से ६० हाथ तक प्रांशु शरीर वाले तथा २० से २४ हाथ तक के घेरे से युक्त इनकी भव्य काय को देखकर कौन सहृदय प्रमुदित न होगा? इनकी छतनार शाखाओं के नीचे कितनी सघन छाया है। मान्थात के आनन्दीगिरि निर्झर ने शताब्दियों से जिन्हें पोषित किया है, उन विशाल देवताओं के दर्शन से हम भी रस-तृप्त हुए। ये महान् वनस्पति हिमालय के वरदानों की तरह यहाँ के निवासियों के लिए सहज प्राप्त हैं। उनके चन्दनवर्णी सारवान् काष्ठ को पाकर भी यदि यहाँ के निवासियों ने देवदारुओं के साथ अपना परिचय न बढ़ाया होता तो हम उन्हें कितना मूठल समझते! अब तो अपने आवासों के रोम-रोम को उन्होंने मानो देवदारुमय बना रखा है। दो बाँट वाले खम्भों पर मेहराबदार दरों की पंक्तिवाले बरामदों की रचना अत्यन्त मनोहर है। घरों में, कमरों में, दीवारों में तीन-तीन इंच मोटे और चौबीस इंच चौड़े देवदारु के तख्ते लगे हुए देखकर हमारे आश्चर्य का ठिकाना न रहा।

लाखामण्डल में पैर रखते ही जिस वस्तु ने सबसे पहले हमारा ध्यान आकर्षित किया, वह देवदारु का विशाल भवन था। उसमें ३०-३२ हजार की लागत लगी बताई जाती है। उसके खम्भों पर और उनके बीच में लगी हुई आड़ी तख्तियों पर (जिन्हें प्राचीन काल में सूची कहते थे और यहाँ अटाली कहा जाता है) बने हुए फूल-पत्तियों के साज को देखकर हमें बरबस गुप्तकालीन पत्र-लता के कटाव और अभिप्रायों (motifs)

की याद आ गयी। नक्काशी के लिए यहाँ 'उकेर' शब्द जीवित है। संकृत के 'उत्कीर्ण' का यह सगोता वंशज है। इस 'उकेर' को समझने के लिए हमने स्थानीय कारीगरों की तलाश की। सौभाग्य से लाखामण्डल गाँव का ही परमा बढ़ई हमें गुरुवत् मिला। सौहार्द से हमने उसका स्वागत किया और उत्सुकता के पात्र में हम उससे शब्दों का दोहन करने लगे। परमा के साथ वह घण्टा बड़ा कामदुघ सिद्ध हुआ। लगभग ५० पारिभाषिक शब्द हाथ लगे। परमा जानपद-जन का सरल प्रतिनिधि था; अक्षर-ज्ञान से उसे सुरक्षित रखकर जनपद ने अपनी संस्कृति की उसके द्वारा रक्षा की है और उसके प्रवाह को आगे बढ़ाया है। परमा आज भी चतुर्दल और षट्दल कमलों के फुल्लों को 'सुरुज नरायन के फूल' कहकर उसी मनोभाव से उकेरता है, जिस गहरी रुचि से उसके गुप्तकालीन पूर्वज उनमें सौन्दर्य की सृष्टि करते थे। अपने उन विचक्षण कला-रसिकों के वंशज आज एक हम हैं, कला की परख से सब तरह कोरमकोर!

जनपदों का संसर्ग क्या हमारे ही अपने पुनर्जीवन के लिए आवश्यक नहीं है? उसके प्राण-प्रद वायु में कितना जीवन-रस भरा हुआ है। पुर और जनपद दोनों को एक-दूसरे की आवश्यकता है। ईश्वर करे, दोनों का गाढ़ परिचय आनेवाले युग की विशेषता हो और पारस्परिक कल्याण का साधक बने।

आपका—
वासुदेवशरण

(१०)

लखनऊ
२२-११-४३

प्रिय चतुर्वेदीजी,

आपका 'प्रवृत्ति' के समय निवृत्तिसूचक[१] पत्र मिला। क्या आप प्राण को मेटकर शरीर को खड़ा रखना चाहते हैं? जब विषम आया है, तब यह कश्मल कैसा? क्या भगवान् के इस वाक्य का मर्म अर्जुन के लिए आपसे अधिक था? मैं क्या कहूँ—लिखूँ? सूत्ररूप में 'नैतत्त्वयि उपयुज्यते' याद आता है। जो धीर है, वह अमृत की ओर बढ़ता है। विपक्ष के लेख नश्वर हैं, ऐसा जानकर अपने अमृत कल्प जनपदकल्याणीय अलख को और भी अधिक निष्ठा से जगाते रहना चाहिए।

नकारात्मक शब्द विपरीत भावनाओं को उत्पन्न करते हैं। विकेन्द्रीकरण की पहली प्रतिक्रिया के समय मैंने भी और श्री सत्येन्द्रजी ने भी आपको यही लिखा था। आप कृपया

---

१. श्री बनारसीदासजी चतुर्वेदी ने जनपद-समिति से इस्तीफा दे दिया था।

एक वर्ष के लिए इस शब्द के प्रयोग को स्थगित रखिए। जनपदों के स्वतन्त्र जीवन से हिन्दी के अखण्ड साम्राज्य को केवल बल मिल सकता है, भय नहीं। हममें से कौन हिन्दी का भक्त नहीं है। जनपद-साहित्य की खोज हिन्दी के अहित के लिए नहीं है। यह तो मातृभाषा हिन्दी को चारों ओर से समृद्ध करने का एक प्रयत्न है। सूर्य के समान तपते हुए इस सत्य के साथ कौन खिलवाड़ कर सकता है?

श्री चन्द्रबली और माखनलालजी के विचार भी पढ़े। जनपद-साहित्य के विमर्श का आन्दोलन स्वयं हिमवान् के समान ऊँचा है। उसको दूसरों के कन्धों की अपेक्षा नहीं। सम्मेलन इसके महत्त्व को समझने के लिए यदि अभी अधिक समय चाहे तो इसमें खेद की क्या बात है? इससे सत्य असत्य नहीं बन जाता। जो सत्य के उपासक हैं, उनका विश्वास जिस दिन चूर हो जाएगा, उस दिन सत्य की हानि होगी, अन्यथा नहीं। जयपुर में हरिद्वार का प्रस्ताव रहे चाहे जाए, यह एक छोटी नगण्य घटना है। कार्य का क्षेत्र प्रस्ताव की पेटी में कब बन्द हुआ है? आपने 'मधुकर' के द्वारा जो किया है, वह न करते तो प्रस्ताव कहाँ-का-कहाँ होता?

आपका—
वासुदेवशरण

(११)

लखनऊ
२४-११-४३

प्रिय चतुर्वेदीजी,

आपके १९, २० और २१ के तीन पत्र मिले। ब्रह्मा, विष्णु, रुद्र की तरह उनमें भविष्य के लिए जन्म-स्थिति और संहार का रूप एक साथ देखा। मेरी दृष्टि में जनकल्याणीय और 'सेतुबंध'[१] एक ही रथ के दो पहिये हैं। घर में जो धन गड़ा है, उसको भी पहचानो और ढूँढ़ निकालो, यह जनपद-कल्याणीय सन्देश है। बाहर से धन लाकर घर का कोष भरो, यह सेतुबंध है। अपने में जो 'विभूति' और 'श्री' का पक्ष है, उस पर दृष्टिपात करो तथा अन्यत्र जहाँ पद्माश्री के सौन्दर्य का निवास है, वहाँ से उसका आवाहन करके अपने निवास को अलंकृत करो। यदि मैं आपके अभिमत को ठीक समझा होऊँ—जैसा कि मेरा विश्वास है—तो जनपद-कल्याणीय और सेतुबंध दोनों ही हमारे साहित्य की प्रगति के लिए अनिवार्यतः आवश्यक हैं। 'हिन्दी-साहित्य के समग्ररूप' लेख में मैंने यही तो कहा है। इस सन्देश को हमारे मित्र भली प्रकार

---

१. श्री बनारसीदास चतुर्वेदीजी का एक लेख

समझ लें। ऋजु-दर्शन के बाद संकर का भय हट जाता है। बाहर से आनेवाले ज्ञान का कपाट, हाथी के मस्तक की चोट से जैसे दुर्ग का द्वार तोड़ा जाता है, ऐसे खोल दीजिए। पर जिस कोठार में उस ज्ञानरूपी महार्घ कोष को संचित रखना है, उसकी भी पूरी पैमाइश हो जानी चाहिए। बाहर से एक साथ यदि कुबेर का कोष आकर फट पड़े तो अकिंचन क्या उस धक्के को सँभाल सकता है? वह तो उसके भार से लड़खड़ा जायगा। अंत:सारवाला व्यक्ति ही बाहर के सार को पचा सकता है। कवि ने मेघ के लिए ठीक ही कहा है, **''रिक्तः सर्वो भवति हि लघुः पूर्णता गौरवाय।''** रीता हल्का और भरा भारी होता है।

हम बाहर से भोजन की सामग्री ला सकते हैं, पर भूख हमारी ही होगी। हम बाहर से खाद ला सकते हैं, पर हमारी अपनी भूमि उपजाऊ होनी चाहिए। बंजर में खाद भी किस काम की होगी? यहाँ तो किसी एक व्यक्ति के विचारों का प्रश्न नहीं है। किसी एक क्षुद्र प्राणी की चाहत और अनचाहत की बात स्वप्न में भी नहीं आती, चाहे वह कितना ही बड़ा क्यों न हो! मैं स्वयं क्या हूँ? जायसी के शब्दों में 'अहुठहाथ तन सरवर'[१] का एक नमूनामात्र, जिसमें उछलता जल भरा है। ज्ञान का प्रचण्ड सूर्य इतना प्रतापी है कि उसकी गर्मी (Focus) यदि केन्द्रित होकर इस सरोवर के जल पर पड़ जाए तो वह भक् से एक क्षण में उड़ जा सकता है। ऐसे खुद्दक निकाय या क्षुद्र शरीर वाले व्यक्ति के अहं का एकदम कहीं कोई प्रश्न ही नहीं है। यदि मेरे विचार हिन्दी के लिए अहितकर हों तो मुझे ब्रह्महत्या का पातक लगना चाहिए। मैंने गयी ज्योति में पुरानी बातों को देखने का अभ्यास किया है, अतएव इन मर्यादाओं को बिना हिचकिचाहट के मानता हूँ। ब्रह्म या ज्ञान हमारे निजी व्यक्तित्व से कहीं अधिक महान् है। ज्ञान हमारा आचार्य है, हम सब शिष्य हैं। अथर्ववेद के शब्दों में हमें अपने लिए केवल आयु चाहिए, पर अपने आचार्य के लिए अमृतत्त्व—अमरपन चाहिए:—

''आयुरसमासु धेहि। अमृतत्वमाचार्याय''

हम जिएँ, पर ज्ञान अमर हो! इसी में कल्याण है! ऐसे श्रेष्ठ, वरिष्ठ, गरिष्ठ, मंहिष्ठ, वसिष्ठ आचार्य के लिए पंचधा प्रणाम हो! बस आइए, हम सब एक ही व्रत से साहित्य-सेवा में प्रवृत्त हों—अपने महान् आचार्य के लिए अपने स्वरों में जय-जीव का नाद भरकर इस पद से हम सबके स्वर संवादी होंगे, विसंवादी नहीं—फिर सरगम के सप्तकों में चाहे जिस स्वर से अपनी शक्ति और रुचि के अनुसार हम बोलें। स्वरों का साम्य (Symphony) जीवन-वर्धक है, उनका वैषम्य शक्ति के क्षय का कारण। अन्तरात्मा की प्रेरणा से, ऊँचे पद से, आप या सत्येन्द्रजी या मैं या हमारे एक सौ एक

१. साढ़े तीन हाथ का शरीररूपी पोखरा

बन्धु जो करेंगे, वही हितकर होगा। जब मनुष्य यह प्रार्थना करता है कि हम श्रुति या ज्ञान के साथ संमनस्क (In harmony) हों, उसके साथ विरुद्ध भाव में न पड़ें तो यह अनेक भूलों से बच जाता है—भगवान् के प्रसाद से। प्राचीन ज्ञान के साधक यही कहते और चाहते थे—

''सं श्रुतेन गमेमहि मा श्रुतेन विराधिषि।''

हिन्दी जीवित राष्ट्र की जीवित भाषा है। उसके अभ्युदय का काल अब आया है। यह अभ्युदय की रूपरेखा देवों के द्वारा पूर्व निश्चित हो चुकी है। हम आप तो देवलोक की उस वाणी को मूर्त रूप देने के साधनमात्र बन सकते हैं।

कृतज्ञ होऊँगा, यदि सत्येन्द्रजी को भी इस पत्र का साक्षीदार बना सकें।

आपका सुहृत्—
वासुदेवशरण

(१२)

लखनऊ
२१-१२-४३

प्रिय चतुर्वेदीजी,

इधर कार्य में बहुत अधिक संलग्न रहने के कारण आपके सुन्दर विशेषांक[१] की पहुँच भी न लिख सका। इस महीने में इसी कारण विशेष अवकाश नहीं निकाल सका कि जनपद कार्य पर कुछ लिखता। जनपद-कल्याणी योजना पर लिखने की बात मन में है। वह मानसिक भूमि पर बराबर बढ़ रही है। आशा है, किसी दिन प्रवृद्ध सत्य-संपत्ति के साथ प्रकाशित हो सकेगी। अथर्ववेद का पृथिवी-सूक्त (१२/१/१-६३) पृथिवी-पुत्रीय भावना का आदिस्रोत है। उसके अध्ययन से अनमोल सामग्री मिली है। भारतीय इतिहास और संस्कृति के अध्ययन में सबसे पहले पृथिवी-सूक्त के ६३ मन्त्रों का अध्ययन करा देना चाहिए और सामूहिक रूप से उसे कंठ कराना चाहिए, राष्ट्र-संवर्धन की सब योजनाओं और भावनाओं का वह सूक्त अक्षय्य स्रोत है। किसी पूर्व युग में सुन्दरी सूर्या के विवाह-महोत्सव में अमर्त्य देवों ने जिस कमल की गन्ध को उत्पन्न किया था, उसे आप आज फिर सूँघना चाहते हों तो पृथिवी-सूक्त को देखिए।

आपका—
वासुदेसवशरण

---

१. 'मधुकर' का बुन्देलखण्ड प्रान्त-निर्माण अंक।

(१३)

लखनऊ
२३-१-४४

प्रिय चतुर्वेदीजी,

सत्येन्द्रजी की ग्राम-योजना पढ़ी। ईश्वर को धन्यवाद है कि साहित्यिक और सांस्कृतिक कार्य के सम्बन्ध में उनका कोई मतभेद नहीं है। 'जनपद' शब्द को लेकर कुछ खींचातानी इधर हिन्दी में हुई है। मुझे इस शब्द से बिल्कुल भय नहीं लगता। प्राचीन ग्रन्थों में जो अनेक जनपदों के नाम हैं, वे सब देखे जायँ तो कुछ जनपद जिलों के बराबर होंगे, कुछ आजकल की कमिश्नरी-जैसे। महा-जनपद कुछ-कुछ प्रान्तों का रूप भी धारण किए हुए हैं। राजनैतिक पहलू और पार्थक्य के भाव की ओर हमें कुछ नहीं कहना है। हमें तो जनपदों में बसनेवाली जनता की भाषा और संस्कृति का अध्ययन करके हिन्दी-भाषा के भण्डार को भरना है, और उस जनता को आत्म-स्मृति करानी है। अधिकांश जनता गाँवों में ही बसती है, अतएव जनपदों का अध्ययन ग्रामों का ही अध्ययन है। पर जनपदों का विभाजन जिलों के बँटवारे की तरह आज भी मौजूद है। वह अपनी स्वतन्त्र सत्ता प्राचीन काल से रखता आया है। उससे भयभीत न होना, उसे स्वीकार करना और फिर समग्रता या एकता के भाव की प्रधानता रखना ही हमारी विशेषता होनी चाहिए। क्या प्रान्त-विभाजन से देश की समग्र एकता किसी प्रकार से भी निर्बल कही जा सकती है? ऐक्य का भाव तो मातृभूमि के प्रेम में है। जो भूमि को माता कहें, वे सब उसके पुत्र हैं। मेरी दृष्टि में जनपदों के नामकरण और सीमाओं का निश्चय इतना महत्त्वपूर्ण नहीं, जितना कुछ मित्र समझते हैं। मैंने 'केदार-मानस' नाम कार्य की एकता के लिए लिखा था। सत्यार्थीजी ने केदार और मानस कर दिया तो इसमें भी मौलिक आपत्ति नहीं आ जाती। ग्रामों में बसनेवाली जनता की दृष्टि से साहित्यिक-सांस्कृतिक कार्य का आरम्भ होना चाहिए—शेष विवाद स्वयं शान्त हो जाएँगे। वेदान्तियों के शब्दों में, **'वाचो विग्लापनं हि तत्'** अर्थात् जनपदों के नानात्व के कारण कार्य के स्वरूप के विषय में ही भड़क जाना, वाणी का मुरझाना है। **'मृत्योः स मृत्युमाप्नोति य उ नानेह पश्यति'**—आइए, नाना भावों की उलझनों से बचकर वास्तविक कार्य में लगें। तभी वसन्त में खिले हुए शंखपुष्पी के श्वेत पुष्प के हास की तरह हमारी वाणी का भी विकास होगा।

आपका—
वासुदेवशरण

(१४)

लखनऊ
१०-३-४४
चैत्र कृष्ण १

प्रिय चतुर्वेदीजी,

इस समय प्रकृति की शोभा वर्णनातीत है। अभी डेढ़ मास प्राचीन अहिच्छत्रा के उत्संग में रहकर लौटा हूँ। पट-मण्डपों से बना हुआ जो हमारा छोटा-सा आवास था, उसके चारों ओर मधुलक्ष्मी ने अपना सौन्दर्य बिखेर दिया था। आम्र-मंजरी, वट-किसलय, सहँजन के सहस्रात्मक पुष्पगुच्छक, श्रीवृक्षों की फल-संपत्ति, शाल्मली के लाल-लाल फूलों के मधु-कोष, कर्णिकार के पुष्पों की आभा, इन सबसे परिचय पाकर अन्तरात्मा गद्‌गद हुई। मैंने भगवान् को धन्यवाद दिया कि हमारे वनों पर अभी तक वसन्त की अधिष्ठात्री देवी पद्माश्री का पहले जैसा वरद-हस्त विद्यमान है। हम सो गए पर वन-देवी जागती रही। हमारे जीवन में सौन्दर्य के प्रति जागरूकता का भाव सुप्त हो गया; परन्तु वन-श्री रोम-रोम में उस पुष्कल सौन्दर्य को धारण किए रही, जिससे किसी दिन उसके उदार दर्शन को पाकर फिर हम आत्म-चैतन्य को प्राप्त कर सकें। वन-लक्ष्मी की रमणीयता को जब हम पहचानने लग जाएँगे, तभी हमारे नेत्रों में लोक के निरीक्षण की पैनी दृष्टि फिर से उत्पन्न होगी। बासे के सुन्दर श्वेत पुष्प के पात्र में जो एक मधुबिन्दु संचित है, उसका सन्देश क्या मधुमक्षिका के अतिरिक्त मानव के लिए नहीं है ? सेमल की ओर से रंग-बिरंगे प्रसन्न पक्षियों को जो मधुपान का निमन्त्रण मिल रहा है, उसमें अपना भागधेय जिस दिन हम पहचानने लगेंगे, उसी दिन हम अपनी भूमि के प्रति नये सम्बन्ध से आकर्षित होंगे। पलाश के लाल फूलों में, स्वर्णक्षीरी के पीताभ प्रसूतों में, गेहूँ के पौधों की घरिया में बैठनेवाले मक्खन फूलों में कितना काव्य है, इसकी पहचान करने के लिए हमें स्कूल और कॉलेजों को एक सप्ताह के लिए बन्द करके दल-बल समेत वन-प्रकृति का सान्निध्य प्राप्त करना चाहिए। वसन्त के आगमन से सारा पक्षी-जगत् प्रसन्न है। जंगल उनके सुरीले कंठ-गान से रमणीय हो उठा है। इस उल्लास को लिये हुए वसन्त का दक्षिण वायु मधु-श्री का सन्देश साथ लेकर बह रहा है। यह सन्देश नवचैतन्य का सन्देश है, नवजागरण-मन्त्र है, प्रकृति के साथ अभिनव परिचय का निमन्त्रण है। भूमि के साथ अपनी प्रतिष्ठा प्राप्त करने का नूतन आमन्त्रण है। इसमें संदेह नहीं कि शीघ्र ही हम सब उदीयमान राष्ट्र की ओर से प्रकृति के चरणों में अपना अर्घ्य चढ़ाएँगे। उसके द्वारा हमारा साहित्य, हमारा जीवन, हमारा चिन्तन

विदेशी प्रभावों से पराङ्मुख होकर और अपने केन्द्र में प्रतिष्ठित होकर फूलने-फलने लगेगा। आज सब ओर इसके लक्षण दिखायी दे रहे हैं। गाँवों और शहरों के बीच में जो बनावटी भेद हमने डाल दिया है, उसे दूर हटाना होगा। ग्रामों के जानपद-जन को सम्मान के नये पद पर बैठाना होगा। उसके द्वारा जितना हम फिर से सीख सकते हैं, उसका स्वागत करना होगा। और सीखने की सामग्री कितनी अधिक है, यह तत्त्व दिन-प्रति-दिन स्पष्ट होता जा रहा है। कम-से-कम गुप्तकाल तक की परम्पराओं को हम अपने गाँवों से प्राप्त कर सकते हैं। इसके लिए पैनी आँख वाले साहित्यिक कार्यकर्ताओं की आवश्यकता है। जिस क्षेत्र में देखें, वहीं भरपूर सामग्री मिलती है। प्राचीन अहिच्छत्रा में रहते हुए, एक पास के गाँव में शिवरात्रि का बड़ा मेला देखने गए। वहाँ बरतन-भांडों का अच्छा बाजार था। काली रेखा-उपरेखाओं से सजे हुए बरतनों के नाम, उनकी सजावट के लिए पारिभाषिक शब्दों का संग्रह हम करने लगे तो कितने ही प्राचीन शब्द मिले। रामनगर के चिम्मन कुम्हार ने बताया तो मालूम हुआ कि Painted Pottery के लिए अभी तक 'लिखना' शब्द है। 'लिखने' में कुम्हारी कुम्हार से अधिक चतुर होती है और वही रंग और काबिस बनाकर बालों की पूँछरी या उँगली के पोरों से रेखा काढ़ने या धार खींचने का काम करती है अथवा भांडों पर लिखती है। इस प्रकार कितने ही मधुर अनुभव प्राप्त करके अहिच्छत्रा की खुदाई से २९ फरवरी को लौटा।

'मधुकर' में जानपदी कहानियाँ खूब अच्छी निकल रही हैं। नवम्बर में चिरगाँव गया था। वहाँ 'गणेशशंकर विद्यार्थी पुस्तकालय' के पुस्तकालयाध्यक्ष श्री हरगोविन्दजी ने बुन्देलखण्डी कहावतों का अच्छा संग्रह बटोरा है। उसे क्रमशः 'मधुकर' में छापिए। गुप्तजी को उसका पता है।

आपका—
वासुदेवशरण

(१५)

लखनऊ
श्रीकृष्ण जन्माष्टमी, २०००
२२-८-४३

प्रिय देवेन्द्रजी,[1]

बहुत दिन बाद आपने कुशल-पत्र दिया और मन को कुछ काल के लिए आनन्द से

१. श्री देवेंद्र सत्यार्थी (लाहौर) के नाम पत्र।

भर दिया। मथुरा की पुरानी स्मृतियाँ हरी हो गईं। आप जैसे मित्र की याद समय-समय पर करना मन का धर्म ही बन गया है। खुले आकाश और बहती हुई हवा की तरह आप देश के किसी भाग में होंगे, मुझे तो आपका ऐसा संस्कार अब बन गया है। आपके पृथिवी-पुत्र रूप के यह अनुकूल है—एवं आपके और मेरे दोनों के लिए प्रिय तथा हितकार भी। इस विशाल देश में देखने और जानने की इतनी सामग्री है कि सौ-सौ वर्ष की कई आयु यदि ऋषि के 'भूयसी: शरदः शतात्' की ओट में हम प्राप्त कर लें तो भी सहृदय रसिक का मन कभी भर नहीं सकता। अनेक प्रकार के जन-समुदाय, नाना स्वरों की वाणियाँ, विचित्रता से भरी हुई प्रकृति की गोद में लालित-पालित उसके अनेक पुत्र जिन्हें हम तृणलता, वृक्ष-वनस्पति कहते हैं—इन सबके साथ सौहार्द का भाव लेकर विचरनेवाले विश्वामित्ररूपी साहित्यिक को हर जगह आनन्द का सोता बहता हुआ मिलेगा। आप इसी प्रकार के एक विश्वामित्र हैं, जिनका हृदय सार्वजनीन सख्य-भाव से उमँगता रहता है।

जनपदों के कार्य के प्रति हमारी स्वाभाविक भक्ति है। यह मेरे बालपन के संस्कारों का विकास है। प्राचीन साहित्य के साथ जो मेरी तन्मयता और परिचय की काष्ठा बढ़ी, उसका पर्यवसान जनपद-कल्याणीय साहित्यिक कार्य में ही मुझे दिखायी दिया। इस कार्य को संपन्न किए बिना हिन्दी के साहित्यिकों की झोली रीती रहेगी और पृथिवी में दूर तक तो उसकी जड़ें जा ही नहीं सकतीं। अपना 'पृथिवी-पुत्र' लेख भेजता हूँ। शायद 'जीवन-साहित्य' में आप इसे पढ़ भी चुके हों। इधर मैंने इस सम्बन्ध में बहुत कुछ सोचा है। धीरे-धीरे उसे लेख-रूप में उतार रहा हूँ।

सम्मेलन में पास हुए प्रस्ताव की पृष्ठ-भूमिका आपने खूब लिखी। शायद उसको प्रस्ताव तक सीमित करने के लिए आज तक सम्मेलन से उस सम्बन्ध की कुछ भी सूचना मुझे नहीं मिली, यद्यपि उपसमिति में मेरा नाम रखा गया जान पड़ता है। यदि निजी पत्रों में बनारसीदासजी उसकी विस्तृत चर्चा करके बात को आगे न बढ़ाते तो मुझे शायद उसका पता भी न चलता और बात वहीं समाप्त हो गई होती। अस्तु, अब तो समानशील और सदृश चिन्तन वाले मनुष्यों को मिलकर कुछ उद्योग करना ही चाहिए। आप भी हम लोगों के साथ इसी नाव पर हैं। साथ ही क्यों, नाव का गून अपनी कमर से बाँधकर उसको बहुत पहले ही खींचकर ले चलनेवाले धीर नाविक का रूप आपका ही है। मैं लिख चुका हूँ कि आप जैसे सौ सत्यार्थी हों, तब कहीं जनपदों में व्याप्त सामग्री की शत-साहस्री संहिता को कुछ-कुछ एकत्र कर सकेंगे। मूसलाधार रूप में सामग्री बरस रही है, साहित्यिक रस, शब्द, भाषा, ध्वनि किसी का भी तो पारावार नहीं है। एक-एक जनपद, कार्यकर्ताओं के लिए, एक-एक प्रजातन्त्र का रूप रखता है, जिसका नागरिक बनकर हिन्दी का कर्मठ साहित्यिक अपने विशाल उद्योग से उस जनराज्य का सभापति बन सकता है। आज ही एक धान के खेत की सैर करके लौटा

हूँ। जन्माष्टमी सफल समझी, क्योंकि कितने ही धानों के और उनमें होनेवाले 'लमेर' तथा 'झरंगा' दानों के नाम प्राप्त किए हैं। प्रत्येक धान का पौधा छोटे-छोटे रोओं की सुतिया-हँसुली पहने खेत में इतरा रहा है और चाहता है कि उसके उस आभूषण की प्रशंसा करनेवाला कोई उसके पास पहुँचे। सारी अष्टाध्यायी पढ़ने पर भी पाणिनि के 'व्रीहिशाल्योर्ढक' सूत्र में 'व्रीहि' और 'शालि' का भेद आज से पहले कभी समझ में नहीं आया। धान और जड़हन का भेद 'व्रीहि' और 'शालि' का भेद है। कुँआरी और अगहनी दो फसलों का भेद 'व्रीहि' और 'शालि' का अन्तर है। इस प्रकार जितना अधिक जानने का प्रयत्न करता हूँ, मेरे अज्ञान की थाह उतनी ही बढ़ती जाती है। हम साहित्यिकों को अवश्य ही 'पृथिवी-पुत्र' बनने की एक गयी दीक्षा लेनी चाहिए।

आपने विस्तार से अपने विचार लिखने का न्योता दिया है। इसके लिए मैं अपने दो पत्रों की प्रतिलिपि आपको भेजता हूँ, जिससे आप जान सकेंगे कि कार्य की दिशा और क्षेत्र क्या हो सकता है।

पहले पत्र में सम्मेलन के प्रस्तावानुसार निर्मित जनपदीय कार्य की पंच-वार्षिकी योजना है। दूसरे में मैंने यह सोचने का प्रयत्न किया है कि जो साहित्यिक जनपदों की पगडंडियों में भटकना नहीं चाहते, उनके लिए भी करने योग्य कार्य का स्वरूप कितना बवंडर है। यदि किसी साहित्यिक परिषद् में मेरे पास मनमाने कार्यकर्ता और अर्थ-संपत्ति हो तो मैं बता सकता हूँ कि खड़ी बोली के माध्यम से कितना साहित्यिक कार्य किया जा सकता है। संक्षेप में, हमारे साहित्यिकों को अपनी ही छाया से भड़कना उचित नहीं। कार्य के क्षेत्रों का विभाजन करके पारस्परिक सहानुभूति और सद्भावना से 'ऋजु-चिन्तन' करने की आवश्यकता है। 'ऋजुता' ही अमृत का पद है। हमारे जिन मित्रों को इस प्रकार कार्यक्षेत्र की परिधि के विस्तृत हो जाने से हिन्दी की मुख्य धारा के अनहित की आशंका है, उनको प्रेम और श्रद्धा के साथ समझना हमारा कर्तव्य है। हिन्दी-हित के हम सभी हामी हैं। उसमें कहीं से भी कमी आई तो हम सबकी हानि है। मुझे यह बात सूर्य-प्रकाश की तरह स्पष्ट जान पड़ती है कि बिना जनपदीय जीवन को साथ लिये, हमारा साहित्यिक जीवन प्राण-रस के लिए छटपटाने लगेगा।

आपने लिखा है कि 'विकेन्द्रीकरण' में आपको स्वयं सबकी सब भलाइयाँ साफ-साफ नजर नहीं आ रही हैं। मैं स्वयं भी इस नये शब्द का, जिसने हमारी भाषा में पहले-पहल राजनीतिक परिधान ओढ़कर प्रवेश किया, स्वागत करने में कुछ हिचकिचाता हूँ। मैंने चतुर्वेदीजी को यह बात लिखी थी। उसका उत्तर उन्होंने इस शब्द की महत्ता और पवित्रता समझाकर दिया है। शब्दों के विवाद में मेरा मन रमता नहीं। इसलिए इस क्षेत्र में अपने नाखूनी पंजों को आजमाना नहीं चाहता। हमें तो जनपद-कल्याणीय कार्य चाहिए। यह शब्द ही क्या हमारे लिए पर्याप्त नहीं है ? यह अवश्य

माननां पड़ेगा कि जानपदी भाषाओं का पृथक्-पृथक् क्षेत्र अब भी अस्तित्व में है; वहाँ ही कार्य का क्षेत्र बनाने में सुविधा होगी। पर प्रयत्न सब कार्यकताओं का यही रहेगा कि अपने देश में बसनेवाले जन के समग्र अध्ययन से विशाल हिन्दी साहित्य की गोद कैसे भरी जा सकती है! सार तो कार्य में है। अनेक यूरोपीय विद्वान् दूर देशों में बैठकर हमारी बोलियों का प्रशंसनीय कार्य कर रहे हैं। हमारे लिए उचित यह है कि यथाशक्ति मृदुता के साथ इस कार्य के आन्दोलन को बढ़ाते रहें और अपनी शक्ति को एक केन्द्र पर लगाकर योजना के अनुसार कुछ ठोस काम करके दिखावें। ग्रियर्सन (Grierson) की एक 'बिहार पेजेंट लाइफ' (Bihar Peasant Life) कितने ही विवादों के मुँह में धूल डाल देती है। करनी और कथनी का भेद कौन नहीं जानता? अतएव मैं चतुर्वेदीजी से नम्रतापूर्वक अनुरोध करने जा रहा हूँ कि वे चाहे जिस शब्द को चुनें, पर विवाद को उत्पन्न न होने दें।

डेल कार्नेगी ने लिखा है कि 'मुझे जीवन में अभी ऐसे आदमी के दर्शन करने हैं, जिसे विवाद के द्वारा मत-परिवर्तन कराने में सफलता मिली हो।'

आपका सानुराग—
वासुदेवशरण

(१६)

लखनऊ
२४-१०-४३

प्रिय पंडितजी,[१]

आपके २२-९-४३ के आचार्य-सन्देश और आशीर्वचनरूपी पत्र को पाकर तथा पढ़कर मैं अत्यन्त प्रसन्न हुआ। एक महीने तक लगभग उससे रस ग्रहण करता रहा। ऊँचे धरातल से लिखे हुए भावों में ऐसी ही सात्त्विक पोषण-शक्ति होती है। आपका पत्र कार्यकर्ताओं के लिए रस का सोता है। उसमें बड़ा पवित्र सारस्वत जल भरा है। जो वहाँ तक पहुँच चुके हैं, वे ही उसकी मिठास से आनन्दित होंगे। मुझे यह सच जान पड़ता है कि साहित्य के क्षेत्र में समान चिन्तन करनेवाले सखा एक-दूसरे के कार्य को सद्भावना के द्वारा बहुत बल दे सकते हैं। ऋग्वेद के इस वाक्य में कितनी सत्यता है—

''अत्रा सखायः सख्यानि जानते भद्रैषां लक्ष्मीर्निहिताधि वाचि।''

यों तो जीवन के हर क्षेत्र में समान गुण-शील वाले सखाओं को प्राप्त करने की

---

१. डॉ. सिद्धेश्वर वर्मा (कश्मीर) के नाम पत्र

आवश्यकता है, पर धर्म, संस्कृति, साहित्य के क्षेत्र में तो सखाओं की सहानुभूति एक सात्त्विक प्रेरणा बन जाती है। एक जैसे ध्यान के जो धनी हैं, उनसे ही सरलता के साथ सूक्ष्म विचारों का ऐसा भावावेश मिल सकता है, जैसा आपने अपने पत्र में दिया है।

आपने पन्द्रह वर्ष तक जानपदी भाषाओं का अध्ययन किया है। उनमें शब्दों की जो बहुरूपी प्रखर अर्थ-शक्ति है, उसकी ओर आपका ध्यान गया है। जिस मनचीते ढंग से जनपदीय शब्द मनोभावों को कह सकते हैं, यह बात संस्कृत की लठिया टेककर चलनेवाली हमारी इस बोझिल पद्धति में कहाँ आ सकती है? देहात की यात्रा भाषा-विज्ञानी के लिए तीर्थ-यात्रा की तरह फलदायिनी होती है। नये-नये शब्दों की बालें मानवी कंठरूप धान-जड़हनों से बाहर निगर-निगरकर चारों ओर अपने झंपा-झूलन से मन बहलाती हुई दिखायी पड़ेंगी। कनक-जीर की तरह के उन दानों में जिन्हें भाषा का दूध जमा हुआ दिखायी पड़े, वे एक-एक शब्द को पाकर धन्य हो जाएँगे और बटोरकर थैली में भरने लगेंगे। कभी-कभी एक घंटे की जनपद-यात्रा या साहित्यिक तीर्थ-यात्रा से इतना फल मिला कि महीनों के लिए मन आनन्द से भर गया। वहाँ नये शब्दों की गयी शक्ति का परिचय मिलता है। एक बार सुना—

''भुइयाँ लोट चले पुरवाई। तब जानो बरखा ऋतु आई।''

जेठ के दूसरे पखवारे से जब पुरवइया भुइयाँ-लोट, धरती में लोटती हुई, धूल उड़ाती हुई, बिरवा-रूखों को झकझोरती हुई चलती है, तब मानो बरसात आने की सूचना मिलती है। इसमें भुइयाँ-लोट शब्द की काव्यमय ध्वनि से मन विह्वल हो जाता है। जनपदीय पारिभाषिक शब्दों का उद्धार बहुत आवश्यक है। ठेठ शब्दों से सारगर्भित वाक्यों का संकलन साहित्य की चीज होगी। जैसे 'जब फागुन में फगुनहटा या हउका चलता है, तब जो नाज गलेथ रहा हो, उसमें हउका लगने से उसका दाना पिच्ची हो जाता है।' पौधे के गले में बाल आ जाने को नाज गलेथना कहते हैं। उसे ही अवधी के कुछ भागों में 'रेंडब' या 'गलिआउब' क्रिया से व्यक्त करते हैं।

'बिहार पेजेंट लाइफ' में ग्रियर्सन का काम बहुत अच्छा है, पर जो काम हुआ, उससे सैकड़ों गुना वह कार्य है, जो अनहुआ पड़ा है। एक-एक बात के लिए बोलियों में कैसे-कैसे ढले हुए वाक्य और टकटक-टकटक करते हुए शब्द हमारे-आपके परिचय की बाट जोह रहे हैं। बहुत काल के बाद नगर के निवासी गाँवों में जाकर जैसे वहाँ के जानपद-जन का कुशल-संवाद पूछ रहे हैं। उनके आपसी मिलन से जो अमृत-रस बरस रहा है, जीवन में एक नया माधुर्य आ गया है, ठीक वैसा ही कुछ दिव्य आनन्द गाँव के चोखे और नये प्रत्ययों के बहुरूपी वेष धरनेवाले शब्दों का अपने साहित्य में स्वागत करने से हमें प्राप्त होगा। हिन्दी के कृदन्त और तद्धित प्रत्ययों का जो नाती-परनातियों वाला बहुत भारी कुटुम्ब है, उसकी

जनसंख्या के लिए हमें देहातों के ठेठ अभ्यंतर में निस्संकोच पैठना होगा। जहाँ हमारी दृष्टि अब तक जाकर रुक जाती थी, उससे बहुत दूर अपनी-अपनी छोटी मड़ैयों में चैन की बंसी बजाते हुए प्रत्यय हमको मिलेंगे। काली-काली आँखोंवाले, देखने में सुन्दर, काम में चोखे, स्वभाव में धीर किसानों के बैल जो उसके प्राणों के साथी और दु:ख-सुख के सखा हैं, हमारा स्वागत उन मड़ैयों के पास पहुँचने पर जिस प्रकार करते हैं, उसी प्रकार जनपद की बोलियों के मैदानों में किलोल करनेवाले शब्द व प्रत्ययरूपी कलोर बछड़े हमको अपनी ओर खींचते हुए मिलेंगे। उनके साथ नये परिचय से हमारे भाषाज्ञान को नया जीवन-रस मिलेगा। बउनी (खेत बोना), मड़नी (दाँय चलाना), पच्छिवा (पछुवा वायु) गुठलिहा (गुठली के आकार का धान का मोटा दाना), हउहरा, फागुन का फगुनहटा, उतरिहा, दखिनहा, पुराही (पुर या मोठ की सिंचाई), चदरियान्हान (वह गंगा-स्नान, जिसमें एक चादर भर की हल्की सर्दी हो)—शब्दों के जो नये कृदन्त और तद्धित प्रत्यय हैं, उनकी ठीक पूछताछ होनी चाहिए। सम्भव है, पूरा काम इस एक ही विषय पर यदि कोई विद्यार्थी करे तो आप उसके परिश्रम को डी.लिट् के योग्य मान लें। रिवेटिंग (रिविट ठोंकना) जैसी क्रिया के लिए देहात में अकस्मात् शब्द मिल गया 'ठरना' (पतरी को कुदारी पर रखकर कीलों से जड़कर ठहराना)। रसीद के काउंटरफायल के लिए शब्द मिला ठौंठिया (सं. स्थविष्ठक)। इसी तरह आपने जो शब्द पूछे हैं, उनके लिए भी भाषा में अलग-अलग नाम हैं। कान की लोय (कर्ण-पाशिका); कमर की पुट्ठी या कूल्हा (Lower portion of the back); दूध जमावनी (जिसमें रात को दही जमाने के लिए दूध रखते हैं); बिलोवनी (मथानी) आदि कुछ ज्ञात हैं। बाकी ढूँढ़ने होंगे। श्री कत्रेजी (डेकेन कॉलेज रिसर्च इंसटीट्यूट) की ओर से मराठी-भाषा पर बहुत अच्छा, इसी ढंग का कुछ कार्य करा रहे हैं। कार्ड इंडेक्स के ढंग पर उनकी चिटें बन रही हैं। हमारे साहित्यिक जगत् में भी जानकार काम करनेवाले चाहियें। उनके लिए काम करने की पद्धति क्या हो, इसे आप-सदृश विचारशील और अभिज्ञ विद्वानों को लेख और पुस्तकों द्वारा बताना होगा। इसमें मेरा ज्ञान बहुत परिमित है। मुझमें एक उत्साह है, इस उत्साह के साथ सद्भावना है, इसकी आवश्यकता मुझे प्रत्यक्ष दीखती है। यदि हमने जनपदीय कार्य को न अपनाया तो हमारी प्रगति के हाथ-पैर मारे जाएँगे—ऐसा मुझे दीखता है। मेरी समझ में यह आनेवाले महान् युग का धर्म है। इतिहास के प्रचण्ड विकास की रूपरेखा इस कार्य की ओर प्रेरित कर रही है। गुप्त-युग की अतिशय नागरिक संस्कृति के बाद जब साहित्य में गति अवरुद्ध हुई, तब नये उत्साह से लोग गाँवों की ओर मुड़े और वहाँ से अपभ्रंश साहित्य और भाषा का नया स्रोत प्राप्त किया, जिससे हमारी हिन्दी-भाषा का भी जन्म हुआ है। कुछ वैसी ही बात इस समय है। हम लोग भूमि से इतने उखड़ गये कि साँस

लेने के लिए छटपटाने लगे। प्रगति का द्वार अवरुद्ध होने से कल्पना की काया क्षीण होने लगी। भाषा की शैली में, कविता में, निबन्ध में सर्वत्र दरिद्रता ने घर कर लिया। हमें अब सामूहिक चिंता है कि किस प्रकार हमारी साहित्यिक-श्री हमें फिर प्राप्त हो। इस प्रयोजन के लिए हमारे पास वहाँ से निमन्त्रण आया है, जहाँ भूमि का मीठा दूध प्रतिवर्ष सूर्य की किरणों से दही जमकर जौ-गेहूँ के अरबों दानों से हमारे कोठारों को लक्ष्मी से भर देता है। इसी क्षीर-सागर में हमारा साहित्यिक विष्णु सोया हुआ है। उसके पास हमारी साहित्य-श्री विराजमान है। वहाँ से उसका आवाहन करना हमारी साहित्यिक दीपावली का सन्देश है। जब हमारे कोष इन नये शब्दों से भरने लगेंगे, साहित्य के कोठारों में कैसा नवमंगल दिखायी पड़ेगा। वेदों में भूमि को 'मही माता' (The Great Mother) कहा गया है। वह सब भूतों की धात्री है, पशु-पक्षी, वृक्ष-वनस्पति सब उससे जन्म पाकर फूलते-फलते हैं। वही 'सर्वलोकनमस्कृता' मातृभूमि साहित्य की भी जननी है। शीघ्र ही हमारे साहित्य को भूमि के साथ अपना सम्बन्ध जोड़ना चाहिए। भूमि का कूड़ा-करकट भी खाद बनकर उसकी उपजाऊ शक्ति को बढ़ाता है। इसी तरह साहित्य में जो फूहड़ (Slang) कहकर त्यागा हुआ है, वह भी भाषा-विज्ञान की नयी योजना में साहित्य-क्षेत्र की उर्वरा-शक्ति पुष्ट करनेवाला होगा।

आपने जो लिखा है कि अपनी कुटिया से बाहर निकलकर, जब हम शब्दों की खोज और संग्रह करेंगे, तब लाखों नये शब्द हमें मिलेंगे—यह बात बहुत आनन्द और बल देनेवाली है। साहित्य का 'कुटी-प्रावेशिक' रूप हमने अब तक पाला-पोसा है, जब धूप और हवा में बाहर निकलकर उसके 'वातातपिक'[१] रूप का भी परिचय पाना चाहिए। आपने जो इन शब्दों का पता पूछा है, इसके लिए कृपया देखिए (चरक संहिता, चिकित्सा-स्थान, अध्याय-१, श्लोक १६)। जान पड़ता है कि पृथिवी और आकाश के बीच में जो महान् अवकाश है, वह इसी सामग्री से भरा हुआ है। ऋग्वेद में कहा है—

"ऋताय पृथिवी बहुले गभीरे। ऋताय धेनू परमे दुहाते॥"

साहित्यिक ऋत के लिए मानो पृथिवी-आकाश अपना मुँह फैलाए खड़े हैं, साहित्यिक ऋत-दोहन के लिए ही हमारे ध्यान की परम धेनुएँ अपनी अमृत-वर्षा कर रही हैं। साहित्यिक का जो व्यापक रूप है, वह ऋत-पदार्थ से संयुक्त है। जो केन्द्र में घनीभूत हो गया, वह सत्य है। ऋत के साथ ही विस्तार का भाव है। ऋत सौम्य और सत्य आग्नेय है। नवीन स्फूर्ति और कल्पनाओं की जननी ऋत-भूमि है।

मैं इस बात से सहमत हूँ कि हिन्दी-भाषा को यदि सगोतियों के बीच अपनी

---

१. चरक के अनुसार इसी का दूसरा नाम 'सौर्यमारुतिक' है; अर्थात् हवा और धूपवाला।

प्रतिष्ठा प्राप्त करनी है तो पंजाबी, गुजराती, बँगला आदि भाषाओं के साहित्य और शब्द-भण्डार का अध्ययन अवश्य करना होगा। हिन्दी राष्ट्र-भाषा के मण्डप में आयी है। राष्ट्रीय-भाषा पद के लिए उसका स्वयंवर है। हिन्दी का साहित्य इस प्रकार के शब्दों में घोषणा करेगा—

''**अहमस्मि समानानाम् उद्यतामिव सूर्यः।**''

'मैं बराबर वालों में ऐसे हूँ, जैसे उगते हुओं में सूर्य।'

आपका स्नेहपात्र—

वासुदेवशरण

(१७)

लखनऊ

२२-११-४३

प्रिय जगदीशप्रसाद,[१]

आपका १२-११ का पत्र, जो १६-११ को यहाँ पहुँचा, मुझे कल लौटने पर मिला। 'मधुकर' का 'जनपद-अंक' निकालने के विचार का हार्दिक अभिनन्दन! यह एकदम मौलिक और सामयिक सुझाव है। जनपद-कल्याण की भावना को साहित्य के क्षेत्र में आन्दोलन अर्थात् जन-प्रवृत्तियों के रूप में प्रचारित करने का श्रेय एकमात्र 'मधुकर' पत्र व उसके प्राण श्री बनारसीदास चतुर्वेदी को है। मेरा इस प्रकार का चिन्तन अधिकांश में उन्हीं के श्रद्धामय-दोहन का परिणाम है। अनेक पहाड़ी रौ, झरनों, कूलों, गाड़ और गधेरों के प्रफुल्लित वरदान से महानदी प्रवृत्त होती है। यह दृश्य-सत्य मैं अभी हिमालय की यात्रा में देख आया हूँ। इसी प्रकार छोटे-बड़े अगणित विद्वानों के विचार-जल से पूरित, लेखों और भाषणों के तटों से मर्यादित, तपस्वी साधकों की क्रियाशील साधना के तीर्थों से प्लावित, लोकमंगल की भावना से तरंगित, जनपद-कल्याण की महाधारा हमारे साहित्य के महाप्रदेशों में उमँड़कर बहेगी, ऐसा मेरा दृढ़ विश्वास है। सर्वलोकनमस्कृता भगवती गंगा के प्रवाह को भगीरथ जिस प्रकार भूतल पर ले आये थे, उसी प्रकार इस जनपद-कल्याणी गंगा को सर्व-सुलभ करने के लिए मनोयोगपूर्वक किए गए अनेक अनुष्ठानों की आवश्यकता होगी। 'जनपद' अंक उसी का सूत्रपात है। ईश्वर करे, इसके द्वारा निर्मित भवन चिरायु हो।

'जनपद-अंक' के लिए विषय-सामग्री का जो ठाठ आपने लिखा है, वह बहुत

१. श्री जगदीशप्रसाद चतुर्वेदी, मधुकर कार्यालय (टीकमगढ़) के नाम पत्र।

ही उपयुक्त है। खूब शान्तचित्त से, अविचल, धीर निष्ठा से, किसी भी साहित्यिक मित्र के प्रति अमर्ष के भाव से अखिन्न होकर लिखिए, अवश्य यह साधना सफल होगी।

जनपदीय आन्दोलन की रूपरेखा, उसका उद्देश्य बार-बार लिखने और समझाने से खूब प्रचारित होना चाहिए। जो जहाँ है, वह किसी-न-किसी जनपद में ही बैठा होगा। अपने चारों ओर की भूमि की पहचान वह वहीं से प्रारम्भ कर सकता है। पृथिवी-पुत्र बनने के लिए हृदय के तार को भूमि से मिलाने की आवश्यकता है। दूध पीने लगना ही बच्चे का माता से पहला परिचय है। जब हम दूध पीकर पुष्ट होंगे, तब माता के नाम-धाम की पहचान करने के योग्य होंगे। पहले दिन ही माता के व्यक्तित्व की टटोल का आग्रह बच्चे के लिए क्या हितकारी हो सकता है? जनपद-कल्याणीय शिशु को अभी मातृभूमि का स्तन्यपान चाहिए। सब कार्यकर्ता मिलकर उसे प्रस्तुत करें। जनपदों के नामों की छोटी-बड़ी अनेक सूचियाँ प्राचीन ग्रन्थों में हैं। उनकी संख्या से जनता में व्यामोह उत्पन्न हो सकता है। फिर यह संख्या भी कभी टिकाऊ नहीं रही, ऐतिहासिक कारणों से जनपद घटे और बढ़े हैं। कभी वे फैले, कभी सिकुड़ गये, पर जानपद-जन एक ही रहा, सर्वथा अखण्ड। जनपदों के पीछे छिपा हुआ जो जनपदीय भाव है, उसको क्या कोई टुकड़ों में बाँट सकता है? वायु और जल के चाहे तलवार से टुकड़े हो सकें, पर अखण्ड जनपदीय भावना का बँटवारा नहीं हो सकता। आकाश को चाहे चमड़े के थान की तरह लपेटा जा सके, पर जानपद-जन के मानस-पट को पृथक् थानों में लपेटकर नहीं रखा जा सकता।

आपका हितैषी—

वासुदेवशरण

❑

२२

लोक-कहानी[1]

भारतीय लोक-साहित्य में कहानियों का महत्त्वपूर्ण स्थान है। लोक-साहित्य का जो सुदीर्घकालीन पट इस देश में बुना गया, उसमें लोक-कथाएँ ताने के समान और लोक-गीत बाने के समान हैं। इसी ताने-बाने में लोक-मानस का बहुरंगी चित्र व्यंजित है। यह पट अत्यन्त प्राचीन, किंवा सनातन है। कहा तो यहाँ तक गया है कि वाङ्मय का जो दिव्य स्रोत है, उसकी प्रथम अभिव्यक्ति पुराण-शास्त्र के रूप में हुई—

''पुराणं सर्वशास्त्राणां प्रथमं ब्रह्मणा स्मृतम्।
अनन्तरं च वक्त्रेभ्यो वेदास्तस्य विनिर्गताः॥''

ब्रह्मा के चतुर्मुखी व्यक्तित्व से पहले पुराण प्रकट हुए, पीछे वेद। तात्पर्य यह कि पुराण तत्त्व की पृष्ठभूमि पर वेद-तत्त्व की अभिव्यक्ति होती है। पुराण लोक है, वेद शास्त्र है। 'लोके वेदे च' यही संस्कृति का समग्र सूत्र है। इन्हीं दो पहियों से संस्कृत का देवरथ गतिशील होता है। लोक की सत्ता को मान्यता प्रदान करके ही वेद का अध्यात्म-शास्त्र पनपता है। पुराण की परिभाषा है—'पुरा नवं भवति', जो प्राचीन हो, पर जो नित्य नया बना रहे। यही कहानी तत्त्व है। कहानी सृष्टि के आरम्भ से है। सूर्य, चन्द्र, पृथ्वी, आकाश, समुद्र, नदी, पर्वत, वृक्ष-वनस्पति, पशु-पक्षी सब कहानी के पात्र हैं। इनके जीवन में सृष्टि-विज्ञान का वही सत्य पिरोया हुआ है, जो मानव के जीवन में। अतएव कहानी की दृष्टि से इन सबका व्यवहार पंचेन्द्रिय-संयुक्त प्राणी के समतुल्य ही रहता है। इसी विश्वात्मक चेतना से प्राचीनतम कहानियों का जन्म हुआ था और इसी चेतना की पृष्ठभूमि में वे कहानियाँ सृष्टि-विद्या के नवीनतम प्रतीकों के रूप में हमारे मध्य में अभी तक विद्यमान हैं।

---

१. सुश्री सीतादेवी द्वारा संकलित 'भारत की लोक-कथाएँ' [पश्चिमी उत्तर प्रदेश की लोक-कहानियों का संग्रह] नामक पुस्तक (अगस्त १९५९) की भूमिका।

यही पुराणों की प्राचीनता और नूतनता है। सूर्य और चन्द्रमा का वैज्ञानिक रूप चाहे जो हो, आविष्कारों द्वारा देश और काल में वह चाहे जितना विजड़ित हो गया हो, किन्तु कहानी के क्षेत्र में वह नितांत तरल, एकरस और नवीन बना रहता है। कहानी में मानव की भाँति सूर्य सनातन पिता है। उसकी पुत्री सूर्या है। सोम या चन्द्रमा से उस पुत्री का विवाह रचाया जाता है और वधू-प्राप्ति के लिए उत्सुक सोम सुन्दर शकट पर बैठकर सूर्या के घर जाता है और उसे लेकर अपने घर लौटता है। कहानी का यह मौलिक ठाठ जैसा पहले था, वैसा ही आज है। इसी का रूप है पुरा नवं, अर्थात् प्राचीन और नवीन का संयोग। चिर-जीवी कहानियों का यही मौलिक बीज होता है। वे सृष्टि के साथ जन्म लेती हैं और दिन-रात के घूमते हुए चक्र के साथ पनपती हैं। उनके अन्तरभवन में कोई अमृत का पूर्ण कलश प्रतिष्ठित है, जो उनके रस को अक्षय्य रखता है। वेदों में, ब्राह्मणों में, पुराणों में जो आख्यान हैं, वे भारतीय कहानियों के आदिरूप हैं, जिन्हें सृष्टि-तत्त्व की व्याख्या के लिए महान् अवदानों के रूप में कल्पित किया गया है। शृंगार और वीर-रस, ये ही दो, कहानी के मूल बीज हैं।

शृंगार आकर्षण और वीर-रस विकर्षण का रूप है। शृंगार सम्मिलन और वीर-रस संघर्ष का नाम है। सृष्टि की महती शक्तियाँ देव हैं। प्रत्येक देव की चरितार्थता शृंगार-रस और वीर-रस में है। प्रत्येक इन्द्र के लिए उसकी शक्ति इन्द्राणी चाहिए और उसके व्यक्तित्व के पूर्ण विकास के लिए उसका प्रतिपक्षी वृत्रासुर चाहिए। इन्द्र आदर्श 'वीर' हैं। महान् उपाख्यानों का जन्म 'वीर' की माया या शक्ति के उपबृंहण के लिए ही होता है। लोक में जो उनका स्थूल पल्लवित रूप है, वह आख्यान कहलाता है।

वेद में उसे ही अध्यात्म या सृष्टि-विज्ञान कहते हैं। भारतीय उपाख्यानों के अध्ययन का यह मौलिक दृष्टिकोण है। इन्द्र और वृत्र, सुपर्ण और सोम, रुद्र और त्रिपुर, कुमार और तारक, शुनःशेप और वरुण आदि अनेक उपाख्यानों के मूल में परिभाषाओं का और व्याख्या का यह दोहरा ठाठ फैला हुआ था।

इन आख्यानों की शृंखला लोक में दिन-दूनी, रात-चौगुनी बढ़ती गई। लोक-मानस ज्ञान को कहानी के रूप में ही स्वीकार करता है। जो ज्ञान कहानी के रूप में सरल नहीं हो पाता, वह लोक-मानस में नहीं पचता। मानव-जाति बुद्धि का कितना भी विकास कर ले, वह प्रत्येक गयी पीढ़ी में बाल-भाव से ही जीवन-चक्र का आरम्भ करती है। बाल-भाव की शिक्षा-दीक्षा, रुचि और विचार का एकमात्र आश्रय कहानी है।

ज्ञात होता है कि मानवीय मन में जो ज्ञान-विज्ञान का सप्तभूमिक प्रासाद निर्मित होता है, वह अपनी उस नींव को, जहाँ से उनका उत्थान हुआ था, कभी नहीं छोड़ता। वस्तुतः उस आरंम्भिक धरातल पर, जो भूमि के सबसे निकट होता है, वह कम-से-कम तनाव का अनुभव करता है और वहीं से सहज विश्राम प्राप्त होता है। मन के इस सरल

और स्वाभाविक स्तर के अनुरंजन का साधन कहानी है। कहानी के अन्तर में कैसा भी गूढ़ तत्त्व निहित हो, उसका बाह्य रूप नितांत स्थूल और बोधगम्य होता है।

भारतवर्ष में कहानियों के अनेक रूप में उनके विकास की कितनी ही शृंखलाएँ हैं। लोक-साहित्य के मौखिक रूप से लिखित रूप में और लिखित शास्त्रीय रूप से लोक के मौखिक रूप में कहानियों का आदान-प्रदान होता रहता है।

लोक और शास्त्र इस दृष्टि से एक-दूसरे के ऋणी हैं और उनमें विरोध की सम्भावना नहीं माननी चाहिए। वस्तुत: दोनों में घनिष्ठ सम्बन्ध है और एक का रस दूसरे को सरसता प्रदान करता रहता है। उदारहण के लिए रामायण का जो स्वरूप इस समय प्राप्त है, वह वाल्मीकि से पूर्व लोक-वार्त्ता का ही अंग था। जिस समय वाल्मीकि के मन में श्लोक का स्फुरण हुआ और उनके मन में यह संकल्प आया कि उस नये छन्द को किसी महत् उपाख्यान का साधन बनाकर सफल किया जाए तो उन्होंने रामकथा का अन्वेषण लोक से ही किया। यह तथ्य रामायण के आरम्भ में स्पष्ट शब्दों में कहा गया है—

"**व्यक्तमन्वेषते भूयो यद्वृत्तं तस्य धीमतः।**" (बाल-कांड ३/१)

अर्थात् प्रज्ञाशील राम के चरित की कथा का वे स्फुट अन्वेषण करने लगे। जैसे आज कोई मनीषी अपने संकल्पित काव्य के लिए सामग्री का संकलन और अन्वेषण करे, वैसा ही कार्य वाल्मीकि ने किया। इस अन्वेषण के लिए मनीषी वाल्मीकि का स्रोत क्या रहा होगा, इस विषय में भी रामायण का उत्तर स्पष्ट है—

"**श्रुत्वा पूर्वं काव्यबीजं देवर्षेर्नादादृ्ऋषिः**
लोकादन्विष्य भूयश्च चरितंचरितव्रतः॥"

देवर्षि नारद ने तो रामकथा का एक ही रूप वाल्मीकि को बताया। किन्तु उस काव्य-बीज के आधार पर वाल्मीकि ने स्वयं रामकथा के विभिन्न रूपों का लोक में अन्वेषण किया। कथा के उन अनेक रूपों में से वाल्मीकि को जो रुचा, वह उन्होंने चुन लिया। किन्तु उतने से रामकथा की वह परम्परा जो लोक में व्याप्त थी, समाप्त नहीं हुई।

वाल्मीकि के काव्य में तो उसने और अधिक प्रेरणा भर दी। लोक-साहित्य के रूप में रामकथा का प्रचार अटूट चलता ही रहा। सम्भवत: जिन प्रदेशों में वह अज्ञात था वहाँ भी उसका जल छलककर भर गया। आज सचमुच रामकथा की यही स्थिति है। इस विशाल देश के प्रत्येक प्रदेश में अनेक राम-कथाएँ लिखी गईं, जिनमें पारस्परिक भेदों की इयत्ता नहीं है। सीता के परित्याग या द्वितीय वनवास का दायित्व भवभूति के अनुसार प्रजा के किसी व्यक्ति पर था, जिसने सीता के चरित्र के प्रति संदेह प्रकट किया। किन्तु इसी कथा का दूसरा रूप वह है जिसमें राम की बहन शान्ता ही अपने भाई का मन सीता की ओर से कड़वा कर देती है और फलत: राम सीता को वन में भेजने की गाँठ बाँध लेते हैं। लोक में इसके कितने ही गीत आज तक प्रचलित हैं। जैसे रामकथा वैसे ही और अनेक आख्यानों के

विकास में उतार-चढ़ाव देखने को मिलेगा। वह सब तुलनात्मक अध्ययन की अपेक्षा रखता है। वह अत्यन्त लचीला होता है और लोक-मानस के साँचों में ढलता हुआ नाना-रूपों में देखने में आता है। कहानी की यह विशेषता आज से नहीं, आरम्भ से ही उसके साथ है।

कहानियों के एक विशेष रूप की ओर ध्यान देना आवश्यक है। उसे व्रतावदान कहते थे, अर्थात् किसी विशेष व्रत या तीज-त्योहार के अन्त में जो कहानी सुनी जाती थी, वह उस व्रत की परिसमाप्ति में उतनी ही महत्त्वपूर्ण समझी जाती थी जितना कि कर्मकांड के साथ पठित मन्त्र। इसका दृष्टिकोण यह है कि प्रत्येक व्रत, यज्ञ या हवन एक धार्मिक अनुष्ठान है। वह कृत्य धार्मिक होता है, जिसका मूल उद्‌देश्य देवता का आवाहन, देवता को प्रसन्न करना या देवतत्त्व से सम्पर्क करना हो। जहाँ देवतत्त्व का सान्निध्य होता है, वहाँ पवित्र करनेवाली सरस्वती या यज्ञिया वाक् का आश्रय आवश्यक है। इसका कारण यह है कि वाक् या शब्द आकाश का गुण होने से न केवल भौतिक है, वरन् पाँचों भूतों में सबसे अधिक सूक्ष्म है और बिना भूत के माध्यम के देवतत्त्व का परिग्रहण सम्भव नहीं। भूत की परिशुद्धि से देव या प्राण की परिशुद्धि सम्भव है। इसीलिए प्रत्येक धार्मिक अवसर पर वाक् का आश्रय आवश्यक है, चाहे वह मन्त्र के रूप में हो या यज्ञिय गद्यवाक्यों के रूप में हो; अथवा जैसा कालांतर में हुआ, देवता सम्बन्धी स्तोत्र या केवल धार्मिक कहानी के रूप में हो। इस प्रकार के व्रत-सम्बन्धी अवदान आज भी स्त्रियों में प्रचलित हैं। करवाचौथ, होई, सकट आदि के अवसर पर व्रत की परिसमाप्ति कहानी के रूप में होती है। इन आख्यानों का तुलनात्मक अध्ययन लोक-साहित्य सम्बन्धी अनुसंधान का अनिवार्य अंग है। इस प्रकार की कुछ कहानियाँ प्रस्तुत संग्रह में देखकर चित्त प्रसन्न हुआ।

श्रीमती सीता देवी का प्रस्तुत कहानी-संग्रह सर्वथा स्वागत के योग्य है। इसमें लोक-साहित्य की एक महत्त्वपूर्ण कड़ी प्राप्त होती है। वस्तुतः इस कार्य के दो अंग हैं। पहली सीढ़ी संग्रह या संकलन की है और दूसरी अनुसंधान, तुलनात्मक अध्ययन तथा व्याख्या की। पहले अंग की आंशिक पूर्ति इस संग्रह द्वारा होती है, जिसके लिए लेखिका का प्रयत्न अभिनन्दन के योग्य है। हमें आशा करनी चाहिए कि पश्चिमोत्तर उत्तर प्रदेश के लिए जैसा कार्य यहाँ हुआ है, वैसा संग्रह दूसरे जनपदों में भी उत्साही कार्यकर्ताओं द्वारा किया जायगा। लोक-साहित्य की सामग्री का झरना जैसे रात-दिन झर रहा है। उसके अक्षय प्रवाह का अन्त नहीं है। उसके प्रति मन में श्रद्धा चाहिए और उसे अर्थाने के लिए वैज्ञानिक दृष्टि का उपार्जन करना चाहिए।

❑

२३

गढ़वाली लोकगाथाएँ[1]

भारतीय लोक-गीत इस देश की साहित्यिक चेतना के महत्त्वपूर्ण अंग हैं। राष्ट्र की संस्कृति का निर्मल दर्पण लोक-गीतों में है। वे स्त्री और पुरुषों की निज-वार्त्ता, गृह-वार्त्ता का निकटतम परिचय देते हैं। विगत वर्षों में लोक-गीतों का संकलन अनेक प्रदेशों में हुआ है। अवधी, बिहारी, भोजपुरी, मैथिली, राजस्थानी, पंजाबी, बंगाली, उड़िया, बाघेली, निमाड़ी, गढ़वाली, गुजराती, सौराष्ट्री आदि लोक-गीतों की विपुल सामग्री सामने आई है। यह शुभ लक्षण है। वैज्ञानिक और तुलनात्मक विवेचन की उच्चतर पद्धति से लोकवार्त्ता-साहित्य और विशेषत: लोक-गीतों की छानबीन के फलस्वरूप राष्ट्रीय संस्कृति की अविच्छिन्न परम्परा को समझना सम्भव हो सकेगा। वन-कान्तार में और नदियों के काँठों एवं पर्वतीय डाँडों में निवास करनेवाली जनता का मौखिक साहित्य कई शतसहस्री संहिताओं की अभिवृद्धि हमारे वाङ्मय में करेगा। भाषा, भाव और जीवन-पद्धति की दृष्टि से इस मूल्यवान् सामग्री का तुलनात्मक सूक्ष्म अध्ययन आवश्यक कर्तव्य है और यह कार्य इस शती के शेषांश में पूरा हो जाना चाहिए।

लोक-गीतों का माधुर्य सर्वसम्मत तथ्य है। विराट् प्रकृति की गोद में उनका जन्म होता है। मानव के सरल मनोभाव, विशेषत: स्त्री-हृदय की प्रेम-सिंचित करुणा, गीत के रूप में मूर्त हो उठती है। देश और काल के किसी अमृत साँचे में ढलकर लोक-गीत हमें प्राप्त होते हैं। रचना के स्थान, समय और कर्तृत्व का न्यूनतम प्रभाव ही वे वहन कर पाते हैं।

अतएव, जातीय मनोभावों का जैसा रसात्मक प्रतीक लोक-गीतों में प्राप्त होता है, अन्यत्र नहीं। यों तो सभी प्रदेशों में गितारिनी स्त्री की प्रतिभा गीतों के रूप में मुखरित हुई है, पर गढ़वाल की मंगल्यानी नारी और औजी दामी पुरुषों ने हिमाचल के प्रशान्त सौन्दर्य

१. श्री गोविन्दचातक द्वारा संकलित 'गढ़वाली लोकगाथाएँ' पुस्तक की भूमिका, मोहिनी प्रकाशन, देहरादून)

में जिस विशिष्ट लोक-साहित्य की सृष्टि की है, वह अति प्रभावशाली है। पढ़ते-पढ़ते ऐसा प्रतीत होता है कि राईमासी और फ्यूली के पुष्पों का वर्ण-सौन्दर्य एवं काफल पाकू तथा हिलाँस विहगों का शब्द-माधुर्य इन गीतों में घनीभूत हो उठा है। 'धुयाँल' शीर्षक गीत-संग्रह की भूमिका लिखते हुए यही संस्कार हमारे मन पर पड़ा था। श्री गोविन्द चातक ने अपने 'गढ़वाली लोक-गीत' शीर्षक संग्रह में जो प्रवृद्ध सामग्री संकलित की, उससे यह प्रथम संस्कार और दृढ़ हुआ और प्रस्तुत गढ़वाली लोकगाथाओं के संग्रह को देखकर तो यह कहना पड़ता है कि लोक-गीतों का यह सोमरस सचमुच स्वाद और मिठास से भरा हुआ, दूर तक चोखा प्रभाव डालनेवाला रस है। ऋग्वेद (४/४७/१) के शब्दों में—

"**स्वादुष्किलायं मधुमाँ उतायं तीव्रः किलायं रसवाँ उतायम्।**"

इस मिठास से छका हुआ मानव इसे कभी भूल सकेगा, यह सम्भव नहीं। ध्यानमाला, अमरावती, वासुदन्ता, राजुला और जसी नारी-रूप के स्फुलिंग हैं। ज्ञात होता है कि हिम पर पड़नेवाली सूर्य की रश्मियाँ ही घनीभूत होकर इन कुमारियों के रूप में प्रकट हुईं और वे अपने चरित्र से हिमालय के भाल पर गंगा-यमुना के मातृ-गृह में यह सन्देश अंकित कर गईं—

"**प्रभु की माया देखो सतियों का सत देखो।**" (पृ. २३८)

इन अमर कहानियों का यह निगद वाक्य उच्च कंठ से कहने योग्य है।

इन रूप की झलकारियों का दर्शन पंखी कितना रमणीय है। सुवापङ्खी ओढ़नी में भगवती नन्दा के समान अनिन्द्य सुन्दरी जसी क्या है:—

"**चाँद की टुकड़ी फ्यूँली की सी कोंपली।**" (पृ. २३२)

अपने प्रिय से वह मिली तो गीत ने कल्पना की:—

"**नारायण लक्ष्मी को ब्याहने आया,**
महादेव ने मानो पार्वती पाई,
आकाश को चाँद मिला, फूल को भौंरा।
धरती को सुहाग मिला, मनुष्य को भाग्य॥"

जसी ने पति-वियोग में प्राण त्याग दिए तो उसका प्रिय शपथ देता है—यदि तू दो की जाई और एक की जोई है तो सोए हुए की भाँति खड़ी हो। शिव-पार्वती की देव-शक्ति का वरदान पूरा होता है।

अमरावती की लोकगाथा अमर जातक कहानी के समान मन को खींच लेती है। वह सुघड़ तरुणी अमरा क्या है? वह किसी कादम्बरी की भाँति डाँडा मरूड़ी के पर्वत शिखर कोट में अकेली है और चन्द्रापीड़ के समान भानु-भौंपेला उसके लोक में जा पहुँचता है, एवं—

"**आम के सुफल जैसी, दीपक की ज्योति जैसी।**
पूर्णिमा के चाँद जैसी, सुन्दरियों में सुन्दर॥"

अमरा उसे खींच लेती है। उनकी बरात में पञ्च पाण्डव बराती बनते हैं और कुन्ती तथा द्रौपदी मंगल्यानी बनकर गीत गाती हैं, मानो आद्यकालीन सोम-सूर्या का विवाह हो।

जैसे अमरा के सत् से भानु जीवित हुआ, वैसे इन गाथाओं के श्रोताओं की सभा भी जीती रहे : इस आशीर्भावना से यह गीत समाप्त होता है। इसका धरातल कैसा उच्च है।

रंगीली वैराट की राजवधू रौतेली राजुला का लोक-गीत अतिरमणीय है। राजुला तरुणी हुई, मानो पर्वतीय बुराँस लाल झुग्गों से लद गया। रूप उसके नेत्रों में लहराने लगा, यौवन ताल के जल की भाँति शरीर में भर गया। उसका रूप देवी जैसा, तेज सूर्य जैसा था। वह रूपसी साक्षात् आम्र-मंजरी थी (पृ. १२५)। जैसा चातक जी ने लिखा है, इस कहानी का ठाठ पद्मावत जैसा है, जिसमें रूपवान् मालूशाह जोगी बनकर राजुला को प्राप्त करता है। राजुला रौतेली, मैं तेरे नाम का जोगी और रूप का भोगी हूँ।

ध्यानमाला सचमुच स्वप्नलोक की देवी है। उसका भावी पति प्रथम बार स्वप्न में उसके दर्शन करता है—

''बर्फानी काँठा देखा, ध्यानमाला का आवास देखा,
चाँदी की सेज देखी, सोने के फूल देखे।
अग्नि जैसे नेत्र देखे, दीप-सी जोत देखी,
वृक्ष पर लिपटी लता देखी, दही की मलाई देखी,
हृदय का सूर्य देखा, पीठ पर चन्द्रमा देखा,
कुमाली कीट का सा शृंगार देखा, सुवर्ण की लटें देखीं।

(पृ. १६८)

यह थी साक्षात् अप्सरा-सी आकाश से उतरकर आई हुई विद्युत्-सी ध्यानमाला, जिसके लिए उसका प्रेमी कह उठता है—''तेरा प्रेम मेरे लिए स्वर्ग का संबल है।''

सुरमा कुमारी की सुखांत प्रणय-कथा किसी विशिष्ट गायक की कृति है।

वह आरुणी वन में किसी युवक की मुरली पर मुग्ध होकर उसके प्रणय-पाश में बँध जाती है। नौ दिन-रात उसे ढूँढ़कर दसवें दिन वह उसे प्राप्त करती है और अपनी सास के चरण छूकर आनन्द का अनुभव करती है। बहू के सौभाग्य से आरुणी वन में सोने का मेंह बरसा, अन्न से कोठार भरे और धन से भण्डार (पृ. १३७)।

गढ़वाली लोकगाथाओं को चातकजी ने यथार्थ ही तीन विभाग-क्रम से सँजोया है। प्रथम खण्ड में जागर (जागरणपूर्वक देव-नृत्य) और वार्त्ता (देव-महिमा का आख्यान) सम्मिलित हैं। जागर शब्द शुद्ध संस्कृत का है, जैसा महाभारत के जागर पर्व प्रसंग में पाया जाता है। दूसरा समूह वीर गीतों का है, जिन्हें पवाड़े कहते हैं और तीसरा वर्ग

शृंगार या प्रणय के बीज से अंकुरित बसन्तकाल में गाये जानेवाले चैती गीतों का है। वार्त्ता-गीतों के कद्रू-विनता संवाद महाभारत के आये हुए सौपर्णाख्यान पर आश्रित हैं। लोक-साहित्य में सुरक्षित यह सामग्री विचित्र है। गरुड़ द्वारा सोमाहरण की कथा वैदिक थी। लोक-साहित्य में उसकी प्रतिष्ठा श्लाघनीय है। गरुड़ के भाई अरुण को गीत में भानुपंखी कहा गया है, अर्जुन और वासुदन्ता का लोक-गीत भी महाभारतीय स्तर का है, यद्यपि उससे भिन्न है। वासुदन्ता नाग-लोक की कन्या है। सम्भव है, वह वासुकि की बहिन हो। अर्जुन ने स्वप्न में उसे देखा—

"वह स्वर्ण तरुणी, चन्दन की लता, पूनो जैसी शुभ्र,
हीरक-सी जोत और जुन्हाई-सी उद्योतमयी थी।"

(पृ. ८३)

अर्जुन तथा नागकन्या उलूपी का आख्यान प्रसिद्ध था। सम्भवतः उसी की सामग्री से इस आख्यान की रचना हुई।

नाग, यक्ष, किरात, किन्नर, विद्याधर, खश, आर्य इन संस्कृतियों की तहें एक के ऊपर एक चढ़ी हुई हैं, जो गढ़वाली लोक-जीवन में ओत-प्रोत हैं और लोक-गीतों में उनके संकेत-चिह्न पहचाने जाते हैं। भूम्माल (भूमिपाल), खितरपाल (वैदिक क्षेत्रपाल), जाख (यक्ष), जाखनी, ब्रह्म कुँवर और कैलावीर (वीर ब्रह्म), महासू (महाशिव, महादेव), भैरू, लुदेसर (रुद्रेश्वर), नन्दा, पाण्डव, कृष्ण, पंचदेव आदि के रूप में धार्मिक संस्कृतियों का स्मरण सुरक्षित है।

पारिभाषिक शब्दों से तो मानो ये गीत झोली भर देते हैं। कितने ही पहाड़ी फूल, पक्षी और वृक्षों के नाम मिले। प्राकृतिक भूगोल के धार, ओडार, डाँडी, काँठी आदि शब्द मिले—और भी गंगाजली जामा, आमली इजार, मोडुवाँ पगड़ी, पाथा (सं. प्रस्थ), चौखंभा तिवारी (चार खम्भोंवाली तिदरी) आदि शब्द सांस्कृतिक महत्त्व के हैं।

इसी प्रकार कितने ही उदात्त भाव बिखरे मिलते हैं, जैसे—गौ-स्वरूप पृथिवी सोकर जगी और सूर्य का झलकारा पृथिवी पर आ गया (पृ. १०३)। ऋतु चक्र के नियत परिवर्तन को दायीं के फेरे की तरह फिरते कहा गया है (पृ. १२३) जिसके मध्य में एक स्थिर मेधी या खंभा बैलों की गति को नियंत्रित करता है। अमरा और उसके स्वर्णिम प्रणयी भानु के सम्मिलन का वर्णन करते हुए गीत में आया है—

उनकी आँखों से आँखें मिलीं, मन से मन। दोनों जने पृथ्वी और आकाश की भाँति एक हो गए। इस उपमान की महिमा वैदिक द्यावा पृथिवी से मिली है। लोक-कवि ने अपनी विजय का एक नया मानदण्ड स्थापित कर दिया है। 'देवताओं की थाती गढ़वाल' भूमि धन्य है। महाकवि कालिदास की भाँति (पितुः प्रदेशास्वत देव भूमयः) लोक-कवि ने भी उसे देव-भूमि कहा है (जौ जश दे देउ-भूमि गढ़वाल)। उसकी कामना है—

"ब्रह्मा का वेद जाग।
गौरी का गणेश जाग।
हरो भरो संसार जाग।
जन्तु जीवन जाग।"

गढ़वाल का संसार जागकर हरा-भरा हो और प्राणियों में नया जीवन जागे।

इस अपूर्व संग्रह के कर्ता श्री गोविन्द चातक का परिश्रम धन्य है। भगवान् उन्हें यशस्वी करे।

❑

२४

निमाड़ी लोक-गीत[1]

इस संग्रह में संकलित इतने सरस और भावपूर्ण गीतों की जन्मस्थली होने के कारण सचमुच निर्माण की भूमि लोक-साहित्य की सौभाग्यशीला धात्री कही जा सकती है। भारतीय आकाश नाना प्रकार की दैवी और मानुषी ध्वनियों के जन्म का ब्राह्म सरोवर है। ऋषियों के वैदिक गीत, वैदिक साम जिस अनादि-अनन्त अक्षर-तत्त्व का गान करते हैं, उसी के एक परिमित अंश का छन्दित मूर्तरूप उन लोक-गीतों में है, जो मानवीय कंठों से उसी दिव्य उल्लास के आनन्दपूर्ण भाव लिए हुए क्षेत्र-क्षेत्र में प्रस्फुटित हुए हैं। आनन्द के अतुलित रस-प्रवाह की दृष्टि से लोक-गीतों की महिमा का अनुभव ही किया जा सकता है, उनकी प्रशंसा में पर्याप्त रूप से कहना कठिन है। मानव-हृदय का जो आनन्द देश और काल में सदा सकुशल बना रहता है, जिसकी जन्मभूमि अतीत, वर्तमान और भविष्य में अमृत-रस से प्रोक्षित है, जो वृक्षों पर निवास करने वाले सायं-प्रातः मुखर विहगों के कलरव में निनादित है, उसी आनन्द का शब्दमय रूप हमारे लोक-गीत हैं, जो भारतीय जीवन के विराट् आकाश या परम व्योम में कई सहस्त्र वर्षों से आपूरित रहे हैं। उनके बैखरी रूप में भले ही कालक्रम से परिवर्तन होता रहा हो, उनकी आत्मा या आनन्दमयी भावना सदा एकरस है।

पर्वत के शिखरों पर, नदी द्रोणियों में, अरण्य, ग्राम और नगरों के सन्निवेशों में सर्वत्र लोक-गीतों का ताना-बाना पूरा हुआ है। उनके अंचल में भारतीय जीवन के उद्दाम आरण्य मनोभावों को एवं संस्कृति के छन्द में ढले हुए सुकुमार सौम्य भावों को भी समान रूप से प्रश्रय मिला है। लोक-गीतों का यह विपुल महाकाव्य या राष्ट्रव्यापिनी संहिता इस अर्वाचीन युग में अपनी समस्त शक्ति और सौन्दर्य के साथ हमारे मानस-भवन में

---

१. श्री रामनारायण उपाध्याय द्वारा संकलित निमाड़ी लोक-गीत पुस्तक 'जब निमाण गाता है' की भूमिका। प्रकाशक—उषा प्रकाशन, गृह इंदौर

प्रत्यक्ष होती जा रही है। इसके रस से हम सब कृतकृत्यता का अनुभव कर रहे हैं। ऐसे प्रत्येक संग्रह से नूतन स्फूर्ति और आनन्द का अनुभव होता है।

नर्मदा की उपकंठ भूमि अति प्राचीन संस्कृति की धात्री रही है। इस मही-माता की क्षीर-धारिणी मुद्रा से मानव का सर्वतोमुखी जीवन धन्य हुआ है। इस संग्रह के लोक-गीत उसी जीवन की अक्षर-मालिका प्रस्तुत करते हैं। गाँवों और जनपदों में, सुदूर नदियों के काठों में और पहाड़ों की गुफाओं में शहद के छत्ते पर लगी हुई मधुमक्खियों की तरह जो जनता भरी हुई है, वह राष्ट्रीय आलोक के फैलने से हमारे दृष्टि-पथ में क्रमश: आ रही है एवं राष्ट्रीय चेतना का अभिन्न अंग बन रही है। नर्मदा या निमाड़ की भूमि तो उपलक्षण मात्र है। काश्मीर की कृष्णगंगा और मरुदवृधा नदी की द्रोणियों से लेकर दक्षिण कोशल की इन्द्रवती और शबरी नदियों के उपकंठों तक एक नये युग का आगमन हुआ है। किसी महावसन्त के प्राणवंत फगुनहटे ने उत्तर, दक्षिण, पूर्व, पश्चिम की चारों दिशाओं को झकझोर डाला है। उसके कारण हमें अपने जीवन के चौमुखी सौन्दर्य को पहचानने और समझने की गयी आँख मिल रही है। राजस्थानी लोक-गीत, भोजपुरी लोक-गीत, काश्मीरी लोक-गीत, पंजाबी लोक-गीत, गढ़वाली लोक-गीत, बघेली लोक-गीत, छत्तीसगढ़ी लोक-गीत, सोरठी लोक-गीत इत्यादि अनेक प्रदेशों के लोक-गीतों के संग्रह कुछ ही वर्षों के भीतर सामने आए हैं।

जिस प्रकार षोडश संस्कारों के मन्त्र गृह-जीवन में बराबर हमारे साथ रहते हैं, उसी प्रकार मन्त्रों से अधिक व्यापक लोक-गीत घरों के भीतर और घरों से बाहर भी मानव-जीवन की रूप-रेखा प्रस्तुत करते हैं। जीवन में जो उल्लास और करुणा से भरा हुआ क्षेत्र है, जो प्रेम और त्याग का, संयोग और वियोग का गाढ़ा रंग है, वह पदे-पदे इन गीतों में मिलता है। लोक-गीतों में भी विवाह-गीत सबसे विचित्र और सरस होते हैं। मानवीय जीवन में विवाह सबसे बड़ी घटना है। विवाह द्वारा व्यक्ति का जीवन जितना संस्कार-संपन्न बनता है, उसमें जो विलक्षण परिवर्तन होता है, वैसा अन्य विधि से नहीं। मानव-जीवन का सबसे प्रभावशाली रस श्रृंगार है। उसी के स्वस्थ, संयत स्वरूप से अधिकांश लोक-गीत निर्मित होते हैं। प्रस्तुत संग्रह में भी विवाह के गीतों का श्लाघनीय संकलन हुआ है। जैसे किसी यज्ञ के कर्मकांड का वितान मन्त्र और गान को साथ लिये हुए फैलता है, वैसे ही विवाह-यज्ञ का वितान इन लोक-गीतों में फैला हुआ दिखायी पड़ता है।

एक गीत में सूत्र-रूप से मानवीय भावना का सार इस प्रकार कहा है—सब रसों में उत्तम रस, सब रंगों में उत्तम रंग, सब सुखों में उत्तम सुख, हे फलों पर गान करनेवाले भौंरे, मैं तुमसे पूछती हूँ। भौंरे की ओर से उत्तर है—सासरे और मायके, ससुर-गृह और मातृ-गृह का जितना सुख है, उस सुख का संक्षिप्त रूप पुत्र है।

प्राय: प्रत्येक जनपद के विवाह-गीतों में गणेशजी के स्वागत का गीत पाया जाता है। ग्यारह रुद्रों में प्रथम रुद्र गणपति हैं। सोम की आहुति से रुद्र शिव बनते हैं। महाशीतल दूर्वा और पानी गणेश जी का प्रधान प्रिय तत्त्व माना जाता है। राजस्थानी गीतों में गाते हैं—

"पहले तो बासो सरवर बसियो,
सरवर भरिया ठंडा नीर।"

हे श्री गणपति, हमारे भवन की मंगल यात्रा के पथ पर आपका पहला निवास उस सरोवर में है, जहाँ शीतल जल भरा हुआ है। दूसरा बासा उन उद्यानों में है, जहाँ बिजोरे नीबू फल रहे हैं। तीसरा बासा उन बस्तियों में है, जहाँ मनुष्यों के सन्निवेश हैं। चौथा बासा गृह-द्वार के उस तोरण पर है, जहाँ सुन्दर चिड़ियाँ बैठी हुई हैं।

"चौथो तो बासो तोरण बसियो,
तोरण सोहे रूड़ी चिड़कली।"

यह सुन्दर चिड़िया जो द्वार पर गणपति का स्वागत करती है, वही है, जिसे वैदिक भाषा में गरुत्मा सुपर्ण या सूर्य की माता सुपर्णी कहा जाता था।

वह प्राण की शक्ति गृह के तोरण पर गणपति का स्वागत करती है। गणपति का पाँचवाँ बासा उन माताओं में है, जो भवनों के भीतर सुवासिनी नारियों के रूप में मंगल-गान करती हैं। छठा बासा मंडप के नीचे उस कृत्य में है, जिसमें वेदध्वनि सुनाई पड़ती है। हे गणपति, तुम्हारा सातवाँ बासा उस वेदी पर है, जहाँ वर-कन्या विराजमान हैं। यही तुम्हारे-हमारे सख्य भाव की सप्तपदी है। तुम्हारे ये सात विश्राम मानव-जीवन के लिए सम्पूर्ण सुखों के प्रतीक हैं। इस राजस्थानी लोक-गीत के भावों की परम्परा शुद्ध वैदिक काल से मिली हुई है। आवाहन और स्वागत के ये स्वर कुछ भेद से सर्वत्र पाए जाते हैं। निमाड़ के गणपति यात्रा करते हुए सर्वप्रथम शीतल वट-वृक्ष के नीचे आकर उतरते हैं—

"गढ़ रे गुजरात सु देव गणपति आया हो,
आई न उतर्‌या ढंडा वड़ तलऽ।"

कौन से घरों में सोहागिनें गणपति का पूजन करेंगी, कौन से घरों में सुवासिनी मंगल गाएँगी? उन घरों में जहाँ पुत्र और पुत्री उत्पन्न होंगे। उन्हीं घरों के आँगन में सीपी में भरे हुए श्रीखण्ड और थाली में भरे हुए मोतियों से गणेशजी को स्वागत मिलेगा। ये भावनाएँ गृहस्थ जीवन का मांगलिक अभिप्राय हैं।

निमाड़ी गीतों में राजस्थानी गीतों के समान की गनगौर के गीतों का भी महत्त्व है। गनगौर की भावना के पीछे देवी का पूजन है, जिसकी पहचान विश्व की मातृ देवी अम्बिका से की जा सकती है। इस महीमता अंबिका के अनेक नाम और रूप हैं। निमाड़ी लोक-गीतों में उसे 'रनु' या 'रण्णा' देवी कहा गया है। रनुबाई वस्तुत: सौराष्ट्र देश की देवी थी, जिसे संस्कृत में राज्ञी कहते थे।

"थारो काई काई रूप बखाणु रणु बाई,
सोरठ देश सी आई ओ।"

राज्ञी का सम्बन्ध सूर्य देवता के साथ था। सूर्य की उपासना करनेवाले शकों का राज्य लगभग चार सौ वर्षों तक सौराष्ट्र देश पर रहा। उसी समय इस विस्तृत प्रदेश में राज्ञी और निक्षुभा इन दो देवियों की कल्पना सूर्य के साथ प्रचलित हुई। राज्ञी प्राचीन ईरानी धर्म में रश्न देवी के रूप में ज्ञात थी। वही रनु बाई या रण्णा देवी के रूप में पूजित हुई, जिसकी परम्परा लोक-गीतों में और मूर्तियों के रूप में भी मिलती है। वस्तुत: वैदिक कल्पना के अनुसार सूर्य की पुत्री सूर्या का सोम के साथ सम्मिलन ही विवाह है। उसी सूर्या का नवावतार राज्ञी या रणुबाई के रूप में हुआ। रणुदेवी केवल गाथाशास्त्र की देवी नहीं रही, वह उस प्रत्येक कन्या के रूप में दर्शन देती है, जो विवाह-मण्डप में चुनरी पहिनकर विराजती है।

प्रस्तुत संग्रह में नृत्य-गीत, शृंगार-गीत, लोरी और बच्चों के गीत, उत्सवों के गीत और कुछ विविध गीत भी हैं, जो निमाड़ी लोक-साहित्य का एक समृद्ध रूप सामने रखते हैं। बेहुला गाय और सिंह का वह अत्यन्त द्रावक गीत भी जनपदीय बोलियों में उपलब्ध हुआ है। इसमें एक गाय हिंसक सिंह के सामने आत्म-समर्पण करती है और धर्म की शपथ से अपने को बाँधकर सिंह के हिंस्र पाशों से अपना छुटकारा कराती है। वह अपने बच्चे को उस दुग्ध का पान कराती है, जो उसके मातृत्व और स्नेह का प्रतीक है। यह बेहुला गाय कौन है ? यह स्वर्ग की सुरभि या कामधेनु है; धर्म का प्रतीक है। न केवल गौ और उसका वत्स, बल्कि स्वयं सिंह भी सृष्टि के धर्मात्मक नियमों के अनुशासन में है। भारतीय जीवन में धर्म की जो प्रतिष्ठा है, उसकी जो सर्वव्यापक शक्ति और अन्तिम टेक है, उसी की अभिव्यक्ति इस लोक-गीत में पाई जाती है। इसमें जिस काव्यमय ढंग से धर्म की महिमा को प्रकट किया गया है, वह बहुत ही हृदयग्राही है। गौ और वत्स हमारे जीवन के जाने-पहचाने अभिप्राय हैं। दूसरी ओर वह हिंस्र सिंह है, जो मानवीय जीवन के सत्य या धर्म पर आक्रमण करता है; किन्तु अहिंसा, समर्पण, सत्य और स्निग्ध प्रेम के प्रभाव से वह अपने स्वभाव में परिवर्तन करके स्वयं दैवी गुणों का पोषक बन जाता है। धर्म और अधर्म के द्वन्द्व और समन्वय का इतना संक्षिप्त और हृदयग्राही कथन जैसा इस लोक-गीत में है, कम प्राप्त होता है। इस गीत को सचमुच भारतीय संस्कृति का राष्ट्रीय लोक-गीत ही कहना चाहिए।

❑

२५

बाघेली लोक-गीत[1]

श्री लाल लखन प्रताप सिंह 'उरगेश' ने सपरिश्रम बघेली क्षेत्र में गीतों का जो संकलन किया है, उसका मैं स्वागत करता हूँ। लोक-गीत प्रत्येक जनपदीय क्षेत्र की निधि हैं। लोग-मानस उनकी जन्मभूमि है। जनपद अनादि काल से प्रजाजीवन की धात्रियाँ हैं। सब क्षेत्रों में इस प्रकार के सहानुभूति-प्रेरित प्रयत्नों से लोक-मानस की भावभूमि और उनके मूल में छिपी हुई एकता के हमें दर्शन होते हैं। साथ ही उनकी स्थानीय विशेषताओं का परिचय भी मिलता है।

इन गीतों के पूर्वार्ध को पढ़ते हुए यह विश्वास दृढ़ होता है कि पृथिवी-पुत्र मानव के जीवन की निज-गृहवार्त्ता इन गीतों में पिरोई हुई है। जन्म से मृत्यु-पर्यंत गीत उसके साथी रहे हैं। जिस प्रकार षोडश संस्कारों के मन्त्र सदा हमारे साथ हैं, वैसे ही मन्त्रों से भी अधिक व्यापक नारी-कंठ में सुरक्षित गीतों में मानव के जीवन की पूरी रूपरेखा आ जाती है। मानव का सुख उल्लास, वसन्त की मलय वायु की भाँति इन गीतों की प्रेरणा है। उसके मनोभावों में जो प्रेम और त्याग का गाढ़ा रंग है, वह पदे-पदे इन गीतों में मिलता है। मानव-जीवन की विचित्रता का जो सबसे प्रभावशाली रस है, उसी शृंगार-रस से किन्तु स्वरूप संयत रूप में इन गीतों का अधिकांश स्वरूप निर्मित हुआ है। विवाह व्यक्ति के जीवन की सबसे बड़ी घटना है, जिसमें वह शरीर और मन का जैसा विलक्षण परिवर्तन अनुभव करता है, वैसा अन्य विधि से कभी नहीं। विवाह सच्चे अर्थों में मनुष्य की अध्यात्म दीक्षा है। विवाह द्वारा मानवीय आत्मा अपने कौमार व्रत का अन्त करके 'स्त्री' बन जाती है, उसकी उर्वरा भूमि फलवती बनती है, जन्म-जन्म से रोम-रोम में व्याप्त स्थूल देह और मन की बुभुक्षा या वैदिक शब्दों में 'अशनाया' तृप्ति प्राप्त करती है। सामाजिक दृष्टि से भारतीय मानव के गृहस्थ-जीवन में विवाह

---

१. श्री उरगेशजी द्वारा संकलित 'बाघेली लोक-गीत' की भूमिका

सबसे महत्त्वपूर्ण घटना है। इस अवसर पर गृहस्थ के केन्द्र में जैसी शोभा होती है, जो ठाट-बाट, स्वागत-सत्कार और आनन्द-उल्लास होता है, वैसा और समय नहीं। इस संग्रह में भी विवाह के गीत ही सबसे अधिक हैं। भागवत के दशम स्कन्ध की भाँति विवाह-गीतों में ही भारतीय लोक-जीवन की सच्ची भागवत है।

इन गीतों को अधिक निकट से देखा जाय तो भाषा और भावों की गयी जानकारी भी मिलेगी। संग्रह का आरम्भ सोहर के गीतों से होता है। लेखक ने इस शब्द की व्युत्पत्ति के सम्बन्ध में प्रश्न किया है। सोहर शब्द संस्कृत सूतिगृह—प्राकृत सुइहर से बना है। जन्म-समय का आनन्द इन गीतों की शुद्ध प्रेरणा है। गीतों को आद्यन्त देखने से भारतीय घर के भिन्न-भिन्न भागों के लिए कई शब्द हाथ आते हैं, जैसे—सोबरी (पृ. ६), सार (पृ. १३), बुसौला (पृ.१३), ओसरवा (पृ. १४), मझोटवा (पृ. १४), बरोठवा (पृ. २९), चउपार (पृ. २९), चौखुंट चउरवा (पृ. ४५), बखरी (पृ. ८०), कलसा (पृ. ८०), धउरहरा (धौराहर, पृ. ६५, धवलगृह), भवन-दुआर (पृ. १०५), पछितिया (पृ. १०५)। सोबरी को पूरब में सौरी और पछाँह में सोबर कहते हैं। इसकी व्युत्पत्ति सूति+ओबरी (सुइ-ओबरी) से है। ओबरी संस्कृत 'अपवरक' से बना है। छोटी कोठरी के लिए यह शब्द प्रयुक्त होता है। पति-पत्नी के निजी सोने के कमरे को जायसी ने ओबरी कहा है। (ओबरि जूड़ तहाँ सोउनारा। अगर पोत सुख नेत ओहारा॥)। कोहबर शब्द लोकभाषाओं में दूर-दूर तक पाया जाता है। यह संस्कृत कौतुक-अपवरक से बनेगा। सार का अर्थ गोठ है, यह संस्कृत शाला से बना है। संस्कृत में सार का अर्थ गोबर भी है। भुस रखने का स्थान भुसौला कहलाता है। बघेली का बुसौला संस्कृत के और निकट है। ओसरवा या पछाँहीं ओसारा संस्कृत अपसरक से है। बरोठवा या बरोठा सं. द्वारकोष्ठ से, चउपार सं. चतुष्पाल से और चउरा सं. चत्वरक से है। मझोटवा या मझोटा घर का मध्य भाग है, जिसका मूल संस्कृत मध्यकोष्ठ है। घर के शिखर पर सबसे ऊपर लगे हुए कलश का भी लोक-गीत में उल्लेख आया है। बखरी को बारवर या पछाँहीं हिन्दी में बक्खल भी कहते हैं। यह देशी शब्द ज्ञात होता है। प्राकृत कोशों में देशी बक्खल का अर्थ है—आच्छादित या ढका हुआ (पाइअ सद्दमहण्णव, पृ. ९१४)। इन शब्दों का निश्चित अर्थ और प्रयोग लोक-भाषा का अंग था, जैसे—का ही हो पठऊँ बरोठवा देखें, का हि हो पठऊ चउपार (पृ. २९)। यहाँ बरोठा और चउपार अलग-अलग अर्थों में प्रयुक्त हुए हैं। गाँवों में गृहस्थ के लिए दोनों आवश्यक समझे जाते हैं। बरोठा (सं. द्वार-कोष्ठक) का दूसरा पर्याय अलिन्द भी था। घर के द्वार से घर का अर्थ लिया जायगा, जो स्त्रियों के रहने की जगह हुई। चउपार या चौपाल मर्दाना स्थान होता है, जो प्राय: घर से अलग बनाया जाता है। पुरुषों की बैठक चौपाल पर ही रहती है। यह मध्यकालीन शब्द है। इसे ही आस्थान, आस्थानी, आस्थायिका, अथाई भी कहा जाता था।

भाषा की दृष्टि से और भी कई शब्द ध्यान देने योग्य हैं। घूँटना (पीना) और पजाना (पुत्रोत्पन्न करना) धातुएँ केवल बोली में बची हैं, खड़ी बोली में नहीं। पजाना (सं. प्रजायते) से है और इस प्रकार की एक धातु की हिन्दी भाषा को आज भी आवश्यकता है। हिन्दी भाषा को आज भी आवश्यकता है। 'भऊजी पुतवा पजानी' (पृ. १४) को हिन्दी में कहना चाहें तो कहना होगा, 'भौजी ने पुत्र पैदा किया'। हाँ, 'जनना' धातु भी पछाँहीं हिन्दी तथा कौरवी बोली में इसी अर्थ में चलती है। अँजना (काजल लगाना पृ. १६), मउराना (मुकुलित करना, छोटा करना, काटना, पृ. २३) धातुएँ भी ध्यान देने योग्य हैं। घइला (छोटा घड़ा), करोला (छोटा करवा, पृ. ९४), सावन का लहरा (पानी का झोंका, पृ. ९९), कदुआ (हलवाई, पृ. १०७ सं. कान्दविक), गोनरिया (रस्सी, पृ. २०, सं. गुण), झलरी (पृ.२३) और झलरिया (पृ. २०, बाल) शब्द भी ध्यान खींचते हैं। झालरों का थोड़ा सा भाग चोटी के नीचे छोड़ दिया जाता है। उसके लिए 'कौवा' शब्द प्रयुक्त हुआ है (पृ. २२)। यह शब्द संस्कृत ककुद् से निकला है (ककुद्-कउअ--कौआ)। काग से ठीक ऊपर बाहर की ओर जो मस्तक का भाग है, वही कौवा हुआ। आजा के लिए बाबा, पितिया (पितृव्य) के लिए काका और बाप के लिए दाऊ सम्बोधन (पृ. २३) ग्राम भाषा की शक्ति सूचित करते हैं, बरुआ सं. बटुक से है, जिसका अर्थ छोटी आयु का ब्रह्मचारी है, जिसे संस्कृत में दण्डमाणव भी कहते थे। बनरा (पृ. ३९) और बनरिन (पृ. ४१) सरस शब्द हैं। ये सं. वर्णी (ब्रह्मचारी) और वर्णिनी (कुमारी ब्रह्मचारिणी) से निकले हैं। तभी अविवाहित कुमार का यह कहना सार्थक है—सरहज हम बनरिन लेबै (पृ. ४१)। घरइया (घरवाला, गृहपति, पृ. ११) और सोहगैली (सौभाग्यवती, सोहग्ग+इल्ल) शब्द भी नये होते हुए बड़े उपयुक्त हैं।

अभी एक सप्ताह पूर्व पाली चुल्ल बग्ग की 'समन्तपासादिका' टीका में थाल के लिए तट्टक शब्द मिला था और यह भी ज्ञात हुआ था कि इसी अर्थ के लिए मराठी के ताट और कन्नड़ में तट्टे शब्द चालू हैं। मुझे आशा न थी कि हिन्दी में भी इतनी जल्दी शब्द मिलेगा। 'बाती मिलवाई' (जिसे पछाँह में घीयाबाती कहते हैं) के गीत में 'छींदा टाठी' में वही टाठी शब्द थाली का वाचक है।

लोक-गीतों में वस्त्र और गहनों के नाम भी प्रायः मिल जाते हैं। 'माया पहिरिन लहर पटोर तन मा पिअरिया हो' (पृ. ६४) पंक्ति में लहर पटोर और पिअरिया वस्त्रों के नाम हैं। लहरिआ का पटोर (लहँगा) और पिअरिया या पीलिया चादर—यही भारतीय ग्रामों का प्राचीन वेश रहा है। पीलिया मांगलिक अवसरों पर काम में आता था। काशी की ओर पिअरी गंगाजी को चढ़ाई जाती है। म्याना शब्द का बघेली गीतों में कई बार प्रयोग हुआ है (पृ. ४३, ६५, ९२)। यह पालकी जैसी सवारी का वाचक स्थानीय शब्द होना चाहिए, अन्यत्र मेरे सुनने में नहीं आया।

कहीं-कहीं गीतों में भाषा और भावों की सरसता मन पर छप जाती है। कोई उत्कंठिता पत्नी गाती है—हे मेरे छैल, पृथिवी का वाहन (म्याना), बादलों की ओहार (परदा) और चन्द्रमा की बेंदी (माथे का गहना) लेकर मुझे लेने आओगे तो मैं तुम्हारे साथ गौने चलूँगी (पृ. ९२)। इसे पढ़ते हुए ऋग्वेद के उस विवाह-गीत का स्मरण आए बिना नहीं रहता, जिसमें अपने पति सोम के घर जाती हुई सूर्या के लिए कहा गया है—'मन उसके लिए वाहन बना, ऊपर छाया हुआ द्युलोक उसके रथ का ओहार बना, (मनो अस्या अन आसीद् द्यौरासीदुत छदिः। ऋ. १०/८५/१०)। पृ. ५७ पर दिया हुआ भँवरी का गीत लोक-साहित्य की सुन्दर भावपूर्ण कृति है, जिसके सुनिश्चित निखरे हुए बोल उस महान् गौरवपूर्ण अवसर के अनुकूल हैं, जब कन्या ज्ञातिगृह, पितृगृह, मातृगृह के शतशः स्नेह-बन्धनों को छोड़कर सातवीं भौंरी के साथ पति-कुल में जा मिलती है। कन्या स्वयं मूक रहती है, किन्तु उसके हृदय की वाणी ही स्त्रियों के कंठ का गीत बनकर वायु में ऊपर उठती है और अपने भेदक प्रभाव से मण्डप में सब हृदयों को अभिभूत कर लेती है। छः बार भाँवर घूमकर भी वह बाबा, पिता, चाचा, भाई, नाना और आजी से पुकारकर कहती है कि मैं अब भी तुम्हारी हूँ। अन्तिम सातवीं भौंरी में उसकी पुकार माँ के हृदय का स्पर्श करती हुई आघोषण करती है—

''सतईं भँवरी फिरि आइउँ माया,
अब भइऊँ पराई हौं हो।''

कन्या का यह कथन मनु के उस प्राचीन वचन की अतीव सरस व्याख्या है, जिसमें कहा गया है कि विवाह के अवसर पर पढ़े गए मन्त्र ही दार-कर्म या विवाह की असली कसौटी हैं। यदि मन्त्र ही नहीं पढ़े गए तो 'विवाह' नहीं हुआ और उनमें भी सातवीं भाँवर के साथ पूरी होनेवाली सप्तपदी क्रिया उन मन्त्रों की निष्ठा या निश्चित परिसमाप्ति को सूचित करती है।[१] 'मैं अब पराई हो गयी' इन शब्दों में कितनी विगलित करुणा और साथ ही कितना हर्ष भी है। इस पराई बनने के लिए ही यह सब उत्सव-संभार होता है, इसी परायेपन की निष्ठा से स्त्रीत्व की फलावाप्ति है। कुमारी होना श्रेष्ठ स्थिति है, पत्नी होना श्रेष्ठतर है, और माता बनना श्रेष्ठतम है। नारी के जीवन की यही सीढ़ी है, जिसे प्रकृति ने अपनी समस्त दैहिक, मानसिक और आध्यात्मिक शक्ति से सँवारा है।

लोक-गीतों के वातावरण में ऊँच-नीच पदों का तनाव नहीं देखा जाता। धरती-आकाश के खुले हुए धूप-वायु के जीवन में राम-कृष्ण, देवी-देवता, मनुष्यों के गाँवों,

---

१. पाणिग्रहणिका मन्त्रा नियतं दारलक्षम्।
तेषां निष्ठा तु विज्ञेया विद्वद्भिः सप्तमे पदे॥
मनु. ८/२२७

जंगलों और नगरों में भरे हुए समुदाय, सभी यहाँ सरल भाव से रंगभूमि में उतरते हैं और नोक-झोंक सहते हैं। गड़रियों के एक विरहे की यह कैसी विचित्र कल्पना है—'हे गौएँ चरानेवाले बरेदिए, मैं पूछता हूँ, मेरी गाय दुबली क्यों हो गई है? क्या जमुना में पानी नहीं रहा या जंगल में घास नहीं उगती?' ग्वाला उत्तर देता है—न बन की घास सूखी है और न जमुना की धार टूटी है। वृषभानु की बेटी सयानी हो गई है, उसी ने बन छेककर गायों को चरने से रोक दिया है (पृ. १०२)। किसी महान् कवि की सरस काव्य-कल्पना का सहज आनन्द इन पक्तियों में है। अथवा हृदय की कितनी आश्वस्त सरलता इन वाक्यों में है—

"अवध में जानकी माई फाग खेल रही हैं।
किसके हाथ में ढोलकी है,
किसके हाथ में शहनाई है,
किसके हाथ में मुरली सोहती है,
कौन, रे बीन बजा रहा है?
अवध में जानकी माई फाग खेल रही हैं।
राम के हाथ में ढोलकी सोहती है;
लछमन के हाथ में शहनाई,
भरत के हाथ में मुरली सोहती है,
शत्रुहन देवर ने बीन बजाई।" (पृ. ९३)

लोक-गीतों में राम, जानकी के ढोलकिया हैं। मोक्ष देनेवाले ब्रह्म लोक-गीतों के राम शायद ही कभी बने हों।

लोक-गीतों की कौशल्या में मातृ-हृदय के स्नेह और अनुभूति की पराकाष्ठा है। राम वन जाने की अनुमति माँगने आते हैं। माता कौशल्या कहती है—

"सोने की सलाई ले आओ,
अपने दोनों नेत्र फोड़ लूँ।
कैसे इस दृश्य को देखूँगी?
बलता अंगारा ले आओ,
अपनी जीभ जला लूँ।
कैसे जाने के लिए कहूँगी?"

गाँव के जीवन की दृष्टि से गीतों में व्यंग्य-विनोद भी काफी पाया जाता है। कुँवारा लड़का या बनरा जब ससुराल के लिए तैयारी करता है तो उसके छबीलेपन पर व्यंग्य-वचन गीत के रूप में गितारिनों के कंठ से निकल पड़ते हैं। विवाह के निमन्त्रण पर आनेवाली जिठानी-देवरानी तत्कालीन व्यंग्य-उपहास में खुला भाग पाती हैं। अपने

गोत्र की इन सम्बन्धी स्त्रियों को बघेली और पछाँही हिन्दी में भी गोतिन, गोतिनी या गोतिनियाँ कहते हैं। निम्नलिखित स्वागत गीत में आनेवाली गोतिन का कैसा व्यंग्य-चित्र खींचा गया है ? ज्ञात होता है, किसी कार्टून को शब्दों में ढाल दिया है—

''कौन कुँवरि गोतिन के रूप में हमारे घर चढ़ी आती हैं?
किसी सम्बन्धी की भेजी हुई यह गोतिन चली आ रही हैं?
हाय दइया, कवन सिंघ (अमुक) ने गोतिन नहीं हथिनी भेज दी।
वह देखो, मेरी गोतिनियाँ पसर पड़ीं।
चली आओ, चली आओ, रे मेरी हथिनी गोतिन।'' (पृ. ३६)

द्वार-पूजा के समय के गीत में समस्त बरात और विशेषत: दुबले-पतले (पतरेंगवा) समधी को व्यंग्य का खासा भाग मिलता है। और चढ़ाव के गीत में भी इसी प्रकार का व्यंग्य और छींटाकशी पाई जाती है, जिससे कहने और सुननेवाले दोनों ही विनोद का सुख उठाते हैं।

इन लोक-गीतों में गाँवों के देवी-देवताओं की भी जहाँ-तहाँ चर्चा है (पृ. ३६)। एक निमन्त्रण-गीत में शंकर बाबा, पार्वती, हनुमान और देवी शारदा को न्यौत कर बुलाया गया है। इसके अतिरिक्त लोक-धर्म से सम्बन्धित कुछ और भी देवी-देवता निमंत्रित किए गए हैं। इनमें 'सातों बहिनी' या सात बहिनें सप्त मातृकाएँ हैं। 'बड़े महाराज, मीरकुँवर, पितर, आँधी, पानी, साँप, बिच्छू इनको भी गीत में निमन्त्रण दिया गया है। इनमें बड़े महाराज और मीर कुँवर धार्मिक इतिहास की दृष्टि से महत्त्वपूर्ण हैं। प्राचीन संस्कृत साहित्य और पाली साहित्य में कुबेर को महाराज कहा गया है। कुबेर जिनका नाम वैश्रवण भी था (उत्तर दिशा) और उनके तीन साथी धृतराष्ट्र (पूर्व दिशा), विरूढ़क (दक्षिण दिशा), विरुपाक्ष (पश्चिम दिशा) चार दिशाओं के चार लोकपाल थे, जो एक साथ 'चत्तारो महाराजानों' अर्थात् 'चार महाराज' कहलाते थे। इनमें भी वस्तुत: कुबेर प्रमुख थे और इसलिए महाराजाओं में बड़े महाराज का पद उन्हीं का था। संस्कृत में राजा यक्षों की संज्ञा थी। यक्षों या राजाओं के प्रमुख होने के कारण 'कुबेर महाराज' इस नाम से प्रसिद्ध हुए। जातक (६/२६४) में वेस्सवण को महाराज कहा गया है। दीर्घनिकाय के 'आटानाटिय सूत्त' में दी हुई देवताओं की सूची में सबसे पहले 'चार महाराज' देवताओं की गिनती की गई है। अष्टाध्यायी के सूत्र (४/२/३५) में महाराज को देवता कहा गया है। जो लोग महाराज देवता की भक्ति करते, वे 'माहाराजिक' (४/३/९७) कहलाते थे। विवाह आदि सभी मांगलिक अवसरों पर वैश्रवण कुबेर या महाराज देवता की पूजा आवश्यक थी। आज भी विवाह-मन्त्रों के साथ-साथ 'नमो वयं वैश्रवणाय कुर्महे' यह बोल ब्राह्मणों के मुख से सुनाई पड़ती है। मेरठ आदि पछाँह के जिलों में 'बूढ़ा-बाबू' की पूजा प्रसिद्ध है, जिनके लिए हर चौथे महीने माघ शुक्ल २, वैशाख

शुक्ल २, और भाद्रपद शुक्ल २ को पुजापों की कड़ाही तथा पूजा की जाती है। ज्ञात होता है कि चारों लोकपाल क्रमशः हर चातुर्मास्य में पूजे जाते थे और कुबेर महाराज या बड़े बाबू की पूजा हर चौथे महीने आती थी। बड़े महाराज के सम्बन्ध में धार्मिक पूजा की परम्परा अन्य जनपदों में भी मिलनी चाहिए, जिसके विषय में खोज होनी आवश्यक है।

मीर कुँअर देव (आवा-आवा मोरे मीर कुँवर देव, तुम्हीं न्योति बोलाइति है हो)—वस्तुतः प्राचीन वीर कुँअर या यक्ष देवता की पूजा है। अपने 'वीर-बरह्म' शीर्ष लेख (जनपद, वर्ष १, अंक ३) में हमने इस विषय की सामग्री संकलित की थी कि वीर ही यक्ष है और वीर पूजा प्राचीन काल से चली आई है एवं आज भी बंगाल से दक्षिण भारत तक के गाँव-गाँव में यह पूजा प्रचलित है। प्राचीन पंचवीर उच्चारण-भेद में पंचपीर कहलाने लगे और यहाँ भी वीर का रूप मीर हो गया है। इसी संग्रह में किवाड़ को केमार (पृ. ४५), नौबत को नौमत (पृ. ६४) और कुआर मास को कुमार मास (पृ. १०९) लिखा गया है, जो बोली में प्रचलित वास्तविक ध्वनि-परिवर्तन को प्रकट करता है।

जो गीत इस बघेली संग्रह में हैं, उनके नाम और भाव वाले गीत अन्य जनपदों में भी दूर-दूर तक फैले हुए पाए जाएँगे। उदाहरण के लिए बनरा-गीत मेरठ की ओर बन्ना कहलाता है। बेटे के ब्याह के गीतों में बरात चलने से लेकर जब तक फेरे नहीं फिरते, बन्ने गाए जाते हैं, फेरों या भाँवर से पीछे नहीं, क्योंकि उसके बाद वर वर्णी या ब्रह्मचारी नहीं रह जाता। सोहर के गीत में जैसे बघेली बहिन काम-काज के लिए बुलाए जाने पर अपने भाई से कहती है—'भाई, तुम मेरे भाई हो, तुम्हीं मेरे सब कुछ हो। पर तुम्हारी उस लाड़ली के बोल मेरा कलेजा सालते हैं।' वैसे ही यह गीत मेरठ की ओर भी प्रचलित है। निमन्त्रण पाकर बहिन उत्तर देती है—'हे भइया, तुम मेरी आँखों के तारे हो, पर तुम्हारी धन जीभ की उतार है; तुम्हारे यहाँ कौन आवे? उस नंग-नटिनी के बोल मेरा कलेजा सालते हैं, तुम्हारे घर कौन आवे जी!' किन्तु जैसे बघेलखण्ड की बहू दमदार थी, उसने ईंट का जवाब पत्थर से दिया, वैसे ही कुरु जनपद की बहू भी सास, ननद, भौजाई के रूखे वचन सुनकर और रूखी हो उठती है—

''पकडूँगी छान बलैण्डा सैंया का रूपट्टा,
झटक जनूँ नन्दलाल सबेरे,
दौड़ी आवे खाने के मारी।''

कोई सहायता के लिए नहीं आती तो मैं अपने छप्पर का मँगरा पकड़कर पति के दुकूल की ओट में नन्दलाल को जन लूँगी।

बघेलखंड में शरद ऋतु की चाँदनी रात में शैला खेलने का जो नृत्य है, वह गुजरात के डांड्या रास का ही नामांतर है। शैला छोटा गोल डंडा होता है। दो शैले दोनों हाथों में लेकर ६ या ८ व्यक्ति गोलाकार घेरे में घूमते हुए और आपस में डंडे बजाते हुए शैला

खेलते हैं। इस नृत्य का चित्रण बाघ के गुफा-चित्रों में पाया गया है, जिससे ज्ञात होता है कि यह प्राचीन लोक-नृत्य था। उत्तर प्रदेश के पश्चिमी भाग में इसे चौक चाँदनी का खेल कहते हैं। बुन्देलखण्ड जनपद के दक्षिण में इसे सैरा कहते हैं। कौटिलीय अर्थशास्त्र के अनुसार चौदह अंगुल या साढ़े दस इंच का परिणाम शल कहलाता था। लगभग उतनी ही बड़ी गोल लकड़ी जो जुँए में बैलों के कन्धों के पास लगाई जाती है, अभी तक मेरठ की बोली या पछाँही हिन्दी तथा मध्यप्रदेश के सागर जिले में भी शैल कहलाती है। बिहारी भाषा में इन्हें सैला या कनकिल्ली कहते हैं (बिहार पेजेंट लाइफ, अनु. १५)। जिस हेतु से यह नृत्य डांड्या रास कहलाया, उसी कारण से इसका नाम शैला भी पड़ा। शल और दण्ड दोनों पर्यायवाची थे।

बघेलखण्ड विस्तृत भू-प्रदेश है। रेल-पथों के अभाव में वहाँ जनपदीय संस्कृति का परम्परागत साहित्य-भण्डार अधिक सुरक्षित होना चाहिए। उस अपरिमित सामग्री को प्रस्तुत करने के लिए तो इससे कहीं अधिक बृहद् गीत-संग्रह की आवश्यकता पड़ेगी। वर्तमान प्रयत्न उसके अग्रदूत के रूप में श्लाघनीय है। यह भी कहना आवश्यक है कि प्राचीन लोक-गीतों के साथ आधुनिक काल में रचे हुए गीतों की मिलावट न होनी चाहिए।

❑

२६

धुँयाल या गढ़वाली लोक-गीत

'धुँयाल'[१] नाम से प्रकाशित गढ़वाल के लोक-गीतों का यह संग्रह सर्वथा स्वागत के योग्य है।

भारतवर्ष के प्रत्येक प्रदेश में लोक-गीतों के संग्रह का कार्य पिछले पच्चीस वर्षों में तीव्रगति से आगे बढ़ा है। राष्ट्रीय-साहित्य का यह एक अक्षय्य भण्डार ही सामने आ गया है। इस लोक-साहित्य के माधुर्य और सहज सौन्दर्य से प्रत्येक सहृदय का रस लोभी मन एक बार भी प्रभावित हुए बिना नहीं रहता। उत्तर, दक्षिण, पूर्व, पश्चिम चारों दिशाओं से चौबाई पवन के समान प्रवर्धमान इस लोक-साहित्य की पंक्ति में अभी तक गढ़वाल या बदरी-केदार की देवभूमि के लोक-साहित्य का विशेष प्रकाशन हुआ था। इस कारण से भी यह संग्रह अभिनन्दनीय है। यद्यपि इस संग्रह में लगभग सौ से कुछ अधिक गीत ही हैं तो भी पहाड़ी अंचल के लोक-मानस का सुहावना परिचय इन गीतों से प्राप्त हो जाता है। ज्ञात होता है हिमालय के उन अन्तरालों में जहाँ रैमासी के सुन्दर फूल फूलते हैं, नृत्य और गीत नर-नारियों के जीवन में श्वास-प्रश्वास की भाँति भरे हुए हैं। चन्द्रकुँअर बर्त्वाल की कल्पना के अनुसार पर्वतराज के उत्संग में कुसुमित ये रैमासी के फूल इतने सुन्दर हैं कि स्वयं पार्वती वन प्रान्तर का भ्रमण करके दिन में इनका संचय करतीं और शिव की सेवा में अर्पण करने के लिए इन्हें ही सबसे दिव्य उपहार मानती हैं।

हिमालय का गढ़वाल-कुमाऊँ प्रदेश भारतीय भूमि का धन्य अंग है। अलकनन्दा, भागीरथी, मंदाकिनी, जाह्नवी इन नदी-द्रोणियों से बना हुआ बदरी-केदार खण्ड और काली, बर्फीली सरयू की द्रोणियों से समन्वित कूर्माचल प्रदेश, जहाँ से कैलाश-मानस की ओर प्राचीन मार्ग जाता था, भारतीय धार्मिक कल्पना में सदा से अत्यन्त पुनीत क्षेत्र रहा है।

महाकवि कालिदास ने इन प्रदेशों के सौन्दर्य से मुग्ध होकर इन्हें देव-भूमि की संज्ञा

---

१. धुँयाल (गढ़वाल के कुछ लोक-गीतादि का संकलन; प्रकाशक—गढ़वाल साहित्य-मण्डल, दिल्ली) की भूमिका।

दी थी। पाली-साहित्य में इसके निचले खण्ड को चुल्ल हिमवंत कहा है, जिसमें पाँच से दस हजार फुट तक की ऊँची चोटियाँ हैं। हिमालय के सौन्दर्य की एक झलक इस भू-भाग में है। इससे कहीं अधिक विलक्षण और प्रभविष्णु सौन्दर्य इस प्रदेश के उपरले भाग में भरा हुआ है, जिसे महाहिमवंत कहते थे और जहाँ अठारह-बीस सहस्र फीट से अधिक ऊँचे बदरी-केदार, त्रिशूल, नन्दादेवी, पंचचूली आदि गिरि-शिखर हैं। इस प्रदेश को राष्ट्र के प्राकृतिक सौन्दर्य का विशिष्ट स्थल कहना चाहिए। विश्व में इसकी समता रखनेवाले पर्वत-शृंग अन्यत्र नहीं हैं। पूर्व से पश्चिम लगभग सौ मील और उत्तर से दक्षिण भी लगभग उतनी ही दूर फैला हुआ कुमाऊँ-गढ़वाल का प्रदेश प्रकृति की विचित्र लीला-स्थली है। प्राचीन संस्कृत-साहित्य के निर्माताओं ने इस प्रदेश को सदा अपने दृष्टि-पथ में रखा था। उनकी प्रेरणा के सूत्र सदा गंगा-यमुना के उद्‌भव-स्थानों से मिले रहते थे। अर्वाचीन समय में भी आवश्यक है कि हम प्रदेश के मानवीय हृदय के साथ निकट का परिचय प्राप्त करें। प्रस्तुत संग्रह में गढ़वाल के औजी, हुडकिए, पँवारिए और किंगरिहे अपने नृत्य-गीतों की अमृत-ध्वनि लेकर हमारे समक्ष उपस्थित होते हैं। इन गीतों से यह सिद्ध है कि गढ़वाल का हृदय मातृभूमि के विराट् हृदय का अभिन्न अंग है। लोक-साहित्य की भागीरथी जैसे अन्यत्र प्रवाहित हुई है, उसके वैसे ही सीकर बदरी-केदार के इन समीकरणों में भी भरे हुए हैं। गीत या वाद्य द्वारा अपने इष्ट का आवाहन यही धुँयाल का शब्दार्थ है, और इसमें निःसंदेह गढ़वाली लोक-मानस का वह इष्ट देवता भारतीय लोक-मानस के इष्ट देव का ही रम्य रूप है। गुजराती-साहित्य में जिसे 'आउजी' कहा गया है, वही गढ़वाल का आउजी या औजी है। आबद्ध या मढ़े हुए मृदंगादि आतोद्यों या वाद्यों पर ताल की ध्वनि देते हुए गीतों में प्रवृत्त होनेवाले औजी थे, एवं हुड़के की ध्वनि पर गानेवाले हुड़किए प्रत्येक प्रदेश में इसी तरह पाए जाते हैं। देवताओं के लिए अत्यन्त प्राचीन काल से जो मेले और उत्सव होते थे उन्हें संस्कृत में यात्रा और प्राकृत में जत्त कहा जाता था; उसी से गढ़वाली में जात और जातरा इन शब्दों की उत्पत्ति हुई। नन्दादेवी की जात न केवल गढ़वाल का उत्सव-विशेष है, बल्कि उसमें उस गिरि-पूजा की परम्परा है, जिसे प्राचीन परिभाषा में 'गिरिमह' कहते थे।

जब भारतीय मानव का अपनी पृथिवी के साथ सम्बन्ध हरा-भरा था, उस युग में रुक्खमह, नदीमह, गिरिमह, धनुर्मह, इन्द्रमह, यक्खमह, नागमह आदि अनेक प्रकार के मह या उत्सव मनाए जाते थे और इन यात्राओं में नृत्य और गीतों की छटा प्रधान थी।

भारतीय संस्कृति के जो स्तर अन्यत्र पाए जाते हैं, वे ही गढ़वाल के इन लोक-गीतों में विद्यमान हैं। प्राचीन-काल के पाण्डव-नृत्य और नन्दा देवी की यात्रा एवं क्षेत्रपाल या खेतरपाल गीत संस्कृति के आरम्भि स्तर की सूचना देते हैं। भूम्यालु या भूमि देवता सम्बन्धी गीत भी उसी युग के हैं। भैरों गीत, वीर-पूजा या यक्ष-पूजा के परिचायक

हैं। इनमें एक ओर चटुआ पीपल के डोंड या बीर का उल्लेख हैं, जो डिण्डिम-नाद करनेवाले किसी प्राचीन घण्टा यक्ष का ही स्थानीय रूप है; दूसरी ओर वीर बजरंगी का भी उल्लेख आता है। ये बजरंगी कहने के लिए हनुमान हैं, किन्तु वास्तव में यह प्राचीन यक्ष-पूजा ही थी और महावीर के रूप में हनुमान की कल्पना भी आरम्भ में यक्ष-पूजा से ही उत्पन्न हुई। दीपावली की यक्ष-रात्रि को महावीर का जन्मदिन माना जाता है। भोजपुरी क्षेत्र के गाँवों में आज भी चौरों पर यक्ष-पिण्डी के रूप में महावीर का पूजन होता है। 'दैत-संघार' नामक गीत में दैत्यों का संहार करनेवाली भवानी के भयंकर रूप की कल्पना तमिल-साहित्य के तक्कयागपरणी (दक्ष याग भरणी) का स्मरण दिलाती है। मध्यकालीन सिद्ध और नाथ संस्कृति भारत के अन्य भागों की भाँति गढ़वाल में भी भर गई थी, जिसके परिचायक कई गीत इस संग्रह में हैं।

गोरखनाथ, बालना, मछेन्द्रनाथ, चौरंगीनाथ आदि की वाणियाँ और गोपीचंद भर्तृहरि के करुण गीत भी गढ़वाल में उसी प्रकार मिलते हैं, जिस प्रकार बंगाल से गुजरात तक वे फैले हुए हैं, यहाँ तक कि कामरूप की 'लोना चमारिन' जिसका जायसी ने कई बार उल्लेख किया है, गढ़वाल में 'लूनी डोमणी' के नाम से प्रसिद्ध है।

गढ़वाल के पवाड़ों में जीतू (पृ. ४६-५०) का लोक-गीत उन तरल मानवीय भावनाओं का परिचायक है, जिनकी स्मृति मन को बार-बार व्यथित करती है कि उस स्वर्गीय सौन्दर्य की प्रणय-लीला इस प्रकार अधूरी क्यों रह गई? इसी लोक-गीत को लेकर श्रीचन्द्रकुँवरजी ने 'जीतू' शीर्षक अत्यन्त मनोहर गीति-काव्य प्रस्तुत किया था। सुन्दर हिमराशि पर पड़नेवाली चाँदनी से निर्मित हुआ कोई सुन्दर हिम-कुमार ही मानो जीतू की कल्पना है। उसके रूप पर मुग्ध होकर जब देवलोक की अछरियाँ उसे उसकी प्रेयसी से नहीं मिलने देतीं और दूर ही ले जाती हैं तो मानो सदा के लिए उसकी वंशी-ध्वनि गीत बनकर हिमालय के उन वनों में भर जाती है, जहाँ बाँज वृक्षों के बीच में काफल-पाकू और हिलाँस पक्षी मधुर स्वर में कुछ इस प्रकार गाते हैं—

''कमलों के वन में फिरते उस स्वर्ण हंस को
हर ले गईं अचानक नभ की मुग्ध हवाएँ,
फिर न सुनाई दिया कहीं भी वह कल-कूजन
लुप्त हुआ वह रूप धरा से, और हाय! जो
उसे प्यार करते थे, जीवित रहे न वे भी!''

(चन्द्रकुँवर, जीतू)

जीतू ही मानो धौली गंगा के तट का अज्ञात रहस्यमय फूल बनकर विकसित हो गया है और जिसके लिए निम्नलिखित गीत में जापानी कविता के समान निखरे भावों की सुन्दर सज है—

"धौली के किनारे यह क्या फूल हुआ है?
अनबन भाँति का यह क्या फूला हुआ है?
देवता सरीखा यह क्या फूला हुआ है?
धौली के किनारे यह क्या फूला हुआ है?"

(पृ. १६)

लमछर मुँह और कर्बुर आँखोंवाली पर्वतीय कुमारी के सौन्दर्य के ही कितने करुणामय चित्र गढ़वाली झुमैलो गीतों में अमर हो गये हैं। इन गीतों में कहीं ससुराल में रहनेवाली नववधू की मनोव्यथा प्रकृति के प्रत्येक पट-परिवर्तन में अपने उस भाई को ढूँढ़ती है, जो कभी नहीं आता। इसके अतिरिक्त जीवन के मांगलिक पक्ष से सम्बन्ध रखनेवाले गीत भी गढ़वाली लोक-साहित्य में अनेक हैं। वसन्त के समय गाए जानेवाले कुमारियों के वसन्त-गीत, होली के फाग, विवाहों के मंगल-गीत सब इसी प्रकार हास-परिहास से भरे जीवन का चित्र प्रस्तुत करते हैं। इन पर्वतीय प्रदेशों में भी मोतियों के चौक पूरे गये हैं। विवाह के आरम्भ में गाये जानेवाले निमन्त्रण के गीत प्रायः हर प्रदेश के लोक-साहित्य में पाये जाते हैं। बधेलखण्ड के एक लोक-गीत में शंकर-पार्वती, हनुमान, सात बहनों के साथ देवी शारदा, बड़े महाराज, वीर कुँवर देव, पितृ देव—इन्हें विवाह में आने का निमन्त्रण दिया जाता है। अन्त में आँधी, पानी, साँप और बिच्छू सृष्टि के इन अनचाहते पदार्थों और जीवों को भी न्योता दिया जाता है, सम्भवतः इसलिए कि वे अपना उपद्रव शान्त रखें। किन्तु गढ़वाल के 'न्यूतो' गीत की कल्पना किसी महाकवि के हृदय की उपज है। पृथिवी को टेकनेवाले कूर्म देवता, धरतीमाता, गणपति, नारायण, भूमिदेवता, पंच देवता को निमंत्रित करने के बाद 'न्यूतो' गीत के बोल इस प्रकार चलते हैं—

"पहले न्योतो, पहले न्योतो, बेदमुखी ब्रह्मा को
आज ब्रह्मा जी का काम है।
तब न्योतो, तब न्योतो, आऊजी के पुत्र को,
आज बधाई का काम है।
आज मैंने हल्दी की क्यारियों को न्योता है,
आज मंगल गायन का काम है।
आज मैंने कामधेनु गैया को न्योता है,
आज पंचगव्यों का काम है।
आज मैंने धान्य की क्यारियों को न्योता है,
आज उनके मोतियों का काम है।"

(पृ. २-३)

इस प्रकार की स्वच्छ भावना को देनेवाले लोक-मानस के लिए हम सहस्र वर्ष का आयुष्य चाहते हैं।

वेदी-रचना (वेदी-चिणेंद) नामक विवाह-गीत में कल्पना के देवलोक में रची जानेवाली वेदी और साधारण मानव के नरलोक में रची जानेवाली वेदी का रूप कितना मोहक है?

पिता कहता है—

''मैं सोने की, चाँदी की वेदी रचाऊँगा,
मैं चाँदी का दिव्य स्तम्भ धराऊँगा,
मैं सोने का मंगल सूत्र बनाऊँगा,
मैं केसर-कुंकुम से वेदी लिपाऊँगा,
मैं गज मोतियों से चौक पुराऊँगा।''

इसके उत्तर में कन्या कहती है—

''बुबाजी, यह तो देवलोक की विधि है।
नरलोक में कौन सी विधि करोगे?
हे पिता, मेरा कहना मानो।
नरलोक की विधि रचाओ।''

तब पिता कहता है—

''मैं पत्थर की चौखुंटी वेदी रचाऊँगा,
केलों का स्तम्भ लगाऊँगा,
पाट का सूत्र बनाऊँगा,
मिट्टी से वेदी लिपाऊँगा,
जौ और तिल से चौक पुराऊँगा।''

(पृ. ४-५)

भारतीय गृहस्थ की उस भावना की मार्मिकता और गम्भीरता को कैसे प्रकट किया जाय, जिसके लिए लोक-गीत में इस प्रकार कहा गया है—

''हे बुबाजी, भूमिदान सब कोई देता है,
हीरादान, मोतीदान सब कोई देता है,
हेमदान, गजदान सब कोई देता है,
अन्नदान, धनदान सब कोई देता है,
तुम देना, हे बुबाजी कन्यादान,
उसी के साथ, बुबाजी, गौ का दान।''

कन्यादान सब दानों में भारी है। जिसने कन्या दी, उसने क्या नहीं दिया ? इस प्रकार की आस्था लोक-मानस की शोभा है।

इस प्रकार की प्रतीति गृहस्थ-जीवन की सनातन स्थिति है। यही प्राचीन गृहस्थोपनिषद है, जिसने इस समाज के जीवन को सदा हरा-भरा बनाये रखा है। पर्वत की रूप-कुमारी कन्याएँ विवाह-गीतों में गौरी-स्वरूप, सावित्री-स्वरूप, सीता-स्वरूप और लक्ष्मी-स्वरूप हैं। इस विषय में वे उसी आदर्श लोक की कुमारियाँ हैं, जो समस्त मातृ-भूमि के सांस्कृतिक स्वरूप से निर्मित हुआ है। गृहस्थ में होनेवाले आभ्युदयिक कर्मों में विवाह सबसे बड़ा मंगल है, अतएव विवाह-गीत, मंगल-गीत नाम से प्रसिद्ध हुए। बंगाल के मनसा मंगल और हिन्दी के पार्वती मंगल, रुक्मिणी मंगल की भावना परम्परा से ही गढ़वाली लोक-साहित्य के मंगल गीत हैं। वहाँ की मंगल गीत गानेवाली 'मंगल्यानी' गितारिनों के सुरीले कंठों से न जाने इस प्रकार के और भी कितने गीत निकले होंगे। गढ़वाली लोक-गीत साहित्य के लिये उसी प्रकार के बृहत् गीत-संग्रह की आवश्यकता है, जिस प्रकार के संग्रह भोजपुरी, मैथिली, राजस्थानी या अवधी लोक-गीतों के हुए हैं। प्रस्तुत प्रयत्न चाशनी मात्र है। आशा है, गढ़वाली लोक-साहित्य के क्षेत्र में वहाँ की उर्वरा भूमि शीघ्र ही अपने 'मेवाणी' या 'सत्यार्थी' के दर्शन करेगी। भविष्य में जो संग्रह प्रकाशित हों, उनमें गीतों के सरल हिन्दी अर्थ भी रहें तो उनका रसपान सबके लिए सुलभ बन सकेगा।

❑

२७

गुजराती लोक-गीत[1]

श्री पुष्कर चंदरवाकर विख्यात लोक-साहित्य-सेवी हैं। उन्होंने अपने मन की उमंग से और कर्म की तरंगित शक्ति से सच्चे पृथिवी-पुत्र बनकर लोक-साहित्य के संग्रह के लिए आत्म-समर्पण किया है। उनके यशस्वी कार्य को देखकर मुझे बराबर प्रसन्नता होती रही है। आज उनके 'नवो हलको' नामक लोक-गीत-संग्रह के नवावतार के लिए कुछ मंगल शब्द लिखने का अवसर पाकर मैं अत्यन्त आनन्द का अनुभव करता हूँ। आकाश के विशाल अन्तराल में व्याप्त विराट् भावों के साथ जिनका मन मिला हुआ है, वे मातृ-भूमि के किसी प्रदेश में रहते हों, इस पवित्र यज्ञ के ऋत्विक् हैं। 'माता भूमिः पुत्रोऽहं पृथिव्याः' यह उनका साधना मन्त्र होता है। इस मन्त्र की प्रेरणा-शक्ति अनन्त है। यह मन्त्र देश और काल से ऊपर व्याप्त एकता का विधायक है। इस प्रकार जिनकी निष्ठा मातृ-भूमि के प्रति समर्पित हुई हो, उन पृथिवी-पुत्रों का आवाहन हमारे राष्ट्रीय-साहित्य का नया धर्म है। आज भारतीय लोक-मानस भेदों से ऊपर उठकर राष्ट्रीय जीवन में ओतप्रोत एकता की ओर उन्मुख हो रहा है। किसी भी अन्य क्षेत्र में ऐक्य भाव इतनी सरल स्वाभाविक रीति से प्राप्त नहीं होता, जितना उस विराट् लोक के धरातल पर, जो कोटि-कोटि संख्या में भारतीय ग्राम और जनपदों में हिमालय से समुद्र तक फैला हुआ है। जो व्यक्ति इस लोक का अपनी पदचंक्रमण-शक्ति से प्रत्यक्ष दर्शन करता है, वही उसका सच्चा दर्शन पाता है। उसे ही वेदव्यास ने सर्वदर्शी कहा है—

''प्रत्यक्षदर्शी लोकानां सर्वदर्शी भवेन्नरः।''

(उद्योग. ४३/३६)

लोक के प्रति अनन्त सहानुभूति, हृदय के सुकुमार भावों का तरल प्रवाह, कभी क्षीण न होनेवाली आत्मीयता, यही लोक-साहित्य के कर्मठ यात्री की पूँजी होती है, जिसके बल

१. श्री पुष्कर चंदरवाकर द्वारा संकलित गुजराती लोक-गीत 'नवो हल्को' का आमुख।

पर वह घर या नगर की सीमाओं से अपने मन को बाहर से जाकर विराट् में विलीन कर देता है। हृदय में विराट् भाव का संस्पर्श लोक-साहित्य के कार्यकर्ता की पहली कसौटी है।

इस गीत-संग्रह का नाम 'नवो हलको' या 'नया युग' है। साबर-काँठे की वन-बालाएँ वसन्त के उल्लसित वातावरण में लोक-गीत का स्वर ऊँचा करते हुए गाती हैं—

"मातमा गांदी आवे, ने नवो हलको रे!"

अर्थात् महात्मा गांधी आ गाए। अब नया युग आ गया। बस यही हमारे इस अभिनव पृथिवी-पुत्र-आन्दोलन का बीज मन्त्र है। महात्मा गांधी नव-युग के स्रष्टा थे। उनके कारण ही लोक एवं लोक-साहित्य की ओर देश का ध्यान गया। जिन कंठों में इस साहित्य का जन्म हुआ था, उन्हें राष्ट्रीय जीवन में गांधीजी के कारण गयी प्रतिष्ठा मिली। राष्ट्रीय आलोक के फैलने से हमारे नेत्रों में देखने की गयी शक्ति आयी। जहाँ पहले अँधेरा था, वहाँ उजाला फैल गया। गाँवों और जनपदों में, सुदूर नदियों के काँठों और पहाड़ों की गुफाओं में, जो जनता शहद के छत्ते पर लगी हुई मधुमक्खियों की तरह भरी हुई थी, वह अब राष्ट्रीय चेतना का अभिन्न अंग बन गयी। साबरमती नदी तो एक उपलक्षण मात्र है। सचमुच वहीं पहले-पहल महात्मा गांधी ने अपनी साधना का पाँचजन्य शंख बजाया था, जिसके गगन-भेदी स्वर सुनकर सहस्रों वर्षों की हमारी बधिरता दूर हो गयी। काश्मीर की कृष्णगंगा और मरुद्वृधा नदी द्रोणियों से लेकर असम प्रदेश की सूरमा तथा लोहित्य नदी-द्रोणियों तक एवं दक्षिण कोशल की इन्द्रवती व शबरी नदियों से लेकर जहाँ कन्याकुमारी के द्वार तक मातृभूमि का विस्तार है, सर्वत्र एक नये युग का आगमन हुआ है। ऐसा लगता है, जैसे किसी महावसन्त के प्राणवंत फगुनहटे ने उत्तर, दक्षिण, पूरब, पश्चिम के चारों खूँटों को झकझोर डाला है। आज उसके कारण हमें अपने जीवन के चौमुखी सौन्दर्य को देखने और समझने की गयी आँख मिली है।

राजस्थानी लोक-गीत, भोजपुरी लोक-गीत, काश्मीरी लोक-गीत, पंजाबी लोक-गीत, गढ़वाली लोक-गीत, बाघेली लोक-गीत, छत्तीसगढ़ी लोक-गीत, उड़िया लोक-गीत, सोरठी लोक-गीत इत्यादि अनेक प्रदेशों के लोक-गीतों के नये संग्रह कुछ ही वर्षों के भीतर सामने आए हैं। उनसे लोक-जीवन के अनेक सरस अंगों को निकट से जानने और समझने का नया साधन प्राप्त हुआ है। लोक-गीत प्रत्येक जनपद की अपूर्व निधि होती है। लोक-मानस में उनका जन्म होता है। पृथिवी-पुत्र मानव के जीवन की निज वार्त्ता-गृहवार्त्ता इन गीतों में पिरोई हुई होती है। जिस प्रकार षोडश संस्कारों के मन्त्र गृहजीवन में हमारे साथ रहते हैं, उसी प्रकार मन्त्रों से भी अधिक व्यापक लोक-गीत उन्हीं घरों में रमी कंठों में सुरक्षित रहते हुए मानवीय जीवन की पूरी रूपरेखा प्रस्तुत करते हैं।

मानव हृदय के सुख-दुःख एवं उल्लास और आशा-निराशा से इन गीतों का जन्म होता है। मानवीय मनोभावों में प्रेम और त्याग का जो गाढ़ा रंग है, वह पदे-पदे इन गीतों

में मिलता है। लोक-गीतों में विवाहगीत या जिन्हें गुजरात में लग्नगीत कहा जाता है, सबसे विचित्र और करुणा पूर्ण होते हैं। लोक में विवाह सबसे बड़ी घटना समझी जाती है। विवाह द्वारा मनुष्य के जीवन में जैसा विलक्षण परिवर्तन होता है वैसा अन्य विधि से नहीं। मानव-जीवन का जो सबसे प्रभावशाली रस है, उसी श्रृंगार रस के स्वस्थ, संयत रूप से अधिकांश लोक-गीतों का स्वरूप निर्मित होता है। विवाह सच्चे अर्थों में मानवीय आत्मा की अध्यात्म दीक्षा है। स्त्री और पुरुष दोनों के रोम-रोम में व्याप्त देह और मन की जन्मसिद्ध कोई महती अतृप्ति, अपने दूसरे केन्द्र से मिलने के लिए विवाह के रूप में विस्फोट प्राप्त करती है। जैसा स्वाभाविक था, प्रस्तुत संग्रह में भी लग्न-गीत और प्रणय गीतों की पर्याप्त संख्या है, जिनमें अनेक सुकुमार भावनाएँ अभिव्यक्त हुई हैं। जिस प्रकार विवाह के आगमन की प्रसन्नता से उत्तर या मध्यदेश की नारी गाती हैं—'मैं सोने-चाँदी की वेदी बनाऊँगी और केशर-कुंकुम से लीपकर गजमोतियों से चौक पुराऊँगी।' उसी प्रकार गुजराती बहन कहती है—'आज हमारे घर आनन्द का बधावना है, उसमें कुंकुम और केशर का साँथिया पुरना है।'

अधिकांश लोक-गीतों का केन्द्रबिन्दु नारी है। उसके गृहस्थ-जीवन के प्रेम, वात्सल्य, मान, उपालंभ के उभरे हुए चित्र गीतों में प्राप्त होते हैं। सास-बहू और ननद-भौजाई के पारिवारिक चित्र भी मिलते हैं।

स्त्री के सुकुमार यौवन का सौन्दर्य लोक-गीतों का अति सरस पक्ष है। राजस्थान की सुन्दरी भूमल के वर्णन में किसी लोककवि ने कितना सुन्दर कहा है—

''काली रे काली काजलिये री रखड़ी रे
हाँजी रे काल्योडी कोठरा में चमके बीजली।''

भूमल की जिन काली आँखों में काजल की रेखा खिंची हुई है, वे ऐसी लगती हैं, मानो काली कोठरी में बिजली चमकती है। बघेलखण्ड की छबीली विराट् अलंकरणों की कल्पना करती हुई पति से कहती है—

'हे मेरे छैल, पृथिवी का वाहन मेघों का ओहार (पर्दा) और चन्द्रमा की टिकुली लेकर मुझे लेने आओ तो मैं तुम्हारे साथ चलूँगी।'

इसके साथ ऋग्वेद के उस विवाह-गीत का स्मरण आता है, जिसमें अपने पति सोम के घर जाती हुई सूर्या के लिए मन का वाहन और द्युलोक का ओहार किया गया है—

''मनो अस्या अन आसीद्
द्यौरासीद् उत छदिः।''

(ऋग्वेद १०/८५/१०)

यह भी सोम-सूर्या के विवाह का लोक-गीत ही ज्ञात होता है। देश के भिन्न अंचलों में फैले हुए लोक-गीतों में मनोभावों की गहरी एकता पाई जाती है।

श्री पुष्करजी ने वन्य-जातियों के जीवन में घुल-मिलकर अपनी सामग्री का अधिकांश भाग प्राप्त किया है। सौराष्ट्र और बंबई राज्यों की सीमा के बीच में लगभग साठ वर्गमील का नल सरोवर नामक जलाशय है। उसके काँठे में पठार नामक जाति बसी हुई है। जन-संख्या में केवल छह होते हुए भी इस जाति का जीवन बहुत ही रंग-बिरंगा है। लोक-कवियों ने उनकी मानवती पढारणों के अनेक सटीक चित्र गीतों में उतारे हैं। उन्हीं में 'भूंडी बापडी' या कर्कशा का चित्र भी है, जिसको प्रसन्न करने के लिए उसका पति भौंरे की भातवाली साड़ी मोल लाता है, पर पत्नी का स्वभाव बदलता नहीं। वह अपने घर की ओखली-चक्की छोड़कर पराये घर दलने-पीसने जाती है। उसके पति की आन्तरिक पीड़ा गीत का विषय बनी है।

इसका दूसरा पक्ष वह है, जिसमें स्त्री पति के लिए अत्यन्त मधुर रस का स्रोत है। उसे यौवन की फुलवाड़ी की सुगन्ध कहा गया है, जिसके लिए पतिरूपी भौंरा सदा उत्कंठित बना रहता है।

(पृ. ३७)

पढारों के प्रदेश में बहनेवाली 'रोड' नदी उन्हें माता के समान प्रिय है। उनके लोक-गीतों में उल्लासपूर्वक उसका वर्णन आता है। उसके तट पर वे चोखला राँधकर खाँड़ मिलाते और गान के स्वर में पुकारते हैं—हे बाट चलनेवालो, आओ, रोड के काँठे में चोखला तैयार है।

(पृ. ४२)

लेखक ने पढारों के स्थानिक वीरों के कथा-गीतों का भी संग्रह किया है। किन्तु शियाल गाँव की पढार बालाओं का वर्णन विलक्षण है। उनके सुरीले कंठों से गीतों की झड़ी लग गयी थी। उनमें मानो होड़ लग गयी और उन्होंने नृत्य-गीत की अपूर्व रसधारा बहा दी। हितू, राजू, कुँवर, बालू धोली, फूल नामक पढार बालाओं के समान ही कृष्णा नदी के काँठे में लंबाड़ी जाति की वनबालाओं ने एक बार नृत्य और गीत के रस-पर्व से हमें छका दिया था। वस्तुत: ऐसे ही स्वत:प्रेरित मानव से सच्चे गीतोत्सव का जन्म हुआ करता है। उन किशोरियों की थिरकन 'चालो भाभलडी वनमाँ जावीं' गीत की द्रुत लय में तरंगित है (पृ. ५६)। नवविवाहित युवती को लोक-गीतों में 'रत्न-कटोरी' कहा जाता है। पढार-गीत की यह पंक्ति कितनी सरस और सुन्दर है—

"सोना वाटकडी रे, केशर घोल्यां! बालमिया।"

सोने की कटोरी में, हे बालम! केशर घोला हुआ है।

लोक-गीत की यह पंक्ति मानो प्रकृति ने स्वयं अपनी लेखनी से लिखी है—उसी

लेखनी से जो भोली बाला को चित्र-विचित्र रंगों से सजाकर नव-यौवना किशोरी के रूप में सज्जित करती है।

चाँदी के चार कड़ों में सोने की साँकलों से आम की डाल में बँधे हुए हिंडोले का चित्र भी मार्मिक है और गुजरात की निजी संस्कृति का विशेष प्रतीक है।

चरोतर और अहमदाबाद की जाति के गीतों का संग्रह भी रोचक है। उनके लग्न-गीतों में सर्वप्रथम गणेशजी की वंदना और आवाहन किया जाता है। यही राजस्थानी लोक-गीतों में बिन्दारक देवता के लोक-गीत से आरम्भ होती है। चूँदड़ी लोक-गीतों का चिरपरिचित अभिप्राय है। छारा जाति के लग्नगीत में रंगराती चूँदड़ी को सोलह सुवासिनों से तैयार हुई कहा गया है—

''मारी चमटीमाँ आवे एवी चूँदड़ी रे,
मारी होले हवासोनी चूँदड़ी रे।''

सौभाग्यवती स्त्री के लिए सुवासिन शब्द तुलसीदासजी ने 'रामचरितमानस' में प्रयुक्त किया है। वही गुजराती में 'सवासण' और छारा जाति की बोली में हवासोनी हो जाता है।

भाई चंदरवाकर जी के इस संग्रह में और भी अनेक प्रकार के लोक-गीतों की चाशनी चखने को मिलेगी। आशा है,भविष्य में गुजरात के किसी एक प्रदेश में ही अपना कार्यक्षेत्र सीमित करके वे गीतों की पुष्कल संख्या प्राप्त कर सकेंगे, जैसा उत्तर भारत में भोजपुरी लोक-गीतों के संग्रहकर्ताओं ने किया है।

❑

२८

धनुर्मह और गिरिमह

भारतीय लोक-संस्कृति में सबसे विचित्र अंग उसकी धार्मिक परम्परा है। इस परम्परा का इतिहास पाँच सहस्र वर्ष पुराना है। पृथिवी-सूक्त के ऋषि के अनुसार यह हमारी मातृभूमि अनेक प्रकार के जन को धारण करती है। यह जन अनेक प्रकार की भाषाएँ बोलनेवाला है और नाना धर्मों को माननेवाला है। जन की विविधता भारतीय जीवन का पहला सर्वाभिभावी सत्य है। इसी के साथ भाषाओं के भेद और धर्मों के भेद जातीय जीवन की सामूहिक विविधता को और बढ़ा देते हैं, किन्तु भारतवर्ष की अन्तरात्मा लोक की इस विविधता से कभी भी खिन्न या आक्रान्त नहीं हुई। यहाँ के मनीषियों ने विविधता के मूल में छिपी हुई एकता को खोज निकाला और अनेक प्रकार से इसी एकता पर बल दिया है। एकता का प्रतिपादक समन्वयात्मक दृष्टिकोण ही भारतीय संस्कृति का मुख्य दृष्टिकोण है।

समन्वय-प्रधान जीवन-पद्धति का सबसे अधिक प्रभाव धर्म के क्षेत्र में देखा जाता है। आर्य-संस्कृति, द्रविड़-संस्कृति, निषाद-संस्कृति और किरात-संस्कृति इन अनेक संस्कृतियों के समन्वय से इस देश की महान् धार्मिक परम्परा का निर्माण हुआ है। इस क्षेत्र में आदान-प्रदान की मात्रा इतनी अधिक है कि किसी एक देन का मूल-स्वरूप क्या था, किसी प्रकार वह और सूत्रों को समेटता हुआ विकास को प्राप्त हुआ था और अन्त में देश और काल दोनों की विस्तृत अवधि में फैलकर वह किस रूप में आज मान्य हो रहा है, इसका विवेचन अत्यन्त कठिन हो गया है, फिर भी तुलनात्मक विवेचन से जब इस विषय का अनुसंधान किया जाता है, तब अत्यन्त रोचक सामग्री सामने आती है। जिस प्रकार लोक-भाषा का अध्ययन हमारी शिष्ट साहित्यिक भाषा को बल प्रदान करता है एवं उसके अनेक छिपे हुए तथ्यों पर प्रकाश डालता है, उसी प्रकार लोक में प्रचलित धर्मों और जन-विश्वासों का अध्ययन भी लोक-संस्कृति के प्राचीन तथ्यों को अधिक स्पष्टता से सामने लाता है। इस समय भारतीय लोक में वीर-ब्रह्म की मान्यता प्रचलित

है। उसकी प्राचीन परम्परा, मान्यता, पूजा-पद्धति और उससे सम्बन्धित अन्य विषयों पर इन व्याख्यानों में हम विचार करना चाहते हैं। आज भी बंगाल से लेकर गुजरात तक और हिमालय से लेकर दक्षिण के तमिल प्रदेश तक किसी-न-किसी रूप में वीरब्रह्म की पूजा की जाती है। प्राचीन काल में जिसे यक्ष-पूजा कहते थे, उसी की परम्परा वीरब्रह्म की मान्यता में पाई जाती है। प्राचीन साहित्य, कला और धर्म इन तीनों क्षेत्रों में यक्ष-विषयक मान्यता ने अपना प्रभाव डाला था। ब्राह्मण धर्म, बौद्ध धर्म, जैन धर्म इन तीनों धर्मों पर यक्षपूजा का प्रभाव पड़ा। डॉ. आनन्दकुमार स्वामी ने इस विषय पर सर्वप्रथम प्रकाश डाला था। उनके प्रदर्शित मार्ग से परिवर्द्धित सामग्री की सहातया लेते हुए इस विषय का यहाँ प्रतिपादन किया जायगा।

वैदिक देवता और लोक देवता इन दोनों के मेल-जोल की प्रक्रिया वैदिक युग में ही आरम्भ हो गई थी। जीवन के इस तथ्य की साक्षी वैदिक साहित्य में उपलब्ध होती है। अथर्ववेद के इस सूक्त में बड़ी स्वाभाविक रीति से वैदिक देवों के साथ लोक के अन्य देवताओं का अनौपचारिक उल्लेख पाया जाता है। उनके नामों के परिगणन में कोई क्रम नहीं है। दोनों एक-दूसरे के साथ मिल गए हैं। सूक्त का ऋषि जब अपने समकालीन देवताओं के विषय में सोचने लगा, तब लोक और वेद दोनों ही कोटियों के देव उसके दृष्टिपथ में एक साथ उतराने लगते हैं। उनका जो मिला-जुला क्रम सूक्त में आया है, वह इस प्रकार है—

अग्नि, वनस्पति, औषधि, वीरुध्, इन्द्र, बृहस्पति, सूर्य, वरुण, मित्र, विष्णु, भग, अंश, विवस्वान्, सविता, पूषा, त्वष्टा, गन्धर्व, अप्सराएँ, अश्विनी, ब्रह्मणस्पति, अर्यमा, अहोरात्र, सूर्य, चन्द्र, आदित्य, वात, पर्यन्य, अन्तरिक्ष, दिशा, आशा, उषा, शोम, भव, शर्व, रुद्र, पशुपति, द्युलोक, नक्षत्र, भूमि, यक्ष, पर्वत, समुद्र, नदी, सरोवर (वेशन्त), सप्तर्षि, जल (आपः), प्रजापति, यम, पितृ, द्युलोक-अन्तरिक्ष-पृथिवी के देव, आदित्य, रुद्र, वसु, रक्षस, सर्प, पुण्यजन, मृत्यु, ऋतु, ऋतुपति, मास, संवत्सर, दक्षिण-पश्चिम-पूर्व-उत्तर के विश्वदेव, उनकी पत्नियाँ, भूत, भूतपति, पंच दिशाओं की देवियाँ, द्वादश ऋतुओं के देव इत्यादि (अथर्व, ११/६/१-२३ पापमोचन सूक्त)। देवी-देवताओं की यह सूची उस बिरादरी या बन्धुत्व का संकेत करती है, जिसमें ऊँच-नीच के भेदभाव के बिना देवों का सब समाज एक स्थान में इकट्ठा हुआ। इसमें एक ओर अग्नि, इन्द्र, बृहस्पति, मित्र, वरुण, विष्णु, भग, सविता, पूषा, त्वष्टा, अर्यमा, सोम आदि वैदिक टकसाली देवता हैं, जिनकी प्रतिष्ठा बहुत ऊँची थी। वहीं दूसरी ओर यक्ष, राक्षस, सर्प, पुण्यजन, भूत आदि उस कोटि के देवता भी हैं, जिनका सम्बन्ध आदिम जातियों से था। भूमि, पर्वत, नदी, समुद्र और नक्षत्र ये भी भूमि सम्बन्धी देवता थे, जिनकी परम्पराएँ लोक में और साहित्य में पायी जाती हैं।

लोक में समय-समय पर देवी-देवताओं के मेले जुड़ते थे और उत्सव हुआ करते थे। ऐसे मेलों की पद्धति लोक में अभी तक चालू है। हरेक जनपद या प्रदेश में ऐसे मुख्य मेलों की छानबीन की जाय तो प्रत्येक मेले के पीछे किसी पुराने देवी-देवता की पूजा कारण रूप में पायी जाएगी। प्राचीन काल में ऐसे मेलों को 'मह' कहते थे। काशिका के एक उदाहरण में गंगाजी के बड़े मेले को गंगामह कहा गया है (सूत्र ५/१/१०९)। इस तरह का मेला उत्तर भारत में गंगाजी के किनारे बहुत से स्थानों में आज भी लगता है। यह शब्द यद्यपि संस्कृत में भी प्रयुक्त हुआ है किन्तु उसका मूल वैदिक **'मख'** ज्ञात होता है। हरिवंश के कई हस्तलेखों में मख और मह दोनों पाठान्तर मिलते हैं (हरिवंश, २/१५/५)। किन्तु तो भी मह शब्द ही इस अर्थ में अधिक प्रचलित था। उच्च धर्म या द्विजातियों के जीवन में जो स्थान वैदिक यज्ञों का था, लोक के जीवन में वही स्थान मह नामक उत्सवों का था। हरिवंश पुराण में कृष्ण द्वारा गोवर्द्धन उठाए जाने की लीला को गिरिमह और गिरियज्ञ दोनों शब्दों से कहा गया है—''**स्थितः शक्रमहस्तात श्रीमान गिरिमहस्त्वयं** (हरि. २/१७/११); **तन्मह्यम् रोचते गोपा गिरियज्ञः प्रवर्त्तताम्**'' (हरि. २/१६/१०)। इसी प्रसंग में इसका स्पष्ट उल्लेख है कि ब्राह्मण जिस प्रकार मन्त्रों द्वारा यज्ञ करते हैं, उसी प्रकार किसान हल द्वारा सीतायज्ञ और गोप लोग गोपालन द्वारा गिरियज्ञ करते हैं—

''**मन्त्रयज्ञपरा विप्राः सीतायज्ञाश्च कर्षुकाः,**
गिरियज्ञास्तथा गोपा इज्योऽस्माभिर्गिरिर्वने॥''

(हरि. २/१६/९)

लोक-जीवन और सांस्कृतिक जीवन के विभिन्न स्तरों में धार्मिक पूजा की जो प्रणाली होती है, उसी का यहाँ स्पष्ट उल्लेख किया गया है।

इस प्रकार के मह या उत्सवों की एक सूची प्राचीन जैन-साहित्य में मिलती है।

१. इन्दमह=इन्द्रमह	७. नागमह
२. खन्दमह=स्कन्दमह	८. जक्खमह=यक्षमह
३. रुद्दमह=रुद्रमह	९. भूयमह=भूतमह
४. मुकुन्दमह	१०. अज्जामह=आर्यामह
५. सिवमह=शिवमह	११. कोट्ट किरिया=कौट्ट क्रियामह
६. वेसमणमह=वैश्रवणमह	

इसके अतिरिक्त निम्नलिखित नाम और मिलते हैं—

१२. गिरिमह	१५. काममह
१३. नदीमह-गंगामह	१६. धनुर्मह
१४. चन्दमह	१७. ब्रह्ममह

धनुर्मह एक विशेष प्रकार के उत्सव का आयोजन था, जिसमें योद्धा या वीर लोग धनुष के आरोपण द्वारा अपने बल की परीक्षा देते थे। इतिहास के धुँधले युगों में आदिवासी जातियों में इस प्रकार के बल कौशल की प्रथा का अनुमान किया जा सकता है। शारीरिक बल का अभ्यास करनेवाली अन्य जातियों में भी इस प्रथा का अनुगमन स्वाभाविक था। मथुरा के यादवों में इस प्रकार के धनुर्मह की प्रथा थी। कंस ने अक्रूर द्वारा कृष्ण को मथुरा बुलाने की जो योजना बनाई, उसमें यही कहा—'हे अक्रूर! तुम ब्रज में जाकर ब्रजवासियों से कहो कि राजा ने आनन्द के अवसर पर धनुर्मख का आयोजन किया है और उसने कृष्ण-बलराम को बुलाया है।' (**राजा धनुर्मखं नाम कारयिष्यति वै सुखी। हरिवंश २/२२/९१**)। अक्रूर ने नन्द गोप के घर जाकर गोपवृद्धों की सन्निधि में कृष्ण और बलराम से यही कहा—'हे तात! ब्रज के सब गोपाल कल वार्षिक कर लेकर मथुरा जायँगे। कंस की ऐसी ही आज्ञा है। वहाँ कंस ने बड़े ठाट-बाट से 'धनुर्मह' का आयोजन कराया है। तुम स्वजनों के साथ उसे चलकर देखो' (**समृद्धस्तत्र कंसस्य भविष्यति धनुर्महः। तं द्रक्ष्यथ समृद्धं च स्वजनैश्च समेष्यथ॥ हरिवंश २/२६/४**)। वस्तुतः धनुर्मह नामक उत्सव का शिवपूजा के साथ ही सम्बन्ध था। प्राचीन काल में शिव-देवता की सार्वजनिक पूजा के साथ धनुर्मह का आयोजन किया जाता रहा होगा। आगे कहा गया है कि कंस ने मथुरा में पिनाकी शिव को लक्ष्य करके महोत्सव की योजना की थी (**कस्याचित् त्वथ कालस्य मथुरायां महोत्सवम्। पिनाकिनं समुद्दिश्य चक्रे कंसो नराधिपः॥ हरिवंश २/१०१/६४**)। प्राचीनकाल के इस प्रकार के महात्सवों को 'समाज' भी कहते थे। जिस स्थान पर समाज का उत्सव किया जाता था, उसे रंग या रंगवाट कहते थे। उस रंगवाट की भूमि में पौर जानपद-जन के बैठने के लिए सहस्रों मंच बनाए जाते थे। एक ओर राजा के बैठने के लिए ऊँचा विमानाकृति मंच बनाया जाता था, जिसे विमान कहते थे (हरिवंश २/१०१/५४-५८)। समाज के अवसर पर अनेक प्रकार के विनोदों का आयोजन किया जाता था। नाच, गान, मल्लप्रदर्शन तथा प्रेक्षण या तमाशे समाज के अवसर पर होते थे। (**तत्रमल्लाः समाजग्मुर्नाना देश्या विशापते। नर्तना गायनाश्चैव कुशला नृत्य कर्मसु। हरिवंश २/१०१/५५**)। कंस के समाज-महोत्सव में ये सब आमोद-प्रमोद थे, किन्तु उसमें मुख्य 'धनुर्मह' ही था। समाज के अवसर पर जनता की आमोद-प्रवृत्ति उच्छृंखल भी हो जाती थी। उसमें मधुपान और मांस-भोजन तथा पशु-युद्ध और वेश्याओं के नृत्य आदि के कारण समाज का स्तर गिर जाता था। इसका प्रमाण अशोक के उस लेख से मिलता है, जिसमें उसने समाज को निन्दनीय बताकर समाज न करने का आदेश दिया है—

"नो पि चा समाजे कटविये बहुका हि दोसा
समाजसा देवनां पिये पियदसि लाजा दखति।

आशा पि चा एकतिया समाज साधुमता देवानं
पियसा पियदसिसा लीाजिने।''

(कालसी का प्रथम शिला-लेख)।

अशोक के समय में दो प्रकार के समाज थे, एक में बहुत से दोष या बुराइयाँ थीं, दूसरे 'साधु' या निर्दोष रीति से मनबहलाव करनेवाले समाज थे। समाज शब्द के अर्थ के विषय में विद्वानों में पहले काफी मतभेद था। भण्डारकर ने महाभारत, हरिवंश और बौद्ध ग्रन्थों के प्रमाण देकर यह सिद्ध किया कि साधु-समाजों में नृत्य-गान और खेल-कूद होते थे, जबकि दूसरे प्रकार के समाजों में हिंसा का भी समावेश था (इंडियन ऐंटीक्वेरी, १९१३, पृ. २५५)। टामस कै मतानुसार समाज एक प्रकार का अखाड़ा या रंगवाट था, जिसमें पशुओं के द्वन्द्व युद्ध का प्रदर्शन किया जाता था (रॉयल एशियाटिक सोसाइटी की पत्रिका, १९१४, पृ. ३९२)। श्री ननिगोपाल मजूमदार के अनुसार समाज में केवल प्रेक्षक या नाटक का प्रदर्शन होता था। कामसूत्र या जातकों में समाज की यही विशेषता पाई जाती है (इंडियन ऐंटीक्वेरी, १९१८, पृ. २२१)। वस्तुतः समाज नामक उत्सवों के विषय में ये सभी मत समीचीन हैं। समाज का क्षेत्र बहुत व्यापक था और उसमें ये सब बातें सम्मिलित थीं। जिस किसी भी मनोविनोद के साधन या धार्मिक पूजा, उत्सव को कारण बनाकर समाज का आयोजन किया जा सकता था।

कंस ने जिस समाज का निमन्त्रण भेजा था, उसे उसने धनुर्मह कहलाया था। शिव की पूजा उसका उद्‌देश्य था। ज्ञात होता है कि समाज उत्सव की प्रतिष्ठा के समय शिव देवता की पूजा प्रधान रूप में की जाती थी। शिवपूजा से ही गहरा सम्बन्ध रखनेवाला उनके धनुष का उत्सव था। धनुष-बाण से युद्ध करनेवाली जातियाँ उस अस्त्र को अत्यन्त पवित्र मानती थीं। उनका विश्वास था कि धनुष किसी महान् देवता का प्रसाद है, जो उस जाति के पूर्वजों को प्राप्त हुआ था। राजघराने में परम्परा से उसकी रक्षा की जाती थी। कंस के धनुष को दिव्य कहा गया है **(द्रष्टुं धनुर्महं दिव्यं राष्ट्रे चैव महर्धिमत्। हरिवंश २/२७/३२)**। आकार में वह धनुष औरों की अपेक्षा बहुत बड़ा होता था। हरिवंश में उसे स्तम्भ के समान और महत् कहा गया है (२/२७/४४)। उसे राजकीय आयुधागार के समीप ही विशेष स्थान में रखा था, जिसे धनुर्गृह या धनुःशाला कहा गया है (२/२७/४१,५१,५४)। उसकी रक्षा के लिए धनुःपाल नामक रखवाले नियुक्त रहते थे। कंस के धनुर्मह में यह अवसर ही न आया कि कृष्ण और बलराम सार्वजनिक प्रदर्शन में उसे झुकाते या चढ़ाते। समाज से एक दिन पहले ही धनुःशाला में पहुँचकर उन्होंने उसे ऐसे तोड़ डाला, जैसे हाथी खंभे को तोड़ डालता है (२/२७/६१)। जैसे ही कंस को यह समाचार मिला, उसने अगले दिन के लिए नियत वास्तविक समाज विधि करने की आज्ञा दी और तब उसमें मुष्टिक-चाणूर के सा . कृष्ण-बलराम के मल्लयुद्ध का प्रदर्शन हुआ।

कृष्ण के साथ सम्बन्धित धनुर्मह की इस कथा के सूत्र रामायण में भी मिलते हैं। सीता-स्वयंवर के समय जनक ने जो धनुर्यज्ञ किया था, वह भी वस्तुतः 'धनुर्मह' नामक उत्सव ही था। वह धनुषरत्न जनक के पूर्वजों को 'मख' में देवताओं से मिला था (**तद्धि पूर्वं नरश्रेष्ठ दत्तं सदसि दैवतैः। अप्रमेय बलं घोरं मखे परम भास्वरम्** ॥ बालकांड ३१/८)। उस अद्भुत धनुष का आरोपण ही मुख्य पराक्रम था। देव गन्धर्व, असुर, यक्ष, किन्नर, महोरग, राक्षस—इनमें से कोई उस धनुष का आरोपण न कर सका था (बाल. ३१/९, ६७/९)। वह देव-देव शिव का धनुष था (६६/८ शैवं धनुः ६६/१२)। जब दक्ष के यज्ञ में देवों ने शिव को भाग नहीं दिया, तब क्रुद्ध होकर शिव ने जिस अस्त्र से देवों का गर्व चूर किया, वह यही शैवधनु था (६६/१०)। रामायण में भी उसे 'दिव्य धनु' कहा गया है (६७/१४)। यह धनुष मिथिला के राजाओं के घर में वंश-परम्परा से चला आता था। धूपगन्ध से उसकी पूजा होती थी। वह 'आयाग भूत' था। इसका तात्पर्य यही ज्ञात होता है कि उसके द्वारा ही 'धनुर्याग' का आयोजन किया जाता था। राम ने उस धनुष को खींचकर चढ़ा दिया और अपने इस पराक्रम से वीर्यशुक्ला राजकन्या सीता को वरने के अधिकारी हुए। सम्भव है, अति प्राचीन प्रथा में धनुर्मह के साथ किसी सुन्दरी कन्या के वरण की भी रीति रही हो। द्रौपदी के स्वयंवर में भी धनुष चढ़ाकर लक्ष्य विशेष का वेध करके कन्या प्राप्त करने की ही बात मुख्य है। इन तीनों के मूल में धनुर्मह नामक प्राचीन उत्सव की परम्परा लक्षित होती है।

जातियों की आरम्भिक जीवन-यात्रा का अध्ययन करनेवाले विद्वानों का अभिमत है कि आदिम जन-समुदाय पहले गो-पालन द्वारा अपना निर्वाह करता था। उसके उत्तर काल में कृषि द्वारा जीवन-निर्वाह की विधि का विकास हुआ। पुराण में किसानों द्वारा मनाए जानेवाले सीता-यज्ञ और ग्वालों द्वारा मनाए जानेवाले गिरियज्ञ का उल्लेख आया है, जिसका संकेत ऊपर हो चुका है (हरिवंश २/१६/९ सीता यज्ञाश्च कर्षुकाः गिरियज्ञास्तथा गोपाः)। किसानों का सीतायज्ञ या खेती का यज्ञ इन्द्रमह से सम्बन्धित था। किन्तु गिरियज्ञ या गिरिमह उस स्थिति का सूचक था, जिसमें जन गोपालन द्वारा अपनी आर्थिक स्थिति का समाधान करता था। हरिवंश पुराण में कृष्ण के गोवर्धन-धारण की बड़ी सुसंगत व्याख्या पाई जाती है। वहाँ इस लीला का वर्णन लोक-जीवन की पृष्ठभूमि में किया गया है।

जब कृष्ण-बलराम वन में निवास कर रहे थे, तब वर्षा की समाप्ति पर उन्होंने सुना कि ब्रज के गोप उत्सव के लिए लालायित हैं और वे शक्रमह की तैयारी कर रहे हैं। कृष्ण को बड़ा कुतूहल हुआ। उन्होंने पूछा—'शक्रमह क्या चीज है, जिसके लिए आप इतने हर्षित हैं?' (**कोयं शक्रमहो नाम येन वो हर्ष आगतः**। हरिवंश, २/१५/३)। एक बूढ़े गोप ने कहा—'हे तात! इसमें इन्द्र-ध्वज की पूजा की जाती है। इन्द्र देवों का राजा है। यह उसी का नित्य होनेवाला उत्सव है। वही मेघों से कृषि के

लिए जल देता है। इसीलिए बरसात में राजा लोग, अन्य सब मनुष्य और हम भी इन्द्रमह नामक उत्सवों द्वारा इन्द्र की पूजा करते हैं।' इन्द्र-महोत्सव की बात सुनकर और उसका व्यापक प्रभाव जानते हुए श्रीकृष्ण ने ग्वालों का मन उस ओर से मोड़ना चाहा और कहा—'हम लोग गोवर्धन से जीविका चलानेवाले वनचारी गोप हैं। गायें हमारी देवता हैं। पर्वत हमारे देवता हैं। वन हमारे देवता हैं। किसानों की जीविका खेती से होती है। व्यापारियों की जीविका क्रय-विक्रय से होती है। हमारी वृत्ति के लिए तो गायें ही सब कुछ हैं। हमें उन्हीं की पूजा-अर्चना करनी चाहिए। खेतों की जहाँ तक सीमा लगती है, वहाँ आगे वन हैं। वनों से आगे पहाड़ फैले हैं। हमारी गति तो वे ध्रुव पहाड़ ही हैं। ब्राह्मण मन्त्रों से यज्ञ करते हैं। किसान हल से भूमि जोतकर यज्ञ करते हैं। हम ग्वालों को तो गिरियज्ञ ही करना चाहिए। इसलिए मुझे तो गिरियज्ञ करना ही भाता है। आओ, हम गिरिदेवता की और गायों की पूजा करें, गायों की पूजा में ही हमारा कल्याण है। इसलिए गिरियज्ञ करो। भले ही देवता इन्द्र की पूजा करें, हम तो गिरिराज का ही यज्ञ करेंगे। यदि आप सब मुझसे प्रीति मानते हों, तो मैं बलपूर्वक आपसे गो-यज्ञ ही कराऊँगा।'

कृष्ण की बात सुनकर ग्वालों ने उनका समर्थन किया—'हे तात! तुम्हारी बुद्धि गोपों की हितकर्त्री और गायों की वृद्धिकर्त्री है। तुम्हारे कथनानुसार गिरियज्ञ ही होगा। शक्रमह एक ओर रक्खा रहे। तुम्हारे बताये अनुसार गाय और ग्वालों के हित के लिए गिरिमह ही रचाया जाए।' (हरिवंश, २/१७/२, १०-११)।

उस गिरिमह के लिए अनेक प्रकार के भोजन, पकवान, मांस आदि के संभार बनाये गये। तीन दिन तक गाय-ग्वालों ने खूब आनन्द मनाया। अनेक प्रकार के बाजे बजाए गए। गन्ध, माल्य, धूप आदि सामग्री से शुभ तिथि को गिरियज्ञ मनाया गया। उस भोजन-सामग्री का भोग पहले तो गिरिदेवता को लगाया गया। पीछे उसी से ब्रह्मभोज किया गया। गिरिमह के इस वर्णन में तीन तत्त्व हैं—एक तो समाज या उत्सव का रूप, दूसरे गिरि या पर्वत की पूजा और तीसरे गोपों द्वारा अपने गोधन की पूजा या सार-सँभाल।

इसमें पहला तत्त्व अर्थात् किसी पर्वत पर जाकर उत्सव का आयोजन और दूसरा तत्त्व पर्वत की पूजा, ये दोनों महाभारत के गिरिमह वर्णन में भी पाए जाते हैं।

अपने वनवास के प्रसंग में चारों दिशाओं की यात्रा करता हुआ अर्जुन अन्त में पश्चिम दिशा में द्वारका पहुँचकर कृष्ण का अतिथि बनता है। वहाँ कुछ दिन पीछे रैवतक गिरि पर वृष्णि और अन्धकों का सुमहान उत्सव हुआ। गिरिमह नामक उस उत्सव में ब्राह्मणों को बहुत दान दिया गया और रैवतक के चारों ओर अनेक प्रकार के निवास-स्थान बनाए गए, जिनमें भोज, अन्धक और वृष्णियों के कुमार जाकर ठहरे। उस स्थान को बहुत-से द्वीप-वृक्ष अर्थात् झाड़-फानूसों से सजाया गया। वादक बाजे बजाने लगे, नर्तक नाच करने लगे और गवैए गाने लगे। वृष्णियों के नवयुवक सज-धजकर सुन्दर

सवारियों पर बैठकर सब ओर से वहाँ इकट्ठे हो गए। पुरवासी भी अपनी पत्नियों और नौकर-चाकरों के साथ कुछ पैदल और कुछ यानों में बैठकर सैकड़ों-सहस्रों की संख्या में वहाँ पहुँच गये। खेती के लिए हलधर अपने गवैयों के साथ जा पहुँचे। राजा उग्रसेन, प्रद्युम्न, साम्ब नये वस्त्र और माला पहनकर वहाँ गये। इस प्रकार के उत्सवों में सम्मिलित होनेवाले शौकीन लोग नये वस्त्र, माला और सुगंधियों से अपने आपको सजाना आवश्यक समझते थे। कृष्ण जब कंस के धनुर्मह में शामिल होने के लिए मथुरा गये, तो वहाँ श्री हरिवंश की कथा में इन तीनों उपकरणों का उल्लेख किया है। उन्होंने धोबी से वस्त्र, माली से फूल-मालाएँ और कुब्जा से गन्धानुलेपन प्राप्त किया। अक्रूर, सारण, गद आदि अनेक लोग अपनी स्त्रियों और गन्धर्वों को साथ लेकर रैवतक के उत्सव की शोभा बढ़ाने लगे। चारों ओर मनोहर कोलाहल होने लगा। उसी समय कृष्ण और अर्जुन भी पहुँच गए। वहीं सारण की सहोदरा और रिश्ते में कृष्ण की बहिन सुभद्रा भी सखियों के साथ मौजूद थी। उसने शैलराज रैवतक का भली प्रकार पूजन किया। और भी दूसरे देवताओं की पूजा करके ब्राह्मणों से स्वस्तिवाचन कराया और तब रैवतक गिरि की प्रदक्षिणा की। उसी समय अर्जुन ने कृष्ण की साँठ-गाँठ से बलपूर्वक सुभद्रा का हरण कर लिया। समाचार सुनते ही सभापाल ने सान्नाहिकी भेरी बजाकर महाघोष किया, जिसे सुनते ही सब भोज, वृष्णि और अन्धक अन्नपान का वह उत्सव छोड़कर सभा में दौड़े गए (आदिपर्व, अ. २११-१२)।

जब महाभारत का युद्ध समाप्त हो गया, तब कृष्ण सबसे विदा हो द्वारका में लौट आये। उस समय भी वहाँ रैवतक पर्वत पर 'मह' हो रहा था। रैवतक मह के रूप में वृष्णियों का विहार हो रहा था, इस प्रसंग में गिरिमह का सजीव चित्र खींचा गया है—वह पर्वत नाना प्रकार के रत्न-जड़ाऊ कोशों से मढ़ा गया था, सुनहली माला और फूलों से, भाँति-भाँति के वस्त्रों से और सोने के कल्पवृक्षों तथा दीप-वृक्षों से सजाया गया था। उसकी गुफाओं और झरनों में दिन का-सा उजाला हो रहा था। वहाँ घंटे लगी हुई पताकाएँ फहरायी गयी थीं। स्त्री और पुरुष गाने में मस्त थे। गिरि की शोभा देखने योग्य थी। पहाड़ पर नाना भाँति की सामग्री से भरी हुई बहुत-सी दुकानों का बाजार लग गया। वहाँ भक्ष्य-भोज्य, सुरा, मैरेय आदि खाने-पीने की चीजों के ढेर लग गये। वस्त्र, माला, वीणा, वेणु, मृदंग आदि ठाठ की सब सामग्री वहाँ थी। दीन, अंध, अनाथों को रात-दिन सदाबर्त बँटता था। इस प्रकार उस गिरिमह की शोभा बहुत सुन्दर हो गयी।

गिरिमह के इस वर्णन में एक ओर उत्सव पक्ष और विहार पर बल दिया गया है, दूसरी ओर एक महत्त्वपूर्ण सूचना और दी गई है। वह यह कि गिरि-पूजन के लिए उस पर अनेक प्रकार के रत्नजटित चित्र-विचित्र कोश चढ़ाये गये। देवता के विग्रह पर कोश

चढ़ाने का तात्पर्य क्या है ? यहाँ पर गिरि देवता के कोश का तात्पर्य वस्त्रादि के बने हुए चोले से जान पड़ता है। दैवमूर्तियों पर चोला चढ़ाने की प्रथा लोक में आज तक विद्यमान है। इस प्रकार के जड़ाऊ कीमती चोले पृथक्-पृथक् भक्त अपनी श्रद्धा के अनुसार गिरिराज की मूर्ति पर चढ़ाते रहे होंगे। यह गिरि-पूजा की परम्परा का प्राचीन अंग विदित होता है। नदीमह के अन्तर्गत गंगा नदी का पूजन करते हुए गंगा पर इसी प्रकार का वस्त्र चढ़ाने की लोक-प्रथा आज भी है, जिसे काशी में गंगापर पियरी चढ़ाना कहते हैं। ❑

२१

ग्रामोद्योग शब्दावली[१]

'ग्रामोद्योग और उनकी शब्दावली' में श्री हरिहर प्रसादजी ने लगभग सहस्र ऐसे शब्दों का वैज्ञानिक संकलन किया है, जो हमारे ग्रामजीवन की भाषा की रीढ़ हैं। कृषक-जीवन की शब्दावली हिन्दी-भाषा का महत्त्वपूर्ण अंश है, जिसकी परम्परा अधिकांश में वैदिक युग से चली आती है। जीवन के कई क्षेत्रों में, विशेषतः जिनका सम्बन्ध नागरिक जीवन से था, उन क्षेत्रों में, अरबी, फारसी से प्राप्त शब्दावली ने प्राचीन शब्दों को हटा दिया, किन्तु गाँवों में जीवन की धारा का प्रवाह अटूट रहा है और इसका पुष्ट उदाहरण हमारी शब्दावली में पाया जाता है। युग, हल, वस्त्र, हलीषा, क्षेत्र, प्रग्रह, रश्मि, नद्ध्र आदि कितने ही शब्द भाषा के प्राचीनतम स्तर तक पहुँचते हैं, जिनसे बने हुए रूप गाँव की भाषा में जाने-पहचाने शब्दों की भाँति सदा प्रयुक्त होते आ रहे हैं। अपनी बोलियों को छानकर ऐसे समस्त शब्दों को अलग पहचानने का कार्य महत्त्वपूर्ण है। यह कार्य किसी एक क्षेत्र तक ही सीमित नहीं रहना चाहिए। हिन्दी की बोलियों का विस्तार हिमाचल से दक्षिण कोसल तक और राजस्थान से बिहार तक फैला हुआ है। इतने विस्तृत क्षेत्र में कम-से-कम सौ स्थानों से ऐसा ही संग्रह-कार्य होना चाहिए जैसा श्री हरिहर प्रसादजी ने आजमगढ़ जिले की एक तहसील के लिए किया है। इस निबन्ध की शैली से लिखे हुए एक शत निबन्ध यदि हिन्दी-भाषा को प्राप्त हो सकें तो कृषक शब्दावली का पुष्कल समृद्ध रूप सामने आ सकता है और तब हमारे पास उस प्रकार की सामग्री का प्रामाणिक संग्रह उपलब्ध हो सकेगा, जिसके आधार पर तुलनात्मक अध्ययन का सूत्रपात किया जा सकता है।

कृषक शब्दावली के संग्रह का महत्त्व अभी तक पूरी तरह पहचाना नहीं जा सका है। हिन्दी के लिए तो यह अमृत प्रोक्षण के सदृश नये जीवन का आवाहन करेगा। वस्तुतः

१. श्री हरिहरप्रसाद गुप्त कृत 'ग्रामोद्योग और उनकी शब्दावली' पुस्तक की भूमिका (राजकमल प्रकाशन, दिल्ली, १९५६)।

गाँवों और नगरों में मिलाकर शब्दों का जो अनन्त भण्डार भरा है, वह सब हिन्दी की निधि है। देहाती जीवन में पनपनेवाले ग्रामोद्योगों और शहरों में पेशेवर लोगों की शब्दावली का संकलन किए बिना हिन्दी का सच्चा स्वरूप सामने आ ही नहीं सकता। सौभाग्य से इस प्रकार के कार्य का सूत्रपात उन्नीसवीं शती में ही हो गया था। १८७९ में श्री विलियम क्रुक ने 'ए डाइजेस्ट आफ रूरल ऐंड एग्रीकल्चरल टर्म्स' (ग्रामजीवन और कृषि के शब्दों की सार-सूची) नामक पुस्तक प्रकाशित की। उन्होंने लिखा है कि वह सूची श्री एच.एम. इलियट द्वारा संकलित शब्दावली, प्रो. एच.एच. विल्सन की शब्दावली और श्री जे.आर. रीडकृत आजमगढ़ ग्लासरी के आधार पर तैयार की थी तथा उसमें उन अनेक शब्दों को भी जोड़ दिया था, जो बन्दोबस्त करनेवाले हाकिमों ने अपने विवरणों में प्रयुक्त किए थे। यह मूल पुस्तक अब प्राय: अप्राप्य है और श्री ग्रियर्सन के सूचनानुसार इलाहाबाद के सरकारी प्रेस (नॉर्थ-वेस्टर्न प्राविंसेज ऐंड अवध गवर्मेंट प्रेस) से १८७९ में छपी थी। श्री ग्रियर्सन का कहना है कि यदि यह शब्दावली उन्हें प्राप्त न हुई होती तो वे अपनी 'बिहार पेजेंट लाइफ' नामक पुस्तक कदापि तैयार न कर पाते। इसी कथन से क्रुक के काम का महत्त्व जाना जा सकता है। श्री क्रुक ने अपनी पहली शब्दावली का प्रारूप उस समय के शिक्षा और माल-विभागों के अनेक अधिकारियों के पास भेजा और उत्तर में जो बहुमूल्य सुझाव एवं सामग्री प्राप्त हुई, उसके आधार पर अपनी शब्दावली का दूसरा परिवर्द्धित संस्करण १८८८ में गवर्मेंट प्रिंटिंग, इंडिया (कलकत्ते) से प्रकाशित कराया। उसकी एक प्रति काशी नागरी प्रचारिणी सभा के पुस्तकालय में मुझे देखने के लिए प्राप्त हुई। इसी बीच १८८५ में जॉर्ज ग्रियर्सन का 'बिहार पेजेंट लाइफ' नामक महत्त्वपूर्ण ग्रन्थ प्रकाशित हुआ जिसमें कृषक-जीवन से सम्बन्धित शब्दावली के कार्य की आदर्श रूपरेखा प्रस्तुत की गई और एक प्रकार से सदा के लिए इस प्रकार के कार्य की दृढ़ आधारशिला रख दी गई। क्रुक ने अपनी पुस्तक के पहले संस्करण में विषयवार शब्दों का संग्रह किया था, किन्तु दूसरे संस्करण में सुविधा के लिए उसे अकारादि क्रम से सजा दिया गया था। किन्तु ग्रियर्सन ने पहले ही क्रम को अपनाया और वस्तुत: जीवन के प्राणवंत रूप का अध्ययन करने की दृष्टि से वही क्रम उपयोगी कहा जा सकता है। श्री क्रुक ने अपना कार्य कितने परिश्रम से किया था, इसे देखकर आज भी उनकी लगन का लोहा मानना पड़ता है। शब्दों के विविध रूपों का ऐसा भरा-पूरा संग्रह देखकर चित्त प्रसन्न हो जाता है। उदाहरण के लिए पड़वा, पडरा, पडरू, पड्डा, पड़बा, पड़ो, पड्डा आदि सभी विविध उच्चारण-रूपों का उल्लेख उनके संग्रह में पाया जाता है।

एक अन्य महत्त्वपूर्ण शब्द के कई रूप उन्होंने दिए हैं, जैसे गोएँड, गोएंड़, गोएंड़ा, गोएड़ा, गोएरा (= गाँव के पास के खेतों की धरती)। यह शब्दों की रूप-बहुलता बोलियों की अपनी विशेषता है और उनकी सजीवता का प्रमाण भी। बोलियाँ पिंजड़ा-पोल की

दीन-हीन गायें नहीं हैं, वे तो गाँवों के विस्तृत वातातपिक क्षेत्र में किलोल करती हुई ओसर गायें हैं, जिनकी चंचल काली पुतलियों में जीवन का लक्षण है। क्रुक के संग्रह में लगभग पन्द्रह हजार शब्द थे। ग्रियर्सन ने अपने कार्य को अधिक वैज्ञानिक पद्धति से किया और उन्होंने संग्रह की क्षेत्र-मर्यादा बिहार की भोजपुरी, मैथिली और मगही बोलियों तक सीमित रखकर शब्दों के तुलनात्मक स्वरूप का बहुत की रोचक वर्णन किया है। ग्रियर्सन के ग्रन्थ का पहला संस्करण (१८८५) अब शायद ही कहीं देखने को मिले। उनका दूसरा संस्करण १९२६ में बिहार शासन ने पटने से प्रकाशित किया था। वह भी इस समय दुर्लभ हो गया है। आवश्यकता है उस मौलिक ग्रन्थ का तीसरा संस्करण शीघ्र प्रकाशित किया जाए। अर्वाचीन हिन्दी-जगत् अपने इस उत्तरदायित्व के प्रति जागरूक है। पटने की बिहार राष्ट्रभाषा-परिषद् कुछ-कुछ ग्रियर्सन की शैली पर बिहार के ग्राम-जीवन की शब्दावली का संग्रह करा रही है, जो आशा है, किसी दिन सुसम्पादित रूप में प्रकाशित होगा। ग्रियर्सन ने अपने वर्णनों को समझाने के लिए अर्थों के साथ आवश्यक रेखा-चित्र भी प्रस्तुत किये थे। इस प्रकार के संग्रहकोषों में उनकी नितांत आवश्यकता मानी जाती है।

इसी प्रसंग में एक अति उपयोगी प्राचीन शब्द-संग्रह का उल्लेख करना भी आवश्यक है। १८८७ में इलाहाबाद के मिशन प्रेस से श्री पैटरिक कार्नेगी कृत 'कचहरी टेकनिकैलिटीज' या 'ए ग्लासरी ऑफ टर्म्स, रूरल, ऑफिशियल एंड जनरल इन डेली यूज इन दी कोर्ट्स ऑफ लॉ एंड इन इलस्ट्रेशन ऑफ दी टेन्यूर्स, कस्टम्स, आर्ट्स एंड मैनूफैक्चर्स ऑफ हिन्दूस्तान' नामक पुस्तक का दूसरा संस्करण प्रकाशित हुआ था। श्री कार्नेगी ने १८५० के लगभग अपनी सूची का संकलन आरम्भ किया था। विस्तार से शब्दों और संस्थाओं के अर्थों पर प्रकाश डालने के लिए कार्नेगी की पुस्तक आज भी बहुत उपयोगी है और हिन्दी में शब्द-संग्रह का कार्य करनेवाले विद्वानों को उसे अवश्य एक बार देख लेना चाहिए। गोइंड या गौहानी की धरती का ऐसा सटीक परिचय आज तक अन्यत्र मेरे देखने में नहीं आया। गाँव की आबादी की जमीन बस्ती कहलाती है। उसके बाद क्रमशः तीन प्रकार की भूमि आती है। पहली गोइँड या जमई, दूसरी मझार या कौली और तीसरी पालो या फरदह, जो गाँव बस्ती से दूर उसके अन्तिम घेरे में होती है। जैसे पेड़ के तने से पल्लव दूर होते हैं, ऐसे ही वह भी आखिरी सीमा में होती है। मझार या बीच की पट्टी मियाना भी कहलाती है। गोइँड को गौहानी भी कहा जाता है। हिन्दी में ये दोनों शब्द अभी तक चलते हैं।

मध्यकालीन अवधी में गोइने या गोइन समीप के अर्थ में आया है। पार्श्व में रहनेवाली सखियों के लिए भी इसका प्रयोग किया गया है। गोहानी धरती गाँव से सटी हुई उसके निकटतम होती है। गोइँड का अर्थ 'गाँव का निकटवर्ती भाग' गुप्तजी ने ठीक ही दिया है। पर उसकी व्युत्पत्ति गोष्ठ से प्रश्न-चिह्न के साथ सुझाई

है। वस्तुतः सुबन्धु ने वासवदत्ता में शालि क्षेत्रों की सीमा पर रखे हुए गोमुंडों का उल्लेख किया है। ध्वनिशास्त्र की दृष्टि से गोमुंड से गोइँड, ग्वैंड, गोएँड आसानी से बन सकता है। उसी का पर्याय गौहान, गोहना, गोइन आदि सं. 'गोधान' से सम्बन्धित होने चाहिए। कार्नेगी ने लिखा है कि गोएँड धरती बहुत उपजाऊ और मूल्यवान समझी जाती है। पर लोग और उनके डंगर-पोहे जब चाहे उसमें घुसकर खेती को नुकसान पहुँचा देते हैं, इसलिए गाँव में कहावत है—'गोएरे की खेती छाती का जाम', अर्थात् गोएँड की खेती ऐसी दुखदायी है, जैसे छाती पर (यम) जम बैठा हो। कार्नेगी की संकलन-शक्ति सचमुच अद्‌भुत थी। गौहान का गौहानी शब्द के सामने उन्होंने इतने और शब्दों का उल्लेख कर दिया है—बंजिन, बारा, बड़ैरी, ढैया, गोएँड, गोएँड़, गोड़ा, गोरहा, गोरवा, गुहानी, जमई, खिड़वा, पेड़, सगवारा। ये लोग आरम्भि काल में बड़े रस और उछाह से अपने कार्य में प्रवृत्त होते थे। इसी प्रसंग में दो व्यक्तियों के विशिष्ट कार्य का उल्लेख करना आवश्यक प्रतीत होता है। यद्यपि उनके कार्य को ७५ वर्ष के लगभग हुए पर हिन्दी के लिए आज भी उनका महत्त्व ज्यों-का-त्यों बना हुआ है।

क्रुक-कार्नेगी-ग्रियर्सन के समकालीन युग में ही फैलन (१८७९) और प्लाट (१८८४) ने अपने उन महान् कोशों की रचना की, जिनमें हिन्दी की बोलियों और गाँवों की शब्दावली के अति समृद्ध रूप का संग्रह कर लिया गया। आज वे शब्द और अर्थ कहाँ हैं? उन तक पहुँचने के लिए प्रयत्न करना होगा, क्योंकि चटक चाल से बदलते हुए भाषा-रूपों में पुराने अर्थ खोये जा रहे हैं। उदाहरण के लिए प्लाट ने 'बाँका' शब्द के बारह अर्थ दिये हैं, जिन्हें उसने अत्यन्त विवेचना-शक्ति से पाँच वर्गों में बाँटकर क्रमशः लिखा है। इसी शब्द के 'हिन्दी शब्द सागर' और 'प्रामाणिक हिन्दी-कोश' में टेढ़ा, सुन्दर, बनाठना, छैला, बहादुर, केवल इतने ही अर्थ हैं। प्लाट के समय की उन्नीसवीं शती की भाषा में बाँका शब्द के जो अर्थ थे, हिन्दी की बोलियों में आज भी जीवित मिलेंगे। उन सबको हिन्दी के कोशों में आना चाहिए। इसके लिए हिन्दी शब्दों के अर्थों की बारीक छानबीन होनी चाहिए।

श्री हरिहर प्रसादजी ने जो कार्य किया है, वह अति महत्त्वपूर्ण है। हिन्दी के कोश में छिपी हुई निधि से वह हमारा परिचय कराता है। उनके प्रदर्शित क्रम में एवं पूर्वाचार्यों के निर्दिष्ट मार्ग से इस प्रकार के शब्द-संग्रह का कार्य सर्वथा बढ़ाने योग्य है। समस्त उत्तर प्रदेश की स्थानीय बोलियों के क्षेत्रों को पहचानकर प्रत्येक क्षेत्र से इसी ढंग के शब्द-संग्रहों की आवश्यकता है। वस्तुतः इस प्रकार के किसी संग्रह में दस सहस्र से कम शब्दों का संग्रह न रहना चाहिए, जैसा ग्रियर्सन और क्रुक के संग्रहों में है। तभी हमें कृषक जीवन की सम्पूर्ण शब्दावली का परिचय प्राप्त हो सकेगा। गाँवों में कैसे-कैसे टकसाली शब्द ढाले गए हैं? उनके माधुर्य को किस प्रकार कहकर बताया जाय? उनमें हिन्दी-भाषा की निजी प्रकृति पूरी तरह खिली हुई मिलती है।

गुप्तजी ने 'गंगा-जमुनी करब' इस विशेष प्रयोग का उल्लेख किया है, अर्थात् नाधे की रस्सी को जुए के महादेवा या बसीठा के दोनों ओर समतोल रखना, जिससे दोनों बैलों पर समान जोर पड़े (पृ. १२, १८५)। गंगा-जमुना के संगम की बड़ी घटना किस प्रकार जुए की रस्सी के मिलवाँ फंदों का रूप खड़ा कर देती है, यह अनुभव करने की बात है।

श्री हरिहर प्रसादजी ने शब्दों की व्युत्पत्ति के सुझाव देने में भी सावधानी से काम लिया है। कितने ही शब्दों का निर्वसन शब्दसागर की अपेक्षा अधिक प्रामाणिक कहा जा सकता है। फिर भी कुछ शब्द हैं, जिनकी ठीक व्युत्पत्ति विचारने योग्य है, जैसे नीचक (पछाँहीं बोली नैचक) की व्युत्पत्ति नीच से नहीं नेमिचक्र से है, नौदरि (पृ. २१७) की व्युत्पत्ति नवदन (नौ दाँतवाला) से है। इसी वजन पर सद्दर (सप्तदन) औद छद्दर (षोडन) शब्द बने हैं। ओसार (पृ. १७३) उपशाल से नहीं, सं. अपसरक से है। जोइना (पृ. २०१) योजनिका से नहीं, प्राचीन वैदिक 'यून' (मूँज या गेहूँ की नाली को बटकर बनाई हुई रस्सी) से है। आज तक पच्छिम के देहातों में इसे जून कहा जाता है। उसी से बरतन माँजने के मूँज के टुकड़े को जूना कहा जाता है।

गाँवों से संगृहीत होनेवाली शब्दावली का ऐतिहासिक और साहित्यिक अध्ययन भी शोध का विषय है। इस पुस्तक के पृ. १-३ तक विभिन्न प्रकार की मिट्टियों के लिए लगभग पच्चीस शब्द और पृ. ३-७ तक खेतों के नामों के लगभग पचास शब्द दिए गए हैं। इनमें से प्रत्येक शब्द की परम्परा और साहित्यिक पृष्ठभूमि पर विचार किया जा सकता है। प्राचीन काल में भी यह शब्दावली इतनी ही समृद्ध थी। उदाहरण के लिए, मिट्टी कितनी तरह की होती है, इसके लिए विनयपिटक, भिक्खुपाचित्तिय प्रकरण में निम्नलिखित शब्दावली प्रयुक्त हुई है—

जाता पृथिवी (वह अदृढ़ या रौसली-रजस्वला नदी की मिट्टी, जो बरसात में जमा हो जाती है), शुद्धपंसु, सुद्धमत्तिका, अप्पपासाण, अप्पसक्खरा (रोरही या छरही माटी), अप्पकठला, अप्पमरुम्बा, अप्पवालिका, येभुय्येन पंसु (बहुत रेतवाली, रेतीली), येभुय्येन मत्तिका (=मटियार), आजाता पठवी (दृढ़, जमी हुई ठनकी माटी, पटपड़ या तावा माटी), सुद्धपासाणा (चवनिहा), सुद्धसक्खरा, सुद्धकट्ठला (ठिकरही माटी, कठल=कपालखण्ड), सुद्धमरुम्बा (मोरम धरती), सुद्धवालिका (चनबागर या बलुआ), अप्पपंसु, अप्पमत्तिका, येभुय्येन पासाणा, येभुय्येन सक्खरा (कँकरही या अँकड़ही माटी), येभुय्येन कठुला, येभुय्येन मरुम्बा, येभुय्येन वालिका। बुद्धघोष ने लिखा है कि मुट्ठी से बड़ा कंकड़ हो तो वह पाषाण कहलाता है और मुट्ठी के बराबर कंकड़ हो तो उसे सर्करा कहते हैं। कठल या कट्ठल का अर्थ है, कपालखण्ड या खपरा और मरुम्बा का अर्थ है कटसक्खरा या मोरम, जिसमें महीन छर्री रहती है। इस दृष्टि से ज्ञात होता है कि अप्पसक्खरा या अल्पशर्करा धरती वह थी, जिसे कँकरीली कहा जाता है। इसी के

कंकड़ों के कम-ज्यादा होने के सुद्ध सक्खरा और येभुय्येन सक्खरा भेद थे। कठ्ठला वह धरती हुई, जिसे लोक में ठिकरही कहा जाता है। इसी के तीन भेद अल्पकठ्ठला, सुद्ध कठ्ठला और येभुय्येन कठ्ठला थे। अल्पमरुम्बा, सुद्धमरुम्बा और येभुय्येन मरुम्बा तीन प्रकार की छर्रही मिट्टी होनी चाहिए। वालिका स्पष्ट ही बलुआ धरती है, जिसमें चनबगरा भी शामिल है। इसके भी तीन भेद अल्पबालुका, सुद्धबालुका और येभुय्येन बालुका थे। मृत्तिका मटियार है, जिसकी तीन किस्में अल्पमृत्तिका, सुद्धमृत्तिका और येभुय्येन मृत्तिका कहलाती थीं। आजकल की मटियार, दूमट और जबर माटी इन्हीं भेदों में मिलती है।

❑

३०

किसान की जय में सबकी जय[१]

किसान पृथिवी-पुत्र है। उसके श्रम और तप से पृथिवी ठहरी है। उसके खेतों में एक सौ एक प्रकार की लक्ष्मी जन्म लेती और प्रफुल्लित होती है। गेहूँ-चावल के दानों में लहराता हुआ क्षीर-सागर जनपदीय-श्री का सच्चा निवास है। किसान की निजवार्त्ता-घरवार्त्ता हमारे अति निकट की वस्तु है। उसमें हमें स्वाभाविक रुचि होनी चाहिए। किसान का दृढ़ मेरुदण्ड, उसका वज्र-समान अस्थि-संस्थान और लोहे-सा नाड़ी-जाल जब तक सकुशल है, तभी तक राष्ट्र की कुशल-क्षेम है। भारतीय किसान का जीवन पूरी महाभारत की शत-सहस्री संहिता है। ऐसा कुछ नहीं, जो उसमें न हो। खेती और भूमि, पानी और वृष्टि, वायु और ऋतुएँ, नक्षत्र और सूर्य-चन्द्र, तृण और वृक्ष-वनस्पति, नाना भाँति के कीट-पतंग और पशु-पक्षी, अन्न और बीज, घी और दूध इन सबमें किसान की रुचि है और सबको किसान के कृषि-कर्म में रुचि है। किसान का परिचय, उसकी सजगता, पैनी बुद्धि, हित-अनहित ताड़ लेनेवाली उसकी सहज वृत्ति—इन सबकी कथा जितनी कही-सुनी जाए, कम है। प्रत्येक बोली में इस सामग्री का भण्डार है। जितना कोई दुह सके, वही उसकी सफलता है। प्रत्येक भाषा में देश के सैकड़ों क्षेत्रों से किसान के सम्बन्ध में आती हुई इस सामग्री की हमें चाह है। राष्ट्रीय जीवन की जो कथा है, मानो उसी की प्रसादी का भरा हुआ दोना किसान की जीवन-गाथा है।

उसमें मातृ-भाषा का जो स्वस्थ विधान है, जैसा बिहसता हुआ नव मंगल है, उससे किस सच्चे साहित्यिक को आनन्द न होगा? जैसे अन्न के दानों से हमारे कोठार धन्य होते हैं, वैसे ही किसान की शब्दावली से हमारे कोशों का कल्याण होगा। आज ऐसे साहित्य-सेवी चाहिएँ, जो सच्ची सहानुभूति से इस समर्घ निधि का

१. श्री हरगोविन्दजी लिखित 'किसान' पुस्तक का प्राक्कथन।

संग्रह कर सकें। हलधर किसान राष्ट्रीय एकता का ठोस प्रतिनिधि है। उसके जीवन, कर्म और भाषा में उत्तर से दक्खिन और पूरब में पच्छिम तक मौलिक एकता है। चारों खूँटों में पिरोए हुए इस ऐक्य का ज्ञान और संप्राप्ति हमारे जीवन की प्राणवत्ता के लिए नये रुधिर के समान हितकारी होगी। किसान गाँव का मेरुदण्ड है, इस सचाई को जितनी बार कहा जाए, कम है। यह तो नये युग का मूल मन्त्र बन जाना चाहिए। पुराने समय में किसी ने कहा था—'किसान क्या करता है? वह एक को दो करता है, अर्थात् कृषि करता है।' किसान की यह उत्पादन-कुशलता ही समस्या का सच्चा स्थायी समाधान है। किसान की जय में सबकी जय है।

❑

३१

धरती

देश की आशा उसकी धरती है। भारत खेतिहरों का देश है। किसान धरती के बेटे हैं। यहाँ किसान जियेगा तो सब कुछ है। किसान विलट गया तो सब कुछ बंटाढार समझिए। एक पुराने संस्कृत श्लोक में पते की बात कही है—

"राज्ञः सत्त्वे असत्त्वे वा विशेषो नोपलक्ष्यते।
कृषीवल विनाशे तु जायते जगतो विपत्॥"

राजा एक रहे या दूसरा आ जावे, कुछ विशेष भेद नहीं पड़ता। लेकिन अगर किसान का नाश हुआ तो जग-प्रलय समझनी चाहिए। किसान के जीवन को बनाने में भारत का सर्वोदय है। भारत का किसान देखभाल कर चलनेवाला है। वह सदियों से अपना काम चतुराई के साथ करता आ रहा है। उसमें हड्डे पेलने का भी गुण है। खेत में जब उतरता है, खून-पसीना एक कर देता है। सर्दी-गर्मी से वह जी नहीं चुराता। असौज की धूप में भी सिर पर चादर रखकर वह खेत में डटा रहता है। वह स्वभाव से मितव्ययी है। उसे बुद्धू या पुरानपन्थी कहना अपनी आँखों का अंधापन है। भारतीय किसान को उसकी भाषा में जब कोई अच्छी बात बतायी जाती है, वह उसे चाव से सीखता है और अपनाने की कोशिश करता है। लेकिन अगर भारी-भरकम अधकचरा ज्ञान उसके द्वारे उँडेल दिया जाय और वह भी विदेशी भाषा में, फिर यदि किसान उसे न समझ पावे तो किसान का क्या दोष है? भारतीय किसान के शरीर और मन में तब धरती माता क्षमा और दृढ़ता बनकर बैठी है। सन्तोष और परिश्रम में भारतीय किसान संसार में सबसे ऊपर है। उसके सद्गुणों की प्रशंसा करनी चाहिए। किसान को दोषी ठहराना सस्ता विज्ञापन है और वैसा करना अपने पैरों में आप कुल्हाड़ी मारना है। किसान के साथ जो झूठी हमदर्दी या दयामया दिखाते हैं, उन मित्रों से भी किसान को भगवान् बचावे! फूँस और छप्पर के कच्चे घरों में रहना कोई त्रुटि नहीं है। किसान ने चतुराई से जानबूझकर इस तरह के घर चुने। उसके घर की देवी ने पहले से ही तिनकों का वस्त्र पहना, वही उसे भाया। किसान अपने घर

को बाँस और बल्लियों के ठाठ से, अपने ही जंगल के घास और फूँस से और अपने ताल की मिट्टी से पाथी हुई कच्ची ईंटों से बनाता है। इसमें एक बड़ा लाभ है, वह यह कि किसान शहर का या बाहरी जगत् का मुँह नहीं ताकता, वह अपने ही क्षेत्र में स्वावलम्बी बन जाता है। आत्मनिर्भरता भारतीय किसान के जीवन की कुञ्जी है। उसके खेती के औजार हल, हेंगा, पंजाली, बरत, पुराही, कुदाल, हँसिया सब उसके यहाँ ही तैयार होते हैं। गाँव की जानी-पहचानी कारीगरी किसान को आत्मनिर्भर बनाती है। भारतीय खेती की पुरानी पद्धति में सैकड़ों तरह का शिल्प किसान के हाथों में रहता है। पचासों तरह की रस्सी वह अपने हाथ से बनाता है और गठियाता है। अपनी बोझ ढोने की छकड़ा गाड़ी को गाँव के लुहार-बढ़ई की मदद से वह स्वयं कसकर तैयार करता है। ऊख बोने से पेरने और गुड़-खाँड़ बनाने की सारी प्रक्रिया किसान की उँगलियों के पोरवों में बसती हैं। लाखों रुपया लगाकर जो परिणाम शक्कर मिल से होता है, वह किसान की खँडसार में गाँव-गाँव और घर-घर देखने को मिलता था। नदी की सिरवाल घास से वह अपनी राब का शीरा अलग करता और भिंडी की सुकलाई और दूध की धार से वह अपने गुड़ का मैल काटता था। बगले के पंख की तरह वह सफेद खाँड बनाता था और जहाँ यह उद्योग चौपट नहीं हुआ है, वहाँ आज भी बनता है। आत्मनिर्भरता भारतीय किसान का बहुत बड़ा गुण है। यदि इसी बात का आँख खोलकर अध्ययन किया जाय तो हजारों बातें ऐसी मिलेंगी, जिन्हें गाँव का भारतीय किसान अपने हाथ से कर लेता है और जिनके लिए उसे बाहर के यन्त्रों एवं मिस्त्रियों का मुँह नहीं ताकना पड़ता। जिस चीज को वह अपने गाँव में ही तैयार न कर सके और टूट-फूट होने या बिगड़ने पर स्वयं जिसकी वह मरम्मत न कर सके, ऐसे यन्त्र को किसान ने कभी नहीं पसन्द किया। ऐसा यन्त्र यदि उसके जीवन में हम पहुँचाते हैं तो हम उसके ऊपर एक आर्थिक बोझा लादते हैं, उसे बहुत हद तक दूसरे पर निर्भर बनाकर उसकी स्वतन्त्रता का लोप करते हैं। बड़े-बड़े आठ लाव के पक्के गोला कुँवें, आज भी भारतीय किसान अपने बलबूते और मस्तिष्क के अनुभव से और गाँव के माल-मसाले से तैयार कर लेते हैं। उनके इस कौशल की जी खोलकर प्रशंसा होनी चाहिए। किसी देहात में चले जाइए, ऐसे कुओं से गाँव-बस्ती और जंगल भरे हुए मिलेंगे। इन्हें देवता नहीं बना गये। किसानों ने ही धरती के सोत फोड़कर इन बड़े इंदारों या गहरे कुओं को बनाया था। कुँए का गोला गालना आज भी गाँवों में बड़ी चतुराई का काम समझा जाता है। किसान के पास न सीमेंट था, न सरिया या गर्डर थे। इन चीजों ने गाँव में पहुँचकर वहाँ के माल-मसालों की ओर से किसानों का जी फेर दिया। चाहिए तो यह कि अपनी धरती के जिस मसाले से वह अब तक इतनी मजबूत चीजें बनाता रहा था, उसी की तारीफ करके उसे आत्मनिर्भर बनाया जाय। आज उलटी गंगा बहने लगी है। तिनकों का वस्त्र पहननेवाली गाँव की देवी

लाल ईंट के मोह में फँस रही है। लाल ईंट भयावनी वस्तु है। इसमें गाँव का हित नहीं, अनहित है। किसान को अपने लिपे-पुते कच्चे घरों से प्यार था। वे उसे सर्दी में गरम और गरमी में ठंडे लगते थे। उन्हें वह स्वयं अपने हाथों के बलबूते पर या पड़ोसियों के साथ मिलकर बना डालता था, उनकी लिपाई-ल्हिसाई और पुताई में उसकी घरवाली उसका हाथ बँटाती थी। अपने अन्न, घर और वस्त्र को पैदा करने और बनाने में किसान स्वतन्त्र था, एकदम आत्मनिर्भर। वेद के शब्दों में—

"स्वे क्षेत्रे अनमीवा विराज"

अपने खेत या केन्द्र पर यह बिल्कुल निर्भय, आधि-व्याधि से दूर, आत्मनिर्भर होकर विराजता था। आज किसान की वह आत्मनिर्भरता धीरे-धीरे चली जा रही है। एक-एक करके बाहरी कल-काँटे उसके जीवन पर छापा मार रहे हैं और वह उनके भ्रमजाल में पड़कर अपनी आर्थिक व बौद्धिक स्वतन्त्रता खो रहा है। किसान न घर का रहेगा, न घाट का। यदि लाख-दो-लाख आदमी इस मोह के शिकार होते तो इस मजाक को सह लिया जाता। लेकिन करोड़ों देहात के मनुष्यों को शहर की खर्चीली चीजों का गुलाम बना डालना ऐसी भूल होगी, जिसके बोझ से किसान पिस जाएगा।

भारतीय किसान के पास हाथ-पैर का बल है, उसके मन में काम करने का उत्साह है, उसमें अपनी धरती और घर-गृहस्थी से प्रेम है, वह राह-राह चलता है, उसमें बुद्धि का गुण भरपूर मात्रा में है, वस्तुतः समझ-बूझ में भारत का किसान बढ़ा-चढ़ा है। उसे किसी तरह बुद्धू नहीं कहा जा सकता। गाँव से छटक कर जब वह शहर में आ जाता है तो शहरी धन्धों को कितनी फुर्ती से सीख लेता है। अथवा जब वह भर्ती होकर लाम पर जाता है, तब वहाँ की कवायद, हथियार और मशीन के काम को वह कितनी चालाकी से सीख लेता है। भारतीय किसान भाषा और भाव दोनों का धनी है। उसके गीतों में उसके सुख-दुःख की अनुभूति प्रकट होती है। इस अनुभूति के तार भारतीय साहित्य के अभिप्रायों से मिले हैं। उसकी पैनी बुद्धि गाँव की चोखी कहावतों में जगमगाती है। मेल-जोल किसान के जीवन को बाँधनेवाली पोढ़ी रस्सी है, उसमें मिलजुलकर जीवन चलाने का अद्भुत गुण है। खेती के गाढ़े समय में जब काम का तोड़ रहता है, विशेषकर जुताई-बुआई या मँड़नी-दँवनी के कामों में वे खुले जी से एक-दूसरे का हाथ बँटाते हैं। शादी-ब्याह, जग्य-ज्योनार के समय किस तरह सारा गाँव और पसगाँव भी एक सूत में नँध जाता है, यह देखने लायक होता है। टेहले के घरेलू कामों को कितने ही परिवार सुविधा के अनुसार बाँटकर भुगता देते हैं। मनों गेहूँ पीसना हो, तो कितने ही घरों की स्त्रियाँ बाँट ले जाती हैं और गाते-गाते आटा तैयार हो जाता है। सारे गाँव-बिरादरी की चक्कियाँ एक परिवार की सेवा में लग पड़ती हैं। दाल पीसना हो, कलावे रँगना हो, तीयल सीना हो, इसी प्रकार की पारिवारिक साझेदारी से चटपट काम हो जाता है। सहकारिता की भित्ति

पर बनी हुई जीवन-पद्धति गाँव में पहले से चली आती है। उसको यदि बाहरी चोला न पहनाया जाय तो उसी जीवन में से पुन: उसके क्षेत्र का विस्तार किया जा सकता है।

भारतीय किसान कथा-वार्त्ता का प्रेमी रहा है। उसे अपने पूर्वजनों के चरितों में रुचि है। आँखें उसकी काले अक्षर नहीं देखतीं, पर कानों के द्वारा और कंठ के द्वारा वह अपरिचित ज्ञानराशि की रक्षा करता आया है। लाखों ग्रामगीत, हजारों कहानियाँ, लोकोक्तियाँ और ऋतु एवं प्रकृति की बातें किसानों के कण्ठ में हैं, जहाँ से भाषा का अमित शब्द-भण्डार प्राप्त किया जा सकता है। जाड़ों की चिलकती धूप और गर्मी की प्रशान्त रातों में, बरसात के घोरते-गरजते समय और वसन्त के फगुवा बयार में किसान का रोम-रोम नृत्य और गीत के लिए फड़कने लगता है। उसकी नसों की थिरकन भीतरी उल्लास को नृत्य में उँड़ेल देती है। जीवन की रक्षा करनी है तो लोकनृत्य को मरने से बचाना होगा, लोकसंगीत की लय को फिर से कंठों में भरना होगा, आमों पर कूजती कोयलों का स्वर फिर से सुनना होगा, जो जंगल को वसन्त के आगमन पर गीत-मंगल से भर देती हैं। किसान के जीवन को पुन: चिताने के लिए उसके नृत्य-गीत अमृत का काम करेंगे।

किसान को बाहर से आता हुआ सच्चा सहानुभूति का स्वर चाहिए। उसके जीवन के सीधे-सच्चे ढाँचे को समझने, परखने और सँभालने की आवश्यकता है, अस्त-व्यस्त करने की नहीं। नीचे खींच लेना आसान है, ठाठ खड़ा करना मुश्किल है। आज हलधर मनोवृत्ति बनाने की आवश्यकता है। देश में चारों ओर सब तरह की मनोवृत्ति तैयार हो रही है, लेकिन हल की मुठिया पकड़कर हलधर बनने या कहलाने की मनोवृत्ति का टोटा है। कहते हैं, किसी गाढ़े समय में जनक ने हल की मुठिया थामी थी, तब धरती ने सोना उगला था। आज सोने के घट की देवी, धरती की पुत्री सीता के जन्म की पुन: आवश्यकता है। और सब जगह तो हम जाते हैं, किसानों के खेतों में हमने जाना नहीं सीखा। क्या हमारे अभिनन्दन और उद्घाटन जनपदों की लक्ष्मी के लिए अर्पित न होंगे? आवश्यकता है कि पर्याप्त प्रचार और उत्साह से सारे जनपद के कल्याण का उद्घाटन हम किसी दिन करें और उसी मुहूर्त से पृथिवी और पृथिवी के पुत्र किसानों के जीवन का कायाकल्प करने के लिए जनपद के सच्चे सेवक व सरकारी अमला कमर कस लें। एक-एक जनपद को हम पाँच वर्षों में अन्न और वस्त्र से पाट देंगे, वहाँ की भूमि के सेहा हल कराल होकर गहरी फाड़ करने लगेंगे। वहाँ के तिनकों में जान पड़ जाएगी, गाय-भैंसों के सूखते पंजरों पर फिर से मांस के लेवड़े चढ़ने लगेंगे और लुढ़कती हुई टाँट वाले साँड़ खेतों में खड़े मठारने लगेंगे। आज के जैसी मूर्च्छा-उदासी-असहायता का नामो-निशान न रह जायगा। किसान के लिए चारों ओर आशा का नया संसार होगा। सभी के मन यदि संकल्पवान् होंगे तो गाड़ी अटक नहीं सकती। हमारे भारी-भरकम

पोथों का ज्ञान भी छनकर किसान तक पहुँचेगा और उस भूमि के लिए उपयोगी होगा, जिसके धन से वह सींचा गया है। हलधर मनोवृत्ति का फगुनहटा देहातों में बहेगा तो एक छोर से दूसरे छोर तक सभी कुछ नया रस पाकर लहलहाने लगेगा। देहातों को पैसा नहीं चाहिए, किसान का बलिष्ठ शरीर सकुशल बना रहे, वह धरती के साथ सती होकर उसका कायापलट कर देगा।

धरती का कायाकल्प यही देहात की सबसे बड़ी समस्या है। आज धरतीमाता रूठ गई हैं। किसान धरती में पचता-मरता है, पर धरती में उपज नहीं होती। बीज के दाने तक कहीं-कहीं धरती पचा जाती है। धरती से अन्न की चाहना करते हुए गाँव-गाँव के किसानों ने पड़ती जंगल जोत डाले, बंजर तोड़ते-तोड़ते किसानों के बैल थक गए, पर धरती अक्काबाई[१] की तरह न पसीजी और किसान की दरिद्रता बढ़ती चली गई। 'अधिक अन्न उपजाओ' का सुग्गा-पाठ किसान सुनता है। वह समझता है, अधिक धरती जोत में लानी चाहिए। उसने बाग-बगिया के पेड़ काट डाले, खेतों को बढ़ाया, पर धरती ने अधिक अन्न नहीं उपजाया। अधिक धरती के लिए अधिक पानी चाहिए, अधिक खाद चाहिए। वह पहले से ही नहीं था, किसान की उलझन बढ़ गई, धरती की भूख-प्यास बढ़ गई। धरती रूठी है, उसे मनाना होगा, वह रीती है, उसे भरना होगा; तभी उसकी मिट्टी में से गेहूँ के मक्खन फूल की इतराती हुई बालें निकलेंगी, तभी कनकजीरी धान के कंठों से निगरती हुई बालें अपने झंपा-झूलन से खेतों को भर देंगी और तभी मोटे अन्नों की कनूकेदार भुटियों के दर्शन होंगे। धरती की भी अपनी कथा और व्यथा है, उसे सुनने और समझनेवाले चाहिए। धरती से हम लेते रहे, उसे दिया कुछ नहीं। अन्न के रूप में उसका सार खींचते रहे, पर खाद से उसे पोसा नहीं। धरती को हम रीती करते रहे, फिर भरा नहीं। धरती केवल मिट्टी नहीं है, उसमें कीमिया भरी है, वही रसायन मिट्टी में से गेहूँ-गन्ने का अमृत उपजाता है। गेहूँ को जैसी मिट्टी चाहिए, जौ को उससे दूसरी तरह की। आलू को माननेवाली पहाड़ी मिट्टी तेजाबी होती है, जौ को माननेवाली मैदानों की मिट्टी रेहाली या खारी। धरती में खारापन बढ़ जाए, तब भी पौधे-पत्ती सूख जाते हैं, तेजाब का अंश बढ़े तो भी ठीक नहीं। धरती की नब्ज पहचानना जरूरी है। धरती का यह स्वास्थ्य या संतुलन खाद-पानी पर निर्भर है। धरती के विशेषज्ञ कान लगाकर उसकी बात सुनते हैं, आत्मविश्वास के साथ उसकी कमी को पूरा करते हैं और मनचीता अन्न उत्पन्न करते हैं। हमारा किसानों का देश है, खेती हमारा राष्ट्रीय पेशा है, खेतिहर होना हमारे लिए सबसे गर्व की बात है। हम अच्छे खेतिहर बन सकें, इससे बढ़कर हमारे कल्याण की कोई बात नहीं है। हमारी पढ़ाई-लिखाई का आदर्श, रहन-सहन का

---

१. दरिद्रता की मराठी देवी।

आदर्श यही बनना चाहिए कि खेतिहरों की श्रेणी में हमारी गिनती हो। हॉलैंड के एक सज्जन से एक दिन भेंट हुई। नाम था रीरिंक। री–ऋष्य या हिरन, और रिंक–रिंग या पट्‌टी, जिस हिरन की गरदन में पट्‌टी पड़ी हो। नाम का अर्थ जानकर आत्मीयता बढ़ी। उसने बड़े आन–मान से कहा कि मैं धरती का विशेषज्ञ हूँ, हमारा देश किसानों का है, वही हमारा धन्धा है, हमारे पास कोयला और यन्त्र नहीं, पर हमें अपनी खेती पर गर्व है। बीस वर्षों से मैं भारत में काम कर रहा हूँ। यहाँ भूमि का विज्ञान उन्नत होना चाहिए, भूमि–सम्बन्धी साहित्य (सोआएल साइंस और सोआएल लिटरेचर) बढ़ना चाहिए। 'अधिक अन्न उपजाओ' का अर्थ है, हर बीघे में आज से सवाया–ड्योढ़ा अन्न उत्पन्न करना, गयी भूमि को तोड़कर जोत में लाना नहीं। उसके लिए विशेष पानी, बीज, खाद और श्रम की आवश्यकता होगी। भूमि में डाला हुआ एक बीज आज यदि चालीस दाने उत्पन्न करता है तो ऐसी कोशिश होनी चाहिए कि हर बाल में दानों की संख्या बढ़े और हर पूँजे में से बिआस की संख्या बढ़े। यह अच्छी खाद से हो सकेगा। इसके लिए गोबर की तैयार की हुई खाद अनमोल है। गोबर की खाद मिट्‌टी के गड्‌ढों में डालकर ठीक तरह से सड़ाई और तैयार की गई हो। सालभर पुरानी गोबर की खाद भूमि की सर्वोत्तम खुराक है। रीरिंक की बात ध्यान से सुनने और मानने लायक है।

हजारों बरसों से भारतीय किसान गोबर की खाद काम में लाते रहे हैं। "गोबर मैला पानी सड़ै। तब खेती में दाना पड़ै॥ खेती करै खाद से भरै। सौ मन कौठिला में लै धरै॥" लेकिन खाद तैयार करने का सही तरीका आज वे काम में नहीं लाते। खाद का नमकीन सारांश खेत में पहुँचने से पहले ही धुल जाता है। खाद शब्द 'खात' से बना है। खात का अर्थ है—गड्‌ढा। भूमि में खात या गड्‌ढा खोदकर उसमें गोबर–मिट्‌टी की तह–पर–तह चढ़ाकर बढ़िया खाद तैयार होती थी। उसमें कुछ मेहनत पड़ती है पर किसान के लिए वही सोना है। उसकी गाढ़ी कमाई में बरकत देनेवाला पदार्थ खाद ही है। 'खाद परै तो खेत, नाहीं कूड़ा रेत।' वही खेत, वही किसान, वही किसानी और वही बीज—पर एक बढ़िया खाद का रसायन पाकर धरती सोना उगलने लगती है। गाँव–गाँव में लाखों–करोड़ों खत्तों में खाद तैयार करने की सही परिपाटी डालनी चाहिए। एक भी किसान ऐसा न रहे, जो खाद के सही तरीके को अमल में न लाता हो। सारा जनपद इसे अपने जीने–मरने का प्रश्न समझ कर इसे अपनावे। आज गाँव की कूड़ियों पर खाद का रत्न फेंककर हम उसकी ओर से आँखें मींच लेते हैं और बरसात बाद धुलकर जो बच रहता है, उसे खेतों में जा पटकते हैं। वह खाद नहीं है, खाद की ठठरी अवश्य है। धरती उसे क्या माने और कैसे अपना काम चलावे? उसकी कोख में से जौ–गेहूँ के खूद और ईख के पोये जन्म लेते हैं, पर मरभुखे जैसे। उनमें तेज नहीं, तगड़ापन नहीं, हवा–पानी उन्हें बरदाश्त नहीं होती और प्रकृति के छोटे–मोटे परिवर्तन उन्हें घुड़क लेते हैं। पर यदि

खाद को ठीक ढंग से गड्डों में सड़ा-गलाकर तैयार किया जाय तो वह तिजोरियों में जमा की हुई धनराशि की तरह मूल्यवान होगी और जिस भूमि को वह खुराक मिलेगी, उसी में नया चमत्कार पैदा होगा। कहा भी है कि झूठी खाद खानेवाला खेत दुबला रहता है, पर सड़ी खाद पाकर वही मुटा जाता है—"**अबर खेत जो जुट्ठी खाय। सड़ै बहुत तो बहुत मोटाय॥**" धरती किसान से कहती है—जाओ, खेत में गोबर की खाद डालो और खेती का स्वाद देखो—

"जाकर देओ गोबर खाद। तब देखो खेती का स्वाद।" भूमि की परवरिश किसान जीवन की बुनियाद है। गोबर की खाद के लिए गोधन की आवश्यकता होगी। गोधन के लिए चरावर धरती और खेती में पैदा किए हुए चारे की जरूरत है। खेती में अन्न-भूसे की कमी हुई तो जंगलों के भी खेत बना लिए गये। गाँव के पोहों के लिए चरने का ठिकाना न रहा तो किसान के लिये गोधन का रखना कठिन हो गया। गोधन के छीजने से एक ओर खाद का और दूसरी ओर घी-दूध का सिलसिला टूट गया। खाद के बिना धरती की मौत हुई और गोरस के बिना मनुष्य की देह सूख गई। यह क्रूर चक्कर है, जिसकी कराल दाढ़ों के बीच में भारतीय किसान फँस गया है। धरती-खाद-गोधन-चरागाह एक ही लक्ष्मी के चार हाथ हैं। एक की कुशल दूसरे की कुशल के साथ गुँथी हुई है। एक को भी हम सचाई से ठीक करने लगें तो दूसरे अंग उसी के साथ ठीक होने लगेंगे। गाँवों के कल्याण का सन्देश ढीला पड़ा हुआ है। उसमें बिजली भरने की आवश्यकता है। हलधर मनोवृत्ति के प्रचार से शहर और गाँवों में किसान के जीवन के प्रति गयी रुचि उत्पन्न होगी और संकल्पवान् चित्तों में नये कार्यक्रम का उदय होगा।

❑

३२

हिन्दी साहित्य में लोक-तत्त्व[1]

लोक-साहित्य, लोक-वार्त्ता, लोक-तत्त्व, लोक-जीवन आदि की सामग्री का शास्त्रीय अध्ययन करनेवाले विद्वानों में सत्येन्द्रजी हिन्दी क्षेत्र के चक्रवर्ती हैं। उन्होंने सर्वप्रथम ब्रज क्षेत्र के लोक-साहित्य की सर्वविध सामग्री का संकलन करके उसे शास्त्रीय धरातल पर प्रतिष्ठित किया। उनका वह कीर्तिशाली शोध-निबन्ध अनेक के लिए मार्ग-दर्शक हुआ है। सत्येन्द्रजी ने अपनी उस अध्ययन परम्परा को उच्चतर धरातल पर आगे बढ़ाते हुए प्रस्तुत ग्रन्थ की रचना की है। इसकी सामग्री उनकी सूक्ष्म समीक्षा का परिचय देती है। महाभारत में सनत्सुजात ने धृतराष्ट्र से एक सूत्र में लोक-जीवन के प्रति ज्ञानी या लोक-विधानवेत्ता मुनि के दृष्टिकोण का उल्लेख किया है—

''प्रत्यक्षदर्शी लोकानां सर्वदर्शी भवेन्नः।''

(उद्योगपर्व ४३/३६, पूना)

जो लोकों का प्रत्यक्ष दर्शन करता है, लोक-जीवन में प्रविष्ट होकर स्वयं उसे अपने मानस-चक्षु से देखता है, वही व्यक्ति उसे पूरी तरह समझता-बूझता है। केवल पुस्तकस्थ विद्या से लोक-तत्त्व का तल-स्पर्शी परिचय नहीं प्राप्त किया जा सकता। साहित्य और लोक-तत्त्व ये एक ही जीवन-रथ के दो चक्र हैं। दोनों के संतुलित विवेक से ही जीवन की व्याख्या की जा सकती है। भारतीय साहित्य और संस्कृति के विषय में तो यह तथ्य अक्षरश: सत्य है। 'लोके वेदे च' यही भारतीय जीवन का प्रतिष्ठा-सूत्र है। संस्कृति, धर्म दर्शन, अध्यात्म, कला, साहित्य, समाज, आचार—इस सप्तक का जहाँ कहीं से उद्घाटन करने लगें तो भारतीय आकाश के नीचे युग-युगों तक वेद और लोक इन दोनों की समन्वित और संयुक्त सरणि हमें उपलब्ध होती है। ब्रह्म के समान यदि भारतीय जीवन को चतुष्पात् माना जाए, तो उसके एक पाद की प्रतिष्ठा वेद या शास्त्रीय चिन्तन में और

---

१. श्री सत्येन्द्रजी लिखित 'मध्ययुगीन हिन्दी साहित्य का लोकतात्त्विक अध्ययन' नामक शोध-निबन्ध की भूमिका।

त्रिपाद् की अभिव्यक्ति लोक के क्रियाशील जीवन में पायी जाती है। अतएव भारतीय शास्त्र की व्याख्या का सर्वोत्तम क्षेत्र यहाँ का वास्तविक लोक-जीवन ही है। आज भी लोक के जीवन का वार्षिक सत्र अनेक मंगलात्मक विधानों और आचारों से संपन्न है। लोक में भरे हुए पर्व और उत्सव, लोक-नृत्य, लोक-कथाएँ, व्रतों की अवदान-कहानियाँ, संवत्सर का रूप सँवारनेवाले अनेक व्रत और उपवास, देव-यात्राएँ और मेले आदि से भारतीय संस्कृति अपना अमिट स्पन्दन प्राप्त कर रही है। लोक की भाषा आकाशगंगा के समान आज भी अपनी पावनी शक्ति से भूतल के प्राणियों को उज्ज्वल बना रही है। उसी शक्ति से साहित्य और जीवन की कल्याण-परम्पराएँ अस्तित्व में आ रही हैं। नये भारत का निर्माण उसकी प्राचीन संस्कृति का श्रेयांश लेकर हो रहा है—

''नवो-नवो भवति जायमानः।''

यही दुर्धर्ष नियम जीवन को आगे बढ़ा रहा है। किन्तु इस प्रगति की अक्षय पद्धति प्राचीन संस्कृति से प्राप्त होती है और उसके साथ जुड़ी है। यहाँ नूतन का पूर्व के साथ मेल है। किन्तु पूर्व नूतन को कुंठित नहीं करता, उसे निर्मलता प्रदान करता है। पूर्व और नूतन के श्वास-प्रश्वास से ही भारतीय संस्कृति अपना शाश्वत जीवन-स्पन्दन प्राप्त करती रही है। इसे ही दूसरे शब्दों में लोक और वेद का समवाय कह सकते हैं। भारतीय संस्कृति की रचना चतुर्भुजी स्वस्तिक के समान है। यह उस मण्डल या वृत्त के समान है, जिसके उदर में चार नवतियों के चार समकोण प्रतिष्ठित हैं। इन्हीं से यहाँ के जीवन का सुदर्शन-चक्र नित्य घूम रहा है। इस संस्कृति की पहली महती भुजा स्वयं अनन्त प्रकृति है। यह विश्व को पोषण देनेवाली कामदुधा धेनु है। यही जीवन की अदिति गौ है। इसकी रचना आदि-अन्त से परे है। समस्त विश्व ही इस केवली गौ का वत्स है। अनन्त वैचित्र्यों से परिपूर्ण, समस्त रहस्यों की धात्री यह देवमाता भारतीय मनीषियों के लिए प्रथम वन्दनीय है। यह जैसी पहले थी, आज भी है, और आगे भी रहेगी। इसकी नाभि में सोम या अमृत से भरा हुआ जो मंगल कलश है, उसका रस हम सबको सींच रहा है। वही मानव का नित्य उपजीव्य है। वैशाख शुक्ल की अक्षय तृतीया को मानो उसका आरम्भ होता है और कार्तिक शुक्ल की अक्षय नवमी को पूर्ण विकास। इन्हीं दोनों शाश्वत बिन्दुओं के मध्य में उसका कालात्मक व्यक्त स्पन्दन स्फुट हो रहा है। यह अदिति धेनु पूर्व और पश्चिम, भूत और भविष्य सबके पोषण का हेतु है। इसे केवली गौ कहें या ज्येष्ठ ब्रह्म, शब्दों की विचित्रता-मात्र है। अतएव इस महती मातृदेवी या प्राण-शक्ति की व्याख्या भारतीय ज्ञान का सदा से लक्ष्य रहा है। इसे ही इस संस्कृति ने अपना प्रणाम भाव अर्पित किया है। यह प्रकृति किसी अमृत देव की आत्मशक्ति से संचालित है। यह जैसी है वैसी है—

''याथातथ्यतोऽर्थान् व्यदधात् शाश्वतीभ्यः समाभ्यः।''

यही इसका निजी अविचाली अधिकार है। इस स्वयं विधात्री शक्ति का जैसा रूप इस देश के मानवों की प्रज्ञा ने जान पाया, उसे प्रत्नतम काव्यरूप वैदिक मन्त्रों में कहा गया है। वेद और वेदानुकूल विकसित शास्त्रीय साहित्य और काव्य भारतीय सांस्कृतिक स्वस्तिक की दूसरी भुजा है। इसके अनुसार लोकमानस की सृष्टि स्वस्तिक की तीसरी प्रवृत्ति रही है। यह कार्य अधिकांश में पुराण-साहित्य के द्वारा संपन्न हुआ जिसके अनुयायी अनेक आगम, तन्त्र, संहिताएँ आदि हैं। उनके विकास की परम्परा आज तक हमें प्राप्त है। एक ओर जहाँ वेद की शास्त्रीय प्रतिष्ठा अस्तित्व में आती है, वहीं दूसरी ओर लोक-मानस में उसका पुराणानुसारी रूप अवतीर्ण होता है। बालक का सरल मन लोक-मानस का प्रतिनिधि है। उसका पोषण कथा-कहानियों के स्थूल तन्तुओं से होता है। मानव-जाति कितनी भी उन्नति करे, उसे हर पीढ़ी में बाल-मानस की आराधना करनी ही होगी, अन्यथा भय है कि उसके मस्तिष्क की उर्वरा शक्ति या नवीन विकास ही अवरुद्ध हो जायगा। इस तथ्य को पहचानकर भारतीय संस्कृति ने अपने ज्ञान-विज्ञान की रचना के साथ-साथ देव और असुरों की असंख्य कहानियों की भी रचना की। यही 'दैवासुरम्' कथाकोश भारतीय लोक-मानस के महापात्र में परिपूर्ण है। साहित्य हो या धर्म दोनों को इस तत्त्व ने प्लावित किया है। उसकी मात्रा और स्वरूप का विश्लेषण वर्तमान जागरूक अनुसंधान का क्षेत्र और विषय है। उसका एक स्पृहणीय निदर्शन प्रस्तुत निबन्ध में प्राप्त होता है। भारतीय संस्कृति के स्वस्तिक की चौथी भुजा वह लोक-जीवन और आचार है, जिसका निर्माण पहले तीन प्रभावों ने मिलकर किया है। जीवन ही तो महनीय तत्त्व है, उसी के लिए तो अन्य सब प्रयत्न और दृष्टियाँ हैं। अतएव प्रकृति का विज्ञान, वेदों का ज्ञान, पुराणों का सामान्य ज्ञान-विज्ञान सब कुछ भारतीय जीवन को अर्पित करने या उसमें ढाल देने की परिपाटी और दृष्टि को ऋषियों ने स्वीकार किया। उदाहरण के लिए प्रकृति या विश्व-रचना में सूर्य की सत्ता है। वह सविता देवता विश्व के चैतन्यमय स्पन्दन या प्राण का स्रोत है। उसी की प्राणात्मिका शक्ति सावित्री है। मानव-मात्र को वह मिल रही है। जन्म और मृत्यु उसी स्पन्दन के दो बिन्दु हैं। विश्व के इस रहस्य को वेदों की सावित्री विद्या के रूप में कहा गया। यही सावित्री वेदों का सार है। सूर्य से पृथिवी की ओर आनेवाली महाशक्ति सावित्री है और वही पृथिवी से प्रतिफलित होकर जब सूर्य की ओर स्पन्दित होती है, तब उसे गायत्री कहा जाता है। सावित्री-गायत्री दोनों एक ही प्राणात्मक स्पन्दन के समष्टिगत और व्यष्टिगत रूप हैं। वैदिक परिभाषा में समष्टि या विराट् यज्ञ को अश्वमेध और व्यष्टि या पिंडात्मक यज्ञ को अर्क कहते हैं। द्युलोक में सूर्य-रूपी अश्व या स्पन्दनात्मक प्राण तप रहा है। उसी के तप से पृथिवी पर आक का पौधा उग रहा है। यही अर्काश्वमेध व्यष्टि-समष्टि जीवन है। शतपथ ब्राह्मण के अनुसार 'इयं वै

गायत्री' यह पृथिवी गायत्री है। माता भूमि की जितनी शक्ति है, उतनी ही गायत्री की शक्ति है। वहीं कहा गया है **''गायत्री वा एषा निदानेन।''** (शतपथ १/४/१/३६), अर्थात्—निदान विद्या या प्रतीकात्मक शब्दावली में कहना चाहें तो पृथिवी ही गायत्री है, गायत्री का जितना स्वरूप है, सब पृथिवी की मातृत्व शक्ति के प्राणात्मक स्पंदन में देखा जा सकता है।

इसी वैदिक सावित्री तत्त्व को पुराणों ने लोक-मानस के प्रशिक्षण के लिए सावित्री-सत्यवान् की कथा के रूप में उपबृंहित किया। सूर्य ही सत्यवान् है। इस सौरमण्डल में सूर्य ही सत्यात्मक सत्ता का केन्द्र है। वह सत्यनारायण है। सूर्य के द्वारा ही संवत्सर का निर्माण होता है। सूर्य ही संवत्सरात्मक काल है। अतएव कथा के सत्यवान् को सावित्री के साथ एक वर्ष का जीवन मिलता है। सावित्री शक्ति के साथ ही सत्यवान् की अमरता ध्रुव है। जब तक सावित्री है, तब तक सत्यवान् की आयु अक्षय है। केवल सावित्री को उसकी रक्षा के लिए उग्र यम प्राण को प्रसन्न करना आवश्यक है। प्राण ही यम और प्राण ही शिव है। उसके रुद्र रूप को इसी शरीर में शिव बनाना होगा। सूर्य प्राणात्मक अश्व है। गति और स्पन्दन का वही एकमात्र विराट् स्रोत है। कहानी का सत्यवान् भी अपने बचपन में घोड़ों से खेलने का शौकीन था।

स्वस्तिक का चौथा रूप वट-सावित्री का व्रत है, जो लोक के आचार में जन-जन में प्रचलित है और सावित्री विद्या को लोक-जीवन के साथ जोड़ने का एक स्मरण हमारे सामने ले जाता है। सृष्टि की सावित्र अग्नि, वेद की सावित्र विद्या, पुराण की सावित्री कथा और आचार का वट-सावित्री व्रत ये एक ही स्वस्तिक की चार दिशाएँ हैं। इन दिगन्त बिन्दुओं के क्षेत्र में भारतीय संस्कृति विकसित होती है। इन्हें पहचानना ही साहित्य का सच्चा लोक-तात्त्विक अध्ययन है। यह विषय बुद्धि का कुतूहल नहीं, यह तो संस्कृति के निर्माणात्मक एवं विधायक तत्त्वों की छानबीन है, जिसका जीवन से घनिष्ठ सम्बन्ध है। यही सनत्सुजात के शब्दों में लोक-दर्शन से सर्वदर्शन की ओर जाना है। सर्व का दर्शन या अनुभव ही अक्षर तत्त्व की संप्राप्ति या साक्षात्कार है।

विषय को और स्पष्ट करना हो तो लोक-जीवन की पृष्ठभूमि से करक-चतुर्थी या करवाचौथ के व्रत को समझने का प्रयत्न करें। यह व्रत भी घर-घर में प्रचलित है। इसमें करवा क्या और चौथ क्या? यह समस्त विश्व और जीवन ही जल से भरा हुआ करवा है। वैदिक भाषा में यह जलपात्र ही चमस कहा गया है। मूल रूप में एक चमस था। उसे ही सृष्टि के लिए ऋभुओं ने चार चमसों के रूप में विभक्त कर दिया। जो गुणों से परे था, वही तीन गुणों के रूप में प्रकट हो गया। गुण उसी में भरे थे, कहीं बाहर से नहीं आए। यही उनका अव्यक्त प्रधान रूप है। 'प्रधान' का शब्दार्थ ही है—प्रकृष्ट रूप

में आधान। अव्यक्त अवस्था में गुणों का आधान ही उनका 'प्रधान' रूप है। एक चमस का चार होना, सृष्टि या जीवन है—

"एक चमसं चतुरः कृणोतन।"

(ऋग्वेद. १/१६१/२)

"व्यकृणोत चमसं चतुर्धा।"

(ऋ.. ४/३५/३)

एक के चार और चार का फिर एक होना ही जीवन का स्पन्दन है। बुद्ध को लोकपालों ने चार भिक्षा-पात्र दिये तो बुद्ध ने अपने अनुभाव से उन्हें एक कर दिया। चार में विभक्त तत्त्व को एक जानना ही बुद्धत्व है। करक या करवा, चमस या भिक्षा-पात्र, एक ही तत्त्व के प्रतीक हैं। लोक-जीवन को उस चमस तत्त्व से अवगत कराने के लिए कहानी और व्रत की परिपाटी प्रचलित हुई। अवश्य ही इस व्रत की कथा की रचना किसी अत्यन्त प्राचीन वैदिक युग में हुई होगी। कहानी का ठाठ इसका स्पष्ट संकेत देता है। सात अछरामाई ही शक्ति के सात रूप हैं। वे सात बहनें हैं या सप्तमातृकाएँ हैं, जो मूलभूत एक ही देव-माता के सात रूप हैं—

"सप्त स्वसारो अभिसंनवन्ते।"

(ऋ १/१६४/३)

सात बहनें मिलकर स्तुति के गीत गा रही हैं। उनका सम्मिलित गान ही जीवन है। वे गाती जाती हैं और यह जीवन-रथ चलता चला जाता है।

विद्वान् लेखक ने लोक-साहित्य की तात्त्विक समीक्षा को एक नवीन उच्च धरातल पर प्रतिष्ठित किया है। हिन्दी साहित्य में उन तत्त्वों की छानबीन नया प्रयास है। निर्गुण सम्प्रदाय, प्रेम-गाथा, सगुण भक्ति-काव्य, राम-शाखा ये हमारे वाङ्मय की जानी-पहचानी चार बड़ी चौपालें हैं। लेखक ने प्रत्येक की गोष्ठी में प्रविष्ट होकर सहृदयता से उनकी वार्त्ता का रसपान किया है, उनके तन्तुओं के स्रोतों तक पहुँचने का प्रयत्न किया है। भले ही हिन्दी-साहित्य की परम्परा का आदि काल निर्गुणी संतों से आरम्भ हो, पर हिन्दी के उदय की पृष्ठभूमि तो वहाँ तक है, जहाँ ठेठ वैदिक एवं प्राक्-वैदिक या प्रागैतिहासिक भारतीय मानव ने विचार और कर्म के नाना तन्तुओं से जीवन का पट बुनना शुरू किया था। उस बहुरंगी ताने-बाने की समग्र कहानी ही हिन्दी-साहित्य को उत्तराधिकार में मिली है। उदाहरण के लिए, प्राचीन भारत में देवों की पूजा को मह कहते थे। लोक में इस प्रकार के कितने ही देवों की मान्यता थी और उनके लिए मेले लगते थे, जिन्हें 'यात्रा' कहा जाता था। हिन्दी का 'जात' शब्द उसी से बना है। इस प्रकार के कितने ही 'मह' उस युग में प्रचलित थे और उनकी परम्परा प्रागैतिहासिक युग तक चली जाती है, जैसे—इन्द्रमह, चन्द्रमह, सूर्यमह, यक्षमह, नदीमह, नागमह, सागरमह, गिरिमह, वृक्षमह,

स्कंदमह, धनुर्मह, रुद्रमह, भूतमह, सुपर्णमह, ब्रह्ममह आदि। नदीमह का रूप ही गंगाजी का बड़ा मेला है। यक्षों की पूजा तो लोक में आज तक प्रचलित है। इस समय उन्हें 'बीर-बरह्म' देवता कहते हैं। हमारे चारों ओर काशी में बीर-बरह्म के थान या चौरे भरे हुए हैं। 'गाँव-गाँव का ठाकुर गाँव-गाँव का बीर' यह उक्ति यहाँ प्रसिद्ध है। हनुमान जी की 'महावीर' संज्ञा किसी समय के उनके यक्षरूप का संकेत करती है। दीपावली यक्षरात्रि है। वही हनुमानजी का जन्मदिन है। जायसी ने हनुमान को बीर कहा है—

"ततखन पहुँचा आइ महेसू।
वाहन बैल कुष्टि कर भेसू॥ १
औ हनिवंत बीर सँग आवा।
धरे बेष जनु बन्दर छावा॥" ६

(पद्मावत दो., २०७)

साहित्य और लोकवार्त्ता दोनों में यक्ष-पूजा की इतनी अधिक सामग्री है कि उस पर अलग ग्रन्थ ही लिखा जा सकता है।

इस निबन्ध में हिन्दी-साहित्य की स्पृहणीय परिक्रमा करते हुए लोक-धर्मानुसारी तत्त्वों का बहुत ही अच्छा विश्लेषण किया गया है। लेखक का दृष्टिकोण विकसित है और सामग्री के संकलन का क्षेत्र विस्तृत है। संस्कृत, पाली, प्राकृत सब परम्पराओं से लोक-साहित्य के सूत्रों की व्याख्या करने की सामग्री का संचयन किया गया है। आशा है, इस अनुसंधान से हिन्दी-साहित्य के अध्ययन को गयी चक्षुष्मत्ता प्राप्त होगी और लोक-वार्त्ता शास्त्र का संग्रह करनेवाले कार्यकर्ताओं को भी गयी प्रेरणा मिलेगी। सत्येन्द्रजी के ज्ञान की कौस्तुभ मणि से नवीन अध्ययन की रश्मियाँ प्रस्फुटित हों, यही हमारी आकांक्षा है।

काशी विश्वविद्यालय
बैशाख शुक्ल ११, सं. २०१७ **वासुदेवशरण**
(७ मई, १९६०)

❑

३३

गौ रूपी शतधार झरना

(१)

वेदों में भूमि पर आश्रित जीवन की जो कल्पनाएँ हैं, उनमें सम्भवत: सबसे अधिक सुन्दर, सत्य, सरस और उपयोगी यह है—

"**साहस्रो वा एष शतधार उत्सो यद् गौ:।**"

(शतपथ, ७/५/२/३४)

'सहस्र गुना महान्, सौ धाराओंवाला यह झरना है, जो गौ है।' सचमुच इस देश की भूमि में प्रकृति ने गौ के रूप में सैकड़ों धाराओंवाला बड़ा झरना ही खोल दिया है। यह झरना साहस्र है। वेद की भाषा में जो अपरिमित होता है, जिसकी इयत्ता नहीं, जो महान् से महान् है, उसे साहस्र कहते हैं। यह विशेषण स्वयं सृष्टिकर्ता के लिए आता है। उसी का कवि ने गौ के लिए प्रयोग किया है। गौरूपी झरना साहस्र क्यों है ? इसलिए कि वह कभी छीजता नहीं। और झरनों में जल घटता-बढ़ता है, वे परिमित हैं, जैसे प्राकृतिक कारणों से बन गए हैं, वैसे चलते रहते हैं। पर गौ का झरना कितना बढ़ सकता है, इसकी हद नहीं है। पहाड़ी झरने और जल-धाराएँ एकदेशीय हैं, जहाँ हैं, वहीं उनका उपयोग है। पर गौ का झरना सारे देश में, गाँव-गाँव में, घर-घर में, खूँटे-खूँटे पर इच्छानुसार बाँधा जा सकता है। जिसके ऊपर चाहो इस झरने की दूधिया धार छोड़ दो, जिस घर को चाहो इस घियाल झरने से भर दो। शतपथ ब्राह्मण ने गौ की जो परिभाषा ऊपर बाँधी है, उसका मूल यजुर्वेद में है, जहाँ कहा है—

१. यह झरना सौ धाराओं वाला है।

२. यह झरना सहस्र गुणित (साहस्र) है।

३. यह झरना जल के बीच में से झरकर उसे दूध बना रहा है।

४. यह झरना अदिति रूप है, अनन्त प्रकृति का अपना रूप है।

५. इस झरने से जनता के लिए घी दुहा जाता है।

६. हे बुद्धियुक्त प्राणी, तुम्हारे जीवन के जो ऊँचे स्रोत हैं, वहाँ तक पहुँचो और इस झरने की हिंसा मत होने दो।[१]

गौ के चार थनों में मानो चार समुद्र ही समा गये हैं। उसकी दुग्धाधारिणी धार एक होते हुए भी सौ गुनी है। उसी से दूध, दही, साढ़ी, मट्ठा, लौनी, घी, खोवा, छाछ, लस्सी, पनीर क्या नहीं होता? गौ की संख्या-वृद्धि ज्यामिति वर्ग की तरह दुगने, चौगुने, सोलहगुने प्रमाण से बढ़ती है। अतएव वह सचमुच सहस्रगुणित या अपरिमित है। पानी को दूध बनाने की शक्ति गौ के झरने में ही है। धरती पर मेघों ने जो घास-तिनके उपजाये हैं, उन्हें खाकर गौ इस दूध के झरने को उत्पन्न करती है। जनों के लिए घी की धार के फव्वारे इसी स्रोत से छूटते हैं।

भारत की स्वराज्यमयी भूमि पर आज क्या चाहिए?

''गावः सन्तु प्रजाः सन्त्वथो ऋस्तु तनूबलम्।''

(अथर्व. ९/४/२०)

'गौएँ चाहिए और शरीर-बल से बलिष्ठ प्रजाएँ चाहिए।' आज इस भूमि पर नित्य बछड़ा चुखानेवाली, दुहने में सहेज गौएँ चाहिए—

''अं धेनुयं सुदुघां नित्यवत्सां वशं दुहां।''

(अथर्व. ९/४/२१)

(२)

गौ और हमारे जनपद का सम्बन्ध बहुत पुराना है। गौ के रूप, रंग, स्वभाव और शरीर-गठन का सूक्ष्म अध्ययन यहाँ किया गया। हमारी बोलियाँ उनका वर्णन करनेवाले शब्दों से भरी हुई हैं। अनेक शब्द संस्कृत से निकले हैं, कुछ ठेठ बोलियों में जन्मे हैं। अथर्ववेद का नित्यवत्सा शब्द ऊपर आया है। नित्यवत्सा वह गाय है, जो सदा बछड़ेवाली रहे, जो एक ब्याँत से लेकर दूसरे ब्याँत तक सदा दूध देती रहे, जिसके नीचे हमेशा बछड़ा चौंखता रहे। पाणिनि ने ऐसी गाय को महागृष्टि कहा है (६/२/३)। पहली बार ब्याई हुई पहलवन गाय गृष्टि हुई। वह यदि दूसरी ब्याँत तक बराबर दूध देती चली जाय, तो उसे महागृष्टि कहा जायगा। ऐसी गाय के लिए सूरदास ने ब्रजभाषा के भण्डार में से 'नैचकी' शब्द का प्रयोग किया है। नित्यवत्सा की ही संज्ञा नैत्यिकी थी, अर्थात् जो नित्य दूध की हो। नैत्यिकी-नैच्चिकी-नैचिकी-नैचकी यह विकास क्रम है। हेमचन्द्र के अनुसार नैचिकी गाय सब गायों में बढ़िया मानी गयी है। **नैचिकी तूत्तमा गोषु**, अभिधान चिंतामणि (४/३३६)। नैचकी गाय बरस बियावर होती है। बरस-बरस पर बियानेवाली गौ के लिए पाणिनि का

---

१. इमं साहस्रं शतधारमुत्सं व्यच्यमानं सरिरस्य मध्ये।
घृतं दुहानमदिति जनायाग्ने सा हिसीः परमे व्योमन्॥ (यजु., १३/४१)

सरस सूत्र है, **समां समां विजायते** (५/२/१२), जिसके अनुसार ऐसी गाय पुराने समय में समांसमीना कहलाती थी। पतंजलि ने लिखा है कि जो साल-साल की बियानी हो, वह अच्छी गाय है, पर जो बरस बियावर होते हुए हर बार बछिया दे, वह और भी बढ़िया हुई—

''गौरियं या समां-समां विजायते।
गोतरेयं या समां-समां विजायते स्त्रीवत्सा च॥''

(भाष्य, ५/३/५५)

अधिकतर गाएँ दुवास अर्थात् दो-दो बरस पर बियानेवाली होती हैं। गाय दसवें महीने बियाती है। लोक में उसे नौ महीने नौ दिन का समय कहा जाता है। जवान बछिया ओसर कहलाती है, जो संस्कृत उपसर्या से निकला है (उपसर्या काल्या प्रजने, ३/१/१०४)। उसे ही कलोर (संस्कृत काल्या) कहते हैं। गाभिन होने के लिए बूना, साहना, धनाना, फलना, बरदाना आदि कई धातुएँ बोलियों में चलती हैं। जो ओसर फलने के लिए रेंकती या रम्भाती नहीं और गुम्म गाभिन होती है, उसे असल धेनु समझते हैं। जो बरधाने से न गाभिन हो, न ब्यावे, वह बहल या बहला कहलाती है। फलने के बाद जो रुके या ठहरे नहीं, उसे ठाँठ कहते हैं। संस्कृत में उसके लिए अवतोका और वेहत् शब्द हैं। बच्चा गिराने के लिए पछाँहीं हिन्दी में तूना, अवधी में अड़ाना, बिहारी में निछाना और अन्य बोलियों में छनना, चूना, बहना आदि धातुएँ हैं। जिसके ब्याने का समय निकट हो, उसके लिए वैदिक शब्द था प्रवय्या, और जो साँझ-सबेरे में ही ब्यानेवाली हो, उसके लिए पाणिनि काल में एक नया शब्द चल गया था 'अद्यश्वोना' (आजकल में ब्याँतर, ५/२/१३)। लोक में इसी को यों कहते हैं कि—बियावर गाय या भैंस एक-दो दिन पहले से पुट्ठे तोड़ने लगती है। अर्थात् उसके पुट्ठे की हड्डियाँ कुछ उठ जाती हैं। पहली बार ब्यानेवाली पहलवन या पहिलौठी कहलाती है। ब्याने के छह महीने तक जब दूध देती रहे, तब धेनु कही जाती है। कात्यायन ने उसके लिए 'अस्तिक्षीरा' शब्द का उल्लेख किया है (भाष्य, २/२/२४/२१)। जिसका बच्चा बड़ा हो जाए, वह बाखड़ी या पूरब में बखैनी कहलाती है, जो संस्कृत 'बष्कयणी' से बना है। दूध देनेवाली गाय को अवधी में लगनी और दूध से भागी हुई को छुटानी कहते हैं। जिसका बच्चा जाता रहे (मृतवत्सा) वह वैदिक काल में निवान्या कही जाती थी। श्रौतसूत्र और ब्राह्मण ग्रन्थों में इस शब्द का प्रयोग हुआ है। मेरठ की बोली में वह तोड़ या बिनकट कही जाती है। एक मित्र से ज्ञात हुआ कि पूरबी में अभी तक निवानी शब्द चलता है। देई (स. देवी) वह बछिया होती है, जो देवी-देवता के नाम से छोड़ दी जाती है। बियाने पर उसके दूध में रई नहीं पड़ती, यानी दूध बिलोया नहीं जाता। उसका दूध पीते और दही या खीर खाते हैं। स्त्रियाँ नित्त नेम की जो रोटी निकालती हैं, उसे देई गौ खा सकती है। ब्राह्मण की तरह देई की मान्यता की जाती है, उसे बेचते नहीं। जब दूध पी चुकते हैं, तो या तो अगले ब्याँत के लिए छुट्टा रख लेते हैं या पुन्न कर देते हैं।

सीधे स्वभाव की गाय बहुत पसन्द की जाती है। 'गौ' आज तक हमारी बोलियों में उपमान है। 'गौ है' यह बड़ा सार्थक वाक्य है। दुहने में जो भली मानस हो, वह सहेज कहलाती है। वेद में उसे सुदुघा कहा है। पृथिवी की प्रशंसा में एक जगह कहा गया है कि वह हमारे लिए धन-समृद्धि की हजार धाराएँ ऐसे देती रहे जैसे अचल भाव से बिना फड़फड़ानेवाली गाय (ध्रवेव धेनुरनपस्फुरन्ती, अथर्व. १२/१)। गायों में कपिला गाय सबसे सीधी और निरीह मानी गयी है। कपिला वह गाय है, जिसके सींग कानों के बराबर नीचे को मुड़े रहते हैं और डुगडुग हिलते हैं। हँसली की तरह सींग होने के कारण यह गाय हँसली भी कहलाती है। सीधी का उलटा कड़वी, मरखनी, मरखा है। ऐसे तेज स्वभाव की गाय के लिए मेरठ की बोली में एक चुस्त विशेषण सुनने को मिला—ईतरी। बड़ी ईतरी गाय है। यह पुराने वैदिक शब्द 'इत्वरी' से बना है। इत्वर का शब्दार्थ है—गमनशील। अथर्ववेद में पृथिवी को 'अग्रेत्वरी' सबसे आगे रहनेवाली, नेत्री कहा गया है (१२/१/५७)। ई धातु का अर्थ है—जाना, उसी से त्वर जोड़ने से इत्वर, इत्वरी बनते हैं। गमनशील तो अच्छा अर्थ था, उसी में कालांतर में कुछ हेठा भाव मिलने से चंचल अर्थ हो गया। सूरदास ने उलाहना देनेवाली गोपिथों के मुँह से कहलवाया है—'देखि महरि को कह उठीं सुत कीन्हों ईतर'। मेरठ की बोली में ईतरे बालक मुहावरा खूब चलता है। इतराना इसी से बनी हुई धातु है। झोंकनेवाली चंचल गाय के लिए ईतरी सार्थक शब्द है। भोजपुरी में इसके लिए करकट शब्द है, जो संस्कृत करटा (दुःखदोह्या तु करटा, हेमचन्द्र, ४/३३५) से बना है। सब तरह बेऐब सीधी गाय सुथरी कहलाती है।

गाय गरमी नहीं मानती, पर भैंस घाम नहीं सह पाती। जो गाय, भैंस की तरह धूप से घबड़ाकर पानी में खड़ी रहना चाहे, वह घामर कहलाती है। जो दूध अधिक दे वह दुधार (दोग्ध्री) और जो घी अधिक दे वह घियाल है। जो दुधार और घियाल दोनों हो, उसे कसरीली और इसके विपरीत घी-दूध की हेठी को कट्ठा करते हैं। चुगाई जिसकी देह का मुटापा बढ़ावे, वह मुटडंडी कहलाती है। जो छककर खाने पर ही दूध दे, वह करवाल, जो भलीमानस भूखी भी दूध दे वह सहेज और जो एक ही आदमी से दुहने की आदी पड़ जाय वह इकहत्थी कही जाती है। जो मोटी-ताजी, खा-पीकर फरबे या तैयार हो वह साँवटी, जो हारी हुई हो वह ढोढा, जो बुड्ढी थकी हुई हो वह ढाँढरा या झड़ंबा, और जो दिखाने लायक हो वह दिखनौड़ू कहलाती है। इकबाँसिया गाय बड़ी घियाल मानी जाती है। रीढ़ के बाँस के पिछले भाग में पुट्ठों के मध्य में केवल बीच की हड्डी दिखायी पड़े और पुट्ठों की दोनों हड्डियाँ मांस में दबी हुई हों, ऐसी गाय इकबाँसिया कहलाती है। जो पतला गोबर करे, वह बिसैली कहलाती है। यास्क के निरुक्त में पानी के १०१ नामों में विष भी है। जान पड़ता है कि बहुत पुराने समय में बिसैली शब्द लोक की भाषा में चालू रहा होगा। पीछे चलकर विष शब्द का पानी अर्थ व्यवहार में नहीं

रहा। चारों थन इकट्ठे जुड़े हुए हों तो कुल्हियाए थन कहलाते हैं। पपैया थन वे होते हैं, जिनमें एक थन के अगले हिस्से में दो भाग हो जायँ, जड़ एक हो, दूध के सोत दो हों और एक के दबाने से दोनों में से धार निकले। जिसके कुदरती दो ही थन हों, वह बेलनी कहलाती है। सिर्फ तीन थनवाली को तेथनी कहते हैं। सींगों के कारण भी गायों के नाम पड़ते हैं पर वे शब्द बैलों के लिए विशेष रूप से काम में आते हैं। जो सीधे ऊपर को उठे हुए हों वे सलाये सींग कहलाते हैं। एक सींग ऊपर, एक नीचे को हो तो सरग-पताली नाम पड़ता है। सींगों की गठियासी बँध जाए तो उसे कैंडी और जिसके सींग पीछे को जाकर आगे को मुड़ें, उसे मुहरी कहते हैं।

(३)

गाय-भैंस के शब्द प्राय: एक से हैं, पर कुछ शब्द तो विशेषकर भैंस की प्रकृति या रंग-रूप से ही बने हैं। गाय की ओसर या कलोर की जगह भैंस की झुटिया कहलाती है। कटरा हो तो झोटा कहलाएगा। सींग मुड़ी हुई भैंस को कुन्नी कहते हैं। हेमचन्द्र के अनुसार सींग का एक पर्याय कूणिका भी था (४/२२५)। सम्भवत: दराँतीनुमा सींगोंवाली भैंस के लिए यह शब्द चला। सींग मुड़कर यदि बल जायँ तो उसके लिए मुर्रा और खुण्डी शब्द हैं। लोक में नरदक की खुण्डी भैंस प्रसिद्ध है। नरदक की भैंस, जंगल की घोड़ी, नागौर का बैल ये नामी हैं। जंगल से मतलब बीकानेर-राजस्थान का जंगल हो सकता है, जहाँ के राजा जंगलधर पातशाह कहलाते थे। एक पंजाबी लोक-गीत में खुण्डी भैंसों का सुन्दर वर्णन मिलता है—'राझाँ की भैंसें हूर और परी के समान हैं। उनके सींग मुड़-मुड़कर कुण्डे हो गए हैं, मानो सुनार ने बँगड़ी या कड़े बनाये हों। भैंसों का दूध क्या है, शरबत सा मीठा है। उनका घी तो देखो, मिस्री की डली है। जिस समय जंगल में चरने जाती हैं, अत्यन्त सुन्दर लगती हैं, और जब घास खाकर लौटती हैं, ऐसा जान पड़ता है, मानो बरात में दूल्हे को देखने के लिए लड़कियाँ उमड़ रही हैं।'[१]

---

१. **मज्झीयाँ मज्झीयाँ ना, रझियाँ, सारा जग्ग आहँदा बे।**
तेरीयाँ मज्झीयाँ नां, चाकावे, हूराँ ते परीयाँ।
सिंग ताँ मज्झीयाँ दे, वल-वल कुण्डे हो गए वे।
ज्यों ता वंगा, चाकावे, सुनियारे ने घड़ियाँ।
दुध्ध तां मज्झीयाँ दा, चाकावे, मिस्री दीयां डलीयाँ।
घियो तां मज्झीयाँ दा, चाकावे, मिस्री दीयां डलीयाँ।
बाहर जांदीयाँ जंगल बेला सुहांदीयाँ।
घा खा के मज्झीयाँ घरांनू मुड़ियाँ,
ज्यों जन्नवलाहे नू ढुक्कीयाँ कुडीयाँ॥
(यह लोक-गीत मुझे, श्री देवेन्द्र सत्यार्थीजी की कृपा से प्राप्त हुआ था।)

जिसके माथे पर सफेद टीका हो, वह भैंस टीकली और जो गूगली रंग की हो, वह लोई होती है। भैंस की पूँछों के बालों का झुग्गा उसके शेष रंग से अवश्य भिन्न होता है। जिस भैंस का यह झुग्गा भी काला हो, वह सौंकाली या कलपूँछी कही जाती है। जो सदा अपनी पूँछ एक ओर को डाले रहे, वह नंगी या गंडउघार होती है। लोई, सौंकाली, गंडउघार तीनों असहनी अर्थात् अशुभ समझी जाती हैं। पहलवन भैंस झुटिया और तीसरे ब्याँत की लैन कहलाती है। ब्याई हुई ब्याँतड़ और बिकनेवाली बिक्कू कही जाती है। ये दो शब्द गाय के लिए भी समान हैं। दोनों आँखें सफेद हों तो कंजी और एक आँख सफेद हो तो ताखी कहलाती है। जिस भैंस की टाँट से आगे गड्ढ़ा पड़े वह खंदैल और जिसकी टाँट (कूबड़) से पीछे गड्ढ़ा पड़े, वह कुहेल होती है। कुहेल को भी अशुभ मानते हैं। टूटे सींग को डूँडी और कटी पूँछ की लांडी कही जाती है। ये शब्द गाय-बैल के लिए भी हैं। माघ की ब्याई भैंस महावर कहलाती है। भादों की ब्याई गाय और महावर भैंस दोनों अशुभ मानी गई हैं। बहुत दिन की ब्याई भैंस के लिए हेमचन्द्र ने देशीनाममाला में परिहारिणी (चिरप्रसूतामहिषी) शब्द दिया है, परन्तु लोक में बाखड़ी या बखैनी ही चालू है। देशीनाममाला में और भी कुछ अपभ्रंश शब्द आए हैं, जो उस समय देशी भाषा में चलते थे, पर अब लुप्त हो गए हैं। उसके अनुसार दुद्धोलणी वह गाय या भैंस हुई, जो एक बार दुहने के बाद फिर दुही जा सके। जो बहुत दूध की गाय हो, वह पड्डत्थी या जो बछड़े के लिए थन में दूध चुराकर रख ले, वह पड्डत्थी कहलाती थी।

गोशाला के लिए लोक में सार शब्द है, जो शाला का ही रूप है। इसे गोठ (सं. गोष्ठ) खरक, बगार (वह स्थान जहाँ गाएँ बाँधी जाती हैं, शब्द सागर, पृ. २३५५), गोवाट भी कहते हैं। देशी नाममाला (५/८) में तहल्लिआ शब्द गोठ के लिए है, पर लोक-भाषा में मुझे वह नहीं मिला। राजस्थान में उसके लिए नोहरा शब्द भी है। नोई का अर्थ है बाँधने की रस्सी और हरा सं. गृह है, अर्थात् वह स्थान, जहाँ पशु बाँधे जाते हों।

(४)

बैल भारतीय के जन्म के साथी और सखा रहे हैं। किसान के जीवन की गाड़ी खींचनेवाला बैल किसान के लिए ऐसा ही है, जैसा देह के लिए प्राण। 'जसहर चरिउ' के कर्ता पुष्पदंत कवि ने बैल की प्रशंसा में ठीक ही कहा है—

"विणु धवलेण सयडु किं हल्लइ। विणु जीवेणु देह किं चल्लइ॥"

धौले के बिना कहीं छकड़ा हिलता है? जीव के बिना कहीं देह चलती है?

असाढ़ में पानी बरसने के बाद खेत की पहली फाड़ पांसा कहलाती है। असाढ़ी की जुताई के लिए ही पांसा की उपाड़ शब्द है। पांसा की जुताई बड़ी कड़ी मानी जाती

है। तमाम जंगल एक साथ जुताई आ जाता है और काम की मारामार रहती है। उस गाढ़े समय में दो ही प्राणी हिम्मत नहीं हारते या तो दधीचि की हड्डी से बने किसान या उनके पोढ़े बैल। उस समय बैल की कमाई से कृतज्ञ किसान का हृदय कह उठता है—

''भैया, गाय के जाए कू बड़ी खुदाई है।''

बड़े-बूढ़े कह गए हैं, 'गेहूँ कू बीस बाह, ईख कू तीस'। यदि बैल न होते तो कौन छाती फाड़कर खेतों की असाढ़ी के लिए बीस-बीस, तीस-तीस बाहन देता। कराल हल जब खड़े हुए चलते हैं, तब बैलों पर भारी जोर पड़ता है, पर फिर भी खेतों में खूँड़ खींचकर हलाई भरते हुए उनके पौरुष नहीं थकते। ऐसे ही माघ-पूस के जाड़ों में चरसिये और कीलिये किसान बैलों के बलबूते पर कूओं को खेतों के उलीच कर रख देते हैं।

किसान का विश्वास है कि यदि गाय की पहली कील (बियाने के बाद का दूध) बछड़ा पी ले तो कैसा ही कड़ा काम हो पसीना नहीं ला सकता। घर के बछड़ों को किसान बहुत ही प्यार करता है। उसका विचार है कि मामा-भांजे की जोड़ी बड़े भाग्य से मिलती है। एक ही गाय से उत्पन्न बछड़ा-बछिया हों तो बछड़ा मामा हुआ और बछिया का बछड़ा भांजा हुआ। मामा-भांजे की जोट हल में जोतकर किसान फूला नहीं समाता, मानो वह गोई उसके गोपालन को साक्षी भरती है। बाछा (सं. वत्सक), बछड़ा (वत्स, अपभ्रंश प्रत्यय डा), बाछरू-बछरू (सं. वत्सरूप), बछेड़ा (सं. वत्सतरक), बछेड़ू (सं. वत्सतर+रूप) आदि शब्द बोलियों में गाय के बच्चे के लिए प्रयुक्त होते हैं। बच्चा जब तक घास नहीं खाता, केवल दूध पीता है, तब तक पाणिनि के अनुसार उसकी शकृत्करि संज्ञा थी। मेरठ की बोली में उसे लवारा, भोजपुरी में लेरु कहते हैं। उसके लिए प्राचीन वैदिक शब्द था अतृणाद (बृ. उप. १/५/२)। दूध पीने तक वह वत्स या बाछा रहता था। दूध छोड़ने के बाद बछड़ा (वत्सतर) कहलाता था। दो-ढाई बरस तक के बछड़े के लिए वैदिक काल में दित्यवाह् शब्द था। पाणिनि ने भी इस शब्द का उल्लेख किया है (७/३/१)। परन्तु दित्य क्या था, यह स्पष्ट नहीं होता। सम्भवत: बछड़ों के गले में बाँधा जानेवाला डेंगुर, दित्य शब्द से (दा बन्धने धातु+त=दित; जो बाँधने-योग्य हो वह दित्य) अभिप्रेत था।

बछड़ों और बैलों के दाँतों से उनकी उमर की पहचान की जाती है। जन्म के समय गर्भ से आठ दूध के दाँत होते हैं। जब तक सच्चे टिकाऊ दाँत नहीं निकालते तब तक उसे उदन्त या अदन्त कहते हैं। सात दाँत का उदन्त माना गया है—

''सात दाँत उदन्त को रंग जो काला होय।
इनको कबहुँ न लीजिए दाम चहै जो होय॥''

दूध के दाँत गिरने के बाद ढाई वर्ष की उमर के लगभग बछड़ा दाँतता है। पहले दो दाँत निकलते हैं; तब उसे दुदन्त (द्विदन्) कहते हैं। जो कुछ पहले ही दुदन्त हो जाते

हैं, उन्हें भरकदन्ता कहते हैं। भरकन्ते का उल्टा ऊना होता है। ऊने पर जुआ नहीं रखते। उदन्त गाय का ब्याना-बरदाना भी अशुभ है—

"उदन्त बरदै उदन्त ब्याय। आप जाय या खसमै खाय॥"

दाँतों का हिसाब इस प्रकार है—

आयु	**दाँतों की संख्या**	**नाम**
२ से २$\frac{१}{२}$ वर्ष	२	दुदन्त (सं. द्विदन्)
३ वर्ष	४	चौदन्त (सं. चतुर्दन्)
३$\frac{१}{२}$ वर्ष	६	छद्दर (सं. षोडन्)
४ वर्ष	८	सं. अष्टदन्

आठ दाँत भरने पर बैल पूरा समझा जाता है। चतुर बिहारी स्त्री ने पति को समझाया, हे कान्त! बैल लेना हो तो दुदन्त बैल बिसाहना (बैल बेसाहै चललह कन्त। बैल बेसाहिह दू-दू दन्त॥)

संस्कृत के षोडन् (छह दाँतवाला) के वजन पर हिन्दी में छद्दड़, सद्दड़, नौदड़ शब्द चालू है। ये तीनों असैने समझे जाते हैं। मेरठ की ओर कहा जाता है—

"छद्दड़-सद्दड़ सू कहै चलो मुसर घर जांय।
घर के अपनी हैंक में पहल पड़ोसी खांय॥"

मुसर वह बैल, जिसकी पूँछ का रंग शरीर के रंग से भिन्न हो। हैंक=हलक। इसी का अवधी रूप इस प्रकार है—

"छद्दर कहै मैं आऊँ-जाऊँ। सद्दर कहै गुसैयें खाऊँ॥
नौदर कहै मैं नौ दिस धाऊँ। हित कुटुम्ब उपरेहित खाऊँ॥"

बछड़े के जवान होने, बढ़ने और पूरा बैल बनने तक ही अवस्थाओं के सूचक कुछ चुस्त शब्द पाणिनि से प्राप्त होते हैं। जो बछड़ा जवानी के उठान पर हो, वह जातोक्ष, जो यौवन में भर जाय वह महोक्ष, और जो पूरा बिजार (साँड़) बन जाय वह वृद्धोक्ष कहलाता था। इसी तरह जिसको नाथकर बैल बनाना होता था, उसकी भी तीन सीढ़ियाँ थीं—वत्स, दम्य, बलीवर्द। जवानी आने पर बछड़ों को जब नाथा जाता है, तब से उन्हें नाथहरि कहते थे। बछड़े के जीवन में नाथ डालना महत्त्वपूर्ण संस्कार था। दम्य हिलावर कहलाता है। बिना हिला हुआ अन्नट कहा जाता है। नया-नया बैल अलल (सं. आर्द्रार्द) या अलल बछेड़ा कहलाता है। जिसका कद और उठाव दबा हुआ रह जाय, वह नटिया और जो पूरा कद्दावर हो, वह धुरंधर कहलाता था। नटिया बैल को देखकर खेत में खड़ी दूब भी किसान से हँसी करती है—

''नटिया बरद छोटिया हारी। दूब कहै मोर काह उखारी॥
बाछा बैल बहुरिया जोय। ना घर रहे न खेती होय॥''

अतएव किसान के लिए यह सीख है—

''नाटा खोंटा बेचि कै चारि धुरंधर लेहु।
अपना काम निकारि कै औरहु मँगनी देहु॥''

बैल के लिए रगड़न्त का काम होना चाहिए। खूँटे से बँधे-बँधे बछड़ा मट्ठर पड़ जाता है, जैसे पड़े-पड़े जवान आदमी की तोंद निकल आती है—

''बाँधा बछड़ा जाय मठाय। बैठा ज्वान जाय तुँदियाय॥''

अच्छे बैलों की पहचान गाँवों में बड़ी कला और चतुराई समझी जाती है। **छोटा मुँह, ऐंठा कान, यही बैल की है पहचान** अथवा, जिसका ललाट उभरा हुआ, सींग मुड़े हुए छोटे, मुँह गोल, रोएँ नरम और कान चंचल हों, ऐसा बैल चलने में ततैया और अनमोल होता है।[1] जिसकी रान मोटी, पिंडली पतली और पूँछ लम्बी भूमि में खिचड़ती हो, उस बैल के मालिक को देखकर दूसरे सिहाते हैं।[2] जिसकी देह भारी हो, पैर छोटे हों, वह सुअरगोड़ा कहलाता है, उसके मुँह-माँगे दाम होते हैं।[3] जिसके खुरों का रंग बैंजनी हो, वह बैंगनखुरा बहुत मजबूत होता है।[4] कन्धे का नीला, देह का गठीला, आँखों का चमकीला बैल पूरा मर्द समझा जाता है; तिस पर यदि उसका लँगोट कसा हुआ हो तो कहना ही क्या![5] बैल का लँगोट (पूँछ का निचला हिस्सा) काले रंग का अच्छा माना गया है। काला कछौटा हो, सुन्दर धौला रंग हो तो फिर ऐसे बैल को छोड़कर किसान को और क्या चाहिए? उसी के साथ यदि कानों पर लम्बे बाल हों तो सोने में सुगन्ध ही समझिए।[6] काले-कछौटे से ही

---

१. **सींग मुड़े माथा उठा मुँह का होवे गोल।**
रोम नरम चंचल करन तेज बैल अनमोल॥

२. **पतली पेंडुली मोटी रान। पूँछ होई भुँई में तरियान॥**
जाके होवे ऐसी गोई। वाके तकैं और सब कोई॥

३. **मीहीं रोवाँ पतरी पूँछी सुअरगोड़ा जो पाये।**
माँगन वाला जितनइ माँगे उतनेइ दाम दे आये॥

४. **नीला कंधा बैंगनखुरा। कबहुँ न निकलै कंता बुरा॥**

५. **फेंट बंधीला देह गठीला आँखों का चमकीला।**
भाखै नानकचन्द मरद हैं बर्ध कन्ध का नीला॥

६. **करिया काछी धौरा बान। इन्हें छाँड़ि जनि बेसह्यो आन॥**
कार कछौटी सुनरे बान। इन्हें छाँड़ि जनि बेसह्यो आन॥
बिहारी भाषा में भी कसे हुए और काले काछ वाले बैल की प्रशंसा है।
काछ कसौटी साँओर बान। ई छाँड़ि किनिहि मत आन॥

क्या हुआ जब तक बैल की आँखें भी काली न हों।[१] उसकी कजरारी आँखों में रगड़ा सा गिरा हुआ जान पड़ता है। जिसकी रीढ़ दबी हुई हो, वह बैल बड़ा जोरावर होता है। ऐसी रीढ़ को बरार (नीची) कहते हैं।[२] इससे उल्टा बाँसड़ा है, जिसकी पीठ का बाँस उभरा हुआ होता है। जल्दी थक जाने के कारण वह हरवाहे को रुला डालता है।[३]

बैल का ढीला मुतान देह के ढिल्लड़पन का सूचक है। खूब कसा हुआ हिरनमुतान बैल अच्छा माना गया है। ऐसा बैल मिले तो अनबूझे ले लेना चाहिए।[४] पतली पूँछ का बैल पटुआ कहलाता है। पटुआ बैल देखते ही थैली खोल देनी चाहिए।[५] बड़सिंगा बैल मत खरीदो चाहे यों ही रुपये खोलकर कूएँ में फेंक दो।[६] पर ठिंगने सींगवाला मिले तो अवश्य ले लेना चाहिए।[७] जिस बैल के सींग आगे की ओर झुके हों, उसे मेरठ की ओर झूँगा, अवधी में घोंची कहते हैं। ऐसा बैल नदी पार दिखायी पड़े तो इसी पार थैली खोलकर रुपए गिनने के लिए तैयार रहो।[८] मिल जाने पर उसके बेचने का सवाल ही नहीं उठता।[९] जिसके सींग गिरनेवाले या गिरैला हों, वे गिरकर ही रहते हैं, रुकते नहीं। सींग की शोभा मुकटा बैल के मस्तक पर दिखायी पड़ती है। उसके सींग कमान की तरह अंदर मुड़कर फिर थोड़ा ऊपर उठकर आपस में मिल जाते हैं और ऐसे लगते हैं, जैसे तोरण हो। ऐसे बैल को किसान विष्णु का रूप मानते हैं। जिसका एक सींग ऊपर एक नीचे की ओर हो, वह सरगपताली कहा जाता है। इसी को कंसासुरी भी कहते हैं, जो अच्छा नहीं समझा जाता।[१०] टेढ़े सींग कानों के बराबर नीचे को दबे हों तो ऐसा बैल कनचप्पी या मीना कहलाता है।[११] बिहारी भाषा में इसे ही मैना कहते हैं। सड़क के उस पार मैना बैल देखना तो इसी पार से लेने-देने की बात चला देना[१२], क्योंकि यह जरूर अच्छा निकलेगा।

---

१. **बैल लीजै कजरा। दाम दीजै अंगरा॥**
२. **स्वेत रंग और पीठ बरारी। ताहि देखि जनि भूल्यो अनारी॥**
भौंहोंवाला (भौंआटेर) बैल भी मालिक पर दाँत रखने से अशुभ है।
३. **बाँसड़ और मुँह धौरा। उन्हें देखि चरवाहा रौरा॥**
४. **हिरन मुतान औ पतली पूँछ। बैल्ल बैसाहो कन्त बेपूँछ॥**
५. **जहँ देखै पटवा के डोर। तुरतहिं दिहै थैलिया छोर॥**
६. **बड़सींगा जनि लीजौ मोल। कुएँ में डारो रुपिया खोल॥**
७. **छोटे सींग औ छोटी पूँछ। ऐसे का बेसह्यी बे पूँछ॥**
८. **घोंची देखै वहि पार। थैली खोले यहि पार॥**
९. **जिसके सींग न्यूँ। उसे बैचै क्यूँ॥**
न्यूँ=इस तरह के, तर्जनी और मध्यमा उँगलियों को बीच से मोड़कर झूँगा के सींगों की अनुकृति।
१०. **सरगपताली भौंआटेर। अप्पन खाय परौसिया हेर॥**
११. **मियनी बैल बड़ो बलवान। तनिक मैं करिहै ठाढ़े काम॥**
१२. **जब देखिह मैना। तब एहि पार से करिह बैना॥**

मेंड़े की तरह उमेठवा सींगवाला बैल मेंड़वा या मेंढ़वा, बिना सींग का भुंडा या मुंडा, छोटे सींग का मुठिया या मुठहरा, बालों से ढके कानवाला झबरा या झूतरा, कटी पूँछवाला बांड़ा या लांडा, एक सींगवाला एकसिंघा कहलाता है।

रंग के हिसाब से भी बैल के गुण-दोष पहचाने जाते हैं। बिल्कुल धवल या सफेद रंग का बैल अनमोल है। उसके लिए माँगनेवाला जितना माँगे चार टका और ऊपर गिन देना चाहिए।[१] जाट-गूजरों की ठेठ किसानू बोली में बैल के लिए धौला बहुत ही प्रशंसासूचक शब्द है। लाल रंग के बैल के लिए अवधी किसान चट से अपनी थैली खोल देना चाहता है, पर उसका बिहारी भाई खूब उठ-बैठकर उसे अच्छी तरह देख लेने के पक्ष में है।[२]

बैलों के जो रंग किसानों को नहीं रुचते, उनमें महुअर (महुआ जैसा पीला) मुख्य है। 'मुँह का मोटा, माथे का पीला, ऐसे बैल के लिए, प्रिये तुम्हारी क्या सलाह है?' चल जाय तो आधा दाम, नहीं तो पैसा पानी में गया।[३] ऐसा बैल धरती क्या जोत सकता है, एक-दो हराई (हल की खूड) भले ही खींच दे, तुरन्त मेड़ पर बैठकर पागुर करना चाहेगा। जिसकी बरौनी (पलक का बाल) सफेद हों, हलवाहे को उसके साथ भी झींकना पड़ेगा। भूरे रंग का बैल भी अच्छा नहीं समझा जाता।[४] बिहारी किसान की स्त्री उसे काले बैल की ओर से सावधान करती है, पर उसकी अवधी बहिन करिया बैल को सत्यानाशी की निशानी समझती है।[५] चितकबरा बैल भी घटिया है, जिसके

---

१. **जहाँ देखिहो रूपा घंबर। टका चार बरु दीहउ अवर॥ (अवधी)**
जब देखिह रूप घौर। टका चार दीह उपरौड़॥ (बिहारी)

२. **जहवाँ देखिह लोह बैलिया। तहँवा दीहा खोलि थैलिया॥**
जब देखिह बैरिया गोल। उठ-बैठ के करिह मोल॥ (ग्रियर्सन, बिहार पेजेंट लाइफ, पृ. २९०। बैरिया—लाल बेर के रंग का।)

३. **मुँह का मोट माथ का महुअर। इनहू का कछु कहबै बहुअर॥**
चलै तो आधा दाम तरे। नहीं दाम पानी में परै॥
(अपने पूज्य गुरु श्री पं. जगन्नाथजी से प्राप्त पाठ)।
मुँह का मोट माथ का महुआ। इन्हें देखि जनि मल्यौ रहुआ॥
धरती नहीं हराई जोते। बैठ मेंड़ पर पगरू करै॥
(पं. रामनरेश त्रिपाठी का पाठ, हमारा ग्राम-साहित्य पृ.३९२।)
उजर बरौनी मुँह का महुआ। ताहि देख हरवाहा रोआ॥
(श्रीकृष्ण विशारद का पाठ, घाघ और भड्डरी की कहावतें ९-४६)

४. **बैल बेसाहन जाओ कन्ता। भूरे का मत देखौ दन्ता॥**

५. **करियउ का कुछ कहबै जोय। तबहु दहियर जाबै खोय॥**

लिए मोल-भाव करने या दाँत देखने की जरूरत नहीं।[१] खैरा बैल अवध और बिहार में कत्थई रंग का होता है। मेरठ की ओर गहरे पीले कत्थई रंग को गोरा कहते हैं और आसमानी रंग के बैल को खैरा कहते हैं। खैरा सब दोषों की खान है। जहाँ उसकी खुरी पड़े, वहीं सब चापर हो जाता है। अगर गोठ में खैरा कुछ देर के लिए भी आकर बँध जाय तो बुहारी लेकर उसकी लार साफ कर डालनी चाहिए। सम्भव है, खैरे के प्रति यहाँ कुछ अन्याय किया गया हो।[२]

कभी-कभी तो वह अच्छा चलवैया देखने में आता है। मेरठ की तरफ मुसरिया वह बैल होता है, जिसकी पूँछ में सफेद और काले रंग के गंडेदार बाल हों। ऊपर सफेद, नीचे काले हों तो मुसरिया। लेकिन अगर ऊपर काले, नीचे सफेद बाल हों तो वही चौंरा कहलाता है। मुसर बैल को पछाँह में और पूरब में सब जगह असैना समझते हैं। छद्दड़-सद्दड़ से सलाह करता है, 'चलो भाई, मुसर के घर चलें और उसकी मदद से मालिक को जपकर फिर पीछे पड़ोसियों को समझें। जो कोई मुसरहा बैल खरीदेगा, वह राजा भी हो तो पलभर में छत्रभंग हो जायगा। वह ऐसा विकट चापरकरन है कि स्त्री बच्चे घर बार छुड़वाकर भीख मँगवा देता है।[३] जो बैल माथे पर दगीला हो, वह सौंख कहलाता है। वह भी बड़ा करामती है, मुसरहे की भाँति ही मालिक को ललकारता है।[४] अशुभ बैलों में उनासवा की भी गिनती है। जिसकी एक या दो पाँसू अर्थात् पसली छोटी हों, वह उनासवा (ऊनपर्शुक) कहलाता है। अवधी में इसे नासू कहा गया है। वह राज्य बिलटकर राव से रंक कर डालता है।[५] पुछकटा बैल बाँड़ा कहलाता है। जिसके लम्बे-चौड़े शरीर में हड्डी ही हड्डी दिखायी देती है और जिसके गाँव भर तक फैले हुए सींग, जान पड़े कि छान का छप्पर भी उठाकर फेंक देंगे, उस बैल के लिए किसान ने अपने प्रेम का व्यर्थ प्रयोग नहीं किया।[६]

---

१. बरद बेसाहन जाओ कन्ता। कबरे के जनि देखहु दन्ता॥

२. बरद बिसाहन जाओ कंता। खैरा का जनि देखो दंता॥
जहाँ परै खैरे की खुरी। तो कर डारै चापर पुरी॥
जहाँ परै खैरे की लार। बढ़नी लेके बुहारो सार॥

३. बैल मुसरहा जो कोई लेय। राज भंग पल में कर देय॥
त्रिया बाल सब कुछ छुट जाय। भीख माँग के घर-घर खाय॥

४. सौंख कहै मोर देख कला। बे मेहरा का करौं घरा॥

५. नास करै राज का नास।

६. डग-डग डोलन फरका पेलन कहाँ चले तुम बाँडा।
पहले खाइब रान पड़ौसी गोसैंए कब छाँड़ा॥

पर सच पूछिए तो किसान जिससे रो देता है, वह गादर बैल है। जिसके पल्ले गादर पड़ जाए, वह भाग्य का पोच है।[१] उसे राज छोड़कर जोग साधना पड़ता है। जब गादर की कृपा से खेती-बाड़ी कुछ पूरी न पड़ेगी, तब जोग तो साधना ही हुआ। गादर की माया अपरम्पार है। किसान कितना ही चुस्त हो, गादर पल्ले पड़ जाय तो धुरियाधाम किए बिना नहीं छोड़ता, किसान का सारा काम पट्ट हो जाता है। गादर को आलस्य का अवतार ही समझिए—

''इक दिन रहा अदिन कर फेर। तारा पर हमचरी अनेर॥
केहू बटोही हर-हर कीहा। अस कै गिरे चेत नहीं रहा॥
चरवाहे पुपुई लायन जाय। घर से गुसैंया खटिया ले आय॥
सात-पाँच जन लिहेन उठाय। लै गे गुलौरी में दिहेन बहाय॥
आगि लागि हम भितरहिं जरे। जुआ देखि के नाहिंन निकरे॥''

'एक दिन हम ताल के किनारे छुट्टा चर रहे थे। बदकिस्मती से किसी बटोही ने हर-हर शब्द बोल दिया। हमने क्या समझा कि हल आ गया। ऐसे गिरे कि होश न रहा। चरवाहों ने पोई-पोई करके बहुत हल्ला मचाया, तब घर से मालिक खटिया ले आये, हमें लादकर घर ले गए और गुड़गोई में लिटा दिया। संयोग से वहाँ आग लग गयी, हम वहीं जल मरे, पर टस से मस न हुए।' गादर बैल की काम के प्रति जो मनोवृत्ति होती है, उसका चित्र उसी के शब्दों में सुनने लायक है—

''छाती फाटै खुर भर्राय। खरी बिनौरा के मोरे खाय॥
डंडा चार बबुर के सहबै। राजा होय गोरुन में रहबै॥''

'हल-हेंगा खींचने से छाती फटी जाती है, खुर चिर जाते हैं। कौन खली-बिनौले के लालच में पड़कर झंझट मोल ले, भले ही बबूर के चार डंडों की मार पड़े। अपने राम को तो गोरुओं के बीच मस्त घूमने दो।' जो गादर होते हैं, ऐसा उपद्रव करते हैं कि कुछ पूछो नहीं; कितना ही मारो, आगे पैर नहीं उठाते। जब मारने लगो तो और चार पैर फैला देते हैं कि जितना मारना हो, मार लो।

गादर को गरिआर भी कहते हैं। पछाँह में उसके लिए गलिया शब्द है, जो संस्कृत गलि से बना है। गादर के मुकाबले में मेहनती बैल को देखकर किसान को कुछ हिम्मत बँधती है। जिसके छोटे कान हों और पूँछ में बालों की झंपा-झूलन हो, ऐसा बैल मेहनती होता है।[२]

---

१. **वह किसान है पातर। जो बरदा राखैं गादर॥**
ताखा भैंसा गादर बैल। नारि कुलच्छनि बाँका छैल॥
इनसे बाचैं चातुर लोग। राज छाँड़ि के साधैं जोग॥

२. **पूँछ झम्पा औ छोटे कान। ऐसे बरद मेहनती जान॥**

किसान के लिए तड़कने-भड़कनेवाले, चौंकने-चमकनेवाले बैल अच्छे नहीं। उनकी वजह से कुएँ में, गाड़ी में जान-जोखिम हो सकता है।[१] मरखना या मरकहा बैल रखने से रोज कोई-न कोई उलाहना लिये खड़ा रहेगा।[२] जो लात चलावे, वह लतड़ा होता है।

खूब कोख तानकर खानेवाला बैल चारू कहलाता है। किसानों का अनुभव है, चारू सो भारू, जो खूब चरता है, वह देह में भी तगड़ा रहता है। चारू का उल्टा मनचर अर्थात् कम खानेवाला होता है, जो खाते समय राल बहुत गिराता है, वह रालू कहलाता है। जो बैल भीतर से रस निकालकर मुँह से गिराते रहते हैं, वे रसउगाल होते हैं।

बैल को रखने की भी युक्ति है कि जिससे वह दीर्घजीवी बन सकता है। सार या गोठ को बरसात आने से पहले ही छवा लिया जाय, भूसा रखने का भुसैला भी छवाकर सूखा कर लिया जाय, चौरस धरती में खेत बनाया जाय, किसान का बेटा स्वयं चरावे, भादों के मेह में भी बैल बाँधने का स्थान सूखा रखा जाय तो बैल बीस बरस तक काम देगा।[३]

यदि खरक में धूप, धूल और धुवें का प्रबंध हो तो बैल पच्चीस बरस तक तगड़ा रहेगा। इतना प्रबंध करने में मच्छर, मक्खी, डाँस—बैल को तंग नहीं करेंगे और गोरू सार में पूरी नींद और आराम पाएँगे।[४] बैल का एक कौल और है—यदि मुझे छोटे-छोटे खेतों में न जोतोगे, यदि मुझे दाहिनी ओर न नाथोगे और यदि गायों को मुझसे न मिलाओगे तो मैं बीस बरस तक बरदई साधने का दम भरता हूँ।[५] बैल ने ये तीन वचन किसान की भाषा में सूत्र रूप से कहे हैं। पूरे अर्थ तक पैठने के लिए इनकी व्याख्या आवश्यक है। पहला वचन बैल ने माँगा कि मुझे छोटे खेतों में मत जोतो। खेत की जुताई के लिए जब हल चलाकर खूड बनाते हैं, तो उसे हलाई भरना या कहीं माँग भरना भी कहते हैं। हलाई खेत के बीच से शुरू होकर बाहर की तरफ फैलती है। मेंड़ या डौले के बराबर तीन-चार खूडों की धरती छूटी रह जाती है, उसे धोरा कहते हैं, जिसे आखिर में जोता जाता है। हलाई लम्बोतरी पड़ती है और खेत के कोने पर बैल को हर बार मुड़ना पड़ता है। खूड के घुमाव या मोड़ को मोड़ा कहते

---

१. बैल चमकना जोत मैं औ चमकीली नार।
ये बैरी हैं जान के लाज रखै करतार॥
बैल तरकना टूटी नाव। ये काहू दिन लेहैं दाँव॥

२. बैल लरखना चमकुल जोय। वाघर ओरहन नित उठि होय॥

३. समरथ जोते पूत चरावै। लगते जेठ भुसैला छावै॥
भादों मास उठे जो गरदा। बीस बरस तक जोतो बरदा॥

४. धूप धूर धूवाँ जो जहवाँ। बरद पचीस बरस रह तहवाँ॥

५. ना मोंहि नाधो उलिया कुलिया, ना मोंहि नाधो दाएँ।
बीस बरस तक करौं बरदई, जो ना मिलिहैं गाएँ॥

हैं। चारों कोनों पर खेत का जो भाग छूट जाता है, उसे भी जोतना जरूरी है। बीच की जुताई के अन्त में किसान प्रत्येक कोने से बीच की ओर हल चलाकर प्रत्येक मोड़ पर छूटी हुई धरती या मोड़े की हलाई भरता है। इसे मोड़े काटना कहते हैं। अगर खेत का एक ही बड़ा चक हो तो बैल को सीधी हलाई करनी पड़ेगी और अन्त में सिर्फ एक बार मोड़े काटने पड़ेंगे। लेकिन अगर बीस बीघे की जोत बैल ने की और बीघे-बीघे भर का खेत हुआ तो हर बार मोड़े काटने से बैल मर मिटेगा। इसीलिए उलिया-कुलिया खेत (अंग्रेजी स्माल होल्डिंग) का जोतना बैल ने अपने लिए जानमारू काम समझा।

बार-बार मुड़ना बैल के मस्तिष्क और शरीर के लिए अच्छा नहीं। इसीलिए दाँय चलाने या अनाज की मणनी करने में भी बैल घबड़ाता है। कोल्हू के बैल की तरह खेती के बैल को जब घूमना पड़ता है, उसके कूल्हे थक जाते हैं। उसका दूसरा कौल है—मुझे दाहिने मत जोतो। बाएँ हाथ का बैल उपराली और दाएँ का तरवाली कहलाता है। हल्का बैल उपराल में और तगड़ा तरवाल में नाधा जाता है। तरवाली को हल-जुए में ज्यादा जोर लगाना पड़ता है। मोड़ पर पहुँचकर बायाँ बैल तो खड़ा होकर मुड़ जाता है, पर दायें को अधिक चलकर जुआ खींचना पड़ता है। इसलिए हमेशा दायाँ नाधना बैल की जान खींच लेता है। अगर उलिया-कुलिया खेत हुए तो बार-बार के मोड़ पर दाहिना बैल मर मिटेगा। दाएँ का एक अर्थ दाँय चलना या मणनी भी होता है। यह काम भी बैल के लिए बड़े कसाले का समझा जाता है।[१] संस्कृत में जिसे सीता कहते हैं, बोली में वह खूड कहलाती है। जब हल खूड की तरफ जाता है, तो उपराली बैल को आंहाँ-आंहाँ कहा जाता है। इसे ओनाना कहते हैं। जब पहली खूड से हल हटकर चलता है और खूड मोटी पड़ने लगती है, तब तरवाली यानी दाहिने बैल को तिकतिक का इशारा देकर हाँकते हैं। इसे तिकारना कहते हैं। किसान बैल की भाषा और बैल किसान की भाषा समझते हैं। कबीर ने कहा है—'**आंहाँ समझे तिकतिक समझे पुचकारे से होय खड़ा। कहे कबीर सुनो भाई साधो मूरख से तो बैल भला॥**'

बैल ने दीर्घायु के लिए किसान से जो तीसरा कौल भराया, वह है—मनुष्य, पशु सबके लिए एक सा जीवन का नियम अर्थात् ब्रह्मचर्य। अथर्व वेद के ऋषि ने जगत् में व्यापक इस मूल्यवान् तत्त्व को पहचानते हुए कहा था—'पृथिवी में, आकाश में, जंगलों में, गाँवों में विचरनेवाले जो पशु और पक्षी हैं, वे ब्रह्मचारी हैं, अर्थात् जीवन के विकास के लिए प्रकृति ने जो नियम स्थिर किए हैं, उनका पालन करते हैं। बैल और घोड़ों के लिए भी शक्ति का स्रोत ब्रह्मचर्य ही है।' बैल की शक्ति का सच्चा मर्म जाननेवाले ऋषि ने कहा है—

---

१. **मरद निकौनी बरदै दाँय। दुभरी चलनी में दुःख पाँय॥**
मर्द खेत की निराई में, बैल मणनी में और गर्भिणी रास्ता चलने में दुःख पाती है।

"अनड्वान् ब्रह्मचर्येण।"

(अथर्व. ११/५/१८)

ब्रह्मचर्य से ही बैल अनड्वान् बना है। अनट् छकड़ा, उसको चलानेवाला अनड्वान्। तिबल्दी गाड़ी में बींड़िया बनकर छाती फुलाता हुआ, काले नेत्रों में प्रसन्नता लिये हुए जब बैल आगे-आगे चलता है, तब उसकी शक्ति और शोभा देखने योग्य होती है। इसी शाक्वरी (कर सकने की) शक्ति के कारण वैदिक भाषा में बैल की एक संज्ञा शाक्वर थी।

गाय-बैलों के लिए किसान का प्यार उनकी सजावट के रूप में प्रकट होता है। वह उनके सींगों को लाल-पीले मुंडासे से, चेहरे को रंगीन नाथ और गलथनी से, गले को कौड़ियों की माला और जगाधरी की बनी हुई बारीक आवाजवाली चिड़िया-चौंकनी टल्लियों से सजाता है, कन्धों पर झूल डालता है एवं देह और गले की सासना (गलकम्बल) पर भाँति-भाँति के चित्र लिखता है। जंगल में मठारते हुए, लोटती टाँटवाले साँड़ों की दड़ूक में मानो सारे जानपद-जन की ध्वनि सुनाई पड़ती है। किसी समय कुरुक्षेत्र, हरियाना, मथुरा, मत्स्य देश के जंगल गायों और बैलों से भरे हुए थे। विराट् देश के द्वैतवन में कुरुराज दुर्योधन की गाएँ छुट्टा चरती थीं। वहीं से राज्य के लिए गो-संपत्ति प्राप्त की जाती थी। एक बार उसने अपने घोष की जन-संख्या जानने के लिए वहाँ मेला किया, जिसे महाभारत में 'स्मारण' कहा है। पाणिनि ने गायों की गिनती करनेवाले विशेषज्ञ गोसंख्य नामक अधिकारियों का उल्लेख किया है। स्मारण में बछड़े, बछिया, हाल ही की ब्याई बाल-गौएँ, ग्याभिन, ओसर (उपसृता) तीन वर्ष के जवान बछड़े (त्रिहायन)-सबको अलग-अलग जानकर उन पर अंक और निशान (लक्ष) लगाये गये जिससे अगले वर्ष फिर उनका मिलान किया जा सके (वन वर्ष, २४०/४-६)।

गौ के प्रति देश के प्राचीन भावों को हमें फिर प्राप्त करना है। गौ के शतधार झरने को राष्ट्र के नवोदय में सहस्र धार बनाना होगा। कहते हैं, वेदों में बहुत ऊँचा ज्ञान है, हो सकता है। पर उस साहित्य से जीवन के लिए आवश्यक कुछ चुनना हो तो एक सूक्त लेकर हम सन्तोष करेंगे, जिसमें भारतीय घरों की अधिष्ठात्री शाला-देवी का रूप खड़ा किया गया है—

हे गृह-देवी! जिस नींव पर तुम टिकी हो, वह घी से सींची गयी है। उसी में क्षेम भरा है। तुम्हारे उस रूप में वीरों का निवास है, जिनके शरीर कभी रिसते नहीं। हे शाला! तुम गोमती हो, गोधन पर तुम टिकी हो। घी-दूध की सबल धार तुम्हारे मंगल द्वार में प्रवेश करती है। तुम वह कोठार हो, जिसकी छत ऊँची है और जिसमें फटका-पछोरा अन्न भरा है। हे देवीशाला! जिस दिन यहाँ छोटा कुमार आवे, उसी दिन उसका भाई कूदता हुआ बछड़ा भी आवे और उसके साथ आवे संझा को पेन्हाती हुई दुधार धेनु।

हवा-पानी, धूप, गरमी अपना-अपना चक्कर चलाती हुई इस घर के जीवन को ठीक रक्खें। हवाओं में जो गीलापन है, वह घी बनकर हवा में बरसे और हमारी खेतिहर भूमि सब तरह के धान्य से लहलहा उठे।

हे घर की कल्याणमयी देवी! देवों ने सुमति करके तुम्हें पूर्व में बनाया था, तुमने घास-फूस का वस्त्र पहना, वही तुम्हें भाया और उसी में वीर-पुत्र और धन तुमने दिए। तुम्हारे ठाठ का कमरबल्ला (प्राचीनवंश) सत्य के नियम से टिका है। अपने भीतर तुमने जिन्हें पाला-पोसा, वे छीजें नहीं, बल्कि पुत्र-पौत्रों के साथ सौ वर्ष तक जिएँ।

हाँ, इस घर में हमारा तरुण कुमार गाय के बछड़े के साथ आयेगा और फेनिल दूध से भरे गगरे दही के कलसों के साथ आएँगे। हे देवि! घी का पूर्ण कुम्भ यहाँ भर दो जिसमें अमृत की धार मिली हो। फिर घी का माट पीनेवालों के शरीर पर अमृत का पुचारा फेर दो। यक्ष्मा का नाश करनेवाले अमृत को हमारे इन घरों में उड़ेल दो। (अथर्व. ३/१२)

इस गान के सुर में घी-दूध की लय है। जिन फूंस के छप्परों में ढाई सौ पीढ़ी सौ-सौ वर्षों तक जीवित रहीं, वे क्षीर गंगा के तट पर बने थे। उनमें मनुष्य के तरुण कुमारों के साथ गायों के कलोर बछड़े भी जीवन के नवमंगल में साझेदार थे। उनमें फेनिल दूध के माँट और चक्का दही के हंडे गृहस्थ की बहंगी में एक साथ लदते थे। पुर और जनपदों में पनपने वाले भारतीय जीवन के ये सच्चे चित्र थे, जब उनमें गौ का शतधार झरना झरता था। आज गौ-रूपी दूधिया झरने की घर-घर में बाट देखी जा रही है।

❑

३४

वीर-ब्रह्म

केले के पेड़ में जैसे एक के ऊपर एक चढ़ी हुई परतों के भीतर गाभा रहता है, वैसा ही कुछ भारतीय संस्कृति का रूप है, जिसमें अनेक संस्कृतियों के खोल एक-दूसरे के ऊपर चढ़ते चले गये हैं। वे सब एक-दूसरे के साथ चन्दन की शीतलता से इस प्रकार मिल बैठे हैं, जैसे गंगा की धारा में आपसी टक्करों से गोलमटोल बने हुए गँगलोढ़े एक साथ पड़े रहते हैं, एवं और भी अधिक अभेद की स्थिति प्राप्त करने के लिए टकराते रहते हैं। यह संस्कृति विचित्र है। कौन इसकी सारी परतों को खोलकर पढ़ सकता है ? कहाँ से क्या आ गया है, किसने कितना दिया है और किसने कितना लिया है, इसका सच्चा लेखा-जोखा लगाना कठिन काम है। सांस्कृतिक इतिहास के महागणकों का बूता उसके आगे हार जाता है। फिर भी रेडियम के उछटते हुए स्फुलिंग कणों की भाँति सांस्कृतिक समन्वय के प्राचीन तथ्य जब चमककर दृष्टिपथ में आ जाते हैं, तो उनसे मन को विलक्षण आनन्द प्राप्त होता है और इस महती संस्कृति के प्रति श्रद्धा बढ़ती है एवं उस जीवन-क्रम के प्रति हम आस्थावान् बनते हैं, जिसके श्वास-प्रश्वास में, समवाय और समन्वय एवं मेलजोल व स्वच्छन्दता की प्राणवायु क्रियाशील रही है। भारतीय संस्कृति सभी विभिन्न तत्त्वों का संग्रह करती है, निराकरण जैसे उसे सुहाता ही नहीं। नदी, वृक्ष, पर्वत, यक्ष, नाग, देव, भूमि आदि अनन्त देवी-देवताओं की पूजा-मान्यता को स्वीकार करती हुई यह संस्कृति आगे बढ़ी है। निषाद जाति के नाग और यक्ष, द्रविड़ों के शिव और आर्यों के देव एक-दूसरे से कन्धा मिलाकर भारतीय संस्कृति के गोपाल-गूजरी रास में एक साथ नृत्य करते हुए देखे जा सकते हैं।

इस अनुपम सत्य की ओर कितनी ही बार पहले भी मेरा ध्यान गया था, किन्तु नवम्बर १९५१ में काशी विश्वविद्यालय में आने के बाद इस विषय की अधिकाधिक लोकसाक्षी सामग्री मेरे दृष्टिपथ में आती चली गई। यहाँ विश्वविद्यालय में प्राचीन यक्षपूजा के कितने ही प्रमाण जीते-जागते मिले। काशी में वीर-ब्रह्म की

पूजा और मान्यता अभी तक चालू है। यह प्राचीन यक्ष-पूजा का ही दूसरा नाम है। अथर्ववेद में यक्ष को ब्रह्म कहा गया है। ब्रह्म की अपराजिता पुरी में महाकाय यक्ष का निवास है। उस ब्रह्म या यक्ष के पास अमृत है, यही उसकी मान्यता का मुख्य कारण है। 'केन उपनिषद्' के अनुसार ब्रह्म, देवों के समक्ष यक्षरूप में प्रकट हुआ। 'देवी भागवत' में कहानी का रूप यह है कि देवों और असुरों के युद्ध में देवता जीत गये तो उन्होंने अभिमान किया। तब ब्रह्म यक्ष का रूप धरकर देवों के सामने आया। देवता उसे न पहिचान सके। तब अग्नि, वायु, वरुण आदि देवों ने उसकी शक्ति की परीक्षा ली, पर सब असफल रहे। तब उस यक्ष ने कहा कि तुम्हारी शक्ति कुछ नहीं, शक्ति तो मैं देता हूँ। उपनिषद् की कहानी का ठाठ भी लगभग यही है। वैदिक साहित्य, सूत्र ग्रन्थ, रामायण, महाभारत, बौद्ध और जैन साहित्य और इन धर्मों से सम्बन्धित प्राचीन भारतीय कला, इन सबमें यक्षों की मान्यता और पूजा के वर्णन भरे हुए हैं। वीर और ब्रह्म ये दोनों शब्द यक्षों के लिए ही प्रयुक्त होने लगे। मध्यकालीन साहित्य बावन वीरों के उल्लेखों से भरा हुआ है। काशी में और विश्वविद्यालय की सीमा के भीतर भी वीरों के कितने ही चौरे या स्थान हैं। इस प्रकार यक्ष-पूजा का साक्षात् प्रमाण लोक-जीवन में देखकर अत्यन्त आश्चर्य और कुतूहल हुआ। आज भी यक्षों के इन स्थानों पर पूजा और मानता बराबर होती है। न केवल काशी, बल्कि आस-पास के सभी जिलों में वीर-ब्रह्म की पूजा चालू है। दिनांक १६-४-५२ को सेवापुरी से लौटते हुए श्री हजारीप्रसादजी द्विवेदी ने बताया कि उनके बलिया जिले के गाँव-गाँव में ब्रह्म का चौरा पाया जाता है, जिस पर मिट्टी का थूहा जैसा बना रहता है। बीर की पूजा भी होती है। वस्तुतः महावीर को दो तरह से पूजते हैं। एक मन्दिर में हनुमान की मूर्ति के रूप में और दूसरे थूहे या स्तूप के रूप में। यह दूसरी पूजा वीर या यक्ष-पूजा ही है। बड़े यक्ष का नाम ही महावीर हुआ। उत्तर प्रदेश के पश्चिमी जिलों में दीवाली के दिन जिसे कामसूत्र में यक्षरात्रि कहा गया है, महावीर का जन्मदिन माना जाता है और प्रत्येक घर में रोट का चूर्मा बनाकर उनकी पूजा की जाती है। यह यक्ष-पूजा का ही अवशेष है। पूर्वी जिलों में आज भी यक्ष-पूजा में इस प्रकार का प्रसाद बनाया जाता है। हमें विदित है कि यक्षों के नामों से पहले, छोटे और बड़े विशेषण जोड़ दिए जाते थे। भारहुत की कला में बहुत से यक्षों के नाम मिले हैं। उनमें एक महाकोका और दूसरी चुल्लकोका देवता है। इन्हें ही छोटी-बड़ी कोका यक्षी समझना चाहिए। काशी में ही एक प्रसिद्ध बीर लहुराबीर है, जिसका अर्थ है छोटा वीर। लहुरा नाम से ही ज्ञात होता है कि चुल्लकोका महाकोका के जोड़े की तरह काशी में कोई बड़ा बीर भी अवश्य था। काशी में बुल्ला-नाला प्रसिद्ध है। संस्कृत विपुल से बिउल, बुल्ला बना है। विपुल चन्द्र का ही अपभ्रंश रूप बूलचन्द्र है। बुल्लानाला यह नाम बुल्ला बीर के नाम से पड़ा हुआ ज्ञात होता है। इसी के आस-पास कहीं बुल्ला बीर का स्थान रहा होगा। काशी में और भी वीरों के कितने ही स्थान हैं, जिनमें

भेलूपुरा का डोंड़िया बीर प्रसिद्ध है। ये सब प्राचीन यक्ष-पूजा के ही अवशिष्ट रूप हैं।

दिनांक २७-४-५२ को श्री ब्यौहार राजेन्द्र सिंह से बीर-ब्रह्म की चर्चा हुई। उन्होंने बताया कि उनके यहाँ मध्यप्रदेश में ब्रह्मदेव या ब्रह्म-बाबा की पूजा होती है। ब्रह्म प्रायः करके झाड़ पर रहता है। बीर का भी झाड़ होता है या चबूतरा भी बनाया जाता है। यह वृक्ष प्रायः पीपल का होता है, जिस पर ब्रह्म या यक्ष का स्थान होता है। उन्होंने एक विलक्षण बात की ओर मेरा ध्यान आकर्षित किया कि गोस्वामीजी ने भी विनय-पत्रिका में महावीर की आराधना के रूपक का वर्णन किया है—

''बीर महा अवराधिए साधिए सिधि होय,
सकल काम पूरन करे जानें सब कोय।'' इत्यादि।

बड़े वीर की आराधना करनी चाहिए, उसके साधने से सिद्धि मिलती है और सब कामनाएँ पूरी हो जाती हैं। शीघ्र ही उस पूजा का उपदेश लेना चाहिए। उसका बीज मन्त्र जैसे शिव जपते हैं, जपना चाहिए। पानी से तर्पण द्वारा, घी से, समिधा से, अग्नि से और बलि-कर्म से उसकी पूजा होती है। वह वीर उच्चाटन, वशीकरण और मारण करता है एवं सम्पदा का आकर्षण करता है। जो इस बड़े वीर को इस भाँति पूजता है, वह रघुनाथजी की प्राप्ति के मार्ग में बढ़ जाता है (विनय-पत्रिका १०८)। अवश्य ही इस वर्णन में जिन अभिप्रायों का उल्लेख किया गया है, वे लोक-प्रचलित वीर-पूजा से ही लिये गए हैं। महावीर की वीररूप में जो पूजा पूर्वी जिलों में प्रचलित है, उसका ज्ञान गोस्वामीजी को अवश्य था।

उसी दिन गरौठा से श्रीकृष्णानन्द गुप्त आए। उनसे भी बीर-ब्रह्म पूजा के विषय में चर्चा हुई। उन्होंने पहले तो बताया कि यह पूजा हमारे यहाँ नहीं होती, पुनः बोले कि हाँ हमारे यहाँ वीर की पूजा होती है, बीर का चबूतरा होता है और 'बीर' लोगों के सिर भी आते हैं। बीर-पूजा के लोक-गीत भी गाये जाते हैं। सम्भवतः बीर और ब्रह्म की पूजा भी होती है। श्री मरमेश्वरीलाल गुप्त ने बताया कि वीर-ब्रह्म की पूजा आजमढ़ जिले में भी प्रचलित है। श्री हरिहरप्रसाद गुप्त ने, जिन्होंने लोक-साहित्य पर काम किया है, कहा कि उनके जौनपुर जिले में भी बीर-ब्रह्म पूजे जाते हैं।

संयोग से २०-४-५२ को भारतीय संस्कृति के अद्‌भुत विद्वान् श्री सुखलाल संघवी विश्वविद्यालय पधारे। उनसे बीर-ब्रह्म की चर्चा आई। उन्होंने बताया कि जैन मत में भी ५२ वीरों की साधना की जाती है। पुराने ग्रन्थों में 'जक्ख-चेइय' या 'जक्खायतन', का बराबर उल्लेख आता है, वस्तुतः महावीर के ठहरने के स्थान जक्खायतन ही थे। बीरों के बहुत से गीत भी बने हुए हैं, जिन्हें गुजरात में शिलोगो (संस्कृत श्लोक) या छन्द कहते हैं। ५२ वीरों के अनेक शिलोगो मिलेंगे, पहले मुझे बीरों के सैकड़ों शिलोगो या छन्द बचपन के सुने हुए याद थे। बीरों के साथ ५६ जोगिनी भी पूजी जाती हैं। ऐसा विश्वास है

कि जैन मन्दिर में यक्ष-यक्षिणी की मूर्ति के बिना तीर्थंकर मन्दिर की रक्षा नहीं हो सकती। ऐसी कथाएँ भी आती हैं कि यक्ष के उपद्रव करने पर उसकी शांति कराई गई। भगवान् महावीर का जन्म-जात नाम वर्द्धमान था। जब उनकी प्रसिद्धि हुई और मान्यता बढ़ी तो वे बड़े वीर या महावीर कहलाने लगे। हो सकता है कि महावीर शब्द वीर शब्दावली से लिया गया हो। श्री परमेश्वरीलालजी ने कहा कि हमारी बोली में भी लोकोक्ति है कि 'ऐसा करूँ तो बावन वीर कहाऊँ'। ज्ञात होता है कि पहले किसी समय ५२ बीरों के प्रमुख स्थानों की गिनती कर ली गई थी जैसी १०८ देवी के पीठों की। 'पृथ्वीराज रासो' में दी हुई ५२ बीरों की सूची में कई नाम ऐसे हैं, जो प्राचीन परम्परा से सम्बन्धित जान पड़ते हैं, जैसे—मानिक रुद्र, समुद्रतरन, समुद्र-शोक, इन्द्रबीर, जमवीर, सहस्रांग, नरसिंह, देवाग्नि, क्षेत्रपाल, लोहभञ्जन आदि। इस सूची का मानिक-रुद्र अवश्य ही प्राचीन माणिभद्र-यक्ष है, जिसकी मान्यता किसी समय मथुरा और प्राचीन पद्मावती (ग्वालियर का पवाया) तक प्रचलित थी। मथुरा में परखम गाँव से माणिभद्र-यक्ष की महाकाय मूर्ति मिली है। बंगाल में माणिभद्र-वीर, माणिक-वीर के रूप में आज भी पूजा जाता है। जिस प्रकार प्राचीन काल में माणिभद्र सार्थवाहों का देवता था, वैसे ही माणिक-पीर को मछुए-मल्लाह अपना देवता मानते हैं। महाभारत के वनपर्व में नलोपाख्यान के अन्तर्गत एक बड़े सार्थ या व्यापारिक काफिले के वेत्रवती नदी पार करने का वर्णन है; वहाँ कहा गया है कि उस सार्थ का ज्येष्ठ सार्थवाह और अन्य व्यापारी माणिभद्र यक्ष के भक्त थे।

आरम्भ में यक्षों के थान और अन्य देवों के थान खुले आकाश के नीचे होते थे। ये खुले थान चारदिवारी से भी घेर दिये जाते थे। इन थानों पर मूर्ति की प्रतिष्ठा नहीं होती थी, किन्तु प्रतीक के रूप में मिट्टी या ईंट का केवल एक थूहा बनाया जाता था। कुछ काल बाद यक्षों की विशालकाय मूर्तियाँ बनने लगीं और उसी परम्परा में आगे चलकर विष्णु, शिव और बुद्ध की मूर्तियाँ भी रची गयीं, लेकिन फिर भी जो थान की पूजा-विधि थी, वह भी दो सहस्र वर्षों तक चालू रही।

आजकल लोक में पञ्चपोरों की पूजा कहीं-कहीं प्रचलित है। वस्तुः मुसलमानी प्रभाव में प्राचीन पञ्चवीर शब्द का ही रूप बदलकर पञ्चपीर हो गया। वैश्रवण, माणिभद्र, पूर्णभद्र आदि अनेक यक्ष प्राचीन काल में प्रसिद्ध थे, उनकी नामावली महाभारत के सभापर्व के अन्तर्गत कुबेर की सभा के वर्णन में और बौद्धग्रन्थ दीघनिकाय के अटानाटीय सुत्तन्त में पायी जाती है। स्वाभाविक है कि उस समय जो बहुत से यक्षों की मान्यता थी, उसमें कुछ प्रधान रूप से उतरा आये हों और इसी आधार पर पञ्चवीर यह शब्द लोक में प्रचलित हुआ हो। मथुरा के प्रथम शती पूर्व के एक शिलालेख ने '**वृष्णीनां पञ्च वीराणां**' अर्थात् वृष्णियों के पञ्चवीरों का उल्लेख है। लोक में जो पञ्चवीरों या पाँच यक्षों की पूजा प्रचलित थी, उसी के ढंग पर वृष्णियों

के भी पाँच नायक वीरों को चुनकर वृष्णि पञ्चवीर यह संज्ञा दी गयी। 'दशकुमार चरित' में एक स्थान पर पंचवीर गोष्ठ का उल्लेख है। टीकाकार के अनुसार देहाती मण्डली या जमावड़े के लिए 'पंचवीर गोष्ठ' शब्द प्रचलित था **(तत्पंचवीर गोष्ठन्तु यत्तु जानपदं सदा)**। पंचवीर में जो वीर शब्द है, वह यक्ष वाची है। पाँच यक्षों के थान की संज्ञा पंचवीर हुई और वहाँ जो गोठ जमती थी, वह 'पंचवीर गोष्ठ' कहलाई। वीर=पीर इस समीकरण को स्वीकार कर लेने से प्राचीन धार्मिक इतिहास के बहुत से भूले हुए सूत्र लगने लगते हैं। श्री पं. हजारीप्रसाद जी द्विवेदी और श्री पं. सुखलालजी संघवी दोनों विद्वानों ने इस पहिचान को स्वीकार किया। द्विवेदीजी के अनुसार चूलिका पैशाची या पंजाबी में वीर का पीर उच्चारण बहुत सम्भाव्य है। मुसलमान पंजाब की तरफ से आते हुए यह उच्चारण अपने साथ पूर्व की ओर लेते गए। डॉ. पी.एल. वैद्य से ज्ञात हुआ कि महाराष्ट्र में भी वीर-पूजा प्रचलित है। दर्शन के अध्यापक श्री हरिदास भट्टाचार्य ने बतलाया कि बंगाल में वीर-पूजा बहुत अधिक पायी जाती है। मानिक पीर का उल्लेख ऊपर आ चुका है। इसी प्रकार सत्य पीर की पूजा भी चालू है। हमारे सहयोगी श्री अवधकिशोर नारायण ने बताया कि मगही क्षेत्र (गया जिले) में गाँव-गाँव में बरह्म-थान या चबूतरे होते हैं। आजकल वहाँ पूजा होती है। प्राय: उनके पास एक-एक वृक्ष होता है। गाँव में प्रवेश करने के स्थान के पास ही बरह्म-देव का स्थान बनाया जाता है। बरह्म-देव के बहुत से पूजा-गीत भी वहाँ पर हैं। बलिया की तरफ बीरों के पूजा-स्थान या बरह्म-थान को केवल 'अस्थान' कहते हैं।

४-५-५२ को प्रात:काल भ्रमण करते हुए विश्वविद्यालय में ही यक्ष-पूजा सम्बन्धी अनमोल जानकारी प्राप्त हुई। मार्ग में एक गाँववाला मिला, जो सिर पर साढ़े सात पसेरी कुम्हड़ी का झौआ उठाए सट्टी जा रहा था। एक जगह बीर का थान आया तो मैंने पूछा कि "यह क्या है?" उसने कहा कि "मन्दिर है।" मैंने पूछा कि "इसके अंदर क्या है", तो कहा कि "डीह है"। मैंने कहा—"क्या यह थान है?" उसने कहा—"हाँ, अस्थान है।" पहिली बार मन्दिर कहते हुए उसने गयी शब्दावली का प्रयोग किया था, पर अब वह अपनी शब्दावली पर आ गया था, क्योंकि उसने मुझे भी शुद्ध करके थान न कहकर 'अस्थान' ही कहा। मैंने फिर पूछा—'इस डीह का नाम क्या है?' अब वह और भी अधिक अपने गाँव की मनोभूमि में आ गया था। मैंने पूछा, 'यही अकेला बीर है या और भी हैं,' उसने कहा—'बहुत हैं, जैसे—कर्मनबीर, कोट माई।' मैंने पूछा, 'कर्मनबीर कहाँ हैं?' बोला, 'वहीं ऊख के खेत के पास।' मैंने इस जगह को सन् १९२५ में विश्वविद्यालय में पढ़ते समय देखा था। जब हम बहुत से छात्र अपना घुमक्कड़ी शिक्षा-दल बनाकर खेतों में निकल जाते थे, तब मैंने इसे शिव-मन्दिर समझकर सन्तोष कर लिया था। उसके बाद पुन: अबकी बार विश्वविद्यालय में लौटकर प्रात:काल के लम्बे चक्करों में प्राय: अँतरे-खोंतरे उस स्थान के पास से निकलता था,

पर उसे शिव का मन्दिर ही समझता रहा। अब जान पड़ा कि यह कर्मनबीर कोई यक्ष हैं, जो सम्भवत: हजारों वर्षों से आसन मारे बैठे हैं। लोग आये और गये, आसमान घूमता गया, पर कर्मनबीर टस से मस न हुए। वैसे ही भक्तों का पुजापा लेते रहे हैं। चाहे कितने धर्म-सुधार हो जायँ, मार्कण्डेय की तरह उनकी लम्बी आयु के लिए भविष्य में भी मुझे कुछ खुटका नहीं दीखता। कुम्हड़े-वाला साथ-साथ चला आ रहा था। मैंने पूछा, 'क्या मानिकबीर भी कोई है?' उसने कहा, 'कि हाँ, मानिकबीर भी है। जब बहिया या मारी आती है, तब उसकी पूजा होती है।' यह मानिकबीर किसी समय मड्ढ देवता था, जो यक्षों के प्रधान माणिभद्र-यक्ष का बचा-खुचा रूप है। ग्वालियर के पास पवाया (पद्मावती) के लेख में माणिभद्र के भक्तों ने कहा है कि वे लोग गर्भसुखित मनोवृत्ति से अपनी गोष्ठी में माणिभद्र की पूजा करते थे। 'अजगर करै न चाकरी पंछी करै न काम' की फक्कड़ मनोवृत्ति के लिए पाणिनि के 'पात्रे समितादय:' सूत्र में (२-१-४८) 'गर्भेतृप्त:', 'गेहेतृप्त:' आदि फड़कते हुए शब्द आये हैं। इन्हीं का सगोती यह गर्भसुखित शब्द था। माणिभद्र यक्ष के पुजारी इसी मनोवृत्ति के भक्त थे। वस्तुत: प्राचीनतम काल में एक मंगलमणि या भद्रमणि की पूजा प्रचलित थी, जिसे महाभारत में युधिष्ठिर के कोष में दिव्यमणि कहा गया है। उस मणि की कृपा से अनेक प्रकार की सिद्धियाँ प्राप्त होती थीं, उनका विस्तृत उल्लेख पूर्णक-यक्ष की जातक कहानी में आया है। उसी प्रकार की मंगलप्रद मणि का अधिष्ठातृ देवता माणिभद्र-यक्ष प्रतीत होता है। उसके भक्तों में गर्भसुखित निश्चिन्त वृत्ति का होना स्वाभाविक था।

लोक-संस्कृति सचमुच जयशालिनी है। उसकी गोद में अमृत है। कोई संस्था, विश्वास या नाम यहाँ मरता हुआ नहीं दीखता। सब लोक की प्राणधारा के प्रवाह में बहते रहते हैं। मैंने उसी व्यक्ति से कहा—'भाई, कर्मनबीर तो मैंने देखा है, कोट माई कहाँ हैं?' उसने एक ऊँचे टीले की ओर इशारा करते हुए मार्ग बता दिया और कहा कि ये कोट-माई बड़ी ही जागता माई है, अर्थात् बहुत चमत्कार-युक्त हैं। सचमुच कोट-माई का चमत्कार मेरे ध्यान में आ गया। कोटमाई प्राचीन कोट्टवी या कोटवी देवी है, जिसका अम्बिका के रूप में तमिल देश में कभी प्रचार था। कोट्टवै दक्षिण देश की सबसे बड़ी देवी थी। बाण ने 'हर्षचरित' में उसे कोटवी कहा है। ज्ञात होता है दक्षिण की कोट्टवै महानग्नी मातृ देवी थीं, जिसे अंग्रेजी में ग्रेट गोडैस या मेग्ना माटेर कहा जाता है। क्या अनुमान हो सकता था कि दक्षिण की कोट्टवै कोट-माई के रूप में विश्वविद्यालय के ही एक टीले पर प्रतिष्ठापित मिलेंगी? किन्तु यही इस देश की लोकवार्त्ता की शाश्वत विजय है। यहाँ प्रत्येक संस्था चिरंजीवी है। हिमालय के अल्मोड़ा जिले में लोहाघाट से १२ मील की दूरी पर कोटलगढ़ स्थान है। वहाँ की किंवदन्ती है कि वह कोट्टवी का गढ़ था। कोट्टवी बाणासुर की माता थी। उसका आधा शरीर कवच से ढका हुआ और

नीचे का आधा नंगा माना जाता है। कथा है कि एक बार महाबलि के पुत्र बाणासुर दैत्य का विष्णु से युद्ध हुआ। जितने असुर मारे जाते उनसे अधिक उत्पन्न हो जाते। तब देवों के प्रयत्न से महाकाली का जन्म हुआ। उसने असुरों का और कोट्टवी का वध किया। कोटलगढ़ का अर्थ है—नंगी स्त्री का गढ़ या वासस्थान (अमृत बाजार पत्रिका, १९ मई, १९५२, हिल सप्लीमेंट, पृ. ३)। इस सूचना से यह परिणाम निकलता है कि दक्षिण की कोट्टवै की पूजा हिमालय पर्वत के अभ्यन्तर तक में प्रचलित थी। लोक में इसके और भी व्यापक प्रमाण मिलने चाहिएँ।

दिनांक ६-५-५२ को प्रातः भ्रमण के समय कर्मनबीर के पास पहुँचने पर सामने गाँव से आते हुए दो आदमी दिखायी दिये। उन्होंने बीर के दर्शन किये। उनसे बात चलायी, 'यह क्या है?' बोले, 'कर्मनबीर का स्थान है।' वहीं बीर के स्थान के आगे एक चबूतरा था। मैंने पूछा, 'क्या यह भी बीर का स्थान है?' उन्होंने कहा, 'नहीं। यह अखाड़ा है।' मैंने पूछा, 'और भी क्या आसपास कोई बीर है?' उन्होंने कहा, 'हाँ हमारे गाँव टिकारी में खोराबीर हैं, और देवी विन्ध्या माई हैं।' बातचीत का सिलसिला जारी रखते हुए मैंने पूछा—'बीर और शिवलिंग में क्या अन्तर है?' उनमें से एक व्यक्ति का इस विषय में बिल्कुल स्पष्ट मत था। उसने बताया कि हर गाँव में एक बीर और एक देवी का होना जरूरी है। बीर और देवी का मन्दिर अलग-अलग होता है। शिव का मन्दिर हर गाँव में हो, यह जरूरी नहीं। दस-पाँच गाँव में एक शिवलिंग का मन्दिर रहता है, लेकिन ठाकुरों की तरह बीर हर गाँव में होता है। कहा है—

''गाँव-गाँव का ठाकुर,
गाँव-गाँव का बीर।''

शिवलिंग और बीर में दूसरा भेद यह है कि शिव की पिण्डी छोटी और ऊपर से गोल होती है, लेकिन बीर का थूहा बड़ा और नोकदार होता है। विश्वविद्यालय में कर्मनबीर दो हैं। दूसरे कर्मनबीर का थूहा ५ फीट ऊँचा और नीचे से पेटे में ७ फीट है। ऊपर की ओर वह नुकीला उठा हुआ है। यह यहाँ के सब बीरों में ऊँची मूर्ति है। तीसरा भेद यह है कि शिव के मन्दिर में गणेश, पार्वती आदि और भी मूर्तियाँ हो सकती हैं, लेकिन बीर के अस्थान पर बीर के अलावा और किसी देवता की मूर्ति नहीं रहती। उसकी इस व्याख्या से पहिली ही बार मुझे ग्राम-देवता के रूप में बीर की ठीक स्थिति, परम्परा और महत्त्व का पता चला और मेरे मन में यह बात साफ हो गयी कि बीर-पूजा की धार्मिक तह और शिव-पूजा की तह, दोनों अलग-अलग हैं। लोक में बीर-पूजा छायी हुई थी, उसके ऊपर शिवपूजा का खोल चढ़ा।

इसी दिन सायंकाल के समय हमारे यहाँ काम करने वाले पं. तिलकधर ने लंका पर सुना कि काशी में एक डौंड़िया बीर और एक बुल्ला बीर हैं। पंडितजी के यह कहने पर

कि बुल्ला बीर तो विश्वविद्यालय में हैं, उसने उत्तर दिया कि अस्सी के इस पार के बीर असली हैं, उसके बाहर के नकली हैं। उसकी यह बात जो लोक-परम्परा में चली आयी है, ऐतिहासिक दृष्टि से महत्त्वपूर्ण है। इससे 'मत्स्य पुराण' की उस अनुश्रुति का समर्थन होता है, जिसमें कहा है कि काशी में पहले यक्ष-पूजा प्रचलित थी, बाद में यहाँ शिव-पूजा का अड्डा जमा। जब शिव के भक्तों ने काशी पर अधिकार कर लिया तब काशी के यक्ष काशी के बाहर चले गये। लिखा है कि किसी समय शिव के भक्तों में, जो काशी में बाहर से आये थे, और यक्ष के अनुयायियों से, जो पहिले थे, झगड़ा उठा। इस झगड़े में शिव ने बीच-बचाव किया और निर्णय दिया कि शिव के गण काशी में रहें तथा यक्ष काशी छोड़कर बाहर चले जायँ। तब यक्ष भक्तों ने अपने अस्थान बाहर बना लिये, पर जो अस्थान काशी में बने हुए थे, उन्हें उखाड़ना सम्भव नहीं था, अत: वे भी बचे रह गए और काशी में आज तक लोक में यह बात चली आयी कि जो काशी से बाहर के बीर हैं, वे असली नहीं। असली तो काशी की सीमा में रहनेवाले बीर ही हैं। लहुरा बीर, बुल्ला बीर, डौंड़िया बीर उसी परम्परा के प्रतिनिधि हैं। विश्वविद्यालय के बाहर पंचक्रोशी के हनुमान मन्दिर के पास दैतराबीर का मन्दिर है। यह बीर अवश्य ही किसी दैत्य या क्रूर यक्ष का प्रतिनिधि होना चाहिए। श्री परमेश्वरीलाल जी से ज्ञात हुआ कि चेतगंज में भी दैतरा बाबा का थान है। इसका आशय यह है कि जितने बीर काशी में हैं, उतने ही बीर काशी के बाहर होने चाहिएँ। काशी के बाहर यक्ष-पूजा का सबसे बड़ा स्थान हरसू बरह्म है, जो प्राचीन हरि-केशव यक्ष का ही प्रतिनिधि जान पड़ता है। उसे आज तक यक्षों का राष्ट्रपति माना जाता है। टिकारी गाँव में जिस खोरा-बीर का नाम गाँववाले ने उस दिन बताया था, उसका कुछ आभास शांति पर्व (२८-३/५३) के खोरक नाम में मिलता है—'**खोरक: सौरभेयाणाम्**' अर्थात् शिव का जो क्रोध ज्वर के रूप में प्रकट हुआ, वह था नाना रूपधारी होकर चारों ओर फैल गया। बैलों में वही खोरक कहलाया। खोरक, रोग का नाम और लोक में वही बीर का नाम है। विश्वविद्यालय से नगर को जानेवाले मार्ग पर दाहिनी ओर बीर का नाम बरह्म-बीर है। इस नाम में यक्ष वाची प्राचीन 'ब्रह्म' शब्द सुरक्षित रह गया है। काशी के बीरों की सूची में डौंडिया बीर ध्यान देने योग्य हैं। प्राचीन लिच्छवियों की राजधानी वैशाली के बाहर घण्टा यक्ष का चैत्य था। किसी बाहरी व्यक्ति के अनधिकृत या चोरी से नगर-प्रवेश करने पर वह यक्ष, घण्टा बजाकर लिच्छवियों को सावधान कर देता था। काशी की प्राचीन सीमा पर कुछ ऐसा ही कार्य इस डौंड़िया बीर का था। बहुत से बीरों के नाम मनुष्यों के नामों पर हैं। वस्तुत: वैदिक देव और लोक के बीरों में यही अन्तर था कि यक्ष पुरुष-प्रकृतिक देव थे, अर्थात् उनके पीछे असली प्रकृति या आदर्श मनुष्य था। वायु पुराण में वृष्णि पंचवीरों को पुरुष-प्रकृतिक देव कहा गया है। अपनी बोधगया की यात्रा में मुझे ज्ञात हुआ कि वहाँ बोधगया के पास

ही बरह्म-बीर का थान है। और भी मगध के गाँव-गाँव में बरह्म के थान हैं, जिनकी पूजा और मान्यता अभी भी जारी है।[१]

बीर बरह्म की पूजा का क्षेत्र आज भी बंगाल से राजस्थान, महाराष्ट्र और मध्यप्रदेश तक फैला हुआ है। इसके प्रमाण पूछताछ करने पर मित्रों से मिलते गये। यदि हम लोकवार्त्ता साहित्य के अध्ययन को वैज्ञानिक पद्धति पर संगठित कर सकें तो इस विषय में सुस्पष्ट और निश्चित जानकारी की सम्भावना है, जिसके द्वारा इस सामग्री को प्राचीन यक्ष-पूजा की परम्परा के साथ जोड़ना और भी अधिक सम्भव हो सकेगा। यहीं विश्वविद्यालय में अंग्रेजी के प्राध्यापक श्री मेनन द्वारा यह जानकर प्रसन्नता हुई कि केरल और तमिलनाडु में भी प्राचीन यक्ष और यक्षियों की पूजा की प्राचीन परम्परा अभी तक विद्यमान है और प्राय: वह हरेक गाँव में फैली हुई है। इस सम्बन्ध की सामग्री का संकलन दक्षिण भारत के जनपदीय कार्यकर्ताओं को करना चाहिए। जनपद के द्वितीय अंक में प्रकाशित 'गाहा-पल्हाया' शीर्षक लेख में हम लिख चुके हैं कि यक्ष-पूजा के साथ यक्ष प्रश्न--यक्षों से प्रश्न पूछने की प्रथा थी, जिसे प्रश्न-व्याकरण भी कहते थे। आज भी यक्ष या बीर जब किसी के सिर पर आ जाता है तो चट चारों ओर से प्रश्नों की झड़ी लग जाती है। बता, तू कौन है, कहाँ से आया है, और भी लोग जो-जो चाहते हैं, पूछते हैं। यक्ष-पूजा और मान्यता का यह आवश्यक अंग था। महाभारत में युधिष्ठिर और यक्ष के संवाद रूप में जो प्रश्नोत्तरी दी हुई है, उसमें यक्ष पूछनेवाला है और धर्म के प्रतिनिधि युधिष्ठिर उत्तर देनेवाले हैं। लेकिन लोग पूछें, यक्ष उत्तर दे, वह भी एक परम्परा थी, जो वैदिककाल तक पायी जाती है। महाभारत की यक्ष प्रश्नोत्तरी लोक-साहित्य का अभिन्न अंग थी। वहीं से वेदव्यास ने उसका संकलन किया था। यजुर्वेद के ब्रह्मोद्य प्रकरण में 'होता' और 'राजमहिषी' के रूप में जो प्रश्नोत्तर दिये हुए हैं उनमें से कुछ वही हैं, जिन्हें व्यासजी ने यक्ष-युधिष्ठिर प्रश्नोत्तरी में स्थान दिया है। वैदिक साहित्य के साथ लोक-साहित्य के मेल का यह विलक्षण उदाहरण है। यह आश्चर्य तब और भी बढ़ जाता है, जब हम देखते हैं कि कुरु जनपद के लोक-साहित्य की परम्परा में जिसे मल्होर या गाहा और पल्हाया कहा जाता है, उसमें भी यक्ष प्रश्नों से मिलते-जुलते बोल पाये जाते हैं।

''ए जी। कौन जगत् में एक है, ए जी। कौन जगत् में जागता?''

इस प्रश्न के उत्तर में—

''ए जी! राम जगत् में एक है, ए जी! धर्म जगत् में जागता।''

महाभारत और यजुर्वेद में इसी प्रश्न को यों पूछा गया है—

---

१. इस सूचना के लिए मैं निर्माण-विभाग विश्रामगृह के चौकीदार श्री रामऔतार का अनुगृहीत हूँ।

''किं स्विदेकाकी चरति किं स्विदाजायते पुनः?''
''सूर्य एकाकी चरति चन्द्रमा जायते पुनः।''

यदि यक्षों के गीत, बीर-पूजा के गीत और शिलोगो का पर्याप्त रूप में संग्रह किया जाय तो आशा है, उनके अध्ययन से और भी प्राचीन साहित्यिक अभिप्राय खुलेंगे।

श्री डॉ. आनन्दकुमार स्वामी ने सर्वप्रथम यक्ष-पूजा की व्यापकता पर प्रामाणिक ढंग से ध्यान दिलाया था। बौद्ध, जैन और ब्राह्मण साहित्य में इस सम्बन्ध की जो सामग्री है, उसके आधार पर उन्होंने 'यक्ष' नामक ग्रन्थ लिखा, जिसका पहला भाग वाशिंगटन के स्मिथसोमियन इंस्टीट्यूशन से १९२८ में और दूसरा १९३१ में प्रकाशित हुआ। उससे ज्ञात होता है कि प्राचीन काल में बड़े-बड़े नगरों के पास प्रसिद्ध यक्ष मन्दिर थे, जैसे कपिलवस्तु में शाक्य वर्धन यक्ष का मन्दिर था, जहाँ बालक सिद्धार्थ के माता-पिता बच्चे को लेकर पूजा के लिये गए थे। वैशाली के बाहर विशाल नामक यक्ष का मन्दिर था। पाटलिपुत्र में पुरगा नामक यक्षी का मन्दिर था। गया में शुचिलोम यक्ष का मन्दिर था। आज भी लोक में इन स्थानों के लिए 'भौन' शब्द प्रचलित है। जैन ग्रन्थ 'सूर्यप्रज्ञप्ति' के अनुसार मिथिला नगरी से बाहर मणिभद्द नामक जक्ख का चैत्य था। औपपातिक सूत्र के अनुसार चम्पा (वर्तमान भागलपुर) के पास पूर्णभद्र यक्ष का मन्दिर था, जिसमें पूजा के लिए अमीर-गरीब सब इकट्ठे होते और क्षत्र, ध्वजा, घण्टी-घण्टे, मोरछल, चन्दन, पूर्णघट, सुगन्ध, लाल चन्दन, पुष्प आदि से धूमधाम की पूजा होती थी। वहीं मेले में नट, कला करनेवाले, गाजे-बाजेवाले, तमाशेवाले, पहलवान, कथक्कड़, पवाड़ा गानेवाले भाँति-भाँति के लोगों का मेला लगता था। इस तरह के उत्सव को यात्रा कहते थे। इसी का वर्तमान हिन्दी रूप जात (प्राकृतिक जत्त) अभी तक बच गया है। लोक में चाहे अन्य कोई वस्तु सुरक्षित रहे या न रहे, मेले और उत्सव बराबर जीवित रहते हैं, चाहे कालान्तर के प्रभाव से उनके स्वरूप में कुछ हेर-फेर भले ही हो जाय। हमारा अनुमान है कि नागों, यक्षों और देवियों के जो मेले प्राचीन काल में लगते थे तथा जो प्रसिद्ध-प्रसिद्ध स्थान विविध जनपदों में थे, वे आज भी किसी-न-किसी रूप में वहाँ मिलने चाहिएँ। उदाहरण के लिए महाभारत में राजगृह के पास मणिनाग नामक नाग के चैत्य का उल्लेख आया है। मणियार मठ के नाम से राजगृह में आज तक सर्प-पूजा की वह परम्परा चली आती है। भरतपुर से तीन मील दूर नोह गाँव के एक टीले के पास मौर्यकालीन महाकाय यक्ष-मूर्ति की प्राप्ति हमें १९३३ में हुई थी। उसे तब तक गाँववाले जखैया के नाम से पूजते थे। आज तक भी वह मूर्ति वहाँ पुजन्त में है। भारतीय लोक-जीवन को कहीं पर भी खुरच कर देखा जाय तो उसके नीचे प्राचीनता के बहुत सी पर्त्त निकलने लगते हैं। समाज किसी भी संस्था या पूजा-पद्धति के विषय में सशंक नहीं होता, किसी का बलपूर्वक निराकरण नहीं करता। प्रत्येक धार्मिक संस्था अपनेरस

जीवित रहती है और अपनेरस घटती-बढ़ती या रूप बदलती हुई दूसरी संस्थाओं में घुल-मिल जाती है। असम प्रान्त से जहाँ प्राचीन भू-देवी की पूजा कामाख्या के नाम से प्रचलित है, काठियावाड़, आन्ध्र और केरल तक निषाद, शबर, मुण्डा, किरात, द्रविड़, आर्य आदि अनेक धार्मिक निष्ठाएँ प्रचलित रही हैं और उन्होंने एक-दूसरे को प्रभावित किया है। कामाख्या देवी की पूजा का वर्णन करनेवाले योगिनी तन्त्र में वहाँ के उत्सव को स्पष्ट ही शबरोत्सव कहा गया है, जिसमें जंगली जातियों के शिथिल नैतिक आचार भी प्रचलित थे। उसी ग्रन्थ में स्थानीय धार्मिक मान्यताओं को कैरातज धर्म (योगिनी तन्त्र, २-९-९) कहा गया है जो बिल्कुल ठीक है। किरात (अंग्रेजी मौनख्मेर) जातियों का निवास उस प्रदेश में आज तक है, वहाँ उनके धर्म का प्रचार एवं प्रभाव स्वाभाविक था। आर्य संस्कृति ने स्थानीय संस्कृतियों के प्रभाव में आकर उन्हे भाँति-भाँति से प्रभावित किया है, और यथासम्भव अपने नैतिक सौरभ से सुवासित किया है। परिणाम स्वरूप स्वयं भी वह उन संस्कृतियों से प्रभावित हुई है। उदाहरणार्थ यक्ष धर्म की जो पूजा-पद्धति थी, उसे भागवत धर्म में स्वीकार किया गया। इसे ही 'गीता' में 'पत्रं पुष्पं फलं तोयं' द्वारा देव-पूजन कहा गया। प्राचीन यक्ष-पूजा में तीन अंग आवश्यक थे—वाद्य, पुष्प और बलि। इनके अन्त में प्रसाद-वितरण होता था। पूजन की यह विधि यज्ञ-विधि से भिन्न थी। जिस प्रकार यक्ष मूर्तियों से विष्णु मूर्तियों का विकास हुआ और पञ्चवीर पूजा से वृष्णि पञ्चवीरों की उत्पत्ति हुई, उसी प्रकार यक्ष-दैत्यों की पूजा-विधि भी भागवतों द्वारा अपना ली गयी। उसी का प्रमाण गीता में वर्णित 'पत्रं पुष्पं फलं तोयं' है। इनमें से कोई अंग वैदिक यज्ञ-विधि में आवश्यक नहीं। देखा जाय तो भागवतों में भी दोनों परम्पराएँ काफी देर तक चलती रहीं। परमसंहिता, अहिर्बुध्न्य संहिता आदि प्राचीन पंचरात्र संहिताओं में एक ओर भागवत धर्म के पूजन में वैदिक यज्ञों का अनुष्ठान और स्वीकृति है और दूसरी ओर नृत्य, गीत, वादित्र, पुष्प, फल, बलि आदि के द्वारा लौकिक पूजा-विधि मान्य समझी गयी है और उसका सुविस्तृत उल्लेख किया गया है। इस प्रकार हिन्दू संस्कृति समन्वय के बीज मन्त्र को लेकर आगे बढ़ी है। इसी बीजमन्त्र से हिन्दू संस्कृति में उस अभयमुद्रा का जन्म हुआ, जिसके कारण छोटी और बड़ी, ऊँची और नीची, सब संस्कृतियाँ एक परिवार की अंग बनी हुई हैं। गंगा की धारा में भरे हुए बालुका-कणों की भाँति यहाँ आपस में सादृश्य और अभेद ही अधिक देखा जाता है और जीवन की संतत परिचालित गति भी उसी लक्ष्य की ओर बढ़ती हुई चली जाती है।

❑

३५

गाहा और पल्हाया

'मल्होर' के लेख श्री गणेशदत्त गौड़ ने कुरु जनपद में घूमकर लोक-साहित्य की सामग्री अपने एम.ए. निबन्ध के लिए इकट्ठी की थी। उन्होंने लगभग तीन सौ मल्होरों का संग्रह किया।

कुरु जनपद का मल्होर गीत विशेष ध्यान देने योग्य है। लेखक ने इसके प्राचीन नाम 'गाहा' और 'पल्हाया' लिखे हैं, जो उन्हें खोज में प्राप्त हुए। गाहा प्राचीन गाथा का प्राकृत रूप है। गाथाओं का उपयोग प्राय: वैदिक छन्दों से बाहर लोक-गीतों के लिए किया जाता था। गाथा गान करनेवाले गाथिन् कहलाते थे (न गाथा गाथिनं शान्ति बहु चेदपि गायति, सभापर्व, ३८/१७)। शुन:शेप के आख्यान में सौ गाथाओं से अधिक थीं (परऋक्शतगाथं शौन:शेपमाख्यानम्)। बौद्ध जातक कहानियों में भी पद्यांश, गाथा कहलाता है। सभापर्व के हंसोपाख्यान के अन्त में गाथा दी हुई है (गाथामप्यत्र गायन्ति ये पुराणविदो जना:, ३८/२९)। प्राचीन गाथाओं की ही कुरु परम्परा मल्होर की गाहाओं में बच गई है।

मल्होर का दूसरा नाम 'पल्हाया' भी लोक में मिला है। यह संस्कृत 'प्रवल्हिका' का प्राकृत रूप है। अथर्ववेद के कुन्ताप सूक्त (२०१/२६-१३६) खिल या परिशिष्ट कहे गए हैं। निश्चय ही इनमें संहिताकार ने लोक-साहित्य का संकलन किया है। संग्रह करनेवाले वेदव्यास स्वयं कुरु जनपद के थे और वहाँ के लोक-साहित्य से भली-भाँति परिचित थे। जब वे ऋषि परिवारों में प्रणीत विशिष्ट साहित्य का संग्रह कर चुके तो उनका ध्यान लोक में फैले हुए गानों पर भी गया जान पड़ता है। वे ही 'कुन्ताप' सूक्त हैं। उदर के भीतर २० छोटी ग्रन्थियों की संज्ञा कुन्ताप है। उसी तरह छोटे फुटकर गीतों को, जो लोक के उदर में भरे थे, कुन्ताप कहा गया। ये गीत कई प्रकार के थे—ऐतश प्रलाप, प्रवल्हिका, आजिज्ञासेन्या (जिसका शब्दार्थ ही बुझौव्वल है), प्रतिराध, आहनस्या (अश्लील गीत) आदि हैं। प्रवल्हिका आदि गाथाओं के बोल प्राय: व्याख्या या उत्तर की अपेक्षा रखते हैं।

'ऐतरेय ब्राह्मण' में 'ऐतश मुनि का प्रलाप' प्रवल्हिका कहा गया है। प्रवल्हिकाओं द्वारा देवों ने असुरों को भूल-भुलैया में डाल दिया और स्वयं आगे निकल गये। ऐतश प्रलाप के मन्त्र (अथर्व. २०/१२९-३३) भी ऐसे ही ऊटपटाँग हैं। ऐतश पागलों की-सी तरंग में कहे जाते हैं—'कौन गोरी का, कौन काली का, कौन लाल का दूध (पी गया)? इससे पूछो, कहाँ पूछो, जो पक्का हो उससे पूछो।' इस प्रकार के प्रलाप का गूढ़ अर्थ हुआ कि प्रकृति की 'लोहित शुक्ल कृष्णा' गउएँ सत्त्व रज-तम का दूध दे रही हैं। जो सीझा हुआ ज्ञानी हो, उससे इनका भेद जानो। मल्होरों को भी उनकी टेक में बावली कहा गया है। ऐतश प्रलाप का ठीक अनुवाद बावली मल्होर है। कुछ प्रवल्हिकाओं की विशेषता उनकी ऊपर से दिखलाई पड़ने वाली अश्लीलता थी। उन्हें आहनस्या कहा गया है। ज्ञात होता है कि इन्हीं जैसी परम्परा जोगीड़े, फगुए और कबीरों में चली आई। अश्वमेध के समय यजमान-पत्नी और अध्वर्यु का संवाद इसी शैली में है। कुछ मल्होरों पर भी इसका प्रभाव है।

कुछ वैदिक मन्त्र प्रश्नोत्तर के ढंग के मिलते हैं, जिसमें सवाल-जवाब के लिए दो दलों का होना आवश्यक था—

'ऐजी, कौन सा वह बन था, ऐजी कौन सा वह पेड़? धरती और आकाश, ऐ जी, जिसमें से गढ़ छील दिए। सोचनेवालों, मन में बूझो, भुवन थे किससे टिके हुए ये?'

''किंस्विद्वनं क उ स वृक्ष आस यतो द्यावापृथिवी निष्ठतक्षुः।
मनीषिणो मनसा पृच्छते तद्यदध्यतिष्ठद् भुवनानि धारयन्॥''

(ऋ १०/८/१४)

मंगलाचरण की पहली मल्होर है—

प्रश्न—

ऐजी कौन जगत् में एक है?
बीरा कौन जगत् में दोय?
कौन जगत् में जागता?
ऐजी कोई कौन रह्या पड़ सोय?

उत्तर—

ऐजी राम जगत् में एक है,
बीरा चन्दा सूरज दोय।
पाप जगत् में जागता,
ऐजी कोई धरम रह्या पड़ सोय॥

इस प्रश्नोत्तरी के बोल तो प्राचीन वैदिक गाथाओं के समकक्ष हैं—

''कः स्विदेकाकी चरति क उ स्विज्जायते पुनः।''

फिर उसका उत्तर है—

"सूर्य एकाकी चरति चन्द्रमा जायते पुनः।"

कौन जगत् में जागता? इसकी प्रतिध्वनि अथर्ववेद के '**कः सुप्तेषु जागर्ति**' वाक्य में मिलती है। ऋग्वेद, अथर्ववेद, ब्राह्मण ग्रन्थ और महाभारत में ऐसी कितनी ही प्रश्नोत्तरी शैली की गाथाएँ हैं। मल्होर की गाथाएँ उसी परम्परा की स्मारक हैं। एक-एक मल्होर भावों का जड़ाऊ नगीना है, उसमें रस-ग्रहण का साक्षात् प्रयत्न लोक-मानस के द्वारा किया गया है। मल्होर शब्द की व्युत्पत्ति मल्ह धातु से है, जिसका अर्थ है—लीला, विलास, आनन्द करना। रानी मल्हना नाम इसी से बनता है; मल्हराना भी इसी का रूप है। पुष्पदन्त कृत 'महापुराण' में मल्हण का अर्थ है—'मदयुक्त' (२९/४५/५)। मल्ह+पूर अथवा मल्ह+स्वर का रूप मल्होर बनेगा, जिसका अर्थ होगा—'मद में भरा हुआ' या 'तरंग में आकर कहा हुआ बोल'। ऐतश मुनि अपनी 'बावली शैली' में जब कहने लगे—'ऐ जी, घोड़े सरपट दौड़े, उल्टे भागे, छानने वाले के आगे' (एता अश्वा*आप्लवन्ते। प्रतीपं प्राति सुत्वनम्॥ अथर्व. २०/१२९/१-२), तब उनके पुत्र ने सचमुच समझा कि बप्पा

---

* ऐतश नाम वस्तुतः 'एता अश्वा' इस बावली बक के आद्याक्षरों से ही बना लिया गया है। इस प्रलाप का गूढ़ अर्थ यह है—इन्द्रियों के घोड़े सरपट दौड़ रहे हैं, लेकिन उलटी ओर दौड़ते हैं। सोम छाननेवाला आत्मा तो भीतर है, पर ये घोड़े उधर न जाकर बाहर की ओर भाग रहे हैं। ऐतश प्रलाप और प्रवल्हिका मन्त्रों में औरों के भी इसी प्रकार भीतरी-बाहरी दो-दो अर्थ हैं। हमारी समझ में यही शैली बाद में संध्या भाषा के रूप में विकसित हुई। धम्मपद के कई पदों में इसका प्रमाण मिलता है। 'माँ-बाप को मारकर, दो राजाओं को मारकर, नौकर-चाकरों को मारकर, सब राष्ट्र को मारकर बाँभन पाप से छूटता है' (२१/५)। उद्योग पर्व में एक जगह कहा है—'एक घर, उसके नौ द्वार, तीन खम्भे, पाँच चौकीदार; घर का मालिक घर में बैठा; जो बूझै सो बड़का कवि' (उद्योग. ३३/८१)। 'कूबड़वाला बैल, टाँय-टाँय करनेवाला सुग्गा, मौज-मजेवाला स्वर्ग, दुखनी आँख, मद चुआने-वाला कल्पवृक्ष, मटकता मोर, सतानेवाला घोर भैरव, मुँह का लड्डू—ये आठ जिसे बींध देते हैं, वह टें हो जाता है या बौरा जाता है या बेहोश हो जाता है' (उद्योग. ५९/३९-४०)। यहाँ काम, क्रोध, लोभ, मोह, मद, मान, मत्सर और अहंकार—इन आठों की ओर इशारा है। 'मृच्छकटिक' में इस प्रकार की संध्या भाषा का उदाहरण है—'जिसने पाँच पंच मारे, स्त्री मारी, गाँव को बचाया, पर बेचारे चाँडाल को मार डाला, वही स्वर्ग जाएगा' (अंक ८, श्लोक २) इस प्रकार के ऊटपटाँग बोल को मृच्छकटिक में ही आगे चलकर 'धर्माक्षर' कहा गया है। बात यह कहनी है—पाँच इन्द्रियाँ, अविद्या और अहंकार को मारकर शरीर को जिसने बचा लिया, वही स्वर्ग में जगह पाएगा।

पगला गए हैं और हाथ से उनका मुँह बन्द कर दिया। ऐतश ने कहा—'बच्चा, न रोकते तो तुम्हारी आयु हजार वर्ष की कर देता, क्योंकि 'अग्नि की आयु' का पता मुझे ही है।'

बावली मल्होर और ऐतश प्रलाप की साहित्यिक पृष्ठभूमि एक ही थी। और भी कई प्रमाण इन दोनों के पारस्परिक सम्बन्ध की ओर संकेत करते हैं। 'ऐतरेय ब्राह्मण' (६/३३) में ऐतश प्रलाप के उच्चारण के लिए कहा गया है कि एक-एक चरण या पाद का उच्चारण स्वतन्त्र रूप से अलग-अलग करना चाहिए। मल्होरों का भी एक-एक चरण स्वतन्त्र है। यजुर्वेद (२३/४५-६२) में प्रश्नोत्तर की शैली से कुछ प्राचीन वैदिक प्रश्नोत्तरों का संग्रह है, उन्हें प्राचीन मल्होर ही कहा जा सकता है। 'रे मेरी बावली मल्होर' इसमें जो 'रे' पद है, वह भी इनमें से कुछ वैदिक मन्त्रों में मिलता है। 'ए', 'जी' और 'रे' से मिलते हुए 'ई', 'ईं अरे' और 'अरे' ये तीनों सम्बुद्धि वाचक अव्यय पाये जाते हैं। अध्वर्यु पूछता है—

"ऐ रे कौन पीली है? ऐ रे कौन गहरी पीली है?
ऐ कौन फुदकता हुआ चलता है? ऐ कौन रास्ते पर लहरिया चलता है?"
"रे बकरी पीली है। सेही गहरी पीली है?
खरहा फुदकता और सोम लहरिया जाता है।"

अश्वमेध कर्मकांड के अन्तर्गत 'कः स्विदेकाकी चरति' (यजुर्वेद, २३/९,४५) इत्यादि १८ मन्त्रों का 'ब्रह्मोद्य' कहा गया है। वस्तुतः ब्रह्म शब्द यहाँ यक्ष का वाचक है। अथर्ववेद (१०/२/२८-३३) के मन्त्रों में स्पष्ट रूप से अपराजिता पुरी में रहनेवाले ब्रह्म नामक यक्ष का उल्लेख है। अपराजिता पुरी को ही शान्तिपर्व (मोक्ष धर्म, २७१/५२) में अवध्य ब्रह्मपुर कहा गया है, जिसमें राजा (अर्थात् यक्ष) सुख से रहता है। 'केनोपनिषद्' के अनुसार ब्रह्म यक्ष रूप में प्रकट हुआ। इन प्रमाणों के आधार पर वैदिक ब्रह्मोद्य के लिए ही लोक में 'यक्षप्रश्न' शब्द प्रचलित था। वस्तुतः यक्षपूजा का आवश्यक अंग प्रश्नोत्तर या 'बूझना' है। यक्ष प्रश्नों का सबसे अच्छा साहित्यिक उदाहरण महाभारत के वनपर्व में यक्ष-युधिष्ठिर संवाद (अ. २९७) है, जिनमें १८ श्लोकों में प्रश्न और १८ में ही उनके उत्तर हैं। प्रायः प्रत्येक श्लोक में मल्होर की तरह ही ४ प्रश्न हैं। स्वयं महाभारतकार ने इस अंश को प्रश्न-व्याकरण (प्रश्नान् पृच्छतो व्याकरोषि, २९७/११) कहा है। प्रश्नों की बुझौवल का यक्षों से घनिष्ठ सम्बन्ध था। आज भी लोक में यक्ष या ब्रह्म किसी के सिर आने पर प्रश्न पूछने की प्रथा है। महाभारत की यह यक्ष प्रश्नोत्तरी और यजुर्वेद के ब्रह्मोद्य दोनों एक ही लोक-साहित्य के अंग थे, जहाँ से संहिताकार और महाभारतकार ने उनका संग्रह किया। इसका सबसे पुष्ट प्रमाण यह है कि यजुर्वेद के प्रश्न और उत्तर के दो मन्त्र (२३/९-४५ और २३/१०, ४६) ज्यों के त्यों महाभारत के यक्ष प्रश्नों में हैं। उदाहरण के लिए—

कौन अकेला घूमता है?
कौन पुनः-पुनः जन्म लेता है?
जाड़े-पाले का इलाज क्या है?
अरे बताओ, भारी थैला कौन सा है?

सूर्य अकेला घूमता है,
चन्द्रमा पुनः-पुनः जन्म लेता है।
अग्नि जाड़े-पाले का इलाज है,
अरे सुनो, भूमि बड़ा थैला है।

अथवा

प्रश्न— कौन भूमि से भारी है? कौन आकाश से ऊँचा है?
कौन वायु से शीघ्रतर है? कौन मनुष्यों में बली है?

उत्तर— माता भूमि से भारी है, पिता आकाश से ऊँचा है।
मन वायु से शीघ्रतर है, चिन्ता मनुष्य से बली है।

प्रश्न— ब्राह्मणों में देवपन क्या है?
इनमें भलेमानुसों की बात कौन है?
इनमें मनुष्यपना क्या है?
इनमें कौन सी बात पाजीपन की है?

उत्तर— स्वाध्याय इनका देवपना है, तप करते हैं,
यही भले आदमियों की बात है।
मर जाते हैं, यही इनका मनुष्यपन है,
जब झगड़ने लगते हैं, यही पाजीपन है।

इस प्रकार के प्रश्न और उनके उत्तर कुछ तो लोक के साधारण धरातल पर हैं, कुछ कुतूहल से भरे हुए वाक्चातुरी के उदाहरण हैं, और कुछ में थोड़ा ऊँचे उठकर वैदिक परिभाषाएँ भी ले ली गई हैं, जैसे—

प्रश्न—सूर्य जैसा चमकीला तेज क्या है?
समुद्र जैसा सरोवर कौन सा है?
पृथ्वी से विस्तृत क्या है?
किसकी नाप नहीं है?

उत्तर—ब्रह्म सूर्य जैसी ज्योति है, आकाश समुद्र-सा सरोवर है।
इन्द्र पृथ्वी से बड़ा है, गाय की नाप नहीं है।

प्रश्न—बताओ, पृथ्वी का अन्त कहाँ है?

बताओ, संसार का मध्य बिन्दु कहाँ है?

बताओ, वृषाअश्व का रेत क्या है?

बताओ, वाणी का सर्वोच्च स्थान क्या है?

उत्तर—यही वेदी धरती का अन्त है।

यह यज्ञ भुवन का मध्य बिन्दु है।

सोम वृषाअश्व का रेत है।

ब्रह्म वाणी का सर्वोच्च स्थान है।

एक मन्त्र में स्पष्ट कहा गया है कि इस प्रकार के कुछ प्रश्न भुलावे में डालने के लिए भी पूछे जाते थे। जैसे—

प्रश्न—पुरुष कहाँ कहाँ प्रविष्ट हुआ है?

कौन-कौन पुरुष में प्रविष्ट हुआ है?

ए जी ब्रह्मन् यह पहेली बूझता हूँ, उत्तर क्यों नहीं देते?

उत्तर—पाँच के अन्तर में पुरुष प्रविष्ट हुआ है,

वे पुरुष में अर्पित हैं, यह मेरा उत्तर है।

समझ रख कि तू होशियारी में मुझसे बढ़कर नहीं।

वनपर्व के यक्षप्रश्नों के अन्त में फलश्रुति दी हुई है (२९८/२७-२८) जो इस बात का निश्चित संकेत है कि यह प्रकरण महाभारत का मौलिक अंग न था, कहीं से जोड़ा गया। जिस श्रोत से लिया गया, वह लोक-साहित्य ही हो सकता है। ऐसा जान पड़ता है कि बावली मल्होरों की शैली में कुरु जनपद के ऐतश प्रलाप, प्रवल्हिका, आजिज्ञासेन्या, प्रश्नोत्तर आदि शैली के लोक-साहित्य की परम्परा छिपी है। उसके परिज्ञान के लिए मल्होरों का अधिक से अधिक संग्रह होना चाहिए।

❑

३६

कृषक जीवन सम्बन्धी शब्दावली[१]

कुछ वर्ष पूर्व श्री अम्बाप्रसाद जी 'सुमन' ने मुझसे अपने शोध-प्रबन्ध के लिए विषय चुनने का परामर्श किया था। मेरे मन में इस समय श्री ग्रियर्सन कृत 'बिहार पेजेंट लाइफ' के जनपदीय एवं भाषा-सम्बन्धी कार्य का आदर्श आकर्षण की वस्तु था। मैंने सुमनजी से कहा कि यदि आप अपने क्षेत्र अलीगढ़ की बोली को छानकर कुछ इसी प्रकार का कार्य करें तो उत्तम वस्तु होगी। इसे उन्होंने सहर्ष स्वीकार किया। फिर मैंने उनके सामने दूसरी शर्त रखते हुए कहा कि ग्रियर्सन के दस सहस्र शब्द हैं। आपकी थैली में इससे कम संचित निधि न होनी चाहिए, तभी मेरा मन प्रसन्न होगा। उन्होंने यह बात सुनी और अपने मन के कोने में जुगोकर रख ली।

दो वर्ष के भीतर सुमनजी ने मुझे आश्चर्य में डाल दिया और फिर कुछ समय के उपरान्त जब वे अपने शोध-प्रबन्ध के स्वच्छ सुलिखित अध्याय संशोधन के लिए क्रमश: मेरे पास भेजने लगे और मैं उन्हें रुचिपूर्वक पढ़ता गया, तब मुझे निश्चय होने लगा कि श्री अम्बाप्रसादजी द्वारा शोध-प्रबन्ध के लिए आवश्यक परिश्रम का पूरा मूल्य चुकाया जा रहा है। उन्होंने अपने ब्रजप्रदेशीय जनपद के अन्तरंग कृषक-जीवन में प्रविष्ट होकर उसकी पारिभाषिक शब्दावली का विस्तृत भण्डार संगृहीत कर लिया। जैसे जनपदीय जीवन में प्रतिवर्ष किसानों के कोठार उनके परिश्रम से उत्पादित धान्य-संपत्ति से भर जाते हैं, वैसे ही भाषा-शास्त्रीय बुद्धि से किया हुआ सुमन जी का लोक-साहित्य एवं लोक-भाषा सम्बन्धी परिश्रम सफल हुआ। उनका संग्रह शब्द-संख्या की दृष्टि से ग्रियर्सन से इक्कीस ही रहा। यह और भी प्रसन्नता की बात थी कि सुमन जी को स्वयं रेखाचित्र बनाने की अभिरुचि तथा अभ्यास था, अतएव उन्होंने शोध-प्रबन्ध के साथ विविध वस्तुओं के लगभग साढ़े आठ सौ रेखाचित्र भी तैयार किये।

---

१. श्री अम्बाप्रसाद 'सुमन' के शोध निबन्ध 'कृषक जीवन सम्बन्धी ब्रज भाषा शब्दावली' (हिंदुस्तान एकेडमी, प्रयाग, १९६०) की भूमिका।

हिन्दुस्तानी एकेडमी, उत्तर प्रदेश, इलाहाबाद के सुयोग्य मन्त्री एवं अनेक शोध-प्रबन्धों को जन्म देनेवाले अनुपम साहित्यिक श्री धीरेन्द्रजी वर्मा ने जब मेरे अनुरोध पर कृषक जीवन सम्बन्धी ब्रजभाषा-शब्दावली (अलीगढ़ क्षेत्र की बोली के आधार पर) नामक इस ग्रन्थ को प्रकाशित करना स्वीकार किया तो इसमें आये हुए चित्रों तथा रेखा-चित्रों को मुद्रित करने की स्वीकृति भी उन्होंने दी। तदनुसार इस उपयोगी शोध का यह पहला भाग प्रकाशित हो रहा है और आशा है, शीघ्र ही प्रबन्ध का शेष अंश दूसरे भाग के रूप में उपलब्ध हो जाएगा।

लगभग बीस वर्षों से जनपदों में सुरक्षित लोक-साहित्य, लोकवार्त्ता एवं भाषा-सम्बन्धी सामग्री में मुझे रुचि रही है। सौराष्ट्र से हिमाचल तक विस्तृत इस सामग्री से मेरा परिचय जितना बढ़ता गया उतनी ही यह दृढ़ प्रतीति मेरे मन में होती गई कि भारतीय संस्कृति की धार्मिक और भाषा-सम्बन्धी परम्परा को समझने और हस्तगत करने के लिए यह मौखिक सामग्री अनमोल निधि है। इस निधान-कलश में क्या-क्या भरा हुआ है, इसके ज्ञान और उपलब्धि के लिए देशव्यापी सुचिंतित योजना आवश्यक है। इसके लिए सुशिक्षित कार्यकर्ताओं के पद-यात्रि-वर्ग तैयार करने होंगे और प्रत्येक राज्य या प्रदेश में अखिल भारतीय स्तर पर जन-साहित्य-संस्थानों के संचालन की आवश्यकता होगी। जब तक एक ऐसे सुयोग का उदय हो, तब तक हिन्दी-क्षेत्र के विश्वविद्यालय सामग्री के संकलन की आंशिक पूर्ति उस ढंग से करा सकते हैं, जैसा एक नमूना इस शोध प्रबन्ध में है।

हिन्दी-क्षेत्र की जनपदानुसारी बोलियों और उपबोलियों के अनेक भेद हैं, जैसे—मुख्य बारह बोलियाँ—अवधी, भोजपुरी, मगही, छत्तीसगढ़ी, बघेली, बुन्देली, मालवी, कन्नौजी, ब्रज-भाषा, बाँगरू और कौरवी या हिन्दुस्तानी हैं। हाल ही में एक लेखक ने राजस्थान के अन्तर्गत बोली जानेवाली प्रमुख सात बोलियों के आधार पर उनकी उनचास उपबोलियों की ओर ध्यान दिलाया है।[१] ऐसे ही प्रत्येक प्रदेश में स्थानीय उपबोलियाँ अभी तक जीवित हैं और भाषाशास्त्रीय दृष्टि से समृद्धि-युक्त भी हैं। उन्हें लक्ष्य में रखकर यदि सौ के लगभग इस प्रकार के शोध-प्रबन्ध विश्वविद्यालयों के स्तर पर तैयार कराये जा सकें तो हिन्दी-शब्दावली का बहुत बड़ा भण्डार सामने आ जाएगा। भविष्य में तैयार होनेवाले हिन्दी-भाषा के महाकोष के लिए तो ऐसा आयोजन मानों शब्दावली की मूसलाधार वृष्टि ही होगा।

हिन्दी-क्षेत्र में इस समय लगभग बारह विश्वविद्यालय काम कर रहे हैं। उनमें

---

१. इनमें कुछ उल्लेख्य नाम ये हैं—मारवाड़ी, ढूँढाड़ी, थली, बागरी, शैखाबाटी, हाड़ौती, मैवाती, हीरबाटी, मालवी, हरियानी, भलौड़ी, राठी आदि।
(श्री मथुराप्रसाद अग्रवाल, राजस्थानी भाषा और उनकी बोलियाँ, राजस्थान विद्यापीठ की त्रैमासिक शोध-पत्रिका, भाग-१०, मार्च-जून १९५९ ई., पृ. ७८)

संचालित हिन्दी-विभागों के अध्यक्ष इन विषयों को ध्यान में रक्खेंगे तो दस वर्ष की अवधि में यह आरम्भिक कार्य पूरा किया जा सकेगा। हम इसे आरम्भिक जान-बूझकर कहते हैं, क्योंकि जनपदों की शब्द-सामग्री पूरे सरोवर के समान है और प्रस्तुत प्रबन्ध जैसा प्रयत्न उसमें से भरा हुआ एक मंगल-कलश ही है।

जनपदों में अनेक प्रकार के शिल्पी अपने-अपने ठीहों पर बैठे हुए सहस्रों वर्षों से शिल्प-साधना में संलग्न हैं। जिन शब्दों का जन्म वैदिक युग, महाजनपद-युग, गुप्तयुग और मध्ययुग में हुआ, उनमें से कितने ही अपने मूल या कुछ परिवर्तित रूप में आज भी बचे रह गये हैं। अर्थ और व्युत्पत्ति की दृष्टि से उन शब्दों का संग्रह आवश्यक है। उदाहरण के लिए हिन्दी का गडुआ (जल का पात्र) शब्द है, जिसे विद्यापति ने 'कीर्तिलता' में गाडू कहा है (खण यक चुप मैं रहइ गारि गाडू दे तब हो) लोक में गडुआ, गडुई, गड़इया, गड़वइ, गड्डू, गाहू आदि रूप प्रचलित हैं, जिनकी व्युत्पत्ति प्रा. गड्डुक से मानकर हम रुक जाते हैं। वस्तुतः यह मूल वैदिक संस्कृत का कदुक (सोमपात्र) शब्द था, जिससे गाडू का विकास हुआ (वै.सं. कदुक-कड्डुअ, गड्डूअ, गड्डू, गाडू) और जो संस्कृत-साहित्य में नहीं बचा, केवल लोक में रह गया।

यह भी उल्लेखनीय है कि हिन्दी-भाषा में कृषक-जीवन की शब्दावली पर विदेशी शब्दों का रंग या तो बिल्कुल नहीं चढ़ा या कम-से-कम चढ़ा है। अरबी-फारसी के शब्द राज-दरबार, शानशौकत और विलास की वस्तुओं तक ही सीमित रह गये। किसानी, खेती-बारी, हल-बैल, जुताई, बुआई, निराई, सिंचाई आदि के शब्दों की परम्परा बहुत करके ठेठ वैदिक युग तक चली जाती है। हमारा अनुमान है कि यदि ऊपर कहे हुए प्रकार से विविध क्षेत्रों में शब्द-संग्रह का कार्य किया जाय तो उसमें दो प्रकार के शब्द सामने आएँगे, एक वे, जो नितान्त स्थानीय होंगे और दूसरे वे जिनका क्षेत्र व्यापक होगा। दूसरे प्रकार के शब्दों की तुलना यदि वैदिक साहित्य से की जाए तो उनमें समानता मिलेगी और जहाँ वैदिक सामग्री उपलब्ध नहीं भी है, वहाँ यह अनुमान सम्भव होगा कि दूरस्थ क्षेत्रों में व्यापक समान शब्द जो अपभ्रंश, प्राकृत और संस्कृत परम्परा के हैं, वे ही वैदिक युग में भी प्रचलित रहे होंगे। उदाहरण के लिए हरस, फाल, जाँघ, साल, पाचर, महादेवा, हरिहथ, नाधा आदि हल-जुए की शब्दावली संस्कृत परम्परा में प्राचीनतम युग का स्मरण दिलाती है। खेत, क्यार, रास (सं. राशि), चाक, पैर (सं. प्रकार), मेंढिया (सं. मेधिक, वह बैल जो मँडनी में बीच की मेधि या खूँटे के पास रहता है), सोहनी (सं. शोधनी, पैर में काम आनेवाली बुहारी), साँकी (सं. शंकुका), पंचाँगुरा, गैना (सं. ग्रहणक, एक प्रकार की रस्सी) आदि शब्द इसी प्रकार के हैं। कभी-कभी तो ऐसा देखने में आता है कि बारह-बारह कोस पर बोली बदल जाने की जो किंवदन्ती लोक में प्रचलित है, इसमें काफी सच्चाई है। ग्रामीण अनुभव के आधार पर ही उसका निर्माण हुआ है। हम अलीगढ़

से चलकर गाजियाबाद के क्षेत्र में पहुँच जायँ तो वहाँ हल-सम्बन्धी शब्दावली प्राचीन कौरवी बोली की भिन्न परम्परा में ढली हुई मिलेगी। जैसे हलसोत, कुस, पड़ौंथा, गलौथिया (छोटा घिसा हुआ हल), पछेला (पीछे ठुकी हुई लकड़ी जो पड़ौथा और फाली के बीच में होती है), ओग, गोखरू (हलस को आगे खिसकने से रोकने के लिए लकड़ी या लोहे की कील), चीचड़ी (पड़ौथे में कुस को रोकने के लिए दो छोटी लकड़ियाँ), से (हल का सूराख), हल की छाती (हलस को हल में पूरी फँसाने के लिए जहाँ ओग ठुकती है), हल का पेटा (ठीक ऊपरी भाग), हल का चोटिया, चौसाली (पटरी), फाचिरी (मथापड़ा), ऊँटड़ा, नाड़ी (सं. नद्धी=चमड़े की रस्सी), सिर बँधना (नाड़ कसने का फंदा) आदि—ये शब्द दिल्ली की तलहटी की बोली के हैं। ऐसे ही दुबल्दी या चौबल्दी गाड़ी के अनेक नये शब्द हैं, जैसे—तलौचीदार पंजाली (बैलवान के बैठने की जगह), सिमल, खंदौल, उरेली, नाथ, जोत नांगला, नैकस (नाड़ कसनेवाली गुल्ली, जिसे नड़ेल या बरनेल भी कहते हैं), उड़ियार (गाड़ी के ढाँचे को भीतर-बाहर सरकने से रोकनेवाले अगले-पिछले डंडे), खलवे (अगले-पिछले खड़े डंडे, जिन पर बल्ली टिकी रहती है), छैरिया (षडरि चक्र), चौरिया (चार अरों का पहिया), जुलैया (चोर कील पर ठोकी जानेवाली लोहे की पत्ती), कठधुरा, आँवन, सगुनी (अगली लकड़ी जो दो फड़ों में जुड़ी रहती है), भण्डारी, करधली, बाँक, लधैंड़ी, गधेड़ी, मोकड़ा, डेगे, बेलडंडी, साँवगी, बेलना, खडौंची (सं. काष्ठ-मंचिका), रलकिल्ली अर्थात् चकेल (पहिये के बाहर धुरी के सिरे पर ठुकी हुई किल्ली, अंग. लिंचपिन) और तुलाए (=बाहरी डंडे)।

कभी-कभी व्युत्पत्ति की दृष्टि से इन शब्दों में काफी सौन्दर्य मिलता है। जैसे गोथना (सं. गोस्तन), यह गाय के थन की भाँति की एक छोटी सैल है, जो जुए में भीतर की ओर ठुकी रहती है। इसी के मुकाबले में बाहर की ओर वह सैल होती है जिसे निकालकर बैल जोतते और फिर पिरो देते हैं। कहते हैं कि स्त्री और गाड़ी के शृंगार का अन्त नहीं।

एक बार जो शब्द साहित्य या कोश में आ जाएगा, वह भविष्य के लिए सुरक्षित हो जायेगा। अतएव अधिक-से-अधिक शब्दों को छान लेने का प्रयत्न करना चाहिए। उन्नीसवीं शती में संग्रह का जो कार्य हुआ था, उससे भी हमें लाभ उठाना चाहिए। ऐसे प्रयत्नों में कुछ का कार्य उल्लेखनीय है, जिसे ग्रियर्सन ने भी अपने लिए आदर्श माना था।

प्रस्तुत शोध-प्रबन्ध में पर्याप्त जनपदीय शब्दों की व्युत्पत्तियाँ देने का भी आंशिक प्रयत्न किया गया है। हिन्दी में शब्द-व्युत्पत्ति का कार्य अभी अपनी आरम्भिक अवस्था में है। उसके लिए अत्यधिक गम्भीर प्रयत्न अपेक्षित है। विशेषत: कृषक-शब्दावली के शब्द इतने घिसे-पिटे हो गए हैं कि उनके मूल संस्कृत-प्राकृत अपभ्रंश रूपों तक पहुँचने के लिए कितने ही क्षेत्रों से संगृहीत तुलनात्मक शब्दावली सामने आनी चाहिए। मान लीजिए कि एक वस्तु के नाम के दस-बीस रूप अलग-अलग स्थानों से चुनकर

ले लिये गये तो उनमें उच्चारण का भेद होते हुए भी ध्वनि-शास्त्र की दृष्टि से उनका मूल कोई एक ही शब्द होगा। कालान्तर के विभिन्न रूप उस मूल शब्द को पहचानने में सहायक होने चाहिए। इसके लिए आजकल जो भाषा-वैज्ञानिक युक्ति काम में लायी जाती है, उसे भाषा की स्थानीय बोलियों का मानचित्र (लिंग्विस्टिक ज्योग्राफी)[१] कहते हैं। बारह-बारह कोस पर बोली बदलने की बात इस कार्य में आधारभूत सच्चाई ठहरती है। उसी के हिसाब से क्षेत्रों का बँटवारा करके उन पर अंकों की गिनती डाल ली जाती है। फिर प्रत्येक बोली-क्षेत्र से दो-चार हजार मूलभूत शब्दों के तुलनात्मक रूपों का संग्रह कर लिया जाता है। इस तरह का कार्य आँखें खोल देता है। प्रत्येक बोली का महत्त्व उठकर खड़ा हो जाता है, फिर उसके बोलनेवालों की संख्या या बोले जाने का क्षेत्र कितना ही छोटा क्यों न हो। स्थानीय जनपद-कार्यकर्ताओं को अपने-अपने क्षेत्र में इस प्रकार का प्रयोग करके देखना चाहिए। प्रतिवर्ष विश्वविद्यालयों से हिन्दी में एम.ए. करनेवाले छात्रों की जो संख्या बढ़ रही है, उससे इस कार्य में सहायता मिल सकती है। जो देहाती क्षेत्र का है, वह वहीं काम करने का पूरा अवसर निकाल सकता है। विशेषत: छुट्टियों में अपनी भूमि और बोली के प्रति भक्ति लेकर भाषा-रूपी धेनु का जितना दोहन किया जा सके, उतना ही अधिक श्रेयस्कर होगा।

गाँवों की शब्दावली तो कार्य का एक अंग है। वस्तुत: जनपदीय साहित्य का क्षेत्र आदि विस्तृत है। हमें जब ऐसा भासित होता है कि भारतीय संस्कृति के परिचय का पूरा सूत्र 'लोके वेदे च' वाक्य में है। एक ओर वेद की परम्परा नाना पुराण, आगम, शास्त्र और काव्यों में सुरक्षित है। दूसरी ओर लोक-जीवन में उसकी मौखिक परम्परा की अटूट धारा बहती आई है। लोक के गीतों और कहानियों को, जन-विश्वासों और धार्मिक तीज-त्योहारों को इस दृष्टि से छानने की आवश्यकता है। इन चार स्रोतों से जो वांछित सामग्री मिलेगी, उसकी तुलना शास्त्रीय प्रमाणों के साथ करने से ही भारतीय जीवन की पूरी व्याख्या समझ में आ सकेगी। उदाहरण के लिए अभी पाँच दिन पहले करवा चौथ (करक चतुर्थी) का पर्व आया था, उसकी एक कहानी चली आती है।

प्राय: प्रत्येक व्रत के लिए ऐसी कहानियाँ हैं, जिन्हें व्रत अवदान कहते थे। यह करवा क्या है? चौथ के साथ इसका क्या सम्बन्ध है। इन प्रश्नों पर विचार करते हुए ज्ञात हुआ कि ऋग्वेद के युग में ही इस व्रत का और इसकी कहानी का मूल रूप बना होगा। वहाँ कहा गया है कि मूल में एक चमस था। उस एक को ऋभु देवों ने चार चमसों के रूप में बदल दिया। इसी से इन्द्र द्वारा कार्य पूरा हुआ—

---

१. क्रुक, मैटीरियल्स फॉर ए रूरल ऐंड एग्रीकल्चरल ग्लासरी ऑफ नाथ वेस्टर्न प्रोविंसेज, इलाहाबाद, १८७९ ई., गवर्नमेंट प्रेस।

"एकं चमसं चतुरः कृणोतनै।"

—(ऋक्. १/१६१/२)

चमस का ही पर्याय करक या घट है। प्रत्येक व्यक्ति का अव्यक्त रूप एक घट या कमण्डलु है। वही जीवन के जल से भरा हुआ है। व्यक्त रूप में उसी के तीन रूप हो जाते हैं, जिन्हें त्रिपुर या जाग्रत्, स्वप्न और सुषुप्ति अवस्थाएँ अथवा मन, प्राण और भूत कहते हैं। इन तीनों की चरितार्थता के लिए ऐसा विधान रचा है कि माता-पिता के कुल में उत्पन्न कुमारी का सास-ससुर के कुल में उत्पन्न कुमार से विवाह होना चाहिए। यही सोम और अग्नि का सम्बन्ध है। इसी से वह शृंखला आगे बढ़ती है, जिसकी कड़ी सन्तान है। उसी के लिए राजकुमारी सात मातृ-देवियों या अछरा माइयों की सहायता से साँप से डसे हुए राजकुमार को जीवित करती है। ये सात शक्तियाँ ही सात बहनें हैं, जिनके लिए कहा है—

"सप्त स्वसारी अभिसंनवन्तै।"

—(ऋक्. ९/१६४/३)

सात बहनें मिलकर देवरथ में बैठे हुए अधिपति का यशोगीत गाती हैं। उनके पास जो अमृत है, वह सातवीं से, जिसका नाम 'बूढ़सुहागिन' माता है, अर्थात् जो मंगलात्मक आशीर्वाद से विश्वकर्मा की सृष्टि को बढ़ाती है, राजकुमारी को मिलता है। ऋभु देवों ने एक गुणातीत प्राण-कलश को लेकर उसके जो चार रूप किये, उनके उस चतुष्टय विधान की स्मारक कहानी करकचतुर्थी का लोकव्रत है। प्रत्येक देह में जन्म से आरम्भ होनेवाला प्राण-स्पन्दन ही 'कुमारसम्भव' अर्थात् राजकुमार का जन्म है, जिससे प्राण या जीवन की धारा नये-नये रूप में आगे बढ़ती है। कुमारी के माता-पिता का सम्मिलन एक यज्ञ है। राजकुमारी के माता-पिता का योग दूसरा यज्ञ है। दोनों यज्ञों से उत्पन्न दक्षिणाएँ जब पुनः मिलती हैं, तब तीसरा यज्ञ चलता है। यही '**यज्ञेन यज्ञमाजन्त धीरास्तानि धर्माणि प्रथमान्यासन्**' का विधान है। सृष्टि-रचना का यही पहला धर्म है, जो बाद की सृष्टियों का नियमन कर रहा है। यह एक उदाहरण है। और भी लोक-व्रत अपने वैदिक उद्‍गम का संकेत देते हैं, जैसे—वटसावित्री व्रत, जिसमें संवत्सरात्मक सावित्री विद्या का लौकिक रूप सुरक्षित है। 'लोके वेदे च' सूत्र के दर्पण में लोक-साहित्य और लोक-वार्त्ता शास्त्र का महत्त्व अत्यन्त बढ़ जाता है और कार्यकर्ताओं के सामने एक नया लक्ष्य आ जाता है।

लोक साहित्य की दृढ़ भूमि है। उसकी दीर्घकालीन परम्पराएँ हैं। उसका अपरिमित विस्तार है। अतएव सब दृष्टियों से लोक मेधावी और उत्साही साहित्य-सेवियों के सहयोग का समर्पण चाहता है। ईश्वर करे उसकी संख्या में वृद्धि हो।

"प्रत्यक्षदर्शी लोकस्य सर्वदर्शी भवेन्नरः।"

—उद्योग पर्व ४३/३६

❑

३७

यक्ष*

केले के पेड़ में जैसे एक के ऊपर एक चढ़े हुए परतों के भीतर उसका गाभा रहता है, वैसा ही कुछ भारतीय संस्कृति का रूप है, जिसमें अनेक धर्मों के खोल एक-दूसरे के ऊपर चढ़ते चले गए हैं। वे सब एक-दूसरे के साथ अत्यन्त शीतल भाव से इस प्रकार मिल बैठे हैं, जैसे गंगा की धारा में पड़े हुए गंगलोढ़े आपस में टकराकर गोलमटोल बनते हुए एक साथ पड़े रहते हैं और रात-दिन अधिकाधिक अभेद की स्थिति प्राप्त करते हुए अन्त में गंगा की बालुका बन जाते हैं, जिससे इस भूमि की मिट्टी का निर्माण हो रहा है। यह संस्कृति अद्‌भुत है। इसके सारे परतों को खोलकर उनका अर्थ समझना बड़ा रहस्यमय व्यापार है। कहाँ से क्या आ गया है, किसने कितना दिया है, किसने कितना लिया है, इसका सच्चा लेखा-जोखा लगाना कठिन काम है। अग्नि के छिटकते हुए स्फुलिंगों की भाँति सांस्कृतिक समन्वय के प्राचीन तथ्य जब चमककर दृष्टिपथ में आ जाते हैं तो उनसे मन को विलक्षण आनन्द प्राप्त होता है और इस महती संस्कृति के प्रति श्रद्धा बढ़ती है एवं हम उस जीवन-क्रम के प्रति आस्थावान् बनते हैं, जिसके श्वास-प्रश्वास में समवाय और समन्वय एवं मेल-जोल और स्वच्छंदता की प्राणवायु क्रियाशील रही है। भारतीय संस्कृति सभी विभिन्न तत्त्वों का संग्रह करती है, निराकरण जैसे इसे सुहाता ही नहीं। नदी, वृक्ष, पर्वत, यक्ष, नागदेव, भूमि आदि अनन्त देवी-देवताओं की पूजा मान्यता को स्वीकार करती हुई यह संस्कृति आगे बढ़ी है और उसी मन्थन के बीच से इसने भुवनों के मध्य में भरे हुए महान् देव या अमृत-तत्त्व को ढूँढ़ निकाला है।

भारतीय लोकधर्म के देवता यक्ष की पूजा लोक में किसी समय सबसे अधिक व्याप्त थी। एक ओर इसका उल्लेख ऋग्वेद, यजुर्वेद, अथर्ववेद, ब्राह्मण, उपनिषद्,

* प्राच्य मानव-वैज्ञानिक से उद्‌धृत, अंक ३, १९५७, पृ. १-८ (लखनऊ विश्वविद्यालय, एन्थ्रॉपॉलॉजी विभाग)।

गृह्यसूत्र, पुराण, जातक, दीर्घ-निकाय, पालि-साहित्य के अन्य ग्रन्थ, जैन आगम साहित्य, भाष्य, चूर्णि, कथा, संस्कृति साहित्य के काव्य कथा ग्रन्थ आदि में आता, दूसरी ओर लोक में बीर-ब्रह्म के रूप में इसकी पूजा बंगाल से गुजरात तक और हिमालय से कन्याकुमारी तक आज भी प्रचलित है। इस समस्त सामग्री का संग्रह करके इस विषय का अध्ययन किया जाय, तो स्वतन्त्र ग्रन्थ ही बन सकता है। डॉ. आनन्द कुमारस्वामी ने इसी विषय पर 'यक्ष' नामक ग्रन्थ दो भागों में प्रकाशित कराया था।[१] भूत, पिशाच, किन्नर, राक्षस, गन्धर्व, यातुधान, किम्पुरुष, नाग, दानव आदि प्राचीन देवताओं की सूचियों में यक्षों का उल्लेख आता है और आदिम लोक-धर्म के देवी-देवताओं की पंगत में यक्ष भी कन्धे से कन्धा रगड़ते हुए दिखायी पड़ते हैं।

यक्ष किसी समय सबसे प्रमुख देवता माना जाता था। शनैः-शनैः आर्य देवों के सम्पर्क में आने से आर्य देवों का प्रभाव बढ़ा और उन्हें यक्षों की तुलना में ऊँचा पद दिया जाने लगा। कोई भी आर्य देव सम्भवतः ऐसा नहीं है, जिसे यक्ष न माना गया हो, अर्थात् यक्ष के साथ जिसकी उपमा देकर उसे गौरव न दिया गया हो।

शनैः-शनैः एक ओर आर्य देवताओं के साथ तुलना करने से यक्षों का पद हीनतर होने लगा। दूसरी ओर भूत-पिशाचादि गणों के परिवार में सम्मिलित होने से यक्षों का स्वरूप भी घोर और रौद्र माना जाने लगा। बौद्ध और जैन धर्म के साथ भी यक्षों का समन्वय हुआ। अनेक यक्ष और यक्षी बुद्ध के प्रभाव में आकर बौद्ध धर्म के देवता मान लिये गए। यक्ष और यक्षी मूर्तियाँ बौद्ध स्पूतों में बनाई जाने लगीं। अशोक के शब्दों में 'अमिसा देवा मिसा कटा' अर्थात् जो देवता बुद्ध धर्म में मिले हुए न थे, उन्हें उस धर्म में मिलाने के लिए रास्ता खोल दिया गया। उसका फल बौद्ध कला में तुरन्त ही देखने को मिला। जैन धर्म में प्रत्येक तीर्थंकर के साथ आरक्षक देवताओं के रूप में एक यक्ष और एक यक्षी का सम्बन्ध जोड़ दिया गया और भी, क्या शास्त्रीय धर्म, क्या लोक-धर्म के देवी-देवताओं की बिरादरी में रोक-टोक के बिना यक्षादिक देवों का प्रवेश हो गया।

यक्ष को पाली में यक्ख और प्राकृत में जक्ख कहा गया है। लोक में इन्हीं से जाख और जखैया ये शब्द प्रचलित हैं। सिंघली भाषा में यक्ष-यक्षी को यका-यकी कहते हैं। दक्षिण भारत में उसे यस्क कहा जाता है। यक्ष शब्द की व्युत्पत्ति के विषय में मतभेद है। रामायण के अनुसार प्रजापति ने जलों का निर्माण किया। उन्होंने ब्रह्मा से पूछा 'हम

---

१. यक्ष, भाग १, स्मिथसोनियन इन्स्टीट्यूशन १९२९। यक्ष, भाग २, १९३१। दोनों भागों में मिलाकर ८७ फलक हैं, जिनमें भारतीय कला के आधार पर यक्ष देवताओं से सम्बन्धित एवं अन्य सलिल सम्भव देवताओं और अलंकरणों से सम्बन्धित चित्र दिए गए हैं।

क्या करें?' ब्रह्मा ने कहा—'रक्षध्वम्।' उत्तर में 'रक्षामः' कहनेवाले राक्षस हुए और 'यक्षामः' कहनेवाले यक्ष हुए।[१]

'यक्षामः' का अर्थ कुमारस्वामी ने खानेवाले या गटकने वाले किया है। पर भोजन अर्थ में जक्ष धातु तो है, यक्ष नहीं। चुरादिगण में एक यक्ष धातु है, जो बाद की जान पड़ती है। वैदिक यक्ष धातु भोजन के अर्थ में न होकर पूजा करने, सम्मान करने आदि धार्मिक क्रिया के अर्थ में प्रचलित थी। कीथ आदि कुछ विद्वान् यज् धातु से यक्ष बनाते हैं, इसका अर्थ होगा 'यजनीय' (यजन के योग्य)।

अर्वाचीन मत अब ऐसा भी होने लगा है कि यक्ष शब्द किसी निषाद भाषा के शब्द की संस्कृत में अनुकृति है।

वैदिक संहिताओं में ही यक्ष अद्‌भुत स्वरूप, सुन्दर, महान्, वपुधारी देव के रूप में माना जाने लगा था।

इसका प्रमाण ऋग्वेद में मिलता है। यक्ष की सबसे बड़ी विशेषता उसका अद्‌भुत या विलक्षण रूप था—'हे मित्र और वरुण, तुम्हारी वे प्रजाएँ सब बुद्धि से अमूर्च्छित हैं, जिनमें न कोई विचित्र आश्चर्य और न यक्ष देखा जाता है।[२]' दूसरे मन्त्र में कहा है—हे अद्‌भुत शक्ति वाले, मित्र और वरुण! 'हम अपने शरीरों में यक्ष का आविर्भाव न देखें।[३] इसमें मित्र और वरुण को 'अद्‌भुत ऋतु' कहा गया है। जो विशेषता यक्ष में होती थी, उसी का मित्र वरुण में अध्यारोप करके यह भावना की गई कि जब तुममें भी वही अद्‌भुत

---

१. प्रजापतिः पुरा सृष्टवा ह्यप सलिलसम्भवः।
तासां गोपायने सत्त्वानसृजत् पद्मसम्भवः॥ ९॥
ते सत्त्वाः सत्त्वकर्तारं विनीतवदुपस्थिताः।
किं कुर्म इति भाषन्तः क्षुत्पिपासाभयार्दिताः॥ १०॥
प्रजापतिस्तु तान् सर्वान् प्रत्याह प्रहसन्निव।
आभाष्य वाचा यत्नेन रक्षध्वमिति मानदः॥ ११॥
रक्षामेति तत्रान्ये यक्षाम इति चापरे।
भुंक्षिताभुंक्षितैरुक्तस्ततस्तानाह भूतकृत्॥ १२॥
रक्षामेति च यैरुक्तं राक्षसास्ते भवन्तु वः।
यक्षाम इति यैरुक्तं यक्षा एव भवन्तु वः॥ १३॥ (रा.उ.सर्म, ४)

२. अमूरा विश्वा वृषणाविमा वां न यासु चित्रं ददृशे न यक्षम्।
द्रुहः सचन्ते अनृता जनानां वां निण्यान्यचिते अभूवन्॥
(ऋक्. ७/६१/५)।

३. मा कस्याद्‌भुतक्रतू यक्षं भुजेमातनूभिः मा शेषसा मा तनसा॥
(ऋक्. ५/७०/४)।

शक्ति है तो यक्ष में हमें क्या प्रयोजन, वह हमारे समीप क्यों आने लगा? इन दोनों मन्त्रों में यक्ष के अद्‌भुत रूप को स्वीकार करते हुए वैदिक देव मित्र और वरुण को उससे विशिष्ट माना गया है। पहली मन्त्र व्यंजना यह है कि जिनकी बुद्धि अविकसित है, या जाग्रत् नहीं हुई है (अमूराः), उन्हीं को यक्ष जैसे अद्‌भुत या आश्चर्यमय देवों में विश्वास होता था।

एक अन्य मन्त्र की ध्वनि यह है कि यदि कोई बहका हुआ पड़ोसी या हमारा सम्बन्धी यक्ष-सदन में जाता है, हे तो अग्नि! तुम कहीं उसके यहाँ छिपकर मत जाना।[१] पड़ोसी से तात्पर्य अनार्य जाति से है, जो यक्षों को मानते थे। अथवा यदि कोई पथभ्रष्ट आर्य भी यक्ष की मान्यता-पूजा करने लगे तो आर्यों के देवता अग्नि का उसके साथ भूलकर भी मेल-जोल न होना चाहिए। यहाँ यक्ष के सद् या स्थान का उल्लेख ध्यान देने योग्य है, जहाँ जाने से सावधान किया गया है। एक मन्त्र में वैश्वानर अग्नि को ऐसा बृहत् और शक्तिशाली कहा गया है कि लोग उसे यक्ष का भी अध्यक्ष मानने लगे थे।[२] इन चारों मन्त्रों में यक्ष देवता का उल्लेख करते हुए उससे बचने का या अलग रहने या उसके आर्य देवों से निकृष्ट होने का भाव पाया जाता है। किन्तु ऋग्वेद में ही यक्ष के सुन्दर रूप का भी उल्लेख है—जो मरुत् देव अश्वों के समान वेग से गमन करते हैं, वे यक्ष सदृश सुन्दर युवकों के समान सुशोभित हैं।[३] यक्ष के समान सुन्दर लगनेवाले (यक्षदृशः), यह कल्पना बाद के साहित्य में भी बहुत बार पाई जाती है।

गृह्यसूत्र में कहा गया है कि वैदिक चरण में प्रवेश करता हुआ नया ब्रह्मचारी अपने आचार्य और उसकी विद्वत् परिषद् का दर्शन करे और दूसरी प्रकार की भावना करे कि—मैं भी परिषद् की दृष्टि में यक्ष के समान प्रिय बनूँ (यक्षमिव चक्षुषः प्रियो भूयासम्)[४]।

किसी भी अपरिचित सुन्दर स्त्री से मिलकर उसका परिचय पूछने के लिए कहा जाता था—क्या तुम कोई यक्षी हो (**देवेषु न यक्षेषु तादृक् रूपवती क्वचित्। मानुषेष्वपि चान्येषु दृष्टपूर्वा न च श्रुता**। आरण्यकपर्व, ५०/१३, ६१/११४)। स्वयंवर में नल को देखकर स्त्रियाँ सोचने लगीं—इसकी रूप और कान्ति? क्या यह कोई देव

---

१. मा कस्य यक्षं सदमिद्धुरोगा मा वेशस्य प्रमिनतो मापेः॥

(ऋक्. ४/३/१३)।

२. यक्षस्याध्यक्षं तविषं बृहन्तम् (ऋक्. १०/८८/१३)।

३. अत्यासो न ये मरुतः स्वञ्चो यक्षदृशो न शुभयन्त मर्याः॥

(ऋक्. ७/५६/१६)।

४. गोभिल गृह्यसूत्र (३/४/२८)—यक्षमिव चक्षुषा प्रियो वा भूयासम् इति (मन्त्र ब्रा. १/७/१४) सपरिषद्-कमाचार्यमभ्येत्य ब्रह्मचारी पठति। द्राह्यादण गृह्यसूत्र (३/१/२५) में भी ऐसा ही उल्लेख है—उपेत्याचार्यपरिषदं प्रेक्षेद् यक्षमिव प्रिय भूयासम्।

है, यक्ष है या गन्धर्व है। (**अहो रूपमहो कान्तिरहो धैर्य महात्मनः। कोऽयं देवो नु यक्षा नु गन्धर्वो न भविष्यति?** आरण्यक पर्व. ५२/१६)। बुद्ध या महावीर को भी कई बार लोग यक्ष समझ लेते थे।

ऊपर ऋग्वेद में अद्‌भुत और चित्र इन शब्दों की ध्वनि यक्ष के लिए है। यजुर्वेद में मन को अपूर्व यक्ष माना गया है। (३४/२)। अद्‌भुत, अपूर्व, चित्र का अर्थ एक ही है। 'महद्‌भूत आश्चर्य' यही यक्ष की सर्वसंगत कल्पना थी। (आदिपर्व. २१/१२)। यहाँ यद्यपि इन्द्र का वर्णन है, पर उसके लिए यक्ष के ये विशेषण और राजा शब्द भी प्रयुक्त हुआ है। 'महत्' विशेषण भी यक्ष के लिए प्रयुक्त होने लगा था। अथर्ववेद में कहा है, इन भुवनों के बीच में कोई महत् यक्ष समाया हुआ है; उसे सभी राष्ट्रधर बलि देते हैं (**महद् यक्षं भुवनस्य मध्ये तस्मै बलिं राष्ट्रधृतो भरन्ति**—अथर्व १०/९/१५)। अथर्ववेद में महद्-ब्रह्म संज्ञा महद् यक्ष के लिए ही प्रयुक्त है (१/३२/१-४)। रामायण में हनुमान के महान् बल को देखकर राक्षस उन्हें महद्‌भूत समझते हैं—**सर्वथा तं महद्‌भूतं महाबलपरिग्रहम्** (सुन्दरकांड ४/६)। दीघनिकाय में आदित्य उपस्थान के साथ महत् नामक देवता के उपस्थान का भी उल्लेख है। **आदिच्चु पठ्ठानं महदुपट्ठानं अब्भुज्जननं सिरिमायनं इति एव रूपाय तिरच्छाय विज्जाय मिच्छाजीवा पटिविरतो समणो गीतमोति** (ब्रह्मजाल सुत्त, भागवत का देवनागरी संस्करण, पृ. १३)। बुद्ध ने महदुपट्ठान या यक्ष पूजा को तिरच्छान विज्जा और मिच्छाजीवा कहा है, जो जनसाधारण (पुण्यजन=पृथक्‌जन) में फैली हुई थी, बुद्ध ने उन्हें सावधान करते हुए कहा कि समस्त जनसाधारण यह जान लें कि गौतम आदित्यपूजा, यक्षपूजा, सिरि देवता का आवाहन, जंगल में जलते हुए भारी प्रकाश में विश्वास इस प्रकार की ऊल-जलूल बातों से ऊपर उठ चुके हैं। अथर्ववेद में भी वैश्रवण कुबेर और उसके पुत्र काबेरक को इतर-जन कहा गया है (अथर्ववेद. ८/१०/५/=९-११)।

यक्षों की एक संज्ञा 'राजा' भी है। इस शब्द का प्रसिद्ध प्रयोग कालिदास ने 'मेघदूत' में किया है, जहाँ कुबेर को राजराज अर्थात् राजा संज्ञक यक्षों का राजा कहा गया है (**अन्तर्बाष्पश्चिरमनुचरो राजराजस्य दध्यौ**—'मेघदूत' १/३)। महाराज का शब्दार्थ है—बड़ा यक्ष, और यह भी कुबेर के लिए प्रयुक्त होता था। कुबेर को दी जानेवाली बलि को महाराज बलि कहते थे। पाणिनि के अनुसार, महाराज एक देवता था (४/२/३५) और महाराज देवता की भक्ति करनेवाले भक्त 'महाराजिक' कहलाते थे (४/३/९७)। पाली साहित्य में चार दिशाओं के रक्षक चार लोकपाल, चार महाराज (चत्तारो महाराजानो) कहलाते थे। इनमें से धृतराष्ट्र नामक देवता गन्धर्वों का अधिपति पूर्वी दिशा का स्वामी समझा जाता था। वस्तुतः ये चारों महाराज यक्ष रूप में ही पूजे जाते थे। भरहुत की वेदिका पर इन्हें यक्ष ही कहा गया है।

यक्ष का सबसे महत्त्वपूर्ण पर्याय ब्रह्म था। महाभारत में यक्षमह के लिए ही ब्रह्म शब्द आया है। बक नामक राक्षस की मृत्यु के बाद ब्राह्मण, क्षत्रिय, वैश्य, शूद्र, सबने मिलकर एक चक्का नगरी में ब्रह्ममह का आयोजन किया (**ततस्ते ब्राह्मणाः सर्वे क्षत्रियाश्च सुविस्मिताः। वैश्याः शूद्राश्च मुदिताश्चक्रुर्ब्रह्ममहं तदा।** आदि पर्व. १५२/१८)। मत्स्य देश में ब्रह्म का एक बड़ा भारी महोत्सव हुआ करता था, जिसमें उस जनपद के सब लोग तमाशा देखने एकत्र होते थे और उस अवसर पर बड़े-बड़े मल्लों की कुश्तियाँ होती थीं। राजा विराट् स्वयं इस उत्सव का प्रबन्ध कराते थे।[1] यह ब्रह्म महोत्सव 'यक्षमह' या यक्ष का ही उत्सव था। लोक में आज तक यक्ष के लिए ब्रह्म शब्द प्रचलित है और यक्ष-पूजा को बीर-ब्रह्म पूजा कहा जाता है। काशी जनपद में हरिकेश यक्ष का बड़ा स्थान आज तक हरसू ब्रह्म के नाम से प्रसिद्ध है।

अथर्ववेद में अमृत से घिरी हुई ब्रह्मपुरी और उसमें रहनेवाले वपुष्मान् महाकाय यक्ष (आत्मन्वत् यक्ष) का उल्लेख है। उस सूक्त में यद्यपि मनुष्य शरीर का आध्यात्मिक वर्णन है, किन्तु उस वर्णन के प्रतीक यक्षों के निवासस्थान को ब्रह्मपुर कहा गया है। ब्रह्म यक्ष का ही प्राचीन पर्याय था। इस पुरी की विशेषता यह थी कि इसमें अमृत का निवास माना जाता थ। यक्षों का सम्बन्ध अमृत से माना गया है, अतएव इस ब्रह्मपुरी को अपराजिता भी कहा गया। इस पुरी में हिरण्य का कोश था। कुबेर स्थान में सुवर्ण का अक्षय कोश माना ही जाता था। इस ब्रह्मपुरी में बड़े शरीर वाला यक्ष निवास करता था। ये सब प्रतीक यक्षपूजा के थे।[2]

---

१. **अथ मासे चतुर्थे तु ब्रह्मणः सुमहोत्सवः।**
आसीत् समृद्धो मत्स्येषु पुरुषाणां सुसम्मतः॥ (विराट् १२/१२)
इसी श्लोक के आगे प्रक्षिप्त अंश में एक महोत्सव को ब्रह्म का समाज भी कहा गया है (समाजे ब्रह्मणे राजंस्तथा पशुपतेरपि)।

२. यो वै तां ब्रह्मणो वेदामृतनोवृतां पुरम्।
तस्मै ब्रह्म च ब्राह्माश्च चक्षुः प्राणं प्रजां ददुः॥ २९
न वै तं चक्षुर्जहाति न प्राणो जरसःपुरा।
पुरं यो ब्रह्मणो वेद यस्याः पुरुष उच्यते॥ ३०
अष्टचक्रा नवद्वारा देवानां पूरयोध्या।
तस्यां हिरण्ययः कोशः स्वर्गो ज्योतिषावृतः॥ ३१
तस्मिन् हिरण्यये कोशे त्र्यरे त्रिप्रतिष्ठिते।
तस्मिन् यद् यक्षमात्मन्वत् तद्वै ब्रह्मविदो विदुः॥ ३२
प्रभ्राजमानां हरिणीं यशसा संपरीवृताम्।
पुरं हिरण्मयीं ब्रह्मा विवेशापराजिताम्॥ ३३
(अथर्व. १०/२/२९-३३)

अवध्य ब्रह्मपुर

अमृत से घिरी हुई अपराजिता ब्रह्मपुरी के प्रतीकों का विचार करते हुए हमारा ध्यान महाभारत के एक श्लोक की ओर जाता है, जिसमें इन्हीं पारिभाषिक शब्दों का प्रयोग करके यक्ष-पूजा का चित्र खड़ा किया गया है। उसके धुँधले अर्थों के विषय में टीकाकर प्राय: मौन हैं—

''आत्मनासप्तमं कामं हत्वा शत्रुमिवोत्तमम्।
प्राप्यावध्यं ब्रह्मपुरं राजेव स्यामहं सुखी॥''

(शांति-पर्व, मोक्षधर्म. २७१/५२)

निर्वेद या तृष्णाक्षय से जो सुख प्राप्त होता है, वही अमरत्व है। नियतिवादियों के इस दार्शनिक दृष्टिकोण का विवेचन करते हुए इस श्लोक में कहा है—काम, क्रोध, लोभ, मोह, मद, अहंकार इन छह शत्रुओं को और शरीर (आत्मा का अर्थ यहाँ भूतात्मा है) इन सातों को वश में करके व्यक्ति ऐसे सुखी होता है, जैसे यक्ष अपने अवध्य ब्रह्मपुर में निवास करता हुआ सुखी होता है।

यहाँ राजा शब्द का अर्थ स्पष्ट ही यक्ष है। अथर्ववेद में जिसे आत्मन्वत यक्ष कहा है, वही यहाँ अभिप्रेत है। आत्मा का अर्थ दोनों जगह भूतात्मा या शरीर है। महाकाय या बड़ा शरीर यक्ष की विशेषता थी। महाभारत के यक्ष-युधिष्ठिर संवाद में यक्ष को महाकाय, ताड़वृक्ष के समान ऊँचा, ताल समुंच्छ्रित, पर्वतोपम, महाबली, अधृष्य (जिसे मृत्यु न दबा सके), तथा अग्नि और सूर्य के समान चमकता हुआ कहा गया है (ज्वलनार्क प्रतीकाश)[१]। इन विशेषणों को हम शुंग और कुषाणकाल की बड़ी-बड़ी कद्दावर यक्ष प्रतिमाओं में चरितार्थ हुआ देखते हैं। अवध्य, अपराजित, अधृष्य ये सब यक्ष के उस गुण की ओर संकेत करते हैं, जिसके अनुसार लोक में ऐसा समझा जाता था कि यक्ष के पास अमृत है, जिसकी महिमा से वह स्वयं अमर है और अपने भक्तों को उसे प्रदान करता है। इसीलिए अथर्ववेद में यक्षपुर या ब्रह्मपुर को अमृत से आवृत कहा है। यक्षों की मान्यता और उनके विषय में जनविश्वास के रहस्य का बहुत कारण यही था कि लोगों ने यक्षों का सम्बन्ध अमृत से मान लिया था। रामायण में यक्षत्व और अमरत्व को पर्यायवाची माना गया है। महाभारत के अनुसार, पितामह ब्रह्मा ने वैश्रवण कुबेर को

---

१. **विरूपाक्षं महाकायं यक्षं तालसमुच्छ्रयम्।**
ज्वलनार्कप्रतीकाशमधृष्यं पर्वतोपमम्॥
सेतुमाश्रित्य तिष्ठन्तं ददर्श भरतर्षभ।
मेघगम्भीरया वाचा तर्जयन्तं महाबलम्॥
(आरण्यक पर्व. २९७/२०-२१)

अमरत्व, धन का आधिपत्य और लोकपालत्व—ये तीन वरदान दिए[1]। अमरत्व का कारण वह अमृत था, जिसका घट कुबेर के यहाँ सुरक्षित था। महाभारत में इस विशिष्ट अमृत के विषय में कहा है—यह एक प्रकार का पीला मधु है, जिसे मक्खियाँ नहीं बनातीं (मधु पीतममाक्षिकम्)। वह घड़े में बन्द है (कुम्भसम्मितम्)। सर्प उसकी रक्षा करते हैं। कुबेर को वह अत्यन्त प्रिय है। जंभ साधनेवाले पुजारी कहते हैं कि उस मधु को खाकर मर्त्य पुरुष अमर हो जाता है, बूढ़ा जवान हो जाता है और अन्धे को नेत्र मिल जाते हैं।[2]

जंभ या तो यक्ष की ही संज्ञा थी या वह उसके सदृश कोई क्षुद्र देवता ज्ञात होता है।[3] जंभ की साधना करनेवाले विशेष पुजारी, लोगों को इस विशिष्ट अमृत की प्राप्ति का प्रलोभन देते थे। कुबेर को बौद्ध साहित्य में जंभल देवता सम्भवतः इसी परम्परा से कहा गया था। जंभकों की यह विद्या उनका अपना रहस्य-ज्ञान था। इस प्रकार अमृत पाने की चाह यक्षपूजा के मूल में प्रबल आकर्षण था। उसने लोक-जनता के मन को दूर तक प्रभावित किया। यक्षों में मूर्तियों के बाएँ हाथ में जो अमृतघट दिखाया जाता है, उसका हेतु भी यही है। अमृतघट की प्राप्ति प्राचीन सौपर्णोपाख्यान का केन्द्रबिन्दु था। इससे ही प्राचीन गाथा शास्त्रों में 'होली ग्रेल' के विविध आख्यानों का जन्म हुआ।

अमृत के कारण यक्षों का स्थान अवध्य या अपराजित कहलाया, अर्थात् वहाँ मृत्यु के आक्रमण का भय नहीं था। आगे चलकर जब यक्षों की धर्म-रूढ़ियाँ अन्य देवताओं के लिए गृहीत हुईं तो यक्ष पूजा के ढंग पर विष्णु की लोक-पूजा का विकास हुआ। जैसे यक्षों का पुर या बाड़ा होता था, वैसे ही विष्णु और शिव के लिए भी वेदिका-परिवेष्टित स्थान बनाए जाने लगे। प्राचीन माध्यमिका की नारायणवाटिका के

---

१. **पितामहस्तु प्रीतात्मा ददौ वैश्रवणस्य ह।**
अमरत्वं धनेशत्वं लोकपालत्वमेव च॥
(आरण्यक पर्व. २५८/१५)

२. **तत्र पश्यामहे सर्वे मधु पीतममाक्षिकम्।**
मेरुप्रपाते विषमे निर्विष्टं कुम्भसम्मितम्॥
आशीविषैः रक्ष्यमाणं कुबेरदयितं भृशम्।
यत् प्राश्य पुरुषो मर्त्यो अमरत्वं निगच्छति॥
अचक्षुर्लभते चक्षुर्वृद्धो भवति वै युवा।
इति ते कथयति स्म ब्राह्मणा जम्भसाधकः॥
(उद्योग पर्व. ६२/२३-२५)

३. जंभ को एक असुर माना गया है। इन्द्र ने जंभासुर का वध किया। वैदिक सृष्टि-विद्या के अनुसार महत् या यक्ष की संज्ञा ही जंभ थी, जो आप्य पारमेष्ठ्य तत्त्व से सम्बन्धित था। इन्द्र संज्ञक तैजस तत्त्व उसका नाश करता है।

लेख में संकर्षण और वासुदेव को 'अनिहिताभ्यां सर्वेश्वराभ्याम्' कहा गया है। 'सर्वेश्वर' इसलिए कहा, क्योंकि वासुदेव कृष्ण को यक्ष-नागादि अन्य सब देवों में शिरोमणि माना गया। 'अनिहत' शब्द का सामंजस्य अवध्य और अपराजित आदि शब्दों से समझा जा सकता है। जो भाव अवध्य और अपराजित आदि शब्दों से समझा जा सकता है। जो भाव अवध्य का है, वही अनिहत का है। विष्णु के लिए यक्ष शब्दावली का ऐसा सटीक प्रयोग किया जा रहा था कि उस छोटे से लेख में उनके लिए अनिहत शब्द का प्रयोग आवश्यक समझा गया। कौटिल्य अर्थशास्त्र में देवताओं का परिगणन करते हुए विष्णु को जो अप्रतिहत कहा है, उसका भी कारण यही है। यक्षों की ब्रह्मपुरी में सुवर्णकोश का भी उल्लेख आया है।

उत्तर दिशा के स्वामी कुबेर धनपति प्रसिद्ध हैं। उसी ओर स्वर्ण का पर्वत मेरु है और हाटक देश भी उसी ओर है। जाम्बूनद स्वर्ण, पैपीलिक स्वर्ण और अष्टपद स्वर्ण—ये तीनों स्वर्ण उत्तर दिशा में ही प्राप्त होते थे। आगे चलकर कुबेर शंख, पद्म आदि निधियों का निधिपति समझा जाने लगा। कुषाण काल की मूर्तियों में लक्ष्मी कुबेर की पत्नी के रूप में अंकित की गई है। रामायण में धन के संचय के लिए 'कुबेर भवनोपमम्' कहा जाता है। यह धन स्वर्ण ही था। वस्तुतः जिसे मधु या अमृत कहा गया और जो कुबेर का अत्यन्त प्रिय पेय घड़े में भरा हुआ कोश था, वही सोम था। वेद में सोम अध्वरों का राजा है। **'सोमोऽस्माकं ब्राह्मणानां राजा'**। अमृत, सोम और मधु का जो गुण था, अर्थात् मर्त्य को अमर बनाना, उसी गुण की कल्पना यक्ष के सम्बन्ध में की गई।

❑

टिप्पणियाँ

पृष्ठ

१२. औषधियों के नामकरण का मनोरम अध्याय—चरक ने सूत्र-स्थान के आरम्भ में दस-दस नामों के वर्ग बनाकर पाँच सौ ओषधियों के नाम गिनाये हैं। आयुर्वेदीय निघंटु ग्रन्थों के अन्तर्गत ओषधि-नामों और लोक-प्रचलित नामों की छानबीन की ओर संकेत है।

असील मुर्गों की बढ़िया नस्ल—तारकशी की तरह खिंची हुई नसों वाले लखनऊ के हवाबाज़ असील मुर्गों की नस्ल से तात्पर्य है। असील (अरबी)=कुलीन माँ-बाप से उत्पन्न। देखिए, पृ. ४७

पालकाप्य मुनि का 'हस्त्यायुर्वेद'—आनन्दाश्रम ग्रन्थमाला (पूना) से प्रकाशित; हाथियों के सम्बन्ध में भारतीय जानकारी का सुन्दर संग्रह है।

शालिहोत्र का 'अश्वशास्त्र'—इस नाम के कई ग्रन्थ छपे हैं। अश्वविद्या के विशेषज्ञ के लिए हिन्दी सलोतरी शब्द शालिहोत्र से बना है। शालि और होत्र दोनों शब्दों का अर्थ घोड़ा है। ये दो भाषाओं के शब्द हैं। होत्र से घोत्र एवं घोड़े की व्युत्पत्ति होती है।

हय लीलावती—देखिए, माघ की मल्लिनाथ टीका में उद्धृत श्लोक ५/१०।

अल् अमर्ना की पुस्तक—'तल्ल-अल्-अमर्ना' गाँव से प्राप्त पकाई मिट्टी के कीलाक्षरी पत्रकों में भारतीय अश्वविद्या का एक ग्रन्थ है (इन्साइक्लोपीडिया ब्रिटेनिका, १४ संस्करण, जिल्द ११; पृ. ६०४)। और भी देखिए, पृ. १५।

हिन्दी-शब्द-निरुक्ति के लिए जनपदीय बोलियों का सहारा—हिन्दी का विकास अपभ्रंश और प्राकृत के द्वारा हुआ है। अधिकांश हिन्दी शब्दों के अपभ्रंश या प्राकृत रूप जनपदीय बोलियों में सुरक्षित हैं। उनका संग्रह हिन्दी निरुक्तशास्त्र

के लिए अत्यन्त आवश्यक है। सब बोलियों से लगभग ५०,००० शब्द हिन्दी को प्राप्त होने की आशा है। हिन्दी की किसी भी बोली का व्युत्पत्तिसूचक कोश हिन्दी भाषा-शास्त्र की प्रथम आवश्यकता है।

१३. हिन्दी-भाषा की तीन हजार धातुएँ—हिन्दी-शब्द-सागर के आधार पर।

१५. न केवल हिन्दी, बल्कि प्रत्येक प्रान्तीय भाषा के साहित्यकार के लिए पृथिवी-पुत्र-धर्म आवश्यक है।

कामदुधा—यह वैदिक शब्द है, कामधेनु जो सब कामनाओं की पूर्ति करे।

पेन्हाती है—पूर्वी हिन्दी की धातु। अर्थ, दुहने के समय गाय का अपने थनों में दूध उतारना।

विश्वधायस्—वैदिक शब्द, विश्व को अन्न से धपाने या तृप्त करनेवाली।

मातृभूमि का हृदय परमव्योम—वैदिक वाक्य है। परमव्योम से तात्पर्य परम ब्रह्म या ज्ञान के विश्वव्यापी लोक से है।

१५. सुनहली प्ररोचना—स्वर्ण की तरह चमकीला रूप।

ऋत—विश्वव्यापी अखण्ड नियम या ज्ञान।

ऊर्ध्वमूल अश्वत्थ, ऊर्ध्व के साथ पृथ्वी का सम्बन्ध—वैदिक परिभाषा में ऊर्ध्व=अमृत, परब्रह्म; अधः=मृत्यु, स्थूल जगत्।

१६. चतुरस्त्र शोभी—चारों दिशाओं में शोभायमान।

दिशाओं के कल्याण—पूर्व, पश्चिम, उत्तर, दक्षिण में स्थित देशों की समृद्धि।

तीर्थ—वस्तुतः, नदी पार करने का स्थान; नदी तट पर वह बिन्दु, जहाँ पगडण्डी या मार्ग आर-पार जाने के लिए नदी का स्पर्श करता है।

जनायन पंथ—पृथिवी सूक्त का शब्द, जनमात्र के आने-जाने के लिए विस्तृत बिछा हुआ मार्ग।

चारिकं चरित्वा—पाली जातकों से लिया हुआ वाक्यांश। विद्याध्ययन के अनन्तर ज्ञानावाप्ति के लिए स्नातकों की पैदल देशयात्रा।

आरम्भिक भू-प्रतिष्ठा—जनता का पृथिवी के साथ आद्य सम्बन्ध, भू-सन्निवेश की यह घटना ऐतिहासिक नहीं भाव-जगत् की है।

झूलती हुई नदी की तलहटियाँ (hanging valleys)—कभी-कभी नदी अपने चट्टानी धरातल से नीचे उतरती हुई नीचे की मिट्टी को तेजी से काट डालती है, तब ऊपरी तलहटी झूलती हुई जान पड़ती है। कभी-कभी यह दरी बहुत गहरी बन जाती है, जैसे अरुण नदी की तलहटी २०,००० फीट गहरी है। और भी देखिए, पृ.-९४।

जोत—पहाड़ के ऊपर-ऊपर होकर उस पार जाने का रास्ता। संस्कृत में सीमाप्रान्त

में 'उत्तरज्योतिक' और आसाम में 'प्राग्ज्योतिक' दो प्राचीन भौगोलिक परिभाषाएँ थीं। प्राग्ज्योतिक पीछे प्राग्ज्योतिष हो गया।

घाटा—दो पहाड़ों के बीच में होकर उस पार जाने का रास्ता।

१७. देवयुग—मानुषी इतिहास से पहले की काल-गणना के युग। अंग्रेजी में 'ज्योलॉजिकल एजेज़'।

पाथोधि हिमालय—अंग्रेजी Tethys के लिए विरचित परिभाषा। और भी देखिए, पृ. १२१।

ठाठ—भारत का वर्तमान ठाठ या कूर्मसंस्थान। Land Configuration से तात्पर्य।

गंगलोढ़े—नदियों के बहाव में पड़कर लुढ़कनेवाले गोल-मटोल पत्थर; छोटी-बड़ी बटियाएँ।

नदियों का वार्षिक ताना-बाना—नदी प्रवाह में बहती हुई मिट्टी की ऊपर-नीचे जमी हुई पर्तें, जो बरसात में मोटी और थिरने पर बहुत पतली जमती हैं।

१८. मातरिश्वा—भारतीय मानसून या मौसमी हवा के लिए प्राचीन शब्द (अथर्ववेद. १२/१/५१; कर्णपर्व ४२/२१)।

धनुष्कोटि—दक्षिण समुद्र-तट के पास एक तीर्थ का नाम है, जहाँ महोदधि (बंगाल की खाड़ी) और रत्नाकर (अरब सागर) दोनों मिलते हैं। स्थानीय अनपढ़ लोगों में ये दोनों नाम आज तक वहाँ चालू हैं।

१९. पृश्नि—चित्र-विचित्र, पृथिवी या गऊ की वैदिक संज्ञा।

वातातपिक—धूप और वायु सम्बन्धी। इसी का पर्याय सौर्यमारुतिक। दोनों शब्द चरकसंहिता के हैं।

२०. केदार—देवताओं के लिए संस्कृत भाषा में एक पर्याय। और भी देखिए, पृ. १४६।

मालझन लता—ऋषिकेश से बदरीनाथ के मार्ग में पहाड़ी वृक्षों पर फैलनेवाली ऊँची उठान की छतनार बेल।

शालभंजिका—कुसुमित शालवृक्ष के बगीचों में प्राचीन भारतीय स्त्रियों की एक उद्यान-क्रीड़ा। पेड़ की डाल झुकाकर विशेष ढंग से खड़ी हुई स्त्री के लिए पीछे यह शब्द पारिभाषिक बन गया।

मानसरोवर की यात्रा करनेवाले हंस—बत्तख जाति के पक्षी गरमियों में हिमालय की ओर उड़ जाते हैं और जाड़े के आरम्भ में मैदानों में उतरते हैं।

भारतीय पक्षी—भारत में लगभग ढाई सहस्र जाति के पक्षी हैं। और देशों की अपेक्षा यहाँ की पक्षी-संख्या भी बढ़ी-चढ़ी है।

२१. सिन्धु—आजकल का सिन्धसागर दोआब प्राचीन सिन्धु था, जहाँ के सैन्धव घोड़े मशहूर थे।

कम्बोज—पामीर-प्रदेश का प्राचीन नाम।

सुराष्ट्र—काठियावाड़ी घोड़ों के लिए प्रसिद्ध है।

लेम्प्सकस से प्राप्त भारत लक्ष्मी की तश्तरी—विशेष वर्णन के लिए देखिए, नागरी प्रचारिणी पत्रिका विक्रमांक, प्रथम भाग सं. २,००० 'लेम्प्सकस से प्राप्त भारत लक्ष्मी की मूर्ति', पृ. ३९-४२। केकय के कुत्तों की यह नस्ल आज भी जीवित है—वर्तमान नाम 'बुलिक'।

लख-चौरासी—बरसात में जन्म लेनेवाली कीट-सृष्टि, उसके लिए देहात में चालू शब्द, जो इस अर्थ में अहिच्छत्रा गाँव में सुनने को मिला।

२२. संवत्सर का इतिहास नित्य है—संवत्सर में होनेवाली वृक्ष-वनस्पति, जगत् की सृष्टि और ऋतु-परिवर्तन की घटनाएँ प्रतिवर्ष दोहराती हैं। यही उनका नित्यत्व है।

फगुनहटा—फागुन की तेज बर्फीली हवा।

२३. नभ्य—वैदिक शब्द, नाभि या केन्द्र से सम्बन्धित।

२४ हउहरा—गरमी में चलनेवाली अपनी लपटों से झुलसा डालनेवाली एक प्रकार की लू। यह फागुन के बर्फीले फगुनहटे की उल्टी है।

बतास—तेज हवा।

२६. वह पुष्कर जिसे देवों ने सूर्या के विवाह में सूँघा था—जिस समय पूर्व युग में सोम और सूर्या के विवाह के अवसर पर सब देवता एकत्र हुए होंगे, उस समय जिस कमल की गन्ध से उनका सत्कार किया गया, वही पृथिवी की गन्ध आज तक कमलों में सुरक्षित है; एक काव्यमयी कल्पना।

२७. अशोक द्वारा वाणी के संयम का उपदेश—शिलालेख, संख्या १२।

२९. नगर देवता—गन्धार देश की पश्चिमी राजधानी पुष्कलावती के सिक्के नगर-देवता के नाम से ही अंकित किए गये हैं। वाल्मीकि रामायण में लंकापुरी की अधिष्ठात्री देवी का बड़ा ही मार्मिक उल्लेख है कि लंकानगरी साक्षात् रूप में प्रकट होकर पुरी की रक्षा के लिए हनुमान के सामने प्रकट हुई।

संग्राम—वैदिक शब्द, जिसका मूल अर्थ था—दो ग्रामों का समागम। युद्ध के अवसर पर इस प्रकार का समागम होने के कारण संग्राम का अर्थ युद्ध हो गया।

सभा और समिति—इन्हें प्रजापति की पुत्रियाँ कहा गया है (अथर्ववेद. ७/१२/१)।

३१. आसन्दी—वैदिक शब्द, बैठने की चौकी; स्थिति-केन्द्र।

३३. उरुलोक—विशाल या विस्तृत लोक।

३४. भुजिष्यपात्र—भोगों का पात्र, वह पात्र जिसमें सब प्रकार के भोग और भोजन हैं।

३७. यामुन पर्वत—आधुनिक बन्दरपूँछ पर्वत, जहाँ से यमुना निकली है।

३८. गोष्पद और अगोष्पद—पाणिनीय व्याकरण (६/१/१४५) के अनुसार पारिभाषिक शब्द। गोष्पद—वे जंगल जहाँ गायें चरने के लिए जाती हैं। अगोष्पद—वह घना जंगल जहाँ गायें भी नहीं जा पातीं।

४१. हरावल दस्ता—सेना का आगे चलनेवाला भाग।

४२. खोइद—एक महीने तक गेहूँ के छोटे पौधे को नाली या नरिया पड़ने से पहले पछाँहीं हिन्दी में खूद और पूर्वी हिन्दी में खोइद कहते हैं, जो संस्कृत क्षुद्र, पाली 'खुद्द' से बना है।
गमोदा—गेहूँ का पौधा।
सुतिया-हँसली—धान के पौधों में छोटे-छोटे रोयों की पट्टी।

४३. 'लग हैंडिल' के लिए शुद्ध हिन्दी शब्द चुंदी है।
सतर करना—सीधा खड़ा करना।

४४. दालो-गालो—इसका शुद्ध पहाड़ी उच्चारण दालो-गालो है।
बिजोना—बिजली चमकना (सं. विद्योतते)
घोरना—बादल का धीर-गम्भीर गर्जन। 'बिजोना और घोरना' दोनों धातुएँ मेरठी बोली में जीवित हैं।

४५. लसिया जाना—आम लसिया जाता है, अर्थात्, बौर के भीतर का रस बाहर आ जाता है और पत्तों पर फैल जाता है। लसियाए हुए आम के पत्ते धूप में ऐसे चमकते हैं, जैसे रोगन से पुते हों। लसियाए हुए आम में बौर नहीं लगते। पुष्पों में गर्भाधान के लिए संचित रस पुरवाई के कारण स्खलित हो जाता है।
शूकरी हवा—उत्तर की ओर से चलनेवाली एक हवा। इसे राजस्थानी लोक-गीतों में सूरया और बुन्देलखण्ड में 'सुअरिया' कहते हैं।

४६. ममोला—खञ्जन की जाति का पक्षी। यह शब्द पश्तो मामूलकः से निकला है। (रेवर्टी, पश्तो कोष, पृ. ८९७) पछाँही हिन्दी में यह नाम खूब चालू है।
डलगस डेवर—यू.पी., आई.सी.एस. के भूतपूर्व सदस्य तथा भारतीय पक्षियों के बहुत बड़े विशेषज्ञ। उन्होंने लगभग एक दर्जन पुस्तकें लिखीं, जिनके अन्त में पक्षियों के अंग्रेजी नामों के साथ देशी नामों की तालिका भी दी गई है।

४८. गुह्यं ब्रह्म आदि—व्यास का वाक्य (शांतिपर्व. १८/१२) गांधीजी के शब्दों में—"Man is the supreme consideration" इसी से मिलता-जुलता चण्डोदास का कथन है—"सवार ऊपर मानुस सत्य। तार पर किछु नाईं।" देखिए, पृ. १४१।
निषाद जाति—भारत की आदिम निवासी जातियों (Austric Races) के लिए यह शब्द है। मुण्डा, शबर आदि भाषाएँ इसी वर्ग की हैं। अवध के पूर्वी जिलों

में बहुत से लोग आज तक अपने आपको गुह निषाद का वंशज मानते हैं।

५०. देशीनाममाला—हेमचन्द्र विरचित देशी शब्दों का बृहत् संग्रह भण्डारकर इंस्टीट्यूट, पूना से सुन्दर सस्ता संस्करण प्रकाशित हुआ है।

धात्वादेश—एक अर्थ वाली प्राकृत की गई धातुएँ उसी अर्थ की एक संस्कृत धातु के सम्बन्ध से धात्वादेश कही गई हैं। जैसे प्राकृत की 'छड्ड' संस्कृत की 'मुञ्च' का धात्वादेश है। धात्वादेश की युक्ति के द्वारा प्राकृत की धातुओं को, जो लोक-प्रयोग में आ चुकी थीं, मान्यता दी गयी। ग्रियर्सन ने प्राकृत व्याकरणों की सहायता से प्राकृत धात्वादेशों का एक बहुत अच्छा संग्रह एशियाटिक सोसाइटी बंगाल से सन् १९२४ में प्रकाशित किया था।

जोगाजोग—ठीकमठीक (मेरठी बोली)।

बैसवाड़ा—कानपुर, उन्नाव और रायबरेली का प्रदेश। संस्कृत 'बैसपाटक' अर्थात्, बैस नामक क्षत्रिय जाति का इलाका।

५१. कपटा—काटने-कपटने के अर्थ में पछाँहीं और पूर्वी हिन्दी में प्रचलित है। संस्कृत 'क्लृप्' धातु से यह शब्द बना है।

पबेड़ना—श्री डॉ. सुकथनकर ने मुझे सूचित किया था कि महाभारत में छै बार प्रवेरित या प्रवेरिता शब्द का प्रयोग हुआ है। परन्तु संस्कृत कोषों में कहीं यह धातु नहीं मिलती, यद्यपि लोक में पबेड़ना धातु बच गई है।

बवनी और मँड़नी के दो चित्र इस पुस्तक के मुखपृष्ठ के अलंकरण में दिये गये हैं। मौर्यकालीन कोठार का तीसरा चित्र नागरी प्रचारिणी पत्रिका विक्रमांक (उत्तरार्द्ध), पृ. २५७ में छपा है।

५५. 'संबंगीय'—बंगदेश के दिवासी।

गण्डकमुद्रा—कौड़ियों के रूप में प्रचलित सिक्के। कौड़ी बंगाल का अत्यन्त प्राचीन सिक्का था, जो मौर्यकाल से १९वीं शताब्दी तक चालू रहा। सन् १८०१ तक सिलहट जिले की ढाई लाख की मालगुजारी कौड़ियों में ही सरकारी खजाने में जमा की जाती थी। सन् १८१३ से यह प्रथा बन्द हुई। चार कौड़ियों का एक गण्डा होता था। भारतवर्ष में कौड़ियाँ मालद्वीप (मलाबार के पास एक द्वीप से, जिसका पुराना नाम कपर्दक द्वीप था) आती थीं।

५६. कुटी-प्रावेशिक—चरक का पारिभाषिक शब्द, चिकित्सा-स्थान, अध्याय १, पाद १, श्लोक १६। घर के भीतर घुसकर किये जानेवाले कार्य के लिए कुटी-प्रावेशिक और धूप-हवा में किए जानेवाले प्रयोग के लिए वातातपिक या सौर्यमारुतिक (चिकित्सा-स्थान, अ. १, पाद ४, श्लोक २८)।

५७. माहेयी त्रिहायनी—तीन वर्ष की गऊ। इस शब्द की व्यञ्जना है, जवान-पट्ठी

गर्भ-धारण के लिए तैयार ओसर। अराजक जनपद का गीत—वाल्मीकि रामायण (अयो.का.अ. ६७) वाल्मीकि के अराजक जनपद-गीत से मिलता हुआ महाभारत में भी अराजक जनपद का गीत है, जिसकी टेक है 'यदि राजा न पालयेत्' (शांतिपर्व, अ. ६८, श्लोक १-३०)।

हैयंगवीन—रघुवंश (१/४५) कल के दूध से सबेरे निकाला हुआ मक्खन।

५७ श्री आरल स्टाइन की पुस्तक 'The Stories of Hatimtai' में काश्मीरी बोली का अध्ययन है (देखिए, पृ. ५७-५८)।

हरमुकुट पर्वत पर बैठकर¨ श्री आरल स्टाइन से तात्पर्य है, जो गरमी में हरमुक पर्वत पर डेरा लगाकर रहते थे।

दरद् देश—उत्तर-पश्चिमी काश्मीर के गलगित प्रदेश का प्राचीन नाम दरद् देश था। काश्मीर की बोली को पैशाची प्राकृत से विकसित माना गया है।

६०. पश्तो भाषा—इसका स्थानीय उच्चारण पख्तो है। सिन्ध नदी के उस पार के कबाइली इलाके और अफगानिस्तान का पूर्वी प्रदेश पख्तून कहलाते हैं। यह शब्द वैदिक पक्थन से निकला है। पख्तो भाषा का व्याकरण और अरबी शब्दों को छोड़कर शब्द-भण्डार भी संस्कृत से सम्बन्धित है। पख्तो के काफी शब्द अफगानों के राज्य-काल में हिन्दी में चालू हो गये, जैसे— टकटकी, चपकचुन्धी, परकटी, टप्पर, डील, ढाँढ़ा (छोटा कुआँ)।

पर्वत की द्रोणी—दो पहाड़ों के बीच की भूमि जिसे हिन्दी में 'दून' कहते हैं, जैसे—देहरादून।

६१. ग्रियर्सन का काश्मीरी कोष—एशियाटिक सोसाइटी, बंगाल से प्रकाशित।

६३. मधुकर—पं. बनारसीदास चतुर्वेदी के सम्पादकत्व में टीकमगढ़ से प्रकाशित एक पत्र, जिसमें जनपदीय दृष्टिकोण की व्याख्या करनेवाले लेख प्रकाशित हुए। अब पत्र बन्द हो गया है।

ब्रजभारती—ब्रज साहित्य मण्डल की प्रमुख पत्रिका।

बान्धव—रीवां से प्रकाशित होनेवाला मासिक पत्र, जो इस समय बन्द है।

६९. लोकवार्त्ता शास्त्र—श्री कृष्णानन्दजी को Anthropology के लिए 'लोकवार्त्ता-शास्त्र' यह सुझाव मैंने भेजा था, जिसे उन्होंने स्वीकार करके अपनी त्रैमासिक पत्रिका का नाम 'लोकवार्त्ता' रक्खा। मैंने यह शब्द वल्लभकुलीय सम्प्रदाय में प्रचलित गोसाइयों की निजवार्त्ता-घरवार्त्ता, इन दो शब्दों की शैली पर चुना था।

मातृत्व शक्ति की पूजा—मातृदेवी (ग्रेट मदर गॉड्स) जिसके प्रमाण हड़प्पा की खुदाई में मिले हैं।

७१. कल्पवृक्ष—कल्प, कल्पना या विचारों का वृक्ष, अर्थात् मन।

७२. वसन्त—जिस ऋतु में रस वनस्पतियों में बसने लगता है, उसे वसन्त कहते हैं। प्रत्येक वृक्ष में वर्षभर का रस (sap) मण्डलाकार रूप में जमता है, जिसे 'ring' कहते हैं। वसन्त ऋतु से नये रस की 'रिंग' पड़नी आरम्भ होती है और वृक्ष में गयी पत्तियाँ लहलहाने लगती हैं।

७५. खड़ पत्थर—अनपढ़, पत्थर, जिसे काटकर बेगड़ी लोग गुरिया और नग बनाते हैं।

चील-बट्टे—यह बुन्देलखण्डी शब्द विन्ध्य की नदियों में होनेवाले बहुत कड़े नग-पत्थरों के लिए प्रयुक्त होता है, जो चिरगाँव-यात्रा में मुझे गुप्तजी से प्राप्त हुआ था।

८०. हिन्दी-साहित्य का समग्र रूप—जनपदीय बोलियों से हिन्दी का अहित होगा, इस आशंका के निराकरण के लिए इस शीर्षक की प्रेरणा हुई थी और इसमें केवल खड़ी बोली में होनेवाले कार्य का संकेत किया गया है।

८१. अरबी यात्रियों के भारत-वर्णन के लिए देखिए, श्री मोहम्मद हुसेन नयनार कृत 'Arab Geographers of South India ' (मद्रास विश्वविद्यालय)

तरैयाँ—छोटे-छोटे तारों का समूह (सं. तारागण)।

८४. आस्थान-मण्डप—बैठक या दीवानखाने के लिए प्राचीन संस्कृत शब्द। बाणभट्ट ने कादम्बरी में राजा शूद्रक के दो आस्थान-मण्डपों (दीवानेआम और दीवानेखास) का वर्णन किया है।

८६. कुकौरू—खाज (बुन्देलखण्डी)।

'उंसकर'—कपड़े को ऊँचा करने के लिए खोंसकर। मेरठी 'उंसना' धातु का बुन्देलखण्डी रूप 'उसकेरना' है।

कँधेला—कँधे पर पड़ा हुआ पल्ला या आँचल (सं. स्कन्धपल्लव)।

टपरियाँ—झोंपड़ी। मध्यभारत, विशेषकर मालवा में इसी अर्थ में प्रयुक्त होता है।

रूँद—रक्षित जंगलों के लिए बुन्देलखण्ड और ब्रजभाषा में चालू शब्द।

८८. गुदनैटा—गोबर का कंडा (सं. गोधनवट्टक)।

तकरी—तराजू।

९२. लौकिक न्यायाञ्जलि (तीन भाग, जैकबकृत; निर्णयसागर प्रेस, बम्बई से प्रकाशित) संस्कृत न्याय या कहावतों का पचास वर्ष में किया हुआ संग्रह।

९३. उजरऊ या ईतरी गाय—उजरऊ, उजाड़ करने वाली; ईतरी (सं. इत्वरी), चंचल, उछल-कूद करनेवाली। ऊधमी बच्चों के लिए 'ईतरे' विशेषण प्रयुक्त होता है।

९४. पिन्ननी—माँगनेवाली। सं. प्रणय=याञ्चा; प्रणयिनी=याञ्चा करनेवाली, मँगती।

९५. जांजी—(पंजाबी) बराती; जंज=बरात (यज्ञ, प्रा. जन्न)।

मेवाड़ी=उदयपुर की बोली। मारवाड़ी=जोधपुर की बोली, हाड़ोती=कोटा-बूँदी की बोली और ढूँढारी=जयपुर की बोली।

९७. नानकी—श्री नरोत्तमदास स्वामी ने २२-४-४९ के पत्र में सूचित किया है (जो मुझे मान्य है) कि ऋग्वेद की नना से नानकी का कोई सम्बन्ध नहीं है। नानकी शब्द नान्हार (=छोटा) से बना है। सूर ने नन्हरिया का प्रयोग किया है। नानकी में 'की' ऊनवाचक प्रत्यय है। नानकी का अर्थ है—छोटी लड़की। कहावत का नंग पाठ अशुद्ध है। मूल पुस्तक में ही अशुद्ध छपा था। शुद्ध पाठ—'नग जण्या ए नानकी, तरे तरे की बानगी'; अर्थात्, अरी लड़की! तूने नग या रत्न पैदा किये हैं, जो तरह-तरह के नमूने हैं। एक माँ की कई तरह की सन्तान होने पर यह उक्ति काम में आती है।

९८. लाँटी—ठीक अर्थ ज्ञात नहीं, पर सम्भवत: प्रथम बार ब्याई भैंस (श्री नरोत्तमदास स्वामी)।

पगरखी—जूती।

कसरा काम—सम्भवत: किस काम का।

टेट—बकरी

माटी—विधवा का पति; माटी शब्द आदवाचक नहीं समझा जाता (श्री नरोत्तमदास स्वामी का पत्र)।

डाबा डेटा—चतुर पत्र।

९९. सोड़ीजी बाला सणगार करे—सोढ़ी (क्षत्रिय) जाति की स्त्रियाँ बड़ी सुन्दर और श्रृंगारप्रिय होती हैं। उन्हें श्रृंगार करने में बहुत देर लगती है। किसी काम में विलम्ब करनेवाले के प्रति इस व्यंग्योक्ति का प्रयोग किया जाता है। लखारा की लोड़ी अर डूँगर जाय पोढ़ी—लखेरे (लाख की चूड़ी बनाने वाली की बहू डूँगर या ऊँची जगह जाकर सोई। यह अनमेल बात है। अपनी हैसियत से मिलते हुए स्थान पर बैठना-उठना चाहिए।

बीज के झमके (झपके अशुद्ध पाठ है) मोती पोय ले तो पोय ले—जब तक बिजली चमकती है तब तक मोती पिरो लो तो पिरो लो, नहीं तो हार टूटा हुआ ही रहेगा।

बामण का धन सबोड़ा में, धाकड़ का धन लपोड़ा में (१७७/५१)—ब्राह्मण का धन खाने में और धाकर (एक लड़ाकू जाति) का धन लड़ाई में व्यय होता है।

१०७. ज्ञान को ताकर—ताना=तपाना, गरम करना या फैलाना।

भौमब्रह्म—आदिराज पृथु के चरित्र-वर्णन में राष्ट्र को भौमब्रह्म कहा गया है। अर्थात्, ब्रह्म का भूमिगत रूप।

११२. बालपन के तरंगित स्वरों से उनका स्वागत—कुंजों को देखकर बच्चे कहते हैं—'कुंज-कुंज कहाँ चले? गंगा नहाने चले।' अर्थात्, अरे भाई कुंज, बहुत दिनों में लौटे, अब इतनी जल्दी कहाँ जा रहे हो? कुंज उत्तर देते हैं कि बहुत दिनों से गंगा नहीं मिलीं, इसलिए गंगा नहाने जा रहे हैं।

शुक-मार्ग और पिपीलिका-मार्ग—ये शब्द उपनिषद् की भाषा के हैं।

११६. भावी स्थान-नाम परिषद् (Place-Name Society) अन्य देशों में इस प्रकार की परिषदों ने स्थानीय नामों को इतिहास, लोकवार्त्ता, किंवदन्ती और भाषाशास्त्र की चलनियों से छानकर बहुत महत्त्वपूर्ण सामग्री प्राप्त की है। उदाहरण के लिए, वेल्स के स्थान-नामों में कैल्टिक भाषा, धर्म और गाथा-शास्त्र की बहुत महत्त्वपूर्ण सामग्री सुरक्षित पायी गयी है। भारतवर्ष में भी स्थान-नाम परिषद् के द्वारा सिन्धु से कावेरी और नर्मदा से सुरमा नदी के विस्तृत भू-भाग में छाये हुए अनेक भाषाओं के स्थान-नामों से कल्पनातीत सामग्री उपलब्ध होने की आशा है। शबर, मुण्डारी, संथाली, कनौरी, पैशाची, पश्तो, गोंडी, द्राविड़ी और संस्कृत-प्रधान आर्य-भाषाओं की भरपूर सामग्री स्थानीय नामों में पिरोयी हुई है। भारतवर्ष के लिए इस प्रकार की देशव्यापी संस्था की तुरन्त आवश्यकता है।

हिमालय की ऊँची-नीची शृंखलाएँ—पाली-साहित्य में भी हिमालय के भेद का चुल्लहिमवन्त और महाहिमवन्त के नाम से स्पष्ट उल्लेख हुआ है।

१४०. खोखा—हुण्डी की नकल, प्रतिलिपि; हुण्डी-बाजार का पारिभाषिक शब्द जो हुण्डी की नकल के लिए प्रयुक्त होता है।

१४१. झनझन गुड़िया की कहानी—मधुकर, वर्ष २, अंक २१ (१ अगस्त, १९४२, पृ. २४-२९; 'करमरेख' शीर्षक कहानी, जिसमें झनझन गुड़िया का उल्लेख है।)

१४५. मूठल—मूर्ख।

१४८. रिक्तः सर्वो भवति हि लघुः पूर्णता गौरवाय—मेघदूत १/२०। अहुठ हाथ तन सरवर—जायसी, पद्मावत ११/३

मंहिष्ठ= सबसे महान्।

१४९. सं श्रुतेन गमेमहि—अथर्व, १/१/४, ज्ञान के साथ हमारे जीवन का मेल हो, ज्ञान के साथ हम विरोध न करें।

१५२. काबिस—शुद्ध कबिस, लाल रंग की मिट्टी, जिसे कुम्हार खोद लाते हैं। पानी में घोलकर उससे बरतन रँग देते हैं, और तब आँवाँ में लगाते हैं।

बालों की पूँछरी—गधे के बालों की पतली डंडी में बाँधकर पूँछरी या ब्रुश बनाते हैं।

१५३. नाव का गून—वह पतली पर मजबूत बटी हुई रस्सी, जिसका एक सिरा गुनरखे

या मस्तूल में और दूसरा सिरा अपनी कमर में बाँधकर मल्लाह नाव को धार से उल्टी ओर खींचता है।

१५४. लमेर—वह दाना, जो खेत में झड़कर अपने आप बीज बनकर उगता है। ऐसे कितने ही खुदरा अन्न जो बोये नहीं जाते, लमेर या पूरब में लमेरा कहलाते हैं। झरंगा—पौधों को कटने से पहले झड़ कर गिरे हुये दाने।

१५९. गधेरा—बरसाती नाले के लिए गढ़वाली शब्द। कूल (सं. कुल्या)—पहाड़ के ऊपर पानी की धारा, जिसे किनारे बाँधकर खेतों की सिंचाई के लिए इच्छानुसार उतारते हैं। कूल का और छोटा रूप गूल कहलाता है।

१६१. देवरथ—वह रथ, जिसके द्वारा असुरों पर अभियान करते समय किसी देवता की शक्ति गतिशील होती है। पुराणों में ऐसे रथों के कई उदात्त वर्णन हैं। वस्तुतः देवरथ एक रूपक है। स्पन्दनात्मक विश्व ही देवरथ है।

१६२. सोम सूर्या-विवाह—ऋग्वेद के दशम मण्डल के ८५वें सूक्त में सोम-सूर्या के विवाह का वर्णन है।

अवदान—कहानी या आख्यान के अर्थ में बौद्ध-साहित्य का विशिष्ट शब्द; जैसे—दिव्यावदान।

१६४. करवा चौथ—संस्कृत—करक चतुर्थी; कार्तिक कृष्ण चतुर्थी तिथि को स्त्रियों का एक व्रत।

१६५. होई—कार्तिक कृष्ण अष्टमी को व्रत और पूजन द्वारा मनाया जानेवाला स्त्रियों का त्योहार। इसे अहोई भी कहते हैं।

शकट—संकट चतुर्थी; माघ कृष्ण चतुर्थी।

शतसाहस्री संहिता—एक लाख श्लोकों के बराबर ग्रन्थ। यह शब्द महाभारत के लिए प्रयुक्त होता है।

गितारिनी—गीत गानेवाली स्त्री के लिए लोकभाषा में प्रयुक्त बहुत ही उपयुक्त और सुन्दर शब्द।

मंगल्यानी—मांगलिक गीत गानेवाली स्त्री। गढ़वाली भाषा का विशिष्ट शब्द।

औजी—बाजे के साथ वीरगाथात्मक काव्य गानेवाले पुरुष के लिए गढ़वाली भाषा का शब्द।

१६६. राईमासी और फ्यूली—गढ़वाल के दो सुन्दर पुष्प।

काफल पाकू और हिलाँस—गढ़वाल प्रदेश के दो मधुर कण्ठ के पक्षी।

धुयाँल—गीत या वाद्य द्वारा इष्टदेव का आवाहन (देखिए, पृ. २४२)।

निगद वाक्य—वह वाक्य, जो यज्ञादिक के समय उच्च स्वर से बोलकर कहा जाय।

सुवा पंखी—सुग्गे के पंख जैसी हरे रंग की।

१६७. बुराँस—एक पेड़ और उसका लच्छेदार लाल फूल; अंग्रेजी-रेट्रोण्डन।

१६८. सौपर्णाख्यान—महाभारत के आदि पर्व में वर्णित गरुड़जी के स्वर्ग से अमृतघट लाने की कथा।

१७०. बैखरी रूप—भाषा का वह रूप जिसका मुख से उच्चारण होता है।

१७१. क्षीरधारिणी मुद्रा—लोकभाषा में इसे दुद्धाधारिणी कहते हैं। स्त्री के मातृत्व रूप की एक मुद्रा, जिसमें वह एक स्तन पर दाहिना हाथ रखे पुत्र के लिए दूध की धार छोड़ती हुई अंकित की जाती है।

अक्षर-मालिका—वर्णमाला ५२ अक्षर की।

काँठा—नदी का काँठा। नदी के दोनों किनारे की वह भूमि, जिसके ढलान का पानी बहकर उसमें मिलता है।

१७२. रुद्र और शिव—शिव का घोर बुभुक्षित रूप रुद्र कहलाता है। वही घोर रूप सोम के मिलने से शिव हो जाता है।

रूड़ि—(राजस्थानी भाषा का शब्द) रूड़ि=सुन्दर; संस्कृत रुचिरा।

१७३. सोम और सूर्या का विवाह—ऋग्वेद दशम मण्डल के सूक्त संख्या ८५ में सूर्या और सोम के विवाह का वर्णन है।

१७४. अशनाया—(वैदिक शब्द)—खाने की इच्छा, भूख।

१७५. अथाई—बैठक। संस्कृत अस्थायिका। इस शब्द का प्रयोग तुलसी और कबीर ने भी किया है।

१८४. डोंड—डिंडिम या घण्टा बजानेवाला यक्ष, जिसे संस्कृत में घण्टा-यक्ष कहते हैं; और भी देखिए, पृ. २४८।

बालना—इसका शुद्ध रूप बालनाथ है।

श्री चन्द्रकुँवर—इस तरुण कवि का पूरा नाम श्री चन्द्रकुँवर वर्त्वाल था। ये एक प्रकार से अज्ञात ही रहे। मुक्तक काव्य की दृष्टि से इनका स्थान अर्वाचीन हिन्दी-साहित्य में सर्वोपरि कहना चाहिए। इनकी काव्य-प्रतिभा वृष्टिकालीन मेघों के समान अत्यन्त दुर्धर्ष और उन्मुक्त सृजनशालिनी थी। इनकी कविताओं के कई संग्रह श्री शम्भुप्रसाद बहुगुणा (अध्यापक, आई.टी.कॉलेज, लखनऊ) ने मुद्रित किए हैं (नन्दिनी; जीतू; पयस्विनी; गीत माधुरी)।

१८८. पदचंक्रमण—पदयात्रा।

१८९. निजवार्त्ता गृहवार्त्ता—अन्तरंग परिचय देनेवाला आत्म-चरित (वल्लभ-कुल की धार्मिक शब्दावली से लिया गया शब्द)।

१९०. साँथिया—स्वस्तिक।

भूमल—सौराष्ट्र के लोक-गीतों की कोई अनुपम सुन्दरी।

१९१. भँवरे के भातवाली साड़ी—वह साड़ी, जिस पर भौंरे के आकार की भाँति या बूटी छपी हो।
चोखला—गुजरात का एक लोकप्रिय भोजन।
१९२. विन्दारक देवता (संस्कृत-वृन्दारक) गणेशजी।
१९५. कोट्ट क्रियामह—दक्षिण भारत की कोट्टवी नामक मातृदेवी की पूजा का उत्सव।
१९८. वीर्यशुल्का राजकन्या—वह राजकुमारी, जो स्वयंवर में बल-प्रदर्शन के किसी कार्य द्वारा प्राप्त की जा सके। (इसका वीर्यशुक्ला अशुद्ध पाठ छप गया है)।
१९९. रैवतक गिरि—सौराष्ट्र का गिरिनार पर्वत, जिसकी तलहटी में जूनागढ़ बसा है।
२००. सान्नाहिकी भेरी—वह बड़ा नगारा, जो युद्ध के लिए जनता का आवाहन करने के लिए बजाया जाता था।
२०१. वस्त्रा—यह छापे की अशुद्धि है। शुद्ध शब्द वरत्रा है (बरत या मोटी रस्सी)।
२०४. वातातपिक क्षेत्र—हवा और धूप से भरा हुआ खुला प्रदेश।
२०५. डँगर पोहे—गाँवों के गाय, भैंस आदि पालतू पशु। संस्कृत=कडंगरीय पशु।
चटक चाल—तेज रफ्तार, शीघ्र गति।
समर्घ निधि—सर्वसुलभ पूँजी।
२१०. हड्डे पेलना—कड़ी मेहनत करना।
असौज—आश्विन या कुआर का महीना (संस्कृत अश्वयुज)।
२११. हेंगा—खेत के डलों को एकसार या चौरस करने का लकड़ी का पाटा।
पंजाली—बैलों को जोतने के लिए उनके गले में डाला जानेवाला ऊपर जुए और नीचे की लकड़ी को मिलाकर बनाया हुआ पंजर।
शुक्लाई—वह मसाला, जिससे कड़ाह में औंटते रस का मैल काटा जाय।
आठ लाव के कूएँ—वे बड़े कूएँ, जिन पर आठ चरसों से एक साथ सिंचाई की जा सके।
२१२. लाम—युद्ध।
चालाकी—बुद्धि की तेजी; समझदारी।
२१३. सेहा हल कराल होकर—भूमि के समकक्ष चलनेवाले हल तिरछे होकर धरती में गहराई तक मिट्टी उलटने लगते हैं।
मांस के लेवड़े—मांस की पेशियाँ। लेवड़ा—(संस्कृत) लेप+डा
टाँट—बैल की पीठ और गरदन के बीच का डील या खुब।
(सं. ककुद्)
२१४. गेहूँ का मक्खन फूल—गेहूँ की बाल पर छा जानेवाला बहुत छोटे आकार का सघन फूल।
झम्पा-झूलन—पौधे के मुँह से उछलकर बाल का नीचे की ओर हवा में झूलना।

कनूकेदार भूटिया—अन्न के कणों या दानों से भरी हुई भूटिया। (बुन्देलखण्डी बोली का यह शब्द मुझे चिरगाँव की यात्रा में मिला)।

२१५. बिआस (सं. विकास)—एक दाने में से अनेक अंकुरों का उत्पन्न होना।

खूद—जौ-गेहूँ के छोटे पौधे के लिए लोकभाषा का शब्द। (सं. क्षुद्र; प्राकृत खुद्द)।

पोए—गन्ने का छोटा पौधा (संस्कृत—पोतक)।

२१८. चार नवतियों के चार समकोण—पूरा मण्डल या चक्र नब्बे-नब्बे अंशों के चार समकोणों से बनता है। वही विष्णु का चक्र है। यह कल्पना ऋग्वेद के इस मन्त्र से ली गई है—

''चतुर्भिः साकं नवति च नामभिश्चकं न वृत्तंव्यतींरवीविपत्।
बृहच्छरीरो विमिमान ऋक्वभिर्युवाकुमारः प्रत्येत्याहवम्॥''

(ऋ. १/१५५/६)

केवली गौ—वेद में विश्व को जन्म देनेवाली मूलभूत शक्ति की कल्पना गौ के रूप में की गई है, जिसे अदिति, कामदुघा, केवली, विश्वधाया, सुरभि आदि कई नामों से कहा गया है।

२१९. दैवासुरम्—देवों और असुरों के युद्ध के लिए वैदिक शब्द।

२२०. उग्र यम प्राण—घोर प्राण की संज्ञा यम है।

वट-सावित्री व्रत—ज्येष्ठ कृष्ण अमावस्या को मनाया जाने वाला एक व्रत जिसे लोक में वरसायत कहते हैं।

२२४. अथर्व ९/४/२१ का शुद्ध पाठ इस प्रकार है—

''अयं धेनुं सुदुघां नित्यवत्सां वशं दुहां विपश्चितं परो दिवः।''

२२९. खूँड़—हल की फाली से खेत में बनी हुई गहरी नाली जिसमें बीज डाला जाता है (भोजपुरी—कूँड़)।

चरसिया—वह व्यक्ति, जो पानी-भरे चरस को कूंएँ से ऊपर उठाकर रीता करता है।

कीलिया—वह व्यक्ति, जो कूंआँ चलाते समय चरस में बँधी हुई लम्बी बरत के पिछले सिरे को कीली लगाकर बैलों के जूए की रस्सी के साथ जोड़ता है।

२३१. रगड़ा—आँख में डालने का काजल, जिसे स्त्रियाँ कई मसालों को तेल में रगड़कर बनाती हैं।

२३५. धुरियाधाम—मिट्टी में मिला देना।

अनेर (संस्कृत—अन्यतर)=अकेले या छुट्टा।

२३६. खरक—बैल बाँधने की जगह।

२३८. बींड़िया—तीन बैलों की गाड़ी में आगे जुतनेवाला बैल।
चिड़िया चौकनी टल्लियाँ—वे छोटी घंटियाँ, जिनकी महीन आवाज चिड़ियों के चहचहाने से मिलती है।

२४०. गोपाल-गूजरी रास—एक प्रकार का नृत्य, जिसमें बीच में कृष्ण और चारों ओर गोप-बालाएँ नाचती हैं।

२५०. अन्तिम पंक्ति—यक्ष दैत्यों की पूजा-विधि यह छापे की भूल है, 'यक्ष चैत्यों की पूजा-विधि' यह शुद्ध पाठ है।

२५९. कदुक—यह अशुद्ध छपा है। इसका शुद्ध रूप कद्रुक है।

२६२. सात अक्षरा भाइयों—शुद्ध पाठ सात अछरा भइयों—सात अप्सराएँ; जिन्हें ऋग्वेद में 'सप्त स्वसारः' कहा गया है और समस्त प्राणियों की माताएँ हैं। पंचभूत, प्राण और मन—इन सातों की जनित्री वे ही हैं।
बूढ़ सुहागिन—सात मातृकाओं में सबसे बड़ी माता, जिसे ऋग्वेद में अदिति महीमाता (५/४७/१) या पुरन्धि भी कहा गया है। अन्य मातृकाएँ उसकी युवती पुत्रियाँ हैं।
राजकुमारी के माता-पिता—इसका शुद्ध पाठ 'रामकुमार के माता-पिता' चाहिए।

२६५. 'रक्षाम' कहने वाले राक्षस हुए—'रक्षाम.' का अर्थ रक्षा करना, त्राण करना या बचाना नहीं, बल्कि 'रखना', अपने वश में बलपूर्वक करना, जकड़ लेना, बन्धन में करना, गति रहित करना। 'रक्ष' धातु का यह अर्थ अत्यन्त प्राचीन है और पाणिनीय सूत्र 'रक्षति' (४/४/३३) में यही अर्थ अभिप्रेत है। राक्षस वह है जो किसी की स्वच्छन्दता का बलपूर्वक अवरोधक हो, यक्ष वह है जो कुतरकर उसका भक्षण करने लगे।
अद्‌भुत ऋतु—शुद्ध पाठ अद्‌भुत क्रतु होना चाहिए।

२६६. दूसरी प्रकार की भावना—शुद्ध पाठ 'इस प्रकार की भावना'।

२६७. तस्मै बलिं राष्ट्रधृतो भरन्ति—शुद्ध पाठ 'तस्मै बलिं राष्ट्रभृतो भरन्ति'—अथर्व. १०/८/१५
महाराजिक—शुद्धरूप माहाराजिक।

२६८. यो वैतां ब्राह्मणो वेदामृतेनावृतां पुरम्—इसका शुद्ध पाठ यह है—'यो वैतां ब्रह्मणो वेदामृतेनावृतां पुरम् (अथर्व. १०/२/२९)।

२६९. कद्‌दावर—बड़े या ऊँचे कद का।

२७१. अनिहिताभ्यां—शुद्ध पाठ—'अनिहताभ्यां' चाहिए।

❑❑❑